KB100095

CHILDREN
OF
BLOOD
AND
BONE

피와 뼈의 아이들

CHILDREN OF BLOOD AND BONE

토미 아데예미 지음 | 박아람 옮김

다섯수레

내게 이런 기회를 주기 위해
많은 것을 희생한 엄마 아빠, 그리고
나를 신뢰하며 오래전부터
이 이야기를 믿어 준 잭슨에게
이 책을 바칩니다.

나는 이 책을 쓰기 전에 수없이 눈물을 흘렸다. 이 책을 수정하면서도 수없이 눈물을 흘렸다. 여러분의 손에 이 책이 들려 있는 지금도 나는 또 눈물을 흘리고 있을 것이다.

거대한 사자녀와 신성한 의식은 환상의 요소이지만 이 책에 묘사된 모든 고통과 두려움, 슬픔, 상실은 현실의 이야기다.

이 책은 우연찮게 뉴스를 켤 때마다 무장하지 않은 흑인 어른들과 아이들이 경찰의 총에 맞은 사건을 연일 접하게 되던 시절에 쓰였다. 나는 두렵고 화가 났지만 아무것도 할 수 없었다. 그런 시절에 나는 이 책을 쓰면서 작게나마 무언가를 하고 있다는 위안을 얻을 수 있었다.

이 책을 읽고 단 한 사람이라도 마음을 바꿀 수 있다면 나로서는 엄두도 내지 못했던 문제를 해결하는 데 조금이나마 의미 있는 기여를 한 셈이라고 스스로를 다독였다. 이제 이 책이 세상에 나왔다. 여러분을 마주하게 되었다. 진심으로 감사드린다.

그러나 이 이야기가 여러분의 마음을 조금이라도 움직였다면 이 책을 읽는 데서 그치지 않고 한 걸음 더 내디뎌 달라고 당부하고 싶다.

줄라이커와 살림을 위해 눈물 흘렸다면, 조던 에드워즈(Jordan Edwards)와 타미르 라이스(Tamir Rice), 에이야나 스탠리존스(Aiyana Stanley-Jones) 같은 무고한 아이들을 위해서도 울어 주길 바란다. 그들은 각각 열다섯, 열둘, 열일곱 살에 경찰의 총에 맞아 숨졌다.[1]

엄마의 죽음에 슬퍼하는 제일리를 보며 가슴 아파했다면 경찰의 만

행으로 사랑하는 사람의 죽음을 목격할 수밖에 없었던 모든 이들을 위해 가슴 아파해 주길 바란다. 이를테면 다이아몬드 레이놀즈(Diamond Reynolds)와 그녀의 네 살배기 딸 같은 사람들. 그들은 사랑하는 필란도 카스티유(Philando Castile)가 총에 맞아 무참히 살해당하는 광경을 바로 옆에서 지켜봐야 했다.[2] 그를 죽인 경관 제로니모 야네즈(Jeronimo Yanez)는 모든 혐의에 대해 무죄 선고를 받았다.[3] 이런 극소수의 사례 외에도 흑인들이 억울한 죽음을 당한 사례는 셀 수도 없이 많다. 수많은 어머니들이 딸을 잃었고 수많은 아버지들이 아들을 빼앗겼다. 그들은 평생 부모로서 견딜 수 없는 슬픔을 안고 살아갈 것이다.

이 밖에도 세상을 괴롭히는 문제들은 무수히 많고 그런 문제들은 늘 우리로서는 손쓸 수 없을 만큼 크게 느껴진다. 그러나 이 책을 통해 우리도 그게나마 저항의 몸짓은 할 수 있음을 알리고 싶었다.

제일리는 의식에서 이렇게 말한다. **"아보그보 와 니 오모 레 니누 에제 아티 에군군."**

'우리는 모두 피와 뼈의 아이들이다.'라는 뜻이다.

제일리와 아마리처럼 우리도 세상의 악과 맞서 싸울 힘을 갖고 있다.

너무 오랫동안 엎드려 있었다.

이제 일어나야 할 때다.

토미 아데예미

1) Velez, Ashley. "I Made It to 21. Mike Brown Didn't." *The Root*, 2017.
2) Park, Madison. "After Cop Shot Castile, 4-Year-Old Worried Her Mom Would Be Next." *CNN*, 2017.
3) Smith, Mitch. "Minnesota Officer Acquitted in Killing of Philando Castile." *The NewYork Times*, 2017.

| 차례 |

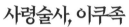

마사이의 여러 부족

사령술사, 이쿠족
삶과 죽음의 마자이
신 : 오야

마음술사, 에미족
마음과 정신과 꿈의 마자이
신 : 오리

파도술사, 오미족
물의 마자이
신 : 예모야

화염술사, 이나족
불의 마자이
신 : 샹고

바람술사, 아페페족
바람의 마자이
신 : 아야오

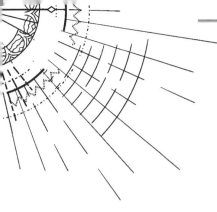

쇠술사 / 땅술사, 아이예족
쇠의 마자이, 흙의 마자이
신 : 오군

빛술사, 이몰레족
어둠과 빛의 마자이
신 : 오추마레

치료술사 / 질병술사, 이오산족
건강의 마자이, 질병의 마자이
신 : 바발루아예

예언술사, 아리란족
시간의 마자이
신 : 오룬밀라

조련술사, 에란코족
동물의 마자이
신 : 오초시

나는 엄마를 생각하지 않으려 애쓴다.

그래도 엄마는 따뜻한 밥과 함께 떠오른다.

엄마가 있는 집에선 늘 졸로프 라이스 냄새가 났다.

한여름 태양처럼 빛을 발하던 엄마의 검은 피부,

아빠에게 활력을 주던 그 환한 미소를 나는 생각한다.

포슬포슬, 꼬불꼬불, 마치 살아 숨 쉬는 왕관 같던

엄마의 새하얀 머리카락을 생각한다.

밤마다 엄마가 들려주던 신화들이 귀에 쟁쟁하다.

공원에서 엄마와 아그본 시합을 하던 오빠의 웃음소리도.

병사들이 엄마 목에 사슬을 감을 때 아빠가 울부짖던 소리도.

어둠 속으로 끌려가던 엄마의 비명도.

엄마 입에서 용암처럼 뿜어져 나오던 주문.

엄마를 저버린 사령술.

나무에 매달린 엄마의 시체를 나는 생각한다.

엄마를 앗아 간 왕을 나는 생각한다.

01

무술 시험

제일리

'지요!'

소리치지 않으려니 견디기가 어렵다.

나는 내 마룰라 나무 격투봉에 손톱을 박아 넣다시피 하며 꼼지락거리는 손가락을 잠재워 본다. 등줄기에 땀이 흘러내린다. 새벽부터 푹푹 찌는 날씨 탓인지 내 쿵쾅거리는 심장 탓인지 모르겠다. 벌써 몇 달째 선발되지 못했다.

오늘도 그럴 순 없다.

나는 눈처럼 새하얀 머리카락을 귀 뒤로 넘기고 최대한 잠자코 앉아 기다린다. 늘 그랬듯 마마 아그바의 선발 과정은 진이 빠진다. 한 사람씩 한참 노려보는 그녀의 눈길에 모두들 엉덩이가 들썩거린다.

마마 아그바는 눈살을 잔뜩 찌푸린 채 집중하고 있다. 이마의 주름이 깊어진다. 머리카락이 하나도 없다는 것만 빼면 마마 아그바는 진갈색 피부에 수수한 카프탄*을 걸친 모습이 마을의 여느 노인들과 너무 다르지 않다. 저런 할머니가 치명적인 힘을 가졌다고는 아무도 짐작하지 못할 것이다.

"에헴." 아헤레 앞쪽에서 예미가 헛기침을 하며 자기는 벌써 이 시험을 통과했다는 티를 내고 있다. 오늘 졸업 시합에서 이번엔 또 누구를 꺾어야 하나 알고 싶어 죽겠다는 듯이, 손으로 깎은 격투봉을 돌리며 거만하게 우리를 바라본다. 나는 다른 소녀들이 모두 겁내는 예미와의 대결을 너무도 고대하고 있다. 열심히 연습했고 이제 각오가 되었다. 분명히 이길 수 있다.

"제일리."

마마 아그바의 거친 목소리가 적막을 깬다. 선발되지 않은 소녀 열다섯 명이 일제히 숨을 내쉰다. 나를 부르는 소리가 갈대를 엮어 만든 아헤레 벽을 맞고 튕겨 나오자 그제야 나는 상황을 파악한다.

"정말, 저예요?"

마마 아그바는 혀를 끌끌 찬다. "싫다면 다른 사람을……."

"아뇨!" 나는 황급히 일어나 허리 숙여 인사한다. "고맙습니다, 마마. 할게요."

마치 물살이 갈라지듯 갈색 얼굴들이 양옆으로 갈라지고 나는 앞으로 나아간다. 한 걸음 한 걸음에 온정신을 집중하며 마마 아그바의 아헤레 갈대 바닥에 맨발을 끌어 마찰력을 시험해 본다. 이번 결투에서 이겨 졸업하려면 바닥을 얼마나 단단히 디뎌야 할까?

검은 거적으로 표시한 격투 구역에 나아가자 예미가 먼저 허리 숙

---

* 소매통이 넓고 길이가 긴 아프리카의 의복.

여 인사한다. 그러곤 내가 인사하길 기다리지만, 예미의 눈을 보는 순간 깊은 곳에서 뜨거운 무언가가 올라온다. 이 애한테선 존중하는 마음도, 결투에 적절히 임하겠다는 태도도 보이지 않는다. 이 애는 내가 신성자라는 이유로 나를 깔보고 있다.

내가 패할 거라고 생각하고 있다.

"**인사해라**, 제일리." 마마 아그바의 목소리에는 경고의 기색이 역력하지만 도무지 몸이 움직이질 않는다. 막상 예미 앞에 서자 이 애의 부드러운 검정 머리카락과 나보다 훨씬 더 밝은 코코넛색 피부만 보일 뿐이다. 단 하루도 뙤약볕 아래서 일해 보지 않은 오리샤인의 연갈색 낯빛. 이 애는 한 번도 본 적 없는 아버지의 입막음용 자금으로 특권층의 삶을 누리고 있다. 귀족인 아버지가 수치스러운 사생아 딸을 우리 마을로 추방한 것이다.

나는 허리를 굽히기는커녕 어깨를 젖히고 가슴을 내밀며 몸을 더 꼿꼿이 편다. 새하얀 머리카락의 신성자들 속에서 예미는 누가 봐도 튀는 외모를 지녔다. 우리 신성자들은 지금껏 예미처럼 생긴 사람들에게 허리를 숙이라고 수없이 강요당하지 않았던가.

"제일리, 두 번 얘기하게 하지 마라."

"하지만 마마……."

"인사하기 싫으면 나가! 다들 기다리고 있잖아."

나는 별수 없이 입을 꾹 다물고 허리를 숙인다. 예미의 얼굴에 꼴보기 싫은 비웃음이 번진다. "그게 그렇게 어렵니?" 예미는 괜히 자신도 다시 한번 허리를 숙인다. "어차피 질 거면 **당당하게** 져야지."

소녀들이 숨죽여 킬킬거리다 마마 아그바의 날카로운 손짓에 잠잠해진다. 나는 상대에게 집중하기 전에 잠시 아이들을 노려본다.

'내가 이겨도 그렇게 웃는지 보겠어.'

"순비해."

우리는 거적 가장자리로 물러나 바닥에서 각자의 격투봉을 차올린다. 예미의 얼굴에서 비웃음이 사라지고 눈이 가늘어진다. 사나운 본능이 드러난다.

우리는 서로를 노려보며 시작 신호를 기다린다. 영원처럼 긴 시간이 흐른 뒤에야 마침내 마마 아그바가 소리친다.

"시작!"

나는 바로 수세에 몰린다.

내가 공격할 겨를도 없이, 예미가 치타녀처럼 날렵하게 몸을 돌린다. 예미의 머리 위로 넘어갔던 격투봉이 어느새 내 목에 닿는다. 등 뒤에서 아이들이 헉 하며 숨을 들이켜지만 나는 머뭇거리지 않는다.

예미가 아무리 빨라도 내가 더 날렵해지면 된다.

예미의 격투봉이 가까이 오자 나는 최대한 등을 둥글게 구부려 공격을 피한다. 등을 미처 펴기도 전에 예미가 다시 공격한다. 게다가 이번엔 제 몸집의 두 배쯤 힘차게 무기로 내리친다.

나는 얼른 옆으로 몸을 던져 저만치 굴러간다. 예미의 격투봉이 갈대 거적을 때린다. 내가 일어서려고 애쓰는 사이 예미가 다시 공격하려고 몸을 젖힌다.

"제일리." 마마 아그바가 주의를 주지만 도움은 필요 없다. 나는 민첩하게 일어나 몸을 꼿꼿이 펴고 예미의 공격을 막는다.

우리의 격투봉이 쩍 하고 부딪친다. 갈대 벽들이 몸서리친다. 내 격투봉은 아직 충돌의 여파로 떨리고 있는데 예미가 몸을 획 돌려 내 무릎을 때린다.

나는 앞에 있던 다리를 쭉 밀며 두 팔을 휘둘러 그 추진력으로 옆 공중제비를 넘는다. 길게 뻗은 예미의 격투봉을 넘으며 나의 첫 기회를, 공세로 돌아설 수 있는 기회를 발견한다.

"헛!" 나는 소리를 내며 재주넘기의 가속도를 이용해 한 방을 날리려 한다. '제발……'

예미의 격투봉이 내 격투봉을 때리며 나의 공격은 시작하기도 전에 끝나 버린다.

마마 아그바가 소리친다. "너무 급하잖아, 제일리. 아직 공격할 때가 아니야. 잘 보면서 반격을 노려. 상대가 공격하길 기다리란 말이야."

나는 신음을 억누르며 고개를 끄덕이고는 격투봉을 들고 물러선다. '기회가 올 거야.' 나는 스스로를 타이른다. '네 차례를 기다려……'

"그래, 제일리." 예미가 나에게만 들리는 작은 목소리로 속삭인다. "마마 아그바 말씀 들어. 착한 마귀가 되라고." 올 것이 왔다.

마귀.

그 비참하고 모멸적인 비방.

그 말을 그렇게 생각 없이 지껄이다니. 게다가 저렇게 거만하게 웃으면서.

나는 참지 못하고 격투봉을 앞으로 휙 찔러 아슬아슬하게 예미의 배를 겨눈다. 마마 아그바의 악명 높은 매질이 뒤따르겠지만 예미의 겁먹은 눈을 봤으니 그걸로 족하다.

"어어!" 예미는 말려 달라는 듯이 마마 아그바를 돌아보지만 미처 불평하지 못한다. 내가 다시 날렵하게 격투봉을 휘두르며 공격을 시도한 탓이다. 예미의 눈이 휘둥그레진다.

"이런 건 연습하지 않았잖아!" 예미가 펄쩍 뛰어 나의 무릎 공략을 피하며 날카롭게 소리친다. "마마……."

"나마 아그바가 대신 싸워 줘야 하나?" 나는 웃음을 터트린다. "에이, 예미. 어차피 질 거면 **당당하게 져야지!**"

순간, 급습을 준비하는 황소뿔 사자녀처럼 예미의 눈에 분노가 번뜩인다. 복수심에 불타는 듯 격투봉을 꼭 움켜쥔다.

진짜 격투는 이제 시작이다.

우리의 격투봉이 끊임없이 맞부딪치며 마마 아그바의 아헤레 벽이 윙윙 떨려 온다. 우리는 계속해서 공격을 주고받으며 틈을 노린다. 치명적인 한 방을 날릴 기회. 마침내 그런 기회가 오지만…….

"윽!"

나는 몸을 웅크리고 숨을 헐떡이며 비틀비틀 물러선다. 구역질이 올라온다. 잠시 예미가 내 갈비뼈를 부러뜨린 게 아닐까 싶지만 복부의 통증이 너무 심해서 더 생각할 정신도 없다.

"그만……."

"안 돼요!" 나는 거친 목소리로 마마 아그바의 말을 막는다. 그러곤 억지로 폐에 공기를 집어넣으며 격투봉을 이용해 몸을 꼿꼿이 세운다. "저 괜찮아요."

나는 아직 끝나지 않았다.

"제일리……." 마마 아그바가 다시 입을 열지만 예미는 그 말이 끝날 때까지 기다리지 않는다. 불같이 나를 향해 달려온다. 예미의 격투봉이 아슬아슬하게 내 머리를 비껴간다. 예미가 다시 공격하려고 몸을 젖히자 나는 휙 돌아서 사정거리를 벗어난다. 예미가 몸을 돌리기 전에 내가 얼른 뒤로 돌아 격투봉으로 예미의 가슴팍을 찌른다.

"아!" 예미가 숨을 들이켠다. 내 공격에 비틀비틀 물러서며 충격과 고통으로 얼굴이 일그러진다. 마마 아그바의 시합에선 아무도 이 애를 때린 적이 없다. 맞으면 어떤 느낌인지 처음 맛본 셈이다.

예미가 정신을 차릴 겨를도 없이 내가 다시 몸을 돌려 격투봉으로 배를 찌른다. 그러곤 마지막 일격을 가하려는 순간, 아헤레 입구에 둘러친 적갈색 휘장이 열린다.

비시가 새하얀 머리카락을 날리며 달려온다. 그 애는 작은 가슴으로 숨을 헐떡이며 마마 아그바와 눈을 맞춘다.

"무슨 일이야?" 마마가 묻는다.

비시의 눈에 눈물이 고인다. "죄송해요." 그 애가 훌쩍거리며 대꾸한다. "깜빡 잠이 들었어요. 그, 그래서……."

"어서 말해!"

미칠내 비시가 소리친다. "그들이 오고 있어요! 아주 가까이, 거의 다 왔어요!"

순간 나는 숨을 쉴 수가 없다. 모두 마찬가지일 것이다. 겁에 질려 온몸이 마비되는 듯하다.

그러나 이내 생존 본능이 발동한다.

마마 아그바가 낮은 목소리로 지시한다. "서둘러. 시간이 없어!"

나는 예미를 일으켜 세운다. 예미는 여전히 숨을 헐떡이고 있지만 괜찮은지 확인할 시간이 없다. 나는 예미의 격투봉을 집어 들고 황급히 다른 격투봉들을 챙기러 달려간다.

아헤레는 순식간에 아수라장으로 변한다. 모두가 진실을 숨기기 위해 이리저리 뛰어다니고 있다. 밝은색의 천들이 허공을 날아다닌다. 갈대로 만든 마네킹들이 일어선다. 과연 이 많은 것을 다 숨길 시간이 있을지 모르겠다. 그저 내가 맡은 임무에 집중하는 수밖에. 나는 격투봉을 전부 거둬 보이지 않게 격투장 거적 아래로 밀어 넣는다.

내가 그 일을 끝마치자 헤미가 내 손에 나무 바늘을 쥐여 준다. 정해진 내 자리로 달려가는데 아헤레 입구의 휘장이 다시 걷힌다.

"제일리!" 마마 아그바가 소리친다.

나는 그 자리에 얼어붙는다. 아헤레 안의 모든 눈이 나에게로 향한다. 내가 대꾸할 새도 없이 마마 아그바가 내 뒤통수를 찰싹 때린다. 그 특유의 매운 손에 등줄기가 뻐근해진다.

"자리 좀 지켜. 하라는 실습은 안 하고." 마마 아그바가 날카롭게 말한다.

"마마 아그바, 저는……."

마마 아그바가 내게로 몸을 기울이자 가슴이 쿵쾅거린다. 그녀의 눈에서 진실이 반짝거린다.

'연막이구나……'

시간을 끌려는 거다.

"죄송합니다, 마마 아그바. 용서해 주세요."

"어서 네 자리로 가."

나는 미소를 삼키며 머리 숙여 사과한 뒤 방금 들어온 위병들을 살펴보려고 일부러 낮은 자세로 걸어간다. 둘 중 키 작은 군인은 오리샤의 위병들이 대개 그렇듯 예미와 비슷한 피부색을 가졌다. 해진 가죽 같은 갈색. 숱 많은 검정 머리카락이 얼굴을 에워싸고 있다. 우리 같은 소녀들을 상대하면서도 그는 칼자루에서 손을 떼지 않는다. 우리가 금방이라도 달려들 것처럼 칼자루를 단단히 움켜잡고 있다.

키 큰 위병은 근엄하고 진지한 모습인 데다, 제 짝에 비해 피부색이 훨씬 어둡다. 그는 출입구 근처에 서서 바닥을 주시하고 있다. 여기 온

목적이 부끄러울 정도의 양심은 있는 모양이다.

둘 다 쇠로 만들어진 흉갑에 사란 왕의 인장을 달고 있다. 그 화려한 백표버머를 보는 것만으로도 나는 속이 울렁거린다. 이들을 보낸 왕을 떠올리게 하는 가혹한 상징물이기에.

나는 보란 듯이 샐쭉한 얼굴을 하고 나의 갈대 마네킹으로 돌아간다. 긴장이 풀리면서 다리가 후들거린다. 격투장이었던 곳이 이제 어엿한 의상실로 탈바꿈했다. 소녀들 앞에는 마네킹이 하나씩 놓여 있고 마마 아그바의 특제 옷본으로 재단한 전통 무늬 천이 핀으로 고정되어 있다. 우리는 몇 년째 만들어 온 다시키*의 옷단을 말없이 꿰매며 위병들이 돌아가길 기다린다.

마마 아그바는 바느질을 점검하는 척 소녀들 사이를 왔다 갔다 한다. 불안한 숨에도 이 닐갑시 잖은 위병들을 무시하고 시치미 떼며 기다리게 하는 그녀의 태도에 빙긋 웃음이 나온다.

"무슨 일로 오셨죠?" 마침내 마마 아그바가 묻는다.

"세금 낼 때가 됐답니다." 피부색이 더 어두운 군인이 퉁명스럽게 대꾸한다.

마마 아그바의 얼굴이 마치 밤을 맞은 열기처럼 축 처진다. "세금은 지난주에 냈는데."

그러자 다른 위병이 길고 새하얀 머리카락의 신성자들을 훑어보며 대꾸한다. "거래세 말고. 마귀 세금이 올랐거든요. 여기 마귀가 이렇게 많으니 세금을 더 내야죠."

'아무렴.' 나는 내 마네킹에 입혀진 천을 손이 아프도록 움켜쥔다.

_____

* 서아프리카에서 즐겨 입는 화려한 무늬의 헐렁한 셔츠.

왕은 신성자들을 핍박하는 것만으로는 만족하지 못한다. 우리를 도 ⬆️ ⬜⬜ ⬜⬜⬜⬜⬜ 괴롭혀야 하는 모양이다.

나는 입을 꾹 다물고 그 위병을, 그가 내뱉은 '마귀'라는 말을 무시 하려 애쓴다. 우리는 이제 예전처럼 마자이가 될 수 없는데도 저들은 개의치 않는다. 그들의 눈에 우리는 여전히 마귀다.

언제까지고 그럴 것이다.

마마 아그바는 굳게 다문 입에 더욱 힘을 준다. 그녀에게 돈이 남 았을 리 없다. 그녀는 따지기 시작한다. "신성자 세금은 지난달에 올 렸잖아요. 그 전 달에도."

피부색이 좀 더 밝은 위병이 칼로 손을 뻗으며 앞으로 걸어 나온 다. 조금이라도 저항의 기미가 보이면 바로 공격할 기세다. "아무래도 댁은 이 마귀들을 데리고 있으면 안 될 것 같군."

"그보단 그쪽이 우리를 그만 뜯어먹어야 할 것 같은데요."

나도 모르게 이 말이 튀어나오고 말았다. 모두가 일제히 숨을 죽 인다. 마마 아그바의 얼굴이 굳기 시작한다. 짙은 색 눈이 내게 조용 히 하라고 애원한다.

"신성자는 돈을 더 벌지도 못해요. 대체 무슨 돈으로 세금을 또 내 라는 거예요?" 내가 계속해서 따져 묻는다. "그렇게 끊임없이 세금을 올리면 어떡해요? 한없이 올리면 낼 수가 없다고요!"

위병이 어슬렁어슬렁 걸어오자 격투봉을 꺼내고 싶은 마음이 간절 해진다. 정확히 휘두르면 그를 쓰러뜨릴 수 있을 것이다. 제대로 공격 하면 목을 부러뜨릴 수도 있다.

그러다 문득 깨닫는다. 그 위병의 칼이 보통 칼이 아니라는 것을. 칼 집 안에서 검은 날이 반짝거린다. 금보다 귀한 금속.

'마자사이트야……'

대습격 전에 사란 왕이 무기화한 합금. 우리의 마법을 약화시키고 우리의 살을 태우는 합금이다.

그들이 엄마 목에 감았던 검은 사슬도 마자사이트였다.

강력한 마자이는 그 기운을 물리칠 수도 있지만 대부분은 이 희귀한 합금에 힘을 잃는다. 나는 마법을 부릴 수도 없는데 위병이 바싹 다가오자 마자사이트 칼이 가까이 있다는 이유만으로 살갗이 따끔거린다.

"입 다물고 있는 게 좋을 텐데, 아가씨."

맞는 말이다. 정말 그래야 한다. 입을 다물고 분노를 삼켜야 한다. 내일 또 하루를 살려면.

그러나 그가 내 얼굴로 바싹 다가오자 그 구슬 같은 갈색 눈을 바늘로 찌르고 싶어 미칠 지경이다. 정말 입은 다물어야 한다.

아니면 그가 죽어 버리거나.

"당신이……"

마마 아그바가 나를 세차게 밀어 바닥으로 내동댕이친다.

"여기요." 그녀는 동전 한 움큼을 내놓으며 말을 잇는다. "어서 갖고 가요."

"마마, 주지 마세……"

마마 아그바가 휙 돌아서자 그 매서운 눈초리에 내 몸이 돌덩이처럼 굳는다. 나는 얼른 입을 다물고 주섬주섬 일어나 내 마네킹에 입혀진 옷감 뒤로 숨는다.

위병은 찔렁거리며 동전들을 손바닥에 놓고 세어 본다. 다 세고 나자 툴툴거리며 말한다. "이걸로는 부족한데."

"어쩔 수 없어요." 마마 아그바의 목소리가 한층 절실해진다. "그게 다예요. 가진 게 그것뿐이라고요."

증오가 끓어올라 살갗이 화끈거리고 따끔거린다. 이건 옳지 않다. 마마 아그바가 애원하는 건 옳지 않다. 나는 시선을 들어 위병과 눈을 맞춘다. 실수다. 얼굴에 드러난 증오를 감추려 고개를 돌리려는 찰나 그가 내 머리채를 잡는다.

"아!" 내가 소리친다. 찌릿한 통증이 두피를 파고든다. 위병은 순식간에 나를 바닥으로 엎어뜨린다. 목에서 헉 하고 숨이 새어 나온다.

위병이 무릎으로 내 등을 찍으며 말한다. "돈은 없어도 마귀 몫은 하겠지." 그는 거친 손으로 내 허벅지를 잡으며 덧붙인다. "여기부터 시작하겠어."

피부가 화끈거린다. 나는 허겁지겁 숨을 들이쉬며 떨리는 손을 들키지 않으려 힘주어 움켜쥔다. 소리치고 싶지만, 그의 뼈를 모조리 부러뜨리고 싶지만 시간이 갈수록 힘이 빠진다. 그의 손이 나의 존재를 지우는 듯하다. 내가 열심히 싸워서 얻어 낸 모든 것을 지워 버리는 듯하다.

어느새 나는 위병에게 끌려가는 엄마를 속수무책 바라보던 어린 소녀로 돌아간다.

"그만해요." 마마 아그바가 위병을 밀어 내고 나를 끌어안으며 마치 새끼를 보호하는 황소뿔 사자녀처럼 으르렁거린다. "돈을 줬으면 됐잖아요. 가요. 당장."

그녀의 대담한 태도에 위병은 다시 속을 끓인다. 그가 칼을 뽑으려 하는데 다른 위병이 나선다.

"그만 가자. 해 질 녘까지 이 마을을 다 돌아야 하잖아."

피부색이 검은 위병은 밝은 목소리를 유지하지만 턱이 팽팽하게 굳어 있다. 어쩌면 우리 얼굴에서 제 어머니나 누이가 보였는지도 모른다. 보호하고픈 누군가가 떠올랐을지도 모른다.

다른 위병은 잠시 꼼짝도 하지 않는다. 무슨 생각인지 알 수가 없다. 그러나 결국 칼에서 손을 떼고 대신 매서운 눈빛으로 노려본다. "이 마귀들 잘 가르쳐. 안 그럼 내가 가르칠 테니." 그가 마마 아그바에게 경고한다.

이윽고 그는 내게 시선을 고정시킨다. 몸에서는 땀이 흐르지만 간담이 서늘해진다. 그는 나를 아래위로 훑어본다. 마음만 먹으면 얼마든지 괴롭힐 수 있다고 경고라도 하듯이.

'해보시지.' 이렇게 내뱉고 싶지만 입이 바싹 말라 아무 말도 나오지 않는다. 위병들이 나가고 그들의 징 박힌 군화 소리가 멀어질 때까지 우리는 말없이 기다린다.

마마 아그바의 상인했던 모습이 바람에 꺼지는 촛불처럼 사그라진다. 그녀는 마네킹을 붙잡고 몸을 지탱한다. 내가 알던 치명적인 전사가 노쇠하고 낯선 노파로 변한다.

"마마……."

내가 부축하려는데 그녀가 내 손을 휙 뿌리친다. "오데!"

오데는 요루바어로 **어리석다**는 뜻이다. 대습격 이후 마자이의 언어는 금지되었다. 우리말을 들어 본 지가 하도 오래돼서 그 말뜻이 얼른 떠오르지 않는다.

"아이고, 신들이여, 넌 대체 왜 그 모양이냐?"

또 한 번 아헤레의 모든 시선이 나에게로 향한다. 어린 비시조차도 나를 노려본다. 마마 아그바는 왜 저렇게 역정을 낼까? 그 불쾌한 위병들이 강도 짓을 하는 게 내 잘못이란 말인가?

"저는 마마를 도우려 한 거예요."

"나를 도와?" 마마 아그바가 되묻는다. "네가 그렇게 입을 놀려 봐 ▮ ▮▮싯노 ▮▮▮다는 거 알잖아. 너 때문에 우리 모두가 죽을 수도 있었어!"

저렇게 말하다니. 나는 기가 차서 비틀거린다. 마마 아그바가 이토록 실망하는 모습은 본 적이 없다.

"그들과 싸울 수 없다면 우린 여기 왜 있는 거죠?" 목소리가 갈라지지만 나는 애써 눈물을 삼키며 말을 잇는다. "스스로를 지킬 수도 없다면 이런 훈련이 무슨 소용이에요? 마마를 보호할 수도 없는데 이런 걸 왜 하느냐고요?"

"아이고, 신들이여, 제발 **생각을 해**, 제일리. 너 말고 다른 사람을 생각하란 말이다! 네가 그놈들을 해하면 누가 네 아버지를 지켜 주겠니? 위병들이 다시 와서 피를 흘리게 하면 누가 제인을 지킬 수 있겠어?"

나는 반박하려고 입을 열지만 아무 말도 하지 못한다. 마마의 말이 옳다. 위병 두어 명은 쓰러뜨려도 군대 전체와 맞설 수는 없다. 그들은 결국 나를 찾아낼 것이다.

그들은 결국 내가 사랑하는 사람들을 무너뜨릴 것이다.

"마마 아그바?" 비시가 기어들어 가는 목소리로 입을 연다. 생쥐처럼 작은 목소리. 눈물이 그렁그렁한 눈으로 예미의 펑퍼짐한 바지 자락에 매달려 있다. "그 사람들은 왜 그렇게 우리를 미워해요?"

피로가 마마를 휘감는다. 마마는 비시를 향해 두 팔을 벌린다. "너희들을 미워하는 게 아니야, 아가. 너희가 타고난 운명을 미워하는 거지."

비시는 마마 아그바의 카프탄 자락에 얼굴을 묻고 소리 죽여 흐느낀다. 비시가 울자 마마 아그바는 아헤레 안을 둘러본다. 다른 소녀들도 눈물을 참고 있다.

"제일리는 우리가 왜 여기 있느냐고 물었지. 그럴 만도 해. 우리는 **어떻게** 싸워야 하는지만 배웠지 왜 싸워야 하는지는 좀처럼 얘기하지 않으니 말이다." 마마는 비시를 내려놓고 예미에게 간이 의자를 가져오라고 손짓한다. "예전엔 이곳이 이렇지 않았다는 걸 잊어선 안 된다. 모두가 한편이었던 시절이 있었어."

마마 아그바가 의자에 앉자 소녀들은 열의를 갖고 주위로 몰려든다. 마마의 수업은 늘 옛날이야기나 우화로 마무리된다. 다른 시대의 가르침. 평소 나는 한 마디도 놓치지 않으려고 맨 앞으로 나아간다. 하지만 오늘은 부끄러운 마음에 차마 가까이 가지 못하고 뒷줄에 머무른다.

마마 아그바는 두 손을 맞비빈다. 느릿느릿 찬찬히. 오늘 그렇게 험한 일을 겪고도 입가엔 엷은 미소가 걸려 있다. 저런 미소를 끌어내는 이야기는 히니뿐이다. 나는 끝내 참지 못하고 좀 더 앞으로 나아간다. 이건 우리의 이야기니까. 우리의 역사니까.

왕이 우리의 죽음과 함께 묻으려 한 진실.

"처음에 오리샤에선 희귀하고 신성한 마자이족이 번영을 누렸단다. 열 개 부족으로 이루어진 마자이들은 저 위의 신들로부터 제각기 다른 재능을 부여받고 이 땅에서 그 힘을 휘두를 수 있게 되었지. 물을 주무르는 마자이, 불을 일으키는 마자이, 마음을 읽는 마자이, 심지어 미래를 내다보는 마자이도 있었어!"

모두들 마마 아그바와 지금은 없는 부모님을 통해 한 번쯤 들어 본 이야기지만 다시 들어도 그 한 마디 한 마디가 새삼 경이롭다. 우리는 눈을 빛내며 치료의 재능을 가진 마자이와 질병을 일으키는 힘을 가진 마자이에 대해 듣는다. 마마 아그바가 이 땅의 야수들을 길들이는 마자이와 손바닥으로 빛과 어둠을 주무르는 마자이의 이야기를 들려

주자 우리는 더 바싹 몸을 기울인다.

"마자이는 노루 날 때부터 새하얀 머리카락을 갖고 있는데, 그건 신의 손길이 닿았다는 뜻이지. 마자이는 각자의 재능을 발휘해 오리샤의 백성들을 보살피며 온 나라의 존경을 받았단다. 하지만 모두가 신들에게 재능을 받는 건 아니었어." 마마 아그바는 손으로 방 안을 빙 둘러 가리키며 말을 잇는다. "그래서 아이가 태어날 때마다 새하얀 곱슬머리가 보이면 온 마을이 기뻐하고 축하했지. 이 선택받은 아이들은 열세 살이 되기 전에는 마법을 부릴 수 없었단다. 그런 힘이 입증되기 전까지 그들은 **이바위**라고 불렸지. **신성한 자**라는 뜻이야."

비시는 신성자라는 우리 호칭의 기원을 떠올리며 턱을 들고 미소 짓는다. 마마 아그바는 아래로 손을 뻗어 비시의 새하얀 머리카락 한 움큼을 당긴다. 우리 모두 감춰야 한다고 배운 특별한 표식이다.

"마자이는 오리샤 곳곳에서 초대 왕 또는 여왕이 되면서 세력을 떨쳤어. 모두 평화롭게 살던 시절이었지만 그 평화는 오래가지 않았지. 힘 있는 자들이 마법을 남용하기 시작했고 그 벌로 신들은 그들의 재능을 빼앗았단다. 피에서 마법이 빠져나간 이들은 죄인의 표시로 새하얀 머리카락을 잃었어. 세대가 거듭될수록 마자이에 대한 사랑은 두려움으로 변했단다. 두려움은 증오가 되었고. 그 증오가 폭력으로 바뀌면서, 결국 마자이를 몰살하겠다는 열망이 싹트게 된 거야."

마마 아그바의 말에 모두가 침울해진다. 그다음 이야기는 우리 모두 알고 있다. 우리가 절대 얘기하지 않는 그 밤, 하지만 영원히 잊지 못할 그 밤의 이야기다.

"그 밤이 오기 전까지 마자이가 살아남은 건 마법을 사용해 스스로를 방어할 수 있었기 때문이란다. 하지만 11년 전 마법이 사라졌어. 그 이유는 신들만이 알고 있지." 마마 아그바는 눈을 감고 무거운 한숨을 내쉬며 덧붙인다. "멀쩡히 **살아 숨 쉬던** 마법이 갑자기 죽어 버렸거든."

'그 이유는 신들만이 안다고?'

소리 내어 말하고 싶지만 마마 아그바를 존중해 꾹 참는다. 대습격을 겪은 어른들은 모두 그렇게 말한다. 그렇게 체념하고 받아들인다. 마치 신들이 우리를 벌하기 위해 마법을 빼앗은 것처럼. 혹은 그저 신들의 마음이 변한 것처럼.

하지만 나는 진실을 알고 있다. 사슬에 묶인 이바단의 마자이들을 본 순간 나는 알았다. 신들이 우리의 마법과 함께 죽었다는 것을. 두 번 다시 돌아오지 않으리라는 것을.

마마 아그바가 계속 말을 잇는다. "그 운명적인 날에 사란 왕은 조금도 망설이지 않았어. 마자이가 약해진 틈을 타 공격을 감행했지."

나는 눈을 감고 쏟아져 나오려는 눈물을 삼킨다. 그들이 엄마 목에 감은 사슬. 흙바닥으로 똑똑 떨어지던 피.

대습격의 고요한 기억들이 이 갈대 오두막을 채우며 대기를 슬픔으로 물들인다.

그날 밤 우리 모두는 저마다 마자이 가족을 잃었다.

마마 아그바는 한숨을 쉬며 일어선다. 우리 모두가 익히 알고 있는 그 강인한 모습으로 돌아오기 시작한다. 그러곤 병력을 점검하는 장군처럼 소녀들을 한 명 한 명 훑어본다.

"지금은 격투봉을 배우고 싶어 하는 소녀들을 누구든 받아 주고 있지. 세상엔 늘 너희들을 해치려는 사내들이 있을 테니까. 하지만 처음엔 신성자들, 희생된 마자이의 자녀들을 위해 이 훈련을 시작했단다. 너희는 이제 마자이로 자라날 수 없게 되었지만 너희들을 향한 증오

와 폭력은 고스란히 남아 있거든. 그게 바로 우리가 여기 있는 이유
란다. 그래서 우리가 훈련하는 거야.

마마 아그바는 접이식 격투봉을 꺼내더니 날렵하게 펼쳐 바닥을 때
린다. "너희를 해치려는 자들은 칼을 갖고 있다. 그런데 왜 나는 너희
들에게 격투봉을 가르치지?"

우리는 마마 아그바가 수없이 되뇌게 한 주문을 다시 읊조린다.
"격투봉은 피하되 해하지 않고, 해하되 불구를 만들지 않으며, 불구
를 만들되 죽이지 않습니다. 격투봉은 파괴하지 않습니다."

"나는 너희들이 차분한 전사가 되도록 가르치는 거야. 전쟁 중에도
손 놓고 있지 않게 말이다. 나는 싸우는 기술을 가르치지만 너희들
모두 참는 법도 배워야 한다." 마마 아그바는 어깨를 젖히고 나를 돌
아보며 말을 이어 간다. "스스로 방어할 수 없는 사람들을 보호해야
한다. 그게 격투봉을 배우는 이유야."

아이들은 고개를 끄덕이지만 나는 바닥에서 눈을 뗄 수 없다. 또
다 망쳐 버릴 뻔했다. 다시 실망을 안겨 주었다.

마마 아그바가 한숨을 쉬며 말한다. "됐어. 오늘은 여기까지다. 짐
챙기도록. 남은 수업은 내일 하자."

아이들은 긴장을 풀고 줄지어 오두막을 나간다. 나도 나가려 하는
데 마마 아그바의 주름진 손이 내 어깨를 잡는다.

"마마……."

"조용." 그녀가 명령한다. 마지막으로 나가던 소녀들이 안됐다는 듯
이 나를 본다. 저마다 제 엉덩이를 비비는 꼴이 내 엉덩이에 매가 몇
대나 꽂힐지 가늠해 보는 모양이다.

'연습한 대로 시합하지 않은 것 스무 대…… 주제넘게 나선 것 쉰

대…… 우리를 죽음으로 몰아넣을 뻔한 것 백 대…….'

아니다. 백 대는 너무나 관대한 처벌이다.

나는 한숨이 나오려는 걸 억누르며 매 맞을 준비를 한다. '금방 끝날 거야.' 스스로를 타이른다. '눈 깜빡할 사이면…….'

"앉아라, 제일리."

마마 아그바는 내게 차를 한 잔 건넨 뒤 자기 차를 따른다. 달콤한 향이 코를 간질이고 따뜻한 잔이 손을 데운다.

나는 눈살을 찌푸리며 묻는다. "독이라도 타셨어요?"

마마 아그바의 입가가 씰룩거린다. 그러나 그녀는 웃음기를 밀어 넣고 엄한 표정을 짓는다. 나도 차를 한 모금 마시며 장난기를 거두고 혀에 닿는 달콤한 꿀의 맛을 음미한다. 나는 두 손으로 잔을 돌리며 테두리에 박힌 은색 구슬을 손가락으로 훑어 본다. 엄마도 이런 잔을 갖고 있었다. 엄마의 잔에 박힌 구슬은 연보라색이었다. 삶과 죽음의 여신 오야를 기리는 장식.

잠시 나는 마마 아그바가 내게 실망했다는 사실을 잊고 추억에 젖는다. 그러나 차의 맛이 사라지자 다시 시큼한 죄책감이 밀려온다. 마마 아그바는 이런 일을 겪어선 안 된다. 나 같은 신성자 때문에 험한 꼴을 당해선 안 된다.

"죄송해요." 나는 잔에 붙은 구슬들을 만지작거리며 시선을 피한다. "알아요…… 저 때문에 늘 곤란해지시는 거."

마마 아그바는 예미처럼 코시단이다. 즉 마법의 잠재력을 갖고 있지 않은 오리샤인이다. 대습격 전에 우리는 신성자로 태어나는 자들과 그렇지 않은 자들을 신들이 결정한다고 믿었지만 이제 마법도 사라진 판에 왜 이런 구분이 필요한지 모르겠다.

신성자의 새하얀 머리카락을 갖지 않은 마마 아그바는 다른 오리샤
인들 속에 섞여 빛나는지 위병들의 고문을 피할 수 있다. 우리와 엮이
지 않았더라면 위병들은 그녀를 건드리지 않았을 것이다.

내 마음 한구석엔 마마 아그바가 우리를 버리고 고통에서 벗어났으
면 하는 바람이 자리하고 있다. 옷 만드는 기술이 있으니 장사를 하면
지금처럼 돈을 뜯기지 않고 적당히 모을 수도 있을 것이다.

"네가 점점 엄마를 닮아 가는 거, 혹시 아니?" 마마 아그바는 차를
한 모금 홀짝인 뒤 미소 지으며 다시 말한다. "악쓸 때 보면 꼭 네 엄
마라니까. 불같은 성미가 똑같아."

입이 절로 벌어진다. 마마 아그바는 우리가 상실한 것에 대해 좀처
럼 얘기하지 않는다.

우리도 대부분 그렇다.

나는 차를 한 모금 더 마시며 놀란 기색을 감추고 고개를 끄덕인
다. "알아요."

언제부터였는지는 기억나지 않지만 아빠가 변했다는 사실은 부인
할 수 없다. 나를 볼 때마다 죽은 아내의 얼굴이 보이는지 언제부턴
가 아빠는 나와 눈을 맞추려 하지 않았다.

"다행이구나." 마마 아그바의 미소 띤 얼굴이 서서히 찡그린 표정
으로 변한다. "대습격 때 넌 어린아이였잖니. 다 잊었으면 어쩌나 걱
정했는데."

"그걸 어떻게 잊겠어요." 태양 같던 엄마의 얼굴을.

나는 오로지 그 얼굴만 기억하려 한다.

피 흘리던 그 송장은 기억하지 않을 것이다.

"네가 엄마 때문에 싸우는 거 안다." 마마 아그바는 나의 하얀 머

리카락을 손으로 쓸어 주며 말을 잇는다. "하지만 왕은 무자비한 사람이야, 제일리. 저항하는 신성자를 용서하느니 이 왕국 전체를 몰살할 사람이지. 적이 도의를 갖추지 못했다면 다른 방법으로 싸워야 한단다. 좀 더 현명한 방법으로."

"격투봉으로 그 개자식들을 때리는 것도 현명한 방법 아닌가요?"

마마 아그바는 웃음을 터트린다. 마호가니 같은 적갈색 눈 주위에 주름이 진다. "조심하겠다고 약속해 줘. 때를 봐서 싸워야지."

나는 마마 아그바의 손을 잡고 꾸벅 머리를 숙여 존경을 표한다. "약속해요, 마마. 다시는 실망시키지 않을게요."

"다행이구나. 네게 보여 줄 게 있는데 괜히 보여 줬다 후회하고 싶진 않거든."

마마 아그바는 기프탄 가라 안으로 손을 넣어 매끈한 검정 막대를 꺼낸다. 그러곤 날렵하게 휘두른다. 막대가 길어져 번쩍이는 금속 격투봉으로 변하자 나는 펄쩍 뒤로 몸을 젖힌다.

"아아, 신들이여." 내가 속삭인다. 그 멋진 물건을 와락 잡고 싶지만 꾹 참는다. 고대의 상징들이 검은 금속을 뒤덮고 있다. 모두 마마 아그바에게서 배운 상징들이다. 꿀을 향해 날아드는 꿀벌처럼 나의 시선은 가장 먼저 **아코페나**로 향한다. 십자 모양으로 교차하고 있는 두 개의 칼날, 전쟁의 칼들. "소리치는 것만이 용기는 아니다. 용맹함이 언제나 빛을 발하는 것은 아니다." 그날 마마 아그바는 이렇게 말했다. 그다음으로 나의 시선이 향하는 곳은 그 칼들 옆에 있는 **아코마**다. 인내와 관용의 마음. 그날은…… 아마 틀림없이 내가 매를 맞은 날이었을 것이다.

상징 하나하나가 또 다른 교훈, 또 다른 이야기, 또 다른 지혜를 떠오르게 한다. 나는 마마 아그바를 보며 기다린다. 선물일까? 혹시 이걸로 나를 때리려는 걸까?

"받으렴." 그녀는 그 매끈한 금속을 내 손에 쥐여 준다. 잡는 순간 힘이 느껴진다…… 쇠가 박힌 듯…… 두개골을 박살 낼 듯 묵직하다.

"정말요?"

마마는 고개를 끄덕인다. "오늘 전사처럼 싸우더구나. 이제 졸업해도 될 것 같은데."

나는 일어나서 격투봉을 돌려 보며 그 힘에 감탄한다. 칼처럼 허공을 가르는 이 금속은 그동안 내가 깎아 만든 나무 격투봉들보다 훨씬 치명적이다.

"처음 훈련을 시작할 때 내가 뭐라고 했는지 기억하니?"

나는 고개를 끄덕이며 마마 아그바의 지친 목소리를 흉내 낸다. "**위병들과 싸울 생각이라면 이기는 법을 알아 둬야지.**"

마마 아그바는 내 머리를 찰싹 때린다. 그러나 그녀의 호탕한 웃음이 갈대 벽에 메아리친다. 내가 격투봉을 건네자 그녀는 그것으로 바닥을 쿡 찍는다. 격투봉은 작은 금속 막대로 줄어든다.

그녀가 말한다. "이제 넌 이기는 법은 알고 있어. 언제 싸워야 하는지만 알면 돼."

마마 아그바가 그 격투봉을 다시 내 손에 쥐여 주자 가슴에서 뿌듯함과 자부심, 고통이 한꺼번에 소용돌이친다. 말로는 표현할 수 없을 것 같아 두 손으로 그녀의 허리를 감싸 안고 익숙한 냄새를 들이마신다. 세탁한 지 얼마 안 된 옷 냄새와 달콤한 차 냄새.

마마 아그바는 뻣뻣하게 버티다 곧 나를 꼭 끌어안으며 고통을 밀어내 준다. 그녀가 무슨 말인가를 하려고 몸을 젖히는데 때마침 아헤레 입구의 휘장이 다시 걷힌다.

　나는 금속 막대를 움켜쥐고 펼쳐 내려 하지만 입구에 서 있는 사람은 우리 오빠다. 근육이 불끈거리는 그 커다란 몸집에 갑자기 갈대 오두막이 작아지는 듯하다. 그의 어두운 피부에 힘줄이 튀어나와 있다. 검은 머리카락에서 이마를 타고 땀이 줄줄 흘러내린다. 그와 눈이 마주치는 순간 가슴이 오그라든다.

　"아버지한테 가야 해."

02

◦◦-❈-━◆◀◇▶◆━-❈-◦◦

아빠가 위험하다!

제일리

정말 듣고 싶지 않았던 말이다.

'아버지한테 가야 해.'는 세상이 끝났다는 뜻이다. 아빠가 다쳤거나 그보다 더한 일을 당했다는 뜻이다.

'아닐 거야.' 나는 마음을 다잡으며 널빤지들로 뒤덮인 상업 구역을 전속력으로 달려간다. '아빠는 괜찮아. 무슨 일인지는 몰라도 아빠는 괜찮을 거야.' 애써 스스로를 다독이며.

일로린이 태양과 함께 솟아오르며 우리의 바다 마을이 살아 움직이기 시작한다. 수상 마을을 떠받치는 목제 기둥에 파도가 부딪쳐 우리의 발을 물안개로 뒤덮는다. 우리 마을은 마치 바다의 거미줄 속 거미처럼 보인다. 목제 기둥 여덟 개가 마을을 떠받치고 있고 이 기둥들은 모두 가운데로 연결되어 있다. 지금 우리가 가는 곳은 바로 그 한가운데. 거기에 아빠가 있다.

"잘 보고 다녀!" 코시단 여자가 소리친다. 내가 전속력으로 달리는 통에 그녀의 검은 머리에 이고 있던 플랜틴* 바구니가 떨어질 뻔한 탓이다. 내 세상이 무너지고 있다는 걸 알았다면 너그럽게 봐줬을 텐데.

"무슨 일이야?"

내가 헐떡거리며 묻자 오빠가 대꾸한다.

"나도 몰라. 아그본 연습을 하고 있는데 은둘루가 찾아왔어. 아버지한테 일이 생겼다는 거야. 집으로 가고 있는데 예미가 그러더라. 네가 위병들하고 일이 있었다며?"

'이런. 혹시 마마 아그바를 찾아왔던 위병이면 어쩌지?' 장사하는 여자들과 공예꾼들이 바글거리는 목제 보도를 쏜살같이 달려가는 사이, 두려움이 머릿속을 파고든다. 나를 위협했던 그 위병이 아빠를 찾아갔을지도 모른다. 그렇다면 이제 아빠는…….

"제일리!" 치읍 부른 게 아닌 듯 오빠의 목소리엔 짜증이 배어 있다. "왜 아버지를 두고 나왔어? 오늘은 네가 집에 있기로 한 날이잖아!"

"오늘 졸업 시합이었어! 안 가면…….."

"빌어먹을, 제일리!" 오빠의 우렁찬 고함에 마을 사람들도 고개를 돌린다. "지금 제정신이야? 겨우 그 잘난 막대 시합 때문에 아버지를 두고 나왔다고?"

나도 질세라 소리친다. "막대가 아니라 무기야. 그리고 아빠를 버려둔 것도 아니야. 늦잠을 주무셨어. 좀 쉬셔야 할 것 같더라고. 그리고 이번 주엔 내가 내내 집에 있었는데…….."

"그야 지난주엔 내가 내내 집에 있었으니까!" 오빠는 기어 다니는 아이를 펄쩍 뛰어넘은 뒤 근육을 불끈거리며 착지한다. 코시단 소녀

---

* 아프리카와 아시아 일부에서 주식으로 먹는 바나나의 일종으로, 다른 바나나에 비해 단맛이 덜하고 크기가 크다.

가 달려가는 오빠를 보고 미소 지으며 그를 멈춰 세우려는 듯 요염하게 손을 흔든다. 이런 상황에서도 마을 사람들은 마치 자석처럼 오빠에게 끌린다. 내 경우엔 사람들을 헤치고 나갈 필요도 없다. 나의 새하얀 머리카락을 보면 누구든 비켜서니까. 마치 내가 전염병 환자라도 되는 것처럼 말이다.

오빠가 계속 말을 잇는다. "오리샤 체전이 겨우 두 달 남았어. 그 우승 상금이 우리한테 얼마나 중요한지 알잖아. 내가 연습할 때는 **네가** 아버지와 함께 집에 있어야지. 그게 그렇게 이해가 안 돼? 젠장."

오빠는 일로린 한가운데 있는 수상 시장 앞에서 끼이익 미끄러지며 멈춰 선다. 길게 뻗은 바다를 목제 보도가 사각형으로 에워싸고 있고, 그 한가운데서 마을 사람들이 둥근 코코넛 배를 타고 흥정을 벌이고 있다. 매일 장이 서기 전에는 어업 구역에 있는 우리 집까지 야간 다리로 건너갈 수 있다. 그러나 일찌감치 장이 섰고 다리는 보이지 않는다. 먼 길로 돌아가야 한다.

타고난 달리기꾼인 오빠는 아빠에게 가기 위해 시장을 빙 두른 목제 보도를 달려가기 시작한다. 나도 뒤따라가려다 코코넛 배들을 보고 걸음을 멈춘다.

어부들이 그날 잡은 가장 좋은 물고기를 상인들의 신선한 과일과 맞바꾸고 있다. 수확이 좋을 때는 거래도 후해진다. 모두가 조금 덜 받고 조금 더 내준다. 하지만 오늘은 외상도 허락하지 않고 물고기 값으로 동화와 은화를 요구하며 실랑이를 벌이고 있다.

'세금 때문이야……'

그 위병의 일그러진 얼굴이 머릿속을 가득 메우며 허벅지에 그의 뜨거운 손길이 다시 느껴지는 듯하다. 그 매서운 눈이 내 의지에 불을 붙인다. 나는 첫 번째 배로 껑충 뛰어든다.

"제일리, 조심해!" 카나가 과일을 끌어안으며 소리친다. 카나는 우리 마을의 과수 재배꾼이다. 그녀가 머릿수건을 매만지며 노려보자 나는 퍼런 배불뚝치를 가득 실은 목제 바지선으로 얼른 넘어간다.

"죄송해요!"

나는 연신 사과의 말을 외치며 붉은코 개굴러처럼 껑충껑충 이 배에서 저 배로 옮겨 간다. 어업 구역에 발이 닿는 순간, 널빤지의 단단한 느낌을 음미하며 다시 달리기 시작한다. 오빠가 뒤에 있지만 나는 멈추지 않는다. 내가 먼저 아빠에게 가야 한다. 만약 나쁜 일이라면 오빠에겐 마음의 준비를 할 시간이 필요할 테니까.

'만약 아빠가 죽은 거라면……'

몹쓸 생각에 다리가 납덩이처럼 무거워진다. 그럴 리가 없다. 아직 이른 아침, 우리는 배에 짐을 싣고 바다로 나가야 한다. 그물망을 놓을 때쯤이면 고기가 가장 많이 잡히는 시간은 이미 지난 뒤일 것이다. 아빠가 없다면 누가 나를 나무란단 말인가?

내가 집을 나서기 전 우리의 휑한 아헤레에서 곯아떨어져 있던 아빠의 모습을 떠올려 본다. 잠든 모습도 지쳐 보였다. 영원한 잠도 아빠에겐 휴식이 될 수 없을 듯 보였다. 내가 돌아올 때까지 깨지 않기를 바랐지만 내 생각이 짧았다. 적막 속에서 아빠는 홀로 고통과 회한을 마주해야 했을 것이다. 그리고 나와 나의 어리석은 실수들을.

우리 집 앞에 모인 사람들을 보고 나는 비틀비틀 걸음을 멈춘다. 내 시야를 가린 사람들이 바다를 보며 무언가를 가리키고 소리친다. 내가 헤치고 나아갈 새도 없이 오빠가 쏜살같이 사람들을 뚫고 나아간다. 길이 트이는 순간, 심장이 멎는다.

바다 저편 500미터쯤 떨어진 곳에서 한 남자가 검은 두 손을 허우적거리며 필사적으로 몸부림친다. 거센 파도가 그 가엾은 이의 머리를 때리며 시시각각 그를 집어삼킨다. 그가 도와 달라고 소리친다. 헐떡거리는 힘없는 목소리. 그러나 어디서든 알아들을 수 있는 목소리.

우리 아빠의 목소리다.

두 어부가 제각기 코코넛 배를 타고 힘차게 노를 저으며 아빠에게로 가고 있다. 그러나 거센 파도가 끊임없이 아빠를 밀어 낸다. 저들은 때맞춰 가지 못할 것이다.

"안 돼!" 물살이 아빠를 수면 아래로 끌어 내리자 나는 겁에 질려 울부짖는다. 아빠가 다시 떠오르길 기다리지만 거친 파도 위로 아무것도 올라오지 않는다. 우리가 너무 늦었다.

아빠는 가 버렸다.

현실이 격투봉처럼 내 가슴을 때린다. 머리를, 심장을 때린다.

한순간 온 세상의 공기가 사라지면서 나는 숨을 쉬지 못한다.

무너지지 않으려고 안간힘을 쓰고 있는데 오빠가 구조에 나선다. 물속으로 뛰어들어 두 지느러미 상어처럼 힘차게 파도를 가르는 그를 보고 나는 비명을 지른다.

그가 그렇게 미친 듯이 헤엄치는 모습은 본 적이 없다. 눈 깜짝할 사이에 두 척의 배를 앞지른다. 몇 초 뒤 그는 아빠가 가라앉은 지점에 이르러 물속으로 들어간다.

'제발.' 가슴이 옥죄어 갈비뼈가 부러질 것 같다. 그 순간 오빠가 다시 나타난다. 빈손이다. 아무것도 없다.

아빠는 없다.

오빠는 숨을 몰아쉬고는 이번엔 더 힘차게 발을 차며 다시 물속으로

뛰어든다. 그가 사라진 몇 초가 영원처럼 느껴진다. '아아, 신들이여……'
둘 다 잃을 수는 없다.

"제발." 나는 오빠와 아빠를 집어삼킨 파도를 바라보며 다시 속삭
인다. "돌아와."

전에도 이렇게 속삭인 적이 있다.

어릴 때 아빠가 깊은 호수에서 수초에 걸린 오빠를 구해 오는 광경
을 보았다. 아빠는 오빠의 여린 가슴을 손으로 눌러 댔지만 오빠의
숨은 돌아오지 않았다. 그때 오빠를 살린 것은 엄마의 마법이었다. 엄
마는 모든 위험을 무릅쓰고 심지어 마자이의 규정까지 어기면서 금
지된 힘을 자신의 피로 불러들였다. 오빠에게 주문을 실처럼 엮어 넣
으며 사령술*로 그를 살려 냈다.

엄마가 살아 있다면 좋겠다고 매일 생각했지만 지금은 그 어느 때
보다도 간절하다. 엄마 몸에 흐르던 그 마법이 내 몸에도 흐른다면
얼마나 좋을까.

오빠와 아빠를 살려 낼 수 있다면.

"제발." 그날처럼 나는 온 마음을 다해 눈을 감고 기도한다. 저 위
에 신이 하나라도 남아 있다면 나의 기도가 들리길 간절히 바란다.

"제발!" 속눈썹을 비집고 눈물이 빠져나온다. 가슴속에서 희망이
사그라지고 있다. "두 사람을 살려 주세요. 제발, 오야, 두 사람마저 데
려가려면 안 돼요……."

"아!"

퍼뜩 나는 눈을 뜬다. 오빠가 한 팔로 아빠의 가슴을 감싸 안고 바

---

* 사령(죽은 사람의 넋)을 부리는 마법.

다에서 올라온다. 아빠는 기침하며 목에서 물을 잔뜩 뱉어 내고 있
기만 어쨌든 돌이있다.

아빠는 살았다.

나는 목제 보도 위로 쓰러지다시피 풀썩 무릎을 꿇는다.

'신들이여…….'

아직 하루가 절반도 지나지 않았는데 벌써 두 사람을 잃을 뻔했다.

6분.

아빠가 바다에서 허우적거린 시간이다.

아빠가 거센 파도와 싸운 시간. 아빠의 폐가 공기를 갈망한 시간.

우리의 휑한 아헤레에 말없이 앉아 있는 지금 그 숫자가 머릿속을
떠나지 않는다. 몸을 떠는 아빠를 보니 그 6분은 아빠의 수명을 10년
쯤 깎아 먹은 것 같다.

'어떻게 이런 일이!' 이렇게 이른 아침부터 하루를 망치다니. 지금
쯤이면 아빠와 함께 밖에서 새벽에 잡아 온 물고기들을 씻고 있어야
한다. 오빠가 아그본 연습을 마치고 도우러 올 시간이다.

그러나 오빠는 팔짱을 낀 채 아빠를 보고 있을 뿐이다. 화가 나서
내 쪽으론 눈길도 주지 않는다. 지금 내 편이라곤 충성스러운 암컷
사자녀 나일라뿐이다. 새끼일 때 다친 것을 발견하고 내가 데려다 키
운 녀석. 이제는 새끼가 아니어서 나를 태우고 다닌다. 나보다도 커
서 네 발로 서면 오빠의 목까지 닿는다. 양쪽 귀 뒤에 튀어나온 깔쭉
깔쭉한 뿔은 자칫하면 우리 집 갈대 벽을 뚫을 것만 같다. 내가 가

까이 가자 나일라는 턱까지 내려온 송곳니를 조심스레 움직이며 곧바로 커다란 머리를 내려놓는다. 그러곤 주둥이를 긁어 주자 기분 좋게 갸르릉거린다. 나에게 화나지 않은 존재가 하나라도 있다니 얼마나 다행인지 모르겠다.

"어떻게 된 거예요, 아버지?"

오빠의 걸걸한 목소리가 침묵을 깬다. 우리는 대답을 기다리지만 아빠의 표정은 텅 비어 있다. 바닥을 바라보는 그 공허한 얼굴에 내 가슴이 미어진다.

"아버지?" 오빠가 허리를 굽혀 아빠와 눈을 맞춘다. "어떻게 된 일인지 기억나세요?"

아빠는 담요를 단단히 끌어당긴다. "고기 잡으러 갔어."

"그렇게 혼자 나가면 안 되죠!" 내가 소리친다.

아빠가 움찔 놀라자 오빠가 나를 노려본다. 나는 목소리를 낮추고 다시 시도해 본다. "요즘 더 깜빡깜빡하잖아요. 내가 올 때까지 기다렸어야지."

아빠는 고개를 젓는다. "시간이 없었어. 위병들이 왔거든. 돈을 내라고 하더구나."

"네?" 오빠가 눈살을 찌푸리며 다시 묻는다. "왜요? 제가 지난주에 냈는데."

"신성자 세금이야. 마마 아그바한테도 갔어. 일로린의 신성자 집을 전부 돌았을 거야." 그 위병의 손이 다시 느껴지는 것 같아 나는 바지 자락을 움켜쥔다.

오빠는 두개골을 으스러뜨리려는 듯 두 주먹으로 이마를 꽉 누른다. 이 왕국의 법을 따르기만 하면 우린 안전하다고 믿고 싶을 것이다. 하지만 그 법이 증오에 뿌리내린 것이라면 그 무엇도 우리를 보호힐 수 없다.

아까와 똑같은 죄책감이 다시 고개를 들고 내 가슴을 후벼 파기 시작한다. 내가 신성자가 아니라면 아빠와 오빠는 고통받지 않을 것이다. 엄마도 마자이가 아니었더라면 살아 있을 것이다.

손가락으로 머리카락을 쓸어내리자 몇 가닥이 딸려 나온다. 다 잘라 버릴까 잠시 생각하지만 이 새하얀 머리카락이 사라져도 나의 마자이 혈통은 변함없이 우리 가족을 저주할 것이다. 우리는 왕의 감옥을 메우고 있는 사람들이니까. 우리 왕국이 노예로 전락시키려 하는 사람들. 오리샤인들이 깡그리 말살하려 하는 사람들. 새하얀 머리카락과 죽어 버린 마법이 사회적 낙인이라도 되는 듯 씨를 말리려 하는 사람들. 우리는 그런 사람들이니까.

엄마는 이 새하얀 머리카락이 하늘과 땅의 힘을 상징한다고 말하곤 했다. 새하얀 머리카락엔 아름다움과 미덕, 사랑이 담겨 있다고. 우리가 신들의 축복을 받았다는 의미라고. 그러나 세상이 바뀌었다. 이제 마법은 혐오의 대상이 되었다. 우리 혈통은 증오의 대상으로 전락했다.

이 가혹한 현실을 받아들여야 하지만 오빠나 아빠가 괴로워하는 모습을 볼 때마다 새록새록 가슴이 쓰라리다. 아빠는 여전히 기침하며 소금물을 뱉어 내고 있는데 우리는 벌써 생계를 걱정해야 한다.

오빠가 묻는다. "돛새치는요? 그걸로 세금을 내면 될 거예요."

나는 오두막 안쪽으로 가서 찬 음식을 저장해 놓는 주철함을 연다. 차가운 바닷물이 담긴 상자 안에 우리가 어제 어렵게 잡아 온 붉은꼬리 돛새치가 들어 있다. 반짝이는 비늘을 보니 꽤 맛있는 녀석이다. 와리해에선 귀한 물고기라 우리가 먹기엔 너무 아깝다. 하지만 위병들이 받아 간다면…….

그때 아빠가 툴툴거린다. "물고기로는 안 받는다더구나. 동화나 은화가 필요했어." 아빠는 세상을 다 지워 버릴 것처럼 관자놀이를 문지르며 말을 잇는다. "돈을 내지 않으면 제일리를 부역장으로 데려가야 한다고 했어."

피가 서늘해진다. 나는 두려운 기색을 감출 수 없어 얼른 뒤로 돌아선다. 왕의 군대가 운영하는 부역장은 오리샤 전역에서 우리 왕국의 노동력으로 이용된다. 세금을 낼 수 없는 사람들은 일을 해서 왕에게 빚을 갚아야 한다. 부역장에 갇힌 사람들은 쉬지 않고 일한다. 궁전을 짓고 도로를 건설하고 석탄을 캐고 그 밖에도 온갖 일을 도맡는다.

한때는 오리샤에 꽤 도움이 되는 제도였지만 대습격 이후로는 공식적인 사형 선고와 다를 바 없다. 신성자들을 한데 모으려는 구실이랄까. 언제부터 우리를 그렇게 필요로 했다고. 대습격으로 신성자들은 모조리 고아가 되었으므로 우리는 이 왕국의 높은 세금을 감당할 여유가 없다. 사실 모든 세금 인상은 우리를 겨냥한 것이다.

'빌어먹을.' 나는 겁먹은 모습을 숨기려 애쓴다. 부역장에 끌려가면 절대 나오지 못할 것이다. 한번 들어간 사람은 아무도 나오지 못했다. 이론상으로는 빚을 다 갚을 때까지만 일하면 되지만 세금이 계속 오르면 빚도 늘어날 수밖에 없다. 신성자들은 굶주리고 매를 맞을 뿐 아니라 그보다 더한 수모를 겪으며 가축처럼 끌려 다닌다. 몸이 부서져라 일하도록 강요받는다.

나는 초조함을 잠재우려 차가운 바닷물에 손을 담근다. 내가 얼마나 두려운지 아빠와 오빠에게 들켜선 안 된다. 그래 봐야 우리 모두에게 좋을 게 없다. 손이 부들부들 떨리는데 찬물 탓인지 두려워서인지 모르겠다. 어쩌다 이렇게 되었을까? 어쩌다 이런 상황까지 왔을까?

"아냐." 나는 혼자 중얼거린다.

잘못된 질문이다.

어쩌다 이런 상황까지 왔을까 생각해 봐야 소용없다. 애초에 상황이 나아졌다고 생각한 내가 잘못이었다.

나는 오두막의 그물 창문에 엮어 놓은 검정 칼라릴리 꽃으로 눈을 돌린다. 엄마와 나를 연결해 주는 하나뿐인 살아 있는 징표. 이바단에 살 때 엄마는 외할머니를 기리기 위해 우리 집 창문에 칼라릴리를 놓아두곤 했다. 조상에게 경의를 표하는 마자이만의 방식이었다.

평소 그 꽃을 보며 계피 향을 음미할 때면 엄마 입가에 번지던 환한 미소가 떠올랐다. 오늘은 그 시들시들한 이파리들 속에서 검정 마자사이트 사슬이 보인다. 엄마가 늘 목에 두르고 있던 황금색 부적을 밀어 낸 그 검정 사슬.

11년 전의 기억이지만 내게는 지금 눈앞에 보이는 광경보다도 더 선명하게 느껴진다.

그날 밤부터 이 모든 고통이 시작되었다. 사란 왕이 우리 동족들을 온 세상이 볼 수 있도록 매달아 놓고 마자이와의 전쟁을 선포하던 밤. 마법이 죽어 버린 밤.

우리가 모든 것을 잃은 밤.

아빠가 몸을 떨자 나는 옆으로 달려가 아빠의 등에 손을 얹고 몸을 받쳐 준다. 아빠의 눈엔 분노조차 담겨 있지 않다. 그저 패배한 눈일 뿐. 아빠는 낡은 담요를 바싹 끌어당긴다. 내가 어릴 때 보았던 그 전사를 다시 볼 수 있다면 얼마나 좋을까. 대습격 이전에 아빠는 자그마한 칼 한 자루만 갖고도 무장한 사내 세 명을 거뜬히 물리칠 수 있었다. 그러나 그날 밤 두들겨 맞은 뒤 다시 말을 할 수 있게 되는 데만도 무려 다섯 달이 걸렸다.

그날 밤 그들은 아빠를 돌이킬 수 없게 망가뜨렸다. 가슴을 짓밟고 영혼을 으스러뜨렸다. 깨어나서 검은 사슬에 묶인 엄마의 시신을 보지 않았더라면 회복했을지도 모른다. 그러나 그 모습을 보고야 말았다. 그 뒤 아빠는 다른 사람이 되었다.

"좋아." 오빠가 한숨을 쉬며 입을 연다. 그는 늘 잿더미 속에서도 불씨를 찾는 사람이다. "배를 타고 나가 보자. 지금 나가면……."

"소용없어." 내가 그의 말을 자른다. "아까 장 선 거 봤잖아. 다들 세금 내려고 안달이 났어. 고기를 잡는다 해도 그걸 살 돈을 가진 사람이 없을 거야."

그러자 아빠가 중얼거린다. "이제 배도 없다. 내가 오는 아침에 잃어버렸어."

"네?" 나는 밖에 배가 없다는 사실을 미처 알아차리지 못했다. 오빠를 돌아보며 새로운 묘안을 내주길 기다리지만 그는 갈대 바닥에 풀썩 주저앉을 뿐이다.

'이제 난 끝이야…….' 나는 벽에 몸을 기대며 눈을 감는다.

배가 없으면 돈을 벌 수 없다.

이제 부역장을 피할 길이 없다.

아헤레 안에 무거운 침묵이 내려앉는다. 나의 운명이 확실해졌다. '어쩌면 궁전으로 가게 될지도 모르잖아.' 응석받이 귀족들의 시중을 드는 일은 칼라브라 광산에서 석탄 가루를 마시거나 그 밖에 부역장 감독관들이 신성자들에게 강요하는 다른 사악한 일보다 나을 것이다. 소문대로라면 나 같은 여자아이는 지하 매음굴로 보내질 수도 있다. 게다가 그 정도는 최악의 축에 끼지도 못한다.

구석에서 오빠가 눈물을 늘썩거린다. 나는 그를 안다. 자기가 대신 기겠다고 나설 사람이다. 어떻게 말려야 하나 고민하던 중 궁전을 떠올린 탓인지 좋은 묘안이 생각난다.

"라고스로 가면 어때?" 내가 묻는다.

"도망쳐 봐야 소용없어."

"도망치자는 게 아니야." 나는 고개를 저으며 말을 잇는다. "거기 시장엔 귀족들이 넘쳐 나잖아. 거기선 돛새치를 팔 수 있을 거야."

아빠나 오빠가 내 번뜩이는 묘안에 토를 달세라 나는 얼른 양피지를 집어 들고 돛새치로 달려간다. "내가 세 달 치 세금을 벌어 올게. 남는 돈으론 배를 새로 사면 돼." 그러고 나면 오빠는 아그본 시합에 전념할 수 있다. 아빠도 드디어 마음 편히 쉴 수 있다. '내가 도움이 될 수 있어.' 나는 혼자 미소 짓는다. 드디어 나도 보탬이 될 수 있다.

"넌 안 돼. 신성자한테 너무 위험한 일이야." 아빠의 지친 목소리가 산통을 깬다.

내가 묻는다. "부역장보다 위험하겠어요? 이렇게라도 하지 않으면 난 부역장에 가야 하는걸요."

"내가 라고스에 다녀올게." 오빠가 나선다.

"오빤 안 돼." 나는 종이에 싼 돛새치를 내 봇짐에 밀어 넣으며 말을 잇는다. "오빠는 흥정을 못 하잖아. 제대로 팔지도 못할걸."

"돈을 좀 적게 받을지는 몰라도 내 앞가림은 할 수 있거든."

"나도 할 수 있어." 나는 마마 아그바의 격투봉을 흔들어 보인 뒤 봇짐에 던져 넣는다.

오빠는 손을 내젓는다. "아버지, 어떻게 좀 해 보세요. 제일리가 가면 또 엉뚱한 짓을 할 거예요."

"내가 가면 평생 구경도 못 해 본 돈을 벌어 올 거야."

아빠는 눈살을 찌푸리며 고민한다. "제일리가 팔아야 하는데……."

"고맙습니다."

"하지만 제인, 네가 잘 감시해라."

"안 돼요." 오빠는 팔짱을 끼며 말을 잇는다. "위병들이 또 올지 모르니 한 사람은 여기 있어야죠."

그러자 아빠가 대꾸한다. "나를 마마 아그바한테 데려다주렴. 너희들이 올 때까지 거기 숨어 있을게."

"하지만 아버지……."

"지금 가지 않으면 해거름에 못 돌아온다."

오빠는 눈을 감고 짜증을 억누른다. 그가 나일라의 탄탄한 등에 안장을 얹기 시작하자 나는 아빠를 일으켜 세운다.

"아빠 널 믿는다." 아빠가 오빠에게 들리지 않게 나지막한 소리로 속삭인다.

나는 아빠의 여윈 몸에 낡은 담요를 둘러 묶으며 대꾸한다. "알아요. 이번엔 망치지 않을게요."

03

마법을 불러온 두루마리

아마리

"아마리, 똑바로 앉아!"

"아, 하늘이여……."

"후식을 너무 많이 먹는 것 같구나."

나는 포크 한가득 떠 올린 코코넛 파이를 내려놓고 어깨를 젖힌다. 1분 사이에 저렇게 많은 잔소리를 속삭일 수 있다니 감탄스러울 지경이다. 어머니는 머리에 금빛 겔레*를 단정히 두르고 황동 탁자의 상석에 앉아 있다. 연한 구릿빛 얼굴을 감싼 겔레가 반짝거리며 방 안의 빛을 모조리 빨아들이는 듯하다.

나는 머리에 두른 군청색 겔레를 매만지며 품위 있게 보이려고 애쓴다. 아까 그 하인이 겔레를 이렇게 꽉 조여 놓지 않았더라면 좋았을 텐데. 내가 들썩거리는 사이 어머니는 옷을 곱게 차려입고 온 올로이

---

* 남아프리카와 서아프리카 여성들이 머리에 두르는 화려한 두건.

에들을 호박색 눈으로 훑어본다. 마치 가축 속에 숨어든 하이에너를 찾듯이. 이 여자 귀족들은 연신 미소를 짓고 있지만 돌아서면 우리에 대해 속닥거린다는 것을 나는 알고 있다.

"저 여자, 서쪽 거처로 밀려났대……"

"피부색이 저렇게 검어서 어디 왕의……"

"우리 하인들이 그러는데, 지휘관이 사란 왕의 아이를 뱄다던데……"

반짝이는 다이아몬드처럼, 혹은 그들의 화려한 부바*와 이로**를 장식한 자수처럼 그들은 비밀을 걸치고 다닌다. 그들의 가식과 백합 향수가, 어머니가 못 먹게 하는 달콤한 케이크의 벌꿀 향을 오염시킨다.

"어떠세요, 아마리 공주님?"

나는 아름다운 파이 조각에서 퍼뜩 고개를 든다. 올로이에 론케가 기대에 찬 얼굴로 나를 뜯어보고 있다. 이 다실의 하얀 치장벽토를 고려해 일부러 돋보이려고 택한 듯한 에메랄드색 이로가 마호가니색 살결 위에서 환하게 반짝거린다.

"뭐라고 하셨죠?"

"자리아에 한번 오시라고요." 그녀는 목에 건 통통한 루비가 탁자에 닿도록 앞으로 몸을 내민다. 저런 화려한 보석을 볼 때마다 올로이에 론케는 태생적으로 이 자리에 앉을 지위가 아니었다는 사실을 새삼 떠올리게 된다. 그녀는 돈으로 지위를 샀다.

---

* 요루바어로 '블라우스'라는 뜻으로, 서아프리카에서 여성들이 즐겨 입는 블라우스 형태의 윗옷을 말한다.

** 요루바어로 '몸을 감싸는 천'을 뜻하는 말로, 서아프리카의 여성용 랩스커트를 의미한다. 일반적으로 이로와 같은 무늬의 겔레, 부바 이 세 가지를 한 벌로 입는다.

"저희 저택에 묵으신다면 정말 영광이죠." 그녀는 손가락으로 그 커다랗고 붉은 보석을 만지작거리며 목소리를 올리고 나와 눈을 맞춘다. "공주님에게 이렇게 잘 어울리는 보석도 찾아 드릴 수 있을 테고요."

"정말 자상하시네요." 나는 잠시 시간을 끌며 라고스에서 자리아까지 가는 길을 머릿속으로 그려 본다. 올라심보산맥을 넘어 한참 더 가야 하는 자리아는 오리샤의 북쪽 끝에서 아데툰지해와 맞닿아 있다. 궁전 너머의 세상을 볼 수 있다니 생각만 해도 가슴이 뛴다.

마침내 내가 입을 연다. "고맙습니다. 그래 주신다면 저도 영광……."

"안타깝지만 아마리 공주는 갈 수 없어요." 어머니가 끼어든다. 찡그린 얼굴에선 안타까운 기색을 조금도 찾아볼 수 없다. "공부할 게 쌓여 있는 데다 벌써 산수도 뒤처졌거든요. 여기서 중단하면 타격이 클 거예요."

가슴에서 한껏 부풀어 오르던 흥분이 사그라진다. 나는 접시에 남은 파이를 괜히 찔러 본다. 어머니는 내가 궁전 밖으로 나가는 것을 좀처럼 허락하지 않는다. 잠시 희망을 품은 내가 어리석었다.

"나중에 갈 수 있겠죠." 나는 나지막이 대꾸한다. 이 소심한 자유의지의 표출이 어머니의 화를 돋우지 않기를 기도하면서. "그런 곳에 살면 정말 좋으시겠어요. 앞에는 바다가 있고 뒤에는 산이 있으니."

"바위와 물뿐이에요." 올로이에 론케의 큰딸 사마라가 펑퍼짐한 코를 찡그리며 말한다. "이 웅장한 궁전에 비할 게 못 되죠." 그녀는 어머니에게 미소를 보이더니 다시 나를 돌아보며 달콤한 표정을 거두고 말을 잇는다. "게다가 자리아엔 신성자들이 얼마나 들끓는다고요. 적어도 라고스의 마귀들은 자기네 빈민가에서 나오지 않잖아요."

사마라의 잔인한 말에 신경이 곤두선다. 그 한 마디 한 마디가 우리의 머리 위 허공에 떠 있는 듯하다. 혹시 빈타도 들었나 싶어 흘끗 어깨 너머를 보지만 내 오랜 친구는 보이지 않는다. 이 궁전의 하인들 가운데 유일한 신성인인 나의 하녀 빈타는 늘 눈에 띄는 모습으로 살아 있는 그림자처럼 내 옆에 붙어 있었다. 새하얀 머리카락을 보닛으로 가리고도 다른 하인들과 어울리지 못했다.

"필요한 거라도 있으세요, 공주님?"

반대쪽 어깨 너머로 고개를 돌리자 모르는 하인이 서 있다. 밤색 피부에 둥글고 커다란 눈을 가진 소녀다. 그녀는 반쯤 빈 내 잔을 치우고 새 잔을 놓아 준다. 나는 호박색 차를 흘끗 들여다본다. 빈타가 있었다면 어머니의 눈을 피해 내 잔에 몰래 설탕 한 숟가락을 넣어 주었을 텐데.

"혹시 빈타 봤어?"

소녀는 갑자기 입술을 꼭 다물고 뒤로 물러선다.

"왜 그래?"

마침내 소녀는 탁자에 둘러앉은 여자들을 살피며 조심스레 입을 연다. "빈타는 알현실에 불려 갔어요, 공주님. 이 오찬이 시작되기 조금 전에요."

나는 눈살을 찌푸리며 머리를 갸우뚱한다. 아버지가 무슨 일로 빈타를 불렀을까? 궁전의 하인들 중에 빈타만큼은 절대 부를 일이 없을 텐데. 사실 아버지는 어떤 하인도 좀처럼 부르지 않는다.

"무슨 일인지 들었어?" 내가 묻는다.

소녀는 고개를 저으며 목소리를 더 낮추고 한 마디 한 마디를 신중하게 골라 대꾸한다. "아뇨. 하지만 위병들이 **호위해서** 데려갔어요."

갑자기 혀에 시큼한 맛이 돌더니 목으로 내려가며 어둡고 쌉쌀한 맛으로 변한다. 이 궁전의 위병들은 호위하지 않는다. 끌고 갈 뿐. 강요힐 뿐.

소녀는 더 얘기하려 하지만 어머니가 매섭게 노려본다. 어머니는 탁자 밑에서 내 무릎을 차갑게 꼬집는다.

"하인들하고 얘기하지 마."

나는 얼른 고개를 돌리고 어머니의 시선을 피해 아래를 본다. 어머니는 마치 사냥에 나선 붉은가슴 불매처럼 눈을 가늘게 뜨고 있다. 또 자기 얼굴에 먹칠을 해 보라는 듯이. 어머니의 짜증에도 나는 빈타 생각을 떨쳐 낼 수 없다. 아버지는 우리가 친하다는 사실을 알고 있다. 빈타에게 필요한 게 있었다면 왜 나를 거치지 않았을까?

의문이 꼬리를 물기 시작하자 나는 주변 올로이에들의 가식적인 웃음을 무시하고 판유리창 너머로 궁전 정원을 내다본다. 덜컥 궁전 문이 열린다.

오빠가 성큼성큼 그 문을 지난다.

오빠는 제복 차림으로 멋지게 서서 첫 라고스 정찰을 이끌 준비를 하고 있다. 최근에 대장으로 진급했음을 알리는 장식 투구를 쓰고 위병들 속에서 환하게 웃는다. 어느새 내 얼굴에도 미소가 떠오른다. 그의 특별한 날을 함께 축하해 주고 싶다. 그가 얼마나 원하던 일이었던가. 드디어 현실이 되었다.

"정말 멋지지 않아요?" 사마라가 정욕 가득한 엷은 갈색 눈을 오빠에게 고정한 채 말을 잇는다. "사상 최연소 대장이잖아요. 훌륭한 왕이 되실 거예요."

어머니가 그녀를 딸로 삼고 싶어 죽겠다는 듯이 환한 얼굴로 몸을 바짝 기울인다. "물론이지. 그래도 진급 때 그런 폭력적인 일이 없었더라면 좋았을 텐데. 궁지에 몰린 마귀는 왕세자에게도 무슨 짓을 할지 모른다니까."

올로이에들이 고개를 끄덕이며 괜히 한마디씩 거든다. 나는 말없이 차를 홀짝인다. 그들은 마치 요즘 라고스에서 유행하는 다이아몬드 겔레 얘기를 하듯 경박하게 그에 대해 떠들어 댄다. 나는 내게 빈타 얘기를 전해 준 하녀를 돌아본다. 우리 탁자에서 멀찍이 떨어져 있지만 여전히 초조한 듯 손을 떨고 있다……

"사마라." 어머니의 목소리에 나는 다시 현실로 돌아온다. "네가 오늘 얼마나 품위 있어 보이는지 내가 얘기했던가?"

나는 혀를 깨물며 남은 차를 마저 비운다. 어머니는 '품위'라고 했지만 그 속에는 '피부가 밝다'는 뜻이 숨어 있다. 처음 오리샤의 왕관을 쓴 왕족이 진짜 후손처럼 품위 있는 올로이에 같다는 뜻이다.

미나의 농장에서 일하는 농부들이나 땡볕 아래 물건 값을 흥정하는 라고스의 상인들처럼 **천하게** 보이지 않는다는 뜻이다. 공주인데도, 어머니가 딸이라 내세우기 부끄러워하는 나처럼 **부적절하게** 보이지 않는다는 뜻이다.

나는 얼굴 앞에 잔을 들고 사마라를 훔쳐보다가 그녀의 낯선 연갈색 피부에 경악한다. 얼마 전 오찬 때만 해도 분명 자기 어머니와 똑같은 마호가니색이었는데.

"몸 둘 바를 모르겠네요, 왕비님." 사마라는 짐짓 겸손한 척 드레스를 내려다보며 괜히 주름을 펴는 시늉을 한다.

어머니가 내 어깨에 차가운 손을 얹는다. 밝은 색의 손가락들이 나의 어두운 구릿빛 피부와 대비를 이룬다. "특별한 미용 비법이 있으면 아마리한테도 알려 줘. 어찌나 정원을 나돌아 다니는지 누가 보면 농사꾼인 줄 알겠다니까." 어머니는 웃음을 터트린다. 밖에 나갈 때마다 하인들이 내 시야 내세 방산을 씌워 수치 않는 것처럼. 사실, 어머니는 이 오찬을 시작하기 바로 전에도 내 얼굴에 분을 잔뜩 발라 놓았다. 내 피부색 때문에 당신이 하인과 잠자리를 같이한다고 귀족들이 속닥거린다면서.

"전 괜찮아요, 어머니." 나는 어머니의 화장품에서 풍기던 식초 냄새와 그 따가운 느낌이 떠올라 움찔한다.

"어머, 저야 영광이죠." 사마라가 환하게 웃는다.

"하지만……."

"아마리." 어머니는 금방이라도 피부가 갈라질 듯 팽팽한 미소를 띠며 내 말을 자른다. "아마리도 좋아할 거야, 사마라. 게다가 이제 곧 구혼이 시작되잖니."

목에 무언가가 걸린 듯해서 침을 삼켜 보지만 오히려 목이 더 메어 온다. 갑자기 식초 냄새가 강렬해지며 벌써부터 피부가 따끔거리는 듯하다.

"걱정 마세요. 공주님도 구혼을 좋아하게 될 거예요. 사실 꽤 재미있거든요." 내가 초조해하는 이유를 오해했는지 사마라가 내 손을 잡으며 말한다.

나는 억지 미소를 지으며 손을 빼내려 하지만 사마라는 놓지 않으려 작정한 듯 더욱 꽉 움켜쥔다. 그녀의 금반지들이 내 살갗을 파고든다. 저마다 특별한 보석이 박혀 있다. 반지 하나가 가느다란 사슬로 팔찌와 연결되어 있고 그 팔찌엔 우리 왕족의 인장인 다이아몬드 박힌 백표범 장식이 달려 있다.

사마라는 그 팔찌를 자랑스럽게 드러내고 있다. 어머니가 선물한 모양이다. 어느새 나는 그 아름다운 자태에 감탄한다. 내 것보다 다이아몬드가 더 많구나…….

'아, 하늘이여…….' 내 것이 아니다. 이제는.

내 팔찌의 행방이 떠오르자 나는 당황하기 시작한다. 나는 그 팔찌를 빈타에게 주었다.

빈타는 받지 않으려 했다. 왕족의 선물을 받으면 어떤 대가를 치를지 모른다며 두려워했다. 그러나 아버지가 신성자 세금을 올렸다. 내 팔찌를 팔지 않으면 그 애의 가족은 집을 잃을 판이었다.

'그걸 들킨 게 틀림없어.' 나는 문득 깨닫는다. '빈타를 도둑으로 여긴 게 틀림없어.' 그래서 알현실로 불려 간 것이다. 그래서 **호위**가 필요했던 것이다.

나는 자리에서 벌떡 일어난다. 내 의자 다리들이 타일 바닥에 흠집을 낸다. 위병들이 빈타의 연약한 두 손을 붙잡고 있는 광경이 보이는 듯하다.

아버지가 칼을 휘두르는 모습이 보이는 듯하다.

"잠깐 실례할게요." 나는 이렇게 말하며 뒷걸음질 친다.

"아마리, 앉아라."

"어머니, 전……."

"아마리……."

"어머니, 부탁이에요!"

'목소리가 너무 컸어.'

나는 바로 깨닫는다. 나의 날카로운 목소리가 다실의 벽면을 맞고 튕겨 나오며 모든 대화가 끊어진다.

"죄, 죄송합니다. 속이 안 좋아서요." 내가 더듬더듬 말한다.

모두의 따가운 시선을 등 뒤로 느끼며 나는 황급히 문으로 향한다. 이미 미 의 뜨거운 분노가 지켜보지만 사람은 신성 빛 서늘이 없다. 문이 닫히는 순간 무거운 드레스 자락을 들고 내달리기 시작한다. 굽 높은 슬리퍼로 딸깍딸깍 타일 바닥을 밟으며 부리나케 복도들을 지난다.

'어쩜 이리도 멍청할까?' 하인을 피해 방향을 돌리며 나는 스스로를 책망한다. 아까 그 아이에게 빈타가 불려 갔다는 얘기를 들었을 때 바로 가 봤어야 했다. 내가 그런 입장이었다면 빈타는 한시도 지체하지 않았을 것이다.

'아, 하늘이여.' 나는 속으로 욕을 퍼부으며 붉은 사막장미가 꽂힌 로비의 호리호리한 꽃병들을 지난다. 그리고 나를 노려보는, 수대에 걸친 왕족 조상들의 초상화를 지난다. '제발 아무 일 없어야 하는데.'

나는 실낱같은 희망을 부여잡고 모퉁이를 돌아 중앙홀로 들어선다. 뜨거운 공기 탓에 숨 쉬기가 더욱 힘들어진다. 심장이 요동치는 것을 느끼며 아버지의 알현실 앞에서 걸음을 늦춘다. 내가 가장 무서워하는 곳. 아버지가 오빠와 나에게 처음 맞대결을 지시한 장소다.

내 수많은 흉터들이 생겨난 곳.

나는 검은색 나무 문 앞에 걸린 벨벳 휘장을 잡는다. 손에 흥건한 땀이 그 풍성한 천을 적신다. '아버지는 들으려 하지 않을 거야.' 그 팔찌는 내가 준 것이다. 아버지는 빈타 대신 나를 벌할지도 모른다.

찌릿한 두려움이 등을 타고 내려가 손가락을 마비시킨다. '빈타를 위한 일이야.'

"빈타를 위해서야." 혼자 소리 내어 속삭인다.

나의 가장 오랜 친구. 나의 **유일한** 친구.

그 애를 지켜 줘야 한다.

나는 심호흡을 한 뒤 손의 땀을 닦고 마지막 몇 초의 여유를 음미한다. 나의 손이 휘장 뒤의 반짝이는 문손잡이에 닿으려는 순간……

"뭐라?"

닫힌 문틈으로 마치 야생 고릴리온의 포효처럼 우렁찬 아버지의 목소리가 새어 나온다. 가슴에서 심장이 두방망이질한다. 아버지가 저렇게 큰 소리를 낸 적은 없었다. '내가 너무 늦었나?'

때마침 문이 홱 열리는 통에 나는 펄쩍 물러선다. 마치 도망치는 도적 떼처럼 위병들과 부채질하던 하인들이 줄줄이 알현실에서 달려 나온다. 그들이 중앙홀을 서성거리던 귀족들과 하인들마저 끌고 달아나자 나는 오롯이 혼자 남는다.

'어서 가.' 문이 닫히기 시작하자 나의 두 다리가 후들거린다. 벌써 아버지의 기분이 틀어진 모양이다. 하지만 빈타를 찾아야 한다. 그 애는 아직 저 안에 갇혀 있을 것이다.

그 애 혼자 아버지를 마주하게 해선 안 된다.

나는 얼른 몸을 던져 닫히는 문을 가까스로 잡는다. 문틈에 손가락을 끼워 넣은 뒤 문을 비집어 열고 그 틈을 들여다본다.

"그게 무슨 소리야?" 아버지가 턱수염에 침을 튀기며 소리친다. 붉은 아그바다*를 걸친 마호가니색 피부에서 핏줄이 고동친다.

나는 가냘픈 빈타의 모습이 보일까 싶어 문을 살짝 더 당겨 연다. 그러나 눈에 들어온 사람은 왕좌 앞에 머리를 조아리고 있는 에벨레 총사령관이다. 대머리에 구슬땀이 알알이 맺힌 채 차마 아버지를 보지 못하고 시선을 돌리고 있다. 그 옆에는 윤기 나는 머리카락을 목으

---

* 서아프리카 남자들이 입는, 풍성하고 소매통이 넓은 가운

로 뚫어 내린 카에아 지휘관이 당당하게 서 있다.

가에아가 실낙한나. "그 성물들이 해안가의 작은 마을 외리로 떠밀려 왔습니다. 현지 신성자들 몇 명이 그 성물에 접근하면서 그들의 잠재되어 있던 능력이 되살아났습니다."

"잠재되어 있던 능력?"

카에아는 침을 꿀꺽 삼킨다. 연갈색 피부의 근육이 팽팽해진다. 그녀는 에벨레 총사령관에게 발언권을 넘기지만 그는 아무 말도 하지 못한다.

"그 신성자들이 변했습니다." 카에아는 마치 그 말이 통증을 안겨주기라도 하는 듯 움찔하며 다시 말을 잇는다. "성물들이 그들의 힘을 깨웠습니다, 폐하. 그 신성자들은 마자이가 되었습니다."

나는 헉 하고 숨을 들이켜다 얼른 입을 틀어막는다. '마자이라고? 오리샤에? 마자이가 다시 나타났다고?'

묵직한 두려움이 가슴을 타고 올라와 숨 쉬기도 힘겨워진다. 나는 좀 더 보려고 문을 살짝 더 당긴다. '그럴 리가 없어.' 나는 아버지가 이렇게 말하길 기다린다. '그건……'

"있을 수 없는 일이야." 마침내 아버지가 말한다. 속삭이다시피 작은 목소리로. 손마디에서 우두둑 소리가 나도록 검정 마자사이트 칼의 자루를 꽉 움켜쥐고 있다.

"그렇지 않은 것 같습니다, 폐하. 제 눈으로 똑똑히 봤습니다. 그들의 마법은 약하긴 했지만 틀림없이 돌아왔습니다."

'하늘이여……' 그럼 우리는 어떻게 되는 거지? 우리 왕국은 어떻게 될까? 마자이들이 벌써 공격을 계획하는 걸까? 우리가 맞서 싸울 수는 있을까?

대습격 이전의 아버지, 머리카락이 반백으로 변한 채 부득부득 이를 갈던 집요한 사내가 떠오른다. 그는 오빠와 나를 궁전 지하실로 불러 여린 손에 들고 있기도 힘든 칼을 쥐여 주었다.

그러곤 이렇게 경고했다. "마자이들이 너희를 찾아올 거야." 그는 매번 같은 말로 우리가 맞대결을 하게 했다. "그럴 때 너희는 준비되어 있어야 한다."

아버지의 핏기 없는 얼굴을 살피고 있자니 등의 통증이 되살아난다. 아버지의 침묵은 분노보다 무섭다. 에벨레 총사령관도 떨고 있는 듯하다.

"그 마자이들은 지금 어디 있어?"

"처치했습니다."

뱃속이 뒤틀린다. 나는 숨을 힘스며 오칸 때 마신 차를 억지로 밀어 넣는다. 그 마자이들이 죽었다는 뜻이다. 처형되었다.

바닷속으로 던져졌다.

"성물들은?" 아버지는 마자이들이 죽었다는 사실을 조금도 개의치 않고 다그쳐 묻는다. 할 수만 있다면 남은 마자이들도 모조리 '처치'할 것이다.

"두루마리는 가져왔습니다." 카에아가 흉갑 안으로 손을 넣어 낡은 양피지 두루마리를 꺼낸다. "이걸 발견한 뒤 목격자들을 처리하고 바로 이리로 왔습니다."

"일장석은?"

카에아는 찌를 듯 날카로운 눈으로 에벨레를 노려본다. 에벨레는 어떻게든 시간을 끌려는 듯 깊이 목을 가다듬는다.

"일장석은 우리가 도착하기 전에 누군가가 와리 밖으로 빼돌렸습니다, 폐하. 하지만 추적 중입니다. 가장 유능한 병사들을 배치했습니다. 틀림없이 곧 찾을 겁니다."

아버지의 분노가 아지랑이처럼 끓어오른다.

"그걸 파괴하는 게 자네 임무였잖아. **어떻게** 이런 일이 있을 수 있지?" 아버지가 거친 목소리로 묻는다.

"노력했습니다, 폐하! 대습격 이후 몇 달 동안 갖은 노력을 다했습니다. 어떻게든 파괴하려 했지만 이 성물들은 보통 물건이 아닙니다." 에벨레가 흘끗 보는데도 카에아는 앞만 보고 있다. 에벨레는 다시 목을 가다듬는다. 턱 밑 주름에 땀이 고인다.

"두루마리를 찢었는데 저절로 다시 붙었습니다. 태워 보기도 했지만 잿더미 속에서 다시 살아났지요. 일장석은 가장 힘센 위병이 철퇴로 후려쳤지만 흠집 하나 나지 않았습니다! 그 지독한 성물들을 도저히 파괴할 수 없어서 철갑함에 넣고 잠근 뒤 반조코해 한가운데 떨어뜨렸습니다. 해안으로 떠밀려 오는 건 있을 수도 없는 일이었습니다! 그러니까 마버……."

에벨레는 그 말을 온전히 내뱉기 전에 정신을 차린다.

"정말입니다, 폐하. 할 수 있는 일은 다 했는데, 신들에겐 다른 계획이 있는 것 같습니다."

'신들이라고?' 나는 바짝 몸을 기울인다. 총사령관의 정신이 어떻게 된 걸까? 신은 존재하지 않는다. 이 궁전 사람들은 다 아는 사실이다.

나는 아버지가 에벨레의 어리석음을 꾸짖길 기다린다. 그러나 아버지의 표정은 변하지 않는다. 아버지는 무언가를 생각하는 듯 차분하게 왕좌에서 일어선다. 그러더니 독사처럼 날렵하게 에벨레의 목을 잡는다.

"말해, 총사령관. 누구의 계획이 더 두렵나? 신들의 계획이야, 아니면 **나의 계획**이야?"

아버지는 에벨레의 몸을 허공으로 들어 올리며 목을 꽉 움켜쥔다.

에벨레가 숨을 헐떡이자 나는 움찔하며 고개를 돌린다. 저런 아버지의 모습은 싫다. 어떻게든 피하고 싶다.

에벨레가 씨근거리며 대꾸한다. "야, 약속드립니다. 제가 처리하겠습니다. 정말입니다!"

아버지는 썩은 과일 조각을 내던지듯 그를 내동댕이친다. 에벨레는 숨을 들이켜며 목을 매만진다. 벌써 멍이 들어 구릿빛 피부가 검게 변했다. 아버지는 다시 카에아의 손에 들린 두루마리를 돌아본다.

"해 봐." 아버지가 지시한다.

카에아는 내 시야에 들어오지 않는 누군가에게 손짓하며 신호를 보낸다. 군화가 또각또각 타일 바닥을 밟는다. 이제 내 눈에도 보인다.

'빈타잖아.'

커다란 은빛 눈에 눈물이 그렁그렁한 채 끌려 나오는 빈타를 보자 가슴이 죄어 온다. 매일 정성스레 매던 보닛이 비뚜름해져 긴 흰색 머리카락 몇 가닥이 드러나 보인다. 소리칠 수 없도록 입에 재갈이 물려 있다. 하지만 소리친다 한들 누가 도와줄까? 그 애는 이미 위병들의 손에 붙잡혀 있다.

'뭐라도 해. 당장.' 나는 스스로를 재촉하지만 다리가 움직이지 않는다. 손에도 감각이 없다.

카에아는 두루마리를 펼치며 천천히 앞으로 걸어 나온다. 마치 들짐승에게 다가가듯. 빈타는 수년 동안 내 눈물을 닦아 준 다정한 소녀다. 가족에게 제대로 된 밥 한 끼를 먹이려고 궁전에서 나오는 제몫의 음식을 따로 모아 놓는 아이란 말이다.

"팔 올려."

빈타가 고개를 끄덕이자 위병들이 그 애의 손목을 들어 올린다. 입에 물린 천 사이로 울음이 새어 나온다. 카에아가 저항하는 빈타의 손에 양피지 두루마리를 밀어 넣는다.

빈타의 손에서 빛이 폭발한다.

환한 금빛과 눈부신 보랏빛, 반짝이는 푸른빛이 장엄하게 알현실을 뒤덮는다. 포물선을 그리며 반짝반짝 쏟아져 내린다. 빈타의 손바닥에서 빛이 한없이 흘러나오고 있다.

"하늘이여." 나는 숨을 들이켠다. 가슴에서 두려움과 감동이 한꺼번에 끓어오르며 서로 다투기 시작한다.

'마법이야.'

돌아왔다. 수년 전에 사라진 마법이…….

마법에 대해 아버지가 수없이 읊조리던 경고, 전투와 불의 이야기, 어둠과 질병의 이야기 들이 머릿속을 파고든다. 아버지는 낮은 목소리로 이렇게 말하곤 했다. '마법은 모든 악의 근원이야. 마법은 오리샤를 파괴할 거다.'

오래전부터 아버지는 오빠와 내게 마법은 우리의 죽음을 의미한다고 가르쳤다. 오리샤의 존립을 위협하는 위험한 무기라고. 마법이 존재하는 한 우리 왕국은 끝없이 전쟁을 치러야 한다고 가르쳤다.

대습격 이후 그 암울했던 시기에 마법은 얼굴 없는 괴물로 내 상상 속에 자리 잡았다. 하지만 지금 빈타의 손에서 나오는 마법은 황홀하다. 비할 데 없이 경이롭다. 서서히 황혼으로 녹아드는 여름 햇살의 환희 같달까. 생의 정수이자 숨결…….

아버지가 날렵하게 공격한다. 번개처럼 빠르게.

빈타는 분명 서 있었다.

그런데 어느새 아버지의 칼이 그 애의 가슴에 박혀 있다.

'안 돼!'

나는 뒤로 넘어갈 듯한 몸을 간신히 지탱하며 비명이 나올세라 얼른 손으로 입을 틀어막는다. 구역질이 올라온다. 뜨거운 눈물이 흘러나와 눈을 적신다.

'그럴 리가 없어.' 세상이 빙글빙글 돌아가기 시작한다. '이건 현실이 아니야. 빈타는 안전해. 그 애는 내 방에서 달콤한 빵을 갖고 기다리고 있어.'

그러나 나의 절박한 생각만으론 현실이 변하지 않는다. 죽은 사람이 살아나지 않는다.

빈디의 입에 물린 천이 선홍색으로 묵든다

연푸른 드레스에 새빨간 꽃이 피어난다.

빈타의 몸이 납덩이처럼 무겁게 바닥으로 쿵 쓰러지자 나는 또 한 번 비명을 삼킨다.

빈타의 순수한 얼굴 주위로 피가 퍼져 나가며 새하얀 머리카락을 붉게 물들인다. 열린 문틈으로 피비린내가 새어 나온다. 나는 구역질을 억누른다.

아버지는 빈타의 앞치마를 홱 벗겨 칼을 닦는다. 너무도 침착하게. 그 애의 피가 옷에 묻어도 신경 쓰지 않는다.

그 애의 피가 자기 손에 묻어도 보지 못한다.

나는 황급히 뒷걸음질 치다가 드레스 자락에 발이 걸린다. 후들거리는 다리로 중앙홀 귀퉁이에 있는 계단을 달려 올라간다. 어떻게든 내 방으로 가려 하지만 시야가 흐릿해지면서 결국 꽃병에 부딪힌다.

그 도자기 꽃병의 테두리를 붙잡는다. 내 안에서 온갖 것이 다시 솟구쳐 오른다.

아까 마신 차가 올라오며 맹렬한 무언가를 자극한다. 흐느낌이 터져 나오고 몸이 무너져 내린다. 나는 가슴을 움켜잡는다.

빈타가 있었다면 나를 도우러 달려왔을 것이다. 내 손을 잡고 방으로 데려가 침대에 앉힌 뒤 눈물을 닦아 주었을 것이다. 부서진 내 가슴의 조각들을 모아 다시 온전히 붙여 주었을 것이다.

나는 또 한 번 흐느낌을 삼키며 입을 막는다. 손가락들 사이로 찝찔한 눈물이 흘러내린다. 피비린내가 코를 찌른다. 아버지가 칼로 찌르던 광경이 머릿속에 되살아나는 찰나…….

알현실 문이 덜컥 열린다. 아버지인가 싶어 나는 벌떡 일어난다. 그러나 밖으로 나온 사람은 빈타를 붙잡고 있던 위병이다.

손에는 그 두루마리가 들려 있다.

그가 계단을 올라 내가 있는 곳으로 다가오자 나는 그 낡은 양피지를 바라본다. 그저 건드리기만 했는데 온 세상에 빛이 넘쳐흘렀다. 내 소중한 친구의 영혼에 갇혀 있던 빛. 믿을 수 없이 아름답고 한없이 과감한 빛.

위병이 다가오자 나는 고개를 돌려 눈물로 얼룩진 얼굴을 감춘다.

"죄송해요. 속이 안 좋아서. 상한 과일을 먹었나 봐요." 내가 중얼거린다.

위병은 정신이 딴 데 있는 듯 보일락 말락 고개를 끄덕인 뒤 계속 계단을 올라간다. 손마디가 검게 변하도록 두루마리를 꽉 움켜쥐고 있다. 그러지 않으면 그 마법의 양피지가 무슨 짓을 할지 모른다는 듯이. 나는 그가 3층으로 올라가 검게 칠한 문을 밀어 여는 모습을 지켜본다. 순간 그가 어디로 가는지 깨닫는다.

카에아 지휘관의 방이다.

괴로우리만치 시간이 더디 흐른다. 나는 영문도 모른 채 그 문을 보며 기다리고 있다. 그런다고 빈타가 돌아오는 것도, 그 애의 노랫가락 같은 웃음소리를 다시 들을 수 있는 것도 아닌데. 그럼에도 나는 꼼짝없이 기다린다. 문이 다시 열린다. 나는 꽃병 쪽으로 몸을 돌리고 다시 속을 게운다. 병사가 나를 지나갈 때까지 구역질이 멎지 않는다. 그는 밑창에 쇠를 덧댄 군화로 요란한 소리를 내며 다시 알현실로 내려간다. 그의 손에는 이제 두루마리가 들려 있지 않다.

나는 떨리는 손으로 눈물을 닦는다. 어머니가 발라 놓은 분이 다 얼룩졌을 것이다. 손바닥으로 입에 묻은 토사물을 닦아 낸다. 일어나서 카에아의 방으로 향하는 사이, 수많은 의문이 머릿속을 헤집는다. 내 방으로 돌아가야 한다.

하지만 나는 카에아의 방으로 들어간다.

등 뒤에서 문이 쿵 닫히자 화들짝 놀란다. 누가 웬 소리인가 싶어 나오면 어쩌지? 카에아 지휘관의 방에 들어와 보기는 처음이다. 내가 알기로 이곳은 하인들의 출입도 허용되지 않는다.

나는 자주색 벽면들을 훑어본다. 내 방을 뒤덮은 연보라색과는 너무도 딴판이다. 카에아의 침대 발치에 왕의 망토가 놓여 있다. '아버지의 망토야……' 아버지가 놓고 간 게 틀림없다.

평소 같았으면 아버지가 카에아의 방에 왔었다는 사실을 깨닫고 목이 메었을 테지만 지금은 별다른 생각이 들지 않는다. 아버지의 망토가 여기 있다는 사실은 카에아의 책상에 놓인 저 두루마리에 비하면 아무것도 아닌 듯하다.

그리로 다가가자 마치 벼랑 끝으로 걸어가는 듯 다리가 후들거린다. 그 두루마리 수위에서 특별한 기운이 느껴지지 않을까 기대하지만 가까이 가도 대기는 살아나지 않는다. 손을 뻗으려다 잠시 멈추고 점점 부풀어 오르는 두려움을 잠재운다. 빈타의 손에서 폭발하던 빛이 눈앞에 선하다.

그 애의 가슴에 박혀 있던 칼도.

나는 마음을 다잡고 손끝을 살짝 대 본다. 눈을 감고 두루마리를 훑는다.

마법은 나타나지 않는다.

그 구겨진 양피지를 집어 들면서 나도 모르게 참고 있던 숨을 내뱉는다. 두루마리를 펼쳐 이상한 기호와 상징 들을 훑어보지만 무슨 뜻인지 이해할 수가 없다. 그런 상징들은 한 번도 본 적이 없다. 지금까지 배운 그 어떤 언어와도 다르다. 그러나 이 상징들 때문에 마자이들이 죽었다.

이 상징들은 빈타의 피와도 같다.

창문으로 들어온 산들바람이 겔레 밖으로 삐져나온 내 머리카락을 휘젓는다. 펄럭이는 휘장 아래 카에아의 군수 물자가 놓여 있다. 날카롭게 연마한 칼들, 퓨마녀 고삐들, 황동 흉갑들. 둘둘 말아 놓은 밧줄에서 시선이 멈춘다. 나는 겔레를 바닥으로 내던진다.

그러곤 더 생각하지 않고 아버지의 망토를 집어 든다.

04

돛새치를 팔다

제일리

"정말 나랑 말 안 할 거야?"

나는 나일라의 안장 옆으로 몸을 기울여 오빠의 굳은 얼굴을 흘끗거린다. 한 시간쯤 저러다 말겠지 했는데 벌써 세 시간째다.

"연습은 어땠어?" 전략을 바꿔 본다. 오빠는 좋아하는 운동 얘기가 나오면 사족을 못 쓰니까. "음발루 발목은 괜찮아? 오리샤 체전 전에 나을 것 같아?"

아주 잠깐 오빠의 입이 벌어지는가 싶더니 이내 다시 다물어진다. 그는 입을 굳게 닫고 나일라의 고삐를 당겨 속도를 내며 키 큰 자칼베리 나무숲을 헤치고 나아간다.

"오빠, 제발. 평생 나랑 말 안 할 건 아니잖아."

"그러려고."

"너무하네." 나는 눈을 굴리며 다시 묻는다. "나보고 어쩌라는 거야?"

오빠는 날카롭게 대꾸한다. "사과라도 좀 하는 게 어때? 아버지가 죽을 뻔했어! 그런데 이렇게 시치미 떼고 아무 일 없었던 척할 거야?”

“내가 달리 어떻게 되받는다. 미안하다고 했잖아. 오빠한테도. 이빠힌
테도.”

“그런다고 없던 일이 되진 않지.”

“그럼 없던 일로 만들 수 없어서 미안해!”

나의 외침이 나무숲에 울려 퍼지며 다시 정적이 흐르기 시작한다.
가슴에 휑한 구멍이 뚫린 듯하다. 나는 나일라의 낡은 가죽 안장의
갈라진 틈을 손가락으로 만지작거린다.

‘아이고, 신들이여, 제발 **생각**을 해, 제일리.’ 머릿속에서 마마 아그바
의 목소리가 울려 퍼진다. ‘네가 그놈들을 해하면 누가 네 아버지를 지
켜 주겠니? 위병들이 다시 피를 내러 오면 누가 제인을 지킬 수 있겠어?’

나는 조용히 말한다. “미안해, 오빠. 정말이야. 내가 얼마나 미안한
지 오빠는 모를 거야. 하지만……”

오빠는 짜증 섞인 한숨을 내뱉는다. “그래, 또 **하지만**이지.”

속이 끓어올라 더는 참을 수가 없다. “이게 내 잘못만은 아니잖아!
아빠가 바다에 나간 건 위병들 때문이라고!”

“아버지가 익사할 뻔한 건 너 때문이지. **네가** 아버지를 혼자 두었으
니까.” 오빠가 날카롭게 되받는다.

나는 입을 꾹 다문다. 더 왈가왈부해 봐야 소용없다. 힘세고 잘생긴
코시단인 오빠는 내가 왜 마마 아그바의 훈련을 받아야 하는지 이해
하지 못한다. 일로린의 사내들은 죄다 그와 친구가 되려 하고 여자아
이들은 그의 마음을 훔치지 못해 안달이다. 위병들조차 그의 아그본
실력을 칭찬하며 몰려든다.

내가 신성자의 몸으로 어떻게 살아가는지 그는 이해하지 못한다.

위병이 나타날 때마다 행여나 험한 꼴을 당할까 움찔움찔 놀라는 삶이 어떤지 그는 모른다.

'여기부터 시작하겠어…….' 그 위병의 거친 손길이 떠오르자 속이 뒤틀린다. 그런 걸 안다면 내게 이렇게 소리칠 수 있을까? 내가 얼마나 울음을 억눌렀는지 안다면 내게 이렇게 따질 수 있을까?

우리는 나일라를 타고 말없이 나아간다. 점차 나무들이 줄어들면서 라고스시가 시야에 들어온다. 자칼베리 심재로 만든 저 문만 지나면 일로린과는 전혀 딴판인 수도 라고스에 이른다. 잔잔한 파도 대신 사람들이 들끓는 곳. 멀리서 봐도 어떻게 저리도 많은 사람들이 살아갈까 싶을 만큼 북적거린다.

나는 나일라의 등에서 수도의 풍경을 살펴본다. 새하얀 머리카락의 신성자들이 지나다니는 모습이 보인다. 라고스의 코시단 수는 신성자 수의 세 배에 달하는데, 그래서인지 신성자들이 더 쉽게 눈에 띄는 듯하다. 라고스 성곽 안은 넓고 길지만 나 같은 사람들은 도시 변두리의 빈민가에 모여 산다. 신성자들은 오직 그 안에서만 살 수 있다.

나는 나일라의 안장 위에 다시 내려앉는다. 빈민가를 보고 나니 가슴속의 무언가가 오그라드는 기분이다. 몇 세기 전 열 개의 마자이족과 그들의 신성자 자녀들은 오리샤 곳곳의 외딴 지역에 흩어져 살았다. 코시단은 도시에 거주한 반면 마자이족은 산과 바다, 들판에 터를 잡았다. 그러나 시간이 갈수록 마자이들이 호기심과 기회에 이끌려 이곳저곳으로 이주하면서 오리샤의 전역으로 퍼져 나갔다.

마자이와 코시단이 결혼하기 시작했고 우리처럼 신성자와 코시단이 섞인 가족들이 생겨났다. 이런 혼혈 가정이 늘면서 오리샤의 마자이 수가 점차 불어났다. 대습격 전에 라고스는 마자이 인구가 가장 많은 지역이었다.

이제는 신성자늘만 남았다.

목제 성문이 가까워지자 오빠가 나일라의 고삐를 당겨 멈춰 세운다. "난 여기서 기다릴게. 나일라를 데리고 저 안으로 들어가는 건 너무 무모한 짓이야."

나는 고개를 끄덕이고 나일라의 등에서 내려와 녀석의 검고 촉촉한 코에 입을 맞춘다. 나일라가 거친 혀로 내 뺨을 핥자 미소가 나오지만 오빠를 보는 순간 다시 얼굴이 굳는다. 못다 한 말이 허공에 걸려 있지만 나는 돌아서서 앞으로 나아간다.

"잠깐만."

오빠가 나일라의 등에서 내려와 순식간에 나를 따라잡는다. 그는 내 손에 녹슨 단검을 쥐여 준다.

"나도 격투봉 가져왔어."

"알아. 그래도 혹시 모르잖아." 그가 대꾸한다.

나는 그 무기를 나의 해진 호주머니에 밀어 넣는다. "고마워."

우리는 말없이 흙바닥을 내려다본다. 오빠가 발밑에 있는 돌멩이 하나를 걷어찬다. 누가 먼저 침묵을 깰까 생각하고 있을 때 그가 입을 연다.

"나도 장님은 아니야, 제일리. 오늘 아침에 있었던 일이 다 네 잘못은 아니라는 거 알아. 그래도 좀 더 조심했으면 좋겠어." 잠시 오빠의 눈이 반짝거리며 간신히 참고 있는 것을 금방이라도 쏟아 놓을 듯싶다. "아버지는 점점 약해지고 위병들이 네 목을 죄어 오고 있잖아. 이제 실수해선 안 돼. 한 번 더 실수하면 그게 너의 최후가 될지도 몰라."

나는 땅에서 눈을 떼지 않은 채 고개를 끄덕인다. 다른 건 다 참을 수 있지만 오빠의 실망한 모습은 칼에 벤 듯 쓰라리다.

오빠는 한숨을 내쉰다. "조금만 더 조심해. 부탁이야. 너까지 잃으면 아버지는 견딜 수 없을 거야…… 나도 그렇고."

나는 아픈 마음을 애써 감추고 속삭이는 소리로 대꾸한다. "미안해. 조심할게. 약속해."

"좋아." 오빠는 미소 짓고 내 머리카락을 헝클어뜨리며 덧붙인다. "이제 됐어. 얼른 가서 그 생선 팔아 치우고 와."

나는 웃음을 터트리며 봇짐의 끈을 매만진다. "내가 얼마나 받아올 것 같아?"

"200닢."

나는 고개를 갸우뚱한다. "겨우? 내가 그렇게밖에 안 보여?"

"그깟도 엄청 많은 돈이야, 렐!"

"장담하는데, 더 받을 수 있어."

그 말에 희망이 솟는지 오빠의 얼굴이 더 밝아진다. "그 이상 받아오면 다음 주엔 내가 아버지랑 집에 있을게."

"좋았어." 나는 빙긋 웃으며 예미와 다시 맞붙는 광경을 그려 본다. 내가 새 격투봉을 쓰면 그 애가 어떻게 반응할까?

나는 흥정할 궁리를 하며 부리나케 달려간다. 그러나 검문소 앞에서 근위병들을 보자 속이 울렁거린다. 펑퍼짐한 바지의 허리띠 안으로 접이식 격투봉을 밀어 넣으며 어떻게든 침착하게 보이려고 애쓴다.

"이름?" 키 큰 위병이 장부에서 눈을 들지도 않고 날카롭게 묻는다. 그의 텁수룩한 머리는 무더운 날씨 탓에 더욱 고불거린다. 뺨으로 흘러내린 머리카락이 땀에 젖어 있다.

"제일리 아데볼라입니다." 나는 최대한 공손하게 대답한다. '실수하

면 안 돼.' 나는 침을 꿀꺽 삼킨다. '적어도 오늘은, 더는 안 돼.'

위병은 나를 보는 둥 마는 둥 하고는 정보를 적어 내려간다. "어디서 왔지?"

"일로린이요."

"일로린?"

땅딸막한 위병이 비틀비틀 다가오더니 거대한 벽에 몸을 기대고 선다. 달갑지 않은 그가 나타나면서 톡 쏘는 알코올 냄새가 대기를 물들인다. "너 같은 마기가 뭐 하어 이렇게 머이까지 왔나?"

알아듣기 힘들 만큼 꼬인 소리가 그의 턱에 내려앉는 침처럼 줄줄 흘러나온다. 그가 다가오자 가슴이 답답해진다. 취기 가득한 눈이 위험하게 변한다.

"방문 목적은?" 고맙게도 맨정신의 키 큰 위병이 다시 묻는다.

"장사하러 왔어요."

이 말을 듣자 술에 취한 위병의 얼굴에 역겨운 미소가 번진다. 그가 내 손목을 잡으려 하자 나는 얼른 물러서며 종이 꾸러미를 들어 올린다.

"생선을 팔러 왔다고요." 내가 분명하게 설명하지만 그는 아랑곳하지 않고 달려든다. 그의 두툼한 두 손이 내 목을 감싸며 나를 목제 벽으로 밀어붙인다. 나는 신음을 내뱉는다. 그는 치아의 까만 얼룩과 누런 얼룩까지 셀 수 있을 만큼 얼굴을 바싹 들이민다.

그러곤 웃으면서 말한다. "그 생선을 왜 팔려고 하는지 알지. 요즘 마귀 값이 얼마나 하지, 카인? 동화 두 닢?"

온몸에 소름이 돋으며 숨겨 둔 격투봉을 꺼내고 싶어 손가락이 근질거린다. 대습격 이후론 마자이와 코시단이 입맞춤하는 것조차 불법이 되었지만 위병들은 여전히 짐승처럼 우리를 건드리려 든다.

짜증이 시커먼 분노로 변한다. 엄마에게서 보았던 그 검은 분노. 이 위병을 당장 밀쳐 내고 그의 퉁퉁한 손가락을 모조리 부러뜨리고 싶어진다. 그러나 걱정하는 오빠가 떠오른다. 괴로워하는 아빠도. 마마 아그바의 꾸짖음도.

'잊어선 안 돼, 제일리. 아빠를 생각해. 오빠를 생각해.' 이번엔 망치지 않겠다고 약속했다. 이번엔 실망시킬 수 없다.

이 짐승 같은 인간이 내게서 손을 뗄 때까지 나는 거듭 이 말을 머릿속으로 되뇐다. 그는 웃으면서 다시 벌컥벌컥 병나발을 분다. 보란 듯이. 태연하게.

나는 증오 가득한 눈으로 다른 위병을 돌아본다. 나를 건드린 이 술주정뱅이와 그를 말리지 않은 저 개자식, 둘 중 누가 더 몹쓸 인간인지 모르겠다.

"더 물어보실 것 있나요?" 나는 이를 악물고 묻는다.

위병은 고개를 젓는다.

나는 그들의 마음이 바뀌기 전에 치타너처럼 재빠르게 성문을 빠져나온다. 그러나 성문에서 채 몇 걸음 옮기기도 전에 정신없는 라고스의 광경에 도로 뛰쳐나가고 싶어진다.

"아아, 신들이여." 나는 북적거리는 인파에 기가 질려 중얼거린다. 주민, 상인, 위병, 귀족 들이 널찍한 흙길을 가득 메운 채 저마다 할 일이 있는 듯 바삐 걸음을 옮기고 있다.

저 멀리 어렴풋이 왕궁이 보인다. 새하얀 벽과 매끈한 아치가 햇살에 반짝거린다. 도시 변두리를 따라 이어진 빈민가와는 너무도 대비되는 광경이다.

그러나 이 소박한 집들도 기막힌 풍경을 만들어 낸다. 높이 솟은 판잣집들을 보고 나는 입을 다물지 못한다. 마치 세로형의 미로처럼 집들이 층층이 올라가 있다. 누렇게 바랜 집도 많지만 환한 색으로 칠하거나 다채로운 그림을 그려 넣은 집도 있다. 빈민가라는 이름이 무색할 만큼 생기 넘치는 저항의 풍경이다. 왕은 보지 못하는 아름다움이 남아 있다.

나는 조심스럽게 걸음을 옮기며 중심가를 향해 나아간다. 그러고 보니 빈민가를 돌아다니는 신성자들은 대개 나보다 나이가 많지 않다. 라고스에서는 대습격을 겪은 신성자 대부분이 성인으로 자라기 전에 감옥에 가거나 부역장으로 끌려가는 탓이다.

"용서하세요. 그러려고 한 건 아니었…… 아!" 날카로운 울부짖음이 들려온다.

내 앞에서 부역장 감독관이 지팡이를 내리치자 나는 화들짝 놀란다. 어린 신성자 소년의 살이 찢어지고 옷에 피가 묻는다. 하나뿐인 깨끗한 옷이었을 텐데 이제 피가 묻은 채로 한없이 입고 있어야 할 것이다. 소년은 깨진 타일 조각 더미로 쓰러진다. 가느다란 팔로 버거우리만치 많은 타일을 옮기다 깨뜨린 모양이다. 감독관이 다시 지팡이를 올리자 그제야 번쩍거리는 검정 마자사이트가 눈에 들어온다.

'맙소사.' 감독관이 지팡이로 소년의 등을 내리누르자 살이 타는 매캐한 냄새가 코를 찌른다. 일어나 앉으려고 안간힘을 쓰는 소년의 살갗에서 연기가 피어오른다. 그 포악한 광경에 손이 저릿해진다. 나 역시 부역장에 가면 저런 운명을 맞게 될지도 모른다.

'정신 차려.' 마음이 무겁지만 걸음을 재촉한다. '빨리 움직이지 않으면 너도 저 꼴이 돼.'

나는 빈민가에서 풍겨 오는 하수구 냄새를 애써 무시하며 라고스 도심으로 달려간다. 연한 색의 건물들이 늘어선 상업 구역에 들어서자 하수구 냄새가 달콤한 빵과 계피 냄새로 바뀌며 배가 꼬르륵거린다. 중앙 거래장은 끝없는 흥정 소리로 활기가 넘친다. 나도 장사할 태세를 갖춘다. 그러나 시장을 보는 순간 다리가 저절로 멈춰 선다.

가끔 아빠와 함께 귀한 물고기를 팔러 오긴 했지만 이 정신없는 시장은 볼 때마다 새삼 감탄을 자아낸다. 라고스의 다른 거리들보다 훨씬 떠들썩할 뿐 아니라 오리샤에서 나는 온갖 물건들로 생기가 넘친다. 한쪽에는 미나의 넓은 농장에서 수확한 곡식과 곰베의 공장에서 만든 탐나는 철제품이 나란히 놓여 있다. 나는 달콤한 플랜틴 튀김 냄새를 음미하며 북적거리는 좌판들을 지난다.

귀를 쫑긋 세우고 이곳의 흥정 방식과 거래 속도를 가늠해 본다. 무두들 말솜씨를 무기 삼아 싸우고 있다. 일로린의 시장보다 훨씬 더 치열하다. 타협은 없고 오로지 장삿속뿐이다.

나는 치타너 새끼들을 파는 목제 좌판을 지난다. 작은 치타너 머리에 조그만 뿔이 솟아 있어 절로 미소 짓게 된다. 무늬 천을 파는 수레를 지나서야 생선 거래장에 이른다.

"동화 40닢……."

"타이거피시 한 마리에?"

"30닢, 한 푼도 더 못 줘요!"

흥정하는 사람들의 목소리가 너무 시끄러워서 내 머릿속이 하얘질 지경이다. 일로린의 수상 시장과는 너무도 다르다. 어지간한 흥정은 먹히지 않는다. 나는 이를 악물고 사람들을 살펴본다. 표적을 정해야 한다. 어리숙한 사람, 그러니까…….

"내가 송어나 먹을 것처럼 보여?" 한 사내가 날카롭게 소리친다.

놀아보니 싶은 보라색 다시키를 입은 통통한 귀족이다. 그는 적갈색 눈을 가늘게 뜨고 방금 엄청난 모욕이라도 당한 사람처럼 코시단 상인을 노려본다.

상인이 제안한다. "성대도 있어요. 가자미도 있고, 농어도······."

"황새치를 달라니까! 우리 하인한테 황새치를 안 팔았다던데." 귀족이 날카롭게 말한다.

"지금은 나올 철이 아니에요."

"왕은 매일 먹는데?"

상인은 목뒤를 긁적인다. "황새치는 잡히는 족족 궁전으로 갑니다. 그게 이 나라 법이에요."

귀족은 얼굴을 붉히며 작은 벨벳 돈주머니를 꺼낸다. 그러곤 동전들을 딸랑거리며 말한다. "왕이 얼마나 주는데? 내가 두 배를 내지."

상인은 욕심나는 눈으로 돈주머니를 바라보지만 끝내 마음을 바꾸지 않는다. "너무 위험한 짓이에요."

"저한테 오세요!" 내가 소리친다.

귀족은 미심쩍다는 듯이 눈을 가늘게 뜨고 고개를 돌린다. 나는 그쪽 상인의 좌판을 떠나 이쪽으로 오라고 손짓한다.

"황새치가 있나?" 그가 묻는다.

"더 좋은 게 있어요. 이 시장을 통틀어도 이런 생선은 구경도 못 할 걸요."

그의 입이 벌어지자 나는 물고기가 내 미끼 주위를 맴돌 때처럼 흥이 나기 시작한다. 나는 종이를 조심스레 푼 뒤 돛새치의 비늘이 반짝거리도록 햇살 아래로 가져간다.

"아이고, 하늘이여! 굉장한데." 귀족은 입을 다물지 못한다.

"때깔 좋죠? 맛은 훨씬 더 좋답니다. 일로린 해안에서 금방 잡아온 붉은꼬리 돛새치예요. 아마 철이 아니라서 왕도 오늘 저녁엔 이런 걸 못 먹을걸요."

귀족의 얼굴에 미소가 번진다. 제대로 낚았다. 드디어 그가 돈주머니를 꺼낸다.

"은화 50닢."

내 눈이 휘둥그레진다. 그러나 나는 이를 악문다. '50닢이라…….'

50닢이면 이번 세금을 내고 어쩌면 배를 새로 장만할 수도 있다. 하지만 다음 달 첫 분기에 위병들이 또 세금을 올리면 부역장 신세를 면할 수 없다.

나는 소리 내어 웃으며 물고기를 다시 싸기 시작한다.

귀족은 눈살을 찌푸린다. "뭐 하는 거야?"

"워낙 귀한 거라 제값에 살 수 있는 분을 찾아보려고요."

"감히……."

"죄송합니다." 나는 그의 말을 자른다. "열 배는 더 가치 있는 상품인데 겨우 50닢 줄 분에게 시간을 낭비할 수는 없거든요."

귀족은 툴툴거리면서도 벨벳 주머니 하나를 더 꺼낸다.

"그래도 300닢 이상은 못 받을걸."

'아아, 신들이여!' 나는 흙바닥에 발을 단단히 디디며 휘청하는 몸을 바로 세운다. 우리는 평생 구경도 못 해 본 돈이다. 세금이 계속 오르더라도 최소 여섯 달 치는 해결될 것이다!

나는 제안을 받아들이려다가 그 귀족의 눈을 보고 다시 주저한다. 그렇게 순식간에 몇 배를 올려 줄 수 있는 사람이라면 좀 더 올릴 수도 있지 않을까…….

'그'양 믿어들다. 넘시는 백수삲아.' 오빠의 경고가 들리는 듯하다.

그러나 포기하기엔 너무 아깝다.

"죄송해요." 나는 어깨를 으쓱하고는 돛새치를 마저 싼다. "왕에게 걸맞은 음식을 형편도 안 되는 분에게 내드릴 수는 없네요."

귀족의 콧구멍이 벌름거린다. '신들이여.' 내가 너무 지나쳤던 모양이다. 나는 붙잡길 기다리지만 그는 말없이 분을 삭일 뿐이다. 나는 억지로 걸음을 뗀다.

또 실수했다는 생각이 몸을 부숴 버릴 듯 짓눌러 한 걸음 한 걸음이 영원처럼 느껴진다. 나는 애써 마음을 가라앉힌다. '적당한 사람이 또 나타날 거야. 과시하지 못해서 안달하는 귀족이 또 있겠지. 300 닢보다 많이 받을 수도 있어. 이 물고기는 그 정도의 가치가 있으니까…… 정말 그럴까?'

"젠장." 하마터면 새우 좌판에 머리를 부딪힐 뻔한다. 이제 어쩌지? 또 어떤 바보가 그렇게 많은 돈을.

"잠깐!"

고개를 돌려 보니 그 퉁퉁한 귀족이 쩔겅거리는 돈주머니 세 개를 내 가슴팍에 들이댄다.

"좋아. 500닢." 그가 체념한 듯 툴툴거린다.

내가 믿을 수 없어 빤히 바라보자 그는 내가 의심하는 줄 알고 다시 말한다.

"못 믿겠으면 세어 봐."

나는 돈주머니 하나를 열어 보고 그 아름다운 광경에 하마터면 울음을 터트릴 뻔한다. 은화가 돛새치의 비늘처럼 반짝거리며 그 든든한 무게로 많은 것을 약속해 준다. '500닢!' 이 돈이면 배를 새로 살 수 있을 뿐 아니라 아빠가 1년쯤 쉬어도 될 것이다. '드디어!' 내가 해냈다.

나는 입가에 번지는 미소를 감추지 못하고 귀족에게 물고기를 내민다. "맛있게 드세요. 오늘 밤엔 왕보다 더 훌륭한 만찬을 즐기시겠네요."

귀족은 콧방귀를 뀌면서도 흡족한 듯 입꼬리를 씰룩 올린다. 나는 벨벳 돈주머니들을 봇짐에 밀어 넣고 걷기 시작한다. 이 정신없는 시장만큼이나 가슴이 윙윙거린다. 그런데 갑자기 대기를 메우는 비명에 나는 우뚝 걸음을 멈춘다. 물건 값을 깎는 소리가 아니다. '뭐지……?'

과일 좌판 하나가 폭발하듯 튀어 오르자 나는 펄쩍 물러선다.

근위병 한 무리가 돌진해 온다. 망고와 오리샤 복숭아 들이 허공으로 날아오른다. 위병들이 끊임없이 밀려들면서 무언가를 찾고 있다. 사람을 찾는 듯하다.

나는 넋을 잃고 그 소동을 바라보다 얼른 떠나야 한다는 사실을 깨닫는다. 내 봇짐에는 은화 500닢이 들어 있다. 이번엔 내 목숨 말고도 지켜야 할 게 생겼다.

한시바삐 그곳을 벗어나려고 있는 힘껏 사람들을 헤치고 나아간다. 옷감 좌판을 막 지나는데 누군가가 내 손목을 잡는다.

'아아, 이건 뭐야?'

나는 근위병이나 좀도둑일 거라 생각하며 접이식 격투봉을 꺼낸다. 그러나 고개를 돌려 보니 나를 붙잡은 사람은 근위병도 도둑도 아니다. 망토를 뒤집어쓴 호박색 눈의 소녀다.

두 좌판 사이로 나를 끌어당기는 힘이 어찌나 센지 나는 미처 뿌리치지 못한다.

"부탁이야. 날 여기서 데리고 나가 줘!" 소녀가 애원한다.

05

도망자 소녀를 돕다

제일리

잠시 숨이 멎는 듯하다.

겁에 질린 이 구릿빛 소녀의 격렬한 떨림이 내 살을 파고든다. 외쳐대는 소리가 점점 커지면서 시시각각 위병들이 우레와 같이 다가오고 있다. 이 소녀와 함께 있는 모습을 저들에게 들켜선 안 된다. 들키면 죽을 게 분명하다.

"이거 놔." 나는 그 애 못지않게 절박한 소리로 애원한다.

"안 돼! 제발 부탁이야." 소녀의 호박색 눈에 눈물이 고이고 나를 잡은 손에 더욱 힘이 들어간다. "제발 도와줘! 난 용서받지 못할 짓을 했어. 저들이 날 잡으면⋯⋯."

소녀의 눈에 가득 서린 두려움이 너무도 낯익다. 저들에게 잡히면 이 소녀의 죽음은 시간문제일 것이다. 그 자리에서 죽거나 아니면 감옥에서 굶어 죽거나. 어쩌면 위병들이 돌아가며 이 소녀를 한껏 이용해 먹을지도 모른다. 정신을 무너뜨린 뒤 슬픔으로 질식하게 만들지도 모른다.

'스스로 방어할 수 없는 사람들을 보호해야 한다.' 오늘 아침 마마 아그바가 했던 말이 머릿속을 파고든다. 마마의 엄한 눈이 보이는 듯하다. '그게 격투봉을 배우는 이유야.'

"안 돼." 내가 중얼거린다. 그러나 그 말이 입 밖으로 나오는 순간 나는 이미 싸울 준비를 하고 있다. '젠장.'

되느냐 안 되느냐는 중요하지 않다.

이 아이를 돕지 않으면 나는 평생 스스로를 용서하지 못할 것이다.

"이리 와." 나는 소녀의 팔을 잡고 다른 좌판들보다 조금 큼직한 옷 좌판 안으로 들어간다. 좌판의 주인 여자가 소리치려 하자 나는 얼른 손으로 그녀의 입을 막고 목에 오빠의 단검을 들이댄다.

"뭐, 뭐 하는 거야?" 소녀가 묻는다.

나는 소녀의 망토를 살펴본다. 여기까진 어떻게 왔을까? 구릿빛 피부와 황금빛의 풍성하고 두툼한 망토, 누가 봐도 귀족임에 틀림없다.

"저 갈색 망토를 입어." 나는 소녀에게 지시한 뒤 다시 좌판 주인을 돌아본다. 그녀의 얼굴에 구슬땀이 흐른다. 신성자 도둑이라니, 까딱하면 끝장날 수도 있다고 생각하는 모양이다. 내가 말한다. "해치려는 게 아니에요. 물건을 바꾸려는 거예요."

소녀가 수수한 망토로 갈아입는 사이 나는 좌판 앞쪽을 흘끗 내다본다. 내 손에 힘이 들어가자 좌판 주인이 신음을 내뱉는다. 군대 전체가 출동한 듯 수많은 위병들이 시장에 바글거린다. 이리저리 뛰어다니는 상인들과 주민들이 혼돈을 더한다. 이 아수라장에서 나갈 길을 찾아보지만 탈출구는 보이지 않는다. 우리에겐 선택의 여지가 없다.

운을 시험하는 수밖에.

다시 좌판 안으로 들어가 보니 소녀가 머리 위로 새 망토의 모자를 뒤집어쓰고 있다. 나는 소녀가 입고 온 질 좋은 망토를 집어 좌판 주인의 손에 쥐어 준다. 그 부드러운 벨벳이 손에 닿자 여자의 눈에서 두려움이 사라진다.

나는 그녀의 목에서 칼을 내리고 다른 망토 하나를 집어 그 검은 모자로 내 하얀 머리카락을 가린다.

"준비됐어?" 내가 묻는다.

소녀는 간신히 고개를 끄덕인다. 언뜻 결의에 찬 듯 보이지만 여전히 겁에 질려 정신이 없다.

"따라와." 우리는 그 좌판에서 나와 혼돈의 장으로 들어선다. 위병들이 우리 앞에 멈춰 서지만 우리의 갈색 망토가 방패가 되어 준다. 그들이 찾는 건 귀족 혈통이다. '신들이여, 감사합니다.'

어쩌면 성공할 수 있을지도 모른다.

"빨리 걸어." 나는 소녀를 데리고 옷감 좌판들 사이를 빠져나가며 숨죽여 속삭인다. "안 돼……." 나는 멀어지는 소녀의 망토를 잡고 다시 말한다. "뛰면 안 돼. 눈에 띄잖아. 사람들 속에 섞여야 해."

소녀는 고개를 끄덕이며 입을 열지만 끝내 아무 말도 하지 않는다. 사자녀 새끼처럼 한두 걸음 간격을 두고 나를 따라올 뿐이다.

우리는 인파를 헤치고 시장 끝에 도달한다. 정문은 위병 여러 명이 지키고 있지만 쪽문의 보초는 한 명뿐이다. 그가 귀족 한 명을 심문하려고 앞으로 나오자 나는 그 틈을 노린다.

"어서 가자." 상업 구역의 돌길을 따라 복잡한 시장을 빠져나가려고 인력 매매소 뒤로 비집고 들어간다. 소녀의 작은 몸이 빠져나오자 나는 안도의 한숨을 내쉰다. 그러나 돌아서는 순간 거구의 위병 두 명이 우리 앞을 가로막는다.

'신들이여.' 나는 미끄러지듯 멈춰 선다. 봇짐에서 은화들이 쩔렁거린다. 소녀를 흘끗 보니 구릿빛 피부가 하얗게 질렸다.

"무슨 일이죠?" 나는 아무것도 모르는 척 위병들에게 묻는다.

한 명이 기둥 같은 두 팔을 팔짱 끼며 대꾸한다. "탈주범이 있어. 그 탈주범이 잡히기 전엔 아무도 못 나간다."

나는 공손하게 허리 숙여 사과한다.

"저희가 몰랐네요. 그럼 안에서 기다릴게요."

'젠장.' 나는 돌아서서 다시 좌판들 쪽으로 걸어가며 혼란스러운 시장을 훑어본다. 출구마다 위병들이 배치되었다면 계획을 다시 세워야 한다. 빠져나가는 길을 다시 찾아봐야…….

어라.

다시 시상에 서의 나나났는데 소녀가 네 옆에 없다. 돌아보니 위병들 앞에 그대로 얼어 있다. 어색하게 내린 두 손이 가늘게 떨린다.

'아이고, 신들이여!'

그 애를 부르려고 입을 여는데 생각해 보니 이름도 모른다. 난생처음 보는 사람을 위해 모든 것을 걸다니. 게다가 이제 저 애 때문에 우리 둘 다 죽게 생겼다.

위병들의 주의를 끌어 보려 하지만 벌써 그중 한 명이 소녀의 망토 모자로 손을 뻗고 있다. 시간이 없다. 나는 금속 격투봉을 꺼내 획 펼친다. "피해!"

소녀가 바닥으로 몸을 낮춘다. 나는 격투봉을 휘둘러 위병의 머리를 후려친다. 쩍 하는 불쾌한 소리가 허공으로 울려 퍼지며 위병이 흙바닥으로 풀썩 쓰러진다. 다른 위병이 칼을 뽑아 들려는 찰나 내가 그의 가슴에 격투봉을 찔러 넣는다. "**으윽!**"

민첩하게 턱을 걷어차자 그가 뒤로 넘어가며 붉은 흙 위에 의식을 잃고 쓰러진다.

"하늘이여!" 소녀가 귀족의 욕을 내뱉는다. 나는 격투봉을 접는다. 정말 '하늘이여'다. 내가 위병들을 공격한 거다. 이제 우리는 정말 죽은 목숨이다.

부리나케 상업 구역을 내달리면서 곧 듣게 될 오빠의 불호령이 머릿속을 스친다.

'이번엔 망치지 마. 그냥 들어갔다 나오는 거야.' 이 가운데 도망자를 도와도 된다는 말이 어디 있단 말인가?

연한 색의 건물들이 늘어선 거리를 내달리는 사이, 근위병 두 무리가 우리를 제압하려 쫓아온다. 그들이 외쳐 대는 소리가 커지고 발소리가 요란해진다. 그들은 칼을 뽑아 들고 몇 걸음 뒤에서 우리를 바싹 죄어 오고 있다.

"여기가 어디인지 알아?" 내가 묻는다.

"조금." 소녀는 겁에 질려 눈을 크게 뜨고 헉헉거리며 말을 잇는다. "빈민가로 가는 길은 아는데……."

"그럼 그리로 가!"

소녀는 쏜살같이 한 걸음 앞서 달려 나간다. 나는 그 애를 따라 얼빠진 상인들을 지나 돌길을 부리나케 내달린다. 온몸에 흥분이 퍼져 나간다. 피부가 뜨겁게 달아오른다. 우리는 성공하지 못할 것이다. 끝내 도망칠 수 없을 것이다.

'침착해라.' 머릿속에서 마마 아그바의 목소리가 들려온다. 나는 심호흡을 해 본다. '융통성을 발휘해. 주변을 적절하게 이용하란 말이다.'

간절한 마음으로 북적거리는 상업 구역의 거리들을 훑어본다. 모통

이를 돌자 높게 쌓아 올린 커다란 나무통들이 보인다. '저거야.'

나는 격투봉을 펼쳐 그 아래쪽을 향해 힘차게 휘두른다. 맨 밑에 있던 통이 바닥으로 쓰러진다. 곧 나머지도 무너질 것이다.

통들이 길을 막으면서 위병들의 외침이 대기를 메운다. 그들이 고전하는 사이 우리는 여유롭게 빈민가로 달려가 잠시 걸음을 멈추고 숨을 고른다.

"이제 어떡해?" 소녀가 숨을 들이켠다.

"나가는 길 알아?"

소녀는 고개를 젓는다. 얼굴에 땀이 흘러내린다. "여긴 처음 와 봐."

빈민가는 멀리서 볼 땐 미로 같았지만 막상 들어와 보니 판잣집과 오두막 들이 거미줄처럼 뒤엉켜 있다. 눈앞에는 좁다란 통로들과 흙실늘이 소불소불 이어서 있다. 출구는 보이지 않는다.

"이쪽으로 가 보자." 나는 상업 구역의 반대쪽으로 이어진 길을 가리키며 말을 잇는다. "저쪽이 도심이니까 나가는 길은 이쪽에 있겠지."

우리는 흙먼지를 일으키며 최대한 속도를 낸다. 그러나 위병 한 부대가 우리 앞을 가로막는다. 다른 길을 택해야 한다.

"하늘이여." 골목을 지나는데 노숙자 코시단 한 무리가 나타나자 소녀는 숨을 들이마신다. 문득 이 애가 여기까지 온 게 놀랍다. 귀족이라고 자기편 병사들을 피하는 훈련까지 받지는 않을 텐데 말이다.

우리는 다시 모퉁이를 돈다. 근위병들이 몇 발짝 뒤에서 우리를 바짝 쫓고 있다. 더 속도를 내려 하는데 소녀가 나를 홱 잡아끈다.

"지금 뭐 하는……."

소녀는 손으로 내 입을 막고 나를 어느 오두막의 벽으로 민다. 그제야 나는 우리가 좁다란 공간에 끼어 있다는 사실을 깨닫는다.

'제발 도와주세요.' 10여 년 만에 두 번째로 나는 아직 남이 있을 지 모를 신들에게 기도를 올린다. '부탁이에요. 제발, 제발, 우리를 숨겨 주세요.' 나는 애원한다.

심장이 가슴을 뚫고 나올 듯 요란하게 쿵쾅거린다. 그 소리 때문에라도 들킬 것만 같다. 그러나 위병들은 마치 먹이를 쫓는 코뿔소녀들처럼 요란하게 우리를 지나쳐 간다.

나는 하늘을 보며 눈을 깜빡거린다. 머리 위로 구름들이 지나가고 있다. 그 사이로 찬란한 빛이 내리쬔다. 죽은 자들이 신이 되어 올라간 걸까? 대습격 이후 생겨난 무덤들에서 부활하기라도 한 걸까? 어쨌든 저 위에 있는 존재가 내게 은혜를 베풀고 있다.

그 은총이 끝나지 않기를 바랄 뿐이다.

우리는 비좁은 공간에서 꿈틀꿈틀 빠져나와 다른 길로 내달리다가 별난 신성자 두 명과 맞부딪힌다. 한 명이 럼주병을 떨어뜨리자 그 톡 쏘는 냄새가 콧구멍을 뜨겁게 달군다. 그 냄새를 맡는 순간 마마 아그바의 오두막에서 배운 또 하나의 가르침이 떠오른다.

나는 땅에서 병을 주워 올린 뒤 거리를 훑어보며 다른 물건을 찾아본다. '저기 있네.' 소녀의 머리에서 멀지 않은 곳이다.

"저 횃불 집어 와!"

"응?"

"횃불 말이야! 네 바로 앞에!" 내가 날카롭게 소리친다.

소녀가 금속 횃불을 받침대에서 빼내기까지는 시간이 조금 걸렸지만 결국 우리는 그것을 갖고 다시 달리기 시작한다. 마지막 빈민가를 지날 때 나는 내 망토 자락 한 귀퉁이를 뜯어내 병 안에 쑤셔 넣는다.

"뭐 하려고?" 소녀가 묻는다.

"네가 알게 될 일이 없으면 좋겠다."

빈민가를 빠져나오자 라고스의 목제 성문이 시야에 들어온다. 우리 탈출의 열쇠가 되는 곳.

근위병들이 봉쇄하고 있는 곳.

끝이 보이지 않는 무장 위병들 앞에 미끄러지듯 멈춰 서자 뱃속이 오그라든다. 병사들은 무시무시한 검정 퓨마너를 타고 있고, 이 거대한 맹수들은 저마다 송곳니를 드러내고 있다. 햇살을 받아 얇은 유막처럼 빛나는 검은 털 위로 선명한 무지개가 가로놓여 있다. 웅크리고 있는데도 우리보다 키가 크고, 게다가 금방이라도 뛰어오를 태세다.

"너희들은 포위됐다." 대장이 호박색 눈으로 나를 뚫어져라 보며 말을 잇는다. "사란 왕의 이름으로 명령한다. 꼼짝 마라!"

다른 병사들과 달리 이 대장은 우리 오두막만큼 기다랗고 사나워 보이는 백표버머를 타고 있다. 등에 튀어나온 굵고 뾰족한 뿔 여덟 개가 검게 반짝인다. 이 괴수는 하얀 점박이 털을 우리의 피로 물들이고 싶어 안달 난 듯 길고 뾰족뾰족한 송곳니를 핥으며 으르렁댄다.

대장은 소녀와 똑같은 구릿빛 피부를 가졌지만 주름도 전투의 상흔도 보이지 않는다. 소녀는 그를 보더니 얼른 두 손을 모자로 올린다. 소녀의 다리가 떨리기 시작한다.

대장은 새파랗게 젊지만 위병들은 묵묵히 그의 지휘를 따른다. 병사들이 하나둘 칼을 뽑아 들고 우리 쪽을 겨눈다.

"끝났어." 소녀가 당황하며 중얼거린다. 풀썩 무릎을 꿇는 소녀의 얼굴에서 눈물이 흘러내린다. 소녀는 체념한 듯 횃불을 내려놓더니 구깃구깃한 양피지 두루마리를 꺼낸다.

나는 소녀를 따라 쪼그려 앉는 척하며 병 속의 천에 횃불의 불꽃을 갖다 댄다. 매캐한 냄새가 코를 찌른다. 대장이 가까이 오는 사이, 나는 퓨마너늘 쪽으로 그 무기를 내던진다.

'제발.' 나는 포물선을 그리며 날아가는 유리병을 눈으로 쫓으며 간절한 마음을 담는다. 터지지 않으면 어쩌지?

순간, 사방에서 불꽃이 폭발한다.

불이 환하게 타오르며 병사들과 뿔 달린 퓨마너늘을 휩쓴다. 이 짐승들은 겁을 먹고 울부짖으며 등에 탄 사내들을 내던지고 달아나려 한다.

나는 겁에 질린 소녀의 팔을 잡고 나아간다. 조금만 가면 성문이다. 조금만 가면 자유의 몸이다.

"성문 닫아!" 내가 지나쳐 가자 대장이 소리친다. 소녀가 그와 부딪히지만 그가 휘청거리는 틈을 타 빠져나온다.

윙윙 삐걱삐걱 쇠붙이 소리가 들리며 목제 성문이 내려오기 시작한다. 검문소의 위병들이 무기를 휘두른다. 우리의 탈출을 막는 마지막 장애물이다.

"안 될 것 같아!" 소녀가 씩씩거리며 소리친다.

"선택의 여지가 없어!"

나는 스스로도 놀랄 만큼 빠르게 내달린다. 아까 만난 술주정뱅이 위병이 칼을 빼들고 팔을 올리며 내리치려 한다. 어찌나 굼뜬지 무섭기는커녕 우스울 뿐이다. 나는 그의 머리를 호되게 내리친 뒤 그가 쓰러지자 잠깐 더 짬을 내서 무릎으로 그의 사타구니를 찍어 준다.

다른 위병이 칼을 휘두르며 끼어들지만 격투봉으로 쉽게 막아 낸다. 나는 두 손으로 금속 격투봉을 돌려 그의 손에 들린 칼을 떨어뜨린다. 그런 뒤 얼굴에 돌려차기를 날리자 그의 눈이 휘둥그레진다. 나는 그를 목제 성문으로 밀어 내고 지나간다.

'우리가 해냈어!' 소리치고 싶은 것을 간신히 참으며 자칼베리 숲으로 달려간다. 소녀에게 미소를 날리려 고개를 돌린다. 그러나 소녀는 보이지 않는다. 가슴이 죄어 온다. 그 애가 쓰러지고 있다. 성문이 코앞인데. 그 애가 넘어지면서 먼지 구름이 인다.

"안 돼!" 내가 날카롭게 소리친다. 성문이 닫히기 직전이다.

여기까지 와서 붙잡히다니. 이렇게 아깝게 죽어야 하다니.

'도망쳐.' 내가 스스로를 재촉한다. '그냥 가. 네겐 오빠가 있어. 아빠도 있고. 넌 할 만큼 했어.'

그러나 소녀의 절박한 눈이 내 발목을 잡는다. 나의 은총은 이제 끝났다. 온몸으로 저항해 보지만 결국 문이 닫히기 직전에 다시 쏜살같이 그 안으로 들어가고 만다.

"넌 끝이야." 대장이 회염병 탓인지 피를 흘리며 걸어 나온다 "무기 버려. 당장!"

라고스의 모든 위병들이 우리를 내려다보고 있는 듯하다. 우리가 다시는 도망치지 못하도록 모든 경로를 차단한 채 우리를 에워싸고 있다.

나는 소녀를 일으키고 격투봉을 들어 올린다. '여기서 끝내겠어.' 저들이 나를 데려가지 못하게 하리라. 바로 여기서 날 처단하게 하리라.

위병들이 다가오자 심장이 쿵쾅거린다. 잠시 마지막 호흡을 음미하며 엄마의 부드러운 눈과 흑단 같은 살결을 눈앞에 그려 본다.

'금방 갈게요.' 나는 엄마의 영혼에게 속삭인다. 엄마는 틀림없이 알라피아에 있을 것이다. 그 평화로운 세상을 마음껏 누리고 있을 것이다. 잠시 엄마 곁으로 가는 상상에 젖는다. '금방 갈 테니……'

그 순간, 우레 같은 포효가 허공에 울려 퍼지고 다가오던 위병들이 걸음을 멈춘다. 포효가 점점 가까워지며 귀가 먹먹해진다. 나일라

의 거대한 몸집이 성문을 뛰어넘자 나는 소녀가 다치지 않도록 가까
스로 들어냉신다.

내 사자녀가 흙길에 착지하자 위병들이 겁을 먹고 나자빠진다. 녀석
의 거대한 송곳니에서 침이 뚝뚝 떨어진다. 내가 헛것을 보는 게 틀림
없다고 생각하는 순간, 나일라의 등에서 오빠가 소리친다.

"뭘 꾸물거려? **어서 타!**"

나는 조금도 지체하지 않고 나일라의 등에 올라탄 뒤 소녀를 끌어
올린다. 우리는 판잣집들을 뛰어넘으며 내달리기 시작한다. 나일라의
무게에 오두막들이 으스러진다. 나일라는 충분한 높이를 확보한 뒤
마지막으로 껑충 뛰어올라 성문을 향해 날아간다.

거의 빠져나왔을 때 번개 같은 충격이 내 핏줄을 타고 퍼져 나간다.
그 충격이 온몸의 모든 구멍을 관통하며 몸이 뜨거워지고 숨이 멎는
다. 저 아래 젊은 대장과 눈이 마주치면서 시간이 멈춘다.

그의 호박색 눈빛에서 알 수 없는 힘이 타오른다. 빠져나갈 수 없
는 감옥에 갇힌 것만 같다. 그의 영혼이 나의 영혼을 옭아맨다. 그러
나 그 순간은 오래가지 않는다. 나일라가 성문을 뛰어넘자 우리의 연
결은 끊어진다.

나일라는 쿵 하고 착지한 뒤 자칼베리 나무들을 헤치고 번개처럼
달려간다.

"아아, 신들이여." 내가 중얼거린다. 온몸이 팽팽히 경직된 채 비명
을 지르고 있다.

우리가 정말 해냈다니 믿기지 않는다.

내가 아직 살아 있다니 믿기지 않는다.

06

나보다 오리샤가 먼저다

이난

실쌔.

실망.

불명예.

오늘 일에 대해 아버지는 어떤 치욕스러운 이름을 붙일까?

궁전 문을 지나 하얀 대리석 계단을 오르면서 나는 머릿속으로 가능한 이름들을 열거해 본다. **실패**가 맞을 것이다. 나는 죄인을 잡아 오지 못했다. 어쩌면 아버지는 그런 말조차 아깝다 생각할지 모른다.

주먹을 앞세울지도 모른다.

이번만큼은 아버지를 원망할 수 없다. 이번만큼은.

도둑 하나 잡아 오지 못하면서 어떻게 오리샤의 왕위를 이어받는단 말인가?

'하늘이여.' 나는 잠시 걸음을 멈추고 매끈한 설화석고 난간을 움켜잡는다. 승리의 날이 될 수도 있었다.

그런데 그 건방진 은빛 눈의 소녀가 끼어들었다.

그 신성자가 라고스의 성문 위로 날아오르는 광경을 본 뒤로 그 애의 얼굴이 자꾸 눈앞에 아른거린다. 벌써 열 번째다. 그 새까만 피부와 길고 새하얀 머리카락이 머릿속을 떠나지 않는다. 도무지 떨쳐 낼 수가 없다.

"대장님."

중앙홀에 들어서자 그 앞을 지키는 위병들이 경례를 하지만 나는 못 들은 체한다. 대장이라는 호칭이 조롱처럼 들린다. 진짜 대장이라면 그 탈주범의 심장에 활을 꽂았을 것이다.

"왕자 어디 있어?" 새된 목소리가 궁전 벽에 메아리친다.

'젠장.' 이것만은 피하고 싶다.

겔레를 비뚜름하게 쓴 어머니가 길을 막고 있는 위병들을 헤치고 입구로 나온다. "어디 있어?" 어머니는 울부짖다시피 한다. "어디 있…… 이난?"

어머니가 안도하며 굳어 있던 얼굴이 풀어진다. 두 눈에 눈물이 고인다. 어머니는 내게로 다가와 뺨에 난 상처에 손을 갖다 댄다.

"암살자들이 있었다면서?"

나는 어머니의 손에서 벗어나 고개를 젓는다. 암살자들이었다면 분명한 표적이 있었을 것이다. 그랬다면 추적하기가 한결 수월했을 것이다. 이 범인은 혼자 도망친 자다. 그리고 나는 끝내 잡지 못했다.

그러나 어머니는 공격자가 누구였든 상관하지 않는다. 내가 실패했다는 사실도. 시간만 낭비했다는 사실도. 어머니는 두 손을 모아 잡고 눈물을 삼킨다.

"이난, 우린……." 어머니가 말끝을 흐린다. 모두가 보고 있다는 사실을 이제야 깨달은 것이다. 어머니는 얼른 껠레를 매만지고 한 발짝 물러선다. 어머니의 손에서 뾰족한 손톱이 자라는 듯하다.

어머니는 모여 선 사람들에게 날카롭게 말한다.

"마귀가 우리 도시를 습격했어. 다들 이렇게 손 놓고 있을 거야? 시장으로 가. 빈민가도 뒤져 보고. 다시는 이런 일이 없게 하란 말이야!"

병사, 귀족, 하인 할 것 없이 한꺼번에 앞다투어 홀을 빠져나간다. 다 사라지고 나자 어머니는 내 손목을 잡고 알현실 문 앞으로 끌어당긴다.

"안 돼요." 나는 아직 아버지의 노여움을 마주할 각오가 되지 않았다. "전할 소식도 없어요⋯⋯."

"어차피 이번이 마지막이야."

어머니는 커다란 목제 문을 열어젖히고 타일이 깔린 바닥 위로 나를 끌고 간다.

"다들 나가!" 어머니가 소리친다. 위병들과 부채질하던 하인들이 생쥐들처럼 흩어진다.

배짱 있게 어머니의 명을 거역할 수 있는 사람은 카에아뿐이다. 새 제복의 검은 흉갑 탓인지 오늘따라 유독 아름다워 보인다.

'총사령관?' 나는 그녀의 장식 인장을 바라본다. 계급이 바뀌었다. 틀림없다. 진급한 것이다. '그럼 에벨레는?'

왕좌에 가까워질수록 진한 스피어민트 냄새가 코를 찌른다. 타일 바닥을 보니 아니나 다를까 새로 생긴 듯한 두 개의 뚜렷한 핏자국이 틈을 메우고 있다.

'하늘이여.'

아버지는 벌써 기분이 틀어졌다.

"총사령관도 나가라는 뜻이었는데."

어머니가 가슴 앞에 팔짱을 끼며 낮은 목소리로 말한다.

어머니가 차갑게 대할 때면 늘 그렇듯 카에아의 얼굴이 굳어진다. 그녀는 아버지를 흘끗 본다. 아버지는 마지못해 고개를 끄덕인다.

"죄송합니다." 카에아는 조금도 죄송하지 않은 목소리로 어머니에게 허리 숙여 인사한다. 어머니는 카에아가 알현실 문을 나갈 때까지 못마땅한 눈으로 그녀를 바라본다.

"보세요." 어머니는 나를 앞으로 끌어당기며 말을 잇는다. "마귀들이 당신 아들을 어떻게 만들었는지 보라고요. 이 아이를 싸움에 내보내면 이렇게 돼요. 근위병 대장을 맡으면 이렇게 된다고요!"

나는 어머니의 손을 홱 뿌리친다. "그들을 수세에 몰았어요! 두 번이나. 하지만 폭발이 일어나 대열이 흩어졌어요. 제가 잘못한 게 아니에요."

"네가 잘못했다는 얘기가 아니야, 아들." 어머니는 내 뺨을 만지려 하지만 나는 그 장미 향 나는 손을 피한다. "왕자에겐 너무 위험한 일이라는 얘기야."

"어머니, 왕자라면 **더더욱** 이런 일을 해야 해요. 오리샤를 안전하게 지키는 건 저의 책임이에요. 궁전 안에만 숨어 있으면 우리 백성들을 보호할 수 없다고요."

어머니는 내게 손을 내저으며 다시 아버지를 돌아본다. "아이고, 얘는 오리샤의 왕위를 물려받을 사람이에요. 목숨 거는 일은 하찮은 사람들을 시켜도 되잖아요!"

아버지의 표정은 조금도 변하지 않는다. 어머니를 완전히 무시하는 듯하다. 어머니가 말하는 동안 창밖을 내다보며 손가락에 낀 왕가의 루비 반지를 돌릴 뿐이다.

그 옆에는 아버지의 기다란 마자사이트 칼이 황금 받침대 위에 세워져 있다. 백표버머가 새겨진 칼자루에 아버지의 모습이 비친다. 이 검은 칼은 마치 분신처럼 아버지 곁에서 한시도 떨어지지 않는다.

마침내 아버지가 입을 연다. "**그들**이라고? 그 죄인이 누구랑 같이 있더냐? 궁전을 나갈 땐 혼자였는데."

나는 침을 꿀꺽 삼키고 힘겹게 아버지의 눈을 보며 앞으로 걸어 나간다. "아직은 정체를 알 수 없습니다. 확실히 아는 건 라고스 사람이 아니라는 사실뿐입니다." '사실은 그 애가 달과 같은 눈을 가졌다는 것도 알고 있죠. 눈썹에 희미한 흉터가 있다는 것도.'

또다시 그 신성자의 얼굴이 궁전 벽에 걸린 그림만큼이나 선명하게 머릿속을 파고든다. 소리칠 때 벌어지던 두툼한 입술. 여위었지만 단단한 근육진이 몸.

온몸에 또 한 번 찌릿한 기운이 흐른다. 상처에 술을 부은 듯 쓰라리고 따가운 느낌이다. 머릿속이 타는 듯이 욱신거린다. 나는 몸서리치며 그 불쾌한 느낌을 밀어 낸다.

그러곤 계속 말을 이어 간다. "왕실 의사가 검문소 위병들을 치료하고 있습니다. 그들이 깨어나면 그 애의 신원과 사는 곳을 알아내겠습니다. 그들을 추적하면……."

"그건 네가 할 일이 아니야. 넌 오늘 죽을 뻔했어! 그럼 어쩌려고? 아마리에게 왕위를 내줄 거야?" 어머니가 말한다. 그러곤 머리 장식을 똑바로 쓰고 두 주먹을 움켜쥔 채 앞으로 걸어 나간다. "당장 그만해야 해요, 사란. 당장 멈추라고요!"

나는 퍼뜩 고개를 돌린다. 어머니가 아버지의 이름을 부르다니……. 알현실의 붉은 벽에 어머니의 목소리가 메아리친다. 무엄한 언행을 상기시키는 가혹한 울림이다.

어머니와 나는 동시에 아버지를 본다. 아버지가 어떻게 나올지 상상할 수 없다. 이번엔 정말 어머니가 이긴 모양이라고 생각하려는 찰나, 아버지가 마침내 입을 연다.

"나가."

어머니의 눈이 휘둥그레진다. 자랑스럽게 걸치고 있던 자신감이 얼굴에 흐르는 땀방울처럼 떨어져 내린다. "폐하……."

아버지는 단조로운 투로 다시 지시한다.

"어서. 내 아들과 조용히 할 얘기가 있어."

어머니가 내 손목을 잡는다. 아버지와의 조용한 대화가 대개 어떻게 끝나는지 우리 둘 다 잘 알고 있다. 그러나 어머니는 차마 막지 못한다. 그러려면 아버지의 노여움을 대신 마주해야 할 테니까.

어머니는 칼처럼 빳빳하게 허리 숙여 인사한다. 그러곤 나와 눈을 한 번 맞춘 뒤 가려고 돌아선다. 두 뺨에 눈물이 흘러 분이 얼룩진다.

한동안 문으로 걸어가는 어머니의 발소리만이 넓은 알현실의 정적을 메운다. 이윽고 문이 쾅 닫힌다.

아버지와 나, 단둘만 남았다.

"죄인의 신원은 알고 있나?"

나는 머뭇거린다. 선의의 거짓말로 가혹한 매질을 피할 수도 있다. 그러나 아버지는 마치 사냥에 나선 하이에너들이 먹잇감의 냄새를 맡듯 거짓말의 냄새를 귀신같이 잡아낸다.

거짓말해 봐야 좋을 게 없다.

내가 대꾸한다. "모릅니다. 하지만 해 질 녘엔 단서가 나올 겁니다. 그러면 제 부대를……."

"부대는 철수시켜."

나는 긴장한다. 아버지는 내게 기회조차 주지 않으려 한다.

내가 할 수 없다고 생각한다. 나의 부대를 빼앗으려 한다.

나는 천천히 말한다. "아버지. 부탁이에요. 아까는 그 죄인의 자원을 미처 예상하지 못했습니다. 하지만 이제 준비가 되었어요. 제게 만회할 기회를 주세요."

아버지는 왕좌에서 일어선다. 느리고 신중하게. 차분한 얼굴이지만 때론 저 텅 빈 눈에 엄청난 분노가 숨어 있다는 것을 나는 경험으로 알고 있다.

아버지가 다가오자 나는 시선을 내린다. 불호령이 들리는 듯하다. '너 자신보다 의무가 먼저다.'

나보다 오리사가 먼저다.

나는 오늘 아버지를 실망시켰다. 아버지와 나의 왕국을. 신성자가 라고스를 휘젓고 다니도록 방치했다. 당연히 아버지는 나를 벌할 것이다.

나는 고개를 숙이고 숨을 참는다. 이번엔 얼마나 아플까. 갑옷을 벗으라 하지 않았으니 얼굴을 때리려는 모양이다.

또 멍든 얼굴을 세상에 내보여야 한다.

아버지가 손을 올리자 나는 눈을 감는다. 매를 각오한다. 그러나 뺨에 주먹이 꽂히기는커녕 아버지의 손이 내 어깨를 감싼다.

"네가 할 수 있다는 거 안다, 이난. 하지만 너 혼자 해야 한다."

나는 무슨 일인가 싶어 눈을 깜빡거린다. 아버지는 전과는 사뭇 다른 눈으로 나를 보고 있다.

"그냥 죄인이 아니다." 아버지는 이를 악물고 덧붙인다.

"아마리야."

아셰?

제일리

일로린에 절반쯤 이르러서야 오빠는 한숨 돌리며 나일라의 고삐를 당긴다. 나일라가 멈춰 서지만 그는 꼼짝도 하지 않는다. 아무래도 내가 새로운 차원의 분노를 자극한 모양이다.

높다란 나무들 속에서 귀뚜라미들이 울어 댄다. 나는 안장에서 내려와 나일라의 커다란 얼굴을 끌어안고 뿔과 귀 사이 특별한 지점을 어루만져 준다. 그러곤 녀석의 털에 대고 속삭인다. "고마워. 집에 돌아가면 간식을 잔뜩 줄게."

나일라는 가르랑거리며 마치 내가 자기 새끼라도 되는 듯 내 코에 주둥이를 비빈다. 평소 같았으면 미소가 떠올랐겠지만 오빠가 땅으로 내려와 내게로 걸어오자 이번엔 나일라도 나를 보호해 줄 수 없다는 사실을 깨닫는다.

"오빠……."

"대체 넌 왜 그 모양이야?"

그가 잔뜩 성난 목소리로 외치자 머리 위 나무에서 파란수염 벌잡이새 가족이 푸드득 날아오른다.

나도 열을 올리기 시작한다. "어쩔 수가 없었어! 그들이 저 애를 죽이려 하는데……."

"그들이 너는 가만둘 거라고 생각해?" 오빠가 주먹으로 나무를 세차게 후려친다. 나무껍질이 떨어져 나간다. "대체 왜 그렇게 생각이 없어, 젤? 그냥 네 할 일만 하고 오면 되잖아?"

"그것도 했어!" 나는 봇짐 속에서 벨벳 돈주머니 하나를 꺼내 오빠에게 던진다. 땅바닥에 은화들이 쏟아진다. "돛새치를 500닢에 팔았단 말이야!"

"오리샤의 돈을 다 가져와도 이제 우린 빠져나갈 수 없어." 오빠는 두 눈에 손비닥을 갖다 댄다. 뺨에 눈물이 묻어난다. "그들이 우릴 죽일 거야. 너를 죽일 거라고, 젤!"

"저기……." 소녀가 기어들어 가는 목소리로 우리의 주의를 끈다. 마음대로 몸을 줄였다 키웠다 하는 오싹한 능력을 가진 모양이다. 나는 이 애의 존재를 아예 까먹고 있었다.

"내가……." 얼굴이 핼쑥하다. 기다란 망토 모자 아래 반짝이는 호박색 눈만 간신히 보인다. "다 내 잘못이야. 전부 다."

"아이고, 고마워라." 나는 오빠의 매서운 눈초리를 못 본 체하고 눈을 굴린다. 저 아이만 아니었으면 지금쯤 오빠는 활짝 웃고 있을 것이다. 마침내 우리 가족은 안전해졌을 것이다.

내가 묻는다. "넌 대체 무슨 짓을 한 거니? 무슨 짓을 했기에 왕의 부하들에게 쫓기는 거야?"

"우리한테 얘기하지 마." 오빠가 고개를 저으며 손가락으로 라고스

쪽을 가리킨다. "그냥 돌아가. 가서 자수해. 우리에겐 그 방법밖에……."

소녀가 망토를 벗자 우리 둘 다 말문이 막힌다. 오빠는 그 기품 있는 얼굴에서 눈을 떼지 못한다. 나는 소녀의 땋은 머리카락에 엮어넣은 황금빛 머리 장식을 하염없이 바라본다. 사슬과 반짝이는 나뭇잎들이 주렁주렁 이마 위로 내려와 있다. 그 한가운데서 다이아몬드 박힌 인장이 빛을 발한다. 백표버머 장식. 그걸 두를 수 있는 가문은 하나뿐이다.

"아아, 신들이여." 내가 탄식한다.

공주다.

아마리 공주.

나는 오리샤의 공주를 납치했다.

"내가 설명할게." 아마리가 서둘러 말한다. 이제야 그 왕족의 말투가 귀에 들어온다. 이가 갈린다. "네가 무슨 생각 하는지 알아. 하지만 정말 목숨이 위험한 상황이었어."

"목숨." 내가 속삭인다. "**목숨**이 위험했다고?"

눈앞에 붉은빛이 번쩍 스친다. 나는 공주를 나무 기둥으로 밀친다. 공주는 울부짖는다. 내가 두 손으로 공주의 목을 움켜쥐고 조르기 시작하자 공주는 캑캑거리며 겁에 질려 눈을 크게 뜬다.

"뭐 하는 거야?" 오빠가 소리친다.

"공주님에게 **진짜** 목숨이 위태로운 게 어떤 건지 보여 주려고!"

오빠는 내 어깨를 잡고 끌어당긴다. "지금 제정신이야?"

"얘가 거짓말을 했어. 그들이 자길 죽일 거라고 했단 말이야. 내 도움이 필요하다며 애원했다고!" 내가 소리친다.

"거짓말이 아니었어!" 아마리가 씩씩거린다. 그러곤 손을 목으로 가져가며 말을 잇는다. "아버지는 아무리 왕족이라도 신성자를 **동정한** 사람은 모조리 처형했어. 나도 망설임 없이 처단할 수 있는 사람이라고!"

아마리는 드레스 안으로 손을 넣더니 두루마리를 꺼낸다. 손이 부들부들 떨릴 정도로 힘주어 움켜쥐고 있다.

"왕은 이걸 쫓고 있어." 아마리는 캑캑거리며 어쩐지 아주 무겁게 그 양피지를 바라본다. "이 두루마리는 아주 중요한 물건이야. 마법을 되찾아 줄 수 있대."

우리는 넋 나간 얼굴로 아마리를 바라본다. '거짓말이야.' 마법을 되찾을 수는 없다. 마법은 11년 전에 죽었다.

우리의 의심을 읽은 듯 아마리가 다시 입을 연다. "나도 그럴 리가 없다고 생각했어. 하지만 내 눈으로 똑똑히 봤어. 신성자가 이 두루마리를 건드리는 순간 미지이고 변했어   ." 아마리의 목소리가 점점 작아진다. "손으로 빛을 불러왔어."

'빛술사?'

나는 다가가 그 두루마리를 살펴본다. 오빠의 불신이 대기의 열기처럼 나를 휘감지만 아마리의 말을 들으면 들을수록 점점 희망을 품게 된다. 이 애의 눈에는 두려움이 가득하다. 진심으로 자신의 안위를 걱정하고 있다. 아무리 공주라지만 얘가 탈출한 게 큰 위험이 되지 않았다면 군대의 절반을 동원해 쫓아왔을까?

"그 마자이는 지금 어디 있어?" 내가 묻는다.

"없어." 아마리의 눈에 눈물이 고인다. "아버지가 죽였어. 그런 능력을 가졌다는 이유로 그 애를 살해했어."

아마리는 두 팔로 자기 몸을 감싸더니 눈을 꼭 감고 눈물을 밀어 넣는다. 점점 작아지는 듯 보인다. 자신의 슬픔에 한없이 빠져들고 있는 것 같다.

오빠는 마음을 누그러뜨리는 듯하지만 내게 저런 눈물은 아무 의미도 없다. 아마리의 목소리가 머릿속에 메아리친다. '마자이로 변했어. 손으로 빛을 불러왔다고.'

"그거 이리 줘 봐." 나는 직접 살펴보고 싶어 두루마리를 가리킨다. 그러나 손이 닿는 순간 이상한 충격이 온몸으로 퍼져 나간다. 나는 화들짝 놀라 그것을 놓고 물러선다. 양피지 두루마리는 자칼베리나무 껍데기에 걸린다.

"왜 그래?" 오빠가 묻는다.

나는 고개를 젓는다. 뭐랄까. 피부 속에서 묘하게 저릿한 기운이 윙윙거린다. 생경하지만 한편으론 익숙한 느낌이다. 몸속 깊은 곳에서 무언가가 꿈틀거리며 나를 안에서부터 뜨겁게 데우고 있다. 제2의 심장처럼 뛰며 진동하는, 말하자면…….

'아셰?'

가슴이 죄어 온다. 사라진 줄 알았던 그 휑한 구멍이 다시 느껴진다. 어릴 때 나는 간절히 아셰를 원했었다. 언젠가 그 뜨거운 기운이 내 핏속을 흐르게 해 달라고 기도했다.

아셰는 말하자면 신적인 힘이다. 피에 아셰가 흐르느냐 마느냐로 마자이와 신성자가 구분된다. 신성한 능력을 사용하려면 아셰를 이용해야 한다. 마자이는 아셰가 있어야 마법을 할 수 있다.

나는 내 손을 바라보며 사령을 기다려 본다. 엄마는 자면서도 사령을 불러올 수 있었다. 아셰가 깨어나면 우리의 마법도 깨어난다. 하지만 지금 정말 아셰가 깨어나고 있는 걸까?

'아니야.'

나는 빠끔 고개를 드는 희망의 불씨를 밟아 끈다. 마법이 돌아오면 모든 게 달라질 것이다. 정말로 마법이 돌아온다면 세상이 어떻게 될지 전혀 예측할 수가 없다.

마법과 함께 11년 동안 침묵하던 신들이 내 삶의 한가운데로 들어올 것이다. 대습격 이후 나는 조각난 마음을 간신히 추슬렀다.

신들이 또 한 번 나를 버린다면 두 번 다시 추스를 수 없을 것이다.

"뭔가 느껴져?" 아마리가 한 걸음 물러서며 목소리를 낮춰 속삭인다. "카에아는 그 두루마리가 신성자들을 마자이로 변하게 한다고 했어. 빈타가 그걸 건드리는 순간 그 애의 손에서 빛이 폭발하듯 쏟아져 나왔어!"

나는 손바닥을 뒤집어 보며 사령술사의 마법을 상징하는 연보라색 광채를 찾아본다. 대습격 전에 신성자는 실제로 마자이가 되기 전까지는 어떤 마자이가 될지 알 수 없었다. 신성자는 대개 부모의 마법을 물려받았고, 모계를 따르는 경우가 많았다. 아빠가 코시단인 나는 엄마처럼 사령술사가 될 거라고 확신했다. 사령술이 뼛속 깊이 느껴질 날이 오기를 고대했지만 지금은 기분 나쁜 얼얼함이 스쳐 갈 뿐이다.

나는 또 어떤 자극이 올지 몰라 경계하며 조심스레 두루마리를 집어 든다. 낡은 양피지에 노란 태양이 그려져 있다. 다른 상징들은 도무지 알아볼 수가 없다. 아주 오래된, 태곳적의 상징 같다.

"너 설마 정말 믿는 건 아니겠지?" 오빠는 목소리를 낮추며 말을 잇는다. "마법은 사라졌어, 젤. 이제 돌아오지 않아."

오빠는 나를 보호하려는 것이다. 전에도 그렇게 말하곤 했다. 제 눈물을 삼키고 내 눈물을 닦아 주면서. 나는 늘 그의 말을 들었다. 하지만 이번엔……

나는 아마리를 돌아본다. "이 두루마리를 만진 사람들은 어떻게 됐어? 마사비가 됐어? 능력이 놀아왔어?"

"응." 아마리는 열심히 고개를 끄덕이다 곧 풀이 죽는다. "마법이 돌아오긴 했는데…… 아버지의 부하들이 그들을 찾아갔어."

그 두루마리를 바라보며 피가 서늘해진다. 엄마의 시체가 떠오른다. 그러나 그 피투성이의 매 맞은 얼굴은 엄마의 얼굴이 아니다.

나의 얼굴이다.

'하지만 엄마는 마법을 쓸 수 없었잖아.' 머릿속에서 작은 목소리가 들려온다. '엄마는 싸워 보지도 못했어.'

어느새 나는 여섯 살 때로 돌아가 우리의 이바단 집에 피워 놓은 불 앞에 웅크리고 앉아 있다. 오빠가 두 팔로 나를 감싸 안고 내 몸을 벽 쪽으로 돌리며 내가 세상의 고통을 보지 못하게 하려고 애쓴다.

위병이 아빠를 두들겨 패면서 허공으로 피가 튀어 오른다. 엄마가 그만하라고 소리치자 병사 두 명이 엄마의 목에 사슬을 감는다. 마자사이트 사슬이 단단히 조여지면서 엄마의 살에서 피가 흘러내린다.

그들이 엄마를 짐승처럼 오두막에서 끌어내자 엄마가 캑캑거리며 발버둥 치고 몸부림친다.

하지만 이번엔 마법을 쓸 수 있다.

이번엔 엄마가 이길 수 있다.

나는 눈을 감고 상상의 나래를 펴기 시작한다.

"그보 아리워 이쿠!" 나의 상상 속에서 새 삶을 얻은 엄마가 이를 악물고 낮은 소리로 속삭인다. **"파 이포 다. 자데 니누 에제 아라!"**

엄마의 마법이 힘을 발휘하자 목을 조르던 위병들이 동작을 멈추고 격렬하게 몸을 떤다. 엄마가 그들의 몸에서 영혼을 끌어내자 그들이 비명을 지른다. 엄마는 사령술사의 분노로 마법을 총동원해 그들을 결딴낸다. 엄마의 분노가 마법의 힘을 더한다. 검은 그림자들에 에워싸인 엄마는 삶과 죽음의 여신 오야처럼 보인다.

이윽고 엄마는 깊은 구령을 내지르며 목에 채워진 사슬을 끊고 남은 위병의 목에 그 검은 줄을 감는다. 그러곤 역시 마법으로 아빠를 예전의 전사로 되돌려 놓는다.

마법으로 엄마는 아직 살아 있다.

"그 말이 사실이라면 더더욱 네가 돌아가야 해."오빠의 성난 목소리가 내 공상을 방해한다. "이걸 만진 사람은 모조리 죽인다며? 제일리가 이걸 갖고 있다 잡히면……."

오빠의 목소리가 갈라지자 내 마음도 갈가리 찢어진다. 다시는 이어 붙일 수 없을 듯 산산이 부서진다. 나 때문에 두 번 다시 예전의 삶으로 돌아갈 수 없을지도 모르는데 그는 여전히 나를 지키기 위해서라면 죽을 수도 있을 것처럼 말한다.

'내가 오빠를 지켜야 해.' 이제 내가 그를 구해야 한다.

"어서 가자." 나는 그 양피지를 말아 내 봇짐에 넣고 서두르기 시작한다. 하마터면 바닥에 떨어진 은화 주머니도 잊을 뻔한다. "그게 진짜든 아니든 일단 아빠한테 가야 해. 더 늦기 전에 도망가자."

오빠는 짜증을 억누르며 나일라의 등에 올라탄다. 내가 뒤따라 올라타려는데 공주가 아이처럼 수줍게 말한다.

"나, 나는 어떡해?"

"뭘 어떡해?" 내가 되묻는다. 이 애의 가족이 죽도록 밉다. 이제 두루마리는 우리 손에 있으니 아마리야 이 숲에서 굶어 죽든 하이에너에게 잡아먹히든 버려두고 싶을 뿐이다.

오빠가 한숨을 쉬며 말한다. "그 잘난 두루마리를 가져갈 거면 공주 노 데려가야지. 안 그러면 위병들이 애를 앞세워 우리를 찾아올 거야.

돌아보니 아마리의 얼굴이 창백하다.

마치 내가 겁나는 듯.

"일단 타." 나는 나일라의 안장 위에서 앞으로 당겨 앉는다.

이 애를 버리고 싶은 마음이 굴뚝같지만 우린 아직 서로에게 볼일이 남았다.

08

일로린으로

이난

"이해일 수가 없네요."

머릿속에 오만 가지 생각이 스쳐 간다. 나는 확실한 사실들을 걸러 본다. 오리샤에 마법이 존재한다. 고대 두루마리가 있다. **아마리가 반역죄를 저질렀다?**

그럴 리가 없다. 마법의 존재는 믿는다 쳐도 내 동생이 연루되었다는 말은 받아들일 수 없다. 아마리는 연회에서 말 한마디 제대로 못하는 아이다. 옷도 어머니가 골라 주는 대로 입는다. 이 궁전 밖에서 단 하루도 보낸 적이 없는 아마리가 우리 왕국을 무너뜨릴 수 있는 유일한 물건을 갖고 라고스를 탈출했다고?

나는 기억을 더듬어 그 도망자 소녀가 나와 부딪친 순간을 떠올려 본다. 우리가 충돌했을 때 날카롭고 뜨거운 무언가가 뼛속을 파고드는 듯했다. 기묘하고 강력한 공격이었다. 그 충격 때문에 도망자의 모자 속을 들여다보지 못했다. 하지만 그랬다 한들 정말 그 안에서 내

동생의 호박색 눈을 볼 수 있었을까?

"아니야." 나는 혼자 중얼거린다. 터무니없는 얘기다. 왕실 의사를 불러 아버지를 진찰하게 해야 하는 게 아닐까 싶다. 하지만 아버지의 눈에 담긴 저 표정을 부정할 수도 없다. 당황한 눈. 계산하는 눈. 지난 18년 동안 나는 아버지의 눈에서 많은 것을 보았다. 그러나 두려움은 본 적이 없다. 저렇게 겁에 질린 눈은 처음이다.

아버지가 설명을 시작한다. "네가 태어나기 전에 마자이는 힘에 도취되어 있었다. 늘 우리의 왕권을 노렸지. 그들의 반란에도 네 할아버지는 그들을 공정하게 대하려고 노력했다. 하지만 그런 노력은 결국 네 할아버지를 죽음으로 몰아넣었어."

'아버지의 형도, 첫 아내와 첫 아들도 죽었죠.' 나는 조용히 생각에 잠긴다. 오리샤의 귀족이라면 누구든 아버지가 마자이에게 당한 그 학살에 대해 알고 있다. 훗날 대습격으로 보복하게 되는 그 학살.

나는 호주머니에 들어 있는 낡은 세네트* 말을 습관적으로 만지작거린다. 아버지에게서 훔쳐 낸 '선물'이다. 어릴 때 아버지와 자주 즐기던 세네트의 말. 아버지가 어린 시절부터 갖고 있던 그 말들 가운데 유일하게 살아남은 말이다.

평소 든든한 위안이 되어 주던 이 차가운 금속이 오늘은 어쩐지 뜨겁게 느껴진다. 아버지가 들려주려는 진실이 말을 데우고 있는 듯 손가락이 따끔거린다.

"왕위에 올랐을 때 나는 마법이 우리의 모든 고통의 근원이라는 것을 알았다. 마법은 과거의 왕국들을 무너뜨렸고 만약 살아 있다면 앞

---

* 고대 이집트의 보드 게임.

으로도 다른 왕국들을 무너뜨릴 거야."

나는 대습격 전부터 아버지에게 늘 들어 온 장광설을 떠올리며 고개를 끄덕인다. 브리타니스. 포르토가니스. 스파니 제국. 모두 마법을 가진 자들이 권력을 갈망했고 그들을 막아야 할 사람들이 책무를 다하지 못한 탓에 무너진 문명이다.

"브리타니스 사람들이 마법을 제압하는 데 사용하는 합금을 발견했을 때 나는 그것으로 충분할 거라 생각했다. 브리타니스 사람들은 마자사이트로 감옥과 무기, 사슬을 만들었지. 나도 그들의 전술을 따랐어. 하지만 위험한 마귀들을 길들이기엔 역부족이었다. 우리 왕국이 살아남기 위해선 마법을 완전히 없애 버려야 한다는 사실을 깨달았지."

'뭐라고?' 나는 내 귀를 의심하며 앞으로 몸을 내민다. 마법은 우리의 능력 밖이다. 그런 적을 이비기는 어떻게 공략했을까?

아버지가 계속 말을 잇는다. "마법은 신들의 선물이다. 신들과 인간의 영적 연결이지. 신들이 수대 전에 왕족들과 그 연결을 끊었다면 마자이와 신들의 연결도 끊을 수 있다고 나는 생각했다."

아버지의 말에 나는 고개를 돌린다. 아버지가 진찰받을 필요가 없다면 내가 받아야 하는 모양이다. 딱 한 번 용기를 내어 아버지에게 오리샤의 신들에 대해 물었을 때 아버지는 바로 이렇게 대답했다. '신들은 그들을 믿는 바보들이 없다면 아무것도 아니다.'

나는 그 말을 가슴에 새겼다. 아버지의 흔들림 없는 확신 위에 나의 세계를 쌓아 올렸다. 그런데 지금 아버지는 내 앞에서 신들이 존재한다고 말하고 있다. **자신**이 신들과 전쟁을 벌였다고 말하고 있다.

'하늘이여.' 나는 바닥의 틈새에 묻은 핏자국을 내려다본다. 아버지가 강인한 사람이라는 것은 예전부터 알고 있었다.

그러나 그 힘이 이렇게 깊은 줄은 미처 몰랐다.

"내년의 이후 나는 어떻게 하면 그 영석인 연결을 끊을 수 있는지 궁리하기 시작했다. 수년이 걸렸지만 결국 마자이와 신들의 영적인 연결이 어디서 기원하는지 찾아냈고 부하들을 시켜 그것을 파괴하게 했지. 지금까지 나는 이 땅에서 마법을 말살하는 데 성공했다고 믿었다. 그런데 그 저주받은 두루마리 때문에 마법이 되돌아오게 생겼어."

나는 아버지의 말을 찬찬히 곱씹으며 꼼꼼히 분석해 본다. 상상할 수도 없었던 사실들이 머릿속에서 세네트 말들처럼 움직인다. 연결을 끊었다, 마법을 말살했다…….

우리의 왕권을 노리는 사람들을 무너뜨렸다.

"하지만 마법이 사라졌다면……" 속이 뒤틀리지만 나는 대답을 들어야 한다. "왜 대습격을 감행하셨죠? 왜…… 그렇게 많은 사람들을 죽였어요?"

아버지는 엄지손가락으로 깔쭉깔쭉한 마자사이트 칼날을 훑은 뒤 창가로 걸어간다. 라고스의 마자이들이 화염에 휩싸일 때 어린 내가 서 있던 곳이다. 11년이 지났지만 여전히 살이 타는 그 매캐한 냄새가 머릿속을 떠나지 않는다. 지금 이 대기의 열기만큼이나 생생하다.

"마법을 영원히 없애기 위해선 마자이를 모조리 죽여야 했다. 마법의 맛을 본 마자이들은 끊임없이 마법을 되찾기 위해 싸울 테니까."

'마자이를 모조리…….'

그래서 아이들을 살려 둔 것이다. 신성자들은 열세 살이 되기 전까지는 자신의 능력을 확인할 수 없다. 마법을 사용해 보지 않은 무력한 아이들은 위협이 되지 않았다.

아버지의 대답은 너무도 차분하다. 지극히 사무적이다. 나는 아버지가 한 일이 옳지 않다고 의심할 수가 없다. 하지만 그날 느낀 그 재의 맛이 내 혀에 남아 있다. 쌉쌀한 맛. 톡 쏘는 맛. 아버지도 그날 메스꺼움을 느꼈는지 궁금해진다.

나도 그런 일을 할 만큼 강인한 인간일까 하는 의문이 든다.

아버지의 목소리가 나의 생각을 방해한다. "마법은 병충이다. 시간이 갈수록 곪아 가는 치명적인 질병이지. 다른 나라들처럼 우리 왕국도 마법에 사로잡히면 아무도 그 공격에서 살아남지 못한다."

"그럼 어떻게 막아야 합니까?"

"그 두루마리가 열쇠야. 그건 확실하다. 그 두루마리는 마법을 되돌리는 힘을 갖고 있어. 그걸 파괴하지 못하면 그게 우리를 파괴할 거야."

"그럼 아마리는요?" 나는 목소리를 낮추며 말을 잇는다. "우리가······ 그러니까 제가······." 그 괴로운 생각을 차마 입 밖에 낼 수가 없다.

'자신보다 의무가 먼저다.' 아버지는 이렇게 말할 것이다. 그 운명적인 날에 아버지는 내게 그렇게 소리쳤다.

그러나 이제 와서 또다시 아마리에게 칼을 휘두를 생각을 하니 목이 타들어 간다. 나는 아버지가 원하는 왕이 될 수 없다.

내 여동생을 죽일 수 없다.

아버지가 천천히 말한다. "네 동생은 반역죄를 저질렀다. 하지만 그 애만의 잘못은 아니야. 그 애가 그 마귀와 가까이 지내는 걸 내가 내버려 두었으니까. 성격이 단순한 아이라 엇나갈 수도 있다는 걸 진작 알았어야 했는데."

"그럼 아마리는 살려 두실 건가요?"

아버지는 고개를 끄덕인다. "그 애가 한 짓이 알려지기 전에 잡아 온다면. 그래서 부하들을 동원해선 안 된다는 거야. 너와 카에아 총사령관, 둘이 가서 그 두루마리를 찾아와야 한다."

인도심이 아버지의 수액처럼 가슴을 때린다. 나는 내 동생을 죽일 수는 없어도 찾아올 수는 있다.

누군가가 문을 두드리더니 카에아 총사령관이 머리를 디민다. 아버지는 들어오라고 손짓한다.

그녀의 뒤에서 매섭게 노려보는 어머니가 보인다. 다시 어깨가 무거워진다. '하늘이여.'

어머니는 지금 아마리가 어디 있는지도 모른다.

카에아가 말한다. "탈주범을 도와준 마귀를 봤다는 귀족이 나타났습니다. 일로린에서 잡은 귀한 물고기를 그에게 팔았다고 하더군요."

"방문자 명단은 확인했습니까?"

내가 묻자 카에아는 고개를 끄덕인다.

"방문자 명단을 보니 오늘 일로린에서 온 신성자는 한 명뿐이더군요. 열일곱 살 제일리 아데볼라입니다."

제일리라…….

나는 머릿속으로 그 소녀의 인상적인 모습에 이 마지막 퍼즐 조각을 끼워 넣는다. 카에아의 혀에서 그 이름이 마치 은처럼 굴러 나온다. 우리 도시를 공격한 신성자가 그렇게 여린 이름을 가졌다니.

"일로린으로 가겠습니다." 내가 대뜸 말한다. 그러곤 동시에 머릿속으로 계획을 세우기 시작한다. 일로린 지도를 본 적이 있다. 네 구역으로 나뉜 수상 마을이다. 주민은 몇백 명, 대개는 천한 어부들이다. 그런 마을을 뒤지려면……. "열 명이면 됩니다. 카에아 총사령관님과 제가 열 명만 데려가겠습니다. 그 두루마리를 찾고 아마리를 데려오겠습니다. 저에게 기회를 주세요."

아버지는 반지를 돌리며 생각에 잠긴다. 벌써부터 거절의 말이 들리는 듯하다. "만약 그 열 명이 무언가를 알게 되면……."

"죽이겠습니다." 내가 얼른 대꾸한다. 무작정 지껄이긴 했지만 거짓말이다. 오늘의 실패를 만회하기만 한다면 죽이지 않아도 될 것이다.

그러나 아버지가 알면 안 된다. 아직 나를 온전히 신뢰하지 않으니까. 아버지는 신속하고 흔들림 없는 실행 능력을 원한다.

대장인 나는 그것을 보여 주어야 한다.

"좋아. 가거라. 서둘러." 아버지가 승낙한다.

'하늘이여, 감사합니다.' 나는 투구를 매만진 뒤 깊숙이 허리 숙여 인사한다. 문을 나서려는데 아버지가 소리친다.

"이난."

심상치 않은 목소리다. 어두운 목소리.

위험한 목소리.

"필요한 것을 얻고 나면 그 마을을 태워 버려라."

09

마마 아그바의 예언

제일리

일로린은 더없이 평화롭다.

내가 너무 정신없는 하루를 보낸 탓인지도 모르겠지만. 코코넛 배들은 닻을 내렸고 둥근 아헤레의 출입구마다 장막이 내려져 있다. 태양과 함께 마을 전체가 저물어 평온한 밤잠을 준비하고 있다.

우리를 태운 나일라가 물살을 가르며 마마 아그바의 집으로 향하자 아마리의 눈이 휘둥그레진다. 마치 굶주린 부역장 노동자가 푸짐한 잔칫상을 보기라도 한 듯 아마리는 수상 마을을 허겁지겁 눈으로 빨아들인다.

"이런 건 처음 봐. 정말 황홀하다." 아마리가 속삭인다.

나는 눈을 감고 신선한 바다 내음을 맡으며 얼굴에 닿는 물안개를 만끽한다. 혀에 짭조름한 맛이 느껴지자 아마리를 만나지 않았다면 지금쯤 그 혀가 누리고 있을 오만 가지 음식이 떠오른다. 갓 구운, 달콤한 빵 한 덩어리. 큼직한 양념 고기 한 덩이. 오늘만큼은 부른 배를 안고 잠을 청할 수 있었을 것이다. 내 덕에 모두가 푸짐한 음식을 즐겼을 것이다.

아무것도 모르고 감탄하는 아마리의 모습에 짜증이 치솟는다. 저 공주는 평생 한 끼도 거르지 않고 호의호식했을 것이다.

"그 머리 장식 이리 줘." 나일라가 상업 구역에 닿자 내가 날카롭게 말한다.

감탄하던 아마리의 얼굴이 굳어지기 시작한다. "하지만 빈타가……." 아마리는 퍼뜩 정신이 나는 듯 다시 말한다. "이건 내 시녀가 나를 위해 마련해 준 거야…… 그 애를 추억할 수 있는 유일한 물건이야."

"그 꼴같잖은 거, 신들이 줬다고 해도 여기선 벗어야 해. 사람들에게 네 정체가 드러나선 안 되잖아."

그러자 오빠가 나긋하게 덧붙인다. "걱정 마. 이 바다에 던질 건 아니니까. 제일리가 봇짐에 넣어 줄 거야."

나는 아마리를 위로하려 드는 오빠를 노려보지만 그래도 그의 말은 효과가 있다. 아마리는 주섬주섬 고리를 풀더니 그 반짝이는 보석들을 내 봇짐 속에 넣는다. 반짝이는 은화에다 이 반짝이는 머리 장식까지, 기가 찰 노릇이다. 오늘 아침까지만 해도 내겐 동화 한 닢 없었는데, 이제 묵직한 왕가의 재물까지 짊어지고 있다.

나는 나일라의 등에서 몸을 구부려 목제 보도로 내려선다. 휘장이 내려진 마마 아그바의 오두막 안으로 고개를 디밀어 보니 구석의 장작불 앞에서 아빠가 들고양이처럼 몸을 웅크린 채 곤히 자고 있다. 혈색이 돌아왔고 그리 수척해 보이지도 않는다. 마마 아그바의 보살핌 덕분일 것이다. 마마 아그바는 송장도 살려 낼 수 있는 손을 가졌다.

안으로 들어가자 쨍한 보라색 카프탄을 바느질하던 마마 아그바가 마네킹 뒤에서 고개를 내민다. 잘 다듬어진 솔기를 보니 귀족의 옷인 모양이다. 그 옷을 팔면 다음 세금을 해결할 수 있을지도 모른다.

"어떻게 됐니?" 마마는 이로 실을 끊으며 속삭여 묻는다. 그러곤 머리에 두른 초록색과 노란색의 겔레를 매만지고 느슨해진 카프탄을 다시 바싹 묶는다.

내가 대답하려 하는데 오빠가 들어오고 뒤따라 아마리가 머뭇거리며 들어온다. 그 애는 귀족만이 누릴 수 있는 해맑은 모습으로 아헤레 안을 둘러보며 손으로 갈대 벽을 훑어본다.

오빠는 고맙다는 표시로 마마 아그바에게 고개를 까딱한 뒤 내 봇짐을 빼앗아 아마리에게 두루마리를 건넨다. 그러곤 잠든 아빠를 번쩍 들어 올린다. 아빠는 미동도 하지 않는다.

오빠가 말한다. "난 가서 짐 챙길게. 이 두루마리를 어떻게 할지 결정해. 만약 떠나야 한다면……."

그가 말끝을 흐리자 나는 미안한 마음에 속이 뒤틀린다. 이제 **만약**은 없다. 내가 선택의 여지를 없애 버렸다.

"어쨌든 서둘러."

오빠는 감정을 삼키고 밖으로 나간다. 사라지는 그의 듬직한 뒷모습을 보며 나는 그에게 저토록 고통을 안겨 준 사람이 내가 아니라면 얼마나 좋을까 생각한다.

마마 아그바가 묻는다. "떠나? 왜 떠나니? 그리고 이 아인 누구야?" 마마 아그바는 눈을 가늘게 좁히고 아마리를 아래위로 훑어본다. 초라한 망토를 걸쳤지만 아마리는 완벽한 자세와 치켜올린 턱으로 타고난 기품을 드러낸다.

"어, 그게……." 아마리는 두루마리를 꼭 움켜쥐고 나를 돌아보며 다시 말한다. "저는…… 저는……."

내가 한숨을 쉬며 거든다. "이름은 아마리. 오리샤의 공주예요."

마마 아그바는 호탕하게 웃음을 터트린다. "영광이네요, 공주 마마."
그녀는 장난스럽게 허리를 깊이 숙여 인사한다.

그러나 나와 아마리가 웃지 않자 마마의 눈이 휘둥그레진다. 그녀
는 자리에서 일어나서 아마리의 망토를 들춰 본다. 감청색 드레스가
드러난다. 어둑한 불빛 속에서도 깊게 파인 목둘레선의 보석들이 빛
을 발한다.

"아이고, 신들이여……." 마마 아그바는 나를 돌아보고는 두 손으로
가슴을 움켜쥔다. "제일리, 대체 무슨 짓을 한 거니?"

나는 마마 아그바를 끌어 앉힌 뒤 오늘 있었던 일을 설명한다. 마
마는 우리가 탈출한 이야기를 들으며 뿌듯해하기도 하고 화를 내기도
하다가 결국 이 두루마리의 정체를 깨닫고 얼어붙는다.

내가 묻는다. "그게 사실이에요? 정말 그럴 수 있어요?"

마마 아그바는 한동안 말없이 아마리의 손에 들린 두루마리를 응
시한다. 이번만큼은 그 짙은 눈의 의중을 헤아릴 수가 없다. 내가 찾
는 대답은 보이지 않는다.

"이리 줘 봐."

그 양피지가 손에 닿는 순간 마마 아그바는 숨을 헐떡거린다. 그녀
의 몸이 격렬하게 떨리더니 결국 의자에서 나가떨어진다.

"마마 아그바!" 나는 옆으로 달려가 그녀의 손을 잡고 몸이 진정될
때까지 부축해 준다. 시간이 가면서 떨림이 가라앉자 그녀는 마네킹
처럼 꼼짝없이 바닥에 앉아 있다. "마마, 괜찮으세요?"

그녀의 눈에 눈물이 고이더니 검은 피부의 주름 사이로 흘러내린

다. 그녀가 속삭인다. "얼마 만인지 모르겠구나. 마법의 온기를 다시 느끼게 될 줄 몰랐다."

나는 놀라서 입을 벌린 채 물러난다. 내 귀를 의심하며. 그럴 리가 없다. 대습격에서 살아남은 마자이가 있을 줄은 몰랐는데…….

아마리가 묻는다. "혹시 마자이세요? 하지만 머리카락이……." 마마 아그바는 겔레를 벗고 빡빡 민 머리를 손으로 쓰다듬는다. "11년 전나는 내가 질병술사를 찾아가는 모습을 봤단다. 난 그 질병술사에게 내 하얀 머리카락을 없애 달라고 부탁했지. 그 질병술사는 질병의 마법으로 머리카락을 다 없애 주었고."

"그럼 마마는 예언술사예요?" 나는 숨을 들이켜며 묻는다.

마마 아그바는 고개를 끄덕인다. "그랬지. 대습격이 있던 날 머리카락이 모두 빠졌어. 몇 시간만 늦었어도 그들이 나를 끌고 갔을 거야."

'세상에.' 내가 어릴 때 이바단에 살던 몇 안 되는 예언자들은 다른 마자이들의 존경을 받았다. 그들이 사용하는 마법은 오랜 세월에 걸쳐 이바단의 다른 마자이족들이 생을 연명하도록 도왔다. 마음 같아선 웃을 수 없는 상황이지만 절로 미소가 나온다. 어쩐지 마마 아그바는 늘 현명한 모습을 보여 주었다. 수년 후를 내다보는 사람의 지혜를 보여 주었다.

마마 아그바가 말을 잇는다. "대습격 전에 나는 대기 중의 마법이 어디론가 빨려 들어가는 것을 느꼈단다. 무슨 일이 일어나려는지 보려 했지만 정작 가장 필요한 순간에 아무것도 보이지 않았어." 그날의 고통이 되살아나는 듯 마마는 움찔한다. 마마의 머릿속에서 얼마나 끔찍한 광경이 펼쳐지고 있는지 나로서는 상상만 할 수 있을 뿐이다.

마마 아그바는 그물을 얽어 놓은 창문으로 가더니 덮개를 끌어 닫는다. 그러곤 오랜 세월 바느질하느라 쪼글쪼글해진 자신의 손을 바라본다. **"오룬밀라."** 그녀가 시간의 신을 속삭여 부른다. **"바 미 소로, 바 미 소로."**

"뭐 하는 거야?" 아마리가 마마 아그바의 주문에 베이기라도 할 듯 뒤로 물러선다. 그러나 십여 년 만에 진짜 요루바어를 들은 나는 가슴이 벅차올라 대꾸할 수가 없다.

대습격 이후로는 거칠게 툭툭 끊어지는 오리샤어만 듣고 살았다. 우리에게 강요된 언어. 저런 주문을 얼마 만에 들어 보는지 모른다. 너무도 오랫동안 우리 언어를 기억 속에만 담아 두고 살았다.

나는 마마 아그바의 주문을 해석한다. "오룬밀라. 제게 말씀해 주소서. 말씀해 주소서." 그러곤 아마리에게 설명한다. "마마의 신을 부르는 거야. 마법을 부리려는 거라고."

대답은 쉽게 나오지만 나조차도 눈앞의 광경을 믿기 어렵다. 마마 아그바는 시간의 신을 숭배하는 자들의 법도에 따라 맹목적인 믿음을 갖고 참을성 있게 주문을 읊조린다.

오룬밀라에게 길잡이가 되어 달라고 청하는 마마 아그바를 보면서 가슴속에 저릿한 갈망이 인다. 나는 아무리 원해도 오야를 저렇게 부를 수 있는 믿음을 가져 보지 못했다.

"괜찮을까?" 마마 아그바의 목에 핏줄이 불거져 나오자 아마리가 아헤레 벽에 바싹 붙어 서며 묻는다.

나는 고개를 끄덕인다. "의식의 일부야. 아셰를 사용하는 대가지."

마법을 쓰려면 신들의 언어를 사용해 우리 피에 흐르는 아셰를 불러내고 다듬어야 한다. 숙련된 예언술사라면 이런 과정이 쉬울 테지만 오랫동안 마법을 쓰지 않은 마마 아그바는 틀림없이 온몸의 아셰를 모두 끌어모아야 할 것이다. 아셰는 근육처럼 자주 쓸수록 더 쉽게 사용할 수 있고 그만큼 마법도 더 강력해진다.

"오룬밀라, 바 미 소로. 오룬밀라, 바 미 소로……."

한 마디 한 마디 내뱉을 때마다 마마 아그바의 숨결이 거칠어진다. 긴장한 얼굴엔 주름이 깊어진다. 아셰를 끌어내리려면 육체적인 대가를 치러야 한다. 너무 과하게 끌어내려 하면 목숨을 잃을 수도 있다.

"오룬밀라……." 마마 아그바의 목소리에 점점 힘이 들어간다. 두 손에 은색 빛이 부풀어 오르기 시작한다. "오룬밀라, 바 미 소로! 오룬밀라, 바 미 소로……."

마마의 두 손 사이에서 폭발적으로 우주가 펼쳐진다. 그 거센 힘에 나와 아마리는 바닥으로 내동댕이쳐진다. 아마리는 비명을 지르지만 나는 목구멍에 덩어리라도 걸린 듯 비명조차 나오지 않는다. 마마 아그바의 두 손바닥 사이에서 파란색과 보라색의 밤하늘이 반짝거린다. 그 아름다운 광경에 가슴이 죄어 온다. '돌아왔어…….'

오랜 세월 끝에 드디어 마법이 돌아왔다.

가슴에 수문이 열린 듯 격한 감정의 파도가 끝없이 온몸으로 밀려든다. 신들이 돌아왔다. '살아 있어.' 오랜 세월 끝에 우리 곁으로 돌아왔다.

마마 아그바의 두 손바닥 사이에서 반짝이는 별들이 춤추듯 소용돌이친다. 어떤 장면이 서서히 나타나더니 눈앞에서 마치 조각상처럼 선명해진다. 시간이 가면서 산허리를 오르는 세 사람의 형상이 보인다. 그들은 빽빽한 덤불을 헤치고 맹렬하게 산을 오르고 있다.

"하늘이여." 아마리가 탄식한다. 그러곤 머뭇거리며 앞으로 나아간다. "이건…… 혹시 나?"

그 허황된 망상에 나는 코웃음을 친다. 그러나 내 짤막한 다시키를 보는 순간 웃음을 거둔다. 아마리의 말이 옳았다. 밀림을 헤치고 산을 올라가는 세 사람은 아마리와 나 그리고 우리 오빠다. 나는 바위로 손을 뻗고 있고 오빠는 나일라의 고삐를 잡고 암벽 위로 올라간다. 우리 셋은 끊임없이 산을 오른다. 대체 어디로 가려는 걸까⋯⋯.

순식간에 그 장면이 사라지고 허공으로 바뀐다.

우리는 마마 아그바의 텅 빈 손을, 방금 전 나의 세계를 완전히 바꿔 놓은 그 손을 바라보고 있다.

그 장면을 불러오느라 힘을 쓴 탓에 마마 아그바의 손가락들이 떨린다. 눈에는 또 눈물이 차오른다.

마마 아그바는 조용히 흐느끼며 목멘 소리로 말한다. "이제야, 이제야 숨통이 트이는 것 같구나."

나는 고개를 끄덕인다. 하지만 가슴이 죄이는 듯한 이 느낌을 어떻게 설명해야 할지 모르겠다. 정말이지 대습격 이후 나는 두 번 다시 마법을 볼 수 없을 거라 생각했다.

떨리던 손이 진정되자 마마 아그바는 두루마리를 집는다. 절실함이 묻어나는 손길이다. 그녀는 그 양피지를 훑어본다. 눈이 왔다 갔다 움직이는 것을 보니 그 상징들을 이해할 수 있는 모양이다.

마마가 말한다. "이건 의식이야. 그건 확실해. 고대부터 이어져 온 의식. 신들과 연결되는 길이지."

"하실 수 있어요?" 아마리가 묻는다. 호박색 눈에는 경외감과 두려움이 교차한다. 마마를 마치 다이아몬드라도 되는 듯 바라보다가도 막상 마마가 다가오면 놀라 움찔 물러선다.

"그 의식을 치를 사람은 내가 아니다." 마마 아그바는 내 손에 두루마리를 쥐여 주며 말을 잇는다. "너희도 내가 본 장면을 본 것 같은데."

서, 설마 신심은 아니셨죠. 아마리가 말을 너름른나. 이런만큼은 나도 아마리와 같은 생각이다.

마마 아그바가 묻는다. "더 말할 필요가 있을까? 너희 셋이 산을 오르고 있었어. 너희들은 마법을 되살리러 가는 길이었어!"

그러자 아마리가 묻는다. "마법은 이미 돌아온 거 아니에요? 방금 하신 건……."

"내 예전 능력에 비하면 미미한 수준이지. 이 두루마리가 마법에 불을 붙여 주긴 하지만 온전히 마법을 되찾으려면 뭔가를 더 해야 해."

나는 고개를 젓는다. "더 적당한 사람이 있을 거예요. 더 경험 많은 사람. 마마 말고도 대습격에서 도망친 마자이가 더 있겠죠. 마마의 힘을 이용해서 그 두루마리를 사용할 사람을 찾으면 되잖아요."

"얘들아……."

"우린 못 해요!" 내가 말을 자른다. "**전** 못 해요! 아빠가……."

"네 아버지는 내가 돌볼게."

"하지만 위병들은요!"

"네게 싸우는 법을 가르쳐 준 사람이 누구인데 그러니?"

그러자 아마리가 끼어든다. "우린 여기에 뭐라고 적혀 있는지도 모르는걸요. 읽지도 못한다고요!"

생각에 잠긴 듯 마마 아그바의 눈이 아득해진다. 이윽고 마마는 황급히 잡동사니를 쌓아 놓은 곳으로 가더니 빛바랜 지도를 들고 돌아온다. "이거 받으렴." 그녀는 일로린 해안 동쪽으로 며칠 가야 다다를 수 있는 푼밀라요 밀림의 한 지점을 가리킨다. "아까 내가 보여 준 장면에서 너희들이 있던 곳이 여기야. 찬돔블레가 있는 곳이 틀림없어."

"찬돔블레?" 아마리가 되묻는다.

그러자 마마 아그바가 설명한다. "전설의 사원이지. 소문에 따르면 마법과 영혼의 질서를 수호하는 신성한 센타로들이 사는 곳이었단다. 대습격 이전엔 새로 선출된 열 개 마자이족의 지도자들만이 순례할 수 있는 곳이었어. 하지만 내가 만들어 낸 장면에서 너희들이 그곳에 가는 모습이 보였으니 이제 너희들의 차례가 온 모양이다. 너희들이 가야 해. 찬돔블레에 네가 찾는 답이 있을 거야."

마마 아그바의 얘기가 이어질수록 손발이 얼얼해진다. '왜 이해하지 못하세요?' 이렇게 소리치고 싶다.

나는 그렇게 강인하지 않다.

나는 아마리를 본다. 하마터면 이 애가 공주라는 사실도 까먹을 지경이다. 마마 아그바가 켜 놓은 촛불의 불빛 속에서 어머리는 어쩔 줄 몰라 하는 어린애처럼 보인다.

마마 아그바는 주름진 손을 내 얼굴에 얹고 다른 손으로 아마리의 손목을 잡는다. "두려운 거 안다. 하지만 너희들이 할 수 있다는 것도 알아. 하고많은 날 중에 넌 하필 오늘 라고스에 물건을 팔러 갔잖니. 그 시장에 있던 하고많은 사람들 중에 공주는 하필 제일리를 택했고. 신들이 움직이기 시작한 거야. 오랜 세월 끝에 이제야 우리에게 다시 재능을 내려 주시는 거란다. 신들이 마자이의 운명을 갖고 도박하진 않으리라는 믿음을 가져야 한다. 너희 자신을 믿어야 해."

나는 깊은 한숨을 내쉬며 갈대로 엮은 바닥을 내려다본다. 그토록 멀게 느껴졌던 신들이 이제는 내가 상상할 수 없을 만큼 가까이 있다. 나는 그저 오늘 졸업하길 바랐을 뿐인데.

그저 생선을 팔려 했을 뿐인데.

"마마……."

"살려 주세요!"

비명이 밤의 정적을 가른다. 우리는 모두 벌떡 일어선다. 마마 아그바가 창문으로 달려가는 사이 나는 내 격투봉을 움켜쥔다. 마마가 창문의 천을 젖히자 다리가 후들거린다.

상업 구역에서 불길이 솟아오르고 모든 아헤레들이 맹렬한 화염에 휩싸여 있다. 검은 연기 기둥이 하늘로 치솟는 가운데 마을 사람들이 비명을 지르며 도와 달라고 울부짖는다. 온 세상이 불타고 있다.

불붙은 화살들이 줄지어 어둠을 가르고 아헤레의 갈대 벽과 목제 기둥에 닿으며 폭발한다.

'폭화약이야……'

왕의 근위병들만 쓸 수 있는 강력한 화약이다.

'너 때문이야.' 머릿속에서 혐오에 찬 속삭임이 들려온다. '네가 저들을 이리로 데려온 거야.'

이제 위병들은 내가 사랑하는 사람들을 죽이는 데서 그치지 않을 것이다. 온 마을을 불태울 것이다.

나는 잠시도 지체하지 않고 밖으로 나간다. 마마 아그바가 부르는 소리도 무시한 채. 우리 가족을 찾아야 한다. 그들이 괜찮은지 확인해야 한다.

부서져 내리는 보도 위에서 걸음을 뗄 때마다 시시각각 우리 동네가 생지옥으로 불타오른다. 살이 타는 악취에 목이 따끔거린다. 겨우 몇 분 전에 시작된 불길이 일로린 전체를 집어삼키고 있다.

"살려 주세요!"

이제야 그 목소리를 알 것 같다. 어린 비시. 절박한 그 애의 새된 외침이 어둠을 가른다. 비시의 아헤레를 지나면서 가슴이 무거워진다. 저런 불길에서 살아 나올 수 있을까?

내가 집으로 달려가는 사이, 마을 사람들이 화염에서 벗어나기 위해 바다 속으로 뛰어든다. 그들의 비명이 밤하늘을 뚫는다. 그들은 캑캑거리며 그슬린 나무토막을 붙잡고 가라앉지 않으려고 발버둥 친다.

이상한 기운이 온몸을 관통하고 혈관으로 퍼져 나가며 가슴의 숨결을 움켜쥐는 듯하다. 그와 동시에 피부가 뜨겁게 윙윙거린다. '죽음이야……'

영혼이다.

'마법.' 나는 퍼즐 조각을 끼워 맞춰 본다. '나의 마법이야.'

내가 아직 이해하지 못하는 마법. 우리를 이 지옥으로 이끈 마법.

그리니 끔부기님에 빌꽃이 회긴거리는 외중에도 니는 물 줄기를 일으켜 화염과 맞서는 파도술사들, 이 화염을 막아내는 화염술사들을 그려 본다.

지금 이곳에 그런 마자이들이 있다면 그들의 능력으로 이 참사를 막을 수 있을 텐데.

우리가 마법을 익혀 사용할 수 있었다면 저런 불길은 순식간에 제압했을 것이다.

쩍 하는 요란한 소리가 허공에 울려 퍼진다. 어업 구역이 가까워지면서 발밑에서 널빤지들이 삐걱거리기 시작한다. 나는 목제 보도가 버틸 때까지 달리다가 허공으로 뛰어오른다.

그런 뒤 뜨거운 연기를 들이마시며 우리 집을 지탱하고 있는 불안정한 판자 위에 착지한다. 아무것도 보이지 않는 불길 속을 다시 헤치고 나아간다.

"아빠!" 한밤의 혼돈 속에서 나는 기침하며 외쳐 댄다. "오빠!"

우리 구역의 아헤레들이 하나같이 불길에 휩싸여 있지만 우리 집만큼은 같은 운명에 처하지 않았기를 바라며 계속해서 달려 나간다.

발밑의 널판이 흔들리고 나의 폐는 공기를 갈망한다. 나는 불길에서 나오는 열기에 지쳐 집 앞에 풀썩 주저앉는다.

"아빠!" 나는 겁에 질려 소리치며 불길 속에서 생의 신호를 찾아본다. "오빠! 나일라!"

목이 찢어져라 외쳐 대지만 아무도 대답하지 않는다. 집 안에 있는 걸까? 살아 있기는 한 걸까?

간신히 일어나 격투봉을 펼치고 우리 아헤레의 문을 때려 연다. 안으로 막 들어가려 하는데 누군가가 내 어깨를 잡고 힘차게 끌어당기는 통에 벌러덩 넘어진다.

눈물 때문에 앞이 보이지 않는다. 나를 끌어낸 사람이 누구인지 모르겠다. 그러나 곧 가물거리는 불빛에 구릿빛 피부가 드러난다. '아마리야.'

아마리가 캑캑거리며 소리친다. "들어가면 안 돼! 무너지고 있잖아!"

나는 아마리를 바닥으로 밀친다. 마음 같아선 저 바다에 빠뜨리고 싶다. 아마리가 놓아 주자 나는 다시 우리 아헤레로 기어간다.

"안 돼!"

우리가 꼬박 한 달에 걸쳐 엮어 만든 갈대 벽이 우지끈 소리를 내며 무너져 내린다. 목제 널판에까지 불이 붙어 결국 모든 게 바닷속으로 가라앉는다.

파도 속에서 오빠의 머리가 까딱이며 올라오기를, 나일라의 괴로운 포효가 들리기를 기다린다. 그러나 어둠뿐이다.

우리 가족이 모조리 휩쓸려 갔다.

"제일리……."

아마리가 다시 내 어깨를 붙잡는다. 그 손길에 내 피가 끓기 시작한다. 나는 아마리의 팔을 잡고 슬픔과 분노를 끌어모아 있는 힘껏 앞으로 당긴다.

'죽여 버리겠어.' 나는 다짐한다. '우리가 죽으면 너도 죽는 거야.'

네 아버지에게도 이 고통을 맛보게 해 주겠어.

견딜 수 없는 상실이 무엇인지 왕에게도 알려 주겠어.

"안 돼!" 내가 불길 속으로 끌어당기자 아마리가 소리친다. 그러나 내 귓전에서 뛰는 맥박 탓에 그 소리가 들어오지 않는다. 아마리의 얼굴에서 이 애 아버지의 얼굴이 보인다. 내 안의 증오가 소용돌이친다. "제발……."

"제일리, 그만둬!"

나는 아마리를 놓고 바다 쪽으로 홱 몸을 돌린다. 나일라가 등에 오빠를 태우고 바다를 헤엄치고 있다. 나일라의 안장에 묶인 코코넛 배에는 아빠와 마마 아그바가 안전하게 올라앉아 있다. 그 광경에 얼이 빠져 그들이 모두 살았다는 사실을 얼른 깨닫지 못한다.

"오빠……."

어업 구역의 토대가 통째로 기울어진다. 우리가 뛰어오르려는 찰나, 그 토대가 우리를 이끌고 무너져 내린다. 얼음처럼 차가운 물이 순식간에 몸을 휘감으며 화상 입은 부위를 진정시킨다.

나는 목재와 부서진 집들의 잔해 속에 잠시 그대로 가라앉는다. 어둠이 고통을 씻어 주고 분노를 식혀 준다.

'그냥 이렇게 있어도 돼.' 작은 목소리가 속삭인다. '힘들게 싸울 필요 없잖아…….'

잠시 나는 그 목소리에 모든 것을 내맡긴다. 이 유일한 탈출의 기회를 붙잡고 싶다. 그러나 폐가 씨근거리자 어쩔 수 없이 발길질을 하며 내가 아는 세상, 그 무너진 세상으로 돌아간다.

나는 평화를 갈망하지만 신들에겐 다른 계획이 있는 모양이다.

10

우리에겐 마법이 필요하다

제일리

우리는 말없이 뭍을 가르며 북쪽 언안에서 깊은 민으로 긴니긴다. 그런 끔찍한 일을 겪고 무슨 말을 할 수 있겠는가. 부서지는 파도 소리가 점점 요란해지지만 그보다 더 요란한 건 내 머릿속에서 들려오는 비시의 비명이다.

네 사람의 죽음. 네 식구가 불길을 빠져나오지 못했다. 내가 일로린에 불을 몰고 왔다. 그들의 피가 내 손을 물들인다.

마마 아그바가 치맛자락을 찢어 우리의 상처를 덮어 주는 동안 나는 속내를 들키지 않으려고 두 어깨를 움켜쥔다. 가까스로 불길을 빠져나왔지만 우리 피부엔 작은 화상과 수포가 남았다. 하지만 반가운 고통이다. 아니, 마땅한 고통이다. 이런 쓰라린 상처는 가슴을 태우는 죄책감에 비하면 아무것도 아니다.

눈앞에 불탄 시체의 기억이 떠오르며 뱃속이 뒤틀린다. 피부가 그슬려 벗겨지던 팔다리. 숨을 쉴 때마다 코로 들어오던, 살이 타는 지독한 냄새.

'더 좋은 곳에 갔을 거야.' 나는 죄책감을 덜어 보려 애쓴다. 그들의 영혼이 평화로운 알라피아로 올라갔다면 죽음은 오히려 선물이 될 수도 있다. 그러나 죽기 전에 극심한 고통에 시달렸다면…….

나는 눈을 감고 애써 그 생각을 떨쳐 낸다. 죽을 때 극심한 고통에 시달리면 그 영혼이 알라피아라는 내세로 올라가지 못한다. 아파디, 즉 영원한 지옥에 남아 극심한 고통을 끊임없이 되풀이해야 한다.

우리는 울퉁불퉁 암석이 튀어나온 모래밭에 닿는다. 오빠가 아마리를 내려 주는 사이 나는 아빠를 챙긴다. 이번엔 망치지 않겠다고 약속했었다. 그런데 마을 전체가 불타고 있다.

나는 차마 아빠와 눈을 맞추지 못하고 들쭉날쭉한 암석들을 바라본다. 나를 부역장에 넘겼다면 아빠는 평화롭게 살 수 있었을 텐데. 아빠가 침묵하자 더 비참한 기분이 든다. 그러나 허리 숙여 나와 눈을 맞추는 아빠의 눈에는 눈물이 어려 있다.

"이번엔 도망쳐선 안 된다, 제일리. 이젠 안 돼." 아빠는 내 손을 잡으며 말을 잇는다. "그 괴물들이 우리 집을 두 번이나 빼앗아 갔어. 다시는 그럴 수 없게 만들어야 한다."

"아빠?" 아빠가 이렇게 분개하다니 믿기지 않는다. 대습격 이후 아빠는 한 번도 왕을 욕하지 않았다. 나는 아빠가 싸움을 완전히 포기한 줄 알았다.

"마법이 없으면 그들은 절대 우리를 존중하지 않을 거야. 우리가 반격할 수 있다는 걸 알려야 해. 그들이 우리 집을 태우면 우리도 그들의 집을 태워야 한다."

오빠도 입을 다물지 못하고 나와 눈을 맞춘다. 11년 만에 보는 모습이다. 우리는 그런 모습이 아직 살아 있는 줄 몰랐다.

"아빠……."

아빠가 지시한다. "나일라를 데려가. 위병들이 가까이 있어. 시간이 별로 없다."

아빠는 해안선 너머 북쪽 연안을 가리킨다. 근위대의 갑옷을 입고 생존자들을 한데로 모는 다섯 사람의 형체가 보인다. 가물거리는 불길이 한 병사의 투구에 새겨진 인장을 비춘다. '그 대장이야…….' 나와 아마리를 쫓던 그 사람이다.

그가 우리 집을 불태웠다.

오빠가 말한다. "저희랑 같이 가요. 아버지를 두고 갈 수는 없어요."

"난 못 간다. 날 데려가면 처지기만 할 거야."

"하지만 아버지……."

"아니다." 아빠는 오빠의 말을 자르고 일어나서 그의 어깨에 손을 얹는다. "마마 아그바한테서 예언에 대해 들었다. 이 싸움을 이끌 사람은 너희 셋이야. 너희가 찬돔블레로 가서 마법을 되찾는 법을 알아내야 해."

목이 멘다. 나는 아빠의 손을 잡는다. "저들은 벌써 우리를 한 번 찾아냈어요. 계속 우리를 쫓는다면 결국 아빠도 찾아갈 거예요."

"그때쯤엔 우린 이미 멀리 가고 없을 거야. 예언술사보다 위병들을 더 잘 피할 사람이 어디 있겠니?" 마마 아그바가 나를 안심시킨다.

오빠는 마마 아그바와 아빠를 번갈아 보며 입을 굳게 다물고 애써 침착한 얼굴을 보인다. 그가 정말 아빠를 두고 갈 수 있을까? 오빠는 남들을 안전하게 지키는 것 말고는 할 줄 아는 게 없는 사람이다.

"그럼 어떻게 다시 만나요?" 내가 속삭여 묻는다.

그러자 마마 아그바가 말한다. "마법을 되돌리기나 해. 난 예언술을 쓸 수만 있으면 어디로 가야 하는지 늘 알 수 있으니까."

"어서 가라." 또 한바탕 비명이 들려오자 아빠가 재촉한다. 위병이 한 노파의 머리채를 잡고 목에 칼을 들이댄다.

"아빠, 안 돼요!"

나는 아빠를 끌어당기려 하지만 힘을 이길 수 없다. 아빠는 무릎을 꿇고 두 팔로 떨리는 내 몸을 감싸 안는다. 수년 만에 처음으로 나를 꼭 안아 준다. "네 엄마가……" 아빠의 목소리가 갈라진다. 내 목에서도 작은 흐느낌이 새어 나온다. "네 엄마가 너를 얼마나 사랑했는지 모른다. 지금도 아주 자랑스러워하고 있을 거야."

나는 손톱이 살을 파고들 만큼 아빠를 힘주어 끌어안는다. 아빠도 나를 꼭 안아 준 뒤 일어나서 오빠를 껴안는다. 자신보다 더 크고 힘센 아들이지만 힘찬 포옹만큼은 누구에게도 뒤지지 않는다. 두 사람은 영원히 놓지 않을 듯 오랫동안 껴안고 있다.

"난 네가 정말 자랑스럽다, 아들. 무슨 일이 있어도. 언제까지고 자랑스러워할 거야."

오빠는 황급히 눈물을 닦는다. 그는 좀처럼 감정을 내보이지 않는 사람이다. 밤에 혼자 괴로워하는 사람이다.

"사랑한다." 아빠가 우리 둘에게 속삭인다.

"우리도 사랑해요." 내가 갈라지는 목소리로 대꾸한다.

아빠는 오빠에게 어서 나일라에 올라타라고 손짓한다. 뒤이어 아마리가 소리 없이 두 뺨에 눈물을 흘리며 올라탄다. 나는 슬픈 와중에도 화가 치민다. 대체 왜 운담? 자기 가족 때문에 우리 가족이 또 헤어지게 되지 않았는가?

마마 아그바가 내 이마에 입을 맞추고 두 팔로 나를 꼭 끌어안는다.

"조심해. 그리고 강해져야 한다."

나는 훌쩍거리며 고개를 끄덕이지만 도무지 강해질 것 같지 않다. 나는 두렵다. 나는 약한 존재다.

결국 모두를 실망시킬 것이다.

"동생 잘 보살펴라." 내가 안장에 오르자 아빠가 오빠에게 말한다. "그리고 나일라, 착하게 굴어. 이 아이들을 부탁한다."

나일라는 약속한다는 듯이 아빠의 얼굴을 핥고 머리에 코를 비빈다. 우리를 태운 나일라가 일로린에서 멀어질수록 가슴이 죄어 온다. 뒤돌아보니 아빠가 모처럼 환한 미소를 짓고 있다.

부디 살아서 그 미소를 다시 보게 되길 나는 기도한다.

청록색 구름

이난

"열을 세." 나는 혼자 중얼거린다. "열을. 세." 다 세고 나면 이 지옥 같은 상황이 끝날 것이다.

무고한 사람들의 피가 나의 손을 더럽히지 않을 것이다.

"하나…… 둘……." 나는 떨리는 손으로 아버지의 세네트 말을 쥐어 본다. 너무 힘을 준 탓인지 금속에 살이 쓸린다. 숫자는 점점 올라가 지만 아무것도 변하지 않는다.

나의 계획은 일로린과 함께 불타 버렸다.

맹렬한 화염에 마을이 무너지고 수백 명의 사람들이 집을 잃었다. 목이 메어 온다. 알아볼 수 없게 타 버린 시체들을 부하들이 모래밭 위로 끌고 간다. 살아남은 자들의 날카로운 외침이 귀를 메운다. 혀 에는 텁텁한 재의 맛이 가득하다. 너무도 안타깝다. 이렇게 많은 사 람들이 죽다니.

이건 나의 계획이 아니었다.

한 손엔 아마리를, 다른 한 손엔 사슬이 채워진 신성자 도둑을 붙잡고 있을 계획이었다. 카에아의 손에는 두루마리가 들려 있어야 했다. 그리고 그 신성자의 집만 불태울 생각이었다.

두루마리를 되찾기만 한다면 아버지도 이해해 주리라 생각했다. 나의 신중한 처신을 치하했을 것이다. 일로린을 불태우지 않은 것이 현명한 판단이었다고 칭찬했을지도 모른다. 그렇게 하면 이곳의 어획량도 지킬 수 있다고, 그러고도 이 왕국의 유일한 위협을 제거할 수 있다고 생각했다. 하지만 실패했다. 두 번째 실패다. 아버지에게 한 번더 기회를 달라고 애원했는데. 그 두루마리는 여전히 실종 상태다. 내 여동생은 위험에 처해 있다. 마을 하나가 통째로 날아갔다. 이렇다 할 성과도 없이.

오리샤 사람들은 안전하지 않다.

"아빠!"

나는 칼을 움켜쥔다. 어린아이가 땅으로 풀썩 몸을 던진다. 울부짖는 소리가 밤을 가른다. 그러고 보니 그 애의 발밑엔 모래로 뒤덮인 송장이 누워 있다.

"아빠!" 아이는 시체를 깨울 기세로 끌어안는다. 작은 갈색 손에 제 아비의 피가 묻는다.

"아베니!" 한 여인이 젖은 모래밭을 터벅터벅 걸어온다. 위병들이 다가오자 그녀는 숨을 들이마신다. "아베니, 안 돼. 조용히 해야 해. 네, 네 아빠도 그러길 바랄 거야!"

나는 눈을 꼭 감고 고개를 돌리며 쓸쓸한 기분을 억누른다. '너 자신보다 의무가 먼저다.' 아버지의 목소리가 들린다. 내 양심보다 오리샤의 안전이 먼저다. 그러나 이 마을 사람들도 오리샤의 일부다. 내가 지키겠다고 맹세한 사람들이란 말이다.

"난장판이 따로 없군." 카에아 총사령관이 내 옆으로 다가온다. 설불리 불을 붙여 화재를 일으킨 병사를 매질한 터라 손마디에 피가 묻어 있다. 젖은 모래 위에서 신음하는 그 병사를 내가 직접 가서 패주고 싶지만 꾹 참는다. "일어나서 저들의 손목이나 묶어!" 카에아가 그 위병에게 날카롭게 소리치고는 다시 목소리를 낮춘다. "도망자들이 살았는지 죽었는지조차 알 수가 없네요. 그들이 정말 이리로 왔는지도 알 수 없고요."

"일단 생존자들을 모아 보죠." 나는 짜증 섞인 숨을 내쉬며 말을 잇는다. "그중 누구라도……."

불쾌한 느낌이 살갗을 파고드는 통에 나는 말끝을 흐린다. 아까 시장에서 그랬듯 두피가 뜨거워지며 따끔거린다. 머리가 욱신거리더니 가느다란 한 줄기 연기가 나를 향해 날아온다. 묘한 청록색 구름이 그 검은 연기를 가로지른다.

"저거 보이세요?"

내가 손으로 가리키며 카에아에게 묻는다. 그 연기가 뱀처럼 다가오자 나는 뒷걸음질 친다. 기묘한 구름에 실려 온 바다 내음이 대기의 매캐한 재 냄새를 뒤덮는다.

"뭐가 보이냐는 거예요?" 카에아가 묻지만 대꾸할 겨를이 없다. 그 청록색 구름이 내 손가락 사이를 통과한다. 머릿속에 그 신성자의 낯선 모습이 나타나더니…….

주변 소리가 뒤섞이고 흐릿해지면서 아득해진다. 차가운 바닷물이 밀려들며 머리 위 달빛과 불길이 희미해진다. 아까부터 머릿속을 아른거리던 그 소녀가 보인다. 시체들과 부목들 사이에 섞여 검은 바닷속으로 가라앉고 있다. 물살에 휩쓸려 가지만 저항하지 않는다. 모든 걸 포기한 것 같다. 죽음을 향해 내려가고 있다.

그 환영이 사라지고 나는 다시 비명을 지르는 마을 사람들과 움직이는 모래 형상들 속으로 돌아온다. 살갗이 따끔거린다. 아까 그 신성자의 얼굴을 보았을 때 느꼈던 바로 그 느낌이다.

갑자기 모든 조각이 맞아 들어간다. 그 몸부림. 그 환영.

왜 진작 몰랐을까.

'마법이야…….'

속이 뒤틀린다. 손톱으로 따끔거리는 팔을 할퀴어 본다. 이 병균을 몰아내야 한다. 살갗에 흐르는 이 위험한 기운을 뜯어내야 한다.

'이난, 집중해.'

나는 손마디에서 소리가 나도록 아버지의 세네트 말을 꼭 움켜쥔다. 아버지에게 준비가 되었다고 호언장담했다. 하지만 아아, 하늘이여, 이런 상황은 상상조차 하지 못했다.

"열을 세." 나는 다시 중얼거리며 세네트 말 같은 조각들을 끼워 맞춰 본다. '다섯'을 셀 무렵 문득 무시무시한 사실을 깨닫는다. 그 신성자 소녀가 두루마리를 갖고 있다.

그 소녀가 나를 스쳐 갈 때 느꼈던 충격. 내 혈관에 퍼져 나가던 그 저릿한 기운. 그리고 우리의 눈이 마주쳤을 때…….

'하늘이여.'

그 애에게 감염된 게 틀림없다.

속이 울렁거린다. 손쓸 겨를도 없이 아침에 먹은 황새치 구이가 넘어온다. 몸을 숙이자 목을 타고 올라온 뜨거운 토사물이 벌컥 모래밭으로 쏟아져 내린다.

"이난!" 캑캑거리는 나를 보고 카에아가 콧잔등을 찌푸린다. 걱정 하나기보다는 한심해하는 눈치다. 틀림없이 내가 나약하다고 생각할 것이다. 하지만 진실을 들키느니 그 편이 낫다.

나는 주먹을 움켜쥔다. 틀림없다. 마법이 나의 피를 공격하고 있는 것이다. 마자이들이 우리를 감염시킬 수 있다면 그들은 우리가 손쓸 겨를도 없이 우리를 제압해 버릴 것이다.

"그 애는 여기로 왔어요." 나는 손등으로 입을 닦으며 말을 잇는다. "그 신성자와 두루마리 모두. 누굴 해치기 전에 빨리 찾아야 해요."

"네? 그걸 어떻게 아세요?" 카에아가 가느다란 눈썹을 찌푸린다.

설명하려고 입을 여는데 두피에 또 그 불쾌한 따끔거림이 밀려든 다. 점점 심해지는 듯하다. 특히 남쪽 숲을 볼 때 가장 강렬해진다.

불에 탄 살 냄새와 검은 연기 냄새가 가득한 대기에서 나는 또다 시 그 바다 내음을 포착한다. '그 애의 냄새야.' 틀림없다. 저 나무들 속에 숨어 있다.

카에아가 날카롭게 말한다. "왕자님, 그게 무슨 뜻이에요? 그 애가 여기로 왔다는 걸 어떻게 알죠?"

'마법 때문이죠.'

나는 빛바랜 세네트 말을 움켜쥔다. 손바닥이 따끔거린다. **마법**이 라니, **마귀**보다 더 더럽게 느껴진다. 나도 견딜 수 없는데 카에아가 들 으면 어떻게 반응할까?

"여기 주민한테 들었어요. 그들이 남쪽으로 갔다고 하던데요." 내 가 둘러댄다.

"그 사람은 지금 어디 있어요?"

나는 아무 송장 하나를 가리키지만 내 손가락이 향한 곳에는 시커멓게 그슬린 어린아이의 시체가 누워 있다. 또다시 청록색 구름이 나에게로 날아온다. 로즈메리와 재의 냄새가 풍긴다.

달아날 겨를도 없이 그 구름이 내 손을 통과하며 불쾌한 열기를 전달한다. 세상이 아득해지고 불의 장막이 나타난다. 비명이 귀를 파고든다.

"살려 주세요……."

"이난!"

나는 퍼뜩 현실로 돌아온다. 차가운 파도가 내 군화 위로 밀려온다.

'해변이야.' 나는 세네트 말을 움켜쥔다. '넌 아직 해변에 있어.'

카에아가 묻는다. "무슨 일이에요? 끙끙거리던데……."

나는 주위를 돌아보며 그 소녀를 찾아본다. 그 애의 짓이 틀림없다. 그 애가 사악한 마법을 써서 내 머릿속에 이상한 소리를 채워 놓고 있는 게 틀림없다.

"이난……."

"저들을 심문해 보죠." 나는 카에아의 걱정스러운 눈을 모른 체하며 말을 잇는다. "주민들 가운데 그들이 어디로 갔는지 아는 사람이 있었으니 뭔가 알고 있는 사람이 또 있을지도 모르잖아요."

카에아는 머뭇거리며 입술을 삐죽댄다. 캐묻고 싶을 것이다. 그러나 총사령관의 의무가 먼저다. 언제까지고 그럴 것이다.

우리는 살아남은 주민들에게로 다가간다. 나는 파도를 보며 그들의 비명을 무시하려 애쓰지만 가까이 갈수록 소리는 점점 커진다.

'일곱……' 머릿속으로 숫자를 센다. '여덟…… 아홉…….'

나는 오리샤의 가장 위대한 통치자의 아들이다.

나는 왕위를 물려받을 사람이다.

"조용!"

낯설도록 우렁찬 나의 목소리가 밤을 가른다. 울부짖는 소리들이 완전히 가라앉자 카에아도 놀란 듯 나를 흘낏 본다.

"우리는 제일리 아데볼라를 찾고 있다. 그 애가 왕의 아주 귀한 물건을 훔쳤다. 남쪽으로 갔다고 들었는데 이유를 알고 있나?"

나는 내 눈을 피하려 애쓰는 검은 얼굴들을 훑어보며 진실을 아는 사람을 찾아본다. 그들의 두려움이 끈적한 습기처럼 허공을 적신다. 내 살갗을 파고든다.

'신들이여, 제발⋯⋯.'

'저자가 나를 죽인다면⋯⋯.'

'아이고, 신들이여, 그 애가 대체 무얼 훔쳤기에⋯⋯.'

그들의 흐릿한 목소리 공격에 심장이 쿵쾅거린다. 수많은 생각의 편린들이 나를 휘감는다. 청록색 구름들이 다시 대기로 솟아오른다. 그러곤 말벌처럼 나를 향해 날아든다. 내가 다시 암흑 상태로 빠져들려는 찰나⋯⋯.

"대답해!"

아아, 하늘이여. 다행히 카에아의 날카로운 외침이 나를 다시 끌어낸다.

나는 눈을 깜빡이며 칼자루를 움켜쥔다. 그 매끈한 쇠붙이가 나를 현실에 붙잡아 둔다. 차츰 그들의 두려움이 희미해진다. 그러나 불쾌한 느낌은 사라지지 않는다.

카에아가 거칠게 밀어붙인다. "대답해! 두 번 말하지 않겠다."

마을 사람들은 땅을 바라보고 있다.

침묵이 계속되자 카에아가 달려 나간다.

카에아가 한 노파의 회색 머리채를 휘어잡자 여기저기서 비명이 터져 나온다. 그 노파는 신음하며 모래밭으로 끌려온다.

"총사령관……."

카에아가 칼을 뽑자 내 목소리가 갈라진다. 카에아는 노파의 주름진 목에 칼날을 갖다 댄다. 피 한 방울이 땅으로 떨어진다.

카에아가 속삭여 묻는다. "말 안 할 거야? 말하지 않으면 죽을 줄 알아!"

"우린 아무것도 몰라요." 한 소녀가 소리친다. 해변에 있던 사람들이 모두 얼어붙는다.

소녀의 두 손이 떨린다. 그 애는 얼른 모래 속에 손을 파묻는다.

"그 애 오빠와 아버지에 대해선 알려 드릴 수 있어요. 격투봉을 잘 쓴다는 것도요. 하지만 그 애가 어디로 갔는지, 왜 갔는지 아는 사람은 일로린에 아무도 없어요."

내가 엄한 눈으로 카에아를 노려보자 그녀는 노파를 헝겊 인형처럼 내동댕이친다. 나는 젖은 모래 위를 터벅터벅 걸어 그 소녀에게로 다가간다.

내가 가까워질수록 소녀는 더 심하게 몸을 떤다. 그러나 두려워서인지 그 애의 무릎을 핥고 있는 차가운 밤바다 때문인지 알 수 없다. 찢어지고 너덜거리는 축축한 잠옷 하나만 달랑 걸치고 있다.

"이름이 뭐지?"

가까이서 보니 어두운 밤색과 마호가니색 주민들 속에서 유독 연한 갈색 피부를 가졌다. 귀족의 피가 섞였을 것이다. 이 소녀의 아비가 진창에서 즐긴 모양이다.

소녀가 대답하지 않자 나는 허리를 숙이고 낮은 목소리로 다시 말한다. "네가 빨리 대답하면 우리도 빨리 떠난다."

"예미." 소녀가 갈라지는 목소리로 대답한다. 그러곤 두 손으로 모래를 움켜쥐며 말을 잇는다.

"아는 대로 다 말씀드리죠. 단, 우리를 내버려 두신다면요."

나는 고개를 끄덕인다. 그러겠다는 뜻이다. 의무야 어떻게 되든 더는 시체를 보고 싶지 않다.

더는 비명을 참을 수 없다.

나는 아래로 손을 뻗어 그 애의 손목에 묶인 밧줄을 풀어 준다. 내 손길에 그 애가 움찔 놀란다.

"우리가 원하는 정보를 주면 이곳 사람들의 안전을 보장해 주지."

"안전이라고요?"

증오 가득한 예미의 눈이 마치 칼처럼 나를 베는 듯하다. 그 애는 입을 열지 않았지만 그 애의 목소리가 내 머릿속에 울려 퍼진다.

'안전은 오래전에 물 건너갔지.'

12

왕자의 비밀

제일리

쉬이 거려고 나일라를 멈춰 세운다. 몇 시간 동안 말없이 흘린 눈물 탓에 눈이 따끔거린다. 나일라와 오빠는 이끼 덮인 땅에 눕자마자 5초 도 안 되어 괴로운 현실을 벗어나 안락한 잠 속으로 기절하듯 빠져든다.

아마리는 숲의 한기에 몸을 떨며 땅을 살핀다. 그러다 결국 망토를 깔고 그 위에서 잠이 든다. 흙바닥에 귀한 머리를 내주기엔 너무 고귀 한 몸이니까. 나는 아마리를 바라보며 이 애를 불길 속으로 끌고 들 어갈 뻔한 일을 떠올린다.

그 일이 벌써 아득하게 느껴진다. 마치 누군가가 나의 모든 증오를 앗아 가 버린 것 같다.

이제 차가운 분노만 남았지만 상관없다. 은화 500닢을 걸고 말하건 대 이 아이는 단 하루도 더 버티지 못할 것이다.

나는 망토로 몸을 감싸고 나일라에게로 파고든다. 피부에 닿는 부 드러운 털이 기분 좋게 느껴진다. 어두운 나뭇잎들 사이로 별이 가득한 하늘이 보이자 마마 아그바가 예언의 마법을 불러오던 일이 다시 떠오른다.

"돌아왔어." 나는 혼자 중얼거린다. 말도 안 되는 하루를 보냈지만 그 중에서도 가장 믿기 어려운 일이었다. 우리가 마법을 되찾을 수 있다니.

다시 번영할 수 있다니.

"오야……."

나는 삶과 죽음의 여신을 속삭여 부른다. 내게 마법의 선물을 내려 준 나의 자매 여신. 어릴 때는 누가 보면 한집에 산다고 착각할 만큼 자 주 부른 이름이지만 막상 기도를 올리려니 뭐라고 해야 할지 모르겠다.

"바 미 소로." 소리 내어 말해 보지만 마마 아그바가 부를 때처럼 확신과 힘이 담기지 않는다. 마마 아그바는 자신이 오룬밀라와 연결되어 있다고 강하게 믿었기에 예언의 장면을 불러올 수 있었다. 지금 나는 그저 저 위에 누군가가 있다고 믿을 수만 있어도 좋을 것 같다.

"란 미 로오." 대신 나는 이렇게 기도한다. '도와주세요.' 이런 기도 가 훨씬 더 현실적으로 느껴진다. 훨씬 더 나다운 것 같다. "마마 아 그바는 오야께서 저를 선택하셨다고 하네요. 아빠도 그렇고요. 하지 만 저는…… 저는 두려워요. 이건 너무 중요한 일이잖아요. 망치고 싶 지 않아요."

소리 내어 말하고 나자 더욱 두려워진다. 어깨가 더 무거워지는 듯 하다. 나는 아빠도 지키지 못했다. 그런데 어떻게 마자이 전체를 구 할 수 있단 말인가?

그러나 두려운 가운데서도 나는 작은 위안을 찾는다. 오야가 여기, 바로 내 옆에 있을지도 모른다. 오야 없이 내가 이 일을 해낼 수 없다 는 사실은 오로지 신들만이 알 테니까.

나는 한 번 더 되풀이한다. "도와주세요. **란 미 로오**. 부탁이에요. 그리고 아빠를 안전하게 지켜 주세요. 무슨 일이 있어도 아빠와 마마 아그바는 무사하게 해 주세요."

달리 무슨 말을 해야 할지 몰라 나는 그저 머리를 조아린다. 어색하지만 내 기도가 하늘로 날아가는 광경이 보이는 것 같다. 그 짧은 만족을 움켜쥔 채 고통을, 두려움을, 슬픔을 내리누른다. 어느새 나는 잠에 빠져든다.

✳

잠에서 깨어 보니 뭔가 이상하다. 부자연스럽다. 심상치 않다.

일어나 보지만 삼는 나일라의 서내안 봄은 모이시 않는다. 숲이 사라졌다. 나무도 이끼도 없다. 나는 웃자란 갈대들이 돌풍에 바스락거리는 들판에 앉아 있다.

"어떻게 된 거지?" 환하고 상쾌한 주변을 보며 내가 속삭인다. 두 손을 내려다보곤 머리를 휙 젖힌다. 내 몸의 흉터와 화상이 보이지 않는다. 마치 갓 태어난 듯 깨끗하다.

사방으로 끝없이 갈대밭이 펼쳐져 있다. 완전히 일어섰는데도 그 줄기와 잎들이 내 머리 위로 한참 웃자라 있다.

저 멀리 갈대들이 하얀 지평선과 뒤섞여 사라진다. 마치 미완의 그림 속을 걷고 있는 것 같다. 화폭에 그려진 갈대밭에 갇힌 듯. 나는 잠들어 있지도 깨어 있지도 않다.

그 사이 어디쯤에 존재하는 마법의 세계에 들어와 있다.

비현실적인 갈대들을 가르고 나아가자 발밑의 흙이 움직인다. 시간이 한없이 느려지는 듯하다. 그러나 이 알 수 없는 공간에서 시간은 중요하지 않다. 내기 어릴 때 살던 이바단의 신속처럼 시원하고 상쾌하다. '여긴 쉼터일지도 몰라.' 나는 혼자 생각한다. 신들이 선물한 휴식일지도 모른다.

그렇게 생각하려 하는데 다른 누군가의 존재가 느껴진다. 고개를 돌리자 심장이 한 박자씩 건너뛰기 시작한다. 온전히 상황이 파악되자 숨이 아예 멎는 듯하다.

내가 가장 먼저 알아본 것은 그의 이글거리는 호박색 눈이다. 오늘 이후 영원히 잊지 못할 눈. 그는 칼도 없고 불길에 에워싸이지도 않은 채 꼼짝없이 서 있다. 굴곡진 근육과 밝은 구릿빛 피부, 묘한 흰색 머리카락 한 줄기가 눈에 들어온다. 이렇게 가만히 있는 모습을 보니 이목구비가 아마리와 무척 닮았다. 너무도 확연하다. '그냥 대장이 아니야……'

그는 왕자다.

그는 마치 내가 죽었다 깨어나기라도 한 듯 한참 동안 나를 바라본다. 그러나 곧 두 주먹을 불끈 쥐며 말한다. "당장 이 감옥에서 나를 풀어 줘!"

"나더러 풀어 달라고?" 나는 그의 알 수 없는 말에 눈썹을 치켜세운다. "내가 한 게 아니야!"

"그걸 믿으라고? 온종일 네 그 불쾌한 얼굴이 머릿속에 아른거렸는데?" 그는 자기 칼로 손을 뻗지만 그곳엔 아무것도 없다. 그제야 나는 우리 둘 다 단순한 흰옷 차림에 무기 없이 취약한 상태임을 깨닫는다.

"내 얼굴이?" 내가 천천히 묻는다.

왕자는 날카롭게 대꾸한다. "모르는 척하지 마. 라고스에서 네가 나한테 무슨 짓을 했는지 알고 있어. 그리고 그…… 목소리들도. 이런 공격은 당장 그만둬. 안 그러면 대가를 치르게 될 거야!"

그는 불같이 화를 내지만 곰곰 생각해 보니 겁낼 것도 없다. 그는 내가 자기를 여기로 데려왔다고 생각한다.

나로 인해 이 만남이 이뤄졌다고 생각한다.

'그럴 리가 없어.' 나는 너무 어렸던 탓에 엄마에게 마법을 배울 수 없었지만 사령술은 익히 봐서 알고 있다. 그건 차가운 영혼과 날카로운 화살, 소용돌이치는 그림자로 나타났지 꿈으로 나타나진 않았다. 그리고 내가 두루마리를 만진 건 라고스를 빠져나온 뒤의 일이다. 우리의 눈이 마주치고 살갗에 찌릿한 기운을 느낀 다음이란 말이다. 우리를 여기로 데려온 마법은 나의 마법일 리가 없다. 틀림없이……

"너야."

나는 놀라며 속삭인다. '그게 어떻게 가능하지?' 왕족은 수 세대 전에 마법을 잃었다. 오랜 세월 동안 마자이는 왕좌의 근처에도 가지 않았다.

"내가 뭘?"

나는 그의 관자놀이에서부터 뒷목까지 이어진 새하얀 한 줄기 머리카락을 다시 바라본다.

"네가 했다고. **네**가 날 여기로 데려왔어."

왕자의 몸이 뻣뻣해진다. 눈에 서린 분노는 공포로 바뀐다. 차가운 산들바람이 우리 사이로 지나간다. 침묵 속에서 갈대들이 춤춘다.

그가 단호하게 말한다. "거짓말. 네가 내 머릿속에 들어온 거잖아."

"아냐, 고귀하신 왕자님. 왕자님이 내 머릿속에 들어온 거야."

엄마가 들려준 옛날이야기가 어렴풋이 떠오른다. 엄마는 열 개의 마자이족과 그들이 저마다 가진 마법에 대해 들려주었다. 어렸던 나는 엄마와 같은 사령술사에 대해서만 배우고 싶었지만 엄마는 다른 마자이족에 대해서도 알아야 한다고 했다. 그러곤 마음술사, 즉 마음과 정신, 꿈을 조작하는 마자이에 대해 늘 경고했었다. '그들을 조심해야 해, 제일리. 마법을 이용해 네 머릿속에 들어오는 사람들이야.'

그 기억이 떠오르자 피가 서늘해진다. 그러나 혼란에 빠져 있는 왕자를 보니 딱히 겁낼 필요가 없을 것 같다. 그는 떨리는 자기 손을 바라본다. 마법으로 나를 어떻게 하기도 전에 자기가 먼저 고꾸라질 듯 보인다.

그나저나 어떻게 이런 일이 일어났지? 신성자들은 신들의 선택을 받고 태어난 사람들이다. 왕자는 신성자로 태어나지 않았고 코시단은 절대 마법을 가질 수 없다. 그런데 그는 어떻게 갑자기 마자이가 되었을까?

나는 주위를 둘러보며 이 마음술사의 작품을 살펴본다. 우리를 에워싼 마법의 갈대들은 그저 무심하게 바람에 나부끼고 있다.

이런 마법을 부리려면 엄청난 힘이 필요하다. 숙련된 마음술사라고 해도 주문을 외지 않고는 해낼 수 없을 것이다. 스스로 마자이인 줄도 몰랐던 왕자가 어떻게 핏속의 아셰를 불러 이런 걸 만들었을까? 대체 어떻게 된 일일까?

나는 왕자의 머리에 들쭉날쭉 이어진 한 줄기의 새하얀 머리카락을 다시 바라본다. 오직 마자이만이 가질 수 있는 표시다. 우리의 새하얀 머리카락은 이바단의 산꼭대기를 뒤덮은 눈처럼 어디서든 눈에 띈다. 워낙 강한 우성 인자라 새까맣게 염색해도 두세 시간만 지나면 다시 마자이의 머리카락으로 돌아온다.

마자이나 신성자 가운데 머리카락이 저렇게 한 부분만 새하얀 경우는 본 적이 없지만 그게 존재한다는 사실은 부인할 수 없다. 내 머리카락과 똑같이 새하얀 색이다.

'하지만 저게 무슨 의미일까?' 나는 하늘을 올려다본다. 신들이 무슨 장난을 치는 걸까? 저 왕자뿐만이 아니라면? 왕족이 모두 마법을 되찾고 있다면…….

'아니야.'

괜히 겁먹고 허둥거릴 필요는 없다.

왕족이 마법을 되찾았다면 우리가 벌써 알았을 것이다.

나는 숨을 깊이 들이마시며 성급하게 앞서 나가려는 마음을 다독인다. 라고스에선 아마리가 두루마리를 갖고 있었다. 우리가 서로를 지나칠 때 아마리가 자기 오빠와 부딪쳤다. 이유는 알 수 없지만 그때 일어난 일이 틀림없다. 왕자는 나와 똑같은 방식으로 자신의 힘을 깨웠다. 그 빌어먹을 두루마리와 접촉하면서 잠들어 있던 힘이 깨어난 것이다.

'왕도 두루마리를 만졌잖아.' 나는 다시 생각해 본다. 아마리도, 그리고 틀림없이 그 총사령관도 만졌을 것이다. 그들의 힘은 깨어나지 않았다. 이 마법은 오로지 왕자에게만 존재한다.

"네 아버지도 알아?"

왕자의 눈이 번득인다. 내가 원하던 반응이다.

나는 비웃으며 말한다. "당연히 모르겠지. 왕이 알았다면 넌 이미 죽었을 테니까."

왕자의 얼굴이 파리해진다. 너무도 절묘한 상황에 웃음이 나올 것만 같다. 얼마나 많은 신성자들이 그의 손에 쓰러졌을까? 얼마나 많은 신성자들이 학살당하고 학대당하고 이용당했을까? 왕자는 지금 자신의 피에 흐르는 바로 그 마법을 파괴하기 위해 얼마나 많은 목숨을 빼앗았을까?

나는 그에게 다가간다. "거래를 하면 되겠네. 날 내버려 두면 네 그 어쭙잖은 비밀을 지켜 줄게. 아무도 모르게 해 줄게. 네가 디리운 마자……."

왕자가 달려든다.

그의 손이 내 목을 움켜쥐는 순간…….

✳

나는 퍼뜩 눈을 뜬다. 익숙한 귀뚜라미 소리와 바스락거리는 나뭇잎 소리가 나를 반긴다. 오빠는 너무도 현실적으로 일정하게 코를 골고 있고 내 옆에선 나일라가 몸을 뒤척인다.

나는 벌떡 일어나 격투봉을 움켜쥐고, 있지도 않은 적과 싸울 준비를 한다. 나무숲을 훑어본다. 왕자가 나타나지 않을 거라고 확신하기까지는 조금 시간이 걸린다.

나는 축축한 공기를 마시고 내뱉으며 마음을 가라앉힌다. 다시 누워 눈을 감지만 달아난 잠은 쉽사리 돌아오지 않는다. 영영 오지 않을 것만 같다. 이제 나는 왕자의 비밀을 알아 버렸다.

나는 죽을 때까지 그에게서 벗어날 수 없을 것이다.

13

아마리의 상처

제일리

나음 날 아침 눈을 뜨사 삼들기 신보나 너 괴곤하다. 뭔가글 딜던 기분이다. 내 꿈을 몽땅 도둑맞은 것 같다고나 할까. 잠은 원래 처참한 현실에서 잠시 벗어날 수 있는 탈출구가 되어야 한다. 그러나 잠이 들 때마다 왕자가 내 목을 움켜쥐는 악몽을 꿔야 한다면 그건 현실 못지않게 괴로운 일이다.

"젠장." 나는 중얼거린다. 그냥 꿈일 뿐이다. 두려워할 필요 없다. 설사 그의 마법이 강력하다 해도 어차피 그는 무서워서 마법을 쓰지도 못한다.

자그마한 빈터 저편에서 오빠가 소리를 내며 평소 아침 훈련을 하듯 복근 운동에 무섭게 집중하고 있다. 하지만 올해 그는 시합 연습을 하지 못할 것이다. 어쩌면 나 때문에 두 번 다시 아그본을 하지 못할 수도 있다.

피로에 죄책감이 더해져 나를 바닥으로 무겁게 끌어내린다. 평생 사죄해도 모자랄 것이다. 그러나 깊은 죄책감에 사로잡히려는 순간, 눈가에 움직임이 포착된다. 커다란 갈색 망토 속에서 이미리기 몸을 뒤척이며 우아한 잠에서 깨어난다. 그 광경에 다시 왕자의 모습이 떠오르며 기분이 씁쓸해진다.

아마리의 가족을 생각하면 잠든 사이에 저 애가 우리 목을 베지 않았다는 사실이 놀라울 뿐이다.

나는 아마리의 짙은 머리카락에 제 오빠처럼 새하얀 줄무늬가 생기지 않았는지 살펴본다. 없는 것을 확인하고 한시름 놓는다. 저 애까지 날제 머릿속에 가두려 든다면 얼마나 피곤해질까. 계속 아마리를 노려보다가 문득 그 애가 덮고 잔 망토가 누구 것인지 깨닫는다. 나는 일어나서 오빠 옆에 쪼그리고 앉는다.

"대체 무슨 생각이야?"

오빠는 내 말을 무시하고 운동에 열중한다. 불룩한 눈 밑을 보면 건드려선 안 될 것 같지만 너무 화가 나서 이대로 물러설 수가 없다.

"오빠 망토 말이야. 왜 쟤한테 줬어?" 내가 거친 목소리로 묻는다.

오빠는 복근 운동을 두 번 더 이어 한 뒤 중얼중얼 대꾸한다. "떨고 있더라고."

"그래서?"

"그래서?" 오빠는 날카롭게 되묻는다. "우린 얼마나 더 가야 할지 몰라. 저 애가 아프기라도 하면 골치 아프잖아."

"쟤는 그런 걸 당연하게 생각해. 알아? 오빠 같은 사람들이 얼마나 비위를 맞춰 줬겠어?"

"젤, 저 아이는 떨고 있었고 난 어차피 내 망토를 쓰지 않아. 그뿐이야."

나는 그만하자고 생각하며 다시 아마리를 돌아본다. 그러나 그 애의 눈에서 그 오빠의 눈이 보인다. 내 목을 움켜쥐던 손이 떠오른다.

"나도 믿어 주고 싶어……."

"아닌 것 같은데."

"믿고 싶은데 그럴 수가 없어. 쟤 아버지는 대습격을 지휘했어. 쟤네 오빠는 우리 마을을 불태웠고. 쟤라고 뭐가 다를 것 같아?"

"젤……." 오빠가 말끝을 흐린다. 아마리가 우아하고 얌전한 모습으로 다가오고 있다. 우리 얘기를 들었는지는 알 수 없다. 들었다 해도 내가 상관할 바 아니다.

아마리는 오빠에게 망토를 건넨다. "네 것 같은데. 고마워."

"뭐, 그런 걸 갖고." 오빠는 망토를 받아 자기 봇짐 속에 접어 넣는다. "밀림으로 들어가면 이렇게 춥지 않을 거야. 그래도 또 필요하면 얘기해."

아마리가 미소 짓는다. 우리가 만난 이후 처음이다. 오빠도 미소 짓자 속이 부글거린다. 얼굴이 좀 예쁘다고 괴물의 딸이라는 사실을 저렇게 금방 잊을 수 있는 걸까?

"볼일 다 봤어?" 내가 묻는다.

"어, 실은……." 아마리의 목소리가 작아진다. "뭘 좀 물어보려고……그게, 그러니까……."

아마리 배에서 깊은 울림이 새어 나온다. 아마리는 뺨을 붉히며 홀쭉한 배를 부여잡지만 또 한 번 커다랗게 울리는 소리를 미처 막지 못한다.

아마리가 사과한다. "미안. 어제 겨우 빵 한 덩어리밖에 못 먹었거든."

"빵 한 덩어리씩이나?" 상상만 해도 군침이 돈다. 온전히 빵 한 조각을 먹어 본 게 언제인지 모르겠다. 게다가 우리가 시장에서 물물교환으로 구해 오는 퀴퀴하고 딱딱한 빵은 왕실 수방에서 나오는 신선한 빵과는 비교도 되지 않을 것이다.

아마리에게 그동안 얼마나 큰 행운을 누렸는지 일깨워 주고픈 마음이 간절하지만 나의 빈속도 뒤틀리기 시작한다. 어제는 한 끼도 먹지 못했다. 빨리 무언가를 먹지 않으면 내 위장도 꼬르륵거릴 판이다.

오빠는 검정 바지 호주머니에서 마마 아그바의 낡은 지도를 꺼낸다. 그의 손가락이 일로린 연안을 따라 내려가다 소코토 마을을 표시한 점에서 멈춘다. 우리는 그의 손가락을 눈으로 쫓는다.

그가 말한다. "한 시간쯤 가면 돼. 여기서 잠깐 쉬었다가 동쪽의 찬돔블레로 향하는 게 좋을 것 같아. 여기 가면 장수들도 있고 먹을 것도 있을 거야. 하지만 교환할 게 있어야 하는데."

"돛새치 판 돈은 어떻게 됐어?"

오빠는 내 봇짐을 탈탈 턴다. 은화 몇 닢과 아마리의 머리 장식이 바닥으로 떨어지자 나는 끙 하고 신음한다. "불이 났을 때 거의 다 잃어버렸어." 오빠가 한숨을 쉬며 대꾸한다.

"그럼 무얼 교환하지?" 아마리가 묻는다.

오빠는 그 애의 화려한 드레스를 바라본다. 흙이 묻고 조금 그슬렸지만 비단을 덧댄 길고 우아한 드레스는 누가 봐도 귀족의 옷이다.

아마리는 오빠의 시선을 쫓으며 눈살을 찌푸린다. "설마, 진심은 아니지?"

내가 끼어든다. "꽤 많이 받겠는데. 어차피 우린 밀림에 들어갈 거야. 그런 옷으론 못 버틸걸."

아마리는 나의 펑퍼짐한 바지와 짤막한 다시키를 훑어보고는 드레스 자락을 더 꼭 움켜쥔다. 그런 식으로 그 옷을 지킬 수 있다고 생각하다니 기가 찰 노릇이다. 어차피 내가 붙잡고 벗겨 내면 그만인데.

"그럼 난 무얼 입어?"

"네 망토 있잖아." 나는 수수한 갈색 망토를 가리킨다. "이따 그 드레스로 먹을 거랑 새 옷 사 줄게."

아마리는 물러서더니 땅바닥을 바라본다.

"그 두루마리를 지키려고 네 아버지의 군대도 피해서 도망쳤으면서 기껏 드레스를 못 벗어?"

"내가 그런 모험을 한 건 그 두루마리 때문이 아니었어." 아마리의 목소리가 갈라진다. 눈은 금방이라도 눈물을 쏟아 낼 듯 반짝거린다. "아버지가 내 소중한 친구를 죽여서⋯⋯."

"소중한 친구? 노예가 아니고?"

"젤." 오빠가 주의를 준다.

"내가 뭘?" 나는 오빠를 돌아보며 말을 잇는다. "**오빠** 소중한 친구한테 옷을 다리고 음식을 만들게 해? 그것도 무상으로?"

아마리의 귀가 빨갛게 달아오른다. "빈타는 일한 대가를 **받았어.**"

"물론 엄청나게 받았겠지."

아마리는 드레스 자락을 움켜쥔다. "난 너희를 도우려는 거야. **모든 걸** 포기하고 너희 사람들을 도우려 하는데⋯⋯."

"**너희 사람들?**" 내가 씩씩거린다.

"신성자들을 구할 수⋯⋯."

"신성자들을 구한다면서 그 잘난 드레스도 못 팔아?"

"알았어!" 아마리는 두 손을 획 올리며 다시 말한다. "판다고, 팔 거야. 안 판다고 한 적 없어."

"아이고, 고마워 죽겠네, 고귀하신 공주 마마, 마자이의 **구원자**여!"

"그만해." 아마리가 옷을 갈아입으러 나일라의 뒤로 걸어가자 오빠가 나를 쿡 찌르며 말한다. 아마리는 고운 손을 등의 단추로 가져가다 어깨 너머를 흘끗 보며 머뭇거린다. 나는 눈을 굴리며 오빠와 함께 고개를 돌린다. '누가 공주 아니랄까 봐.'

"그만 좀 해." 소코토의 생기 넘치는 숲을 가득 채운 네이탈 마호가니 나무들을 바라보며 오빠가 속삭인다. 파란엉덩이 비비너 한 가족이 나뭇가지들을 옮겨 다니며 윤기 나는 나뭇잎들을 뒤흔들고 있다.

"아버지의 노예가 아닌 신성자와 못 있겠으면 언제든 궁전으로 돌아가면 되잖아."

"저 애는 잘못한 게 없어."

"잘한 것도 없어." 나도 오빠를 쿡 찌른다. 왜 저렇게 열심히 편을 들까? 정말 더 잘 해 줘야 한다고 생각하는 것처럼. **아마리**가 피해자라도 되는 것처럼.

"나야말로 귀족에게 기회를 주고 싶지 않은 사람이야. 하지만 젤, 생각해 봐. 소중한 친구를 잃었는데 그냥 슬퍼하고만 있기보다는 마자이와 신성자를 돕겠다고 목숨을 걸었잖아."

"저 애가 좋아하던 마자이 하녀가 제 아버지 손에 죽었으니 안쓰럽게 생각해야 한다고? 그럼 여태 왜 분개하지 않고 가만있었대? 대습격이 일어난 게 언젠데 이제 와서 저러느냐고!"

"그때 저 애는 여섯 살이었어. 아이였잖아. 너처럼." 오빠의 목소리는 한없이 차분하다.

"하지만 그날 밤 자기 엄마한테 뽀뽀는 했겠지. 우린 못 했는데."

나는 아마리에게 시간을 충분히 주었다고 생각하며 나일라의 등에 올라타려고 몸을 돌린다. 그러나 흘끗 넘겨다보니 그 애의 등이 훤히 드러나 있다.

"아아, 신들이여……."

아마리의 등에 길게 이어진 섬뜩한 흉터를 보고 가슴이 덜컥 내려앉는다. 피부와 함께 물결치는 흉터. 너무 오싹해서 내 살이 따끔거릴 정도다.

"왜 그래?"

아마리가 몸을 돌리려는 찰나, 오빠가 돌아서서 그 흉터를 보고 숨을 들이마신다. 그 흉터에 비하면 아빠의 등에 난 흉터들은 흉측하다고 할 수도 없다.

"뭐 하는 거야!" 아마리는 황급히 망토로 몸을 가린다.

"보려고 한 건 아니야." 내가 얼른 말한다. "정말이야. 하지만…… 세상에, 아마리. 어쩌다 그런 거야?"

"별거 아니야. 오빠랑 어릴 때 사고가 좀 있었어."

오빠의 입이 떡 벌어진다. "네 오빠가 그런 거야?"

"아니야! 일부러 그런 건 아니야. 그러니까…… 우리 오빤……." 아마리는 헤아릴 수 없는 감정에 휩싸여 잠시 몸서리치다가 다시 말한다. "드레스 주면 되잖아. 이걸로 필요한 거나 사자고!"

아마리는 망토로 몸을 감싸고 얼굴을 가린 채 나일라의 등에 올라탄다. 오빠와 나는 아무 말도 못 하고 뒤따라 올라탄다.

오빠는 나일라를 출발시키기 전에 사과의 말을 중얼거린다. 나도 사과하려 하지만 망토로 덮인 아마리의 등을 보고 있으려니 도무지 말이 나오지 않는다.

'맙소사.'

그 몸에 또 어떤 흉터가 숨어 있을지 상상하고 싶지 않다.

✳

숲이 끝나고 소코토 마을에 이르자 날이 따뜻해진다. 코시단 아이들이 수정처럼 맑은 호수 주위를 뛰어다니다 어린 소녀 하나가 넘어지자 킥킥거리며 즐거워한다. 나무숲과 질척한 밭 사이엔 여행자들이 움막을 지어 놓았고, 바위가 가득한 해안을 따라 상인들이 크고 작은 수레에 물건을 펼쳐 놓았다. 한 수레에서 영양러 양념 고기 냄새가 풍겨 오자 배가 꼬르륵거리기 시작한다.

어릴 때 들은 이야기에 따르면 대습격 전에 소코토는 최고의 치료술사들이 사는 곳이었다. 오리샤 각지의 사람들이 치료술사의 마법으로 병을 고치기 위해 이곳으로 모여들었다. 나는 여행자들을 보면서 그 광경을 상상해 본다. 아빠도 함께 왔다면 좋아했을 것이다. 잠시나마 집을 잃은 슬픔을 잊을 수 있었을 텐데.

"정말 평화롭다." 아마리가 망토를 움켜쥐고 우리와 함께 나일라의 등에서 내리며 속삭인다.

"여기 와 본 적 없어?"

오빠의 물음에 아마리는 고개를 젓는다.

"난 거의 궁전을 떠나 본 적이 없어."

걷기 시작하자 신선한 공기가 폐를 채우지만 풍경 탓인지 불타는 시체들의 기억이 되살아난다. 호수를 보자 잔잔히 파도치던 우리 마을의 수상 시장이 보이는 듯하다. 카나에게 플랜틴 한 송이를 사려면 코코넛 배에 올라 흥정을 벌여야 했다. 그러나 일로린과 함께 그 시장도 사라졌다. 까맣게 타서 바닷속으로 가라앉았다. 그곳의 추억들은 그슬린 목재들 속에 묻어야 한다.

왕은 그렇게 나의 일부를 또 한 조각 앗아 갔다.

오빠가 말한다. "둘이 드레스를 팔아. 나는 나일라 물 좀 먹일게. 적당한 물통도 찾아봐."

아마리와 함께 거래를 해야 한다는 사실에 부아가 나지만 어차피 이 애는 새 옷이 생기기 전엔 내 옆을 떠나려 하지 않을 것이다. 우리는 오빠와 헤어진 뒤 여행자들의 움막촌을 지나 상인들의 수레가 늘어선 곳으로 향한다.

"긴장 풀어." 내가 한쪽 눈썹을 치켜세운다. 아마리는 누가 자기 쪽을 볼 때마다 움찔 놀라고 있다. "여기선 네가 누군지 아무도 몰라. 네 멍도도 아무도 신경 쓰지 않을 테고."

"나도 알아." 아마리가 얼른 대꾸한다. 그래도 한결 부드러워진 말투다. "이렇게 사람 많은 곳은 처음이라서 그래."

"얼마나 무서울까. 너를 섬기지 않는 오리샤인들이라니."

아마리는 숨을 훅 들이마시지만 받아치지 않고 참는다. 나는 괜히 겸연쩍어진다. 받아치지 않으면 무슨 재미람?

"어머, 저것 봐!" 남녀 한 쌍이 움막집을 짓는 광경에 아마리의 걸음이 느려진다. 남자가 길고 가느다란 나뭇가지 수십 개를 덩굴로 묶어 고깔 모양을 만드는 동안 여자는 이끼를 쌓아 바닥을 푹신하게 다진다. "정말 저 안에서 잠을 자?"

무시하고 싶은 마음이 굴뚝같지만 이 애는 그 단순한 움막이 금이라도 되는 양 바라보고 있다. "내가 어릴 땐 다들 저런 집을 지었어. 제대로 지으면 눈도 막아 준다니까."

"일로린엔 눈이 와?" 아마리의 눈이 또다시 반짝거린다. 마치 눈이 고대 신화에나 나오는 이야기인 것처럼. 왕국을 통치할 운명을 타고난 아이가 그 왕국을 제대로 보지도 못했다니 기막힌 노릇이다.

"이바단 말이야. 우린 대습격 전에는 이바단에 살았거든." 내가 대꾸한다.

대습격 얘기가 나오자 아마리는 조용해진다. 눈에 가득했던 호기심도 사그라진다. 망토를 더 꼭 감싸 쥐고는 땅만 보며 걷기 시작한다.

"네 어머니도 당하셨어?"

나는 몸이 꼿꼿해진다. 배고프다는 얘기도 제대로 못 하는 애가 어떻게 저리 과감한 질문을 할까?

"내가 너무 주제넘었다면 사과할게…… 어제 네 아버지가 어머니 얘기를 하시기에."

나는 엄마의 얼굴을 그려 본다. 태양이 없어도 환하게 빛나던 엄마의 검은 피부. '네 엄마가 너를 얼마나 사랑했는지 모른다.' 아빠의 말이 가슴속에 메아리친다. '지금 아주 자랑스러워하고 있을 거야."

마침내 내가 입을 연다. "우리 엄마는 마자이였어. 아주 강력한 마자이였지. 대습격 때 엄마의 마법이 사라진 게 네 아버지에겐 무척이나 다행스러운 일이었지."

나는 엄마가 마법을 쓸 수 있었더라면, 무력한 희생자가 아니라 치명적인 힘을 가진 마자이였더라면 어떻게 되었을까 다시 한번 상상에 젖는다. 엄마는 쓰러진 마자이들을 위해 복수했을 것이다. 죽은 자들의 군대를 이끌고 라고스를 돌아다녔을 것이다. 사란의 목을 사령의 검은 그림자로 휘감았을 것이다.

"사과해도 소용없겠지만 그래도 미안해." 아마리가 들릴락 말락 하게 속삭인다. "사랑하는 사람을 잃는 고통, 그건……." 아마리는 눈을 꼭 감는다. "네가 우리 아버지를 증오하는 거 이해해. 왜 나까지 미워하는지도 알 것 같아."

아마리의 얼굴에 슬픔이 퍼지자 내 안에서 증오가 식어 가기 시작한다. 이 애가 죽은 하녀를 다른 하인들에 비해 얼마나 특별하게 여겼는지는 몰라도 슬퍼하고 있다는 사실은 부인할 수 없다.

'아니야.' 죄책감이 우리 사이를 비집고 들어오기 시작하자 나는 고개를 가로젓는다. 이 애가 슬퍼하든 말든 내가 동정할 일은 아니다. 그러고 보니 나도 이 애에게 캐묻고 싶은 게 있다.

"네 오빠는 원래부터 그렇게 냉혈 살인마였어?"

아마리는 놀라 눈썹을 치켜세우며 나를 돌아본다.

"넌 우리 엄마에 내해 캐물어 놓고 네 끔찍힌 흉디기 이떻게 생겼는지는 숨기려고 했어?"

아마리는 고집스럽게 장사치들의 수레 쪽을 보고 있지만 그 머릿속에서 과거가 펼쳐지고 있음을 나는 안다. 마침내 아마리가 입을 연다. "오빠 잘못이 아니었어. 아버지가 억지로 우리를 대결하게 했거든."

"진검으로?" 나는 고개를 휙 돌린다. 마마 아그바는 몇 년의 훈련을 거친 아이들만 격투봉을 쥘 수 있게 했다.

"아버지의 첫 번째 가족은 과잉보호를 받으며 살았어." 아마리의 목소리가 아득해진다. "너무 나약했지. 아버지는 그들이 그래서 죽은 거라고 했어. 우리까지 그렇게 만들 수는 없었지."

아마리는 그 일이 아무렇지 않은 것처럼, 가족을 사랑하는 아버지라면 자식들이 피를 흘리게 해도 되는 것처럼 말한다. 나는 궁전이 안전한 천국인 줄만 알았는데 세상에, 그런 게 저 애의 삶이었단 말인가?

나는 입술을 오므린다. "우리 오빠는 절대 그러지 않는데. 절대 나를 해치지 않아."

아마리의 얼굴이 굳어진다. "우리 오빠는 어쩔 수 없었어. 좋은 사람이야. 교육을 그렇게 받았을 뿐이지."

나는 고개를 젓는다. 저런 믿음은 어디서 나오는 걸까? 지금까지 나는 귀족 혈통은 모두 안전할 줄로만 알았다. 저희끼리 저렇게 잔인한 짓을 하리라곤 상상도 못 했다.

"좋은 사람은 그런 상처를 내지 않아. 마을을 불태우지도 않고."

내 목을 조르고 나를 땅에 묻어 버리려 하지도 않는다.

아마리가 대꾸하지 않자 나는 우리가 두 번 다시 이 애 오빠에 대해 얘기하지 않으리라는 사실을 깨닫는다. 좋다. 이 애가 이난에 대해 솔직하게 얘기하지 않으면 나도 하지 않을 것이다.

나는 그의 비밀을 삼키고 영양러 구이만 생각하며 장사 수레들 쪽으로 다가간다. 물건을 많이 갖춘 듯한 나이 지긋한 상인에게로 다가가려 하는데 아마리가 내 봇짐을 잡아당긴다.

"아직 고맙다는 인사를 못 했잖아. 내 목숨을 구해 준 거 말이야. 라고스에서." 아마리는 땅을 보며 말을 잇는다. "하지만 그런 뒤에 네가 나를 두 번 죽이려 했으니까…… 없던 일로 쳐도 되겠지?"

농담이라는 것을 깨닫기까지 조금 시간이 걸린다. 나는 놀라며 빙긋 웃는다. 오늘 들어 두 번째로 미소 짓는 아마리를 보니 오빠가 왜 그토록 이 애를 외면하지 못하는지 조금은 알 것 같다.

"아이고, 예쁜 아가씨들이 오셨네." 나이 지긋한 코시단이 우리를 손짓해 부른다. 그는 반백의 머리카락을 햇빛에 반짝이며 앞으로 걸어 나온다.

"들어와요." 상인은 가죽 같은 피부에 주름을 만들며 활짝 미소 짓는다. "자, 원하는 건 뭐든 있답니다."

우리는 눈높이가 우리와 꼭 맞는 커다란 치타너 두 마리가 이끄는 그의 수레 앞쪽 계단으로 향한다. 나는 점박이 치타너들의 털을 손으로 쓰다듬다가 한 마리의 이마에 튀어나온 두툼한 뿔의 움푹 팬 부분을 만져 준다. 녀석이 가르랑거리며 거친 혀로 내 손을 핥는다. 나는 물건이 전시된 널찍한 수레 안으로 들어선다.

우리는 오래된 옷감에서 풍겨 오는 사향 냄새를 맡으며 북적거리는 내부를 훑어본다. 한쪽 끝에서 아마리가 오래된 옷들을 만지작거리는 사이 나는 몽긱스 스웨이드 가죽 물통 앞에서 걸음을 멈추고 그것을 살펴본다.

"무얼 사러 나오셨나?" 상인이 반짝이는 목걸이들을 들고 묻는다. 그가 내 쪽으로 몸을 숙이자 오리샤의 북부 국경 지대 사람 특유의 깊은 눈이 두드러져 보인다. "이 진주들은 지메타의 만에서 캤지만 이 아름다운 보석은 칼라브라의 광산에서 왔답니다. 이걸 하고 있으면 남자들이 돌아보지 않고는 못 배길걸. 뭐, 지금도 그런 남자들이 한둘이 아니겠지만."

나는 미소 짓는다. "저희는 여행 장비가 필요해요. 물통과 사냥 용품, 부싯돌도요."

"교환할 물건은 있고?"

"이 정도면 얼마나 받을 수 있을까요?"

내가 아마리의 드레스를 건네자 그는 그것을 펼쳐 바깥 햇빛에 비춰 본다. 옷에 대해 잘 아는 듯 솔기들을 만져 보고 그슬린 부분을 꼼꼼히 살펴본다. "잘 만든 옷이네. 그건 확실해. 풍성한 옷감에 재단

도 훌륭하고. 불에 탄 자국이 없다면 좋겠지만 단을 새로 대면 고칠
수 있을 테니……."

"그럼요?" 내가 다그치듯 묻는다.

"은화 80닢."

"저흰 적어도……."

"난 흥정은 안 해요, 아가씨. 공정한 가격으로 공정하게 제안하는
사람이지. 딱 잘라 80닢."

나는 이를 갈지만 그를 더 설득할 수 없다는 것을 알고 있다. 오리
샤 각지를 돌며 거래하는 상인은 세상 물정 모르는 귀족처럼 쉽게 넘
어오지 않을 것이다.

"80닢이면 무얼 살 수 있죠?" 아마리가 펑퍼짐한 노란색 바지와 검
정 민소매 다시키를 들어 보이며 묻는다.

"그 옷이랑…… 이 물통들…… 칼 한 자루…… 부싯돌 몇 개……." 상
인은 짚으로 만든 바구니에 우리에게 필요한 물건을 담기 시작한다.

"저거면 돼?" 아마리가 속삭인다.

나는 고개를 끄덕인다. "당장은 버틸 거야. 저 활도 넣어 준다면……."

"그건 안 돼요." 상인이 내 말을 자른다.

"하지만 찬돔…… 그 사원에서 끝나지 않는다면?" 아마리는 목소
리를 낮추고 다시 말한다. "돈이 더 필요하지 않아? 먹을 것도 있어야
하잖아? 다른 장비는?"

나는 어깨를 으쓱한다. "몰라. 방법을 찾아봐야지."

가려고 돌아서는데 아마리가 얼굴을 찌푸리며 내 봇짐 깊숙이 손
을 넣는다.

"이건 얼마나 주실 수 있어요?" 아마리는 보석 박힌 머리 장식을

꺼낸다.

상인은 눈이 튀어나올 듯 그 귀한 물건을 바라본다.

"아이고, 신들이여." 그가 중얼거린다. "이게 어디서 났어요?"

"그건 중요하지 않아요. 얼마예요?" 아마리가 묻는다.

그는 두 손으로 머리 장식을 들고 뒤집더니 다이아몬드 박힌 백표 버머 장식을 보곤 입을 떡 벌린다. 그러곤 천천히 신중하게 아마리를 올려다본다. 그가 다시 나를 보지만 나는 표정을 바꾸지 않는다.

"이건 받을 수 없어요." 그가 머리 장식을 도로 내민다.

"왜요?" 아마리는 그것을 다시 그의 손에 쥐여 주며 묻는다. "내 드레스는 벗겨 가도 되고 내 왕관은 안 돼요?"

"안 돼요." 상인은 고개를 가로젓지만 막상 손에 금덩이가 놓이자 마음이 흔들리는 듯하다. "받고 싶어도 바꿔 줄 만한 게 없어요. 내가 가진 걸 다 털어도 이 값어치가 안 된답니다."

"그럼 얼마나 주실 수 있는데요?" 내가 묻는다.

그는 잠시 두려움과 탐욕 사이에서 갈등한다. 아마리를 한 번 더 보고는 자기 손에서 반짝이는 머리 장식을 다시 바라본다. 그러곤 호주머니에서 열쇠 꾸러미를 꺼내더니 궤짝을 열어 쇠로 된 금고를 드러낸다. 열쇠로 금고를 연 그는 그 안에 들어 있는 반짝거리는 금화들을 살펴본다.

"금화 300닢."

나는 휘청한다. 우리 가족이 한평생 먹고살 수 있는 돈이다. 아니, 다시 태어나도 또 한 평생을 살 수 있을 것이다! 아마리와 자축하려고 고개를 돌리는데, 그 얼굴을 보자 문득 이 애의 말이 떠오른다.

'이건 내 시녀가 나를 위해 마련해준 거야…… 그 애를 추억할 수

있는 유일한 물건이야.'

아마리의 눈이 너무도 괴로워 보인다. 내가 익히 알고 있는 괴로움. 내가 어릴 때, 우리 가족이 처음으로 왕의 세금을 내지 못했을 때 겪어 본 괴로움이다.

오빠와 아빠는 몇 달 동안 새벽부터 해 질 녘까지 개복치를 잡고 그것도 모자라 밤에는 위병들의 일을 거들었다. 어떻게든 나를 지켜 주려고 힘닿는 데까지 노력했지만 결국 역부족이었다. 그날 나는 엄마의 금빛 부적을 손에 들고 수상 시장으로 향했다. 그것은 위병들이 엄마를 끌고 갈 때 땅에 떨어진 덕에 우리가 간신히 건진 엄마의 유일한 유품이었다.

엄마가 죽은 뒤 나는 그 부적이 엄마의 남은 영혼이라도 되는 양 소중히 간직했다. 지금도 가끔 목을 매만지며 그것을 그리워한다.

"이러지 않아도 돼." 엄청난 금화를 눈앞에 두고 이렇게 말하려니 속이 쓰리다. 하지만 엄마의 부적을 떠나보낼 때 엄마의 심장을 뜯어 내는 기분이었다. 누구에게도, 심지어 아마리에게도 그렇게 가혹한 고통을 안겨 주고 싶지 않다.

아마리는 한결 부드러워진 눈으로 미소 짓는다. "아까는 드레스도 안 벗으려 한다고 빈정거리더니. 네 말이 맞아. 어차피 이미 떠나간 건데 내가 너무 집착했어. 아버지가 한 일을 생각하면 내가 어떤 희생을 치러도 부족하지." 아마리는 결심한 듯 상인에게 고개를 끄덕인다. "빈타는 구하지 못했지만 이 금이면……"

우리는 신성자들을 구할 수 있다.

상인이 머리 장식을 받고 벨벳 주머니에 금화를 담는 동안 나는 아마리를 빤히 바라본다.

"저 활도 넣어요. 원하는 건 뭐든 가져가도 좋아요!" 상인이 활짝 웃으며 말한다.

나는 수레 안을 빙 둘러보다가 동그라미와 직선으로 장식된 탄탄한 가죽 주머니로 시선을 옮긴다. 몸을 숙이고 그 가죽을 자세히 들여다보다가 멈칫한다. 점으로 이뤄진 십자가 무늬다. 나는 비밀스럽게 숨어 있는 이 마자이족의 표시를 손으로 어루만진다. 내 자매 여신 오야의 상징이다. 위병들이 이 주머니에 숨은 진실을 알아낸다면 이 수레를 통째로 압수할지도 모른다. 심지어 이 상인의 손을 자를지도 모를 일이다.

"조심해요!" 상인이 소리친다.

나는 얼른 손을 치우지만 그의 경고는 아마리를 향한다.

아마리는 칼날도 없는 칼자루 하나를 손에 들고 이리저리 둘러 본다. "이게 뭔데요? 칼날도 없는데?"

"바깥쪽으로 돌리고 튕겨 봐요."

내 격투봉처럼 자루를 튕기자 치명적으로 휘어진 긴 칼날이 나온다. 아마리의 작은 손에 들린 칼이 놀랍도록 민첩하고 우아하게 허공을 가른다.

"이거 가져갈게요."

"그런데 그거 쓸 줄 모르면……." 상인이 주의를 준다.

"왜 모를 거라고 생각하세요?"

나는 아마리를 보며 한쪽 눈썹을 치켜세운다. 훈련 중 사고가 있었다는 이야기가 떠오른다. 그 흉터는 이 애 오빠가 냈을 테지만 어쨌든 아마리 역시 칼을 들고 있었을 것이다. 라고스에서 탈출하는 모습을 보긴 했지만 이 공주가 결투를 벌인 모습은 상상이 되지 않는다.

상인은 돈과 물건을 챙겨 우리를 떠나보낸다. 이제 찬돔블레까지 가는 데 필요한 모든 것을 갖췄다. 우리는 오빠를 만나기 위해 왔던 길을 말없이 되돌아간다. 흉터와 머리 장식, 그리고 칼까지, 너무도 혼란스럽다. 내가 죽이려 했던 그 응석받이 공주는 어디로 갔을까? 그나저나 이 애가 정말 칼을 쓸 수는 있을까?

파파야 나무를 지나다가 나는 잠시 걸음을 멈추고 나무 밑동을 흔들어 노란 과일 하나를 떨어뜨린다. 그리고 아마리가 지나갈 때까지 잠시 기다렸다가 그 잘 익은 파파야를 그 애의 머리로 던진다.

아주 잠깐 아마리는 '무슨 일이지?' 하고 어리둥절해한다. 그러나 파파야가 가까워지자 들고 있던 바구니를 던져 놓고 칼날을 펼치며 민첩하게 돌아선다. 엄청난 속도다.

잘 익은 파파야가 깔끔하게 두 동강 난 채 땅으로 떨어지자 나는 숨을 들이켠다. 아마리는 미소 지으며 잘라진 조각을 집어 들고 의기양양하게 베어 문다.

"날 치고 싶으면 좀 더 노력해야겠다."

14

점점 강해지는 마법의 기운

이난

그 애를 ~~죽인다~~. 마법을 죽인다. 오로지 이 계획에만 집중해야 한다. 그러지 않으면 이 세상이 손가락 사이로 빠져나가 버릴 것이다. 그 마자이 소녀의 저주가 금방이라도 살을 뚫고 나오려 한다.

'거래를 하면 되겠네.' 머릿속에서 그 애가 입술을 일그러뜨리며 속삭이고 있다. '아무도 모르게 해 줄게. 네가 더러운 마자……'

"젠장."

나는 이를 부득부득 간다. 그래도 그 애의 독기 어린 말이 잊히지 않는다. 그 목소리와 함께 마법의 기운이 스멀스멀 올라와 살갗을 데우기 시작한다. 마법이 올라오면서 다른 목소리의 파편들도 되살아난다. 점점 크게. 점점 선명하게.

나는 목구멍에 벽돌을 쑤셔 넣듯 마법을 밀어 넣는다.

'하나…… 둘……'

숫자를 세며 안간힘을 써 본다. 주변 공기가 서늘해지기 시작한다.

이마에 땀이 흐른다. 마법이 내려가고 나자 나는 거친 호흡을 내뱉는 다. 위협이 사라졌다. 잠깐이나마 안전해졌다. 이제 혼자…….

"이난."

나는 움찔 놀라 투구를 제대로 쓰고 있는지 확인한다. 투구를 잠 근 고리를 엄지손가락으로 만져 본다. 오늘만 벌써 쉰 번째다. 새하 얀 머리카락이 점점 많아지고 있는 것 같다. 카에아가 눈앞에 있는데.

그녀는 퓨마너를 타고 앞서 나가며 따라오라고 손짓한다. 오늘 종 일토록 그녀의 시선을 피해 일부러 뒤처져 달렸다는 사실을 들켜선 안 된다. 불과 몇 시간 전 잠시 방심하고 냇물에 내 모습을 비춰 보 다 들킬 뻔했다. 그녀가 조금만 빨리 출발했어도…… 내가 조금만 더 꾸물거렸어도…….

'정신 차려, 이난!'

대체 왜 이러는 걸까? 그런 생각을 해 봐야 도움이 되지 않는데.

그 애를 죽여야 한다. 마법을 죽여야 한다. 내가 할 일은 그뿐이다.

나는 내 백표버머 룰라의 등에 난 뿔을 조심스레 피하며 두 허벅지 로 녀석을 꽉 조여 카에아를 쫓아가게 한다. 뿔을 건드리기라도 하면 룰라는 나를 안장에서 떨어뜨릴 것이다.

나는 으르렁거리는 룰라의 고삐를 획 당긴다. "어서 가, 게으름 피 우지 말고."

룰라는 깔쭉깔쭉한 송곳니를 드러내면서도 걸음을 재촉한다. 녀석 이 고개를 숙이고 마룰라 나무들 사이를 이리저리 빠져나가자 열매 가 주렁주렁 달린 가지들에서 비비너들이 흩어진다.

카에아를 따라잡자 나는 룰라의 점박이 털을 쓰다듬으며 다독여 준다. 녀석은 또 한 번 낮게 으르렁거리며 내 손에 얼굴을 비빈다.

내가 가까이 가자 카에아가 말한다. "그런데 그 마을 주민이 뭐라고 했어요?"

'또 그 얘기야?' 하늘이여, 정말 끈질기군.

"이해가 안 돼서요. 다시 들어야 할 것 같아요."

카에아는 퓨마너 뒤로 손을 뻗어 새장에 갇힌 붉은가슴 불매를 풀어 준다. 이 새가 퓨마너 안장에 올라앉자 카에아는 그 다리에 편지를 묶는다. 아버지에게 전갈을 보내려는 모양이다. '두루마리의 행적을 따라 남쪽으로 가고 있습니다. 그리고 아무래도 이난이 마자……'

"지도 제작자라고 했어요. 그 도둑과 아마리가 라고스에서 탈출한 뒤 그 사람을 찾아간 모양이에요." 내가 둘러댄다.

카에아가 팔을 들어 올리자 불매는 넓은 날개를 활짝 펴고 하늘로 날아오른다.

"그런데 그들이 남쪽으로 간 건 어떻게 알았대요?"

"행로를 정하는 것을 보았답니다."

다시 고개를 돌리는 카에아의 눈에 의심의 빛이 스친다.

"심문은 저랑 같이 하셨어야죠."

그 말에 나는 날카롭게 대꾸한다. "그럴 거면 마을을 불태우지 말았어야죠! 이제 와서 무얼 했어야 한다, 하지 말았어야 한다 따져서 무슨 소용이 있습니까?"

'진정해, 이난.' 카에아에게 화낼 일이 아니다.

하지만 그녀는 벌써 입술을 삐죽거린다. 내가 너무 몰아붙인 모양이다.

나는 한숨을 쉬며 말한다. "죄송해요. 그럴 생각은 아니었어요."

"이난, 혹시 못 하겠으면……."

"그런 거 아니에요."

"정말 괜찮으세요?" 그녀는 나를 보며 말을 잇는다. "혹시 내가 아까 일을 잊었을 거라 생각한다면 안타깝지만 오산이에요."

'아, 하늘이여.'

일로린 해안에서 마법이 처음 나를 공격했을 때 카에아가 옆에 있었다. 마법이 내 머릿속에 이상한 목소리를 채워 넣던 그 밤.

그 사악한 존재를 더 깊숙이 밀어 넣으려 하자 속이 뒤틀린다.

"왕자님이 저와 함께 작전을 수행하다가 잘못되는 건 원치 않거든요. 그런 일이 또 있으면 그땐 정말 궁전으로 돌아가셔야 해요."

심장이 죄어 오며 고통이 가슴을 훑고 지나간다. 이대로 돌아갈 수는 없다. 그 아이가 죽기 전엔 절대로.

'거래를 하면 되겠네.' 그 애의 목소리가 다시 머릿속을 파고든다. 바로 귀에 대고 속삭이듯 생생하게. '날 내버려 두면 네 그 어쭙잖은 비밀을 지켜 줄게. 아무도 모르게 해 줄게. 네가 더러운 마자……'

"안 돼요!" 내가 소리친다. "별거 아니었어요. 그날 해변에서 있었던 일. 나…… 난……" 나는 심호흡을 한다. '진정해.' "아마리의 시체를 본 것 같았어요." '그래, 이거야.' "창피하지만 그래서 그렇게 동요했던 거예요."

"아, 이난……" 카에아가 누그러진다. 그녀는 손을 뻗어 내 손을 잡는다. "죄송해요. 그랬다면 정말 처참한 기분이었겠네요."

나는 고개를 끄덕이며 그녀의 손을 잡는다. 너무 힘을 주고 있다. '놔.' 하지만 심장이 점점 빠르게 뛴다. 가슴에서 청록색 구름이 빠져나가 가느다란 연기처럼 굽이친다. 로즈메리와 재의 냄새가 풍겨 온다. 불타고 있는 소녀의 비명이 들려온다.

'불꽃이 내 얼굴을 핥고 있어. 뜨거운 연기가 폐를 가득 채우고 있

어. 매 순간 불길이 날 조여 와 도망칠 길이 없어…… **살려 주세요!**'

'난 쓰러지고 있어. 내 폐가 매캐한 공기를 거부하잖아. 불길이 내 발목을 잡고 있어…… 살려 주세요!'

나는 얼른 룰라의 고삐를 당긴다. 룰라는 위협적으로 으르렁거리며 우뚝 멈춰 선다.

"왜 그러세요?" 카에아가 휙 고개를 돌린다.

나는 떨리는 손을 룰라의 털에 파묻어 감춘다. 시간이 없다. 마법이 점점 강해지고 있다.

기생충처럼 내 피를 빨아먹고 있다.

"아마리요." 내 목소리가 갈라진다. 연기를 마신 듯 목이 탄다. "걱정돼서요. 그 앤 궁을 떠나 본 적이 없잖아요. 다쳤을지도 몰라요."

"그러게요. 카에아가 나늘 위로안나. 아머시가 노여워힐 때에도 이렇게 위로해 줄까? "하지만 공주님도 손 놓고 있을 분은 아니에요. 폐하께서 두 분 모두에게 수년 동안 칼 쓰는 법을 가르친 데에는 그만한 이유가 있었죠."

나는 고개를 끄덕이며 계속되는 카에아의 이야기를 듣는 척한다. 사실은 주변 공기가 희박해지는 듯한 느낌을 애써 모른 체하며 또다시 나의 저주를 내리누르고 있다. 마법의 기운이 잠잠해지지만 가슴은 여전히 쿵쾅거린다.

그 위력이 내 속을 까맣게 태운다. 나를 비웃으며. 나를 더럽히며.

'그 애를 죽여야 해.' 나는 다짐한다.

이 저주를 없애야 한다. 그러지 못하면…….

나는 힘겹게 심호흡을 한다.

그러지 못하면 나는 죽은 목숨이다.

15

파괴된 사원

아마리

예전에 나는 등반을 꿈꾸곤 했다.

궁전 사람들이 모두 잠든 깊은 밤. 빈타와 나는 햇불에 의지해 그림이 그려진 복도들을 달리고 타일 바닥에서 미끄러지기도 하며 아버지의 작전실로 향했다. 우리는 손을 맞잡고 짚을 엮어 만든 오리샤 지도 위로 햇불을 가져갔다. 어린 우리 눈에는 그 지도가 실물만큼이나 커 보였다. 나는 빈타와 함께 세상을 보게 될 거라고 생각했다.

궁전을 떠나면 행복해질 수 있다고 생각했다.

오늘 벌써 산을 세 개째 오르고 있다. 산 중턱에 매달린 지금, 내가 왜 궁전 계단참보다 높은 어딘가에 그토록 오르고 싶어 했나 의아할 뿐이다. 살갗에 맺힌 땀방울이 검정 다시키의 거친 천을 적신다. 모기 떼가 끝없이 윙윙거리며 잔치를 벌이듯 내 등을 물어뜯고 있지만 산을 오르느라 힘들어 쫓을 수도 없는 형편이다.

어제도 온종일 이동한 뒤 감사한 마음으로 단잠을 잤다. 소코토를 떠나 밀림 속으로 깊숙이 들어오자 날씨가 한결 따뜻해졌지만 막 잠이 들 무렵 제인이 내게 망토를 덮어 주는 것을 느꼈다. 그나마 이것저것 사 온 덕에 끼니를 쉽게 해결하고 있다. 이제 여우너 고기와 코코넛 밀크도 궁전 주방에서 만든 양념 닭 요리와 차 못지않게 맛있게 느껴진다. 드디어 상황이 좀 나아지나 싶었는데 지금 같아선 숨 쉬기도 어려울 만큼 가슴이 답답하다.

이번에도 늦은 오후가 되어 수천 미터를 올라오고 나자 저 아래로 밀림의 장관이 펼쳐진다. 우리 발밑으로 다양한 빛깔의 초록색이 끝없이 이어지며 땅을 뒤덮고 있다. 열대 나무들 사이로 굽이굽이 흐르는 강을 제외하곤 물을 찾아볼 수 없다. 높이 올라갈수록 강줄기가 좁아져 가느다란 푸른색 실처럼 보인다.

"이렇게 높은 곳에 뭐가 있기나 할까?" 내가 훌쩍기리며 묻는다. 그러곤 심호흡을 하며 머리 위의 암석을 당겨 본다. 초반에만 해도 이렇게 시험해 보지 않았다. 그러나 무릎의 까진 흉터들을 보면 같은 실수를 되풀이하고 싶지 않다.

암석이 단단히 박혀 있는 것을 확인한 나는 갈라진 틈에 맨발을 끼워 넣고 몸을 끌어올린다. 울고 싶은 마음이 굴뚝같지만 꾹 참는다. 벌써 두 번 눈물을 삼켰다. 창피하게 또 흐느낄 수는 없는 노릇이다.

"나도 같은 생각이야." 내 뒤에서 제인이 소리치며 나일라가 올라설 만한 널찍한 지지대를 찾는다. 그들의 사자녀는 아까 다른 산에서 미끄러질 뻔한 뒤로 몸을 사리고 있다. 이제 제인이 안전한지 확인한 뒤에야 딛고 올라선다.

위에서 제일리가 소리친다. "어서 올라오기나 해. 여기야. 여기가 **틀림없다고.**"

"정말 **여길 봤어?**" 제인이 묻는다.

나는 마마 아그바의 오두막에서 미래의 장면이 폭발하듯 펼쳐지던 순간을 떠올려 본다. 그때는 모든 게 너무도 신비롭게 보였다. 두루마리를 훔치길 잘했다는 생각마저 들었다.

"우리가 산을 오르는 장면을 보긴 했는데……."

내가 말끝을 흐리자 제인이 다그친다.

"그런데 정말 이 전설의 사원을 봤냐고. 마마 아그바가 우리 셋이 산을 오르는 장면을 보여 주긴 했다지만 그렇다고 찬돔블레가 정말 있는지는 알 수 없는 거잖아."

그러자 제일리가 소리친다. "말 좀 그만하고 올라오기나 해! 날 믿어. 정말 있다니까."

제일리는 온종일 저렇게 우겨 대며 고집 하나로 우리를 이리저리 벼랑으로 끌고 다녔다. 지금 저 애에겐 현실이나 논리가 중요하지 않다. 이 일을 너무도 간절히 원하는 나머지 실패의 가능성은 완전히 제쳐 놓은 듯 보인다.

제인의 말에 대꾸하려고 아래를 보자 수천 미터 아래 펼쳐진 밀림의 나무들에 온몸의 근육들이 팽팽해진다. 나는 산허리에 바싹 몸을 붙이고 암석들을 움켜쥔 손에 더욱 힘을 준다.

제인이 소리친다. "내려다보지 마. 지금 잘하고 있어."

"거짓말."

그가 어렴풋이 미소를 짓는다. "계속 올라가."

다시 위를 보자 쿵쾅거리는 내 맥박 소리가 귀를 가득 메운다. 튀어나온 암석이 눈에 들어온다. 다리가 후들거리지만 위로 몸을 끌어올린다. '아, 하늘이여. 지금 빈타가 나를 볼 수 있다면.'

빈타의 아름다운 얼굴이 예전 모습 그대로 머릿속에 떠오른다. 그 애의 죽음을 목격한 이후 처음으로 나는 그 애의 살아생전 모습, 내 옆에서 미소 짓던 얼굴을 그려 본다.

어느 날 저녁 작전실에서 빈타는 보닛을 벗었다. 상앗빛 머리카락이 비단처럼 부드럽게 얼굴 주위로 흘러내렸다.

"올라심보산맥을 지날 땐 무얼 입으실 거예요?" 내가 아데툰지해로 함께 탈출하는 계획을 털어놓았을 때 그 애는 이렇게 나를 놀렸다. "도망치더라도 왕비 마마는 눈에 흙이 들어가기 전에는 절대 공주님이 바지 입는 걸 허락하지 않으실 텐데." 그 애는 머리에 손을 얹고 어머니의 고음을 흉내 내며 소리치는 시늉을 했다.

그날 밤 나는 자지러지게 웃다가 하마터면 오줌을 지릴 뻔했다.

이런 상황에서도 그 일을 생각하자 절로 미소가 나온다. 빈타는 궁전 사람들을 모조리 흉내 낼 수 있었다. 그러나 우리의 꿈과 계획이 모두 물거품이 되었다고 생각하자 미소가 사라진다. 나는 우리가 궁전 아래 굴을 뚫고 탈출할 수 있을 거라 생각했다. 그렇게 떠나고 나면 다시는 돌아오지 않을 거라 다짐했다. 그때는 모든 게 충분히 가능한 일처럼 느껴졌는데 빈타는 자기가 끝내 그 꿈을 이루지 못하리라는 사실을 알고 있었던 걸까?

튀어나온 암석으로 손을 뻗어 몸을 끌어올리는 내내 그 의문이 머릿속을 떠나지 않는다. 그 위로 올라가자 들풀 위에 몸을 뉘일 수 있을 만큼 자그마한 평지가 펼쳐진다.

나는 털썩 무릎을 꿇는다. 제일리는 선명한 붉은색과 보라색 꽃잎의 토종 브로멜리아드 위로 풀썩 쓰러진다. 나는 허리 숙여 그 달콤한 꽃향기를 들이마신다. 빈타가 있었나면 좋아했을 텐데.

"여기서 쉬면 안 돼?" 정향 냄새로 마음을 가라앉히며 내가 묻는다. 더는 올라갈 수 없다. 우리는 찬돔블레가 있을 거라는 희망 하나만으로 여기까지 왔다.

고개를 들어 보니 튀어나온 암석 위로 나일라의 발톱이 넘어온다. 제인이 땀을 뚝뚝 흘리며 녀석의 뒤를 따른다. 그가 민소매 다시키를 벗자 나는 시선을 내린다. 유모들이 오빠와 나를 함께 목욕시키던 시절을 제외하곤 사내의 벗은 몸을 본 적이 없다.

문득 내가 궁전에서 정말 멀어졌구나 깨달으며 뺨이 화끈거린다. 왕족과 코시단의 결합은 마자이와 코시단의 결합처럼 불법은 아니지만 어머니는 방금 전의 행동만으로도 제인을 감옥에 보내려고 할 것이다.

나는 제인의 맨몸과 빨개지는 내 얼굴을 어떻게든 멀찍이 떼어 놓으려고 슬쩍슬쩍 옆으로 옮겨 간다. 그러다 매끈하고 텅 빈 무언가가 손에 닿는다.

고개를 돌려 보니 금이 간 해골이 나를 마주하고 있다.

"하늘이여!" 나는 소리치며 엉금엉금 물러난다. 뒷목의 머리털이 쭈뼛 선다. 제일리가 벌떡 일어나 금방이라도 싸울 태세로 격투봉을 펼친다.

"무슨 일이야?" 제일리가 묻는다.

나는 그 해골을 가리킨다. 그 밑에도 으스러진 뼈들이 쌓여 있다. 눈구멍 위쪽이 뻥 뚫린 것으로 봐서는 자연사한 해골이 아닌 듯하다.

내가 묻는다. "누가 또 올라왔었나? 결국 내려가지 못하고 죽은 거 아니야?"

"아니. 그건 아니야." 이상하게도 제일리의 대답은 확신에 차 있다. 제일리는 고개를 갸우뚱하더니 상체를 숙여 좀 더 자세히 들여다본다. 서늘한 기운이 스쳐 간다. 제일리는 펼친 손을 아래로 뻗어 그 깨진 해골로 가져간다. 제일리의 손가락이 해골에 닿는 찰나……

나는 숨을 들이마신다. 찌는 듯 무더운 밀림의 열기가 사라지고 갑자기 으스스한 냉기가 밀려든다. 한기가 살을 뚫고 뼛속까지 파고든다. 그러나 그 냉랭한 한기는 오래가지 않는다. 갑자기 온 것처럼 갑자기 사라져 버린다. 우리는 산 중턱에 남아 어리둥절해할 뿐이다.

"으의!" 제일리가 죽다가 살아난 사람처럼 씩씩거린다. 브로멜리아드 꽃들이 꺾일 정도로 꼭 움켜쥐고 있다.

"무슨 일이야?"

제인이 묻자 제일리는 고개를 섯는다. 제일리의 눈이 섬섬 위눙느레지고 있다.

"이 해골의 주인이 느껴졌어. 그의 영혼이었어…… 그의 생을 느꼈어!"

"마법이었구나." 나는 문득 깨닫는다. 마법은 아무리 봐도 늘 나를 갈등하게 만든다. 어릴 때부터 들어 온 아버지의 경고가 떠오르면서도 한편으로는 감탄하지 않을 수 없다.

"어서 가자!" 제일리가 달려 나가 황급히 다시 비탈을 오른다. "이렇게 강한 기운은 느껴 본 적이 없어. 그 사원이 가까이 있는 게 틀림없어!"

나도 얼른 뒤따라간다. 마지막 암석을 빨리 넘고 싶은 마음에 두려움은 잠시 밀어 둔다. 마지막 절벽 위로 몸을 끌어올리자 믿을 수 없는 광경이 펼쳐진다. 찬돔블레다.

제대로 찾아왔다.

이끼 덮인 벽돌들이 돌무더기를 이룬 채 고원을 뒤덮고 있다. 한때

이 땅을 장식했던 사원들과 성지들이 모두 파괴되어 잔해만이 남았다. 지 아래 밀림이나 산들과는 달리 이곳에신 귀뚜라미 우는 소리도, 새가 지저귀는 소리도, 모기가 윙윙거리는 소리도 들리지 않는다. 발밑에 어지러이 흩어진 해골 조각들만이 한때 이곳에도 삶이 존재했음을 알려 줄 뿐이다.

제일리가 한 해골 앞에서 잠시 걸음을 멈추더니 미간을 찌푸린다. 하지만 내 눈엔 아무것도 보이지 않는다.

"왜 그래?" 내가 묻는다.

"이 해골의 영혼……" 제일리는 허리를 숙이며 말을 잇는다. "**올라가고 있어.**"

"어디로?" 나는 돌을 넘어 비틀비틀 물러선다. 말할 수 없는 두려움에 다시 간담이 서늘해지지만 정말 뭔가가 있는 건지 아니면 나 혼자만의 상상인지 알 수가 없다.

"모르겠어." 제일리는 목을 문지르며 말을 잇는다. "어쩐지 이 사원이 내 아셰를 한껏 끌어올리는 것 같아. 내 마법이 실제로 느껴지고 있어."

내가 다시 물어보려는 찰나, 제일리가 허리를 굽히고 다른 두개골을 건드려 본다.

나는 가슴으로 손을 올린다. 이번엔 얼음 같은 냉기가 아니라 황금빛으로 물든 풍경이 제일리를 에워싸는 듯하다. 장엄한 사원들과 탑들이 솟아오른다. 아름다운 폭포로 장식된 눈부신 건물들이다. 어두운 피부의 남자들과 여자들, 아이들이 질 좋은 스웨이드 옷을 걸치고 돌아다닌다. 그들의 피부에서 흰색의 아름다운 선과 상징들이 우아하게 소용돌이친다.

그 풍경은 아주 잠깐 나타났다 사라진다. 하지만 다시 눈앞의 돌무더기를 보자 방금 전에 본 그 생기 넘치는 광경이 내 기억을 물들인다. 찬돔블레는 빛나던 곳이었다.

이제는 대기만이 남아 있다.

"여긴 왜 이렇게 됐을까?" 내가 제일리에게 묻는다. 그러나 나는 이미 그 답을 알고 있는 것 같다. 나의 삶에서 아름다운 마법을 모조리 파괴해 버린 아버지. 세상 어느 곳에서든 똑같은 일을 벌이지 않았을까?

제일리는 대답하지 않는다. 시시각각 얼굴이 굳어진다. 다른 무언가, 내게는 보이지 않는 무언가를 보고 있다.

제일리가 처음으로 자신의 힘을 시험하자 손끝에서 부드러운 연보라색 광채가 나오기 시작한다. 그 모습을 보면서 점점 궁금해진다. 제일리는 또 무얼 볼 수 있을까? 여전히 마법을 생각하면 맥박이 빨라지지만 한편으론 저 기운을 한 번만이라도 경험해 보고 싶다. 빈타의 손에서 퍼져 나가던 그 색색의 빛이 다시 기억 속을 메우기 시작할 무렵 제인의 외침이 들린다.

"이것 봐."

제인의 목소리를 따라가 보니 산 위에 구조물 하나가 외로이 서 있다. 하늘로 솟아 있는 이 사원은 마지막 암벽의 경사면에 기대어 지어졌다. 돌무더기로 변한 잔해들은 벽돌이었지만, 이 구조물은 금속으로 만들어졌다. 시커멓게 변했지만 이따금씩 드러난 노란 빛깔과 분홍 빛깔로 봐선 한때 황금빛으로 반짝였을 것이다. 장식 띠에 새겨진 고대 룬 문자들은 양옆으로 무성하게 자란 덩굴과 이끼에 가려졌다.

제일리가 문 없는 입구로 향하자 나일라가 나지막이 으르렁거린다. "괜찮아, 나일라." 제일리는 나일라의 코에 입을 맞추며 덧붙인다. "여기서 기다려, 알았지?"

나일라는 끙끙거리며 돌무더기 뒤에 주저앉는다. 나일라가 자리를 잡고 앉자 우리는 입구를 지나 안으로 들어선다. 실내를 무섭게 내리누르는 강력한 마법의 기운이 나에게까지 느껴진다. 제인은 제일리의 옆에 바싹 붙는다. 나는 손으로 대기를 훑어 내린다. 진동하는 마법의 기운이 마치 모래알처럼 손가락들 사이로 빠져나가는 듯하다.

머리 위 금이 간 둥근 창으로 빛줄기가 들어와 무늬가 그려진 돔형 천장을 비춘다. 그 아래로 이어진 기둥들은 채색 유리와 반짝거리는 수정으로 장식되어 있다.

'왜 이건 파괴하지 않았을까?' 나는 손가락으로 새김무늬들을 훑으며 생각한다. 묘하게도 이 사원은 까맣게 탄 숲에 홀로 남은 나무처럼 멀쩡히 서 있다.

"혹시 문이 보여?" 반대편에서 제인이 소리친다.

"아니." 제일리가 대꾸한다. 눈에 보이는 거라곤 뒷벽에 세워진 커다란 석상뿐이다. 웃자란 덩굴들과 먼지가 그 위를 뒤덮고 있다. 우리는 함께 그리로 걸어간다. 제인이 풍화된 석상을 손으로 훑어 본다. 풍성한 가운을 걸친 노부인의 모습이다. 꼬불꼬불 말린 새하얀 머리카락 위에 씌워진 금관이 유일하게 빛바래지 않은 금속이다.

"여신이야?" 내가 그 석상을 자세히 살펴보며 묻는다. 나는 평생 신을 표현한 작품을 본 적이 없다. 궁전에는 그런 것이 한 점도 없었다. 그저 신들은 궁전 중앙홀에 걸린 왕족의 초상화들과 비슷한 모습일 거라고 생각했다. 그러나 빛바랬을지언정 이 석상의 기품 있는 분위기는 그 어떤 눈부신 그림도 따라올 수 없다.

"이건 뭐지?" 제인이 여인의 손에 들린 물건을 가리키며 묻는다.

"뿔피리 같은데." 제일리가 다가가서 살펴본다. "신기하다……" 그러곤 손으로 그 녹슨 금속을 훑으며 말을 잇는다. "머릿속에서 이 소리가 들리는 것 같아."

"뭐라고 하는데?" 내가 묻는다.

"이건 뿔피리야, 아마리. 뿔피리가 **말**을 하겠어?"

나는 뺨이 화끈거린다. "그렇게 치면 이건 석상인데 소리를 낸다는 것도 이상하지!"

"조용히 좀 해 봐." 제일리는 내 말을 끊고 그 금속 뿔피리에 두 손을 얹는다. "뭔가 말하려는 것 같아."

제일리가 미간을 찌푸리자 나는 숨을 멈춘다. 얼마 뒤 제일리의 손이 은색으로 빛나기 시작한다. 제일리는 몸에 더욱 힘을 준다. 뿔피리가 제일리의 아셰를 강화하는 듯 은색의 빛이 더욱 환해진다.

"조심해." 제인이 주의를 준다.

"조심하고 있어." 제일리는 고개를 끄덕인다. 그러나 제일리의 몸이 떨리기 시작한다. "거의 다 됐어. 조금만 더 자극하면……."

우리의 발밑이 우르릉거리며 천천히 갈라진다. 그 소리에 나는 짧게 비명을 지른다. 우리는 놀라서 주위를 둘러본다. 바닥의 커다란 타일 하나가 미끄러지며 열린다. 그 안으로 나선 계단이 드러나지만 그 아래 공간은 칠흑처럼 컴컴할 뿐 아무것도 보이지 않는다.

"괜찮을까?" 내가 속삭여 묻는다. 어두운 공간을 보자 심장이 쿵쾅거린다. 뭐라도 보이지 않을까 몸을 숙여 보지만 빛이라곤 전혀 찾아볼 수 없다.

"다른 문이 없잖아." 제일리가 어깨를 으쓱하며 다시 말한다. "어쩌겠어?"

제인이 밖으로 달려 나가더니 자기 망토에서 찢어 낸 헝겊 조각으로 새까맣게 그슬린 대퇴골 하나를 감싸 들고 돌아온다. 제일리와 나는 화들짝 놀린다. 그러나 제인은 우리를 지나쳐 가더니 우리의 부싯돌로 헝겊에 불을 붙여 임시 횃불을 만든다.

"나를 따라와."

그의 듬직한 목소리에 두려움이 가라앉는다.

우리는 제인을 따라 계단을 내려가기 시작한다. 일렁이는 횃불의 불빛은 간신히 우리의 발을 비출 뿐 다른 무엇도 드러내지 않는다. 한 손으로 거친 벽을 짚어 가며 호흡을 세다 보니 어느새 우리는 아래층에 도달한다. 내가 마지막 계단에서 발을 떼는 순간 머리 위의 구멍이 요란한 소리를 내며 닫힌다.

"하늘이여!"

나의 비명이 어둠을 가른다. 나는 얼른 제일리에게로 뛰어든다. "이제 어떡해? 여기서 어떻게 나가?" 내가 몸을 떨며 묻는다.

제인이 뒤로 돌아 다시 계단을 올라가다 멈춰 선다. 대기에서 쉭쉭거리는 소리가 들린다. 불과 몇 초 만에 그의 횃불이 꺼지고 칠흑 같은 어둠이 우리를 감싼다.

"오빠!" 제일리가 소리친다.

쉭쉭거리는 소리가 점점 커지더니 뜨거운 바람이 비처럼 내 몸을 때린다. 숨을 들이마시자 근육이 늘어지고 머릿속이 흐릿해지기 시작한다.

"독이야." 제인이 가까스로 말한다. 뒤이어 그의 몸이 바닥으로 쿵 쓰러지는 소리가 들린다. 두려움을 느낄 겨를도 없이 어둠이 나를 사로잡는다.

16

아마리의 머리 장식

이난

짙은 빙벽을 이끌고 오르고도고 내려오기만 걷저이 우리를 간싼다. 오래지 않아 그 이유를 깨닫는다. 우리 말고는 위병이 보이지 않는다.

"여긴 순찰병들이 없습니까?" 내가 카에아에게 속삭여 묻는다. 귀가 먹먹하리만치 적막하다. 게다가 이곳 사람들은 오리샤의 인장을 처음 보는 듯하다. 경의라곤 눈곱만큼도 보이지 않는 이 사람들을 아버지가 본다면 어떻게 반응할까?

호숫가에 이르러 우리는 각자 타고 온 탈짐승에서 내린다. 거울처럼 맑은 물에 주변 나무들이 비친다. 룰라가 어린아이들에게 이빨을 드러낸다. 아이들이 황급히 도망치자 룰라는 물을 먹기 시작한다.

"여행자촌에는 위병을 배치하지 않아요. 며칠에 한 번 주민들이 바뀌는 곳이니 괜한 인력 낭비죠." 카에아는 투구를 풀고 머리카락에 바람을 쐰다. 내 두피도 바람을 쐬고 싶다고 아우성이지만 새하얀 머리카락을 드러낼 수는 없다.

'그 애를 찾아야 해.' 나는 깨끗하고 상쾌한 공기를 마시며 잠시나마 그 머리카락을 잊으려고 애쓴다. 열기와 연무가 가득한 라고스와 달리 이 작은 마을은 공기가 맑다. 기분이 상쾌해진다. 찬 공기로 타는 가슴을 진정시키며 마법의 저주를 억눌러 보지만 주위의 신성자들을 보자 맥박이 빨라진다. 나는 오로지 그 소녀를 결딴내야 한다는 생각에만 열중했다. 그 애가 날 끝장낼 수 있으리라곤 한 번도 생각해 보지 않았다.

나는 칼자루를 움켜쥐고 신성자들을 훑어본다. 그 애의 마법이 얼마나 강력한지도 아직 모른다. 그 애의 공격을 막으려면 어떻게 해야 하지?

'게다가 그 애가 말로 싸우려 한다면?' 서늘한 공포가 밀려온다. 마법의 기운이 다시 올라오고 있다. 그 애가 내 투구를 가리키며 그 안에 저주가 감춰져 있음을 알린다면 모든 게 끝이다. 카에아는 내 새하얀 머리카락을 보게 될 것이다. 나의 비밀이 만천하에 공개될……

'정신 차려, 이난.' 나는 눈을 감고 따뜻한 세네트 말을 움켜쥔다. 이렇게 휘둘려선 안 된다. 의무를 이행해야 한다. 오리샤는 여전히 공격의 위험에 처해 있다.

나는 정신을 가다듬으려 숫자를 세며 수리검의 둥근 자루로 손을 뻗는다. 마법과는 상관없이 이 칼을 제대로 던지기만 하면 그 애는 무장 해제될 것이다. 날카로운 칼날이 그 애의 가슴을 관통할 것이다.

그러나 아무리 계획을 세우고 전략을 짜 봐야 그 애는 여기 없는 게 분명하다. 많은 신성자들이 노려보고 있지만 그 애의 은색 눈은 보이지 않는다.

나는 수리검을 놓는다. 가슴속에서 오그라드는 이 느낌이 무엇인지 모르겠다. 실망인 듯 기분이 묵직하게 가라앉는다.

그리고 안도인 듯 숨을 내쉬게 한다.

"이 초상화 받아." 카에아가 병사들에게 지시한다. 그녀는 그 소녀의 거만한 얼굴이 그려진 양피지 두루마리를 열 명의 병사에게 하나씩 건넨다. "이 아이나 황소뿔 사자녀를 본 사람이 있는지 수소문해 봐. 황소뿔 사자녀는 이쪽 연안에선 보기 드문 동물이야." 카에아는 단호하게 입술을 오므리며 나를 돌아본다. "우린 상인들을 수색해 보죠. 그들이 정말 남쪽으로 왔다면 필요한 물품을 사러 여기 들렀을 거예요."

나는 고개를 끄덕이며 긴장을 풀려 하지만 카에아가 너무 가까이 있어 그럴 수가 없다. 그녀의 눈은 아주 작은 움직임도 놓치지 않는다. 그녀의 귀는 아주 작은 소리에도 쫑긋 올라간다.

나는 계속해서 힘을 억누르며 그녀를 뒤따라 걷기 시작한다. 무쇠 갑옷이 납덩이처럼 무겁게 끌리는 듯하다. 천천히 걷고 있는데도 속도를 유지하기 힘들다. 시간이 갈수록 점점 뒤처진다. 나는 몸을 웅크리고 두 손으로 무릎을 짚는다. '잠깐 숨 좀 고르자……'

"뭐 하세요?"

나는 얼른 몸을 일으킨다. 카에아의 날 선 목소리에 저주의 기운이 올라오지만 애써 무시한다. "저…… 저 움막들." 나는 천연 재료로 만든 은신처들을 가리키며 말을 잇는다. "저 집들을 살펴보고 있었어요." 금속 막대와 질긴 하마녀 가죽으로 만든 우리 막사들과는 달리 이 움막들은 나뭇가지를 엮은 뒤 그 위에 이끼를 덮었다. 그러고 보니 정말 묘하게 효율적인 방식이다. 군대에서도 응용할 수 있을 것이다.

카에아의 눈이 가늘어진다. "지금은 원시적인 건축술을 공부할 때가 아니잖아요. 당면한 임무에 집중하세요."

그녀는 휙 돌아서더니 내가 빼앗은 시간을 만회하려는 듯 더욱 속도를 내기 시작한다. 나는 황급히 따라간다. 그러나 우리가 크고 작은 수레들에 가까워질 무렵 땅딸막한 여인이 내 눈길을 끈다. 그녀는 다른 야영자들처럼 노려보지 않는다. 아니, 아예 우리를 보지 않는다. 가슴에 끌어안은 담요 뭉치에 온 신경을 집중하고 있다.

참았던 재채기가 튀어나오듯 갑작스레 마법의 저주가 올라온다. 저 여인이 느끼는 감정들이 마치 매서운 손처럼 나를 때린다. 타닥거리는 분노와 막연한 두려움. 그러나 무엇보다도 보호 본능이 불타오르며 하나뿐인 새끼를 지키는 백표범어처럼 으르렁거린다. 그러고 보니 가슴에 끌어안은 담요 뭉치 안에서 울음소리가 들린다.

'자식이군……'

나는 여인의 밤색 피부를 훑어보다 그녀의 손에 날카로운 돌멩이가 쥐어져 있는 것을 발견한다. 그녀의 두려움이 나의 뼛속 깊이 느껴지지만 그녀의 결의는 훨씬 더 강렬하게 타오른다.

"이난!"

나는 얼른 정신을 차린다. 카에아가 내 이름을 부를 때마다 긴장하지 않을 수 없다. 그러나 상인들의 수레 앞에 이르자 그 여인을 흘끗 돌아보며 여전히 뱃속을 뜨겁게 불태우는 마법의 저주를 내리누른다. 저 여인은 왜 저렇게 겁을 내는 걸까? 내가 자기 아이와 무슨 상관이 있다고?

"잠깐." 뿔이 하나인 치타너들이 이끄는 장사 수레를 지날 때 내가 카에아를 불러 세운다. 점박이 치타너들이 주황색 눈으로 나를 바라본다. 검은 선처럼 보이는 입술 위로 날카로운 송곳니가 튀어나와 있다.

"왜 그러세요?"

수레의 입구 근처에 지금껏 본 가운데 가장 큰 청록색 구름이 떠 있다. "여기 물건이 많은 것 같은데요." 나는 애써 태연한 목소리로 말하며 그리로 다가간다.

'그 애 영혼의 바닷소금 냄새가 나기도 하고요.'

아무리 마법을 밀어 내려 해도 그 구름을 통과하자 그 애의 냄새가 나를 에워싼다. 머릿속에 그 신성자의 모습이 온전히 형성되어 검은 피부가 소코토의 태양 아래 빛나고 있다.

그 모습은 금세 사라지지만 그 짧은 광경에도 속이 울렁거린다. 마법이 기생충처럼 내 피를 빨아먹고 있다. 나는 투구를 매만지며 수레의 문을 지나 안으로 들어간다.

"아이고, 어서 오세요!"

나이 지긋한 상인의 검은 얼굴에서 커다란 미소가 덜 마른 물감처럼 뚝뚝 떨어진다. 그는 수레의 양옆을 짚고 일어선다.

카에아가 그의 얼굴에 두루마리 초상화를 들이댄다. "이런 아이 보셨나요?"

상인은 눈을 찌푸리며 웃옷에 안경을 닦는다. 천천히. '시간을 끌고 있어.' 그는 초상화를 받아 든다. "못 본 것 같은데요."

그의 이마에 땀방울이 맺힌다. 카에아를 흘끗 보니 그녀도 눈치챈 듯하다.

이 멍청한 인간이 거짓말하고 있다는 건 마법을 쓰지 않고도 알 수 있다.

나는 작은 수레 안을 돌며 이것저것 살펴보거나 쓰러뜨리면서 도발을 시도한다. 그러다 눈물 모양의 검은 염료병을 발견하고 호주머니에 슬쩍 넣는다.

한동안 상인은 꼼짝도 하지 않는다. 숨길 게 없다면 저렇게 잠자코 있을 이유가 없다. 내가 어느 궤짝으로 디기자 그가 긴장한다. 나는 그 궤짝을 발로 내리친다. 목재 조각들이 날아간다. 쇠로 된 금고가 드러난다.

"안 돼……."

카에아는 상인을 벽으로 밀친 뒤 그의 몸을 뒤져 내게 열쇠 꾸러미를 던진다. 나는 궤짝에 든 금고의 자물쇠에 열쇠를 하나씩 넣어 본다. '감히 나한테 거짓말을 하다니.'

열쇠 하나가 들어맞자 나는 금고를 홱 연다. 유죄를 입증하는 대단한 단서를 기대하면서. 그러나 그 안에 든 것은 아마리의 보석 달린 머리 장식이다. 목에서 숨이 턱 막힌다.

그것을 보는 순간 나는 어린 시절로 되돌아간다. 아마리가 이 장식을 처음 쓴 날. 내가 그 애를 다치게 한 날…….

나는 궁전의 의료실 휘장 속에 숨어 있다. 울음을 참으려 안간힘을 쓴다. 내가 그 안에 웅크리고 있는 사이, 의사들이 아마리의 상처를 치료하기 위해 등을 드러낸다. 칼에 벤 상처가 드러나자 속이 울렁거린다. 그 애의 등이 붉게 갈라져 있다. 끝없이 피가 흐른다.

"미안해." 나는 휘장에 파묻혀 울먹인다. 아마리는 의사가 상처를 봉합하는 동안 비명을 지르고 그때마다 나는 움찔거린다. 마음속으론 이렇게 외치고 있다. "미안해. 약속할게. 다시는 널 다치게 하지 않겠다고!" 그러나 내 입에선 아무 소리도 나오지 않는다.

아마리가 침대에 눕는다. 비명을 지르며.

고통을 멎게 해 달라 기도하며.

몇 시간 뒤 아마리는 여전히 꼼짝없이 누워 있다. 지쳐서 말도 하지 못한다. 시녀 빈타가 신음하는 아마리의 옆에 눕더니 무어라고 속삭이기 시작한다. 아마리의 입에 미소가 번진다.

나는 계속 귀를 기울이며 지켜보고 있다. 저렇게 아마리를 위로할 수 있는 사람은 빈타뿐이다. 빈타는 감미로운 목소리로 아마리를 잠재운 뒤 마침내 아마리가 잠들자 어머니의 낡고 오래된 왕관을 가져와 머리에 씌워 준다.

그때부터 아마리는 하루도 빼놓지 않고 그 왕관을 쓰고 다녔다. 그 애의 인생에서 유일하게 어머니를 거역하면서 말이다. 억만금을 준대도 벗지 않을 왕관이다.

그런 물건이 여기에 있다면 내 동생이 죽었다는 뜻이다.

나는 카에아를 밀어 내고 상인의 목에 칼을 들이댄다.

"이난……."

나는 조용히 하라고 손짓한다. 지금은 계급이나 재량권을 따질 때가 아니다. "이거 어디서 났어?"

"그, 그 아이가 줬어요! 어제!" 상인의 목소리가 갈라진다.

나는 양피지 초상화를 집어 든다. "이 아이?"

"아뇨." 상인은 고개를 젓는다. "그 아이도 함께 왔지만 이건 다른 소녀가 줬어요. 피부가 구릿빛이었어요. 눈 색깔이 밝고…… 손님과 똑같네요!"

'아마리다.'

그렇다면 아마리는 아직 살아 있다는 얘기다.

"그들이 무얼 사 갔지?" 카에아가 끼어든다.

"칼이랑…… 물통. 먼 길을 가는 것 같았어요. 밀림으로 가는 것 같았는데."

카에아의 눈이 휘둥그레진다. 그녀는 내 손에서 양피지를 빼앗는다. "그 사원이 틀림없어요. 찬돔블레."

"거기가 어디쯤 되죠?"

"탈짐승을 타고 가면 꼬박 하루가 걸리겠지만……."

"어서 가죠." 나는 머리 장식을 집어 들고 문 쪽으로 향하며 덧붙인다. "빨리 달리면 따라잡을 수 있을 거예요."

"잠깐." 카에아가 소리친다. "저 사람은 어떡하죠?"

상인은 떨고 있다. "살려 주세요. 훔쳐 온 물건인 줄 몰랐습니다! 저는 세금도 꼬박꼬박 내고 있어요. 충성스러운 백성이랍니다!"

나는 그 가엾은 사내를 바라보며 머뭇거린다.

뭐라고 답해야 하는지 나는 알고 있다.

아버지라면 어떻게 할지 알고 있다.

"이난?" 카에아가 재촉한다. 칼에 손을 얹은 채. 나는 명령을 내려야 한다. 약한 모습을 보여선 안 된다. '자신보다 의무가 먼저다.'

"살려 주세요!" 상인은 내가 망설이는 것을 눈치채고 애원하기 시작한다. "이 수레를 가져가셔도 좋아요. 무엇이든 가져가세요."

"너무 많은 걸 봤어요……." 카에아가 끼어든다.

"잠깐만." 내가 속삭인다. 귓가에서 맥박이 뛰고 있다. 일로린의 불탄 송장들이 다시 머릿속을 헤집는다. 그슬린 시체들. 울부짖는 아이.

'해야 돼.' 나는 스스로를 재촉한다. '한 사람의 목숨보다 우리 왕국이 더 중요하잖아.'

그러나 너무 많은 이들이 피를 흘렸다. 내 손으로 너무 많은 피를…….

내가 뭐라고 말할 겨를도 없이 상인이 출구로 내달린다. 한 손이 문에 닿는다. 선홍색 액체가 허공으로 솟구친다.

내 가슴에 피가 흩뿌려진다.

쿵 하는 묵직한 소리와 함께 상인이 바닥으로 쓰러진다.

그의 뒷목에 카에아의 수리검이 꽂혀 있다.

상인은 몸서리치며 숨을 내쉰 뒤 조용히 피를 흘린다. 카에아는 나를 보며 허리를 굽혀 칼을 빼낸다. 흡사 정원에서 예쁜 장미 한 송이를 꺾듯.

"방해하는 사람들을 그냥 둬선 안 돼요, 이난." 카에아는 그 송장을 넘은 뒤 칼날을 닦으며 말을 잇는다. "너무 많은 것을 아는 사람이라면 더더욱 그렇죠."

정체불명의 사내

아마리

머릿속의 안개가 걷히면서 나는 가물가물 정신을 차린다. 과거와
현재가 눈앞에서 흐릿하게 뒤섞인다. 잠시 빈타의 은색 눈이 환하게
빛을 발한다.

그러나 그 환영이 사라지고 거친 돌담을 따라 춤을 추듯 가물거리
는 촛불들이 보인다. 쥐 새끼 한 마리가 발밑을 지나는 바람에 나는
펄쩍 물러난다. 그제야 내가 제인 그리고 제일리와 함께 단단한 밧줄
로 묶여 있다는 것을 깨닫는다.

"다들 괜찮아?" 내 뒤에서 제일리가 꿈틀거리며 잠기운 가득한 목
소리로 묻는다. 그 애는 몸을 움직여 보지만 아무리 몸부림쳐도 밧
줄은 느슨해지지 않는다.

"어떻게 된 거야?" 제인이 분명치 않은 발음으로 묻는다. 그러곤 몸
을 당기지만 그의 엄청난 힘에도 밧줄은 꼼짝하지 않는다. 한동안 동
굴 안에 그의 신음만이 울려 퍼진다. 그러나 곧 다른 소리가 들리기

시작한다. 발소리가 가까워지자 우리는 얼어붙는다.

제일리가 속삭인다. "네 칼. 지금 손 닿아?"

나는 제일리의 손을 스치며 뒤로 손을 뻗어 칼자루를 찾아보지만 아무것도 잡히지 않는다.

"없어. 다 없어졌어!" 내가 속삭여 대꾸한다.

우리는 어둑한 동굴을 훑어보며 나의 황동 칼자루와 제일리의 격투봉을 찾아본다. 누군가 우리의 물건을 몽땅 가져갔다. 심지어…….

"두루마리를 찾나?" 깊은 목소리가 울려 퍼진다.

중년의 남자가 소매 없는 스웨이드 가운을 걸치고 촛불의 불빛 속으로 들어오자 나는 바싹 긴장한다. 하얀 소용돌이와 갖가지 무늬들이 남자의 어두운 피부를 수놓고 있다.

제일리는 숨을 훅 들이마신다.

"센타로……."

"뭐라고?" 내가 속삭여 묻는다.

"누구시죠?" 제인이 얼굴을 보려고 밧줄을 팽팽히 당기며 묻는다. 그는 위협적으로 이를 드러내고 있다.

정체불명의 사내는 눈도 깜짝하지 않는다.

그는 돌을 깎아 만든 지팡이를 짚고 서 있다. 그가 움켜쥔 지팡이의 손잡이에는 얼굴이 새겨져 있다. 금빛 눈에서 뚜렷한 분노가 이글거린다. 영원히 움직이지 않을 듯 서 있던 그가 갑자기 앞으로 달려든다. 제일리는 그가 머리카락을 휘어잡는 통에 화들짝 놀란다.

"직모잖아." 그는 실망한 듯 중얼거린다. "왜지?"

"그 손 치워!" 제인이 소리친다.

제인은 꼼짝없이 묶여 있는 상태인데도 사내가 제일리의 머리카락을 놓고 물러선다. 그러곤 가운의 끈 안쪽에 끼워 둔 두루마리를 꺼내며 금빛 눈을 가늘게 뜬다.

"이건 수년 전에 우리가 빼앗긴 물건이야." 묵직하고 진한 억양. 내가 지금껏 들어 본 오리샤의 그 어떤 방언과도 다르다. 나는 그의 손에 펼쳐진 채로 들려 있는 두루마리를 바라보다 그 안의 상징 몇 개가 그의 피부에도 그려져 있다는 사실을 깨닫는다.

"그들이 훔쳐 갔지." 그의 목소리가 거칠게 변한다. "다시 빼앗기진 않을 거다."

"오해하신 것 같네요. 우린 훔치러 여기 온 게 아니에요." 내가 불쑥 말한다.

"그들도 그렇게 말했어." 사내는 나를 보며 콧잔등을 찌푸린다. "너도 그들의 혈통 같은데."

나는 몸을 젖혀 제인의 어깨 뒤로 숨는다. 사내의 눈에 담긴 증오를 나로서는 피할 길이 없다.

"정말이에요." 제일리가 확신에 찬 목소리로 말한다. "우린 아니에요. 우린 신들이 보냈어요. 예언술사가 이리로 가라고 했어요!"

'마마 아그바⋯⋯.' 나는 마마 아그바가 헤어질 때 했던 말을 떠올린다. '우린 이 일을 하도록 예정된 사람들이에요.' 마음 같아선 이렇게 외치고 싶다. 하지만 당장 그 두루마리를 보지 않았더라면 좋았겠다고 생각하는 주제에 무슨 배짱으로 그런 말을 한단 말인가?

센타로의 콧구멍이 벌름거린다. 그가 두 팔을 올리자 금방이라도 마법이 일어날 듯 대기가 윙윙거린다.

'우릴 죽이려는 거야⋯⋯.' 심장이 두방망이질 친다. 우리의 여정은 여기서 끝나는 모양이다.

오래전 아버지가 했던 경고가 머릿속을 맴돈다. '마법 앞에선 절대 이길 수 없다.' 마법 앞에선 힘을 쓸 수 없다.

마법 앞에선 죽을 수밖에…….

"이곳의 예전 모습을 봤어요." 제일리가 급하게 입을 연다. "높은 탑과 사원들, 그리고 아저씨 같은 센타로들이 보였어요."

사내가 천천히 팔을 내린다. 제일리의 말이 효과가 있었던 모양이다. 제일리는 꿀꺽 침을 삼킨다. 나는 그 애가 부디 적절한 얘기를 하게 해 달라고 하늘에 기도한다.

"그들이 와서 사랑하는 것을 죄다 파괴했다는 거 알아요. 저와 같은 모습의 사람들 수천 명이 똑같은 일을 당했죠." 제일리의 목소리가 갈라지자 나는 눈을 감는다. 뒤에 있는 제인의 몸에도 힘이 들어산다. 세일리가 말하는 그들이 누구인지 깨닫고 목이 바들어 진다. 내 생각이 맞았다.

아버지가 이곳을 파괴했다.

나는 돌무더기와 갈라진 해골들, 제일리의 괴로운 눈빛을 떠올린다. 불타 버린 평화로운 일로린의 마을도. 제인의 얼굴에 흐르던 눈물도.

빈타의 손에서 쏟아져 나오던 빛의 폭포가 기억 속을 파고든다. 햇살보다 더 아름다웠던 그 빛. 아버지가 빈타를 죽이지 않았더라면 나는 지금쯤 어디에 있을까? 아버지가 이 마자이들에게 기회를 주었더라면 지금 오리샤는 어떤 모습일까?

수치심이 가차 없이 나를 때려 대자 내 안으로 기어들고 싶어진다. 사내가 다시 두 팔을 올린다.

나는 눈을 꼭 감고 고통을 각오하지만…….

밧줄이 엷은 대기 속으로 사라진다. 우리의 물건들이 다시 우리 옆에 나타난다.

나는 여전히 그 마법에 얼이 빠져 있는데 이 신비로운 사내가 지팡이를 짚고 걸음을 옮긴다. 우리가 일어나자 그가 지시한다.

"따라오너라."

18

마법을 되살릴 마지막 기회

제일리

소낙이 새겨신 벅번에서 붙이 톡톡 빌어신나. 우리는 잎서 사는 이의 율동적인 지팡이 소리를 들으며 산의 한가운데로 깊숙이 들어간다. 거친 돌벽에 늘어선 금색 양초들에서 불빛이 부드럽게 타오르며 어둠을 밝힌다. 차가운 돌바닥을 걸으면서 나는 그 사내를 바라본다. 센타로가 눈앞에 있다니 여전히 믿기지 않는다. 대습격 전에는 열 개의 마자이족 지도자들만이 이생에서 센타로를 만날 수 있었다. 이 이야기를 들려주면 마마 아그바는 의자에서 나가떨어질 것이다.

나는 아마리를 슬쩍 밀어 내고 센타로에게 더 가까이 걸어가 뒷목에 그려진 상징들을 살펴본다. 그가 걸음을 옮길 때마다 그 상징들이 피부를 따라 물결치듯 움직이며 불꽃의 그림자와 함께 춤춘다.

"센바리아라고 한단다." 내가 보는 걸 어떻게 알았는지 남자가 설명하기 시작한다. "헤아릴 수 없이 오래된 신들의 언어지."

'보기엔 정말 그런 것 같군.' 나는 앞으로 상체를 기울여 언젠가 살아 있는 요루바어가 될 그 상징들을 들여다본다. 우리가 마법을 부릴 때 사용하게 될 언어디.

"아름답네요."

내 말에 남자는 고개를 끄덕인다.

"하늘 어머니가 창조하는 것들은 늘 아름답지."

아마리가 말하려고 입을 열다가 그만두기로 한 듯 얼른 다시 다문다. 저 애가 걸음을 옮기며 역사상 가장 강력한 마자이들만이 볼 수 있는 광경에 감탄하는 모습을 보니 속이 복작거린다.

아마리는 목을 가다듬고 잠시 무언가를 생각하는가 싶더니 이번엔 드디어 목소리를 낸다. "실례지만, 이름이 있나요?"

센타로는 뒤돌아보고 콧잔등을 찌푸린다. "이름 없는 사람도 있나."

"아, 저는 그런 뜻이 아니라……."

"레칸." 그가 아마리의 말을 끊는다. "올라미레칸."

그 음절 하나하나가 나의 머릿속 깊은 곳을 간질인다. 나는 그 이름을 되뇐다. "**올라미레칸** 나의 부가…… 늘었다?"

레칸은 내게로 고개를 돌린다. 그의 흔들림 없는 눈이 내 영혼까지 꿰뚫어 보는 듯하다. "우리 언어를 기억하니?"

나는 고개를 끄덕인다. "조금요. 어릴 때 엄마가 가르쳐 주셨어요."

"어머니가 사령술사였니?"

나는 놀라 입을 떡 벌린다. 겉모습만으로 마자이의 능력을 알 수는 없다.

"어떻게 아셨어요?" 내가 묻는다.

"느낄 수 있단다. 진한 사령술사의 피가 네 핏줄 속에 흐르고 있거든." 레칸이 대답한다.

"그럼 마자이나 신성자가 아닌 사람들의 마법도 느낄 수 있나요?" 문득 왕자가 떠올라 나는 불쑥 묻는다. "코시단의 핏줄에도 마법이 흐를 수 있어요?"

"우리 센타로들은 그런 구분을 하지 않는단다. 신들은 무엇이든 할 수 있거든. 중요한 건 하늘 어머니의 뜻이야."

그는 답보다 더 많은 의문을 안기며 다시 돌아선다. 왕자가 두 손으로 내 목을 움켜쥐는 데에는 하늘 어머니의 어떤 뜻이 개입했을까?

나는 머릿속에서 왕자를 밀어 내고 계속 걸음을 옮긴다. 긴 굴을 따라 꼬박 1킬로미터는 들어왔다고 생각할 무렵 레칸이 산을 파서 만든 컴컴하고 널찍한 돔형 공간으로 우리를 안내한다. 그가 아까처럼 엄숙하게 두 손을 올리자 대기에서 영적인 기운이 윙윙거린다.

"**이몰레 아원 오리샤.**" 그의 입에서 요루바어 주문이 물처럼 흘러나온다. "**탄 시 미 니 키아 바이. 탄 이몰레 시 이파세 아원 아모 레!**"

아까 우리의 횃불이 그랬듯 벽에 늘어선 촛불들이 일제히 꺼진다. 그러나 잠시 후 불꽃들이 다시 일어나며 돌담 구석구석에 빛을 드리운다.

"세상에……."

"아아……."

"신들이여……."

우리는 감탄하며 그 안으로 들어간다. 말문이 막힐 만큼 웅장한 벽화들이 내부를 장식하고 있다. 열 명의 신과 마자이족들, 그 밖의 갖가지 요소들을 묘사한 화려한 그림들이 암벽을 뒤덮고 있다. 대습격 전에 신들을 표현한 그림들이 있었다. 그런 태피스트리 가운데 일부는 이제 숨겨 놓고 어둠이 내려앉은 뒤에만 꺼내 보기도 하지만 어쨌든 그 조야한 작품들과는 비교가 되지 않는다. 그런 그림들이 가물거리는 햇살이라면 이 벽화들은 태양 그 자체다.

"이게 뭐예요?" 아마리가 속삭이며 그 그림들을 한꺼번에 보려는 듯 빙글빙글 돈다.

레칸이 우리에게 손짓하자 나는 휘청거리는 아마리를 잡아 데려간다. 레칸은 두 손을 암벽에 갖다 대며 대답한다. "신들의 기원을 보여 주는 거란다."

그의 금빛 눈에서 불꽃이 튀더니 그의 손바닥에서 환한 기운이 나와 벽을 타고 흘러간다. 그 빛이 그림으로 이동하자 그림이 빛을 발하며 그 안의 형상들이 서서히 살아난다.

"하늘이여." 아마리가 내 손목을 잡으며 중얼거린다. 마법과 빛이 만개하면서 그림 속의 인물들이 하나하나 살아나 우리 눈앞에서 움직이고 있다.

"태초에 우리의 하늘 어머니는 하늘과 땅을 창조하고 어둠이 가득한 곳에 생명을 불어넣었다." 노부인의 손바닥에서 환한 빛이 소용돌이쳐 나온다. 아까 1층에서 본 그 석상과 똑같은 모습의 여인이다. 보라색 가운이 비단처럼 이 기품 있는 여인을 감싸면서 새로운 세상이 소생하기 시작한다. "하늘 어머니는 땅에 인간을, 그러니까 피와 뼈로 이뤄진 자식들을 창조하셨지. 그리고 하늘엔 남신들과 여신들을 낳으셨어. 이 신들은 제각기 하늘 어머니의 영혼을 한 조각씩 구현하게 된단다."

엄마에게 이미 들었던 이야기지만 그때는 실제 있었던 일이라고 느껴지지 않았다. 우화와 신화로만 여겨졌던 이야기가 역사로 바뀌고 있다. 우리는 눈을 크게 뜨고 입을 벌린 채 인간들과 신들이 한꺼번에 하늘 어머니에게서 나오는 광경을 바라본다. 인간들은 갈색의 땅으로 떨어지고 갓 태어난 신들은 허공으로 떠올라 구름들 속으로 들어간다.

"하늘 어머니는 당신의 모습으로 만들어진 이 자식들을 모두 사랑했단다. 우리 모두가 연결되도록 신들에게 재능을 나눠 주었고 첫 마자이들이 태어났지. 신들은 저마다 하늘 어머니의 일부를 나눠 가졌어. 땅의 인간들에게 선물할 마법이었지. 예모야는 하늘 어머니의 눈에서 흘러나오는 눈물을 받고 바다의 여신이 되었단다."

검은 피부의 눈부신 여신이 새파란 눈에서 이 세상으로 눈물 한 방울을 떨어뜨린다. 그것이 땅에 닿으면서 폭발적으로 불어나 바다와 호수, 시내를 이룬다.

"예모야는 자신의 인간 형제자매들에게 물을 가져다주고 숭배자들에게 물의 생명을 통제하는 법을 가르쳐 주었어. 예모야의 제자들은 이 자매 신과 함께 열심히 공부한 끝에 바다를 지배할 수 있게 되었지."

'파도술사의 탄생이야.' 문득 떠오른다. 머리 위에 그려진 오미족 사람들이 능숙하게 물을 움직이며 춤추게 한다.

레칸은 계속해서 다른 신과 마자이족의 그림들을 둘러보며 그 하나하나의 기원을 설명해 준다. 하늘 어머니의 심장에서 나온 불을 받아 화염술사를 만든 샹고, 하늘 어머니의 숨결에서 나온 바람을 받아 바람술사를 만든 아야오. 그렇게 아홉 신을 모두 살펴본 뒤 이제 하나만 남았다.

레칸이 계속해서 설명해 주길 기다리는데 그가 기대에 찬 눈으로 나를 돌아본다.

"제가요?" 나는 앞으로 나간다. 레칸의 자리에 서자 손에 땀이 난다. 내가 가장 잘 아는 이야기다. 엄마가 수없이 들려준 탓에 오빠조차 줄줄 외울 정도다. 그러나 어릴 때는 그저 신화인 줄 알았다. 어른들이 어린이들을 위해 만들어 낸 허무맹랑한 옛날이야기에 불과했다.

이제 그것이 난생처음 나의 삶과 직결되는 실제 이야기로 느껴진다.

나는 설명을 시작한다. "오야는 다른 형제자매들과 달리 마지막까지 기다리는 쪽을 택했어요. 다른 신들처럼 하늘 어머니의 일부를 물려받기보다는 직접 하늘 어머니에게 요구했죠."

나는 강인하고 눈부시게 묘사된 그림 속의 내 자매 여신이 바람처럼 우아하게 움직이는 모습을 지켜본다. 흑요석 같은 피부색의 이 아름다운 여인은 붉은 가운을 바람처럼 휘날리며 자신의 어머니 앞에 무릎을 꿇는다. 숨이 멎는 광경이다. 검은 피부 속에 폭풍을 담은 듯 그녀의 태도에선 힘이 넘친다.

내가 계속해서 말을 잇는다. "인내와 지혜를 보여 준 오야에게 하늘 어머니는 생을 지배하는 능력을 주었어요. 하지만 오야가 숭배자들에게 이 재능을 나눠 주면서 그 능력은 죽음을 지배하는 힘으로 바뀌었죠."

이쿠족 사령술사들이 치명적인 능력을 과시하자 내 심장이 빠르게 뛰기 시작한다. 나도 저런 마자이가 될 수 있었다. 그림 속에서 그들의 그림자와 영혼이 솟아오른다. 이들은 사령들의 군대를 이끌고 재의 폭풍을 일으키며 생을 파괴한다.

그 마법의 광경을 보자 이바단에서 살던 시절이 떠오른다. 당시 새로 선출된 원로들은 우리의 사령술사 마자이족 앞에서 기량을 펼쳐 보여야 했다. 엄마가 선출되었을 때 검은 사령들이 엄마의 몸을 휘감는 광경은 굉장했다. 엄마 주위에서 춤추던 그 사령의 그림자들은 무시무시하면서도 한편으론 놀랍도록 매혹적이었다.

그 장면을 보면서 나는 앞으로 평생 그토록 아름다운 장면은 다시 볼 수 없을 거라 생각했다. 그저 언젠가 나도 엄마처럼 사령술사가 되기를 바랄 뿐이었다. 엄마가 나를 보며 그때 내가 느낀 자부심을 반만이라도 느낄 수 있다면 다행이라고 생각했었다.

"죄송해요." 목이 메어 온다. 레칸은 금세 내 마음을 이해하는 듯하다. 그는 고개를 끄덕이며 앞으로 나와 내 이야기를 이어받는다.

"오야는 모든 자식들이 이 굉장한 힘을 제대로 다룰 수 있는 건 아니라는 사실을 처음으로 깨달은 신이었지. 그래서 자신의 어머니처럼 인내와 지혜를 보여 준 이들만 선별해서 그 능력을 나눠 주기 시작했단다. 이후 다른 형제자매 신들도 오야를 따라 하면서 마자이 인구가 줄기 시작했어. 이 시대에 이르러 마자이는 모두 하늘 어머니의 모습을 본따 하얗고 꼬불거리는 곱슬머리를 갖게 되었지."

나는 곧게 뻗은 내 머리카락을 귀 뒤로 넘긴다. 뺨이 화끈거린다. 지혜는 몰라도 내가 인내를 가졌다고 생각하는 신은 저 위에 하나도 없을 것이나.

레칸이 이 아름다운 벽화의 마지막 그림으로 시선을 돌린다. 몸에 하얀 상징들을 그려 넣은 남녀들이 무릎을 꿇고 숭배하고 있다.

"이 땅에서 신들의 뜻을 보호하기 위해 하늘 어머니는 나 같은 센타로들을 만드셨어. 마말라워의 지도 아래 우리 센타로는 하늘 어머니의 영혼과 땅에 있는 마자이들을 연결해 주는 영적 수호자의 역할을 한단다."

그는 잠시 말을 멈춘다. 그림 속에서 한 여자가 한 손에는 상아색 단검을, 다른 손에는 빛나는 돌을 든 채 센타로들 위로 올라가고 있다. 이 여인은 자기 형제자매들처럼 가죽 가운을 걸쳤지만 마말라워의 표시로 머리에 화려한 왕관을 쓰고 있다.

"손에 든 게 뭐예요?" 내가 묻는다.

"뼈로 만든 단검이란다." 레칸은 가운 속에서 그 단검을 꺼내며 말을 잇는다. "첫 센타로의 뼈를 깎아 만든 신성한 유물이지." 단검은 연푸른빛 속에 담가 놓은 듯 얼음처럼 서늘한 기운 을 내뿜 는다. 레칸의 팔에 새겨진 센바리아가 칼자루에 닿아 환하게 빛난다.

"이 칼을 쓰는 자는 그 전에 이것을 사용한 모든 이의 생명력으로 부터 힘을 끌어낼 수 있단다. 마말라워의 오른손에 들려 있는 건 일장석이야. 하늘 어머니의 영혼의 한 조각, 살아 있는 조각이지. 하늘 어머니의 영혼을 품은 저 돌이 하늘 어머니를 이 세상과 연결해 마법이 살아있게 해 준단다. 백년에 한 번 우리의 마말라워는 저 돌과 이 단검, 그리고 두루마리를 갖고 신성한 사원으로 가서 결속의 의식을 치렀단다. 마말라워는 이 단검으로 자신의 피를 내고 저 돌에 채워진 힘을 사용해 신들과 센타로들의 영적인 피의 연결이 유지되도록 봉인했지. 우리의 혈통이 살아 있는 한 마법도 살아 있었어."

벽화 속의 마말라워가 주문을 외자 그녀의 말이 상징으로 변해 벽에서 춤을 춘다. 상아색 단검에서 그녀의 피가 떨어진다. 일장석의 광채가 벽화 전체를 빛으로 에워싼다.

"그게 이유였던 겁니까?" 오빠가 꼿꼿이 서서 멍한 눈으로 벽화를 응시하며 다시 묻는다. "마말라워가 의식을 치르지 않아서? 그래서 마법이 죽은 거예요?"

그는 **마법**이라고 했지만 내 귀에는 **엄마**로 들린다. 그래서 엄마가 무력해진 것이다. 그래서 왕이 엄마를 끌고 간 것이다.

레칸의 눈에서 불꽃이 사라지고 그림들이 생명력을 잃는다. 벽화의 마법이 순식간에 사그라지며 평범하고 밋밋한 그림으로 돌아온다.

"마자이 학살, 너희가 **대습격**이라고 부르는 그 사건은 우연히 일어난 게 아니다. 내가 순례를 떠나기 전에 너희들의 왕이 찬돔블레의 사원들을 찾아와 숭배하는 척하더구나. 사실 그때 사란 왕은 신들에게 맞설 무기를 찾고 있었던 거야." 레칸은 우리에게 얼굴이 보이지 않도록 몸을 돌린다. 팔에 새겨진 상징들만 보일 뿐이다. 촛불의 불빛 속에서 그가 슬픔에 빠진 듯 어깨를 늘어뜨리자 상징들도 작아지는 듯 보인다. "그는 그 의식에 대해 알게 되었지. 오리샤의 마법이 센타로들의 피에 달려 있다는 사실을 알게 되었어. 내가 돌아와 보니 사란은 이미 우리 센타로들을 다 처단하고 하늘 어머니와의 연결을 끊어 이 땅의 마법을 말살해 버렸더구나."

아마리가 손으로 입을 막는다. 장밋빛 두 뺨에 조용히 눈물이 흘러내린다. 한 인간이 어떻게 그토록 잔인할 수 있을까. 그런 사람이 내 아버지라면 기분이 어떨까.

레칸이 다시 우리를 돌아본다. 순간 나는 그가 헤아릴 수 없는 외로움과 고통에 빠져 있다는 사실을 깨닫는다. 대습격 이후 내게는 그래도 오빠와 아빠가 있었다. 그에게는 해골들만 남았다. 송장들과 침묵하는 신들만 남았다.

"사란은 단계적으로 학살을 시행했지. 이곳에서 우리 센타로들이 피를 흘리고 마법이 사라지고 나자 위병들에게 너희 마자이들을 죽이라고 지시했어."

나는 눈을 감고 불과 피로 얼룩진 대습격의 광경을 떨쳐 버리려 애쓴다. 위병에게 팔이 부러져 울부짖던 아빠의 모습. 목에 감긴 검은 마자사이트 사슬을 움켜쥐던 엄마의 모습. 끌려가는 엄마를 보며 비명 지르던 나의 모습도.

오빠가 소리친다. "센타로들은 왜 아무것도 하지 않았죠? 왜 그를 막지 않았어요?"

나는 오빠의 어깨에 손을 얹고 힘을 주어 다독인다. 나는 우리 오빠를 안다. 그의 고함은 고통을 감추기 위한 것임을 나는 알고 있다.

"센타로의 임무는 인간의 생명을 보호하는 것이다. 그것을 빼앗는 건 우리에게 허용된 일이 아니야."

우리는 한동안 잠자코 서 있다. 아마리가 훌쩍거리는 소리만이 정적을 메운다. 벽화를 바라보며 나는 우리를 억압하기 위해 앞으로 얼마나 더 많은 일이 자행될지 깨닫기 시작한다.

"하지만 이제 마법이 돌아온 거죠?" 아마리가 눈물을 닦으며 묻는다. 오빠가 자기 망토 자락을 찢어 아마리에게 건네지만 그의 자상한 태도가 오히려 눈물을 더 끌어내는 듯 보인다. 아마리가 계속 말을 잇는다. "그 두루마리로 제일리와 마마 아그바의 마법이 돌아왔어요. 제 친구도 마자이로 변했고요. 그 두루마리를 오리샤의 모든 신성자에게 가져다주면 되는 것 아닌가요?"

"사란이 센타로들을 학살했을 때 마자이와 신들의 오랜 연결은 완전히 끊어졌어. 그 두루마리로 마법이 돌아온 건 그것이 순간적으로 신들과 연결되게 해 주기 때문이란다. 하지만 영구적으로 다시 신들과 연결되어 마법을 영원히 되돌려 놓기 위해선 신성한 의식을 치러야 한다." 레칸은 경건하게 두루마리를 꺼내며 말을 잇는다. "나는 수년 동안 그 세 가지 성물을 찾아다녔는데 번번이 실패했단다. 뼈 단검은 간신히 찾았지만 가끔은 사란이 나머지 두 개를 파괴한 게 아닐까 걱정했었지."

그러자 아마리가 말한다. "파괴할 수 없는 것 같아요. 제 아버지가 총사령관에게 그 두루마리와 일장석을 제거하라고 지시했지만 총사령관은 그러지 못했어요."

"그 총사령관이 실패한 건 인간의 손으론 성물들을 파괴할 수 없기 때문이야. 그 성물들은 마법을 통해 생명을 얻었다. 그러니 마법을 통해서만 죽을 수 있지."

"그럼 우리가 할 수 있는 거예요? 마법을 되찾을 수 있어요?" 내가 다그쳐 묻는다.

레칸은 처음으로 미소를 보여 준다. 그의 금빛 눈에서 희망이 반짝거린다. "그 의식은 백 년에 한 번 하지에 치르는데 지금 그 하지가 다가오고 있어. 하늘 어머니가 인간에게 재능을 선물하고 열 번째로 맞이하는 백년제 하지지. 우리의 잘못을 만회할 수 있는 마지막 기회란다. 마법을 되살릴 수 있는 마지막 기회야."

"어떻게 되살립니까? 무얼 어떻게 해야 하죠?" 오빠가 묻는다.

레칸은 두루마리를 펼치더니 그 상징들과 그림들을 해석하기 시작한다. "백년제 하지가 되면 오리니언해 북쪽 해안에 신성한 섬이 나타난단다. 우리 신들의 사원이 있는 곳이지. 이 두루마리와 일장석, 뼈단검을 그리로 가져가서 이 두루마리에 적힌 고대 주문을 외워야 해. 그 의식을 치르고 나면 우리는 피의 기반을 새로이 다져 신들과의 연결을 회복하고 앞으로 백 년 동안 다시 마법을 쓸 수 있게 된단다."

"그럼 모든 신성자가 마자이가 되는 거예요?" 아마리가 묻는다.

"그 백년제일을 넘기기 전에 의식을 치르기만 하면 열세 살이 넘은 신성자는 모두 마자이로 변할 거야."

'백년제일이라…….' 나는 속으로 되뇌며 그때까지 남은 시간을 계산해 본다. 마마 아그바의 여름 졸업은 해마다 타이거피시 수확기를 지나 달이 초승달일 때 이뤄진다. 하지가 다가오고 있다면…….

오빠가 소리친다. "잠깐. 그럼 한 달도 안 남았잖아요!"

"뭐?" 내 가슴이 답답해진다. "놓치면 어떻게 돼요?"

"놓치면 오리사에신 두 번 다시 마법을 볼 수 없어."

마치 이 산에서 밀려 떨어진 듯 가슴이 덜컥 내려앉는다. '한 달? 한 달 안에 못 하면 영원히 끝난다고?'

오빠가 절레절레 고개를 젓는다. "하지만 벌써 마법이 돌아오고 있잖아요. 두루마리와 함께 돌아왔어요. 모든 신성자들이 이걸 만지게 해 주면……."

"그걸로는 안 돼." 레칸이 그의 말을 자른다. "그 두루마리는 신성자들을 하늘 어머니와 연결해 주지는 않는다. 자매 신하고만 연결해 주지. 의식을 치르지 않으면 마법은 백년제일을 넘기지 못해. 마자이와 하늘 어머니 사이의 연결을 복원하는 것, 그게 유일한 방법이란다."

오빠가 지도를 꺼내자 레칸은 신성한 사원이 나타나는 곳까지 가는 길을 설명해 준다. 나는 그곳이 그리 멀지 않기를 기도하지만 오빠의 눈이 튀어나올 듯하다.

"잠깐만요." 아마리가 두 손을 들어 올린다. "두루마리와 뼈 단검은 있는데, 일장석은 어디 있어요?" 아마리는 기대에 찬 눈으로 레칸의 가운을 보지만 그 안에서 반짝이는 돌은 나타나지 않는다.

"그 돌이 처음 와리 해안에 떠밀려 온 뒤로 나는 그곳에서부터 줄곧 추적을 했단다. 단서를 쫓아 이베지로 가서 찾던 중에 어쩐지 이리로 돌아와야 한다는 느낌이 들더구나. 너희들을 만나려고 그랬던 모양이야."

"그럼 그 돌은 지금 없어요?" 내가 묻는다.

레칸이 고개를 젓자 오빠가 폭발한다. "그럼 어떻게 합니까? 거기까지 가는 데만도 꼬박 한 달이 걸릴 텐데!"

그 대답이 저 벽화들만큼이나 뚜렷해진다. 신성자들은 마자이가 될 수 없다. 영원히 사란의 지배를 받을 것이다.

"도와주실 거죠?"

아마리가 묻자 레칸은 고개를 끄덕인다.

"내가 도울 수는 있어. 하지만 한계가 있지. 우리의 마말라워는 여자만 될 수 있단다. 나는 의식을 치를 수 없어."

그러자 아마리가 다그친다. "그래도 하셔야 해요. 유일하게 남은 센타로라면서요!"

레칸은 고개를 젓는다. "그렇게는 안 된다. 센타로는 마자이와는 달라. 마자이는 핏속에 신들과의 연결을 타고난 존재잖니. 그 의식을 치르려면 하늘 어머니와 연결되어야 한다."

"그럼 누가 할 수 있어요?"

레칸은 무거운 눈으로 나를 본다. "마자이. 신들과 연실되어 있는 사."

나는 레칸의 말을 얼른 이해하지 못한다. 그러나 그것을 깨닫는 순간 실소를 금치 못한다.

"하늘 어머니가 사란의 자식을 통해 네게 그 두루마리를 전해 주었다면 그분의 뜻은 아주 분명한 셈이지."

'그분의 뜻이 틀렸어요.' 나는 이렇게 소리치고 싶다. 나는 마자이를 구할 수 없다. 내 몸 하나 챙기지 못한다.

"레칸, 아니에요." 나는 아마리가 시장에서 처음 나를 붙잡았을 때처럼 뱃속이 울렁거린다. "저는 그렇게 강하지 않아요. 마법은 한 번도 해 본 적이 없고요. 그 두루마리는 나를 오야하고만 연결해 준다면서요. 저 역시 하늘 어머니와 연결되어 있지 않잖아요!"

"그건 내가 바꿀 수 있어."

"그럼 본인을 바꾸시면 되잖아요. 제인 오빠를 바꾸시던가요!" 나는 오빠를 앞으로 민다. 차라리 아마리가 나보다 나을 것이다.

그러나 레칸은 내 손을 잡고 계속해서 돔을 통과해 앞으로 나아간다. 나는 반박하려 하지만 그가 선수를 친다.

"신들은 실수하지 않는다."

✳

또 다른 돌계단을 오르자 이마에 구슬땀이 맺힌다. 우리는 끝없는 계단을 지나 산 정상으로 올라가고 있다. 한 걸음 내딛을 때마다 마음이 복작거리며 갖가지 실패의 요인이 떠오른다.

'일장석이 있다면 가능할 수도 있겠지만……'

'근위대가 우리를 뒤쫓고 있지 않다면……'

'레칸이 이 잘난 의식을 다른 사람에게 맡긴다면……'

실패할 생각에 가슴이 답답해지고 숨이 막혀 온다. 아빠의 일그러진 미소, 희망 가득한 눈이 다시 떠오른다. '마법이 없으면 그들은 절대 우리를 존중하지 않을 거야.'

우리는 이 의식을 **치러야** 한다. 그것은 우리의 유일한 희망이다. 의식을 치르지 않으면 우리는 절대 힘을 되찾을 수 없다.

왕은 언제까지고 우리를 마귀 취급할 것이다.

"다 왔다."

마침내 계단이 끝나고 우리는 희미해져 가는 햇살 속으로 나간다. 레칸은 산 정상에 우뚝 솟은 반짝이는 돌 첨탑으로 우리를 이끌고 간다. 우리가 처음에 들어간 사원보다 한참 더 위쪽으로 올라왔다. 갈라진 타일 두세 개로 입구가 표시되어 있긴 하지만 이쪽은 대체로 손을 타지 않았다. 우아한 활 모양으로 휘어진 높은 기둥들이 구조물을 떠받치고 있다.

"와!" 나는 탄성을 내뱉으며 기둥마다 새겨진 센바리아를 손으로 훑어본다. 아치들 사이로 스며드는 희미한 햇살에 상징들이 환하게 빛난다.

"여기야." 레칸은 이 첨탑 안에 유일하게 설치된 물건을 가리킨다. 흑요석 욕조에 담긴 맑고 푸른 물에서 모락모락 김이 피어오른다. 불꽃은 보이지 않는데 그가 다가가자 액체가 부글부글 끓기 시작한다.

"이게 뭐예요?"

"네 힘을 깨우려는 거야. 이 각성 의식을 치르고 나면 네 영혼은 하늘 어머니의 영혼과 다시 연결된단다."

"그렇게 할 수 있어요?" 아마리가 묻는다.

고개를 끄덕이는 레칸의 입가에 희미한 미소가 떠오른다. "그게 센타로의 임무였지. 평생 훈련을 받았단다." 그가 두 손을 모아 쥐더니 그의 눈이 초점 없이 흐릿해진다. 그러나 곧 오빠와 아마리를 보고 자세를 바꾼다.

그는 둘에게 말한다. "너희는 나가 있어야 해. 너희를 여기까지 데려온 것만 해도 난 이미 수백 년의 전통을 깼어. 우리의 가장 신성한 의식을 너희에게 보여 주는 건 금지된 일이다."

"어림없는 소리." 오빠는 근육을 불끈거리며 내 앞을 막아선다. "내 동생을 여기 혼자 두고 나가진 않을 겁니다."

그러자 아마리가 속삭인다. "제인은 여기 있어야지. 나는 이걸 볼 자격이 없……"

"아니." 오빠는 돌계단을 내려가려는 아마리의 앞으로 손을 뻗어 막는다. "그냥 있어. 우리가 없으면 의식도 없어."

레칸은 못마땅한 듯 입술을 오므린다. "나가지 않을 거라면 비밀을 꼭 지켜야 한다."

오빠는 손을 내젓는다. "맹세해요. 절대 얘기하지 않을게요."

그러자 레칸이 경고하듯 말한다. "그 맹세를 가볍게 여겨선 안 돼. 죽은 자들은 그러지 않을 거야."

레칸이 매서운 눈으로 아마리를 돌아보자 아마리는 그 눈에 녹아내리는 듯하다. 그제야 레칸은 체념하고 흑요석 욕조의 가장자리를 잡는다. 그의 손이 닿자 금세 물이 부글거린다.

나는 그 욕조로 다가간다. 목이 바싹 타들어 가고 김이 올라와 내 얼굴을 뒤덮는다. 오야, 도와주세요. 나는 생선 한 마리를 팔려 해도 우리 마을 전체를 파괴해 버리는 아이다. 내가 어떻게 마자이의 유일한 희망이란 말인가?

"하겠다고는 했지만 다른 사람을 찾으셔야 할 것 같아요."

레칸은 짜증을 억누른다. "하늘 어머니가 너를 이리로……."

"부탁이에요, 레칸. 정말이에요. 다른 사람이 또 있을 거예요."

레칸은 혀를 차며 나를 욕조로 데려간다. "알았다." 그가 수긍한다. "하지만 먼저 너부터 깨워야 해."

나는 머뭇머뭇 욕조 안으로 들어간 뒤 천천히 미끄러져 내려가 머리만 내놓고 온몸을 물에 담근다. 주위에 옷이 떠오르고 따뜻한 열기가 팔다리를 풀어 주며 오늘 하루 등반의 피로를 날려 준다.

"시작하지."

레칸은 내 오른손을 잡고 가운 자락에서 뼈 단검을 꺼낸다.

"신적 능력을 풀어내려면 우리에게 가장 신성한 것을 희생해야 한다."

"피의 마법을 사용하는 겁니까?" 오빠가 겁에 질려 뻣뻣해진 몸으로 나를 향해 걸어오며 묻는다.

레칸이 대답한다. "그래. 하지만 네 동생은 안전할 거야. 내가 적절히 조절할 테니까."

엄마가 처음 피의 마법을 사용하고 힘없이 늘어졌던 모습을 떠올리자 맥박이 빨라지기 시작한다. 엄청난 위력이 엄마의 근육을 갈기갈기 찢어 놓았다. 치료술사들의 도움을 받고도 꼬박 한 달이 지나서야 엄마는 다시 걸을 수 있었다.

엄마가 그런 위험을 감수한 것은 어린 오빠가 익사할 뻔한 탓이었다. 그 희생으로 오빠는 살아났지만 엄마는 죽을 뻔했다.

"안전할 거야." 내 마음을 읽은 듯 레칸이 나를 안심시킨다. "마자이가 피의 마법을 쓰는 것과는 다르단다. 센타로는 적절히 조절할 수 있거든."

나는 고개를 끄덕이지만 여전히 막연한 두려움이 목에 가시처럼 걸려 있다.

레칸이 말한다. "미안하다. 좀 아플 거야."

그가 내 손바닥을 베자 나는 숨을 훅 들이마시며 이를 악물고 쓰라림을 참는다. 피가 나오기 시작한다. 그 피가 하얗게 빛나자 나의 통증은 충격으로 바뀐다.

피가 물속으로 떨어지면서 내 안의 무언가가 빠져나가는 느낌이 든다. 단순히 벤 상처보다 더 깊은 무언가. 빨간 핏방울들이 맑고 푸른 액체를 하얗게 변화시킨다. 피가 떨어질수록 물은 더 강렬하게 끓어오른다.

"이제 긴장을 풀어라." 레칸의 우렁찬 목소리가 부드럽게 변한다.

가물가물 눈이 감긴다. "머리를 비우고 심호흡을 해. 세속 떠인 것들을 놓아야 한다."

나는 반박하고 싶지만 꾹 참는다. 무수히 많은 세속의 끈들이 나를 붙잡고 있다. 일로린의 불길이 내 마음을 핥아 대고 비시의 비명이 귓전을 맴돈다. 왕자의 두 손이 내 목을 감는다. 그러곤 움켜쥔다. 점점 더 세게.

그러나 뜨거운 물에 몸이 적셔지면서 긴장이 풀어지기 시작한다. 아빠의 안전…… 왕자의 분노…… 그 모든 짐이 하나씩 가라앉는다. 그 모든 것이 나를 그 물속에 남겨 두고 떠난다. 결국엔 엄마의 죽음마저 수증기와 함께 날아가는 듯하다.

레칸이 나를 다독인다. "좋아. 네 영혼이 정화되고 있다. 좀 이상한 기분이 들어도 내가 곁에 있다는 걸 잊지 마라."

그는 내 이마에 한 손을 얹고 또 한 손을 나의 배에 얹은 뒤 주문을 외운다. "**오모 마마, 아라빈린 오야. 시 에분 이에비에 레. 투 이단 미모 레 실레.**"

이상한 힘이 내 피부를 휘감는다. 물이 더 강렬하게 끓어오르면서 그 열기에 숨이 가빠진다.

"**오모 마마……**"

'하늘 어머니의 딸.' 나는 머릿속으로 되뇐다.

"**아라빈린 오야……**"

'오야의 자매.'

"**시 에분 이에비에 레……**"

'당신의 귀한 재능을 드러내소서.'

"**투 이단 미모 레 실레.**"

'당신의 성스러운 마법을 풀어내소서.'

머리 위의 공기가 윙윙 울리며 타닥거린다. 이렇게 강한 기운은 처음 느껴 본다. 왕자의 마법보다도 강렬하고 그 두루마리를 처음 만졌을 때의 충격과도 비교되지 않는다. 손끝이 따뜻해지면서 하얀빛이 뻗어 나간다. 레칸이 주문을 외는 사이 그 힘이 혈관으로 퍼져 나가 나의 피부 속에서 혈관들이 빛을 발한다.

"오모 마마, 아라빈린 오야……"

그의 목소리가 점점 커지면서 나의 몸이 더 격렬하게 반응한다. 레칸이 내 머리를 물속에 집어넣자 마법이 온몸의 세포 하나하나로 뻗어 나가며 고동친다. 머리가 욕조 바닥에 닿자 목에서 완전히 다른 차원의 공기가 느껴진다. 이제야 마마 아그바의 말을 이해할 수 있을 것 같다.

난생처음 숨을 쉬는 기분이다.

"오모 마마……"

마법의 힘이 커지면서 피부 속에서 혈관들이 튀어나와 금방이라도 터질 듯 부풀어 오른다. 내 눈 속에서 붉은 천들이 내 주위를 휘감는 광경이 펼쳐진다. 그 천들이 파도처럼 부서지고 허리케인처럼 빙글빙글 돌아간다.

그 아름다운 혼돈에 넋을 놓고 있는데 얼핏 오야의 모습이 보인다. 불과 바람이 영혼들처럼 춤추며 그녀를 감싼다. 그녀의 붉은 비단 치맛자락처럼 빙글빙글 돌고 있다.

"아라빈린 오야……"

그 춤에 나는 넋을 잃는다. 춤이 내가 자각하지 못했던 내 안의 모든 것을 자극하고 있다. 불꽃처럼 내 몸을 뜨겁게 달구면서도 얼음처럼 피부를 차게 식히고 정처 없는 파도처럼 이리저리 흐른다.

물 위에서 레칸이 소리친다. "시 에분 이에비에 레! 투 이단 미모 레 실레!

마지막으로 해일이 몰려오듯 마법이 온몸 구석구석을 흐른다. 세포 하나하나에 그 흔적을 남기며 피를 물들이고 내 정신을 가득 메운다. 그 엄청난 힘 안에서 시작과 끝이 동시에 엿보인다. 우리 모두의 생을 잇는 끊을 수 없는 연결이다.

오야의 붉은 노여움이 나를 휘감는다.

하늘 어머니의 은빛 눈이 반짝거린다.

✳

"제일리!"

가물가물 눈을 떠 보니 오빠가 내 어깨를 흔들고 있다.

"괜찮아?" 그가 욕조 너머로 허리를 숙이며 묻는다.

고개를 끄덕이지만 말을 할 수 없다. 말이 나오지 않는다. 저릿한 느낌만이 남아 있다.

"일어날 수 있겠어?" 아마리가 묻는다.

나는 몸을 일으켜 욕조에서 나오려 하지만 일어나 앉는 순간 세상이 빙글빙글 돌아간다.

레칸이 지시한다. "가만히 있어라. 네 몸은 휴식이 필요해. 피의 마법은 생의 힘을 모두 소진케 하지."

'휴식', 내가 되뇐다. 우리에겐 그런 걸 누릴 시간이 없다. 레칸이 찾은 단서가 정확하다면 우리는 일장석을 찾으러 이베지로 가야 한다. 그 돌이 없으면 의식을 치를 수 없고 그러지 않아도 이미 시간은 부족하다. 백년제일까지 한 달도 채 남지 않았다.

"하룻밤은 쉬어야 한다." 나의 조바심을 읽은 듯 레칸이 다시 강조한다. "마법을 깨우는 건 새로운 감각을 얻는 것과 똑같아. 몸이 그 압박에 적응할 시간을 가져야 한다."

나는 고개를 끄덕이며 눈을 감고 차가운 암석에 몸을 기댄다. '내일 시작하자. 이베지로 가서 그 돌을 찾는 거야. 그런 다음 그 신성한 섬으로 가서 의식을 치르면 돼.'

그 계획을 거듭 되뇌며 그것을 자장가 삼아 잠을 청한다. '이베지. 일장석. 섬. 의식.'

시간이 가면서 까무룩 머릿속에 연한 어둠이 깔린다. 곧 잠에 빠질 것 같다. 거의 정신을 잃어 갈 무렵 레칸이 내 어깨를 잡고 일으켜 세운다.

그가 소리친다. "누가 오고 있어. 어서 일어나! 가야 한다!"

19

찬돔블레로

이난

'우리를 끌고 세상을 반 바퀴쯤 돌려는 모양이군……'

'대체 무얼 훔쳤는지 왜 얘기해 주지 않는 거야……'

'왕자랍시고 내가 이 벼랑에서 기꺼이 죽을 줄 아나 본데……'

"이난, 천천히 가세요!" 저 밑에서 카에아가 소리친다. 그것이 내 머릿속에서 들려오는 목소리가 아니라는 사실을 나는 얼른 깨닫지 못한다.

찬돔블레에 가까워질수록 머릿속의 목소리들이 점점 커진다.

'아아, 하늘이여.' 마치 머릿속에서 꿀벌들이 싸우고 있는 듯 위병들의 불평이 윙윙거린다. 막아 보고 싶지만 지금은 나의 저주를 억누를 여유가 없다. 조금만 한눈을 팔아도 이 벼랑에서 발을 헛디디기 십상이다.

마법이 내 안의 모든 것을 물어뜯고 있다. 병균처럼 나를 안에서부터 철저히 파괴하고 있다. 그래도 선택의 여지가 없다. 기운을 빼면 이 산을 오르지 못할 것이다.

지금은 그 어둠을 받아들이는 수밖에.

그 힘을 억누르려 할 때면 가슴이 타들어 가는 듯한 고통이 찾아온다. 낯선 생각이 뛰어들 때마다 소름이 돋는다. 다른 이의 감정이 머릿속을 스칠 때마다 입술이 일그러진다.

마법은 마치 뱀처럼 내 안에서 꿈틀거리고 있다. 천 마리의 거미가 온몸을 기어 다니는 것 같다. 갈수록 나를 갉아먹으려 한다. 어떻게든 내 안으로 파고들어 와……

순간, 휘청하며 발밑이 부서져 내린다.

산사태가 난 듯 발밑의 돌들이 굴러 떨어진다.

나는 신음하며 암벽에 몸을 납작 붙이고 발을 버둥거리며 다시 디딜 곳을 찾는다.

"이난!" 아래쪽 튀어나온 암석에서 카에아가 소리친다. 그녀의 외침은 도움은커녕 방해만 될 뿐이다. 내가 길을 탐색하는 동안 그녀는 탈짐승들과 병사들을 데리고 기다리고 있다.

몸이 흔들리면서 허리띠에 달린 주머니에서 밧줄과 부싯돌이 떨어져 나간다. 아마리의 머리 장식도 빠져나가기 시작한다.

'안 돼!'

위험천만하지만 더 빠져나가기 전에 얼른 왼손을 놓고 그것을 붙잡는다. 다시 발을 안전하게 딛고 나자 거부할 수 없는 기억이 새록새록 깨어난다.

"쳐, 아마리!"

아버지의 명령이 궁전 지하실의 돌벽에 우렁차게 울려 퍼졌다. 그 깊은 지하실에선 아버지의 명령이 곧 법이었다. 아마리는 작은 손을 떨며 버거운 쇠칼을 들어 올렸다.

아버지는 멍만 들 뿐 살을 베지 못하는 무딘 목검은 쓰지 못하게 했다. 그 쇠칼은 날카로웠다. 깔쭉깔쭉한 톱니 모양이었다. 세대로 내리치면 멍으로 끝나지 않을 게 분명했다.

우리는 피를 흘려야 했다.

"치라니까!" 아버지의 목소리는 우레와도 같았다. 아무도 거역할 수 없는 목소리. 그러나 아마리는 고개를 가로저었다. 그러곤 칼을 떨어뜨렸다.

칼이 요란하게 바닥에 닿는 소리에 나는 움찔 놀랐다. 잔인하고 날카로운 소리. 그 소리에 경멸이 담긴 듯했다.

'다시 집어!' 나는 이렇게 소리치고 싶었다.

적어도 아마리가 공격하면 나는 방어할 수 있었으니까.

"쳐라, 아마리."

아버지의 목소리는 돌벽마저 가를 듯 굵고 낮았다.

그러나 아마리는 몸을 웅크리고 등을 돌렸다. 얼굴엔 눈물이 흐르고 있었다. 아버지의 눈에는 한없이 나약한 모습이었다. 지금 생각하면 그것이 진정 강한 모습이었는지도 모른다.

아버지는 나를 돌아보았다. 가물거리는 횃불의 그림자 속에서 아버지의 얼굴은 어둡게 보였다.

"네 동생은 자신을 택했다. 왕이 될 너는 오리샤를 택해야 한다."

공기가 사라진 듯 숨이 막혔다. 벽이 죄어 오는 듯했다. 머릿속에서 아버지의 명령이 메아리쳤다. 나 자신과 싸워야 한다는 명령.

"쳐라, 이난! 넌 싸워야 해!" 아버지의 눈에 분노가 이글거렸다.

아마리는 비명을 지르며 귀를 막았다. 나는 그 애 옆으로 달려가고 싶었다. 그 애를 보호해 주고 싶었다. 구해 주고 싶었다. 우린 싸우지 않아도 된다고 말해 주고 싶었다.

"자신보다 의무가 먼저다!" 아버지의 목소리는 점점 거칠어졌다. **"네가 왕이 될 수 있다는 걸 보여 봐!"**

순간 모든 것이 멈추는 듯했다.

나는 칼을 들고 앞으로 달려들었다.

"이난!"

카에아의 외침이 나를 깊은 회상에서 끌어낸다.

나는 여전히 한 발을 허공에 대롱대롱 띄운 채 산 중턱에 매달려 있다. 끙 하고 신음하며 튀어나온 암석을 향해 계속 올라간다. 몸에서 땀이 비 오듯 쏟아진다. 엄지손가락으로 아마리의 머리 장식에 달린 화려한 인장을 만져 본다.

우리는 그 일에 대해 얘기하지 않았다. 단 한 번도. 이렇게 긴 시간이 지난 뒤에도. 아마리가 그 얘기를 꺼내지 않은 건 너무 착해서였다. 내가 꺼내지 않은 건 두려워서였다.

우리는 그렇게 보이지 않는 벽을 갖고 살아왔다. 그 뒤로 아마리는 그 지하실에 내려갈 필요가 없었다. 나는 그 지하실을 떠나지 못했다.

근육이 떨려 오지만 애써 머리 장식을 주머니에 넣는다. 지체할 시간이 없다. 나는 이미 한 번 내 동생을 배신했다. 다시는 그런 실수를 되풀이하지 않을 것이다.

위로 올라갈수록 그 마자이의 영혼이 어느 때보다도 강렬하게 고동친다. 그 애가 통제하지 못하는 기운이다. 그 애 영혼의 바닷소금 냄새가 진해지며 코앞에 있는 브로멜리아드의 톡 쏘는 냄새를 압도한다. 나는 멈칫한다. 발밑의 줄기들이 납작하게 눌려 있다.

'발자국이야……'

그 애가 여기에 왔디.

그 애가 가까이 있다.

이제 다 왔다.

'그 애를 죽여야 해.' 튀어나온 암석을 움켜쥐며 심장이 마구 뛰기 시작한다. '그 애를 죽여야 해. 마법을 죽여야 해.'

마침내 그 애가 내 손에 잡히면 이 모든 노력이 합당한 대가를 얻게 될 것이다. 나는 내 왕국을 되찾을 것이다.

다시 걸음을 옮기자 아마리의 머리 장식이 옆구리를 찌른다. 그때는 아마리를 아버지로부터 지켜 주지 못했다. 하지만 오늘은 그 애를 구해 줄 것이다.

20

무슨 일이 있어도 살아야 한다

제일리

"더 빨리!" 사원의 복도를 달려가며 레칸이 소리친다. 오빠가 나를 어깨에 메고 내 허리를 단단히 감싸 안고 있다.

"누구예요?" 아마리가 묻는다. 그러나 떨리는 목소리로 봐선 이미 알고 있는 듯하다. 저 애의 오빠는 이미 저 애에게 상처를 냈다. 다시 그러지 않으리라고 누가 장담하겠는가?

"내 격투봉." 내가 끙끙거린다. 말을 하려면 온몸에 남은 기운을 쥐어짜야 한다. 하지만 싸우려면 격투봉이 필요하다. 살기 위해선 격투봉이 있어야 한다.

오빠가 자꾸 미끄러져 내려가는 나를 추어올리며 말한다. "넌 지금 걷지도 못하잖아. 입 다물고 있어. 그리고 제발 좀 꽉 잡아!"

막다른 복도 끝에 이르자 레칸이 암벽에 손바닥을 갖다 댄다. 그의 몸에 그려진 상징들이 춤을 추며 벽으로 옮겨 간다. 오른팔의 센바리아가 모두 빠져나가자 딸깍하고 암벽이 열리며 황금빛 방이 드러난다.

우리는 이 놀라운 비밀의 방으로 들어선다. 바닥에서 천장까지 이어진 책장에 색색의 얇은 두루마리들이 가득 꽂혀 있다.

"여기 숨는 겁니까?" 오빠가 묻는다.

레칸은 커다란 책장 뒤로 사라지더니 한 팔 가득 검은 두루마리들을 안고 돌아온다. 그러곤 설명하기 시작한다. "이 주문을 가지러 온 거야. 마말라워의 역할을 하려면 이 아이의 힘을 성숙시켜야 하거든."

오빠가 반박할 겨를도 없이 레칸은 의식이 적힌 양피지와 함께 그것들을 나의 가죽 봇짐에 밀어 넣는다.

"됐어. 날 따라와!" 그가 말한다.

레칸의 안내에 따라 우리는 다시 속도를 내서 사원의 모퉁이들을 돌고 끝없는 계단을 내려간다. 또 한 번 벽이 미끄러져 열리더니 우리는 그 빛바랜 사원의 옆으로 나온다. 밀림의 열기가 우리를 반긴다.

햇살 아래 서 있자니 머리가 욱신거린다. 산 전체가 살아 있는 듯 아우성친다. 아까도 영적 기운이 윙윙거렸지만 이제는 이 사원 부지를 떠다니는 날카로운 외침과 울부짖음에 기가 질릴 정도다. 학살당한 센타로의 영혼들이 마치 자석에 이끌리듯 내 주위로 몰려든다.

레칸의 말이 떠오른다. '마법을 깨우는 건 새로운 감각을 얻는 것과 똑같아. 몸이 적응할 시간을 가져야 한다.' 하지만 내 몸이 적응하려면 아직 멀었다. 마법이 다른 모든 감각을 짓밟고 있는 듯 앞을 보기도 어려울 지경이다. 오빠에게 안겨 폐허가 된 돌무더기를 지나는 동안 시야가 검어졌다 트였다를 반복한다. 레칸이 우리를 데리고 밀림으로 들어가려는 순간, 나는 문득 깨닫는다.

"나일라!"

"잠깐만요." 오빠가 미끄러지듯 걸음을 멈추며 레칸의 뒤에다 대고 속삭인다. "우리 사자녀를 밖에 두고 왔어요."

"지금은 너무 위험해……."

"안 돼!" 내가 울부짖는다. 오빠는 소리가 새 나가지 않도록 손으로 내 입을 막는다. 위병들이 온다 해도 나는 나일라를 버리지 않을 것이다. 내 가장 오랜 친구를 두고 갈 수는 없다.

레칸은 답답한 듯 한숨을 내쉰다. 그러나 결국 우리는 살금살금 다시 사원으로 돌아간다. 시야가 다시 또렷해지면서 그가 사원 옆쪽에 바싹 붙어 서서 앞을 살피며 우리에게 손짓하는 모습이 보인다.

해골과 잔해가 가득한 묘지 저편에서 왕자가 아래로 손을 뻗어 그의 총사령관을 끌어올리는 모습이 보인다. 나머지 병사들도 탈짐승들을 데리고 마지막 바위를 타 넘는다. 왕자의 눈에서 광기가 보이는 듯하다. 우리를 찾겠다는 열망이 더욱 강렬해졌다. 나는 그 꿈속에서 떨고 있던 왕자를 찾아본다. 그러나 내 목을 움켜쥐던 손만 보일 뿐이다.

위병 세 명이 왕자를 앞질러 오며 돌멩이들과 부서진 뼈들을 걷어차고 있다. 너무 가깝다.

숨을 새가 없다.

"선, 에미 오칸, 선. 선, 에미 오칸, 선." 레칸이 지팡이로 원을 그리며 마치 바늘에 실을 꿰듯 중얼중얼 주문을 엮는다. 그 주문이 불러온 하얀 연기가 소용돌이치고 뒤틀리며 허공을 가로지른다.

'잠들라, 영혼이여, 잠들라.' 나는 그의 주문을 해석해 본다. '잠들라, 영혼이여, 잠들라……'

우리는 연기가 마치 뱀처럼 스르르 땅 위를 기어가는 광경을 지켜본다. 그 연기가 맨 앞에 있던 병사의 다리를 휘감더니 조금씩 그의 몸속으로 스며든다. 병사는 앞으로 휘청하더니 비틀거리며 돌무더기 뒤로 쓰러진다. 그의 눈에서 레칸의 영혼이 하얗게 번쩍이자 그는 곧 의식을 잃는다.

하얀 연기가 그의 몸에서 스르르 빠져나와 똑같은 방식으로 다음 병사를 넘어뜨린다. 두 번째 병사가 쓰러지는 순간, 왕자와 총사령관이 사나운 백표버머를 암석 위로 끌어올린다.

"레칸." 아마리가 이마에 구슬땀을 흘리며 속삭인다. 이런 속도로는 안 된다.

도망치기 전에 그들이 우릴 찾아낼 것이다.

레칸은 점점 더 빠르게 주문을 외며 마치 무쇠솥에 담긴 투바니*를 젓듯 지팡이를 돌린다. 그 하얀 기운이 나일라의 바로 옆에 있는 마지막 병사에게로 옮겨 간다. 나일라의 노란 눈에서 포식자의 적의가 번뜩인다. '안 돼, 나일라. 제발······.'

"아악!" 귀청이 떨어져 나갈 듯 커다란 병사의 외침이 허공을 가른다. 새 떼가 하늘로 날아오른다. 나일라가 커다란 송곳니를 빼내자 병사의 허벅지에서 피가 솟구친다.

왕자가 휙 돌아선다. 그의 눈에서 치명적인 분노가 이글거린다. 그 눈이 나를 발견하고 가늘어진다. 마침내 먹잇감을 찾은 포식자처럼.

"나일라!"

나일라가 폐허를 껑충껑충 가로질러 순식간에 우리에게 도달한다. 오빠가 나를 안장에 앉힌 뒤 나머지 사람들도 모두 서둘러 올라탄다.

오빠가 고삐를 당기는 순간 왕자와 총사령관이 칼을 뽑는다. 그들이 따라잡기 전에 나일라는 쏜살같이 산허리를 가로지르기 시작한

---

* 콩가루를 반죽해 쪄 내는 서아프리카 요리.

다. 빠르게 내달리는 녀석의 발밑에서 깨진 돌멩이들이 좁다란 암석 너머 벼랑으로 떨어져 내린다.

"저쪽이야!" 레칸은 덤불이 빽빽하게 우거진 밀림을 가리키며 말을 잇는다. "저쪽으로 몇 킬로미터만 가면 다리가 있어. 그 다리를 건넌 뒤에 끊어 버리면 저들이 따라올 수 없을 거야!"

오빠가 나일라의 고삐를 거칠게 당기자 나일라는 덩굴과 아름드리 나무들을 피해 가며 무서운 속도로 밀림을 가로지른다. 저 멀리 덤불 사이로 다리가 보이는 찰나, 뒤에서 위협적인 포효가 들려온다. 왕자가 우리를 바싹 뒤쫓고 있다. 나는 흘끗 돌아본다. 그의 백표범이 거대한 몸으로 굵은 나뭇가지들을 툭툭 부러뜨리며 덤불 속을 달려온다. 무시무시한 이빨을 드러낸 모습이 그 주인만큼이나 굶주린 듯 보인다.

"아마리!" 왕자가 소리친다.

아마리는 긴장하며 나를 꽉 붙잡는다. "더 빨리!"

나일라는 이미 그 어느 때보다 빠르게 달리고 있지만 괴력을 발휘하는 듯 더욱 속도를 낸다. 껑충껑충 뛰어오르는 녀석의 보폭이 점점 추격자들을 따돌리며 우리의 수명을 늘리고 있다.

덤불을 지나온 우리는 낡은 다리 앞에서 끼익 멈춰 선다. 덩굴과 목재로 만든 다리인데 덩굴은 시들어 늘어졌고 목재는 부패했다. 바람이 불자 다리 전체가 흔들거린다.

레칸이 지시한다. "한 사람씩 가자. 한꺼번에 올라가면 끊어질 거야. 제인, 제일리를 데리고……."

"아뇨." 나는 땅으로 내려서다 흙에 발이 닿는 순간 쓰러질 뻔한다. 두 다리가 물처럼 흐늘거리지만 다시 한번 힘을 주려고 애쓴다. "나일라부터 가야 해요. 나일라가 가장 오래 걸릴 거예요."

"젤……."

"어서! 시간이 없어!" 내가 소리친다.

오빠는 이를 갈며 나일라의 고삐를 잡는다. 그러곤 녀석을 데리고 삐걱거리는 다리를 건너기 시작한다. 한 걸음을 내딛을 때마다 목재가 신음하면서 그도 함께 움찔거린다. 그들이 다 건너가자 나는 얼른 아마리를 앞으로 민다. 그러나 아마리는 내 팔을 놓지 않는다.

"넌 기운이 없잖아." 그 애의 목소리가 갈라진다. "너 혼자서는 못 건널 거야."

아마리는 나를 끌고 다리 위로 올라간다. 생각 없이 아래를 보자 속이 울렁거린다. 썩어 가는 널판 밑에는 날카로운 암석들이 하늘을 향해 솟아 있다. 운 나쁘게 떨어진 사람은 누구든 찔러 버릴 기세다.

나는 눈을 감고 덩굴을 잡는다. 덩굴도 갈라져서 너덜거린다. 덜컥 겁이 나며 숨쉬기조차 힘들어진다.

"날 봐!" 아마리가 소리치며 억지로 내 눈을 뜨게 한다. 그 애도 떨고 있지만 호박색 눈에는 무서운 결의가 번뜩인다. 시야가 다시 검게 변한다. 아마리는 내 손을 잡고 삐걱거리는 널판을 하나씩 건너간다. 반쯤 갔을 때 왕자가 빽빽한 덤불을 뚫고 나온다. 잠시 후 총사령관이 뒤따라 나온다.

너무 늦었다. 우린 붙잡힐 것이다.

"아그바조 오워 아원 오리샤!" 레칸이 지팡이로 땅을 쿵 내려친다. **"야 미 니 아그바라 아 레!"**

그의 몸에서 강렬한 흰색 광채가 퍼져 나가 탈짐승들을 에워싼다. 그는 지팡이를 툭 내려놓고 두 팔을 올린다. 그와 함께 짐승들이 하늘로 떠오른다.

왕자와 총사령관이 소리를 지르며 백표버머의 등에서 떨어진다. 겁에 질려 눈이 휘둥그레졌다. 레칸은 두 팔을 획 젖혀 그들의 탈짐승들을 벼랑 아래로 날려 보낸다.

'신들이여……'

그들의 거대한 몸이 꿈틀거리고 뒤틀린다. 발톱으로 허공을 움켜쥐지만 결국 바위에 찔려 포효가 뚝 그친다.

무시무시한 분노가 총사령관을 사로잡는다. 그녀는 깊은 비명을 내지르며 벌떡 일어나 칼을 들고 레칸에게로 달려간다.

"이 마귀……"

앞으로 돌진하던 총사령관이 레칸의 마법에 걸려 그대로 굳는다. 왕자가 도우려 달려오지만 그 역시 하얀빛에 사로잡힌다. 레칸의 거미술에 걸린 파리 신세나.

"뛰어!" 레칸이 소리친다. 그의 몸에서 핏줄이 튀어나온다. 아마리는 나를 끌고 최대한 속도를 내서 나아가지만 우리가 걸음을 내딛을 때마다 다리는 점점 약해진다.

"먼저 가. 우리 둘 다 지탱하진 못할 것 같아!" 내가 아마리에게 말한다. "안 돼, 넌……."

"뒤따라갈게." 나는 힘겹게 눈을 뜨며 말을 잇는다. "어서 뛰어가. 그러지 않으면 우리 둘 다 떨어져!"

아마리의 눈이 촉촉해지지만 지체할 시간이 없다. 아마리는 다리 위를 성큼성큼 달려 반대편 암석에 껑충 올라선다.

나도 다리가 후들거리지만 덩굴을 붙잡고 걸음을 옮긴다. '어서 가.' 레칸의 목숨이 위태롭다.

우지끈 하는 오싹한 소리가 들리지만 나는 계속 나아간다. 거의 다

왔다. 곧 반대편에 도착하려 하는데…… 덩굴들이 툭 끊어진다.

발밑의 다리가 훅 떨어지면시 가슴이 칠렁한다. 나는 두 팔을 허둥거리며 무엇이든 잡아 보려 애쓴다. 간신히 널판 하나를 붙잡는 순간 다리가 암벽에 쿵 부딪힌다.

"제일리!"

오빠의 거친 목소리가 들린다. 나는 암벽에 붙어 선 채 떨고 있다. 이 순간에도 목재가 갈라지는 소리가 들린다. 더는 버티지 못할 것이다.

"올라와!"

눈앞이 컴컴해진다. 눈물이 시야를 가린다. 그러나 그 사이로 끊어진 다리가 사다리처럼 늘어진 광경이 보인다. 널판 세 개만 올라가면 오빠가 내민 손을 잡을 수 있다.

그 세 칸이 생사의 갈림길이다.

'올라가!' 스스로를 재촉하지만 몸이 움직이지 않는다. '어서!' 나는 다시 소리친다. '움직여! 어서 가라고!'

나는 떨리는 손으로 머리 위 널판을 잡고 몸을 끌어올린다.

'하나.'

다음 널판을 잡고 다시 끌어올린다. 덩굴 한 가닥이 끊어지면서 다시 가슴이 철렁한다.

'둘.'

하나만 더 올라가면 된다. '할 수 있어. 죽으려고 여기까지 온 게 아니잖아.' 나는 마지막 널판으로 손을 뻗는다.

"안 돼!"

내가 잡는 순간 널판이 툭 부러진다.

순간 같은 영원, 영원 같은 순간. 바람이 맹렬히 내 등을 때리며 나를 무덤으로 실어 가려 한다. 나는 눈을 감고 죽음을 받아들인다.

"어엇!"

엄청난 힘이 내 몸을 때리며 가슴에서 공기가 훅 빠져나간다. 하얀 빛이 내 몸을 감싼다. '레칸의 마법이야.'

그의 강력한 영혼이 마치 신의 손처럼 나를 들어 올려 오빠의 품으로 보내 준다. 고개를 돌려 그를 보는 순간 마법에서 풀려난 총사령관이 보인다.

"레칸……."

총사령관의 칼이 레칸의 심장을 뚫는다.

그의 눈이 튀어나오고 입이 벌어진다. 손에서 지팡이가 떨어진다.

지팡이가 땅에 닿는 순간 레칸의 피가 솟구친다.

"안 돼!" 내가 소리친다.

총사령관이 칼을 홱 빼낸다. 레칸이 쓰러진다. 순식간에 그는 우리의 세상에서 떨어져 나간다. 그의 몸에서 영혼이 빠져나와 내 안으로 밀려들어 온다. 한순간 나는 그의 눈을 통해 세상을 본다.

센타로 아이들과 함께 사원 마당을 뛰어다니는 모습. 그의 금빛 눈에는 오로지 기쁨만이 가득하다…… 그는 가만히 서 있고 마말라워가 그의 몸 여기저기에 아름다운 흰색 상징들을 그려 넣는다…… 센타로들이 학살당한 뒤 폐허가 된 곳을 둘러보며 그의 마음이 찢어진다…… 난생처음 마법을 깨우는 의식을 치르며 그의 영혼이 한껏 부풀어 오른다…….

이 모든 장면이 사라지고 속삭임만이 남는다. 컴컴한 머릿속에서 오직 그 한 마디가 떠다니고 있다.

"살아라." 그의 영혼이 속삭인다. **"무슨 일이 있어도 살아야 한다."**

21

나도 마법을 써야 한다

이난

오늘이 오기 전까지 마법은 얼굴을 갖고 있지 않았다.

걸인들의 이야기, 하인들이 숨죽여 속삭이는 이야기에 불과했다. 마법은 11년 전에 죽었다. 오로지 아버지의 눈에 서린 두려움 속에만 살아 있었다.

마법은 숨 쉬지 않았다. 공격하지도 않았다.

마법은 나의 탈짐승을 죽이거나 내 발목을 잡지 않았다.

나는 벼랑 끝을 넘겨다본다. 룰라는 뾰족뾰족한 암석에 찔린 채 축 늘어져 있다. 눈은 미처 감지 못한 채 초점을 잃었다. 점박이 털엔 얼룩덜룩 피가 묻었다. 어릴 때 나는 룰라가 제 몸집의 두 배만 한 사나운 고릴리온을 갈가리 찢어 놓는 모습을 보았다.

마법 앞에서 녀석은 싸워 보지도 못했다.

"하나……" 나는 그 소름 끼치는 광경을 보지 않으려 몸을 젖히며 혼자 중얼거린다. "둘…… 셋…… 넷…… 다섯……."

숫자를 세며 뛰는 가슴을 진정시키려 하지만 맥박은 더욱 거세질 뿐이다. 손쓸 수가 없다. 반격이란 없다.

마법 앞에서 우리는 한낱 개미 목숨에 불과하다.

나는 다리가 여섯 달린 곤충들이 줄지어 기어가는 광경을 지켜본다. 쇠를 덧댄 군화 밑창에 끈적거리는 무언가가 느껴진다. 그 선홍색 방울들을 따라 뒷걸음질 치자 그 마자이의 시체가 나타난다. 그의 가슴에선 여전히 피가 흐르고 있다.

나는 처음으로 그를 자세히 들여다본다. 살아생전에 그는 지금보다 세 배쯤 커 보였다. 흰옷을 입은 맹수 같았다. 우리의 탈짐승들을 허공으로 내던질 때 그의 검은 피부를 뒤덮은 상징들이 하얗게 빛났다. 그의 죽음과 함께 그 상징들은 사라졌다. 그러자 그는 묘하게도 인간처럼 보인다. 텅 비어 보인다.

그러나 죽어 있는 시체를 보면서도 목 주위가 서늘해진다. 그는 내 목숨을 손에 쥐고 있었다.

내 목숨을 내던질 수 있었다.

그 시체에서 물러서면서 나는 엄지손가락으로 아버지의 빛바랜 세네트* 말을 어루만진다. 살이 따끔거린다. '이제 알 것 같아요, 아버지.'

마법 앞에서 우린 죽을 수밖에 없다.

'하지만 마법이 없으면……'

나는 다시 그 죽은 사내에게로, 땅보다 더 강한 하늘이 재능을 내려준 그의 손으로 시선을 옮긴다. 그렇게 막강한 힘이라면 오리샤는 살아남지 못한다. 하지만 내가 그 힘을 사용해 오리샤를 살릴 수 있다면…….

* 고대 이집트의 보드 게임.

혀에 씁쓸한 맛이 감돌며 새로운 전략이 떠오른다. 그들의 마법은 무기다. 내 마법도 무기가 될 수 있다. 손짓 한 번으로 나를 벼랑에서 내던질 수 있는 마자이들이 있다면 나 역시 마법을 사용해야만 그 두루마리를 되찾을 수 있다.

그러나 생각만 해도 목이 메어 온다. 지금 아버지가 여기 있다면……. 나는 세네트 말을 내려다본다. 아버지의 목소리가 들리는 듯하다. '너 자신보다 의무가 먼저다.'

어떤 대가를 치르든, 어떤 희생이 따르든 내가 아는 모든 것을 버려야 한다 해도 오리샤를 보호하는 의무가 최우선이다. 나는 세네트 말을 놓는다. 처음으로 힘을 푼다.

천천히 시작된다. 매끄럽지 않게. 팔과 다리로 퍼져 나간다. 가슴의 압박이 풀어진다. 그동안 억누르고 있던 마법이 피부 속으로 퍼져 나가기 시작한다. 마법이 속을 울렁거리게 하고 온몸의 혐오감을 휘젓는다. 하지만 적들은 이 마법으로 우리를 상대할 것이다.

내 의무를 이행하고 내 왕국을 구하려면 나도 마법을 써야 한다.

나는 내 안에서 고동치는 열기에 젖어 든다. 이 마자이의 의식이 구름처럼 서서히 나타난다. 다른 구름들이 그랬듯 푸른색을 띠며 연기처럼 그의 머리 위에서 굽이친다. 손으로 건드리자 이 죽은 사내의 영적 기운이 밀려온다. 냄새가 배어 있다. 투박한 냄새. 목재와 숯을 태우는 냄새 같다.

나는 입을 꾹 다문 채 허공을 맴도는 그의 영혼을 피하지 않고 그리로 손을 뻗어 그 안으로 빠져든다. 기억 하나가 가물가물 내 머릿속으로 들어온다. 그의 사원이 생으로 가득 차 있던 시절의 어느 조용한 날. 그는 한 소년과 손을 잡고 잘 다듬어진 잔디밭을 달리고 있다.

억눌린 마법을 풀어낼수록 점점 더 많은 기억이 가물거리며 밀려든다. 깨끗한 산바람 한 자락이 콧속으로 들어온다. 귓가에 희미하게 노래가 울려 퍼진다. 모든 요소 하나하나가 생생하고 풍부하게 느껴진다. 그의 의식에 저장된 기억이 나의 기억인 것처럼.

시간이 가면서 새로운 정보들이 자리를 잡기 시작한다. 영혼. 이름. 간단한 무엇.

'레칸……'

쇠를 박은 군화가 돌바닥에 닿는 소리가 들린다.

'하늘이여!' 나는 화들짝 놀라며 마법을 내리누른다.

목재와 숯의 냄새가 순식간에 사라진다. 대신 뱃속에 날카로운 통증이 찾아온다.

삽삭스러운 충석에 머리가 어시더워서 곳잔등을 꼬집는다. 김시 후 카에아가 빽빽한 덤불을 헤치고 나온다.

레칸의 피가 튄 갈색 피부에 땀에 전 머리카락이 들러붙어 있다. 그녀가 다가오자 나는 머리로 손을 올려 투구가 제대로 씌워져 있는지 확인한다. 아슬아슬한 순간이었다…….

카에아는 한숨을 쉬며 내 옆에 앉는다. "건너갈 길이 없어요. 꼬박 1킬로미터는 돌아본 것 같은데. 그 다리가 무너진 이상 우린 이 산에서 저쪽 산으로 넘어갈 수가 없어요."

'그럴 줄 알았어.' 아주 잠깐이었지만 레칸에 대해 이미 짐작한 바였다. 그는 똑똑한 사람이었다. 그들에게 유일한 탈출구를 찾아 준 것이다.

카에아는 검은 흉갑을 벗으며 다시 말한다. "하지 말자고 말씀드렸는데. 소용없을 줄 알았거든요." 그녀는 눈을 감는다. "이제 폐하께선 그들의 부활을 내 탓으로 돌리시겠죠. 나를 예전처럼 대해 주시지 않을 테고요."

예전에 아버지가 그녀를 어떻게 대했는지 니는 알고 있다. 아버지가 하늘이라면 카에아는 태양이었다. 아버지는 그녀를 그렇게 대했다. 단둘이 있을 때 그런 눈으로 바라보는 모습을 내 눈으로 목격했다.

나는 뭐라고 해야 할지 몰라 몸을 젖히고 애먼 군화를 만지작거린다. 카에아는 내 앞에서 감정을 내비치는 사람이 아니다. 지금까지 나는 그녀가 절대 약해지지 않을 줄 알았다.

그녀의 좌절에서 나의 좌절이 엿보인다. 나의 승복, 나의 패배. 하지만 그것을 받아들여선 안 된다. 나는 더 강한 왕이 되어야 한다.

"나약하게 굴지 마세요." 내가 날카롭게 말한다. 우리는 아직 패하지 않았다.

마법은 새로운 얼굴을 드러내고 있다.

그렇다면 나는 새로운 칼로 공격하면 된다.

"소코토 동쪽에 위병 초소가 있어요." 내가 말한다. '그 마자이를 찾아야 해. 두루마리를 찾아야 해.' "불매를 보내서 다리가 무너졌다는 전갈을 전하죠. 부역장 노동자들을 파견해 달라고 해서 다리를 새로 지으면 되잖아요."

"멋진 생각이네요." 카에아는 두 손에 얼굴을 묻으며 말을 잇는다. "그럼 그 마귀들이 마법을 되찾은 뒤에 다시 와서 우리를 죽이기가 한결 수월해지겠어요."

"그 전에 우리가 그들을 찾을 겁니다." '내가 그 애를 죽일 겁니다.' 내가 우리를 구할 것이다.

카에아가 묻는다. "무슨 근거로 그런 말씀을 하세요? 인력과 필요한 물자를 끌어오는 데만도 며칠이 걸릴 거예요. 다리를 지으려면……."

"사흘이면 돼요." 내가 그녀의 말을 자른다. '감히 내 말에 토를 달아?' 아무리 총사령관이라도 내 명령을 거역할 수 없다.

내가 다시 말한다. "밤샘 작업을 하면 가능합니다. 부역장 노동자들을 써서 그보다 짧은 시간에 궁전을 짓는 것도 봤어요."

"다리를 놓아 봐야 무슨 소용이 있겠어요? 설사 다리를 놓는다 해도 완공할 때쯤이면 그 마귀들은 이미 흔적도 찾을 수 없을 텐데."

나는 말없이 절벽 건너편을 바라본다. 그 소녀의 영혼이 풍기는 바닷소금 냄새는 거의 사라졌다. 밀림의 덤불 속으로 들어가 버렸다. 카에아의 말이 옳다. 다리를 놓아 봐야 크게 도움이 되지 않을 것이다. 밤이 되면 더는 그 신성자의 기운을 느낄 수 없을 것이다.

'예외가 있긴 하지……'

나는 사원을 돌아본다. 그 사원에 가까이 갔을 때 갖가지 목소리가 머릿속을 파고들었다. 저 사원에 그런 힘이 있다면 그 안에서 내 마법을 사용해 더 많은 것을 알아낼 수 있을 것이다.

"찬돔블레." 나는 머릿속으로 세네트 말들을 이리저리 옮겨 가며 말을 잇는다. "그들은 답을 찾으러 여기에 왔어요. 그렇다면 나도 단서 몇 개는 찾을 수 있겠죠."

'그래, 그거야.' 이 저주를 강화해 주는 무언가가 있을 것이다. 그것을 알아낸 뒤 그 소녀를 추적하면 된다. 딱 한 번만 마법을 쓰는 거다.

"이난……"

"찾을 수 있을 거예요." 내가 그녀의 말을 막는다. "내가 저 사원을 뒤지는 동안 부역장 노동자들을 불러와서 다리를 놓으세요. 저 안에 그 아이의 흔적이 있을 겁니다. 그들이 어디로 갔는지 단서를 찾아볼게요."

나는 아버지의 세네트 말을 주머니에 넣는다. 그것이 사라지자 손에 시원한 바람이 느껴진다. 이 싸움은 아직 끝나지 않았다. 전쟁은 이제 시작이다.

"전갈을 띄워 인력을 모아 보세요. 새벽까지는 일꾼들이 도착해야 합니다."

"이난은 대장……."

"난 지금 대장으로 말하는 게 아니에요." 내가 그녀의 말을 자른다. "왕자로서 명령하는 겁니다."

카에아의 몸이 꼿꼿해진다.

우리 사이의 무언가가 깨지고 있지만 나는 시선을 피하지 않는다. 아버지는 카에아의 나약한 모습을 용서하지 않을 것이다.

그렇다면 나도 마찬가지다.

"알겠습니다. 분부대로 하겠습니다." 카에아는 입을 굳게 다문다.

그녀가 멀어지자 그 마자이의 얼굴이 다시 떠오른다. 그 애의 괴로운 목소리도. 은빛 눈도.

나는 허공을 지나 그 애의 바닷소금 냄새가 사라진 밀림의 나무들을 바라본다.

"계속 가 보시지." 내가 중얼거린다.

'내가 곧 따라갈 테니.'

22

바발루아예의 유물

아마리

궁전의 내 거처는 창문들이 모조리 안뜰을 향해 있었다. 내가 태어났을 때 아버지는 새로 곁채를 지으며 창문을 모두 안뜰로 내라고 지시했다. 내가 볼 수 있는 바깥세상은 안셀리아 꽃이 만개한 왕실 정원이 전부였다. 다른 풍경을 보게 해 달라고 애원하면 아버지는 이렇게 말하곤 했다. '너는 이 궁전만 신경 쓰면 된다. 오리샤의 미래는 이 궁전 안에서 결정된다. 공주인 너의 미래도 마찬가지야.'

나는 아버지의 뜻을 따르려고, 어머니처럼 궁전 생활에 흠뻑 젖어 보려고 노력했다. 올로이에들 그리고 그 딸들과 어울려 보려고 애썼다. 궁전 뒷담화를 즐겨 보려고도 했다. 그러나 밤이 되면 나는 살금살금 오빠의 처소로 가서 우리의 수도가 내려다보이는 발코니로 올라가곤 했다. 그곳에서 라고스의 목제 성곽 너머엔 무엇이 있을까 상상해 보았다. 그 아름다운 세상을 몹시도 보고 싶었다.

'언젠가는.' 나는 빈타에게 이렇게 속삭였다.

'그래요, 언젠가는.' 빈타는 미소를 지어 주었다. 그 아름다운 세상을 꿈꿀 때 밀림의 지옥은 한 번도 싱싱해 보지 않았다. 모기와 거진 암석이 가득한 곳에서 땀을 뻘뻘 흘리게 될 줄은 전혀 몰랐다. 그러나 사막에 들어선 지 나흘째, 이제 나는 오리샤의 지옥엔 끝이 없다고 믿게 되었다. 사막엔 식량으로 삼을 여우너 고기도, 목을 축여 줄 물이나 코코넛 밀크도 없다. 오로지 모래뿐이다.

모래 둔덕이 끝없이 펼쳐져 있다. 천으로 얼굴을 칭칭 감았는데도 숨 쉬기가 어렵다. 입과 코, 귀에서 모래가 버석거린다. 이 모래만큼 끈질긴 것이 딱 하나 있다면 바로 이글거리는 태양이다. 뜨거운 햇볕이 가혹한 황무지에 결정타를 날린다. 가면 갈수록 나일라의 고삐를 당겨 방향을 돌리고픈 마음이 간절해진다. 하지만 방향을 돌린다 한들 또 어디로 간단 말인가?

오빠가 나를 쫓고 있다. 아버지는 내 목을 원할 것이다. 내가 없는 동안 어머니는 또 어떤 거짓말을 지어내 둘러대고 있을지 모른다. 빈타가 궁전에 있다면 과감히 꼬리를 내리고 살금살금 돌아갈 수도 있다. 하지만 이제 빈타도 없다.

내게 남은 거라곤 이 모래뿐이다. 서글픈 생각이 밀려들자 나는 눈을 감고 빈타의 얼굴을 떠올려 본다. 잠시 빈타를 생각하기만 해도 이 지옥 같은 사막에서 벗어나는 듯하다. 그 애가 같이 왔더라면 지금쯤 활짝 미소 짓고 있을 것이다. 이 사이에 모래알이 끼었다며 깔깔 웃어 대고 있을 것이다. 그 애라면 이런 곳에서도 즐거운 일을 찾아낼 테니까. 빈타는 어디서든 긍정적인 무언가를 찾는 아이였다.

빈타 생각에 빠져들자 어느새 궁전에서 그 애와 함께 지내던 시절로 돌아가는 듯하다. 어릴 때 어느 날 아침 나는 빈타를 데리고 몰래 어머니의 처소에 들어갔다. 내가 좋아하는 보석을 보여 주고 싶었다. 나는 화장대 위에 올라앉아 이난 오빠가 곧 군대와 함께 여러 마을을 둘러보게 될 거라고 떠들어 댔다.

"너무 불공평해. 오빠는 이코이까지 갈 텐데. 진짜 바다를 보겠지." 내가 징징거렸다.

"공주님에게도 기회가 있을 거예요." 빈타는 두 손을 가지런히 모은 채 물러서 있었다. 내 옆으로 와서 같이 앉자고 거듭 졸랐지만 빈타는 그럴 수 없다고 했다.

"언젠가는 그렇겠지." 나는 어머니의 귀한 에메랄드 목걸이를 목에 걸고 거울의 빛을 받아 반짝거리는 그 보석에 푹 빠져 있었다. 내가 물었다. "넌 어때? 우리가 여기서 나가서 되면 어떤 마을을 보고 싶어?"

빈타의 눈이 아련해졌다. "어디든요. 다 보고 싶어요." 절로 미소가 나오자 빈타는 아랫입술을 깨물며 말을 이었다. "어디라도 좋을 것 같아요. 우리 가족 중엔 라고스 밖으로 나가 본 사람이 아무도 없거든요."

"왜?" 나는 콧잔등을 찌푸리며 일어나서 어머니의 낡은 머리 장식이 담긴 상자로 손을 뻗었다. 좀처럼 닿지 않았다. 나는 앞으로 몸을 기울였다.

"공주님, 안 돼요!"

빈타가 말릴 겨를도 없이 나는 균형을 잃었다. 덜컥 상자가 넘어왔다. 눈 깜짝할 새에 다른 물건들까지 몽땅 바닥으로 떨어져 내렸다.

"아마리!"

어머니는 어쩜 그렇게 순식간에 나타났을까? 아치형의 출입구 아래서 목소리가 울려 퍼지더니 곧 어머니는 내가 어질러 놓은 방으로 들어왔다.

내가 아무 말도 못하자 빈타가 니섰다. "잘못했습니다, 마마. 나나의
보석을 닦으라는 지시를 받았어요. 아마리 공주님은 저를 도우러 오
신 거예요. 그러니 벌을 내리셔야 한다면 저를 벌하세요."

"이 게으른 년." 어머니는 빈타의 손목을 거칠게 움켜쥐었다. "아마리
는 공주야. 그런 천한 일을 할 사람이 아니란 말이다!"

"어머니, 그게 아니라……."

"넌 조용히 해." 어머니는 날카롭게 말하며 빈타를 끌고 갔다. "그
동안 너를 너무 풀어 준 것 같구나. 채찍을 맞으면 정신이 들겠지."

"안 돼요, 어머니! 잠깐……."

나일라가 휘청하는 바람에 나는 죄책감의 우물에서 퍼뜩 빠져나온
다. 어린 빈타의 얼굴이 사라지고 모래 둔덕에서 구르지 않으려고 안
간힘을 쓰고 있는 제인의 얼굴이 보인다. 나는 가죽 등자를 움켜잡는
다. 제일리가 몸을 굽히고 나일라의 털을 쓰다듬어 준다.

"미안해, 나일라. 조금만 더 가면 돼." 제일리가 나일라를 달랜다.

"정말이야?" 나의 목소리는 우리를 에워싼 모래만큼이나 텁텁하다.
목이 메지만 갈증 탓인지 빈타를 떠올린 탓인지 알 수가 없다.

"거의 다 왔어." 제인이 햇살에 부신 눈을 찌푸리며 뒤를 돌아본다.
거의 감다시피 한 그의 깊은 갈색 눈이 나에게 닿자 뺨이 화끈거린다.
"오늘이나 내일쯤에는 이베지에 도착할 거야."

그러자 제일리가 묻는다. "그런데 일장석이 이베지에 없으면 어떡
해? 레칸의 단서가 틀렸다면? 백년제일까지 겨우 열사흘 남았어. 그
게 거기 없으면 우린 끝이야."

'없으면 안 돼……'

그렇게 생각하자 텅 빈 속이 울렁거린다. 찬돔블레에서 다진 결의가 무너지고 있다. '하늘이여.' 레칸이 살아 있다면 한결 수월할 텐데. 그의 안내와 마법이 있다면 아무리 오빠가 쫓아온대도 두렵지 않을 것이다. 일장석을 쉽게 찾을 수도 있을 것이다. 어쩌면 벌써 의식을 치르러 그 신성한 섬으로 가고 있을지도 모른다.

그러나 레칸이 없는 지금 우리가 마자이를 구할 수 있을지 미지수다. 게다가 시간이 없다. 우리는 죽음을 향해 나아가고 있는지도 모른다.

"레칸이 잘못 가르쳐 줬을 리가 없어. 여기 있을 거야." 제인은 잠시 멈추고 목을 길게 빼더니 다시 말한다. "저게 신기루가 아니라면 다 온 것 같네."

제일리와 나는 제인의 넓은 어깨를 넘겨다본다. 모래 위로 피어오르는 아지랑이 탓에 지평선은 흐릿하지만 곧 갈라진 흙벽이 모습을 드러낸다. 어쩐 일인지 우리 말고도 수많은 여행자들이 사방에서 이 사막 도시로 모여들고 있다. 우리와는 달리 목재로 보강하고 금으로 장식한 포장마차를 타고 오는 사람들도 보인다. 화려한 이동 수단으로 봐선 귀족이 틀림없다.

나는 기대를 안고 눈을 가늘게 좁히며 자세히 살펴본다. 어릴 때 아버지가 장군들에게 사막의 위험에 대해 경고하는 것을 들은 적이 있다. 사막은 땅술사들이 지배하는 곳이라고 했다. 그들은 마법을 사용해 모래알 하나하나를 치명적인 무기로 바꿀 수 있다고 아버지는 말했다. 그날 밤 나는 내 엉킨 머리카락을 빗어 주는 빈타에게 내가 엿들은 이야기를 들려주었다.

그 애는 이렇게 말했다. "그렇지 않아요. 사막의 땅술사는 평화로운 사람들이에요. 그들은 마법을 이용해 모래로 집을 짓는답니다."

그때 나는 우리의 긴축법과 긴축 자재의 제약에서 벗어난 모래 도시는 어떤 모습일까 상상해 보았다. 땅술사가 정말 이 사막을 지배했었는지는 알 수 없지만 설사 그랬다 해도 그 장엄한 도시들은 그들과 함께 사라져 버린 모양이다.

그러나 꼬박 나흘 동안 황량한 사막을 지나온 탓인지 허름한 이베지 마을조차도 빛을 발하는 듯하다. 이 오싹한 황무지에서 처음으로 희망이 솟는다. '하늘이여, 고맙습니다.'

어쩌면 우리는 살 수 있을지도 모른다.

담장을 지나자 허름한 움막과 아헤레들이 우리를 맞이한다. 모래로 지은 이 오두막들은 라고스 빈민가의 집들처럼 땅딸막하고 네모난 형태로 햇빛을 온전히 빨아들이고 있다. 저 멀리 이 근방에서 가장 큰 아헤레가 어렴풋이 보인다. 내가 너무도 잘 아는 인장과 함께. 담장에 새겨진 백표버머가 날카로운 송곳니를 드러낸 채 햇살 속에서 가물거린다.

"위병 초소야." 내가 나일라의 안장에서 잔뜩 긴장하며 쉰 목소리로 말한다. 흙벽에 새겨진 왕의 인장이 내 머릿속에선 아버지의 알현실에 걸린 벨벳 인장처럼 펄럭거린다. 대습격 이후 아버지는 인장을 바꾸었다. 그 전의 용맹스러운 황소뿔 사자너 인장은 늘 내게 안전한 느낌을 주었다. 그러나 아버지는 이제부터 무자비한 순종 탈짐승인 백표버머가 우리의 힘의 상징이라고 선언했다.

"아마리." 제일리의 거친 목소리에 나는 퍼뜩 정신을 차린다. 나일라에서 내려선 제일리는 얼굴에 천을 단단히 두르며 내게도 그렇게 하라고 재촉한다.

제인이 나일라의 등에서 내려와 우리에게 물통을 건네주며 말한다.

"여기서 헤어졌다 다시 만나자. 같이 있으면 위험해. 물은 너희가 가져가. 난 잘 곳을 찾아 볼게."

제일리는 고개를 끄덕이며 걸음을 옮기지만 제인은 다시 나와 눈을 맞춘다.

"괜찮아?"

나는 간신히 고개를 끄덕일 뿐 아무 말도 하지 못한다. 왕의 인장을 설핏 보았을 뿐인데 목에 모래가 꽉 들어찬 느낌이다.

"제일리 옆에 꼭 붙어 있어."

'넌 약해 빠졌으니까. 칼을 갖고도 네 몸 하나 지키지 못하니까.' 그의 까만 눈은 다정하지만 왠지 이렇게 말하는 것만 같다.

그는 부드럽게 나의 팔을 한 번 잡아 준 뒤 나일라의 고삐를 잡고 반대편으로 걸어간다. 따라가고픈 마음을 억누르며 그의 듬직한 뒷모습을 바라보는데 제일리가 거칠게 내 이름을 부른다.

'괜찮을 거야.' 나는 눈에 미소를 담아내지만 제일리는 내게 눈길조차 주지 않는다. 소코토에서부터 우리 사이가 조금 편안해지는가 싶었는데 오빠가 그 사원에 나타나는 순간 공들여 쌓은 신뢰가 무너졌다. 지난 나흘 동안 제일리는 내게 좀처럼 말을 걸지 않았다. 마치 내가 레칸을 죽이기라도 한 것처럼. 간혹 내 쪽으로 눈길을 돌릴 때에도 그저 내 등을 노려볼 뿐이었다.

제일리 옆에 붙어 휑한 거리를 걸으며 먹을거리를 찾아 보지만 좀처럼 보이지 않는다. 내 목구멍은 시원한 물 한 컵과 신선한 빵 한 쪽, 맛 좋은 고기 한 조각을 넣어 달라고 아우성친다. 그러나 이곳은 라고스의 상업 구역과는 딴판이다. 알록달록한 가게도, 육즙 가득한 먹거리도 없다. 이 도시는 주위를 둘러싼 사막만큼이나 굶주린 듯하다.

"아아, 신들이여." 제일리가 중얼거리며 걸음을 멈추더니 몸서리를 친다. 햇빛이 맹렬하게 내리쬐는데도 마치 얼음물에 몸을 담근 듯 이를 떨고 있다. 각성 의식을 치른 뒤로 제일리는 가까운 곳에서 죽은 자들의 영혼이 느껴질 때마다 펄쩍 놀라며 몸을 떠는 일이 부쩍 잦아졌다.

"그렇게 많아?" 내가 속삭여 묻는다.

제일리는 한바탕 몸서리친 뒤 숨을 헐떡거린다. "꼭 공동묘지를 걷는 것 같아."

"날이 이렇게 뜨거우니 정말 공동묘지일 수도 있겠네."

"글쎄." 제일리는 주위를 둘러보고 얼굴에 감은 천을 더 단단히 조이며 말을 잇는다. "영혼이 느껴질 때마다 입에 피의 맛이 돌아."

온몸에서 땀이 흐르는데도 서늘한 한기가 밀려든다. 피의 맛이 느껴지다니, 어쩐지 알고 싶지 않다.

"어쩌면……." 나는 말하다 말고 모래밭에 얼어붙는다. 사내들이 무리 지어 거리로 쏟아져 나오고 있다. 망토를 두르고 얼굴을 가렸지만 흙먼지가 뒤덮인 옷에 오리샤 왕의 인장이 보인다.

'위병들이야.'

나는 제일리를 붙잡는다. 제일리는 격투봉으로 손을 뻗는다. 병사들은 모두 술 냄새를 풍기고 있고 심지어 몇몇은 비틀거리기도 한다. 내 다리가 액체로 변한 듯 흐늘거린다.

불쑥 나타났던 그들은 또 어느새 흙집들 사이로 흩어져 사라진다.

"정신 차려." 제일리가 나를 밀어 낸다. 나는 하마터면 모래밭에 넘어질 뻔한다. 제일리의 눈에선 연민이라곤 찾아볼 수 없다. 제인과 달리 제일리의 은빛 눈엔 분노만이 가득하다.

"난 그냥……." 이렇게 나약하게 말해선 안 된다. 좀 더 강하게 굴어야 한다. "미안해. 무방비 상태라 그랬어."

"그렇게 예쁜 공주님처럼 굴 거면 저 위병들한테 가서 항복해. 난 널 보호하러 온 게 아니야. 싸우러 왔지."

나는 두 팔로 몸을 감싸며 대꾸한다. "너무 그러지 마. 나도 싸우고 있어."

"글쎄, 네 아버지 때문에 이 고생을 하는데, 내가 너라면 좀 더 열심히 싸울 것 같다."

그렇게 말한 뒤 제일리는 돌아서서 모래 바람을 일으키며 쿵쾅쿵쾅 가 버린다. 나는 홍당무가 되어 따라가지만 이번엔 일부러 조금 거리를 둔다.

우리는 계속해서 이베지의 중앙 광장 쪽으로 걸어간다. 붉은 흙으로 시은 네모난 오두막들과 기디들이 뒤엉겨 있는 곳이다. 끼끼이 기자 화려한 비단 카프탄을 입고 수행원들을 거느린 귀족들이 끊임없이 모여들고 있다. 아는 얼굴은 보이지 않지만 행여나 내 정체가 드러날까 싶어 얼굴에 감은 천을 매만진다. 그런데 저들은 왜 여기까지 왔을까? 수도에서 꽤 먼 곳인데? 이 많은 귀족을 머릿수로 압도하는 것은 부역장 노동자들뿐이다.

나는 경악하며 잠시 걸음을 멈춘다. 엄청난 수의 노동자들이 좁다란 길을 메우고 있다. 지금껏 내가 본 부역장 노동자들은 궁전에서 일하는 사람들뿐이었다. 그들은 모두 쾌활하고 깨끗했으며 어머니가 만족할 만큼 늘 단정한 차림새를 유지했다. 나는 노동자들이 빈타처럼 궁전 안에서 안전하고 단순한 삶을 사는 줄로만 알았다. 그들이 어디서 왔는지, 궁전에서 일하지 않았더라면 어디로 갔을지 한 번도 생각해 보지 않았다.

"세상에……." 차마 눈 뜨고 볼 수 없을 지경이다. 이곳 주민들보다 훨씬 더 많은 노동자들이 넝마만 걸친 채 서 있다. 대부분은 신성지들이다. 이글거리는 햇볕을 받아 검은 피부엔 물집이 잔뜩 잡혔다. 마치 흙과 모래를 태워 만든 존재인 듯 피부가 거칠다. 게다가 모두들 걸어 다니는 해골 같다.

"무슨 일일까?" 나는 사슬이 채워진 아이들을 세어 보며 속삭인다. 대부분이 어린아이들이고 조금 큰 아이들도 나보다 어린 듯 보인다. 나는 이 사막 마을에 광물을 캘 만한 탄광이나 새로 놓은 도로, 갓 세운 요새 따위가 있는지 둘러본다. 그러나 이 아이들의 노동력이 들어간 흔적은 보이지 않는다. "왜 저렇게 모인 거지?"

제일리는 자기처럼 길고 새하얀 머리카락에 어두운 피부를 가진 소녀와 눈을 맞춘다. 이 소녀는 너덜거리는 흰색 원피스를 입고 있다. 움푹 들어간 눈에선 생기를 찾아볼 수 없다.

제일리가 중얼거린다. "부역장에 있는 아이들이야. 가라는 곳은 어디든 가야 하지."

"다들 저렇게 사는 건 아니겠지?"

"라고스에서 저보다 더 비참한 상황도 봤어."

제일리는 중앙 광장의 위병 초소를 향해 나아간다. 나는 속이 뒤틀리기 시작한다. 허기진 배 속을 진실이 휘젓고 있다. 그 오랜 세월 나는 아무것도 모르고 그저 식탁 앞에 앉아 있었다.

사람들이 죽어 가는 동안 차를 홀짝이고 있었다.

우물가에 이르러 나는 위병의 심술 가득한 눈초리를 피해 물통을 채우려고 손을 뻗는다. 제일리도 손을 내미는 찰나 위병의 칼이 맹렬히 내려온다.

우리는 화들짝 놀라 물러선다. 심장이 쿵쾅거린다. 방금 전 제일리가 손을 짚었던 목제 테두리에 칼이 박혀 있다. 제일리는 화가 나서 떨리는 손으로 허리춤에 넣어 둔 격투봉을 잡는다.

칼을 따라 위로 시선을 옮기자 그 칼을 휘두른 위병의 매서운 눈이 보인다. 마호가니색 피부는 햇볕에 그을렸지만 눈은 환하게 빛나고 있다.

그가 제일리를 향해 딱딱거린다. "너희 마귀들이 글을 모르는 건 알지만 아이고 하늘이여, 셈은 좀 배워라."

그는 풍화된 표지판을 칼로 탁 때린다. 목판에서 모래알이 떨어져 나가며 희미했던 글씨가 선명하게 드러난다.

'한 잔-금화 한 닢'

"정말이에요?" 제일리가 분을 삭인다.

"우리 돈 있잖아." 내가 봇짐 속으로 손을 넣으며 속삭인다.

"하지만 쟤들은 없잖아!" 제일리는 노동자들을 가리킨다. 그나마 물통을 가져온 몇몇 아이들은 그냥 모래라고 해도 될 만큼 오염된 물을 마시고 있다. 하지만 지금은 문제를 일으켜선 안 된다. 제일리는 왜 그걸 모를까?

"깊이 사과드립니다." 내가 앞으로 나아가 아주 공손하게 사과한다. 꽤 그럴듯하다. 어머니가 봤다면 뿌듯해했을 것이다.

나는 위병의 손에 금화 세 닢을 놓은 뒤 제일리의 물통을 빼앗아 얼른 그 속에 물을 채운다.

"자."

내가 손에 물통을 쥐어 주자 제일리는 진저리를 내며 혀를 찬다. 그러곤 물통을 들고 노동자들에게로 기더니 흰옷을 입은 검은 소녀에게로 다가간다.

"마셔." 제일리가 재촉한다. "어서. 감독관이 보기 전에."

그러자 이 어린 노동자는 조금도 머뭇거리지 않는다. 벌컥벌컥 들이키는 모양새가 며칠째 물을 구경도 못 한 듯하다. 한껏 마신 뒤 소녀는 역시 사슬이 채워진 바로 앞 신성자에게 물통을 넘긴다. 나는 머뭇거리다가 남은 물통 두 개를 마저 다른 노동자들에게 건넨다.

"정말 고마워." 소녀가 입술에 남은 물방울을 핥으며 제일리에게 속삭인다.

"더 도와주지 못해서 미안해."

"충분히 도와줬어."

"그런데 왜 이렇게 모여 있는 거야?" 나는 목이 타들어 가는 갈증을 참으며 묻는다.

"부역장에서 여기 경기장으로 보냈어." 소녀는 흙벽 너머로 가까스로 보이는 한 지점을 고갯짓으로 가리킨다. 처음엔 붉은 모래 둔덕과 파도처럼 너울거리는 모래 말고는 아무것도 보이지 않더니 곧 원형 경기장이 어렴풋이 모습을 드러낸다.

'하늘이여……'

저렇게 거대한 구조물은 한 번도 본 적이 없다. 풍화된 아치와 기둥들로 이뤄진 원형 경기장이 사막 위에 납작 펼쳐진 채 이 메마른 땅의 상당 부분을 차지하고 있다.

"저걸 짓는 거야?" 나는 콧잔등을 찌푸린다. 부역장 노동자들이 이곳에 저런 구조물을 짓는 것을 아버지가 허락했을 리 없다. 이 사막은 너무 메말라 있다. 이런 땅에선 그리 많은 사람이 살지도 못한다.

소녀는 고개를 젓는다. "우린 저 안에서 시합을 해야 해. 감독관들 말로는 우승하면 우리의 빚을 탕감해 주겠대."

"시합?" 제일리가 눈살을 찌푸리며 되묻는다. "무얼 위한 시합이야? 자유?"

"그리고 돈." 앞에 있던 노동자가 턱에 물을 흘리며 불쑥 끼어든다. "바다를 메울 정도로 엄청난 금을 준다던데."

그러자 소녀가 다시 말한다. "꼭 그것만은 아니지. 귀족들은 이미 부유하잖아. 딱히 금이 필요하지 않아. 그들은 바발루아예의 유물을 노리는 거야."

"바발루아예?"

내가 되묻자 제일리가 설명한다.

"건강과 질병의 신 말이야. 신들은 저마다 전설의 유물을 하나씩 갖고 있어. 바발루아예의 유물은 **오훈 에소 아이예**야. 생의 보석이란 뜻이지."

"그게 진짜 있는 거야?" 내가 묻는다.

"그냥 신화야. 마자이가 신성자들을 재울 때 들려주던 이야기지." 제일리가 대꾸한다.

그러자 소녀가 말한다. "그냥 신화가 아니야. 내가 직접 봤어. 보석이라기보다는 돌에 가깝지만 어쨌든 실제로 있어. 영생을 준대."

제일리는 고개를 갸우뚱하며 앞으로 바싹 다가선다.

"그 돌……." 제일리가 목소리를 낮춘다. "어떻게 생겼어?"

23

피의 학살

제일리

해가 저무는 가운데 술 취한 귀족들의 웅성거림이 경기장을 가득 메운다. 밤이 내려앉고 있지만 원형 경기장엔 불빛이 너울거린다. 기둥마다 등불들이 걸려 있다. 우리는 석제 관람석을 가득 메운 귀족들과 위병들을 뚫고 나아간다. 나는 오빠를 붙잡고 비틀거리며 낡은 모래 계단을 밟는다.

"이렇게 많은 사람들이 다 어디서 왔지?" 오빠가 중얼거린다. 그는 흙투성이 카프탄으로 몸을 감싼 코시단 두 명을 비집고 나아간다. 이 베지의 주민은 기껏해야 몇백 명일 텐데, 이 관람석엔 상인들과 귀족들을 포함해 수천 명이 들어차 있다. 모두들 저 아래 움푹 들어간 무대를 바라보며 잔뜩 들뜬 얼굴로 시합을 기다린다.

"왜 이렇게 몸을 떨어?" 우리가 자리에 앉자 오빠가 묻는다. 온몸에 소름이 돋고 있다.

내가 속삭여 말한다. "수백 명의 영혼이 있어. 여기서 아주 많은 사람들이 죽었어."

"노동자들이 이 경기장을 지었다면 그럴 수 있지. 수십 명씩 죽어 나갔을 거야."

나는 고개를 끄덕이며 입안에 가득한 피의 맛을 헹궈 내려 물을 마신다. 무얼 먹든 무얼 마시든 이 아릿한 맛은 좀처럼 가시지 않는다. 아파디의 지옥에 갇힌 영혼이 너무도 많다.

나는 어릴 때부터 오리샤에서 죽은 축복받은 영혼들은 알라피아로 올라가 평화를 누린다고 배웠다. 그들은 이 땅의 고통에서 벗어나 오로지 신들의 사랑만을 누리며 살아간다. 우리 사령술사들의 신성한 의무 가운데 하나는 길 잃은 영혼들을 알라피아로 인도하고 그 대가로 그들의 힘을 빌리는 것이다.

그러나 커다란 죄나 고통에 시달린 영혼들은 그 무게에 짓눌려 알라피아로 올라가지 못한다. 고통에 발이 묶인 채 아파디에 머무르며 살아생전의 기억 가운데 가장 괴로운 순간을 끊임없이 되풀이해 겪어야 한다.

어릴 때는 아파디가 그저 신화에 불과하다고 생각했다. 아이들이 나쁜 짓에 빠지지 않도록 지어낸 편리한 경고일 뿐이라고 넘겨짚었다. 그러나 사령술사로 깨어나고 나자 그 영혼들이 겪는 고문, 그 끈질긴 괴로움, 그들의 끝나지 않는 고통이 실제로 **느껴진다.** 나는 경기장을 훑어본다. 벽이 둘러쳐진 이 아파디의 지옥 안에 이토록 많은 영혼이 갇혀 있다니 믿기지 않는다. 이런 얘기는 어디서도 들어 보지 못했다. 대체 여기서 무슨 일이 있었던 걸까?

아마리가 속삭여 묻는다. "여길 둘러봐야 할까? 여기서 단서를 찾아야 하는 거 아니야?"

그러자 오빠가 대꾸한다. "시합이 시작될 때까지 기다리자. 사람들이 시합에 정신이 팔리면 좀 더 수월해지겠지."

기다리는 동안 나는 귀족들의 화려한 비단옷 너머로 저 아래 쇠를 덧댄 무대 바닥을 살펴본다. 모래 벽돌로 만든, 갈라진 아치나 계단들과는 어우러지지 않는 광경이다. 나는 그 철판에서 칼자국이나 야생 탈짐승의 거대한 발톱 자국 같은 유혈 사태의 흔적을 찾아본다. 그러나 흠집도 없고 빛이 바래지도 않았다. '대체 무슨 시합이기에……'

때마침 종소리가 허공을 가른다.

그와 함께 흥분 가득한 함성이 터지자 나는 얼른 시선을 든다. 사람들이 전부 일어서는 바람에 아마리와 나도 별수 없이 무대를 보기 위해 계단석에서 일어선다. 검은 옷을 입고 가면을 쓴 사내가 금속 계단을 올라 무대 위에 높이 자리한 연단으로 올라간다. 묘한 기운이 그를 에워싸고 있다. 위엄의 기운, 황금빛의 기운…….

사회자는 가면을 벗더니 햇볕에 그을린 밝은 갈색 얼굴을 드러내며 미소 짓는다. 그러곤 쇠 고깔을 입으로 가져간다.

"준비됐습니까?"

관람객들의 맹렬한 포효 소리에 귀가 먹먹해진다. 멀리서 깊게 우르릉거리는 소리가 들린다. 그 소리가 점점 커지더니 무대 양옆의 쇠문들이 벌컥 열리고 물이 끝없이 쏟아져 들어온다. '신기루가 틀림없어.' 그러나 그 엄청난 물살은 끊이지 않고 이어진다. 금속 바닥을 뒤덮고 넓은 바다처럼 철벅거린다.

"어떻게 저럴 수가 있지?" 나는 뼈와 가죽만 남은 노동자들을 떠올리며 중얼거린다. 그 많은 사람들이 갈망하는 물을 이렇게 낭비한단 말인가?

사회자가 야유한다. "잘 안 들리는데요. **일생일대의 전투**를 즐길 준비 됐습니까?"

술 취한 관람객들이 함성을 지르자 경기장 측면의 금속 문들이 열린다. 인공 바다 위로 목선이 한 척씩 들어오기 시작한다. 총 열 척. 제각기 폭이 12미터쯤 되고 높은 돛대에 돛을 매달았다. 배들이 무대로 나오는 동안 선원들이 목제 방향타와 대포들 앞에 자리를 잡는다.

우아하게 차려입은 선장들이 각 배의 키를 잡고 있다. 그러나 선원들을 보는 순간 내 심장이 멎는다.

흰옷의 노동자가 어두운 눈에 눈물을 머금고 수십 명의 뱃사공들 사이에 끼어 있다. 우리에게 그 돌에 대해 알려 준 소녀다. 그 애의 가슴이 오르락내리락한다. 그 애가 잡은 노에 목숨이 걸려 있을 것이다.

오늘 밤 오리샤 삭시에서 온 신장 열 명이 왕의 재신을 느끼히는 황금을 놓고 전투를 벌입니다. 우승한 선장과 선원들은 영광의 바다, 즉 금으로 가득한 대양에 몸을 담그게 됩니다!" 사회자가 두 손을 올리자 위병 두 명이 반짝이는 금화가 담긴 커다란 궤를 밀고 들어온다. 관중석에서 감탄과 탐욕의 물결이 일렁인다. "규칙은 간단합니다. 우승하기 위해선 다른 배의 선장과 선원들을 모조리 죽여야 합니다. 지난 두 달 동안 이 무대에서 한 사람도 살아 나가지 못했지요. 과연 오늘 밤엔 우승자에게 왕관을 씌워 줄 수 있을까요?"

관중석에서 다시 환호성이 터진다. 사회자의 말에 선장들이 눈을 빛내며 합세한다. 무력한 선원들과 달리 그들은 두려워하지 않는다.

그들은 우승을 원할 뿐이다.

"오늘 밤 우승하는 선장에게는 특별한 상이 주어집니다. 지금까지 내건 그 어떤 상보다도 값진, 최근에 발굴한 특별한 물건이죠. 오늘 밤 이렇게 많은 분들이 모인 건 아무래도 이 굉장한 상이 기다린다는 소문 탓인 것 같은데요." 사회자는 느릿느릿 연단을 가로지르며 긴장을 고조시킨다. 그가 다시 쇠 고깔을 입으로 가져가자 나는 속이 바싹바싹 타들어 간다.

"우승하는 선장은 엄청난 금과 함께 이 특별한 상을 가져가게 됩니다. 바로 오늘날까지 시간 속에 묻혀 있던 보물. 바발루아예의 전설적인 유물. 영생의 보석입니다!"

사회자는 망토 안에서 번쩍거리는 돌을 꺼낸다. 목이 탁 막힌다. 일장석이 눈부시게 빛나고 있다. 살아 움직이던 레칸의 그림에서보다 더 환하게. 코코넛만 한 크기에 수정처럼 매끈한 표면 속에서 주황색과 노란색, 붉은색이 고동치며 빛을 발한다. 의식을 치르기 위해 필요한 바로 그 돌이다.

마법을 되찾기 위해 필요한 세 가지 성물 중 마지막 하나.

아마리가 고개를 갸우뚱하며 묻는다. "저 돌이 영생을 가져다준다고? 레칸이 그런 얘기는 하지 않았잖아."

"그렇지. 하지만 보기엔 그럴 것도 같네." 내가 대꾸한다.

"넌 누가 이길 거……."

아마리가 미처 말을 끝내기도 전에 귀청이 떨어질 듯 엄청난 폭발음이 허공을 가른다.

첫 번째 배의 포격으로 경기장이 흔들린다.

금속 포구에서 포탄 두 개가 표적을 향해 무자비하게 날아간다. 바로 옆 배의 사공들을 때리고 그들의 목숨을 앗아 간다.

"아!" 실제로 맞지는 않았지만 극심한 고통이 내 몸을 가른다. 진한 피의 맛이 혀를 뒤덮는다. 아까보다 훨씬 더 강렬하다.

"젤!"오빠가 소리친다. 어쨌든 나는 그랬다고 생각한다. 비명들 때문에 그의 목소리조차 들리지 않는다. 배 한 척이 가라앉자 내 머릿속에서 관중의 함성과 죽은 자들의 비명이 뒤섞인다.

"느껴져." 나는 괴로운 울음을 참으려고 이를 악물며 말을 잇는다. "저들의 죽음이 하나하나 다 느껴져."

탈출할 수 없는 감옥 같다.

포탄들의 폭발음이 벽을 뒤흔든다. 또 다른 배가 침몰하며 부서진 목재들이 허공으로 날아오른다. 피와 시체들이 비처럼 물속으로 떨어져 내리고 목숨이 붙은 부상자들은 익사하지 않으려고 발버둥 친다.

찬돔블레에서 레칸의 영혼이 그랬듯 이 죽음 하나하나가 세차게 나를 때리며 몸과 마음을 헤집는다. 단편적이고 이질적인 기억들이 머릿속으로 밀려든다. 그 모든 이의 고통이 내 품으로 스며든다. 나는 엄청난 괴로움에 정신이 혼미한 상태로 이 끔찍한 상황이 끝나기만을 기다린다. 흰옷의 소녀가 얼핏 보인다. 그러나 익사하는 그 애는 흰옷이 아니라 붉은 물에 에워싸여 있다.

시간이 얼마나 갔을까. 10분? 아니, 열흘?

마침내 피의 학살이 끝나자 나는 기진맥진해서 생각할 수도 숨을 쉴 수도 없다. 열 척의 배와 열 명의 선장은 모두 서로의 손에 갈가리 찢겨 거의 흔적조차 남지 않았다.

"오늘 밤에도 우승자는 없는 것 같군요!"

관중의 함성 위로 사회자의 목소리가 우렁차게 울려 퍼진다. 그는 일장석을 높이 쳐들며 빛이 반사되도록 위치를 조정한다.

붉은 바다 위, 목재 조각들과 시체들 위에서 그 돌이 빛을 발한다. 그 광경에 관중의 함성이 그 어느 때보다도 커진다. 그들은 피에 혈안이 되어 있다.

이 시합이 계속되길 원한다.

"과연 내일은 이 아름다운 전리품을 거머쥐는 선장이 나올까요?"

나는 오빠에게 몸을 기대고 눈을 감는다. 이런 속도라면 우린 저 돌을 만져 보지도 못하고 죽을 것이다.

24

레칸의 기억

이난

벌리서 뚝딱거리는 소리와 부엌장 노동사들의 외침이 울려 피진다. 그 위로 카에아의 퉁명스러운 목소리가 들려온다. 내키지 않아 했지만 제대로 이끌고 있는 모양이다. 그녀의 감독하에 사흘 동안 이뤄진 다리 공사는 완공을 코앞에 두고 있다.

곧 저쪽 산으로 넘어가는 길이 열릴 테지만 나는 아직 어떤 단서도 찾지 못했다. 아무리 파헤쳐도 이 사원은 수수께끼다. 나로선 이 끝없는 신비를 해독할 수가 없다. 마법을 한껏 풀어 두어도 그 소녀를 추적하기엔 역부족이다. 시간이 없다.

조그만 단서라도 얻으려면 내 마법을 총동원해야 한다.

얼마나 오싹한 일인가. 내가 믿어 온 모든 것을 저버려야 하다니. 하지만 그렇게라도 해야 한다. 나 자신보다 의무가 먼저니까. 오리샤가 먼저니까.

나는 심호흡을 하며 마지막 저항의 끈을 서서히 놓는다. 가슴의 통증이 가라앉는다. 시간이 갈수록 마법의 기운이 편안하게 느껴진다.

바다 내음이 먼저 찾아오길 기대하지만 지금껏 매일 그랬듯 목새와 숯 냄새가 좁다란 통로를 메운다.

모퉁이를 한 번 더 돌자 냄새가 더 진해진다. 허공에 청록색 구름이 나타난다. 나는 그 안으로 손을 넣어 레칸의 의식을 불러들인다.

"레칸, 거기 서!"

또다시 모퉁이를 돌자 새된 웃음소리가 울려 퍼진다. 이 센타로의 기억이 밀려들자 나는 차가운 암석에 몸을 기댄다. 아이들의 혼령이 꽥꽥거리며 지나간다. 발가벗은 몸엔 그림이 그려져 있다. 한껏 즐거워하는 소리들이 암벽에 부딪쳐 날카롭게 메아리친다.

'이들은 진짜가 아니야.' 가슴이 쿵쾅거리자 나는 속으로 되뇐다. 그렇게 스스로를 속이려 애쓰지만 한 아이의 장난기 가득한 눈이 진실을 호소하고 있다.

나는 손에 횃불을 들고 서둘러 사원의 좁다란 통로들을 지나간다. 숯 냄새 속에서 잠시 바닷소금 냄새가 훅 느껴진다. 모퉁이를 돌자 또 청록색 구름이 나타난다. 나는 그리로 달려간다. 다시 레칸의 의식이 밀려들자 나는 이를 악문다. 그의 목재 냄새가 강렬해진다. 대기가 움직인다. 나직한 목소리가 들린다.

"실례지만, 이름이 있나요?"

내 몸이 뻣뻣하게 굳는다. 머뭇거리는 아마리의 모습이 눈앞에 나타난다. 내 여동생은 불안한 눈으로 나를 바라보고 있다. 호박색 눈에는 두려움이 가득하다. 톡 쏘는 산의 냄새가 코 안으로 들어온다. 그 매캐한 느낌에 나는 콧잔등을 찌푸린다. "이름 없는 사람도 있나."

"아, 저는 그런 뜻이 아니라."

"레칸." 머릿속에서 그의 목소리가 우렁차게 울려 퍼진다. "올라미 레칸."

서민 옷을 입은 아마리의 우스꽝스러운 모습에 나는 웃음을 터트릴 뻔한다. 그러나 그렇게 많은 일을 겪고도 그 애는 내가 알던 모습 그대로다. 침묵의 장벽 안에 갖가지 감정의 소용돌이를 간직한 모습.

잠시 나의 기억이 끼어든다. 끊어진 다리를 사이에 두고 그 애와 나의 눈이 짧게 마주쳤던 순간. 나는 그 애를 구해 주리라 생각했다. 그러나 고통을 안겨 주었을 뿐이다.

"나의 부가…… 늙었다?"

레칸의 기억에서 그 마자이 소녀가 모습을 드러낸다. 횃불의 불빛 속에서 가물가물 움직이고 있다.

"우리 언어를 기억하니?"

그 애는 고개를 끄덕인다. "조금요. 어릴 때 엄마가 가르쳐 주셨어요."

'드디어.' 며칠 만에 바다 내음이 돌풍처럼 나를 강타한다. 그러나 우리가 만난 이후 처음으로 나는 그 애를 보고 칼을 찾지 않는다. 레칸의 눈으로 보는 이 소녀는 부드러우면서도 인상적이다. 횃불의 불빛 속에서 어두운 피부가 광채를 발하는 듯하다. 은빛 눈에선 환영들이 어른거린다.

'바로 이 아이야.' 레칸의 생각이 내 머릿속에 울려 퍼진다. '이 아이는 무슨 일이 있어도 살아야 해.'

"그 애가 대체 어떤 아이냐고?" 내가 소리 내어 묻는다. 주위는 적막할 뿐이다.

어느새 그 소녀와 아마리의 모습이 사라지고 나는 그들이 있던 허공을 응시하고 있다. 그 애의 냄새가 사라진다. 그리로 다시 손을 뻗어 보지만 아무 일도 일어나지 않는다. 별수 없이 나는 다시 걸음을 옮긴다.

사원 구석구석에 내 발소리가 울려 퍼지는 가운데 나는 몸의 변화를 느낀다. 그동안 이 저주를 억누르느라 늘 진이 빠졌다. 숨 쉬기도 버거웠다. 머릿속에서 윙윙거리는 마법의 기운에 여전히 속이 뒤틀리지만 내 몸은 이 해방감을 만끽하고 있다. 물에 빠져 수년 동안 발버둥 치다 나온 기분이다.

잠시 이 신선한 공기를 음미하리라.

나는 숨을 깊이 들이쉬고 내쉬며 새로 찾은 이 활력에 의지해 계속해서 걸음을 옮긴다. 답을 찾아 레칸의 환영을 쫓으며 소녀가 다시 나타나길 바란다. 다시 모퉁이를 돌자 레칸의 영혼 냄새가 진동한다. 나는 돔형의 공간으로 들어간다. 레칸의 파편적인 의식이 그 어느 때보다도 더 강하게 고동치고 있다. 청록색 구름이 이 공간 전체를 뒤덮는 듯하다. 마음을 다잡을 겨를도 없이 돔형 공간이 하얗게 빛나기 시작한다.

나는 어두운 그림자 속에 서 있지만 레칸의 의식이 울퉁불퉁한 벽면을 온통 빛으로 물들인다. 신들이 그려진 눈부신 벽화에 절로 입이 벌어진다. 초상화마다 환한 빛깔이 넘쳐흐른다.

"이게 뭐지?" 나는 그 장엄한 광경에 감탄하며 중얼거린다. 그림들은 마치 살아 있는 듯 생동감이 넘친다.

나는 남신들과 여신들, 그리고 그 발밑에서 춤추는 마자이들의 그림으로 횃불을 가져간다. 굉장한 그림이다. 나를 점령하는 듯하다. 지금껏 내가 습득한 모든 사고의 틀을 이 그림이 뒤흔들고 있다.

내가 어릴 때부터 아버지는 신화를 믿는 자는 나약하다고 여기도록 가르쳤다. 눈으로 볼 수도 없는 존재에 의지하는 자, 얼굴도 없는 존재에게 일평생을 바치는 자라고 가르쳤다.

나는 왕좌를 나의 신앙으로 택했다. 아버지가, 오리샤가 나의 신앙이었다. 그러나 지금 저 신들을 보고 있으려니 말문이 막힌다.

그들의 손끝에서 나오는 바다와 숲, 그들의 손으로 만들어지는 오리샤의 세상에 나는 넋을 잃는다. 겹겹의 물감 속에 묘한 환희가 살아 숨 쉬는 듯하다. 내가 상상하지 못한 빛이 오리샤를 채우고 있다.

그 벽화를 보면서 나는 진실을 깨닫는다. 아버지가 알현실에서 들려준 이야기는 모두 사실이었다. 신들은 실재한다. 살아 있다. 마자이들의 삶을 연결하고 있다. 하지만 그 모든 게 사실이라 해도 그들의 삶이 나와 연결된 이유는 대체 무엇이란 말인가?

나는 초상들을 하나하나 다시 훑어보며 신들의 손에서 나오는 갖가지 마법을 관찰한다. 짙은 청록색의 풍성한 가운을 입은 신의 초상에서 나는 시선을 멈춘다. 그른 보가 나의 마법이 꿈틀기린다.

그 신은 탄탄한 근육을 내보이며 우뚝 서 있다. 감청색 이펠레*가 짙은 갈색 피부와 선명한 대비를 이루며 넓은 가슴을 가로지른다. 그의 두 손에서 청록색 연기가 굽이굽이 피어오른다. 나의 저주와 함께 나타나는 연기 같은 구름들처럼. 횃불을 옮기자 두피 속으로 찌릿한 기운이 올라온다. 다시 파란 구름이 나타나더니 레칸의 목소리가 머릿속에 울려 퍼진다.

"오리는 하늘 어머니의 머리에서 평화를 물려받아 마음과 정신, 꿈의 신이 되었단다. 그는 이 땅에서 자신의 숭배자들에게 이 독특한 재능을 나누어 주고 그들이 모든 인간과 교감하게 했지."

"마음과 정신, 꿈의 신이라……." 나는 혼자 중얼거리며 모든 조각을

---

* 서아프리카에서 주로 한쪽 어깨에서부터 허리까지 대각선으로 두르는 숄의 일종.

끼워 맞춰 본다. 목소리들. 가물가물 나를 스쳐 가는 다른 이들의 감정. 나도 모르게 갇히곤 하던 그 이상한 꿈속 정경. 틀림없다.

그가 내 기원이 된 신이다.

그 사실을 깨닫자 내 안에서 분노가 요동친다. '당신이 무슨 권리로?' 며칠 전만 해도 나는 이 신의 존재조차 몰랐다. 그런데 제멋대로 내게 독을 퍼트렸단 말인가?

"왜?" 내가 소리친다. 돔 안에 내 목소리가 메아리친다. 그 신이 대답해 주길 기다리지만 침묵만이 돌아올 뿐이다.

"후회하게 해 주겠어." 나는 혼자 중얼거린다. 정신 나간 짓인지도 모르지만 어쩌면 정말 세상의 저 모든 소음을 뚫고 내 목소리가 그에게 닿을지도 모른다. 저 자식이 이날을 후회하게 해 주리라. 그가 내게 퍼트린 이 마법으로 마법을 영원히 사라지게 하리라.

나는 속이 뒤틀리는 것을 느끼며 돌아선다. 나의 저주를 한껏 불러오자 위장이 죄어 오는 듯하다. 저항하지 않을 것이다. 원하는 답을 찾기 위해 내가 갈 수 있는 곳은 한 군데뿐이다.

나는 바닥으로 미끄러져 내려가 눈을 감는다. 마법이 스멀스멀 혈관으로 퍼져 나가며 세상이 아득해진다. 이 저주를 죽이려면 그것을 이용해야 한다.

꿈을 꾸어야 한다.

25

사령술을 써야 한다

제일리

"아부노 없어?"

아마리가 무대에서 이어지는 암석 통로를 내다보고 있다. 머리 위엔 돌가루가 떨어지는 아치들이 굽이굽이 이어져 있고 발밑엔 갈라진 암석들이 자리하고 있다. 발소리가 지나간 뒤 아마리가 고개를 끄덕이자 우리는 쏜살같이 내달린다. 누군가의 눈에 띌세라 있는 힘껏 낡은 기둥들 사이를 황급히 빠져나간다.

마지막 사내가 숨을 거두고 관중이 자리를 뜬 뒤 몇 시간이 지났다. 위병들이 무대의 붉은 바닷물을 다 빼냈다. 끔찍한 시합은 끝났지만 텅 빈 관중석에 딱딱거리는 지팡이 소리가 울려 퍼진다. 위병들이 노동자들을 데려와 물과 함께 씻겨 내려가지 않은 핏자국을 닦게 한다. 저들은 얼마나 괴로울까. 오늘 밤의 흔적을 지워 봐야 내일 또 학살이 일어날 것이다.

'꼭 다시 오겠어.' 나는 결심한다. '저들을 구할 거야.' 의식을 치르고 마법을 되찾고 나면, 아빠가 안전하고 건강하게 살 수 있게 되면 그때 다시 오리라. 땅술사들을 불러 모아 이 거대한 흉물을 모래 속에 파묻어 버릴 것이다. 그 사회자가 신성자들을 희생시킨 대가를 치르게 할 것이다. 귀족들에게도 죄를 물을 것이다.

울퉁불퉁한 벽에 붙어 서면서 나는 복수에 대한 생각으로 마음을 가라앉힌다. 눈을 감고 최대한 집중해 본다. 일장석이 내 핏속의 아셰를 휘젓는다. 눈을 떠 보지만 일장석의 빛은 밤의 어둠 속으로 사라지는 반딧불이처럼 희미하다. 그러나 시간이 가면서 점점 강렬해지더니 어느새 일장석의 기운이 나의 발밑을 뜨겁게 달군다.

"이 아래 있어." 내가 속삭인다. 우리는 텅 빈 통로들을 지나 계단을 내려간다. 부패해서 얼룩덜룩해진 무대 바닥에 가까워질수록 피해야 할 눈이 많아진다. 계단을 다 내려가자 야비한 위병들과 그들에게 시달리는 노동자들이 코앞에 보인다. 딱딱거리는 지팡이 소리에 우리의 발소리가 묻힌다. 우리는 돌로 된 아치 아래로 살금살금 들어간다.

"여기야." 내가 커다란 철문을 가리키며 소곤거린다. 문틈으로 환한 빛이 새어 나오며 일장석의 열기가 아치 속을 가득 메우고 있다. 나는 손으로 철문의 타륜 모양 손잡이를 만져 본다. 녹슨 손잡이에 커다란 맹꽁이자물쇠가 채워져 있다.

나는 오빠가 준 단검을 꺼내 자물쇠의 좁다란 구멍에 넣는다. 끝까지 밀어 넣어 보지만 알 수 없는 미로에 가로막힌다.

"딸 수 있어?" 오빠가 속삭인다.

"해 볼게." 보통 자물쇠보다 복잡하다. 좀 더 뾰족한 물건, 고리 같은 게 달린 물건이 필요하다.

나는 바닥에서 녹슨 가느다란 못을 집어 든 뒤 벽에 대고 눌러 끝부분을 구부린다. 못이 휘자 나는 눈을 감고 정교한 자물쇠를 여는데 정신을 집중한다. '인내를 가져야 한다.' 마마 아그바의 오랜 가르침이 머릿속에 메아리친다. '눈으로 보지 말고 느껴야 해.'

심장이 쿵쾅거린다. 행여나 누가 다가오지 않는지 귀를 쫑긋 세운다. 다행히 휘어진 못을 밀어 넣는 순간 굳게 맞물렸던 이가 움직인다. 왼쪽으로 한 번 더 흔들자…… 딸깍 하는 소리가 들린다. 자물쇠가 풀어지자 안도감이 밀려들며 울음이 터질 것 같다. 손잡이를 잡고 왼쪽으로 당겨 보지만 이 쇠붙이는 꼼짝도 하지 않는다.

"움직이질 않아!"

아마리가 계속 망을 보는 가운데 오빠가 온 힘을 다해 녹슨 타륜 손잡이를 당겨 본다. 삐걱삐걱 끼익끼익 하는 소리가 위병들의 외침을 집어삼키는 듯하지만 손잡이는 여전히 꿈쩍하지 않는다.

"소심해!" 내가 소곤거린다.

"노력하고 있어!"

"더 노력해……."

끼이익 하는 소리와 함께 손잡이가 떨어져 나간다. 우리는 오빠의 손에 들린 그 쇠붙이를 망연히 바라본다. 아아, 신들이여. 이제 어떡하지?

오빠가 문에 몸을 던지다시피 한다. 문은 흔들릴 뿐 조금도 열리지 않는다.

"위병들이 듣겠어!" 아마리가 속삭인다.

"우린 저 돌이 필요해! 이렇게 하지 않으면 어떻게 빼 올 건데?" 오빠가 속삭인다.

나는 오빠의 몸이 문에 닿을 때마다 움찔거린다. 그러나 틀린 말이 아니다. 일장석이 코앞에 있다. 갓 피운 불처럼 그 광채가 내 몸을 데우고 있다.

나는 머릿속으로 갖가지 마법을 떠올려 본다. '아아, 다른 마자이의 도움을 받을 수 있다면 얼마나 좋을까.' 쇠술사가 있다면 저 철문을 우그러뜨릴수 있다. 화염술사가 있다면 눈 깜짝할 새에 손잡이를 녹여 버릴 것이다. '보름 남았어.' 나는 속으로 되뇐다. '마법을 되돌릴 수 있는 시간이 보름 남았어.'

일장석을 갖고 백년제일에 맞춰 가려면 오늘 밤엔 성공해야 한다.

문이 살짝 움직이자 나는 숨을 들이마신다. 거의 다 됐다. 느낌이 온다. 몇 번만 더 밀면 열릴 것이다. 조금만 더 밀면 그 돌은 우리 것이 된다.

"거기 뭐야!"

위병의 우렁찬 목소리가 허공을 가른다. 우리는 그대로 얼어붙는다. 돌바닥에 울려 퍼지는 천둥 같은 발소리가 번개 같은 속도로 우리를 향해 다가오고 있다.

"이쪽으로 와!"

아마리가 일장석 보관소 바로 뒤쪽, 포탄과 폭화약을 쟁여 둔 구역을 가리킨다. 우리가 궤짝들 뒤에 웅크리고 앉았을 때, 마침 한 어린 신성자가 어둑한 불빛 속에서 새하얀 머리카락을 빛내며 들어온다. 그는 순식간에 사회자와 또 다른 위병에게 몰린다. 그들은 일장석 보관소의 문이 조금 열린 것을 보고 우뚝 멈춰 선다.

"이 마귀." 사회자가 입술을 말아 넣으며 소리친다. "누가 시켰어? 누가 이랬어?"

소년이 대답할 겨를도 없이 사회자의 지팡이가 소년을 내리친다. 소년은 돌바닥으로 쓰러진다. 그 애가 비명을 지르자 위병까지 합세해 두들겨 패기 시작한다.

나는 궤짝 뒤에서 움찔거린다. 눈물에 눈이 따끔거린다. 소년은 벌써 등이 터지도록 맞았지만 두 괴물은 좀처럼 누그러지지 않는다. 이 대로 가면 소년은 죽을 것이다.

나 때문에 죽게 된다.

"제일리, 안 돼!"

속삭이는 오빠의 목소리에 잠시 멈칫하지만 보고만 있을 수는 없다. 나는 우리의 은신처에서 튀어 나간다. 아이를 보는 순간, 구토가 올라온다.

소년의 얼굴엔 분한 눈물이 흘러내린다. 소년의 등에는 피가 흘러내린다. 간신히 생명의 끈을 부여잡고 있지만 그 끈이 내가 보는 앞에서 점차 해지고 있다.

"넌 또 누구야?" 사회자가 씩씩거리며 단검을 꺼낸다. 그 검은 마자사이트 칼이 가까워지자 살갗이 따끔거린다. 그의 옆으로 위병 세 명이 달려온다.

"아, 다행이다!" 나는 억지로 웃음을 터트리며 이 상황을 어떻게 타개할까 궁리한다. "사회자님을 찾아다녔거든요!"

사회자는 못 믿겠다는 듯이 눈을 가늘게 좁힌다. 그러곤 지팡이를 더 꽉 움켜쥔다. 그가 되묻는다. "나를 찾아? 이 지하실에서? 저 돌 옆에서?"

소년이 신음한다. 한 위병이 그 애의 머리를 발로 걷어차자 나는 움찔한다. 아이는 자신의 고인 피 속에 누운 채 꼼짝도 하지 않는다. 최후의 일격이었던 모양이다. '그런데 왜 이 아이의 영혼이 느껴지지 않을까?' 이 아이의 마지막 기억은 어디 있을까? 마지막 고통은? 이 소년이 바로 알라피아로 올라갔다면 느끼지 못할 수도 있다. 하지만 이런 죽음을 당하고 어떻게 바로 평화를 찾는단 말인가?

나는 잔뜩 인상 쓰고 있는 사회자에게로 간신히 눈을 돌린다. 어차피 지금 내가 할 수 있는 일은 없다. 소년은 죽었다. 빨리 뭔가를 생각해 내지 않으면 나도 죽는다.

"여기 계실 줄 알았거든요." 나는 꿀꺽 침을 삼킨다.

둘러댈 핑계는 하나뿐이다. "저도 시합에 나가고 싶어요. 내일 밤에 싸우게 해 주세요."

✳

"제정신이 아니야!" 마침내 안전한 모래밭으로 나가자 아마리가 소리친다. "그 피바다 봤잖아. 심지어 넌 그걸 **느꼈어**. 그런데 그 안에 들어가고 싶어?"

"그 돌을 가져와야 하잖아." 내가 소리친다. "나도 죽고 싶지 않아!"

이렇게 쏘아붙이는 와중에도 매 맞은 소년의 모습이 다시 떠오른다. '그게 나아. 배 위에서 갈가리 찢기느니 매 맞아 죽는 편이 나아.' 하지만 아무리 합리화하려 해도 사실은 그렇지 않다는 걸 나는 알고 있다. 그건 결코 존엄한 죽음이라 할 수 없다. 억울하게 누명을 쓰고 맞아 죽는 것. 게다가 나는 그 아이의 영혼을 올려 주지 못했다. 내 바람과는 달리 그 아이에게 필요한 사령술사가 되어 주지 못했다.

내가 다시 중얼거린다. "그 경기장엔 위병들이 득실거리잖아. 오늘 밤에 빼돌리지 못했다면 내일도 훔칠 방법이 없어."

"뭔가 있을 거야." 오빠가 끼어든다. 피가 뒤덮인 그의 발에 모래알이 들러붙는다. "이런 일을 당했으니 오늘 밤엔 일장석을 여기에 보관하지 않겠지. 어디로 옮길지 알아내기만 하면……."

"백년제일까지 열사흘 남았어. 그 열사흘 동안 오리샤를 가로질러 신성한 섬으로 가야 해. 찾아다닐 시간이 없어. 당장 그 돌을 갖고 출발해야 한다고!"

그러자 아마리가 말한다. "우리가 죽어서 그 무대 바닥에 널브러지면 일장석이고 뭐고 다 소용없잖아. 우리라고 살 수 있겠어? 시합에 출전한 사람은 전부 다 죽어 나갔다고!"

"우린 특별한 전략을 쓸 거야." 나는 봇짐 안에 손을 넣어 레칸이 준 검은 두루마리 하나를 꺼낸다. 하얀 잉크로 적힌 제목이 반짝거린다. 번역하면 '죽은 자들의 영체 부활'이다. 사령술사들이 흔하게 사용하는 마법으로, 처음 마자이가 되면 가장 먼저 익힌다. 이 마법을 쓰면 아파디의 지옥에 갇힌 영혼을 내세로 올려 주고 그 대가로 그 영혼의 도움을 받을 수 있다.

레칸의 누두마리에 식힌 두문들 가운데 내기 유인히게 알고 있는 주문이다. 엄마는 한 달에 한 번 다른 사령술사들과 함께 이바단의 외딴 산꼭대기에 올라 이 마법으로 우리 마을에 갇혀 있는 영혼들을 올려 보내곤 했다.

내가 설명한다. "이 두루마리를 살펴봤거든. 엄마가 자주 쓰던 주문이 있더라고. 그걸 익히기만 하면 그 경기장에 있는 영혼들을 병사들로 바꿀 수 있어."

그러자 아마리가 소리친다. "제정신이야? 넌 관람석에서도 그 영혼들 때문에 숨조차 제대로 쉬지 못했잖아. 다시 기운을 차리고 걸어 나가는 데만도 몇 시간이나 걸렸어. 관람석에 앉아서도 제대로 다루지 못한 마법을 무대에선 할 수 있다고 생각하는 거야?"

"그때는 어떻게 해야 하는지 몰라서 죽은 자들에게 기가 질렸던 거야. 통제하지 못한 거라고. 이 주문을 익혀서 활용하면 우린 비밀 군대를 가질 수 있어. 그 경기장엔 한 맺힌 영혼이 수천에 달하잖아!"

아마리는 오빠를 돌아본다. "정신 나간 짓이라고 얘기해 줘. 제발."

오빠는 팔짱을 끼고 자세를 고치더니 아마리와 나를 번갈아 보며 위험을 가늠해 본다.

"정말 할 수 있는지 보자. 그러고 나서 결정하는 거야."

✳

맑은 사막의 밤에 찾아온 추위는 작열하는 태양 못지않게 가혹하다. 쌀쌀한 바람이 이베지 일대의 모래 둔덕을 휩쓸며 모래알을 흐트러뜨리지만 내 몸에선 땀이 비 오듯 쏟아진다. 벌써 몇 시간째 이 주문을 시도하고 있다. 하지만 어째 갈수록 가관이다. 얼마 후 나는 오빠와 아마리를 우리가 빌린 오두막 안으로 들여보낸다. 그래야 실패해도 아무도 볼 수 없을 테니 말이다.

나는 레칸의 두루마리를 달빛에 비춰 보며 센바리아 아래 휘갈겨 적은 요루바어 번역문을 이해하려고 애쓴다. 각성 의식을 치른 뒤 이 옛 언어가 정확하게 기억나기 시작했다. 어릴 때처럼 분명하게 떠오른다. 그러나 거기 적힌 주문을 아무리 읊조려도 아셰가 흐르지 않는다. 마법이 나타나지 않는다. 가슴이 답답해지면서 아무래도 나 혼자서는 할 수 없다는 사실을 절감하기 시작한다.

"제발." 나는 이를 간다. "**오야, 바 미 소로!**"

나는 신들의 일을 하기 위해 모든 것을 걸었는데 왜 신들은 이렇게 절실한 순간에 도와주지 않는 걸까?

나는 부들부들 숨을 내쉰 뒤 풀썩 무릎을 꿇고 앉아 꼬불꼬불하게 변한 내 머리카락을 쓸어내린다. 대습격 전에 마자이가 되었더라면 어릴 때부터 우리 이쿠족 학자가 내게 갖가지 주문을 가르쳐 주었을 것이다. 그랬다면 지금 같은 상황에서 나의 아셰를 깨우는 방법을 정확히 알았을 텐데.

"오야, 도와주세요." 나는 다시 그 두루마리를 보며 내가 무엇을 놓쳤을까 생각해 본다. 이 주문을 외면 영체가 나타나야 한다. 내 주변에 있는 재료로 육체를 부여받은 사령이 나타나야 한단 말이다. 원칙대로라면 이 모래 둔덕들이 영체로 변해야 한다. 그러나 몇 시간째 시도해도 모래알 하나 움직이지 못했다.

손으로 두루마리를 쓸어내리다 내 손바닥에 난 상처에 멈칫한다. 그 손을 올려 뼈 단검에 베인 부분을 달빛에 비춰 본다. 내 피가 하얗게 빛나던 일이 아직 기억 속에 생생하다. 이세기 밀려드는 기분은 굉장했다. 그 엄청난 분출은 오로지 피의 마법을 통해서만 가능하다.

'지금 그것을 사용할 수 있다면……'

생각만 해도 가슴이 쿵쾅거린다. 마법이 술술 나올 것이다. 이 모래로 영체 군단도 거뜬히 만들 수 있을 것이다.

그러나 엄마의 숨 가쁜 목소리가 떠오르며 한없이 펼쳐지던 상상에 제동이 걸린다. 엄마의 움푹 팬 얼굴. 엄마의 밭은 숨소리. 엄마의 곁에서 끊임없이 움직이던 치료술사 세 명이 떠오른다.

'엄마랑 약속해.' 엄마는 피의 마법으로 오빠를 살려 낸 뒤 내 손을 꼭 잡으며 이렇게 속삭였다. '맹세해 줘. 무슨 일이 있어도 너는 절대 하지 않겠다고. 피의 마법을 쓰면 넌 살아남지 못할 거야.'

나는 엄마에게 약속했다. 언젠가 내 피에 흐를 아셰에 대고 맹세했다. 어차피 그 맹세를 깰 수도 없다. 주문 하나도 제대로 해내지 못하고 있으니까.

하지만 이마저도 안 된다면 어쩐단 말인가? 이 주문은 그리 어려운 게 아니다. 불과 몇 시간 전만 해도 내 피에서 아셰가 요동쳤다. 그런데 지금은 아무것도 느껴지지 않는다.

'가만.'

나는 손을 보며 내 앞에서 피 흘려 죽은 그 어린 신성자를 떠올려 본다. 그의 영혼만 느끼지 못한 게 아니었다. 그러고 보니 몇 시간 동안 죽은 자들의 기운을 전혀 느끼지 못했다.

다시 두루마리를 보며 그 문자들 뒤에 숨은 의미를 찾아본다. 아까 그 경기장에서 내 마법이 말라 버린 게 분명하다. 그 느낌이 사라져 버린 시점이…….

'미놀리.'

흰옷의 소녀. 그 커다랗고 공허한 눈.

너무 많은 일이 정신없이 일어난 탓에 그 소녀의 영혼이 자신의 이름을 전달했다는 사실을 미처 깨닫지 못했다.

경기장의 다른 영혼들은 그들의 고통을 전달했다. 그들의 증오를 전달했다. 그들의 기억에서 나는 위병들의 따끔한 채찍질을 느꼈다. 찝찔한 눈물을 맛보았다. 그러나 미놀리는 나를 미나의 흙 밭으로 데려갔다. 그 애와 코가 뾰족한 형제자매들이 가을에 옥수수를 수확하기 위해 일하던 땅. 햇볕이 무자비하게 내리쬐고 일이 고되었지만 늘 미소와 노래가 흘렀다.

"이워 니 이그보카늘레 미 오리샤, 이워 니 모 그보줄 레."

나는 소리 내어 노래를 불러 본다. 내 목소리가 바람에 실린다. 그 가사를 되뇌자 혼이 담긴 목소리가 머릿속에 울려 퍼진다.

미놀리는 마지막 순간을 그곳에서 보냈다. 잔인한 경기장을 잊고 마음속으로 그 평화로운 농장을 그려 보고 있었다. 그 애는 그곳에서 살기로 했다.

그곳에서 죽기로 했다.

"미놀리." 나는 마음속 깊은 곳을 향해 주문을 속삭인다. "에미 아 원 티 오 티 선, 모 케 페 인 니 오니. 에 파다 자데 니누 에야 미모 인. 수레 푼 미 펠루 에분 이예비예 레."

갑자기 내 앞에서 모래가 소용돌이친다. 나는 움찔 물러선다. 안개처럼 뿌연 회오리가 일더니 굽이굽이 빙글빙글 올라갔다 다시 땅으로 내려온다.

"미놀리?" 나는 나지막이 소리 내어 묻지만 이미 그 답을 알고 있다. 눈을 감자 흙냄새가 코를 메운다. 부드러운 옥수수 종자들이 내 손가락 사이로 떨어진다. 미놀리의 기억이 빛난다. 생생하게, 활기차게 살아 숨 쉰다. 그 애의 기억이 내 안에 그토록 생생하게 살아 있다면 그 애도 내 안에 있다고 믿어야 한다.

나는 두 손을 모래 쪽으로 뻗은 채 자신 있게 주문을 다시 읊조린다.

"미놀리, 내가 오늘 그대를 부르니. 이 새로운 요소로 나타나 그대의 귀한 빛으로 나를 축복……."

양피지에서 하얀 센바리아가 튀어나와 내 피부로 올라온다. 나의 두 팔에서 상징들이 춤을 추며 내 몸에 새로운 힘을 불어넣는다. 물속에 뛰어들었다가 처음 수면으로 올라와 공기를 마실 때처럼 폐를 자극한다. 모래가 마치 폭풍처럼 내 몸을 휘감아 올라오고 그 회오리바람 속에서 모래 형상이 나타나 살아 있는 거친 조형물처럼 움직인다.

"아아, 신들이여." 미놀리의 영혼이 모래 손을 앞으로 뻗자 나는 숨을 참는다. 그 모래 손가락이 내 뺨을 스치더니 온 세상이 검게 변한다.

26

끔찍한 실수

이난

상쾌한 공기가 폐를 채운다. 돌아왔다. 꿈속 풍경이 살아 움직인다. 조금 전만 해도 나는 마음과 꿈의 신이라는 오리의 초상 아래 앉아 있었는데 이제 갈대들이 춤추는 들판에 서 있다.

"성공했어." 손으로 축 늘어진 초록색 줄기들을 만져 보며 믿기지 않아 혼자 중얼거린다. 여전히 하얗고 흐릿한 지평선이 하늘의 구름처럼 나를 에워싸고 있다. 하지만 뭔가 다르다. 지난번엔 시야가 닿는 곳까지 들판이 펼쳐져 있었다. 이번엔 축 늘어진 갈대들이 나를 빽빽이 에워싸고 있다.

손가락으로 또 다른 줄기를 만져 보며 가운데서 바깥쪽으로 퍼져 나가는, 움푹 팬 거친 홈들에 놀란다. 머리로는 탈출 경로와 공격 계획을 궁리하고 있지만 이상하게도 몸은 집에 돌아온 듯 편안하다. 마법을 억누르지 않아도 된다는 안도감, 다시 숨 쉴 수 있게 된 듯한 해방감 때문만은 아니다. 이 꿈속의 대기에는 어딘지 부자연스러운 평화가 담겨 있다. 마치 내가 이곳에 속한 사람인 듯……

'정신 차려, 이난.' 세네트 말을 찾아 보지만 여기서는 그것을 만질 수 없다. 대신 나는 고개를 가로젓는다. 그렇게 하면 반역적인 생각을 떨쳐 낼 수 있기라도 한 듯. 이곳은 집이 아니다. 평화가 아니다. 내 저주의 심장일 뿐이다. 해야 할 일을 하고 나면 이곳은 더는 존재하지 않을 것이다.

'그 애를 죽여야 해. 마법을 죽여야 해.' 내 의무가 머릿속을 파고들어 와 가장 깊숙한 곳을 점령한다. 내겐 선택의 여지가 없다.

나의 계획을 따라야 한다.

그 소녀의 얼굴을 떠올려 본다. 갑자기 바람이 불며 갈대들이 갈라진다. 마치 구름이 만들어지듯 그 애의 모습이 형상화된다. 파란 연기가 발에서부터 발끝까지 옮겨 가며 그 애의 몸을 이룬다.

나는 숨을 참고 거꾸로 수를 센다. 파란 연무가 걷히면서 내 몸의 근육들이 팽팽해진다. 까만 그 애의 모습이 살아나고 있다.

내게 등을 돌리고 서 있는 그 애의 머리카락이 전과 달라졌다. 매끈한 휘장처럼 곧게 뻗었던 새하얀 머리카락이 이제 파도처럼 고불고불하게 등으로 내려와 있다.

그 애가 돌아선다. 천천히. 공기처럼 가볍고 우아하게. 그러나 은빛 눈이 내 눈과 마주치는 순간 내가 아는 그 반역자의 모습이 드러난다.

그 애는 색을 덧입힌 내 하얀 머리카락을 가리키며 비웃는다. "염색했네. 한 번 더 덧씌우는 게 좋겠어. 마귀 머리카락이 또 비집고 나왔거든."

'제기랄.' 겨우 세 시간 전에 염색했다. 나는 본능적으로 그 하얀 머리카락을 만져 본다. 소녀의 미소가 커진다.

"불러 줘서 정말 다행이야. 고귀하신 왕자님. 몹시 알고 싶은 게 있거든. 두 남매가 모두 똑같은 무뢰한의 손에 자랐는데 아마리는 파리 한 마리도 못 죽이잖아. 그런데 왕자님은 어쩌다 그런 괴물이 된 거야?"

이 꿈속의 평화가 순식간에 날아가 버린다. 나는 이를 악물고 거칠게 대꾸한다. "멍청하긴. 감히 왕을 그렇게 비방하다니!"

"사원 구경은 재미있게 잘 하셨나, 귀하신 왕자님? 왕이 파괴한 것들을 보니까 기분이 어땠어? 자랑스러웠어? 영감을 받았나? 똑같은 짓을 할 생각에 가슴이 뛰었어?"

문득 레칸의 기억에서 본 센타로들이 떠오른다. 장난기 가득한 눈으로 뛰어다니던 아이들. 돌무더기가 된 그 사원의 잔해로 봐선 그 아이들도 희생된 게 분명했다.

내심 나는 그게 아버지의 소행이 아니었기를 기도했다.

죄책감이 레칸의 가슴에 꽂힌 칼처럼 내 가슴을 찌른다. 하지만 무엇이 중요한지 잊어선 안 된다. '자신보다 의무가 먼저야.'

그 사람들이 죽은 건 오리샤를 살리기 위해서였다.

"설마?" 소녀가 앞으로 걸어오며 조롱하듯 말한다. "혹시 가책을 느끼는 거야? 고귀하신 왕자님께서 그렇게 여린 마음을 숨기고 있었나?"

나는 고개를 젓는다. "넌 아무것도 몰라. 그렇게 편협한 마음으론 알 턱이 없지. 우리 아버지는 한때 너희 편을 들었어. 마자이를 지지했었다고!"

소녀는 코웃음 친다. 살갗을 파고드는 이 애의 웃음에 넌더리가 난다.

"너희 쪽 사람들이 우리 아버지의 가족을 앗아 갔어! **너희**가 대습격을 자초한 거야!" 내가 소리친다.

소녀는 마치 배를 한 대 얻어맞은 듯 움찔 물러선다.

"왕의 부하들이 우리 집에 쳐들어와서 우리 엄마를 끌고 간 게 우리 탓이라고?"

소녀의 머릿속을 선명하게 메우고 있는 검은 피부의 여인이 내 머릿속으로 들어온다. 이 소녀처럼 입술이 도톰하고 광대뼈가 튀어나왔으며 눈꼬리가 살짝 올라갔다. 유일한 차이는 눈빛이다. 여인의 눈은 은빛이 아니다. 밤처럼 검다.

그 기억이 소녀의 가슴속에 있는 무언가를 자극한다.

시커먼 무언가.

증오가 뒤섞인 무언가.

"기대되는군." 소녀는 속삭이듯 낮은 소리로 중얼거린다. "왕이 네 정체를 알면 어떻게 될지 말이야. 아들을 공격하는 아버지 앞에서 얼마나 배짱을 부릴 수 있는지 보겠어."

극렬한 한기가 등줄기를 타고 내려간다. '그럴 일은 없을 거야.'

아버지는 아마리의 반역죄를 기꺼이 용서하려 했다. 이 땅에서 마법을 없애기만 하면 나도 용서받을 수 있을 것이다.

나는 애써 확고한 목소리로 대꾸한다. "그런 일은 없을 거야. 난 왕의 아들이야. 마법을 갖게 됐다고 해서 그 사실이 바뀌진 않아."

그러자 소녀가 조롱하는 투로 말한다. "그래. 왕은 틀림없이 널 살려 둘 거야."

소녀는 돌아서서 갈대 속으로 들어간다. 소녀의 조롱이 내 믿음을 뒤흔들고 있다. 아버지의 텅 빈 눈이 머릿속을 비집고 들어온다. 갑자기 주변 공기가 엷어진다.

'자신보다 의무가 먼저다.' 아버지의 목소리가 들린다. 차가운 목소리. 흔들림 없는 목소리. 언제나 오리샤가 최우선이다.

설사 나를 죽여야 한다고 해도…….

소녀가 눈을 들이마신다. 나는 긴장하며 바람에 흔들리는 갈대들을 둘러본다.

"왜 그래?" 내가 묻는다. '내가 아버지의 영혼을 불러왔나?'

그러나 아무것도 나타나지 않는다. 적어도 사람은 아니다. 소녀가 이 꿈속 풍경의 경계를 이루는 하얀 지평선으로 들어서자 그 발밑에서 갈대들이 피어난다.

풍성한 초록색 갈대들이 태양에 닿으려는 듯 내 머리까지 자라난다. 소녀가 머뭇거리며 지평선을 향해 한 걸음 더 내딛자 갈대들이 폭발적으로 퍼져 나간다.

"대체 뭐지?" 파도가 모래밭을 뒤덮듯 갈대들이 지평선을 뒤덮으며 하얀 경계선을 밀어 낸다. 내 안 깊은 곳에서 뜨거운 무언가가 윙윙거린다. '내 마법이야…….'

어째서인지 저 애가 내 마법을 쓰고 있다.

"움직이지 마!" 내가 명령한다.

그러나 소녀는 그 하얀 공간으로 달려간다. 꿈속의 풍경이 저 애의 뜻에 따라 바뀌고 있다. 저 애가 지배하는 대로 마구 살아난다. 소녀가 전속력으로 달려가자 발밑에서 자라난 갈대들이 부드러운 흙과 하얀 이끼, 키 큰 나무들로 변한다. 나무들이 하늘로 뻗어 올라가 그 들쭉날쭉한 잎으로 태양을 가린다.

"거기 서!" 나는 소녀를 따라 이 새로운 세상을 달려가며 소리친다. 마법의 기운이 분출해 가슴으로 내려가고 머릿속을 울려 대면서 정신이 아득해진다.

내가 아무리 소리쳐도 소녀는 아랑곳 않고 부리나케 달린다. 그 애

발밑의 부드러운 흙이 단단한 암석으로 변한다. 무시무시한 절벽에 이르러서야 그 애는 미끄러지듯 멈춰 선다.

"신들이여." 그 애는 자기가 만들어 낸 장엄한 폭포를 보고 속삭인다. 하얀 물이 거품을 일으키며 호수로 끊임없이 쏟아져 내린다. 호수는 마치 어머니의 사파이어처럼 파랗게 반짝거린다.

나는 멍하니 그 애를 바라본다. 머릿속에선 여전히 마법의 기운이 요동치고 있다. 절벽 너머 울퉁불퉁한 암벽의 틈을 에메랄드빛 이파리들이 메우고 있다. 건너편 호숫가를 에워싼 나무들이 하얀 경계와 뒤섞인다.

"대체 어떻게 한 거야?" 내가 묻는다. 이 새로운 세상은 부인할 수 없이 아름답다. 럼주 한 병을 통째로 들이켠 듯 온몸이 윙윙 울린다.

그러나 소녀는 나를 전혀 신경 쓰지 않는다. 엉덩이를 씰룩대며 펑퍼짐한 바지를 벗고 있다. 그러곤 소리치며 절벽에서 물속으로 첨벙 뛰어내린다.

절벽 너머로 상체를 숙이자 소녀가 흠뻑 젖은 채 수면으로 다시 올라온다. 저렇게 미소 짓는 모습은 처음 보았다. 눈에는 참된 기쁨이 아른거린다. 그 모습에 어느덧 나도 옛 추억에 잠긴다. 아마리의 웃음소리가 귀를 메운다. 뒤이어 어머니가 외침 소리가 들려온다……

"아마리!" 어머니는 미끄러질 뻔하다가 간신히 벽을 붙잡고 날카롭게 소리친다.

아마리는 킬킬거리며 쏜살같이 내달린다. 타일 바닥에 목욕물이 떨어진다. 보모 한 무리가 뒤쫓아 가지만 고집불통 걸음마쟁이는 아무도 당해내지 못한다. 아마리가 도망치기로 마음먹으면 그들은 막을 수가 없다.

아마리는 원하는 것을 얻을 때까지 멈추지 않는 아이다.

나는 넘어진 보모를 뛰어넘으며 함께 내달린다. 하도 웃어서 숨 쉬기도 어렵다. 어느 순간 나는 머리 위로 셔츠를 벗는다. 그다음엔 내 바지가 허공으로 날아간다. 하인들은 우리를 보고 웃음을 터트리다 어머니의 매서운 눈초리에 억지로 웃음을 참는다.

우리는 벌거숭이 악동이 되어 궁전 수영장에 이른다. 그리고 우리가 물에 뛰어드는 순간 하필 어머니가 나타나 아름다운 드레스를 흠뻑 적신다.

아마리가 그렇게 콧물까지 흘려 가며 깔깔대고 웃던 일이 까마득하다. 내 칼에 맞은 뒤 그 애는 나를 전처럼 대하지 않았다. 웃음은 빈타 같은 이들에게만 보여 주었다.

소녀가 헤엄치는 모습을 보며 떠올랐던 동생과의 추억이 서서히 희미해진다. 소녀가 윗도리를 벗자 숨이 멎는다. 검은 피부에서 물이 반짝거린다.

'보지 마.' 나는 고개를 돌려 절벽의 틈에 눈을 고정한다. '여자는 방해물이다.' 아버지는 이렇게 말하곤 했다. '넌 왕이 될 사람이야.'

저 애와 가까이 있는 것만으로도 죄를 짓는 기분이다. 마자이와 코시단의 결합을 금하는 엄격한 법을 위반하고 있는 것 같다. 하지만 나도 모르게 다시 눈이 돌아간다. 어째서인지 저 애를 보지 않을 수가 없다.

'속임수야. 네 머릿속을 침범하려는 또 다른 계략이야.' 나는 이렇게 결론 내린다. 그러나 소녀가 다시 나타나자 말문이 막힌다.

속임수라면 굉장한 속임수다.

"뭐 하는 거야?" 내가 간신히 말한다. 수면 아래 있는 소녀의 굴곡진 몸을 외면하려 애쓰며.

소녀는 이제야 나의 존재를 기억해 낸 듯 시선을 들고 눈을 가늘게 좁힌다. "용서하세요, 고귀하신 왕자님. 왕자님이 우리 집을 태워 버린 뒤로 물가에 가 보지 못했거든요."

울부짖던 일로린 사람들이 다시 떠오른다. 나는 벌레를 밟아 죽이듯 죄책감을 짓누른다. '아니야.' 저 소녀가 자초한 일이다.

저 애가 아마리를 도와 두루마리를 훔친 탓이다.

"미쳤군." 나는 팔짱을 낀다. '눈을 돌려.' 나는 계속 바라보고 있다.

"물 한 잔에 금화 한 닢을 내야 한다면 너도 이렇게 하지 않을 수 없을걸."

'물 한 잔에 금화 한 닢?' 소녀가 다시 물속으로 뛰어들지 나는 곰곰 생각해 본다. 금화는 왕에게도 적은 돈이 아니다. 그런 값은 아무도 감당할 수 없다. 설사 그곳이…….

'이베지다.'

나의 눈이 휘둥그레진다. 그 사막의 마을을 관리하는 교활한 위병들에 대해 들은 적이 있다. 어찌나 교활한지 가뜩이나 부족한 물에 엄청난 요금을 매긴다고 들었다. 나는 웃음을 참으려 안간힘을 쓴다. 저 애를 찾았다. 게다가 저 애는 그 사실을 모르고 있다.

나는 이 꿈에서 나가려고 눈을 감는다. 그러나 아마리의 미소가 다시 떠올라 잠시 멈춘다.

"내 동생." 나는 요란하게 떨어지는 물소리보다 더 크게 외친다. "내 동생 무사해?"

소녀는 한동안 나를 바라본다. 나는 대답을 기대하지 않지만 소녀의 눈에서 알 수 없는 무언가가 타오른다.

마침내 소녀가 대꾸한다. "겁에 질려 있지. 그 애만이 아닐 텐데. 고귀하신 왕자님도 이제 마귀잖아." 소녀의 눈이 어두워진다. "너도 두려워해야지."

✳

답답한 공기가 폐를 침범한다. 진하고 무겁고 뜨겁다. 눈을 떠 보니 머리 위에 다시 오리의 초상이 보인다. '돌아왔군.'

"드디어 알아냈어." 절로 미소가 나온다. 곧 끝날 것이다. 그 애와 두루마리를 따라잡으면 마법의 위협은 영원히 사라진다.

등에 땀이 흐르는 가운데 나는 머릿속으로 계획을 세운다. 다리는 얼마나 완성됐을까? 이베지까지는 얼마나 걸리지?

나는 벌떡 일어나 횃불을 집어 든다. '카에아를 찾아야 해.' 휙 돌아서자 카에아가 이미 내 뒤에 서 있다.

칼을 뽑아 든 채로. 내 심장을 겨눈 채로.

"카에아?"

그녀의 연갈색 눈이 휘둥그레져 있다. 손이 가늘게 떨리며 칼이 흔들린다. 그녀는 자세를 바꾸고 내 가슴을 확실하게 겨눈다. "무얼 하신 거예요?"

"뭐가요?"

그녀는 이를 악물고 말한다. "모르는 체하지 마세요. 뭐라 **중얼거리고** 있었어요. 머, 머리가…… 빛에 에워싸여 있었다고요!"

꿈속 소녀의 목소리가 귓전을 때린다.

'고귀하신 왕자님도 이제 마귀잖아. 너도 두려워해야지.'

"카에아, 그 칼 내려요."

카에아는 머뭇거린다. 시선이 내 머리카락으로 향한다. '새하얀 머리카락……'

다시 나타나고 있는 게 틀림없다.

"그런 게 아니에요."

"내 눈으로 봤어요!" 그녀의 이마에서 흘러내린 땀이 인중에 고인다. 그녀는 칼을 들고 한 걸음 더 다가온다. 나는 별수 없이 벽에 붙어 선다.

"카에아, 저예요. 이난. 난 카에아를 해치지 않아요."

카에아가 속삭여 묻는다. "얼마나 됐어요? 언제부터 **마자이**였냐고요!" 그 말을 마치 욕설처럼 내뱉는다. 내가 레칸과 똑같은 인간인 것처럼. 날 배부려 시끼본 아이가 아닌 깃처럼, 그 지신이 수년 동안 훈련시킨 병사가 아닌 것처럼.

"그 애한테 감염됐어요. 일시적인 거예요."

"거짓말." 카에아는 입술을 일그러뜨리며 혐오감을 드러낸다. "혹시…… 혹시 그 애를 돕고 있는 거예요?"

"아뇨! 난 단서를 찾고 있었어요!" 나는 앞으로 나아가며 말을 잇는다. "그 애가 어디 있는지 알아냈……"

"가까이 오지 마!" 카에아가 소리친다. 나는 두 손을 올리며 그 자리에 멈춰 선다. 그녀는 나를 모르는 사람인 듯 보고 있다.

걷잡을 수 없는 두려움에 휩싸여 있다.

내가 속삭인다. "우린 한편이에요. 지금까지 줄곧 그랬어요. 일로린에서 나는 그 애가 남쪽으로 간 것을 느꼈어요. 소코토에서는 그 애가 그 상인에게 간 것을 감지했고요." 나는 침을 꿀꺽 삼킨다. 카에아가 한 걸음 더 다가오자 맥박이 빨라진다. "우린 적이 아니에요, 카에아. 내가 있어야 그 애를 추적할 수 있어요!"

카에아는 나를 노려본다. 그녀의 칼날이 더 심하게 떨리고 있다.

내가 애원한다. "나예요. **이난**. 오리샤의 왕세자. 사란 왕의 후계자."

아버지 얘기가 나오자 카에아는 주춤한다. 마침내 그녀의 칼이 땅으로 떨어진다. '하늘이여, 감사합니다.' 나는 다리가 후들거려 털썩 벽에 기댄다.

카에아는 잠시 두 손으로 머리를 움켜쥐고 있다가 나를 본다. "그래서 지난주 내내 그렇게 이상하게 행동하신 거예요?"

나는 고개를 끄덕인다. 여전히 심장이 쿵쾅거린다. "얘기하고 싶었지만 이렇게 나올 줄 알았어요."

"죄송해요." 그녀는 벽에 기대며 말을 잇는다. "하지만 그 마귀가 저한테 한 짓을 생각하면 확인하지 않을 수 없었어요. 혹시 그들을 돕고 있는 건지……" 그녀의 시선이 다시 나의 하얀 머리카락으로 향한다. "정말 우리 편이 맞는지 확인해야 했다고요."

나는 아버지의 세네트 말을 움켜쥔다. "단 한 번도. 단 한 번도 흔들리지 않았어요. 나는 마법을 없애고 싶어요. 오리샤를 안전하게 지키고 싶어요."

카에아는 여전히 조금 경계하며 나를 살펴본다. "그 마귀는 지금 어디 있어요?"

"이베지." 내가 털어놓는다. "확실해요."

"좋아요." 카에아는 똑바로 서서 칼을 집어넣는다. "다리가 완성됐다고 말씀드리러 왔어요. 그들이 이베지에 있다면 제가 부하들을 모아 오늘 밤에 떠나겠습니다."

"**카에아**가 부하들을 모은다고요?"

그러자 카에아가 대꾸한다. "왕자님은 당장 궁전으로 돌아가셔야죠. 폐하께서 이 사실을 아시면……."

'기대되는군.' 그 소녀의 목소리가 다시 들려온다. '왕이 네 정체를 알면 어떻게 될지 말이야. 아들을 공격하는 아버지 앞에서 얼마나 배짱을 부릴 수 있는지 보겠어.'

"안 돼요! 내가 있어야 해요. 내 능력이 없으면 그들을 추적할 수 없어요."

"능력이라고요? 왕자님은 이제 **짐**이에요. 언제든 우리를 공격하거나 자신을 위험에 빠뜨릴 수 있다고요. 그리고 누가 알게 된다면요? 폐하의 입장이 어떻게 될지 생각해 보세요!"

나는 그녀에서 손을 뻗는다. "안 돼요. 아버지는 이해하지 못하실 거예요!"

카에아는 핏기 없는 얼굴로 복도를 본다. 그러곤 뒷걸음질 치기 시작한다.

"이난, 내 의무는……."

"카에아의 의무는 **나**를 보좌하는 거예요. 명령이에요. 당장 멈춰요!"

카에아는 내달리기 시작한다. 어둑한 빛이 비추는 복도들을 전속력으로 질주한다. 나는 그녀를 뒤쫓아 가 있는 힘껏 바닥으로 쓰러뜨린다.

"카에아, 제발, 그냥…… **으윽!**"

그녀가 팔꿈치로 내 배를 찌른다. 숨이 목에 턱 걸린다. 그녀는 나에게서 벗어나 허둥지둥 일어나서 계단을 올라간다.

"도와줘!" 그녀가 필사적으로 외쳐 댄다. 사원 복도에 메아리가 울려 퍼진다.

"카에아, 거기 서!" 아무에게도 들켜선 안 된다. 내 정체가 들통나선 안 된다.

카에아가 날카롭게 외친다. "이난은 적이다! 지금까지 내내⋯⋯."

"카에아!"

"이난을 막아! 이난은 마자⋯⋯."

카에아가 마치 투명한 벽에 부딪힌 듯 얼어붙는다.

그녀의 목소리가 잦아들더니 곧 잠잠해진다. 온몸의 근육이 떨린다.

내 손바닥에서 카에아의 머리로 청록색 파장이 소용돌이쳐 흘러가더니 마치 레칸의 마법처럼 그녀를 마비시킨다. 카에아의 정신이 나조차도 몰랐던 내 힘에 저항하며 내 정신의 손아귀에서 벗어나려고 안간힘을 쓴다.

'안 돼⋯⋯.'

나는 떨리는 내 손을 바라본다. 내 핏줄에 흐르는 두려움이 누구의 것인지 모르겠다.

'내가 정말 마자이가 되었어.'

나는 내가 쫓던 괴물이 되었다.

카에아가 몸부림치며 숨을 거칠게 몰아쉰다. 나의 마법은 계속해서 나의 통제를 벗어나고 있다. 카에아의 입에서 괴로운 비명이 새어 나온다.

"놓아줘!"

"어떻게 해야 하는지 모르겠어요!" 내가 소리친다. 두려움이 목을 죄어 온다. 이 사원이 나의 힘을 증폭시키고 있다. 마법은 억누르려할수록 더 세차게 밀려 나온다.

카에아는 점점 더 괴롭게 울부짖고 있다. 두 눈이 붉게 변한다. 귀에서 피가 나와 목을 타고 흘러내린다.

여러 가지 생각이 엄청난 속도로 돌아가고 있다. 머릿속에 있는 세 네트 말들이 부서져 가루로 변한다. 이제 손쓸 길이 없다.

나를 두려워하던 그녀가 이제는 나를 혐오하고 있다.

"제발!" 내가 소리친다. 그녀를 말려야 한다. 내 말을 듣게 해야 한다. 나는 그녀의 왕이 될 사람이다……

"으윽!"

카에아의 입에서 떨리는 숨소리가 새어 나온다. 눈동자가 넘어가고 있다.

그녀를 붙잡고 있던 청록색 빛이 사라진다.

그녀의 몸이 바닥으로 떨어진다.

"카에아!" 나는 옆으로 날려가 그녀의 목에 손을 대 보지만 맥박이 약해지고 있다. 잠시 후 그나마도 희미해진다.

"안 돼!" 내가 소리친다. 그렇게 하면 그녀를 살릴 수 있기라도 한 듯. 그녀의 눈에서 피가 나와 코를 타고 흘러내린다. 입에서도 피가 흐른다.

"미안해요." 눈물에 목이 멘다. 그녀의 얼굴에 흐르는 피를 닦아 주려 하지만 오히려 더 얼룩질 뿐이다. 가슴이 죄어 온다. 그녀의 피가 내 가슴속에 번지고 있다.

"미안해요." 눈앞이 흐려진다. "미안. 미안해요."

"마귀." 카에아가 숨과 함께 내뱉는다.

그렇게 끝이 난다. 그녀의 몸이 뻣뻣해진다.

연갈색 눈에서 빛이 사라진다.

얼마나 지났을까. 나는 카에아의 시체를 끌어안고 있다. 그녀의 검은 머리카락에 박힌 청록색 수정들 위로 피가 떨어진다. 내 저주의 표시. 그 수정들이 반짝거리며 쇠와 포도주 냄새가 코를 찌른다. 카에아의 의식의 조각들이 나를 덮친다.

그녀가 아버지를 처음 만난 날이 보인다. 마자이들이 아버지의 가족을 죽였을 때 그녀는 아버지를 안아 주었다. 알현실에서 에벨레가 피를 흘리며 죽어 가는 가운데 두 사람이 비밀스러운 입맞춤을 나누는 광경도 보인다.

카에아에게 입을 맞추는 그 사내는 한없이 낯설다. 내가 본 적 없는 왕이다. 그에게 카에아는 태양과도 비교할 수 없었다. 가슴속을 점령한 단 하나의 존재.

그런 그녀를 내가 빼앗았다.

나는 화들짝 놀라며 카에아의 피투성이 시체를 툭 내려놓고 물러난다. 마법을 깊숙이 내리누른 탓에 진이 빠질 만큼 가슴이 저릿해 온다. 그 통증이 어찌나 날카로운지 카에아의 등을 찌를 수도 있을 것 같다.

아버지가 알면 안 된다.

이런 끔찍한 일은 일어나지 않았다.

아버지는 내가 마자이라는 사실은 눈감아 주더라도 이 일은 절대 용서하지 않을 것이다.

이제 와서 또다시 마법이 아버지의 사랑을 앗아 가다니.

나는 한 걸음 물러선다. 또 한 걸음. 그리고 또 한 걸음, 또 한 걸음. 그렇게 끔찍한 실수에서 도망친다. 이 혼돈에서 벗어날 수 있는 길은 그것뿐이다.

그리고 그 애가 이베지에서 기다리고 있다.

27

정당한 일도 옳은 일도 아니지만

아마리

시합이 시작하기도 전에 경기장엔 흥분의 아우성이 가득하다. 취기 어린 함성이 암석 복도로 울려 퍼진다. 관객들은 모두 피에 굶주려 있다. **우리의 피**. 나는 침을 꿀꺽 삼키고 떨리는 손을 감추려 두 주먹을 꼭 쥔다.

'용감해지세요, 공주님. 용기를 내세요.'

머릿속에 빈타의 목소리가 생생하게 울려 퍼지며 눈이 따끔거린다. 그 애가 살아 있을 땐 그 목소리를 들으면 힘이 솟는 듯했지만 오늘 밤엔 그마저도 학살을 환호하는 관중의 함성에 묻힌다.

"관객들이 좋아할 거다." 사회자가 빙긋 웃으며 우리 셋을 지하로 안내한다. "여자 선장은 처음이거든. 네 덕분에 오늘 입장료를 두 배로 받았어."

제일리는 코웃음을 치지만 그 코웃음도 특유의 신랄함을 잃은 듯하다. "우리의 피가 더 값나간다니 다행이네요."

"진기한 건 값이 더 나가게 마련이지." 사회자는 제일리에게 역겨운 미소를 비치며 말을 잇는다. "혹시 **사업**을 하게 되거든 꼭 기억해라. 너 같은 마귀는 엄청난 밑천이 될 수 있어."

제일리는 제인이 나서지 못하도록 그의 팔을 잡고는 사회자를 죽일 듯이 노려본다. 손으로는 자신의 금속 격투봉을 만지고 있다.

'쳐.' 나는 이렇게 속삭이고 싶다.

제일리가 사회자를 때려눕히면 일장석을 몰래 빼 올 수 있을지도 모른다. 배를 타고 나가 마주하게 될 운명을 생각하면 무엇이든 할 수 있을 것 같다.

"잘 알았습니다." 제일리는 심호흡을 하며 격투봉에서 손을 뗀다.

다시 걸음을 옮기자 마음이 무거워진다. '우린 죽으러 가는 거야.'

우리는 배가 보관된 녹슨 지하 창고로 들어서지만 우리에게 배정된 선원들은 고개도 들지 않는다. 수년간의 고된 일로 쇠약해진 노동자들은 거대한 목함 옆에서 한없이 작아 보인다. 대부분이 신성자이고 나이가 많은 사람도 기껏해야 제인보다 한두 살 위인 듯 보인다. 위병이 그들의 사슬을 풀어 준다. 학살을 코앞에 두고 잠시 자유가 주어진다.

사회자는 노동자들을 가축처럼 손짓해 가리키며 말한다. "마음껏 부려라. 전략 수립 시간은 30분이야. 그러고 나면 시작하는 거다."

이 말과 함께 그는 돌아서서 컴컴한 지하실을 나간다. 그가 사라지자 제인과 제일리는 서둘러 우리의 봇짐에서 빵과 물을 꺼내 사람들에게 나눠 준다. 노동자들이 이 조촐한 연회를 게걸스럽게 즐길 거라 생각했는데 정작 그들은 퀴퀴한 빵을 난생처음 보는 물건인 양 빤히 바라보고만 있다.

"어서 들어요." 제인이 그들을 달랜다. "하지만 너무 급하게 먹으면 안 됩니다. 천천히 먹어야 체하지 않아요."

어린 신성자가 빵을 한 입 베어 물려 하는데 수척한 여인이 그 애를 막는다.

"하늘이여." 내가 중얼거린다. 그 신성자 아이는 기껏해야 열 살 남짓이다.

좀 더 나이 많은 코시단이 묻는다. "이게 뭡니까? 마지막 식사라도 하라는 거예요?"

"우린 죽지 않을 겁니다. 저를 잘 따르기만 하면 여러분은 살아서 금을 갖게 될 거예요." 제인이 그들을 다독인다.

속으로는 어떤지 몰라도 어쨌든 제인은 조금도 겁나지 않는 듯 보인다. 당당한 목소리와 걸음걸이, 우뚝 선 모습이 존경을 자아낼 뿐이다. 그를 보면 우린 정말 무사할 거라고 **거의** 믿게 된다.

눈에 끔찍한 흉터를 가진 여자가 목소리를 높인다. "우리가 이까짓 빵에 넘어갈 줄 알아요? 설사 승리해도 당신들은 우릴 죽이고 금을 가지려 하겠지."

제인은 고개를 젓는다. "우리가 원하는 건 돌입니다. 금이 아니에요. 협조해 주시면 금화는 전부 여러분에게 드리겠다고 약속할게요."

나는 사람들을 살펴보며 내심 그들이 반란을 일으켰으면 하고 바라는 스스로에게 진저리를 낸다. 선원들이 없으면 우린 무대로 나갈 수 없다. 제일리와 제인은 결국 배에 오르지 못할 것이다.

'용감해지세요, 공주님.' 나는 눈을 감고 힘겹게 심호흡을 한다. 깊이 묻혀 있던 빈타의 목소리가 더 크고 힘차게 머릿속에 울려 퍼진다.

"여러분에겐 선택의 여지가 없잖아요." 모두의 시선이 내게 향하자 뺨이 화끈거린다. '용감해져야 해.' 나는 할 수 있다. 궁전에서 연설할 때처럼 하면 된다. "정당한 일도 옳은 일도 아니지만 이렇게 된 걸 어쩌겠어요. 협조를 원하든 원치 않든 여러분은 어쨌든 배를 타야 해요."

제인과 눈이 마주치자 그가 나를 앞으로 쿡 밀어 낸다. 나는 목을 가다듬고 애써 강인한 목소리를 내며 앞으로 나간다. "오늘 밤에 출전하는 다른 선장들은 그저 승리에만 혈안이 되어 있어요. 누가 죽든 다치든 상관하지 않죠. **우리**는 여러분이 살기를 원해요. 하지만 그러려면 여러분이 우리를 믿어야 해요."

지하실을 이리저리 둘러보던 선원들이 그중 가장 강인해 보이는 노동자를 돌아본다. 제인만큼 훤칠한 신성자다. 걸어 나오는 그의 등 위에서 흉터들이 일렁인다. 그는 제인과 눈을 맞춘다.

그의 결정이 떨어질 때까지 주변 공기도 숨을 참는 듯하다. 마침내 그가 손을 내밀자 나는 다리가 풀려 하마터면 주저앉을 뻔한다.

"우리가 어떻게 해야 합니까?"

28

죽음의 무대로 들어서다

아마리

"노선사들, 준비하세요!"

무대 아래로 사회자의 목소리가 울려 퍼진다. 가슴에서 심장이 덜
컥 내려앉는다. 제인이 전략을 논의하고 명령을 내리는 사이 30분이
정신없이 지나갔다. 그는 수년간 전쟁을 치르며 지략을 쌓은 노련한
장군처럼 사람들을 이끌고 있다. 노동자들은 눈을 빛내며 제인의 말
을 한 마디도 놓치지 않으려는 듯 귀를 기울인다.

제인이 고개를 끄덕이며 말한다. "좋습니다. 해 보죠."

영양분과 새로운 희망을 얻은 노동자들은 목적의식을 갖고 움직이
기 시작한다. 그러나 모두가 발을 끌며 갑판으로 올라가는데 정작 내
발은 납덩이처럼 무겁다. 물이 쏟아져 나오는 요란한 소리가 가까워
지자 그 성난 물이 집어삼킨 시체들이 떠오른다. 벌써부터 그 물이 내
팔다리를 끌어내리는 느낌이다.

'이제 끝이야……'

곧 시합이 시작된다.

노농사늘 설반은 속도에 힘을 보태려 노를 잡고 준비한다. 나머지는 대포 주위로 가서 제인이 구상한 효율적인 대형으로 자리 잡는다. 두 명이 포구를 겨누고 두 명은 약실에 폭화약을 장전하기로 했다. 곧 모두가 배에 오른다.

나를 제외한 모두가.

물이 차오르자 나는 무거운 발을 억지로 움직여 배에 올라탄다. 갑판을 가로질러 대포 뒤에 자리 잡으려 하는데 제인이 내 앞을 막아선다.

"너까지 탈 필요는 없어."

귓전에서 두려움이 요란하게 아우성치는 통에 제인의 말을 얼른 알아듣지 못한다. '너까지 탈 필요는 없어.'

'너까지 죽을 필요는 없어.'라는 말이다.

"그 의식에 대해 아는 사람은 우리 셋뿐이잖아. 전부 다 배에 탔다가⋯⋯." 그는 목을 가다듬으며 위험한 생각을 삼키고 다시 말을 잇는다. "여기까지 와서 다 물거품을 만들 수는 없어. 무슨 일이 있어도 우리 중 한 명은 살아남아야 해."

'알았어.' 이 말이 입술 끝에서 금방이라도 빠져나가려 한다. 그러나 나는 다른 말을 내놓는다. "하지만 그건 제일리지. 끝까지 살아남아야 하는 사람은 제일리야."

"내 동생이 배에 타지 않아도 우리가 이길 수 있다면 그 애를 설득했겠지."

"하지만⋯⋯." 물이 철썩 선체를 때리자 나는 말을 멈춘다. 이곳은 곧 폐쇄될 것이다. 그러고 나면 이 무덤에서 나갈 수 없게 된다. 도망치려면 지금 도망쳐야 한다. 곧 돌이킬 수 없게 될 것이다.

제인이 재촉한다. "아마리, 어서 가. 부탁이야. 네가 다칠까 걱정하느라 우리가 더 못 싸울 수도 있어."

'**우리**.' 나는 하마터면 웃음을 터트릴 뻔한다. 뒤에서 제일리가 난간을 붙잡고 눈을 감은 채 입술을 빠르게 움직이며 주문을 연습하고 있다. 두려운 기색이 역력하지만 그래도 제일리는 싸우고 있다. 이 애에게 도망치는 것은 허락되지 않는다.

'그렇게 예쁜 공주님처럼 굴 거면 저 위병들한테 가서 항복해. 난 널 보호하러 온 게 아니야. 싸우러 왔지.'

나는 제인에게 속삭인다. "우리 오빠가 나를 쫓고 있어. 아버지도. 이 배에서 내린다고 내가 혹은 그 두루마리의 비밀이 살아남을 수 있는 건 아니야. 그저 시간을 조금 끌어 줄 뿐이겠지." 물이 철썩거리며 발을 때리자 나는 앞으로 나아가 포병들에게 합류한다. "나도 할 수 있어." 나는 거짓말을 한다.

나는 싸울 수 있다.

'용감해지세요, 공주님.'

이번엔 빈타의 말을 붙들어 갑옷처럼 몸에 두른다. 나는 용감해질 수 있다. 빈타를 위해 무엇이든 해야 한다.

제인은 잠시 내 눈을 보다가 고개를 끄덕인다. 그러곤 자기 자리로 돌아간다. 배가 삐거덕거리며 물을 타고 나아가 우리를 전투로 이끈다. 우리는 마지막 터널을 지난다. 우리의 피를 보려고 안달하는 관객들이 거친 함성을 내지른다. 문득 아버지가 이 '오락'에 대해 알고 있을까 궁금해진다. 설사 안다 해도 신경이나 쓸까?

나는 온 힘을 다해 배의 난간을 붙잡으며 두려움을 잠재우려 애쓰지만 소용없다. 마음의 준비가 되기도 전에 우리는 무대로 들어서서 사람들 앞에 서 있다.

소금물과 식초 냄새가 코를 찌르는 가운데 나는 기막힌 광경에 눈을 깜빡거린다. 무대 위 앞쪽 관람석을 메운 귀족들이 난간에 매달려 화려한 비단 자락을 펄럭이며 주먹을 흔들고 있다.

고개를 돌리는 순간, 다른 배에 탄 어린 신성자의 부릅뜬 눈에 심장이 죄어 온다. 공허한 그 애의 얼굴이 새삼 현실을 일깨운다.

우리 중 한쪽이 살려면 다른 한쪽이 죽어야 하는 현실.

제일리는 손을 풀고 손마디를 꺾으며 뱃머리로 걸어간다. 입으로는 계속 조용히 주문을 외며 정신을 흐트러뜨리지 않으려 애쓴다.

배가 한 척씩 나올 때마다 관중의 우렁찬 포효가 울려 퍼진다. 그러나 나는 우리의 경쟁자들을 살펴보다가 끔찍한 사실을 깨닫는다. 어젯밤엔 열 척이었다.

오늘은 서른 척이다.

29

영체들

제일리

'아니야……'

나는 몇 번이고 세어 보며 착오가 있었다는 발표가 나오기를 기다린다. 스물아홉 척을 이길 수는 없다. 우리의 계획으론 열 척도 간신히 이길까 말까다.

"오빠." 나는 오빠에게로 달려가며 두려움을 감추지 않고 소리친다. "난 못 해! 저렇게 많은 적을 쓰러뜨릴 수는 없어."

아마리가 부들부들 몸을 떨며 뒤따라오다가 하마터면 갑판 위에 넘어질 뻔한다. 그 뒤로 선원들이 따라와 오빠에게 끊임없이 질문을 퍼붓는다. 우리가 몰려들자 오빠는 눈을 이리저리 굴리며 어느 한 지점에 초점을 맞추려 애쓴다. 그러나 곧 그는 턱을 굳게 다문다. 눈을 감는다.

"조용!"

북새통 속에 그의 목소리가 울려 퍼지며 우리의 아우성이 잠잠해진다. 사회자가 관중의 흥분을 한껏 고조시키는 사이 우리는 무대 위를 살펴보는 오빠를 바라본다.

"아비, 왼쪽 배를 맡아. 델레는 오른쪽 배. 그쪽 선원들과 동맹을 맺어. 멀리 있는 배들을 겨누면 좀 더 오래 버틸 수 있다고 얘기해."

"하지만 만약……."

"어서!" 오빠는 그들의 항의를 무시하고 서둘러 이들 남매를 위치로 보낸다. 그러곤 계속해서 지시한다. "노잡이들, 계획을 바꿀게요. 지금 인원의 절반만 노를 잡아요. 배가 계속 움직이게 하세요. 너무 속도를 낼 필요는 없지만 멈춰 있으면 우린 죽어요." 노잡이 절반이 황급히 달려가 목제 노를 잡는다. 오빠는 다시 아그본 챔피언의 눈으로 우리를 돌아본다. "나머지는 대포를 맡아 앞에 있는 배들을 쏴야 합니다. 계속 발포하세요. 하지만 계산을 잘해야 해요. 폭화약이 그리 많지 않으니까."

"비밀 무기는요?" 선원들 가운데 가장 강한 사내 바코가 묻는다.

오빠의 지도력에 잠시 되찾았던 평정이 순식간에 날아간다. 가슴이 죄어 오며 날카로운 통증이 옆구리를 타고 올라온다. '그 무기는 준비되지 않았답니다.' 이렇게 소리치고 싶다. '그것만 믿고 있으면 여러분은 죽을 거예요.'

벌써부터 보이는 듯하다. 물 위에서 악을 쓰는 오빠와 숨을 참고 어떻게든 마법을 끌어내 보려고 안간힘 쓰는 나. 나는 엄마 같은 마자이가 아니다. 저들에게 필요한 사령술사가 되지 못하면 어떡하지?

"준비되어 있습니다. 그걸 쓸 때까지 살아서 버텨야 합니다." 오빠가 그를 안심시킨다.

"자…… **일생일대의 전투**를 즐길 준비가 되셨나요?"

사회자의 도발에 관중이 포효한다. 우렁찬 함성이 고깔을 대고 외치는 사회자의 목소리마저 집어삼킨다. 선원들이 흩어지자 나는 오빠의 팔을 잡는다. 목이 바싹 타들어 가 말하기도 버거울 지경이다.

"나는 어떡해?"

"넌 그냥 계획한 대로 해. 그보다 조금만 더 쓰러뜨리면 돼."

"오빠, 난……."

"날 봐." 오빠는 두 손으로 내 어깨를 잡고 말을 잇는다. "어머니는 내가 아는 가장 강력한 사령술사였어. 넌 어머니의 딸이야. 분명할 수 있어."

가슴이 죄어 오지만 두려움 탓인지 다른 이유인지 모르겠다.

오빠는 내 어깨를 꽉 움켜쥔다. "일단 해 봐. 영체 하나만 성공해도 도움이 될 거야."

"10…… 9…… 8…… 7……"

"꼭 살아남아야 해!" 오빠는 이렇게 외치곤 무기고 옆에 자리를 잡는다.

"6…… 5…… 4…… 3……"

귀청이 떨어질 듯한 함성을 들으며 나는 배의 난간으로 달려간다.

"2……"

이제 물러설 곳이 없다. 둘 중 하나다. 그 돌을 손에 넣거나……

"1!"

……아니면 죽거나.

뿔피리가 울리자 나는 쏜살같이 배에서 뛰어올라 따뜻한 바닷물 속으로 들어간다. 내 몸이 물에 닿으면서 우리의 배가 흔들린다.

첫 대포가 발사된다.

그 진동이 물을 뒤흔들며 내 몸속으로 파고든다. 죽은 자들의 영혼에 주위가 서늘해진다. 오늘의 시합으로 또 많은 이들이 죽을 것이다.

'해 보자.' 나는 미놀리의 영체를 떠올리며 마음을 다잡는디. 영혼들이 가까이 오자 소름이 돋는다. 입을 다물고 있는데도 피의 맛에 혀가 휘말린다. 저 영혼들은 나의 손길을, 부활의 길을 갈구하고 있다. 이제 시작이다.

내가 진짜 사령술사라면 지금이 그것을 입증할 최적의 기회다.

"에미 아원 티 오 티 선, 모 케 페 인 니 오니."

눈앞의 물에서 영체가 소용돌이쳐 올라오길 기다리지만 그저 손에서 물방울 몇 개만 빠져나갈 뿐이다. 나는 다시 한번 죽은 자들의 기운을 끌어내 본다. 그러나 아무리 집중하려 해도 영체는 나타나지 않는다.

'젠장.' 목 안의 공기가 옅어지며 맥박이 빨라진다. 내 힘으론 안 된다. 나는 우리를 구할 수 없…….

위에서 천둥소리가 들린다.

퍼뜩 돌아보니 우리 옆에 있던 배가 가라앉고 있다. 시체들과 부서진 목재들이 우수수 쏟아져 내린다. 내 주위의 물이 붉게 물든다. 피투성이 시체 한 구가 풍덩 들어오더니 나를 지나 바닥으로 내려간다.

'신들이여…….'

공포가 가슴을 움켜쥔다.

대포가 조금만 더 오른쪽으로 날아왔어도 우리 오빠가 저런 꼴을 당했을 것이다.

'정신 차려.' 폐의 공기가 희박해지자 나는 스스로를 다독인다. 실패할 시간이 없다. 지금 당장 마법을 써야 한다.

'오야, 부탁드려요.' 기도가 아직도 어색하기만 하다. 마치 배우다 말고 까먹어 버린 언어 같다. 하지만 나의 마법을 깨웠으니 우리의 연결은 이전보다 더 강력해졌을 것이다. 오야는 나의 부름에 대답해야 한다.

'도와주세요. 저를 이끌어 주세요. 제게 힘을 빌려주세요. 오빠를 보호하고 이곳에 갇혀 있는 영혼들을 풀어 줄 수 있게 해 주세요.'

나는 눈을 감고 죽은 자들의 찌릿한 기운을 뼛속으로 불러 모은다. 그 두루마리를 수없이 연구했다. 나는 할 수 있다.

이제 나는 사령술사가 될 수 있다.

"에미 아원 티 오 티 선."

내 손에 연보라색 빛이 번쩍거린다. 짜릿한 열기가 내 혈관을 흐른다. 주문이 나의 영적 통로들을 열어 아셰를 흘려 보낸다. 첫 번째 영혼이 내 몸을 관통하며 나의 명령을 기다린다. 미놀리와 달리 이 영혼에 대해 내가 아는 거라곤 그 죽음의 방식뿐이다. 그의 내장을 찢어 놓은 대포알이 내 배에 고통을 안긴다.

주문을 끝내자 내 앞에 첫 영체가 떠오른다. 복수심과 물방울, 피가 뒤섞인 형체가 내 앞에서 소용돌이치고 있다. 그의 몸은 인간의 형상을 하고 있지만 내 주위의 물로 만들어졌다. 물거품에 가려 표정이 잘 보이지 않지만 전투의 결의가 느껴진다. 나의 병사다. 내 사령 부대의 첫 병사.

잠깐이나마 승리감이 내 근육의 피로를 몰아내 준다. 해냈다. 나는 사령술사다. 진정한 오야의 자매다.

저릿한 슬픔이 가슴을 스친다. 엄마가 지금 나를 볼 수 있다면 얼마나 좋을까.

하지만 엄마의 영혼을 기쁘게 해 주면 된다.

안타깝게 떠나간 모든 사령술사의 자랑이 되리라.

"에미 아원 티 오 티 선."

아셰가 점점 약해지고 있지만 나는 또 한 번 주문을 외워 영체 하나를 더 만든다. 그러곤 다른 배 한 척을 가리키며 명령한다.

"저 배를 파괴해!"

놀랍게도 영체들은 쏜살같이 물살을 가르고 나아간다. 나의 표적을 향해서. 공격이 이어진다.

물이 우르릉 울리며 그들이 그 배를 치더니 계속해서 선체를 뚫고 나아간다. 배 안에 물이 들어차며 판자들이 마치 창처럼 날아오른다.

'해냈어······.'

오야를 하늘에서 찾아야 할지 내 손에서 찾아야 할지 모르겠다. 죽은 자들의 영혼이 내 부름에 응했다. 그들이 **내** 뜻을 따랐다!

선체가 뒤집어지며 물속에 통째로 가라앉는다. 그러나 흥분을 만끽하기도 전에 신성자들이 물속으로 곤두박질친다.

나는 몸을 돌려 그 부수적 피해를 바라본다. 떨어진 선원들이 허우적거리며 앞다투어 무대 가장자리로 발을 차고 나아간다. 팔다리를 늘어뜨린 채 물속으로 풍덩 빠지는 한 소녀의 모습에 덜컥 두려움이 밀려든다. 의식 없는 몸뚱이가 납덩이처럼 가라앉기 시작하자 가슴이 죄어 온다.

"저 애를 구해!"

내가 가까스로 명령한다. 그러나 영체들과의 연결이 가슴에 남은 마지막 호흡처럼 약해지고 있다. 벌써 이 사령 병사들이 흐릿해지는 느낌이 든다. 그들은 이 지옥 같은 경기장을 떠나 평화로운 내세로 향하고 있다.

내가 발을 차며 수면으로 올라가는 동안 영체들은 뿔꼬리 쥐가오리들처럼 물속으로 뛰어들어 무대 바닥으로 내려가는 그 소녀를 에

위싼다. 그들이 소녀를 물에 뜬 부목으로 끌어 올려 살 수 있게 해 주자 내 혈관에서 아셰가 윙윙거린다.

"콜록!" 나는 캑캑거리며 수면 위로 올라온다. 영체들이 사라지면서 무언가가 나를 빠져나가는 기분이 든다. 나는 허겁지겁 공기를 마시며 그 영체들에게 조용히 고마운 마음을 전한다.

"여러분, 보셨나요?" 사회자가 소리친다.

관객들은 누가 어떻게 그 배를 끌어 내렸는지도 모른 채 무작정 함성을 지른다.

"제일리!" 위에서 오빠가 소리친다. 주위에선 악몽이 펼쳐지지만 그의 얼굴에 흥분 가득한 미소가 번진다. 지난 10여 년 동안 보지 못한 환한 미소다. 엄마가 마법을 할 때면 그는 그렇게 환한 미소를 띠며 지켜보곤 했다.

"그거야!" 그가 가리키며 말을 잇는다. "계속 그렇게 해!"

뿌듯한 마음에 가슴이 따뜻해지며 한껏 부풀어 오른다. 나는 숨을 깊이 들이마신 뒤 다시 물속으로 들어간다.

그러곤 주문을 외기 시작한다.

30

죽음의 맛

아마리

혼돈.

지금까지 나는 이 말의 참뜻을 알지 못했다. 오찬 전에 어머니가 소리소리 지르는 일. 올로이에들이 금테 두른 의자로 몰려드는 일. 그런 게 혼돈인 줄 알았다.

이제 진짜 혼돈이 나를 에워싸고 있다. 숨을 내쉴 때마다, 심장이 뛸 때마다 함께 호흡하고 있다. 허공에 피가 튈 때마다 혼돈이 노래한다. 배가 폭발해 사라질 때마다 혼돈이 아우성친다.

굉음이 울리자 나는 배 뒤쪽으로 달려가 머리를 감싸 쥔다. 대포알이 또 한 번 선체를 때리면서 배가 흔들거린다. 이제 남은 배는 열일곱 척뿐인데 어째서인지 우리도 아직 남아 싸우고 있다.

이런 아수라장에서도 내 앞에 있는 사람들은 더없이 정확하게 움직이며 충실히 싸움에 임한다. 노잡이들은 목에 힘줄이 튀어나올 만큼 열심히 배를 움직인다. 대포의 약실에 폭화약을 장전하는 선원들의 얼굴엔 땀이 비 오듯 쏟아진다.

'어서 가.' 나는 스스로에게 소리친다. '뭔가 해. 뭐라도 하라고!'

그러나 아무리 애써도 몸이 말을 듣지 않는다. **숨**조차 쉴 수 없다.

대포알이 다른 배의 갑판을 가르자 속이 울렁거린다. 부상자들의 울부짖음이 마치 유리 깨지는 소리처럼 귓전을 때린다. 피비린내가 대기를 물들이자 제일리가 했던 말이 떠오른다. 우리가 이베지에 도착한 날, 제일리는 죽음의 맛이 난다고 했다.

오늘 나는 그것을 직접 느끼고 있다.

"저길 봐!"제인이 연기 속을 가리키며 소리친다. 또 다른 배가 다가오고 있다. 그 배의 노잡이들이 창을 들고 숨을 헐떡이며 준비한다. '하늘이여⋯⋯.'

우리 배로 넘어오려는 섯이나.

이 배에서 싸움을 벌이려는 것이다!

제인이 소리친다. "아마리, 저 노잡이들을 맡아! 내가 지휘하는 걸 도와줘!"

이 불굴의 대장은 내 발이 마비된 줄도 모르고 순식간에 사라진다. 나의 폐가 공기를 넣어 달라고 아우성이다. 어째서 숨 쉬는 법조차 기억나지 않을까?

'너도 훈련을 받았잖아.' 그 배가 다가오자 나는 칼을 잡는다. '피 흘리며 배웠잖아.'

그러나 상대편의 선원들이 우리 배로 껑충 넘어오자 수년간의 강압적인 훈련이 손끝에 걸린 채 나오지 않는다. 칼을 펼치려 하지만 내 손은 떨고 있을 뿐이다. '쳐라, 아마리.' 아버지의 목소리가 귓전을 때리고 등에 난 흉터를 깊숙이 가른다. '칼을 들어, 아마리. 공격해, 아

마리. 싸워, 아마리.'

"못 해⋯⋯."

수년이 지났지만 나는 여전히 할 수 없다. 아무것도 바뀌지 않았다. 나는 움직일 수 없다. 싸울 수 없다.

꼼짝없이 서 있을 뿐이다.

'내가 왜 여기까지 왔을까? 대체 무슨 생각으로?' 그 두루마리를 놓아두고 내 방으로 돌아가면 그만이었다. 내 방에서 빈타의 죽음을 슬퍼할 수도 있었다. 그러나 나는 이런 선택을 했다. 그때는 이 운명 적인 결정이 지극히 온당해 보였다. 내 소중한 친구를 위해 복수하는 방법이라고 생각했다.

복수는커녕 여기서 죽을 것이다.

선원들이 침입자들과 싸우는 동안 나는 배 한쪽 옆에 바싹 붙어 숨어 있다. 발밑으로 그들의 피가 흘러온다. 그들의 고통이 나의 귓 전을 때린다.

혼돈이 주위를 에워싸며 앞이 보이지 않을 만큼 나를 압도한다. 그 바람에 칼 한 자루가 내게로 향하고 있다는 사실을 얼른 깨닫지 못한다.

'쳐, 아마리.'

그러나 팔다리가 움직이지 않는다. 그 칼날이 내 목으로 향하는 찰 나⋯⋯ 제인이 소리치며 주먹으로 사내의 턱을 때린다.

공격자는 쓰러지지만 그 전에 그의 칼이 제인의 팔을 벤다.

"제인!"

"물러서." 그는 피 흐르는 팔 윗부분을 움켜잡으며 소리친다.

"미안해!"

"비켜 봐!"

그가 달려가는 사이 뜨거운 수치의 눈물이 눈시울을 적신다. 나는 뒤쪽 구석으로 피한다. 이 배에 타지 말았어야 했다. 여기 오지 말았어야 했다. 궁전을 떠나지 말았어야 했다.

천둥 같은 굉음이 귓전을 때린다. 우리의 배가 격렬하게 흔들리며 내 몸이 바닥으로 내동댕이쳐진다. 배가 요동치자 나는 배의 난간을 붙잡는다. 올 것이 왔다.

우리는 공격당하고 있다.

허둥지둥 일어나려 하는데 대포알이 한 번 더 갑판을 가로지른다. 목재가 부서져 연기와 함께 허공으로 날아오른다. 덜컥 뱃머리가 위로 기울어진다. 폐에 연기가 가득 들어차며 나는 피바다가 된 갑판 위를 미끄러진다.

돛대 아래쪽을 부여잡고 온 힘을 다해 매달린다. 물이 쏟아져 들어와 배 위의 학살을 쓸어 낸다.

또 한 번 덜컥 하며 우리의 배가 가라앉기 시작한다.

31

피의 마법

제일리

"제일리!"

나는 다시 수면으로 올라와 고개를 든다. 오빠가 배의 난간을 붙잡고 이를 악물고 있다. 옷과 얼굴이 피범벅이지만 그의 피인지 적의 피인지 모르겠다.

무대 위에 떠 있는 배는 아홉 척뿐이다. 이 피바다에 아홉 척이 남았다. 그러나 우리 배는 선미가 수면 아래로 내려간 채 신음하고 있다.

우리 배가 가라앉고 있다.

나는 숨을 깊이 들이마시고 다시 물속으로 뛰어든다. 울분이 목을 타고 올라온다. 붉은 구름과 파편들 탓에 아무것도 보이지 않는다.

있는 힘껏 발을 차며 눈을 뜨고 있으려 안간힘을 쓴다. 팔을 저을 때마다 걸쭉하고 진한 핏물이 느껴진다.

"에미 아원 티 오 티 선."

주문을 외지만 손끝에서 나오는 아셰가 점점 약해지고 있다. 힘이 달린다. 마법이 말라 버렸다. 하지만 내가 마법을 쓰지 못하면 오빠와 아마리가 죽을지도 모른다. 우리의 배는 침몰할 테고 일장석도 가질 수 없게 된다. 우리는 마법을 되찾을 수 없다.

나는 손바닥의 흉터를 노려본다. 엄마의 얼굴이 눈앞을 스친다.

'죄송해요.' 엄마의 영혼에게 속삭인다.

선택의 여지가 없다.

나는 손을 깨문다. 이가 살갗을 뚫자 피의 맛이 입안을 메운다. 물 속에 피가 퍼져 나가더니 하얀빛이 나타나 내 몸을 에워싼다. 눈이 튀어나오면서 그 빛이 내 핏속에서 진동하고 내 안을 휘저으며 몸 깊숙한 곳으로 퍼져 나간다.

혈관에 아셰가 흐르면서 피부가 안에서부터 뜨겁게 달아오른다.

"에비 아원 티 오 티 신."

눈 안쪽에 붉은 파장이 스쳐 간다.

오야가 다시 나를 위해 춤춘다.

주위의 물이 힘찬 생명력으로 꿈틀거리며 소용돌이친다. 피의 마법이 나를 집어삼키고 내 의지를 휘어잡는다. 순식간에 눈앞에서 새로운 영체 군단이 소용돌이친다.

물로 이뤄진 그들의 피부가 피와 하얀빛으로 부글거리며 폭풍처럼 힘차게 살아 움직인다. 물이 다시 소용돌이치더니 영체 열 개가 더 나타나 군대에 합류한다. 그들은 피와 파편들을 그들의 피부로 끌어와 내 사령 군대에 새로운 갑옷을 더해 준다. 마지막 영체가 완성되자 그들은 나를 바라본다.

"저 배를 구해!"

나의 영혼 병사들은 마치 두지느러미 상어들처럼 어떤 배나 대포

보다도 맹렬하게 물살을 가른다. 속이 타들어 가지만 마법의 전율이
선투의 혼논을 압도한다.

그들이 내 고요한 명령에 따라 대포들이 뚫어 놓은 구멍들 속으로
사라지자 기쁨으로 가슴이 부풀어 오른다. 잠시 후 배 안에 들어찼던
물이 모조리 쏟아져 나온다.

'됐어!'

순식간에 우리 배는 다시 부력을 얻어 까딱까딱 수면으로 떠오른
다. 물이 다 빠져나가고 나자 영체들은 목재에 붙어 물의 몸뚱이로
구멍들을 막는다.

'성공이야!'

그러나 나의 탄복은 오래가지 않는다.

영체들은 사라졌지만 피의 마법의 후유증이 남는다.

그 기운이 온몸을 파고들어 살이 따끔거린다. 피의 마법이 내장까
지 갈기갈기 찢는 듯하다. 격렬한 통증이 근육을 파고든다. 손이 얼
얼해진다.

"도와줘!"

소리치려 하지만 목에서는 기포만 빠져나올 뿐이다. 공포가 뼛속을
파고든다. 엄마가 옳았다.

이 피의 마법은 나를 파괴할 것이다.

수면으로 헤엄쳐 가려 하지만 순간순간 발차기가 힘겨워진다. 두
팔에, 그런 뒤 두 발에도 감각이 없어진다.

피의 마법이 내 입에, 내 가슴에, 내 피부에 들러붙으며 맹렬한 영
혼들처럼 나를 집어삼킨다. 수면으로 올라가려 안간힘을 쓰지만 몸이
말을 듣지 않는다. 그토록 가까이 있던 우리 배가 점점 멀어지고 있다.

"오빠!"

핏빛 바다가 나의 외침을 가로막는다.

얼마 남지 않은 폐의 공기가 완전히 사라진다.

물이 밀려들어 온다.

32

우승자

아마리

나는 뱃전을 움켜쥔다. 심장이 사정없이 뛰고 있다. 침몰하던 배가 서서히 느려지더니 덜컥 멈춘다.

"제일리가 해냈어!" 제인이 주먹으로 배의 난간을 툭 때린다. "젤, 네가 해냈어!"

그러나 제일리가 수면 위로 올라오지 않자 제인의 기쁨은 금세 사그라진다. 그는 목이 터져라 제일리의 이름을 외쳐 댄다.

나는 선체 너머로 몸을 기울여 붉은 바다를 훑어보며 열심히 새하얀 머리카락을 찾아본다. 이제 남은 배는 한 척뿐인데 제일리는 어디에도 보이지 않는다.

"제인, 안 돼!"

제인이 물속으로 뛰어든다. 이젠 선장마저 사라졌다. 마지막 배가 방향을 틀어 경로를 바꾼다.

"자, 이제 마지막 주자들의 폭화약이 다 떨어졌습니다!" 사회자의 목소리는 노래를 부르는 듯하다. "하지만 끝까지 갈 수 있는 선장은 한 명뿐입니다. 우승하려면 단 한 명의 선장만 살아남아야 합니다!"

"제인!" 나는 선체 너머에 대고 소리친다. 마지막 배가 다가오자 가슴이 요동친다. 혼자서는 할 수 없다. 저 마지막 배를 제압하려면 그가 **있어야** 한다.

적의 노잡이들은 최대한 힘차게 노를 젓고 포잡이들은 칼로 무장하고 있다. 우리 선원들도 서둘러 각자의 위치에서 벗어나 배에 준비된 창과 칼을 집는다. 나는 떨고 있지만 그들은 망설이지 않는다. 그들은 각오가 되어 있다. 열의에 차 있다. 이 지옥 같은 상황을 끝내려 준비하고 있다.

제인이 한 팔로 의식 없는 제일리를 안고 수면으로 올라오자 너무도 마음이 놓여 온몸이 떨려 온다. 나는 배 옆쪽의 밧줄을 풀어 선체 너머로 던져 준다. 제인은 제일리의 겨드랑이에 밧줄을 묶고 우리에게 당겨 올리라고 소리친다.

노동자 세 명이 나를 도와 제일리를 갑판으로 끌어 올린다. 이제 적이 코앞에 있다. 제일리가 한 번 더 영체들을 불러온다면 우리는 살 수 있다.

"일어나!" 나는 열심히 흔들어 보지만 제일리는 꿈쩍도 하지 않는다. 온몸이 불덩이다. 입가에서 피가 흘러나온다.

아아, 아무래도 안 되겠다. 제인을 끌어 올려야 한다. 나는 제일리의 몸통에 묶인 매듭과 씨름하지만 마지막 매듭이 풀리기 전에 적의 배가 우리의 배와 부딪친다.

거친 포효와 함께 적들이 우리의 배로 넘어온다.

나는 황급히 일어나 어린아이가 횃불로 사자녀를 쫓아내듯 칼을 흔든다. 수년간의 괴로운 훈련이 다 어디로 갔는지 마구잡이로 찔러 대고 있다.

'쳐라, 아마리.' 머릿속에 다시 아버지의 목소리가 울려 퍼지며 오빠 와 싸우라는 명령에 눈물을 쏟아 낸 기억이 떠오른다. 그때 나는 칼 을 내려놓았다. 싸움을 거부했다. 그러자 오빠의 칼이 내 등을 갈랐다.

우리 선원들이 승리의 희망을 붙잡고 싸움에 뛰어들자 뱃속이 요동 치기 시작한다. 그들은 상대의 칼을 피하고 치명적인 공격을 가하며 여 유롭게 상대 선원들을 제압하고 있다. 성난 사내들이 달려들지만 우리 선원들은 신들처럼 우아하게 그들을 베어 버린다. 내 바로 앞에서 한 사 내의 목숨이 끊어진다. 목에는 칼이 꽂혀 있고 입에는 피가 고여 있다.

'제발 끝나게 해 주세요. 그저 끝까지 버틸 수 있게 해 주세요!' 내 가 애원한다.

그러나 기도를 올리는 사이, 선장이 칼을 휘두르며 달려든다. 나는 그의 공격에 맞설 준비를 하지만 그의 표적은 내가 아님을 깨닫는다. 그의 칼은 비스듬히 아래쪽을 겨누고 있다.

제일리를 겨누고 있다.

선장이 다가오자 시간이 멈추는 듯하다. 번쩍이는 그의 칼이 시시 각각 가까워진다. 주위가 온통 고요해진다.

허공으로 피가 튀어 오른다.

순간 나는 너무 놀란 나머지 내가 무슨 짓을 했는지 깨닫지 못한다. 그러나 곧 선장이 쓰러지고 나의 칼이 그의 배에 꽂혀 있다.

경기장이 고요해진다. 연기가 걷히기 시작한다.

내가 숨도 쉬지 못하고 있는 사이 사회자가 말한다.

"오늘은 우승자가 있는 것 같군요……."

33

눈부신 빛

제일리

538번.

내 몸이 찢긴 횟수다.

이 시합을 위해 희생된 영혼들의 수다. 무고한 이들의 비명이 내 귓전을 때린 횟수이기도 하다.

끝없는 피의 바다에서 송장들이 목재들과 함께 떠다닌다. 그들의 영혼이 대기를 물들이며 내가 숨 쉴 때마다 나의 폐로 들어온다.

'신들이여, 도와주세요.' 나는 이 비극을 씻어 내려 눈을 감는다. 그러는 내내 환호가 멈추지 않는다. 칭송이 거듭된다. 우리는 연단 위에 서 있고 관중은 이 피바다가 축하할 일인 듯 기뻐하고 있다.

내 옆에서 오빠가 나를 붙잡고 있다. 사실, 전함에서부터 나를 안고 와서 내려놓지 않았다. 무표정을 유지하고 있지만 나는 그가 가책에 시달리고 있음을 느낄 수 있다.

아까는 승부욕을 불태우느라 미처 깨닫지 못했을 것이다. 우리는 여전히 쓰러진 이들의 피를 뒤집어쓰고 있다. 우승했을지언정 승리라 말할 수 없다.

내 오른쪽 옆에는 아마리가 칼날 없는 칼자루를 움켜쥐고 서 있다. 배에서 내린 뒤로 아마리는 한 마디도 하지 않았지만 노동자들이 내게 일러 주었다. 아마리가 나를 보호하기 위해 상대편의 선장을 죽였다고. 이제 이 애를 보아도 사란 왕이나 이난 왕자가 떠오르지 않는다. 두루마리를 훔쳐 달아난 소녀가 보일 뿐이다.

전사의 씨앗이 보인다.

델레와 바코가 금화가 담긴 번쩍거리는 궤를 밀고 나가자 사회자는 애써 미소를 짓는다. 그 금화를 내주게 될 줄 몰랐으리라. 수많은 죽음과 맞바꾼 금화.

우리 선원들이 상금을 받을 때 관중은 함성을 질렀지만 노동자들은 아무도 그 포상에 미소 짓지 않았다. 밤마다 이 무시무시한 경험을 떠올려야 할 텐데 부를 얻고 부역장에서 풀려난다 한들 무엇이 그리 기쁘겠는가.

"빨리 끝내죠." 나는 오빠의 품에서 나오며 이를 악물고 말한다. "쇼는 충분히 하신 것 같은데요. 어서 일장석이나 주세요."

사회자의 눈이 가늘어지고 갈색 피부에 깊은 주름이 팬다.

그는 쇠 고깔을 치우고 거칠게 속삭인다. "쇼는 끝나지 않는단다. 특히 마귀가 출연하는 쇼는 더더욱 그렇지."

사회자의 말에 내 입술이 씰룩거린다. 온몸이 텅 비어 버린 느낌이지만 어느새 나는 계획을 세우고 있다. 저 인간을 이 학살로 끌어들여 자신의 피바다에 빠져 죽게 하려면 영체를 얼마나 만들어야 할까?

사회자가 내 무언의 위협을 느꼈는지 비웃음을 거둔다. 그는 한 발짝 물러나 고깔을 올리고 다시 관중을 돌아본다.

"자, 이제⋯⋯"경기장에 그의 목소리가 울려 퍼진다. 말은 그럴 듯하게 하고 있지만 얼굴에는 당혹감이 여실히 드러나 있다. "불멸의 돌을⋯⋯ 내주겠습니다!"

멀리서부터 일장석의 온기가 내 떨리는 뼛속을 파고든다. 그 수정 같은 표면 안에 마치 용암이 들어 있는 듯 그 주위로 주황색과 노란 색의 빛이 고동친다. 나는 불빛에 뛰어드는 나방처럼 그 성스러운 빛에 이끌린다.

'마지막 퍼즐 조각이야.' 나는 레칸의 말을 떠올리며 혼자 생각한다. 두루마리와 이 돌, 그리고 단검까지. 마침내 우리는 필요한 것을 모두 손에 넣었다. 이제 신성한 사원으로 가서 의식을 치르기만 하면 된다. 그러면 우리는 마법을 **되살릴** 수 있다.

오빠가 내 어깨를 힘주어 잡는다. "네가 해냈어. 무슨 일이 있어도 네 옆에 있을게."

"나도." 아마리가 목소리를 되찾은 듯 나지막이 말한다. 얼굴엔 피가 말라붙어 있지만 이 애의 눈은 믿음직스럽다.

나는 아마리에게 고개를 끄덕여 준 뒤 앞으로 나가 그 황금빛 돌로 손을 뻗는다. 처음으로 관객들이 잠잠해진다. 그들의 호기심이 대기를 무겁게 짓누르고 있다.

나는 하늘 어머니의 살아 있는 영혼 한 조각을 만지기 위해 마음의 준비를 한다. 그러나 그 반짝이는 표면에 손을 대는 순간 어떤 식으로도 준비할 수 없었다는 사실을 깨닫는다.

마치 각성 의식을 치를 때처럼 지금껏 경험해 보지 못한 강력한 힘이 내 안으로 밀려든다. 일장석의 기운이 나의 피를 데우며 온몸의 아세가 끓어오른다.

나의 손가락들 시이로 일장석의 빛이 퍼져 나가자 관객들이 놀라 숨을 들이켠다. 사회자조차 뒷걸음질 친다. 그는 이 돌을 그저 장삿속으로 이용해 왔다.

굉장한 기운이 수증기처럼 끓어오르며 계속해서 내 안을 채워 간다. 눈을 감자 하늘 어머니가 나타난다. 내가 상상했던 것보다 훨씬 더 영롱한 모습이다.

머리 장식에 매달린 수정들이 까만 피부를 에워싸고 있고 그 안에서 은빛 눈이 환하게 빛난다. 꼬불꼬불 말린 새하얀 머리카락이 마치 비처럼 얼굴 주위로 쏟아져 내려와 있다. 그 존재 자체에서 발산되는 기운이 그 모든 것을 휘어 감는다.

뇌운을 뚫고 나오는 번개처럼 그녀의 영혼이 내 몸을 관통한다. 그저 숨을 쉬는 느낌이 아니다.

생의 정수인 듯하다.

"에미 아원 티 오 티 선." 나는 중얼중얼 주문의 앞 소절을 속삭이며 그 생경한 기운을 만끽한다. 이 일장석의 힘을 이용하면 죽은 자들의 영체를 수백 개쯤 만들 수 있을 것이다. 무적의 군대를 만들 수 있을 것이다.

이 경기장을 휘저으며 저 사회자를 제압하고 이 학살의 시합에 환호한 모든 관중을 벌할 수도 있을 것이다. 그러나 그것은 하늘 어머니가 원하는 바가 아니다. 이 영혼들이 원하는 바가 아니다.

죽은 자들이 하나씩 비명을 지르며 내 몸을 관통한다. 영체를 위해서가 아니라 이곳에서 나가기 위해서다. 엄마가 매달 보름달이 뜰 때 치르던 그 정화 의식처럼. 이것은 죽은 자들의 영혼을 알라피아로 보내 주는 마지막 해방의 의식이다.

영혼들이 고통에서 벗어나 내세의 평화를 찾아가자 머릿속에서 하늘 어머니의 모습이 희미해지기 시작한다. 그러곤 칠흑처럼 검은 피부의 여신이 나타난다. 진한 갈색 눈의 아름다운 여인이 펄럭이는 붉은 옷을 입고 있다.

'세상에.'

오야가 어둠을 비추는 횃불처럼 내 마음속에 빛을 드리운다. 피의 마법을 쓸 때 보았던 그 혼돈의 모습과 달리 지금은 천상의 우아함을 지닌 모습이다. 오야는 가만히 서 있지만 그 안에서 온 세상이 움직이는 듯하다. 입가에 승리의 미소가 번진다.

"아앗!" 나는 퍼뜩 눈을 뜬다. 내 손안에서 빛나는 일장석이 너무 눈부셔 고개를 돌린다. 처음 만났을 때 느낀 상쾌한 기운은 사나겼지만 여전히 뱃속에서 그 힘이 윙윙거린다. 하늘 어머니의 영혼이 온몸으로 퍼져 나가 피의 마법이 남긴 파괴의 상처를 하나하나 꿰매 주는 듯하다.

점차 일장석의 눈부신 빛이 희미해지고 아름다운 오야의 모습도 머릿속에서 사라진다. 나는 그 돌을 움켜쥐고 비틀비틀 물러나 오빠의 품에 안긴다.

오빠가 놀라서 휘둥그레진 눈으로 속삭여 묻는다. "어떻게 된 거야? 대기가…… 이 경기장 전체가 흔들리는 것 같았어."

나는 일장석을 가슴에 꼭 끌어안으며 머릿속에서 너울거리는 갖가지 모습들을 붙잡으려 애쓴다. 하늘 어머니의 머리 장식에 매달린, 반짝이는 수정들. 밤의 여왕처럼 황홀하게 빛나던 오야의 까만 피부.

'엄마도 이런 것을 느꼈겠지…….' 그렇게 생각하자 가슴이 부풀어 오른다. 엄마는 그래서 그토록 자신의 마법을 사랑한 것이다.

이것이 바로 **살아 있는** 느낌이다.

"불사조!" 관중석에서 한 사내가 외치자 나는 다시 현실로 돌아와 눈을 깜빡거린다. 그의 외침이 관중석 전체로 퍼져 나가 모두가 일제히 외쳐 댄다. 모두가 그 말도 안 되는 칭호를 연호하며 격하게 환호하고 있다.

"괜찮아?" 아마리가 묻는다.

"괜찮은 정도가 아니지." 나는 미소 지으며 대꾸한다.

우리는 일장석과 두루마리, 단검을 가졌다.

이제 우리에겐 가능성이 있다.

34

별명

아마리

몇 시간이 지나서야 축하의 물결이 잦아든다. 하지만 이런 상황에서 어떻게 축하할 수 있는지 도무지 이해할 수가 없다. 수많은 목숨이 희생되었다. 그 가운데 하나는 나로 인해서였다.

제인이 우리를 호위하려 하지만 그조차도 관객들을 이기지 못해 우리는 경기장에서 떠밀려 나오다시피 한다. 사람들은 우리를 따라 이베지 거리를 행진하며 승리를 기념한답시고 제멋대로 별명을 붙인다. 제일리는 '불사조', 제인은 '지휘관'이 되었다. 내가 지나가자 사람들은 터무니없는 별명을 외쳐 댄다. 그 별명이 한 번 더 울려 퍼지자 나는 움찔한다.

"사자녀다!"

틀렸다고 소리치고 싶다. '사자녀'보다는 '겁쟁이'나 '사기꾼'이 어울린다고. 내 눈에선 사자녀의 맹렬함을 찾아 볼 수 없다. 그런 사나운 맹수는 내 눈에 숨어 있지 않다. 새빨간 거짓말이지만 술 취한 관객들은 상관하지 않는다. 그들은 그저 외쳐 댈 이름, 환호할 이름이 필요할 뿐이다.

우리가 빌린 아헤레에 가까워져서야 제인은 마침내 우리를 놓아준다. 우리는 그의 호위를 받으며 흙집으로 들어선 뒤 차례로 집 뒤쪽에서 피를 씻어 낸다.

나는 몸에 차가운 물을 흘려보내며 지옥의 잔해를 모조리 씻어 내려 힘껏 문질러 닦는다. 물이 붉게 변하자 내가 죽인 그 선장이 떠오른다. '하늘이여……'

엄청난 피가 흘렀더랬다.

그의 몸에 들러붙은 감청색 카프탄을 적시고 내 신발의 가죽 밑창으로 새어 들어왔다. 내 바지 아랫단에도 묻었다. 마지막 순간에 그 선장은 떨리는 손을 호주머니로 가져갔다. 무엇을 잡고 싶었는지 모르겠다. 미처 꺼내지도 못하고 손이 툭 떨어져 버렸다.

나는 눈을 감고 손톱으로 손바닥을 누르며 부들부들 깊은 숨을 내뱉는다. 두 가지 사실에 속이 복작거린다. 내가 그를 죽였다는 사실 그리고 또 누군가를 죽이게 될 수도 있다는 사실.

'쳐, 아마리.' 아버지의 아득한 목소리가 귀를 간질인다.

나는 내 몸에 남은 그 경기장의 피를 마저 씻어 내며 그 선장을 머릿속에서 지워 낸다.

다시 아헤레로 들어와 보니 제일리의 봇짐 속에서 일장석이 빛을 발하며 두루마리와 뼈 단검에도 붉은빛과 샛노란빛을 드리운다. 어제까지만 해도 우리가 성물 두 개를 가졌다는 사실을 믿기 어려웠는데 이제 세 개가 다 모였다. 백년제일까지 열이틀 남았으니 신성한 섬까지 여유 있게 갈 수 있다. 제일리가 의식을 치를 수 있다. 정말 마법이 돌아올 수 있다.

나는 빈타의 손에서 나오던 그 반짝거리는 빛을 생각하며 혼자 미소 짓는다. 아버지의 칼에 끊겨 버린 빛. 이제 그 빛이 한없이 계속될 것이다. 매일 그런 아름다운 광경을 볼 수 있다.

우리가 성공한다면 빈타의 죽음도 의미 있는 희생이 될 것이다. 어떤 식으로든 빈타의 빛이 오리샤 전역으로 퍼져 나갈 것이다. 그 애가 남긴 내 가슴의 구멍도 언젠가는 메워질지 모른다.

"안 믿기지?" 문가에서 제인이 속삭인다.

"그런 것 같아. 어쨌든 끝나서 감사할 뿐이야." 나는 그에게 미소를 보여 준다.

"그 사람들 폐업했대. 돈이 바닥나서 이제 부역장 감독관들에게 뇌물을 먹이고 노동자들을 끌어올 수 없게 됐나 봐."

"정말 잘됐다." 나는 처참하게 죽은 어린 신성자들을 떠올려 본다. 제일리가 그들의 영혼을 올려 보냈지만 그들의 죽음은 여전히 내 어깨를 무겁게 짓누르고 있다. "바코한테 들었는데, 우리 배에 탔던 노동자들은 그 금으로 다른 신성자들의 빚을 갚아 주기로 했대. 잘만 하면 부역장 노동자 수백 명을 빼낼 수 있을 거래."

제인은 고개를 끄덕이며 오두막 한구석에서 잠들어 있는 제일리를 본다. 일장석으로 눈부신 광경을 보여 준 제일리는 목욕을 한 뒤 나일라의 부드러운 털 속에 파묻혀 기력을 되찾고 있다. 이제는 저 애를 보고 있어도 전처럼 불편하게 느껴지지 않는다. 선원들로부터 내가 접전을 끝낸 장본인이라는 얘기를 듣고 저 애는 심지어 내게 미소 비슷한 것을 보여 주기도 했다.

"네 아버지가 이런 시합에 대해 알고 있었을까?"

나는 퍼뜩 고개를 든다. 제인은 굳은 얼굴로 시선을 피한다.

내가 조용히 대꾸한다. "모르겠어. 하지만 알았더라도 딱히 막지는 않았을 거야."

어느새 짧았던 안도의 순간이 끝나고 불편한 침묵이 우리 사이를 메우기 시작한다. 제인은 말려 있는 붕대로 손을 가져가다 움찔한다. 다친 팔의 통증이 심한 모양이다.

"내가 집어 줄게." 나는 그의 팔 위쪽에 감긴, 붉게 물든 붕대를 조심스레 피하며 앞으로 걸어간다. 그의 유일한 전투 부상이 나의 방해로 인한 것이라니.

"고마워." 내가 붕대를 건네자 그가 나지막이 말한다. 죄책감이 마음 한구석을 갉아먹으며 속이 뒤틀려 온다.

"고마워하지 마. 내가 배에 타지 않았더라면 네가 이렇게 다치지도 않았을 테니까."

"그랬다면 지금 제일리도 내 옆에 없겠지."

나와 눈을 맞추는 그의 표정이 너무도 다정해서 금세 마음이 누그러진다. 내게 짜증이 나 있을 거라 생각했는데 오히려 고마워하다니.

"아마리, 생각해 봤는데……" 그가 말려 있는 붕대를 받아 다시 감으려고 풀어내며 말을 잇는다. "곰베를 지나갈 때 넌 그냥 위병 초소로 가. 납치당했다고 하고 다 우리 탓으로 돌리면 돼."

"아까 배에서 있었던 일 때문에 그래?" 흥분하지 않으려 하지만 목소리가 조금 날카로워진다. 대체 왜 저런 얘기를 할까? 방금 전엔 옆에 있어 줘서 고맙다고 했으면서.

"아니야!" 제인이 내게로 다가오더니 머뭇거리며 내 어깨에 손을 얹는다. 덩치에 어울리지 않게 조심스러운 손길이다. "오늘 넌 정말 굉장했어. 네가 없었다면 어떻게 됐을지 생각하고 싶지도 않아. 하지만 그때 네 얼굴을 봤어…… 우리랑 같이 있으면 또 누군가를 죽여야 하는 상황이 올지도 몰라."

나는 시선을 내리고 흙바닥에 갈라진 틈을 센다. 그는 내게 또 한 번 탈출을 제안하고 있다.

내 손에 더는 피가 묻지 않게 해 주려는 것이다.

나는 아까 배에서 모든 것을 후회한 순간을 떠올려 본다. 그 두루마리를 훔치지 않았더라면 얼마나 좋았을까 생각했던 순간. 이건 어쩌면 내 기도에 대한 응답일지 모른다. 그때 나는 온 마음을 다해 갈망했었다.

'그래도 되지 않을까……'

잠시 부끄러운 생각이 머리를 스친다. 정말 돌아간다면 어떨까? 눈물을 흘리며 적당한 이야기를 꾸며 내면, 그럴듯한 거짓말을 지어내면 모두 넘어갈 것이다. 적당히 헝클어진 모습으로 나타나면 아버지는 내가 사악한 마자이에게 납치당했었다고 믿을지도 모른다. 그러나 그런 상상을 하면서도 나는 이미 뭐라고 답할지 알고 있다.

나는 돌아가고픈 일말의 생각을 꿀꺽 삼킨 뒤 깊숙한 곳으로 욱여넣는다. "너희랑 같이 갈 거야. 나도 할 수 있어. 오늘 밤에 보여 줬잖아."

"싸울 수 있다고 꼭 싸워야 하는 건 아니야……"

"제인, 나한테 이래라저래라 하지 마!"

그의 말이 바늘처럼 나를 찌르며 문득 궁전 생활이 떠오른다.

'아마리, 똑바로 앉아!'

'그만 먹어.'

'후식은 충분히 먹었잖아……'

싫다.

비센 하고 싶지 않다. 이미 해 봤고 그로 인해 가장 소중한 친구를 잃었다. 이제 탈출했으니 두 번 다시 돌아가지 않을 것이다. 이 탈출을 이용해 더 많은 일을 해야 한다.

"나는 공주지 소품이 아니야. 나를 다르게 대하지 말아 줘. 이 모든 고통은 우리 아버지가 일으켰어. 그러니까 누구보다도 **내**가 바로잡아야 해." 제인은 몸을 젖히며 항복의 의미로 두 손을 올린다. "알았어."

나는 고개를 갸우뚱한다. "그게 끝이야?"

"아마리, 나도 네가 돌아가지 않았으면 좋겠어. 그냥 선택할 수 있다고 알려 주려 했던 거야. 그 두루마리를 갖고 나올 때만 해도 상황이 이렇게까지 될 줄은 몰랐잖아."

"아……." 나는 미소를 참는다. '나도 네가 돌아가지 않았으면 좋겠어.' 그의 말에 귀가 화끈거린다. 제인이 사실은 내가 함께 있기를 원한다니.

나는 다시 앉으며 조용히 말한다. "뭐, 고마워. 나도 같이 있고 싶어. 네 코 고는 소리가 좀 요란하긴 하지만."

제인이 미소 짓자 그의 얼굴에 패어 있던 주름이 모두 펴진다. "공주님도 아주 조용하진 않거든요. 코 고는 것만 보면 진작 사자너라고 불렀어야 했어."

"하." 나는 얼굴이 빨개지지 않았기를 기도하며 눈을 가늘게 좁히고 물통들을 집어 든다. "기억해 두겠어. 다음에 붕대를 못 집고 끙끙댈 때 어떻게 되는지 보자고."

제인이 빙긋 웃는 모습을 보며 나는 오두막을 나온다. 그의 비뚜름한 미소에 발걸음이 가벼워진다. 신선한 밤공기가 오랜 친구처럼 나를 반겨 준다. 아직 축하연이 이어지는지 오고고로* 냄새가 진동한다.

　모자를 뒤집어쓴 여인이 나를 발견하고 활짝 미소 짓는다. "사자녀다!" 그녀의 외침에 주위 사람들이 환호하기 시작한다. 얼굴이 화끈거리지만 이번엔 그 별명이 터무니없게 느껴지지 않는다. 갑자기 부끄러움이 밀려와 나는 사람들의 눈을 피해 그림자 속으로 들어간다.

　어쩌면 내가 잘못 생각했는지도 모른다.

　어쩌면 내 안엔 정말 사자녀가 살고 있는지도 모른다.

---

* 주로 라피아 야자를 증류해 만드는 서아프리카의 술.

35

이베지

이난

사막의 공기엔 생명력이 없다.

들이마실 때마다 칼로 베는 듯하다.

카에아의 안내와 지시가 사라지고 나자 내가 숨을 쉬고 있는지조차
알 수가 없다. 모든 숨결이 그녀를 앗아 간 마법과 뒤엉키는 듯하다.

당시엔 미처 몰랐지만 그나마 카에아가 함께 달렸기에 시간이 흘렀
던 것이었다. 혼자 이동하려니 일 분이 지났는지 한 시간이 지났는지
알 수가 없다. 낮과 밤이 구분되지 않는다. 먼저 식량이 떨어져 간다.
곧 물도 떨어질 것이다.

나는 훔친 퓨마너의 안장에 매달린 물통을 들고 마지막 몇 방울을
짜낸다. 정말 오리라는 신이 있어 저 위에서 나를 보고 있다면 지금
쯤 그는 웃고 있을 것이다.

마자이 공격.

카에아 사망.

두루마리 추적 중.

- 이난

병사들에게 들려 보낸 이 전갈이 곧 도착할 것이다.

내가 아는 아버지는 그 전갈을 받는 순간 병사들을 파견하고 범인의 머리를 베어 오지 못하면 돌아올 생각도 하지 말라고 명령할 것이다. 자신이 쫓는 괴물이 나라는 사실도 모른 채.

나를 괴롭히는 마법의 기운처럼 죄책감이 속을 긁기 시작한다. 내가 이미 스스로를 얼마나 벌하고 있는지 아버지는 절대 모를 것이다.

'하늘이여.'

마법을 내리누르자 머리가 윙윙 울린다. 나는 뼛속 깊이, 가늠할 수 없을 만큼 깊숙이 마법을 밀어 넣는다. 이제 나를 괴롭히는 것은 가슴의 통증이나 가쁜 호흡만이 아니다. 손이 끊임없이 떨리고 있다. 카에아의 눈에서 타오르던 증오도 나를 괴롭힌다. 그녀가 마지막으로 내뱉은 독기 어린 말도.

'마귀.'

그 말이 거듭 귓전을 울린다. 빠져나갈 수 없는 지옥과도 같다. 그 더러운 말로 카에아는 내가 왕이 될 수 없다고 선언한 셈이다.

그 한 마디가 그동안 내가 쏟은 모든 노력을 무의미하게 만들었다. 내가 애써 지켜 온 의무도. 카에아 자신이 내게 강요했던 운명도.

'빌어먹을.' 그날 그녀와 있었던 일이 떠오르자 나는 눈을 감는다.

아마리의 등을 벤 뒤 피 묻은 칼을 움켜쥔 채 내 방 어두운 구석에 틀어박혀 있을 때 키에이기 니롤 찾아왔다.

내가 칼을 바닥에 내던지자 카에아는 그것을 다시 내 손에 쥐어 주었다.

"왕자님은 강한 사람이에요." 그녀는 미소 지으며 이렇게 말했다. "자신의 힘을 겁내지 마세요. 그 힘은 평생 필요할 거예요. 왕이 되기 위해선 꼭 필요하답니다."

"힘." 나는 코웃음 친다. 바로 지금 내겐 그 힘이 필요하다. 내가 마법을 사용한 건 오로지 나의 왕국을 지키기 위해서였다. 누구보다도 카에아는 그것을 이해했어야 한다.

나는 얼굴에 모래를 맞으며 이베지의 흙벽을 지난다. 카에아를 애써 머릿속에서 밀어 낸다. 그녀는 죽었다. 되돌릴 수 없는 일이다.

마법의 위협은 아직 살아 있다.

'그 애를 죽여야 해.' 밤이 깊어 이 사막 마을 역시 잠들어 있을 줄 알았는데 이베지의 거리들은 축제의 여파로 들썩거린다. 하급 귀족들과 마을 사람들이 앞다퉈 술을 들이켜며 취해 가고 있다. 이따금씩 '사자녀'니, '지휘관'이니, '불사조'니 하는 알 수 없는 말을 외쳐 댄다. 퓨마녀를 타고 그 한가운데를 지나는 허름한 병사에겐 아무도 눈길을 주지 않는다. 피부에 말라붙은 핏자국을 흘끗거리는 사람도 없다. 내가 그들의 왕자라는 사실을 아무도 깨닫지 못한다.

나는 제 이름 정도는 기억할 수 있을 듯 보이는 마을 사람 앞에서 퓨마녀의 고삐를 당기고 멈춰 선다. 그러곤 구겨진 초상화를 꺼내려 손을 뻗는다.

순간 바다 내음이 훅 밀려온다.

그토록 힘겹게 밀어 넣은 저주가 다시 올라오고 있다. 바닷바람처럼 뚜렷하게. 마치 며칠 만에 마시는 물의 첫 맛과도 같다. 나는 문득 깨닫는다.

'그 애가 여기 있어.'

다시 고삐를 당겨 냄새가 나는 쪽으로 퓨마너를 몬다.

'그 애를 죽여야 해. 마법을 죽여야 해.'

내 삶을 되찾아야 한다.

나는 모래 아헤레들이 줄지어 늘어선 골목에 멈춰 선다. 바다 내음이 진동하고 있다. 그 애가 여기 있다. 이곳에 숨어 있다. 저 집들 중 하나가 분명하다.

나는 복이 쇠어 오는 섯을 느끼어 퓨마니에서 내러 길을 뽑아 든다. 칼날에 달빛이 반사된다.

맨 첫 집의 문을 걸어찬다.

"뭐 하는 거예요?" 한 여자가 소리친다. 머릿속이 흐려지며 판단력이 느려지고 있지만 어쨌든 그 애는 아니다.

'그 소녀가 아니야.'

내가 찾는 소녀가 아니다.

나는 숨을 깊이 들이마시며 다시 바닷소금 냄새를 따라간다. 찾았다. 이 아헤레다. 이 문 안에 있다.

나는 토문을 걸어차고 이를 드러내며 달려 들어간다. 칼을 들어 올리는 순간⋯⋯.

아무도 없다.

벽을 따라 이불과 낡은 옷들이 개어져 있다. 모두 피가 묻었다. 그러나 이 오두막은 비어 있다. 사자너의 털과 그 소녀의 냄새만이 남았다.

"이봐!" 밖에서 한 시내가 외친다. 니는 돌아보지 않는다.

그 애가 여기 있었다. 이 도시. 바로 이 오두막에.

그런데 이제 가 버렸다.

"남의 집에 그렇게……." 누군가의 손이 내 어깨를 잡는다.

그 순간 내 손이 사내의 목을 움켜쥔다.

나의 칼이 그의 가슴을 겨누자 그는 신음을 내뱉는다.

"어디 갔어?"

"누구를 말하는 겁니까?" 사내가 울부짖는다.

나는 칼로 그의 가슴을 긋는다. 가느다란 선에 피가 배어 나온다. 달빛 때문에 사내의 눈물이 은색으로 빛나는 듯하다.

'마귀.' 그 소녀가 카에아의 목소리로 속삭인다. '넌 왕이 될 수 없어. 넌 날 잡을 수 없어.'

나는 남자의 목을 더 꽉 움켜쥔다.

"어디 갔냐고!"

36

방심

제일리

넛새 봉안 시옥 냝은 사박을 지나 곰메깡 세곡의 무싱한 숲에 이르자 반가운 마음이 앞선다. 울퉁불퉁한 이 땅엔 생명이 살아 숨 쉰다. 어지간한 아헤레만큼 굵직한 나무들이 가득 들어차 있다. 우리는 높게 솟은 거대한 나무들 사이를 빠져나간다. 나뭇잎들 사이로 쏟아지는 달빛에 의지해 구불구불한 강을 향해 나아간다. 강물의 조용한 포효가 내 귀에는 노래처럼 들린다. 바다의 파도처럼 부드럽다.

"여긴 정말 평온하다." 아마리가 흡족한 목소리로 말한다.

"그러게. 꼭 집에 돌아온 것 같네."

나는 눈을 감고 간질거리는 소리를 만끽하며 이른 새벽 아빠와 함께 그물망을 당길 때 느꼈던 평온한 기분을 떠올려 본다. 그렇게 바다에 나가 있을 때면 우리만의 세상에 살고 있는 듯했다. 유일하게 안전하다고 느끼던 순간. 그때만큼은 위병들도 우리를 건드릴 수 없었다.

추억에 빠져들자 몸이 나른해진다. 몇 주 만에 느껴 보는 기분인지 모르겠다. 성물들이 여기저기 흩어져 있고 왕자가 우리 등에 칼을 겨누고 있는 탓에 매 순간 남의 시간을 훔쳐 사는 듯한 기분이었다. 기껏해야 빌려 사는 듯한 기분이었다. 의식에 필요한 유물도 없을뿐더러 그것들을 손에 넣기 전에 죽을 확률이 더 높았다. 그러나 이제 모두 가졌다. 두루마리와 일장석, 뼈 단검이 모두 우리 손에 있다. 마음이 너무도 편안하다. 백년제일까지 남은 시간은 엿새, 드디어 우리가 해낼 수 있을 것 같다.

아마리가 묻는다. "나중에 사람들이 이 일에 대해 이야기하지 않을까? 우리에 대해서 말이야."

그러자 오빠가 코웃음을 친다. "당연히 그래야지. 우리가 마법을 되찾으려고 이 고생을 했는데 축제를 열어 줘도 부족하지."

아마리는 아랫입술을 깨물며 다시 묻는다. "이야기가 어디서부터 시작될까? 이야기의 제목은? **마법을 되찾은 사람들**? **마법과 성물의 구원자들?**"

"너무 밋밋하잖아." 나는 콧잔등을 찌푸리며 나일라의 복슬복슬한 등에 기댄다. "시간이 지나도 식상해지지 않을 제목을 생각해 봐."

그러자 오빠가 제안한다. "좀 더 단순한 건 어떨까? **공주와 어부?**"

"꼭 러브스토리 같다."

나는 눈을 굴린다. 아마리의 목소리에 미소가 묻어난다. 허리를 펴면 틀림없이 오빠의 미소도 보일 것이다.

나는 놀리기 시작한다. "정말 러브스토리 같긴 하네. 하지만 조금 빗나갔지. 그렇게 러브스토리를 원한다면 **공주와 아그본 선수**는 어때?"

아마리가 획 고개를 돌린다. 두 뺨이 발그레해진다. "난 그런 뜻이 아니었어…… 난…… 그런 의도가 아니라……." 아마리는 말을 잇지 못하고 입을 다문다.

오빠가 나를 쏘아보지만 악의는 담겨 있지 않다. 곰베강에 가까워지면서 조금만 놀려도 입을 다물어 버리는 두 사람을 사랑스럽다 해야 할지 짜증난다 해야 할지 모르겠다.

"와, 여기 정말 좋다!" 나는 나일라의 꼬리를 타고 내려와 질척한 강둑에 늘어선 커다랗고 매끈한 돌멩이들을 넘는다. 물길이 점차 넓어지면서 숲과 거대한 나무 밑동들 사이로 굽이굽이 이어져 있다. 나는 진흙에 무릎을 꿇고 앉아 입술을 물로 축인다. 사막에서 내 목이 얼마나 물을 갈망했던가. 습한 대기 탓인지 얼음처럼 찬 물이 너무도 상쾌해서 얼굴을 담그고 싶어진다.

오빠가 말한다. "제일리, 아직 안 돼. 저쪽에도 물이 있을 거야. 아직 좀 더 가야 해."

"알아. 하지만 딱 한 모금만. 나일라도 좀 쉬게 해 주자."

나는 나일라의 뿔을 어루만지며 녀석의 목에 얼굴을 비빈다. 녀석도 내게 털을 비비자 웃음이 난다. 나일라도 사막을 싫어했다. 사막을 벗어난 뒤 녀석의 발걸음이 한결 경쾌해졌다.

오빠가 체념한다. "나일라를 위해서야. 너를 위해서가 아니고."

그는 껑충 내려와 강 옆에 조심스레 쪼그리고 앉아 물통에 물을 채운다. 내 입술에 절로 미소가 번진다. 그냥 넘기기엔 너무 완벽한 기회다.

"어머! 저게 뭐야?" 내가 손으로 가리킨다.

"뭐가……."

나는 얼른 오빠에게로 달려든다. 오빠는 소리를 지르며 물에 첨벙 나자빠진다. 그가 흠뻑 젖은 채 추위에 이를 덜덜 떨며 다시 올라오자 아마리가 헉 하고 숨을 들이마신다. 오빠는 나와 눈을 맞추더니 음흉하게 웃는다.

"넌 죽었어."

"잡기나 해 보시지!"

내가 걸음을 떼기도 전에 오빠가 뛰어들어 내 한쪽 다리를 잡는다. 그가 나를 끌어 내리자 나는 비명을 지른다. 물이 어찌나 찬지 마마 아그바의 나무 바늘로 살을 콕콕 찌르는 것 같다.

"아얏!" 내가 푸푸거리며 허겁지겁 공기를 마신다.

"후회하지?" 오빠가 웃음을 터트린다.

"이렇게 오빠를 기습한 게 몇 년 만인데 후회하겠어?"

아마리가 나일라의 등에서 껑충 내려와 고개를 절레절레 흔들며 킬킬거린다.

"너희들 정말 유치하다."

오빠의 웃음에 장난기가 섞인다. "우린 한 팀이잖아, 아마리. 너도 유치해져야 하지 않을까?"

"그건 아니지." 아마리는 뒷걸음질 치지만 소용없다. 오빠는 마치 오리샤강 비단뱀처럼 물에서 올라온다. 아마리는 몇 걸음 떼기도 전에 오빠에게 붙잡힌다. 아마리가 킥킥대며 웃는 모습에 나도 미소가 나온다. 오빠가 아마리를 어깨에 걸쳐 멘다. 아마리는 온갖 핑계를 생각해 낸다.

"나 수영 못 해."

"여기 안 깊어." 오빠가 웃으면서 말한다.

"난 공주야."

"공주는 목욕도 안 해?"

"나한테 두루마리가 있잖아!" 아마리는 보란 듯이 허리춤에서 두루마리를 꺼내 든다. 성물들을 한데 모으지 않고 오빠는 뼈 단검을, 아마리는 두루마리를, 나는 일장석을 갖고 있기로 했다.

"좋은 지적이군." 오빠는 아마리의 손에서 두루마리를 획 빼앗아 나일라의 안장 위에 놓는다.

"자, 공주님. 이제 왕실 목욕이 기다리고 있답니다."

"제인, 안 돼!"

아마리의 요란한 비명에 나무에 앉아 있던 새들이 푸드덕 날아오른다. 물에 풍덩 빠진 아마리가 자기 키에도 못 미치는 곳에서 허우적거리는 모습에 오빠와 나는 웃음을 터트린다.

"재미없거든." 아마리는 몸서리치면서도 웃음을 참지 못한다. "후회하게 될 거야."

오빠는 느먼 허리를 굽힌다. "어니 해 보시죠."

내 얼굴에 새로운 미소가 떠오른다. 차디찬 강가에 앉아서도 몸이 따뜻해지는 그런 미소. 오빠가 저렇게 장난치는 모습을 얼마 만에 보는지 모르겠다. 아마리는 물에 흠뻑 젖어 자기보다 두 배는 더 무거워진 오빠를 물속으로 빠뜨리려고 안간힘을 쓴다. 오빠는 정말 아마리의 힘에 못 이기는 척 괴로운 비명을 지르며 장단을 맞춰 준다.

갑자기 강이 사라진다.

나무들도.

나일라도.

오빠도.

주변 세상이 빙글빙글 돌아가며 익숙한 힘이 나를 멀리로 데려간다.

세상이 회전을 멈추자 갈대가 내 발을 간질인다. 신선한 공기가 폐를 채운다.

내가 왕자의 꿈속에 들어왔다는 사실을 깨닫는 순간 나는 다시 현실로 내던져진다.

차가운 강물이 발에 닿자 나는 가슴을 움켜쥐며 씩씩거린다. 아주 잠깐 스쳐 간 꿈속 풍경은 그 어느 때보다도 강렬하고 생생했다. 문득 무언가를 깨닫고 온몸에 한기가 흐른다. 왕자는 그저 내 꿈에 있는 것이 아니다.

가까이 있다.

"그만 가자."

오빠와 아마리는 시끄럽게 웃어 대느라 내 말을 듣지 못한다. 오빠는 다시 아마리를 들어 물속으로 던지려 하고 있다.

나는 발로 그들에게 물을 튀기며 말한다. "그만. **가야** 한다고. 여긴 안전하지 않아!"

"무슨 소리야?"

아마리가 계속 킬킬거리자 내가 황급히 말한다.

"왕자야. 그가 가까이……."

목이 막혀 말이 나오지 않는다. 멀리서 어떤 소리가 다가온다. 우리는 그쪽으로 고개를 돌린다. 일정하게 쿵쿵거리는 소리다.

처음엔 무슨 소리인지 알 수 없지만 점점 가까워지자 짐승의 발소리임을 깨닫는다. 그것이 강 어귀를 돌자 마침내 내가 그토록 두려워하던 광경이 눈에 들어온다. 왕자가 우리를 향해 달려오고 있다.

퓨마녀를 타고 무섭게 돌진한다.

우리는 얼른 강에서 나오려 하지만 너무 놀라 허둥거리기 시작한다. 조금 전 우리를 즐겁게 해 준 강이 거센 물살로 아마리와 오빠를 끌어 내린다. '우리가 멍청했어.' 어떻게 그렇게 어리석었을까? 잠시 방심하는 순간 왕자는 마침내 우리를 따라잡았다.

하지만 찬돔블레의 끊어진 다리를 어떻게 건넜을까? 우리가 여기로 온 건 어떻게 알았지? 어찌어찌 이베지까지 추적해 왔다 해도 우리는 무려 엿새 전에 그곳을 떠났단 말이다.

나는 나일라에게로 달려가 먼저 올라탄 뒤 녀석의 고삐를 단단히 움켜쥔다. 오빠와 아마리가 황급히 내 뒤로 올라탄다. 그러나 가죽 줄을 당기기 전에 나는 뒤를 돌아본다. '내가 무얼 놓친 걸까?'

함께 다니던 위병들은 어디 있지? 레칸을 죽인 총사령관은? 센타로의 공격을 받았던 왕자가 지원군도 없이 쫓아올 리가 없다.

논리적으로는 그렇지만 어쨌든 위병들은 보이지 않는다. 왕자는 취약한 상태다. 혼자다.

내가 세압할 수 있나.

"뭐 하는 거야?" 나일라가 출발하기도 전에 내가 고삐를 놓고 멈춰 세우자 오빠가 소리친다.

"나한테 맡겨."

"제일리, 안 돼!"

하지만 나는 뒤돌아보지 않는다.

봇짐을 땅바닥에 던져 놓고 나일라의 등에서 껑충 뛰어내려 몸을 웅크리며 착지한다. 왕자도 퓨마너를 세우고 내려서더니 칼을 휘두르며 피를 내려고 준비한다. 퓨마너가 으르렁거리며 내빼지만 왕자는 그조차도 모르는 것 같다. 제복엔 새빨간 얼룩이 묻어 있고 호박색 눈은 절박해 보인다. 게다가 더 여위었다. 온몸에서 피로가 마치 열기처럼 피어오른다. 그의 눈에서 광기가 어른거린다.

마법의 힘을 억누르느라 기력이 쇠한 탓이다.

"잠깐!" 아마리가 떨리는 목소리로 외친다.

아마리는 오빠의 만류를 뿌리치고 니일라의 안장에서 미끄러져 내려온다. 민첩한 두 발이 소리 없이 바닥에 닿더니 머뭇머뭇 나를 지나쳐 간다.

아마리의 얼굴에서 핏기가 사라지고 평생 그 애를 따라다니던 두려움이 다시 자리를 잡는다. 몇 주 전에 시장에서 나를 붙잡은 그 소녀의 모습. 등에 긴 흉터가 난 공주의 모습이다.

그러나 앞으로 나아갈수록 아마리의 태도에 다른 무언가가 배어든다. 그 경기장의 시합에서 보여 준 확고한 무언가. 그것을 갖고 아마리는 자기 오빠에게 다가간다. 눈에는 두려움보다 걱정이 앞선다.

"어떻게 된 거야?"

왕자는 내 가슴에 겨눴던 칼을 아마리의 가슴으로 옮긴다. 오빠가 도우려고 껑충 내려서지만 내가 그의 팔을 잡는다. "아마리한테 맡겨."

"저리 비켜." 왕자의 목소리는 고압적이지만 그의 손은 떨리고 있다.

아마리는 잠시 걸음을 멈춘다. 왕자의 칼날에서 튕겨 나간 달빛이 그 애를 비춘다.

"아버지는 여기 없어. 오빠는 나를 해치지 않을 거야." 마침내 아마리가 말한다.

"그야 모르는 일이지."

"오빠는 모르겠지." 아마리는 힘겹게 침을 삼킨다. "하지만 난 알아."

왕자는 한동안 침묵한다. 움직이지도 않는다. 너무 조용하다. 구름들이 움직이면서 달빛이 두 사람 사이를 비춘다. 아마리가 한 걸음 나아간다. 또 한 걸음. 이번엔 좀 더 크게 한 걸음. 아마리가 왕자의 뺨에 손을 얹자 그의 호박색 눈에 눈물이 고인다.

왕자는 여전히 칼을 움켜쥔 채 거친 목소리로 말한다. "넌 몰라. 마법이 그 사람을 앗아 갔어. 마법은 우리 **모두**를 파괴하고 말 거야."

'그 사람?' 왕자가 누굴 말하는지 모르겠지만 아마리는 상관하지 않는 듯 보인다. 그 애는 마치 들짐승을 달래듯 왕자가 칼을 내리게 한다.

나는 처음으로 이 남매가 얼마나 다른지 깨닫는다. 아마리의 얼굴은 둥글지만 왕자의 턱은 각졌다. 호박색 눈과 구릿빛 피부를 제외하곤 닮은 구석이 전혀 없다.

"그건 아버지의 말이잖아, 오빠. 아버지의 생각이야. 오빠의 생각이 아니야. 우린 모두 저마다 독립적인 인간이야. 선택은 **각자** 해야 해."

"하지만 아버지 말씀이 옳아." 왕자가 갈라지는 목소리로 말을 잇는다. "우리가 마법을 막지 않으면 오리샤는 무너질 거야."

그의 시선이 다시 내게로 향하지 니는 격투봉을 움켜쥔다. '해보시지.' 이렇게 소리치고 싶다. 이제 도망 다니기도 지긋지긋하다.

아마리가 다시 왕자의 시선을 끌며 고운 두 손으로 왕자의 뒤통수를 감싸 쥔다.

"아버지는 오리샤의 미래가 아니야, 오빠. 우리가 오리샤의 미래야. 우린 옳은 쪽에 서 있어. 오빠도 이리로 올 수 있어."

왕자가 아마리를 바라본다. 잠시 나는 그가 누구인지 헷갈린다. 그 무자비한 대장일까? 고귀하신 왕자님? 겁먹고 혼란에 빠져 있는 마자이? 그의 눈에서 갈망이 엿보인다. 싸움을 포기하고 싶어 하는 열망. 그러나 그가 다시 턱을 올리자 내가 아는 그 살인마가 되살아난다.

"아마리……." 내가 소리친다.

왕자는 아마리를 밀어 내고 내 가슴에 칼을 겨누며 달려든다. 나는 격투봉을 휘두르며 오빠의 앞으로 뛰어든다. 아마리는 할 만큼 했다.

이제 내 차례다.

왕자의 칼이 내 금속 격투봉을 때리면서 대기가 윙윙 울린다. 나는 반격의 기회를 노리지만 이제 진짜 왕자가 깨어났다. 그는 기회를 내주지 않는다. 지쳐 있지만 나에 대한 증오, 내가 아는 비밀에 대한 증오로 맹렬하게 나를 공격한다. 그러나 그의 공격을 일일이 막아 내면서 내 마음속에서도 분노가 점점 커져 간다. 그는 우리 마을을 태워 버린 괴물이다. 레칸을 죽음으로 내몬 사내다. 이 모든 문제의 근원이다.

이제 그를 제거할 수 있다.

"내 조언을 들은 모양이네." 내가 공중으로 뛰어올라 그의 칼을 피하며 소리친다. "하얀 머리카락이 거의 안 보이잖아. 이번엔 몇 번이나 덧씌우셨나, 고귀하신 왕자님?"

나는 그의 두개골을 향해 격투봉을 휘두른다. 다치게 하려는 게 아니라 죽이기 위한 공격이다. 이제 싸우는 것도 지긋지긋하다.

나를 방해하는 그가 지긋지긋하다.

그는 내 격투봉을 피해 몸을 숙인 뒤 민첩하게 나의 배로 칼을 들이민다. 나는 휙 몸을 돌려 피한 뒤 다시 공격한다. 또 한 번 우리의 무기가 날카로운 소리를 내며 맞부딪친다.

"넌 날 이길 수 없어." 내가 그의 힘에 팔을 떨며 속삭인다. "날 죽여도 네 정체가 바뀌진 않을 거야."

"상관없어." 왕자는 다시 공격하려고 껑충 물러서며 덧붙인다. "네가 죽으면 마법도 죽으니까."

그는 함성과 함께 앞으로 달려들며 칼을 들어 올린다.

37

숲에서 나타난 괴한들

아마리

수년 동안 오빠와 대결해 봤지만 지금은 낯선 이의 결투를 보는 것 같다. 오빠의 공격은 평소보다 느리긴 해도 무자비하다. 나로선 이해할 수 없는 분노에 휩싸여 있다. 그와 제일리는 서로 공격을 주고받는다. 그의 칼과 제일리의 격투봉이 끊임없이 찰캉찰캉 맞부딪친다. 그들이 싸우면서 숲속으로 점점 깊이 들어가자 제인과 나는 그들을 뒤쫓아 달려간다.

"괜찮아?" 제인이 묻는다.

그렇다 말하고 싶지만 오빠를 보고 있으려니 가슴이 찢어진다. 그 긴 세월을 지나 드디어 옳은 일을 할 수 있게 되었는데.

"저러다 둘 다 죽겠어." 나는 증오에 불타는 그들의 공격에 움찔거리며 속삭인다.

"아니." 제인은 고개를 가로젓는다. "제일리가 그를 죽일 거야."

나는 잠시 멈춰 서서 제일리의 움직임을 살펴본다. 늘 그랬듯 힘차

351

고 정확한 전사의 모습이다. 그러나 제일리는 그를 쓰러뜨리려 하는 것이 아니다. 제일리는 오빠를 끝장내려 한다.

"말려야 해!" 나는 물러서라는 제인의 간청을 무시하고 앞으로 달려 나간다. 두 사람은 결투를 벌이며 언덕 아래 숲이 우거진 골짜기로 깊숙이 내려가고 있다. 나는 부리나케 달려가지만 그들에게 가까워질수록 어떻게 말려야 할까 걱정이 앞선다. 칼을 빼 들어야 할까? 다치더라도 무방비 상태로 뛰어들어야 하나? 두 사람의 공격이 너무도 맹렬해서 어느 쪽으로든 말릴 수 없을 것 같다. 잠시도 멈출 수 없을 것 같다.

그러나 그들에게로 달려가는 사이 새로운 딜레마가 나를 괴롭힌다. 누군가가 보고 있는 것 같다. 궁전에서 평생 보이지 않는 시선을 의식하며 살아온 나는 어디서든 그것을 감지할 수 있다.

그 느낌이 점점 강렬해지자 나는 비틀비틀 걸음을 멈추고 원인을 찾아본다. '오빠가 위병들을 불렀나?' 그는 혼자 싸울 사람이 아니다. 군대가 다가오고 있다면 우리는 생각보다 더 취약한 상태다.

그러나 오리샤 인장은 보이지 않는다. 대신 머리 위에서 나뭇잎들이 부스럭거린다. 칼을 빼 들 새도 없이 채찍 소리가 대기를 가르더니…….

나일라가 깩 하며 바닥으로 쿵 쓰러진다. 다리와 주둥이가 굵은 올가미에 묶여 있다. 나는 퍼뜩 돌아본다. 노련한 밀렵꾼의 솜씨인 듯 나일라의 거대한 몸집 위로 그물망이 날아와 녀석을 사로잡는다. 나일라는 벗어나려고 안간힘 쓴다. 답답한 포효가 겁먹은 신음으로 바뀐다. 그러나 어느새 그마저도 끊기고 정적이 흐른다. 나일라는 숲에서 나타난 괴한 다섯 명에게 속수무책으로 끌려간다.

"나일라!" 제인이 칼을 휘두르며 재빨리 나선다. 놀라운 속도로 뛰어 나가 칼로 베려 하는 순간…….

"아악!"

제인이 두 손목과 발목이 올가미에 묶인 채 돌덩이처럼 바닥으로 쿵 떨어진다. 칼이 숲 바닥으로 내동댕이쳐지고 그물망이 날아와 그를 살쾡이처럼 잡아 올린다.

"안 돼!"

내가 칼을 빼 들며 그를 따라 달려간다. 가슴에서 심장이 쿵쾅거린다. 내게로 날아오는 올가미는 어렵지 않게 피하지만 나일라를 끌고 간 다섯 사내가 다시 나타나자 어느 쪽으로 가야 할지 모르겠다. 그들은 검은 옷을 입고 복면을 쓴 채 어둠과 뒤섞여 있다. 아주 잠깐 그들의 구슬 같은 눈이 보인다. '위병이 아니야……'

하지만 오빠의 부하가 아니라면 이 투사들은 누구란 말인가? 왜 우리를 공격하는 걸까? 무얼 쫓고 있을까?

나는 첫 번째 사내에게 칼을 휘두르며 몸을 숙여 다른 공격을 피한다. 여기서 이러고 있을 게 아니다. 제인과 나일라가 위험하다.

"제인!" 내가 소리쳐 부른다. 어둠 속에서 복면 사내들이 더 나타나 그를 끌고 간다. 그는 온 힘을 다해 그물망에서 벗어나려다 세차게 머리를 맞고 몸을 늘어뜨린다.

"제인!" 나는 달려드는 사내에게 칼을 휘두른다. 하지만 한 발 늦었다. 이 복면 사내가 내 무기를 빼앗는다. 다른 사내가 젖은 천으로 내 얼굴을 덮는다.

시큼한 산의 냄새가 날카롭게 코를 찌르며 눈앞이 컴컴해진다.

38

패배

제일리

나무들 사이로 아마리의 비명이 울려 퍼진다.

왕자와 나는 공격하다 말고 얼어붙는다. 우리는 일제히 고개를 돌린다. 저만치 떨어진 곳에서 아마리가 복면 사내와 몸싸움을 벌이고 있다.

검은 장갑이 몸부림치는 아마리의 입을 막는다. 아마리의 눈이 흐릿해지더니 눈동자가 넘어간다.

"아마리!" 왕자가 아마리를 향해 달려간다. 나도 뒤쫓아 가려 하는데 숲이 텅 비었다. 나일라가 보이지 않는다.

오빠도 보이지 않는다.

"오빠?" 나는 나무에 몸을 기대고 골짜기를 빽빽이 메운 나무들의 윤곽을 살펴본다. 멀리서 흙먼지가 기둥처럼 솟아오르고 그물에 매달린 몸뚱이가 보인다. 무겁고 강인한 몸. 그물망 안에 축 늘어진 손이 보인다. '안 돼⋯⋯.'

"오빠!"

나는 부리나케 달려간다.

나조차도 몰랐던 괴력이 솟는다.

사슬로 손을 뻗어 엄마를 붙잡으려 했던 여섯 살 때로 돌아간 것 같다.

나는 그 기억을 밀어 넣고 오빠를 소리쳐 부르며 컴컴한 밤 속으로 달려 들어간다. 안 된다. 또 이런 일이. 오빠에게 이런 일이.

다시는 용납할 수 없다.

"오빠!"

나는 목이 찢어져라 외치며 후들거리는 다리로 열심히 흙을 밟는다. 아마리를 쫓는 왕자를 앞지른다. 내가 오빠를 구할 수⋯⋯.

"안 돼!"

생생한 끈이 두 발목을 조이더니 몸이 땅으로 끌려 내려간다. 그물 망이 나를 에워싸며 가슴에서 숨이 훅 빠져나간다. 그물망이 내 몸을 감싸고 있다.

"아얏!" 나는 또 한 번 소리치며 몸을 비틀고 발버둥 친다. 내 몸이 숲속으로 끌려가고 있다. 그들은 오빠를 잡아갔다. 아마리를 잡아갔다.

이제 나를 잡아가려 한다.

돌멩이들과 잔가지들에 살이 긁히며 내 손에서 격투봉이 떨어져 나간다. 오빠의 단검을 찾아보지만 그 역시 내 손을 빠져나간다. 눈으로 흙이 날아들자 따가운 눈을 깜빡이며 먼지를 떨어낸다. 소용없다. 나는 이미 패했다⋯⋯.

내 그물망을 당기던 끈이 툭 끊어진다.

내 몸이 멈추고 나를 끌고 가던 두 복면 사내가 반동으로 인해 앞으로 나동그라진다. 왕자가 번개처럼 달려들어 바닥을 뒹구는 그들을 공격한다.

복면 시내 한 명은 서둘러 달아나 벌어진 나무뿌리 아래로 사라지는 듯 보인다. 다른 한 명은 너무 굼뜨다. 왕자가 칼자루로 사내의 관자놀이를 때리자 그의 무릎이 꺾인다.

사내가 풀썩 쓰러지자 왕자는 곧바로 내게 덤벼든다. 손에 쥔 칼을 고쳐 들며.

그의 눈에서 분노가 이글거린다.

나는 떨리는 손으로 그물망을 당기며 벗어나려고 안간힘을 쓴다. 왕자가 다가오면서 오리샤의 인장에 달빛이 반사되자 그 백표버머 인장 아래서 겪은 수많은 고통이 되살아난다. 위병들의 군화. 흙을 적시던 피. 엄마의 목을 휘감은 사슬.

오빠를 걷어차던 위병들.

나를 땅바닥으로 내팽개치던 위병들.

새로운 기억이 떠오를 때마다 속이 뒤틀리며 갈비뼈가 으스러지는 듯하다. 왕자가 쪼그리고 앉아 무릎으로 내 두 팔을 내리누르자 숨이 멎는다.

'결국 이렇게 끝나는군……'

위에서 왕자의 칼날이 번쩍거린다.

'시작과 똑같이……'

39

진실

이난

'이제 끝났어.'

소녀에게 살금살금 다가가는 동안 이 한 가지 생각이 내 머릿속을 장악한다. 이 애는 그물망에 갇혀 무력한 상태다. 격투봉도 없다. 마법을 쓸 수도 없다.

이 한 번의 살인으로 내 의무를 이행할 수 있다. 이 애의 정신 나간 계획으로부터 오리샤 전체를 구할 수 있다. 이 애를 쫓으면서 저지른 죄는 모두 사해질 것이다. 나의 저주에 대해 알고 있는, 살아 있는 유일한 존재도 그와 함께 사라질 것이다.

"헛!" 나는 두 무릎으로 소녀의 팔을 누른다. 저항하면 할수록 더욱 힘을 싣는다. 칼을 올린다. 한 손으론 소녀의 배를 누르면서 다른 손으론 칼날이 소녀의 심장을 관통하도록 각도를 조정한다.

그러나 이 애의 가슴에 손이 닿는 순간 내 마법이 거침없이 피부를 뚫고 나온다. 막을 수 없는 힘. 지금껏 느낀 그 어떤 마법보다도 강력하다.

"으윽!" 나는 숨을 몰아쉰다. 이글거리는 푸른 구름이 나타나며 세상이 아득해진다. 아무리 저항해도 빠져나갈 수 없다.

나의 저주가 나를 내리누른다.

붉은 하늘.

날카로운 비명.

흐르는 피.

한순간 이 소녀의 세상이 눈앞을 스쳐 간다. 그 슬픔이 내 가슴을 휩쓸고 지나간다.

나로선 상상할 수도 없는 날것의 고통이다.

차가운 돌이 내 맨발에 닿는다. 이 애가 눈 덮인 이바단의 산을 오르고 있다. 따뜻한 졸로프 라이스* 냄새가 나를 에워싼다. 위병들이 이애의 집 나무 문을 걷어차자 내 심장이 멎는다. 오리샤의 위병들이다.

나의 위병들.

그 광경에 숨이 막힌다. 마치 고릴리온이 내 목을 조르는 것 같다.

천 가지 사건, 오리샤의 인장 아래서 벌어진 천 가지 범죄가 눈앞을 스쳐 간다.

위병의 철갑이 이 애 아버지의 턱을 때릴 때 백표버머가 빛난다.

피 묻은 사슬이 이 애 어머니의 목을 감을 때에도 백표버머가 반짝거린다.

그 모든 게 보인다. 우리 아버지가 만든 세상.

이 애가 견뎌 온 고통.

"엄마!"

---

* 서아프리카의 쌀 요리.

소녀가 소리친다. 사람의 것이라기엔 너무도 괴로운 울부짖음.

오두막 한 구석에서 이 애의 오빠가 이 애 앞을 가로막고 있다. 동생이 세상의 고통을 보지 못하도록 필사적으로 눈을 가리고 있다.

모든 게 주마등처럼 스쳐 간다. 흐릿하게나마 그 오랜 세월이 끝없이 펼쳐진다.

소녀는 엄마를 따라 달려가며 몸부림친다.

그러다 나무 앞에서 얼어붙듯 멈춰 선다…….

'하늘이여.'

끔찍한 광경이 내 머릿속을 아프게 파고든다. 마자사이트 사슬에 묶인 마자이. 죽음의 장식물.

온 세상이 볼 수 있도록 매달아 놓은 송장.

그 상처가 내 가슴속 깊이 스며든다. 그 밤을 겪은 신싱사라면 누구나 겪었을 운명.

아버지의 오리샤에선 그게 마자이에게 주어진 유일한 결말이었다.

나는 이 소녀의 기억을 어떻게든 밀어 내려 애쓴다. 소녀의 슬픔이 포악한 물결처럼 나를 끌어 내리고 있다.

퍼뜩 다시 현실로 돌아온다.

나의 칼이 소녀의 가슴 위에 멈춰 있다.

'아아, 하늘이여.'

손이 떨린다. 우리 사이엔 여전히 살인의 기회가 기다리고 있다. 하지만 나는 움직일 수가 없다.

지금 내 앞에 보이는 이 애는 수차례 부서지고 겁에 질린 소녀다.

처음으로 이 애가 보이는 듯하다. 이 마자이 안에 감춰져 있던 인간. 고통에 박혀 있는 두려움. 아버지의 이름으로 자행된 비극.

'아버지…….'

진실이 부글거리며 씁쓸한 액체가 되어 뜨겁게 목을 태운다.

이 애의 기억에선 아버지가 늘 경고하던 그 사악한 악당들이 보이지 않는다. 아버지가 무너뜨린 가족만 보일 뿐이다.

'자신보다 의무가 먼저다.' 아버지의 신조가 귓전을 울린다.

나의 아버지.

이 아이의 왕.

이 모든 괴로움의 근원.

나는 고함치며 칼을 내리친다. 나의 괴력에 소녀는 움찔한다.

묶였던 끈들이 흙바닥으로 떨어진다.

소녀는 얼른 눈을 뜨고 뒤로 기어가 내 공격을 기다린다. 그러나 나는 끝내 공격하지 못한다. 나까지 오리샤의 인장을 번쩍이며 고통을 안겨 줄 수는 없다.

소녀의 입이 벌어진다. 그 둥근 입술에 수많은 질문과 혼란이 걸려 있다. 그러나 이내 그 애는 흙바닥에 누워 있는 복면 사내를 돌아본다. 현실이 떠오른 듯 소녀의 눈이 휘둥그레진다.

"오빠!"

황급히 일어서다가 하마터면 발이 걸려 넘어질 뻔한다. 절박한 외침이 어둠 속에 메아리친다.

대답이 돌아오지 않자 소녀는 풀썩 땅바닥에 주저앉는다. 내 의지와 달리 나도 소녀와 함께 주저앉는다.

나는 마침내 진실을 알았다.

하지만 어떻게 해야 할지 도무지 모르겠다.

40

오빠마저 빼앗길 수는 없다

제일리

이 흙 속에 얼마나 오래 누워 있었을까.

10분?

열흘?

낯선 한기가 뼛속을 파고든다.

혼자가 된 탓이다.

도무지 모르겠다. 그 복면 투사들은 누구일까? 무얼 쫓는 걸까? 어찌나 빠르던지 우리는 피할 수가 없었다.

'계속 달렸다면 모를까……'

그렇게 생각하자 혀에 씁쓸한 맛이 감돈다. 그 복면 사내들이 아무리 빨라도 달리는 나일라를 따라잡을 수는 없었을 것이다. 우리가 그대로 나일라를 타고 달려갔다면 그들은 우리를 습격할 수 없었다. 아마리와 오빠는 안전했을 것이다. 그러나 나는 오빠의 경고를 무시했고 그로 인해 오빠가 대가를 치렀다.

오빠는 늘 나 때문에 대가를 치른다.

내가 엄마를 붙잡으려 위병들을 쫓아 달려갔을 때에도 오빠가 내
를 맞고 나를 끌고 왔다. 내가 라고스에서 아마리를 도와준 탓에 오
빠는 집과 운동, 자신의 삶을 모두 포기해야 했다. 내가 왕자와 싸우
겠다고 고집을 부렸지만 그들이 잡아간 사람은 내가 아니다. 오빠다.
오빠는 늘 내 실수의 대가를 치른다.

'일어나.' 머릿속에 목소리가 울려 퍼진다. 그 어느 때보다도 거친 목
소리다. '어서 쫓아가서 오빠와 아마리를 데려와.'

누구인지 몰라도 그 복면 사내들은 치명적인 실수를 저질렀다. 다
시는 그러지 못하게 해 줄 테다.

몸이 납덩이처럼 무겁지만 나는 억지로 일어나 왕자와 복면 사내가
누워 있는 곳으로 향한다.

왕자는 여전히 가슴을 움켜쥔 채 얼굴을 찌푸리고 나무 밑동에 기
대 있다. 나를 보고 칼자루를 움켜잡지만 이번에도 공격하지 않는다.

나에 대해 불타오르던 전의는 꺼졌다. 이제 재만 남은 듯 눈 밑이
검게 변했다. 전보다 더 여위어 보인다. 뼈에 창백한 가죽이 들러붙
어 있다.

'마법과 싸우고 있구나……' 불현듯 그 사실을 깨닫자 주변 공기가
서늘해진다. 그는 마법을 억누르고 있다. 또다시 기력을 소진하고 있다.

'하지만 왜지?' 나는 그를 바라본다. 점점 혼란스러워진다. 왜 나를
그물에서 풀어 주었을까? 왜 나에게 다시 칼을 들지 않을까?

'이유는 중요하지 않아.' 머릿속에서 그 거친 목소리가 다시 말한다.
이유야 어떻든 나는 아직 살아 있다.

더 지체하면 오빠가 죽을지도 모른다.

나는 왕자에게서 돌아서서 복면 사내의 가슴을 발로 누른다. 복면을 벗기고 싶지만 얼굴을 모르는 편이 수월할 것이다. 숲속으로 나를 끌고 갈 때는 거인처럼 보였다. 이제 축 늘어진 그의 몸은 쇠약해 보인다. 한없이 연약해 보인다.

"그들을 어디로 데려갔어?" 내가 묻는다.

사내는 정신을 차리는 듯하지만 아무 말도 하지 않는다. '잘못 걸렸어.' 완전히 잘못 걸렸다.

나는 떨어진 내 격투봉을 집어 들고 힘껏 내리쳐 그의 손뼈들을 으스러뜨린다. 그의 거친 비명이 밤을 가르자 왕자가 퍼뜩 고개를 든다.

내가 소리친다. "대답해! 어디로 데려갔어?"

"난 몰…… 아악!" 그의 비명이 더욱 높아지지만 아직도 성이 차지 않는다. 나는 그가 울부짖는 소리를 들어야 한다. 그의 피를 봐야 한다.

나는 격투봉을 놓고 허리춤에서 단검을 꺼낸다. '오빠의 단검……' 내가 라고스에 들어갈 때 오빠가 그 단검을 쥐여 주던 기억이 떠올라 가슴이 저려 온다.

"혹시 모르잖아." 그날 그는 이렇게 말했다.

혹시 내가 그를 위험에 빠뜨릴지도 모른다는 의미였을 것이다.

눈이 따끔거린다. "말해! 그 애를 어디로 데려갔어? 우리 오빠는 어디 있어? 너희 본거지가 어디야?"

첫 공격은 의도적이었다. 어떻게든 말하게 하려고 그의 팔을 그었다. 그러나 피가 흐르자 내 안의 무언가가, 치명적인 무언가가 툭 끊어져 자제할 수가 없다.

두 번째 공격이 이어진다. 세 번째는 나조차도 인지하지 못할 만큼 순식간에 이뤄진다. 헤아릴 수 없이 시커먼 분노가 풀려나와 날뛰고 있다. 나는 사내를 칼로 긋고 또 그으며 내 모든 괴로움을 흘려보낸다.

"어디로 데려갔어?" 나는 그의 손에 칼을 찔러 넣는다. 눈가에서 흐릿한 무언가가 움직인다. 엄마가 어둠 속으로 사라진다. 그물에 걸린 오빠가 엄마를 따라간다. "대답해!" 나는 날카롭게 소리치며 또다시 칼을 올린다. "어디로 데려갔어? **우리 오빠 어디 있냐고!**"

"그만!"

머리 위에서 누군가가 소리치고 있지만 내 귀에는 들어오지 않는다. 그들은 마법을 빼앗아 갔다. 엄마를 빼앗아 갔다. 오빠마저 빼앗길 수는 없다.

"죽여 버릴 거야." 나는 복면 사내의 가슴 위로 단검을 가져간다.

"죽여 버릴······."

"제일리, 안 돼!"

41

⸻◆◁◇▷◆⸻

우리에겐 서로가 필요하다

이난

나는 사까스도 눈을 뻗어 지힝하는 제일리의 손목을 붙잡는다.

우리의 살이 맞닿는 순간 내 마법이 고동치며 또 한 번 나를 제일리의 기억 속에 빠뜨리려 한다. 나는 이를 악물고 이 짐승 같은 마법을 내리누른다. 지금 내가 또다시 이 애의 머릿속으로 빠져들면 어떤 일이 벌어질지 모른다.

"놔." 제일리가 거칠게 말한다. 전처럼 분노와 맹렬함이 담긴 목소리다. 내가 자신의 기억들을 목격했다는 사실도 모른 채.

이제 내게는 자신의 본모습이 보인다는 사실도 모른 채.

어느덧 나도 모르게 넋을 놓고 제일리를 바라본다. 굴곡 하나하나, 선 하나하나를 빨아들이고 있다. 우묵한 목에 난 초승달 모양의 반점과 은빛 눈을 수놓은 하얀 점들까지도.

"이거 **놔**." 제일리가 거듭 말한다. 아까보다 더 사납게. 그러곤 내 사타구니로 무릎을 올린다. 나는 가까스로 피한다.

"잠깐만." 설득하려 하지만 복면 사내를 향했던 이 애의 분노가 이제 새로운 출구를 찾았다. 투박한 단검을 움켜쥔 손에 힘이 들어간다. 나를 공격하려고 몸을 젖힌다.

"잠깐……." '젤.' 머릿속에 문득 이 애칭이 떠오른다. 거친 목소리. 소녀의 오빠 목소리다.

그는 이 애를 젤이라고 부른다.

"젤, 그만!"

내겐 너무도 어색하지만 제일리는 그 애칭을 듣고 놀라 동작을 멈춘다. 괴로운 듯 눈살이 찌푸려진다. 위병들이 자기 어머니를 끌고 갈 때 그랬던 것처럼.

"진정해." 내가 손을 놓는다. 작은 신뢰의 표시다. "그만해. 우리의 유일한 정보통인데 죽으면 안 되잖아."

제일리가 나를 노려본다. 짙은 색 속눈썹에 맺혀 있던 눈물이 뺨으로 떨어져 내린다. 또다시 괴로운 기억들이 떠오르려 한다. 나는 그것들을 애써 밀어 낸다.

"우리?" 제일리가 되묻는다.

이 애의 입에서 나온 우리라는 단어는 더욱 낯설게 느껴진다. 우리에겐 공유할 게 없다. 우리는 '우리'가 될 수 없는 사람들이다.

'그 애를 죽여야 해. 마법을 죽여야 해.'

전에는 너무도 간단했다. 아버지가 원하는 일을 하면 되었다.

아버지와 똑같은 일을 하면 되었다.

그러나 나무에 마자이의 송장이 매달린 광경에 여전히 속이 복작거린다.

게다가 그것은 오리샤에서 자행된 수많은 범죄 가운데 하나에 불과하다.

제일리를 보며 나는 마침내 차마 물어보지 못한 질문의 답을 얻는다. 나는 아버지처럼 되어선 안 된다.

난 그런 왕이 되지 않을 것이다.

제일리의 손목을 놓으며 마음속으론 더 많은 것을 놓기 시작한다. 아버지의 전술. 아버지의 오리샤. 이제 내가 원치 않음을 깨닫게 된 모든 것.

나는 늘 내 왕국에 대한 의무를 이행하려 했다. 하지만 그 왕국은 더 나은 오리샤가 되어야 한다. 새로운 오리샤.

왕자와 마자이가 하나가 될 수 있는 나라. 제일리와 내가 '우리'가 될 수 있는, 그런 나라.

신성 내 왕국에 대한 의무를 이행하려 한다면 그런 오리샤를 만들어야 한다.

"우리." 나는 애써 자신 있는 목소리로 되풀이한다. "우리에겐 서로가 필요해. 그들이 아마리도 데려갔거든."

제일리의 눈이 나를 탐색한다. 희망을 갖고. 그러나 동시에 그 희망을 부인하면서.

"넌 얼마 전까지만 해도 아마리에게 칼을 들이댔잖아. 네가 노리는 건 그저 그 두루마리겠지."

"그 두루마리가 어디 있는데?"

제일리는 주위를 두리번거리며 우리가 싸우기 전에 봇짐을 던져 놓은 곳을 찾아본다. 그러나 그곳을 발견하곤 얼굴이 굳는다. 그들은 이애의 오빠를 데려갔다. 이 애의 탈짐승과 친구를 데려갔다. 우리 둘다 원하는 그 두루마리도 사라졌다.

"내가 쫓는 게 내 동생이든 그 두루마리든 둘 다 그들이 갖고 있어. 그러니까 지금은 우리의 목적이 같다고 봐야지."

"필요 없어." 제일리는 눈을 가늘게 좁히며 말을 잇는다. "나 혼자 두 사람을 찾을 거야."

그러나 이 애의 피부에서는 두려움이 마치 땀처럼 흘러내린다. 혼자라는 두려움.

"내가 없으면 넌 결국 그물망에 잡힐 텐데. 그들의 본거지를 알려줄 유일한 정보통은 죽을 거고. 정말 내 도움 없이 그 투사들을 제압할 수 있다고 생각해?"

나는 제일리의 감정이 누그러지길 기다린다. 하지만 이 앤 여전히 날 무섭게 노려볼 뿐이다.

"네가 이렇게 잠자코 있는 경우는 별로 없으니 **아니**라는 대답으로 받아들일게."

제일리는 제 손에 들린 단검을 보며 입을 연다. "네가 죽을 짓을 하면 언제든……."

"날 죽일 수 있다고 생각하다니 재미있군."

우리는 여전히 얼굴을 맞댄 채 싸우고 있다. 보이지 않는 격투봉이 보이지 않는 칼과 부딪친다. 그러나 더는 반박할 수 없자 제일리는 흙바닥에서 피를 흘리는 사내에게로 걸어간다.

"좋아, 고귀하신 왕자님. 그럼 이제 어떻게 해야 해?"

그 비꼬는 별명에 속이 부글거리지만 애써 무시한다. 새로운 오리샤가 탄생해야 하니까.

"일으켜."

"왜?"

"젠장, 일단 일으켜."

제일리는 반항하듯 한쪽 눈썹을 치켜세우지만 결국 그 가엾은 자식을 일으켜 앉힌다. 그는 가물가물 눈꺼풀을 움직이며 신음한다. 내가 가까이 가자 불편한 열기가 우리 사이를 메운다.

나는 복면 사내의 상태를 살펴본다. '양손 모두 부러졌군. 상처는 셀 수도 없을 정도야.' 그는 마치 헝겊 인형처럼 제일리의 손에 늘어져 있다. 출혈로 죽지 않은 게 다행이다.

"잘 들어." 나는 그의 턱을 들어 내 눈을 보게 한다. "살고 싶으면 말하는 게 좋을 거야. 우리 가족을 어디로 데려갔어?"

42

납치범들의 정체

아마리

욱신거리는 통증이 가장 먼저 찾아온다. 심한 두통이 나를 깨운 모양이다. 이윽고 쓰라림이 이어진다. 수없이 벤 자국과 긁힌 상처 들이 따끔거린다.

가물가물 눈을 떠 보지만 여전히 암흑이 펼쳐진다. 얼굴에 성기게 짠 자루가 덮여 있다. 심호흡으로 숨을 고르려 하지만 소용없다. 거친 천이 코에 들러붙을 뿐이다.

'여기가 어디지?'

앞으로 몸을 내밀자 두 팔이 나를 당긴다. 손목이 기둥에 묶여 있다. '잠깐, 기둥이 아니야.' 나는 꿈틀꿈틀 거친 표면을 만져 본다. '나무야…….'

그렇다면 우린 여전히 숲에 있다는 뜻이다.

"제인?" 소리 내어 불러 보지만 입에는 재갈이 물려 있다. 저녁으로 먹은 돼지 껍데기 튀김이 뱃속에서 울렁거린다. 누군지는 몰라도 빈틈없이 묶어 놓았다.

나는 다른 단서를 찾아보려 귀를 쫑긋 세운다. 흐르는 물소리나 다른 포로들의 소리가 들리지 않는지 기다려 본다. 그러나 아무것도 들리지 않는다. 다시 기억을 더듬어 본다.

어차피 눈앞은 암흑이지만 그래도 굳이 눈을 감고 머릿속으로 기습 공격을 재현해 본다. 제인과 나일라가 그물망에 싸여 사라진 뒤 시큼한 냄새와 함께 눈앞이 컴컴해졌다. 수많은 복면 사내들이 조용하고 신속하게 어둠과 뒤섞였다. 그 이상한 투사들이 범인이다.

그들이 우리 모두를 쓰러뜨렸다.

'하지만 왜?' 그들은 무얼 원하는 걸까? 강도라면 이미 목적을 달성했다. 우리를 죽이려 했다면 지금 내가 숨을 쉬고 있지 않을 것이다. 나는 무언가가 있나. 뭔가 너 큰 목직을 끼고 공격했나. 잔잔이 생각하면 수수께끼를 풀 수도 있다. 탈출을 계획할 수도…….

"깼어."

낯선 여자 목소리에 나는 긴장하며 얼어붙는다. 부스럭거리는 소리와 함께 발소리들이 가까워진다. 어렴풋이 세이지 냄새가 느껴진다.

"주를 데려올까?"

이번엔 그녀의 말투에서 독특한 억양을 감지한다. 동부 출신의 귀족들에게서 들어 본 억양이다. 나는 아버지의 오리샤 지도를 머릿속에 떠올려 본다. 동부에서 일로린을 제외하고 궁전을 들락거리는 귀족이 살 만큼 큰 마을은 와리뿐이다.

"좀 이따."

같이 온 남자가 대답한다. 그의 말투에도 같은 억양이 배어 있다. 그가 다가오자 열기가 느껴진다.

"쿠아메, 안 돼!"

머리에 씌워진 자루가 휙 벗겨지며 내 목이 덜컥 앞으로 딩거진다. 쏟아지는 등불에 머리가 더욱 욱신거린다. 시야가 흐릿해지지만 두통을 억누르며 주위를 살펴본다.

신성자의 얼굴이 눈앞을 메운다. 짙은 갈색 눈은 의심하듯 가늘어져 있고 단호한 턱에는 수염이 텁수룩하게 덮여 있다. 오른쪽 귀에는 자그마한 은 귀걸이가 보인다. 위협적인 표정을 짓고 있지만 기껏해야 제인과 비슷한 또래인 듯 보인다.

그의 뒤에 또 다른 신성자가 서 있다. 어두운 피부와 고양이 같은 눈을 가진 아름다운 여인이다. 팔짱을 끼자 꼬불꼬불 등으로 내려온 길고 하얀 머리카락이 팔 위에서 헝클어진다. 거대한 나무 밑동 두 개에 둘러친 커다란 천막이 우리를 에워싸고 있다.

"쿠아메, 복면 써야지."

"필요 없어." 사내가 내 얼굴에 뜨거운 입김을 뿜으며 말을 잇는다. "지금 위험에 빠진 사람은 이쪽이야. 우리가 아니고."

그의 뒤로 역시 머리에 거친 자루를 뒤집어쓴 채 커다란 나무뿌리에 묶여 있는 형체가 보인다. '제인이야.' 그를 알아보고 나는 비로소 숨을 내쉰다. 그러나 안심할 일이 아니다. 제인의 자루 위쪽에 시커멓고 진한 피가 배어 있다. 온몸이 상처와 멍으로 뒤덮여 있다. 거칠게 끌고 온 모양이다.

쿠아메가 묻는다. "저 친구랑 얘기하고 싶어? 그럼 이 두루마리가 어디서 났는지 말해."

그가 내 얼굴에 대고 양피지 두루마리를 흔들자 피가 얼어붙는다. '하늘이여, 또 무얼 가져갔을까?'

"칼도 궁금하지?" 쿠아메라 불리는 남자가 내 마음을 읽은 듯 허리춤에서 뼈 단검을 꺼낸다. "네 남자친구한테 이런 무기를 맡겨 둘 수는 없었거든."

쿠아메는 내 입에 물린 재갈을 자른다. 내 뺨이 긁히지만 조금도 동요하지 않는다.

그는 이를 악물고 말한다. "기회는 한 번이야. 거짓말할 생각 마."

나는 얼른 털어놓기 시작한다. "왕궁에서 가져왔어요. 우린 마법을 되찾으러 가는 길이에요. 신들에게 위임을 받았어요."

"주를 데려와야겠……."

뒤에서 여자가 입을 열자 쿠아메가 날카롭게 말한다.

"폴라케, 기다려. 자일린이 사라졌으니 확실한 답을 가져가야지."

그는 다시 나를 돌아보며 노 안 먼 눈을 가늘게 뜬다.

"코시단과 귀족이 마법을 되찾으러 간다고? 마자이도 없이?"

"마자이가 있……."

나는 말을 하다 말고 그의 간단한 질문에서 최대한 정보를 유추해 본다. 궁전에서 오찬을 가질 때에도 사람들의 미소와 온갖 거짓말 속에서 진실을 찾아야 했다. 지금 이 사내는 우리가 둘뿐이라고 생각한다. 그렇다면 제일리와 오빠는 도망쳤다는 얘기다. 어쩌면 아예 잡히지 않았다는 뜻이다. '두 사람은 아직 안전해…….'

그렇다면 우리에겐 희망이 있는 걸까? 제일리와 오빠가 함께 우리를 찾아낼 수도 있다. 그러나 두 사람은 무섭게 싸우고 있었다. 벌써 둘 중 하나가 죽었을지도 모른다.

쿠아메가 묻는다. "거짓말이 다 떨어졌나? 잘됐네. 그럼 진실을 말해. 우릴 어떻게 찾았어? 너흰 몇 명이나 되지? 너 같은 귀족이 왜 이런 두루마리를 갖고 있어?"

'이런 두루마리?'

나는 손톱을 흙에 박아 넣는다. '그렇군.' 왜 진작 몰랐을까? 내가
그 두루마리로 마법을 되찾으려 한다고 말했을 때 쿠아메는 눈 하나
깜짝하지 않았다. 게다가 그는 신성자인데도 그 두루마리를 처음 만
졌을 때 마법의 반응을 보이지 않았다.

'그렇다면 처음 만진 게 아니야……'

어쩌면 그와 이 복면을 쓴 사람들은 그저 그 두루마리를 쫓는 건
지도 모른다.

"그게……"

"됐어." 쿠아메는 내 말을 자르고 제인에게로 가더니 그의 머리에
씌운 자루를 휙 벗겨 낸다. 제인은 정신을 차리지 못하고 머리를 옆
으로 툭 떨군다. 쿠아메가 제인의 목에 뼈 단검을 갖다 대자 가슴이
죄어 온다.

"진실을 말해."

"다 진실이에요!" 나는 끈으로 묶인 몸을 당기며 소리친다.

"주를 불러와야겠어." 폴라케가 천막 입구를 향해 뒷걸음질 친다.
이 두려운 상황에서 벗어나려는 듯이.

쿠아메가 뒤에다 대고 소리친다. "진실을 알아내야 해. 얘는 거짓말
을 하고 있어. 너도 알잖아!"

"그 사람 해치지 마세요." 내가 애원한다.

"난 기회를 줬어." 쿠아메는 입술을 오므리며 말을 잇는다. "네가 자
초한 거야. 난 두 번 다시 내 가족을 잃을 수 없어……"

"무슨 일이야?"

나는 천막 입구로 눈을 돌린다. 어린 소녀가 두 주먹을 불끈 쥐고 들어온다. 초록색 다시키가 코코넛색 얼굴과 선명한 대비를 이룬다. 구름처럼 복슬복슬하고 커다란 흰색 머리카락이 얼굴을 에워싸고 있다. 기껏해야 열세 살 남짓인데 저 애의 등장에 쿠아메와 폴라케는 자세를 바로잡는다.

"주, 나는 널 불러오려고 했어." 폴라케가 얼른 말한다.

"난 먼저 확실히 알아보려고 했어." 쿠아메가 말한다. "우리 정찰대가 강가에서 얘들을 발견했거든. 두루마리를 갖고 있었어."

주라는 아이가 쿠아메에게서 양피지 두루마리를 받아 들고 빛바랜 글씨들을 훑어본다. 진한 갈색 눈이 휘둥그레진다. 엄지손가락으로 그 상징들을 훑어가는 모습을 보니 내 생각이 옳았던 모양이다.

"이 두루마리를 본 석이 있구나."

소녀는 나를 보더니 나의 베인 자국들과 제인의 이마에 얕게 벌어진 상처를 살핀다. 애써 태연한 표정을 유지하려 하지만 입가가 휘어지며 얼굴이 찌푸려진다.

"나를 깨웠어야지."

그러자 쿠아메가 말한다. "시간이 없었어. 저들이 이동하기 시작했거든. 바로 행동을 취하지 않으면 잡을 수 없었어."

주가 되묻는다. "저들? 누가 더 있었어?"

그러자 폴라케가 답한다. "두 명 더 있었어. 도망갔어. 그리고 자일린이……"

"자일린은 왜?"

폴라케는 죄지은 사람처럼 쿠아메와 눈길을 주고받는다. "아직 안 돌아왔어. 납치됐을지도 몰라."

주의 얼굴이 굳는다. 손에 쥔 두루마리가 구겨진다. "아무도 안 따라갔어?"

"시간이 없었……."

"그래도 그러면 안 되지!" 주가 거칠게 말을 잇는다. "우린 아무도 버리지 않아. 모두를 안전하게 지키는 게 우리의 임무잖아!"

쿠아메가 가슴으로 턱을 내린다. 그러곤 자세를 바꾸며 팔짱을 낀다. "두루마리를 빼앗아야 했어, 주. 위병들이 더 몰려오면 그 두루마리가 필요하잖아. 나도 이것저것 다 따져 봤다고."

내가 끼어든다. "우린 위병이 아니야. 군대에서 나온 게 아니라고!"

주는 나를 흘끗 보고는 쿠아메에게로 다가간다. "덕분에 우리 모두가 위험해졌네. 왕 노릇 해 보니까 재미있었어?"

가혹한 말이지만 어쩐지 한 마디 한 마디에 슬픔이 배어 있다. 가느다란 눈썹을 찌푸리자 주는 훨씬 더 어리게 보인다.

"다들 내 천막으로 모이라고 해." 주는 쿠아메에게 지시한 뒤 제인을 가리키며 다시 말한다. "폴라케, 이 사람 머리 닦고 붕대 감아 줘. 염증이라도 생기면 골치 아프니까."

"얘는? 얘는 어떻게 할까?" 폴라케는 고갯짓으로 나를 가리킨다.

"그냥 둬." 주는 내게로 시선을 돌린다. 역시 헤아릴 수 없는 눈빛이다. "아무 데도 가지 않을 거야."

43

제일리의 마법

이난

침묵이 우리를 에워싼다.

무겁고 짙은 침묵이 허공에 걸려 있다.

이 숲에서 가장 높은 언덕을 터벅터벅 오르는 우리의 발소리만이 제일리와 나 사이의 정적을 메운다. 놀랍게도 그 복면 사내들은 이렇게 부드러운 흙 위로 무거운 그물망을 옮기면서도 흔적을 거의 남기지 않았다. 휘청거리며 간신히 찾은 흔적은 금세 끊겨 버린다.

"이쪽이야." 제일리가 앞장서서 나무들을 살피고 있다.

나는 우리가 취조한 이 복면 사내가 말한 대로 나무 밑동들을 열심히 살피며 그들의 상징을 찾아 본다. 초승달 두 개가 등을 맞대고 있는 모양이다. 그들의 본거지를 찾으려면 이 비밀스러운 상징을 따라가야 한다고 사내는 말했다.

"저기 또 있네." 제일리가 왼쪽을 가리키며 방향을 바꾼다. 제일리는 단호하고 꿋꿋하게 올라가지만 나는 안간힘을 쓰며 따라간다. 어깨에 둘러 멘 의식 없는 투사가 내 몸을 내리누르고 있어 숨 쉬기조차 어렵다. 마법을 억누르는 고통도 잊어버릴 정도다.

제일리와 싸울 때는 마법을 풀어놓을 수밖에 없었다. 저 애를 제압하려면 모든 힘을 동원해야 했으니까. 이제 다시 억누르려니 여간 힘들지 않다. 아무리 막아 보려 해도 제일리의 고통이 느껴지려 한다. 끊임없이 그리고 점점 더 강렬하게…….

발이 삐끗 엇나간다. 나는 끙 하고 신음하며 언덕에서 미끄러지지 않으려고 발을 단단히 디딘다. 나의 저주는 이 틈을 놓치지 않는다.

철창에서 탈출한 백표범처럼 마법이 뛰쳐나온다.

나는 눈을 감는다. 제일리의 영혼이 거센 밀물처럼 밀려들고 있다. 처음엔 차고 날카롭게, 그러다 점점 부드럽고 따뜻해진다. 바다 내음이 주위를 에워싸더니 검은 파도 위로 맑고 환한 밤하늘이 펼쳐진다. 자기 오빠와 함께 수상 시장에 간 기억. 코코넛 배에서 아빠와 함께 몇 시간을 보낸 기억.

그 일부가, 아니, 저 애의 일부가 내 마음을 환하게 밝힌다. 그러나 그 환한 기억은 오래가지 않는다.

이윽고 나는 저 애의 어두운 고통 속으로 빨려 들어간다.

'하늘이여.' 나는 애써 내리누른다. 저 애의 모든 것을 그리고 이 유독한 병균까지. 모두 사라지고 나자 한결 가뿐해지지만 힘을 너무 준 탓에 가슴에 찌릿한 통증이 밀려든다. 저 애의 기운이 내 저주에 호소하며 호시탐탐 그것을 불러내려 한다. 마치 저 애의 영혼이 내 주위를 에워싸고 있는 듯하다. 성난 바다처럼 맹렬하게 공격하고 있는 듯하다.

"빨리 좀 와." 언덕 꼭대기에서 제일리가 소리친다.

"그럼 **네**가 메고 갈래? 이 친구가 나 대신 너한테 피 흘리는 모습을 보면 아주 기쁠 것 같은데."

"마법을 억누르느라 그렇게 힘을 빼지 않으면 더 무거운 것도 옮길 수 있을걸."

'네가 그 괴로운 마음을 닫으면 이렇게 힘들게 너를 밀어 내지 않아도 되겠지.'

그러나 나는 그 말을 입 밖에 내지 않는다. 저 애의 마음에 괴로운 기억만 가득한 것은 아니다. 가족에 대한 기억에선 격한 사랑이 너울거린다. 나로선 한 번도 느껴 보지 못한 감정이다. 나는 아마리와 대결하던 나날들, 아버지의 분노에 몸을 떨던 숱한 밤들을 떠올려 본다. 만약 저 애가 나의 마법을 갖고 있다면 저 앤 나의 어떤 부분을 볼까?

그 의문을 떨쳐 내지 못한 채 나는 이를 악물고 마지막 비탈을 오른다. 쏙대기에 이르러 우리의 보모를 내려놓고 넉넉 위 빙시로 실어 간다. 바람이 얼굴을 때리자 투구를 벗고 싶은 마음이 간절해진다.

나는 제일리를 흘끗 본다. 저 애는 이미 내 비밀을 알고 있다. 이 고약한 머리카락이 생긴 이후 처음으로 그것을 숨길 필요가 없게 되었다.

가파른 언덕 가장자리로 다가가면서 나는 투구를 벗고 두피에 닿는 시원한 산들바람을 만끽한다. 이렇게 마음 편히 투구를 벗어 본 게 얼마 만인지 모르겠다.

저 아래 그림자와 달빛 속에는 곰베강 계곡의 울창한 언덕들이 펼쳐져 있다. 아름드리나무들이 가득하지만 높은 곳에서 보니 독특한 상징 하나가 눈에 들어온다. 제멋대로 자란 나무숲 속에 커다란 원형으로 정돈된 구역이 보인다. 이 위에서 보니 나뭇잎들에 그려 놓은 그 독특한 상징이 확연히 눈에 띈다.

"저 친구가 사실대로 얘기하긴 했네." 제일리가 의외라는 듯이 말한다.

"우리가 선택의 여지를 주지 않았잖아."

그러자 제일리는 어깨를 으쓱한다. "그래도. 어쨌든 둘러댈 수도 있었잖아."

원 모양으로 배치된 나무들 사이에 진흙과 돌, 나뭇가지들을 얽어 만든 비밀의 담장이 서 있다. 허술해 보이지만 제법 높은 데다 나무들을 따라 수 미터까지 이어져 있다.

담장 앞쪽에는 칼로 무장한 사내 둘이 출입구인 듯한 지점을 지키고 서 있다. 우리가 취조한 사내와 똑같이 복면을 쓰고 새까만 옷을 입었다.

"대체 정체가 뭔지 모르겠단 말이야."

제일리가 들릴락 말락 하게 중얼거린다. 나는 그 말을 되뇌어 본다. 이곳의 위치를 제외하고 우리가 그 사내로부터 알아낸 거라곤 그들 역시 두루마리를 쫓고 있다는 사실뿐이다.

"네가 저 놈을 죽도록 패지 않았다면 좀 더 알아낼 수도 있었지."

그러자 제일리가 버럭 소리친다. "내가 그렇게 패지 않았으면 우린 여기도 알아내지 못했어."

제일리는 살금살금 나아가더니 숲이 우거진 곳으로 내려가기 시작한다.

"대체 어디 가는 거야?"

"우리 가족을 찾으러 가야지."

"잠깐." 나는 제일리의 팔을 붙잡는다. "무작정 쳐들어갈 수는 없어."

"남자 둘쯤은 해치울 수 있어."

"둘이 아닌 것 같은데." 나는 출입구 주위를 가리킨다. 그림자들 때문에 제일리가 그들의 형체를 알아보기까지는 시간이 조금 걸린다. 숨어 있는 병사들은 미동도 않고 완벽하게 어둠과 섞여 있다. "이쪽에만 해도 최소 서른 명이야. 게다가 나무에 활잡이들도 숨어 있어."

나는 나뭇가지 아래로 삐져나온 발 하나를 가리킨다. 무성한 이파리들 속에서 유일하게 보이는 인간의 흔적이다. "땅에 있는 사람들로 유추해 보면 나무 위에도 최소 열다섯 명은 올라앉아 있을 거야."

"그럼 동틀 때 공격하자. 그때는 저들도 몸을 숨길 수 없을 테니까." 제일리가 말한다.

"해가 뜬다고 적의 수가 바뀌지는 않아. 저들 모두 아마리와 제인을 데려간 사내들만큼 노련할 거야."

제일리는 나를 향해 콧잔등을 찌푸린다. 나도 느꼈다. 내 입에서 나오는 이 애의 오빠 이름이 형 어색하다는 것을.

제일리는 고개를 돌린다. 새하얀 곱슬머리가 달빛에 반짝인다. 전에는 칼날처럼 곧게 뻗었던 머리카락이 이제는 꼬불꼬불 휘어진 채 바람에 소용돌이친다.

그 곱슬머리를 보자 이 애의 어린 시절 기억 하나가 떠오른다. 어릴 때 이 애의 머리카락은 훨씬 더 고불거렸다. 이 애 어머니는 머리카락을 빗어 묶어 주려 애쓰다가 이 애가 몸부림을 치자 마법으로 어두운 그림자들을 불러 딸을 붙잡게 했다.

"그럼 어쩌자는 거야?" 제일리의 목소리가 나를 공상에서 끌어낸다. 나는 다시 그 담벼락을 보며 제일리의 어머니가 머리를 빗어 주던 기억을 밀어 내고 전투 계획을 구상해 본다.

"탈짐승을 타고 가면 하루 만에 곰베에 갈 수 있어. 내가 지금 출발해서 아침에 병사들을 데려올게."

제일리는 뒷걸음질 친다. "그걸 말이라고 해? 위병들을 끌어오겠다고?"

"저 안에 들어가려면 지원병이 있어야 해. 다른 방법이라도 있어?"

"너한테는 위병들을 데려오는 게 방법이 될 수 있겠지." 제일리는 손가락으로 내 가슴팍을 찌르며 덧붙인다. "나한텐 아니야."

나는 우리의 포로를 가리킨다. "저놈은 신성자야. 저 담장 안에 신성자들이 더 있다면? 저들은 이제 그 두루마리를 가졌어. 어떤 일이 벌어질지 모른다고."

"그래. 역시 그 두루마리였어. 처음부터 그랬지. 우리 오빠와 **네 동생**을 구하러 왔다고 생각한 내가 바보지……."

"제일리……."

"다른 계획을 내놔. 저 담장 안에 신성자들이 있는데 위병들을 불러온다면 우리의 오빠와 동생은 구할 수 없어. 위병들이 오는 순간 모조리 다 죽을 테니까."

"꼭 그렇지는……."

"위병들을 불러오면 네 비밀을 폭로하겠어." 제일리는 팔짱을 끼며 말을 잇는다. "그들이 오면 너도 죽는 거야."

속이 뒤틀리는 것을 느끼며 나는 뒷걸음질 친다. 카에아의 칼날이 다시 내 머릿속을 공격한다. 그녀가 쥐고 있던 두려움. 그녀의 눈에 담긴 증오도.

묘한 서글픔이 밀려든다. 주머니에 손을 넣어 아버지의 세네트 말을 움켜쥔다. 받아치고 싶지만 그럴 수 없다. 이 애의 말이 사실이 아니라면 얼마나 좋을까.

내가 다그친다. "위병들을 불러올 수 없다면 어쩌자는 거야? 지원병

없이는 저 담장 안으로 들어갈 방법이 없을 것 같은데."

제일리는 다시 그들의 본거지를 돌아보며 두 팔로 몸을 감싼다. 우리를 에워싼 습기 탓에 나는 땀을 뻘뻘 흘리지만 제일리는 몸서리를 친다.

마침내 제일리가 다시 입을 연다. "내가 해 볼게. 일단 들어가면 우린 각자 갈 길을 가는 거야."

이 애는 굳이 말하지 않지만 두루마리를 생각하고 있는 게 분명하다. 저 담장이 허물어지면 그 두루마리를 두고 어느 때보다도 치열한 싸움이 벌어질 것이다.

"어떻게 들어갈 건데?"

"그건 몰라도 돼."

"너한테 목숨을 맡기려면 그 정도는 알아야지."

제일리가 흘끗 내게로 눈을 돌린다. 날카로운 눈. 믿지 못하는 눈이다. 그러나 곧 두 손을 땅에 갖다 댄다. 대기가 윙윙거린다.

"에미 아원 티 오 티 선."

제일리가 주문을 외자 땅이 굽이친다. 이 애의 뜻에 따라 땅이 갈라지고 부서지며 벌어진다. 그 손 밑에서 흙으로 이뤄진 형체가 올라온다. 이 애의 마법으로 그 형체가 살아난다.

"세상에." 그 놀라운 능력에 절로 탄식이 나온다. 저런 마법을 언제 배웠지? 하지만 제일리는 내가 무엇을 아는지 상관하지 않고 다시 담벼락 쪽을 돌아본다.

"영체라고 하는 거야. 내 명령에 따라 움직이지." 제일리가 말한다.

"얼마나 만들 수 있어?"

"최소 여덟, 더 많이 만들 수도 있어."

"그 정도론 안 돼." 내가 고개를 젓는다.

"얼마나 막강한데."

"저 밑엔 투사들이 수없이 많아. 더 센 병력이 필요해……."

"좋아." 제일리는 몸을 돌린다. "내일 밤에 공격하기로 하고 아침에 얼마나 만들 수 있는지 볼게."

그리고 걸음을 옮기려다 잠시 멈춰 선다.

"조언 하나 할게, 고귀하신 왕자님. 나한테 목숨 맡기지 마. 그걸 끝내고 싶은 게 아니라면."

44

두려움

제일리

구슬땀이 내 짧막한 다시키를 적시고 암석 위로 떨어신나. 마법을 백 번 연습하며 힘을 준 탓에 근육이 떨려 오지만 왕자는 도무지 만족하지 않는다. 방금 전 우리의 접전에서 쓰러진 그는 일어나서 가슴에 말라붙은 흙을 털어 낸다. 나의 마지막 영체와 싸우느라 뺨이 빨갛게 부어올랐지만 자세를 흐트러뜨리지 않는다.

"다시."

"젠장. 잠깐만 쉬자." 내가 헐떡거리며 말한다.

"쉴 수 없어. 이게 안 되면 계획을 바꿔야 해."

나는 이를 악물고 대꾸한다. "이 계획이 어때서? 대체 뭘 어떻게 더 보여 줘야 해? 이 영체들은 막강하다고. 그렇게 많이 필요치 않을……."

"저 밑에 있는 투사들은 쉰 명이 넘어, 제일리. 무장하고 전투태세를 갖춘 사내들이야. 영체 여덟 개로 충분하다고 생각한다면……."

"너한테는 충분하고도 남잖아!" 나는 왕자의 눈에 생긴 멍과 오른쪽 카프탄 소매에 묻은 피를 가리키며 말을 잇는다. "넌 영체 하나도 간신히 상대할까 말까야. 저들이라고 뭐가 다르겠어?"

그러자 왕자가 소리친다. "저쪽은 **쉰** 명이라고! 난 지금 힘을 절반도 쓰지 않고 있어. 나를 기준으로 생각해선 안 돼."

"그럼 증명해 보시지, 왕자님." 나는 주먹을 움켜쥔다. 왕족의 피를 내는 일이라면 언제든 환영이다. "내가 얼마나 약한지 증명해 봐. 네가 얼마나 강한지 보여 달라고!"

"제일리……."

"됐어!" 나는 빽 소리치며 손바닥으로 땅을 누른다. 난생처음 주문을 외지 않고도 영적 기운이 풀려난다. 아셰가 흘러나오며 영체들이 줄줄이 나타난다. 우르릉 하는 소리와 함께 영체들이 내 무언의 명령에 따라 땅에서 솟아오른다. 열 개의 영체가 언덕을 질러 돌진하자 왕자의 눈이 휘둥그레진다.

그러나 그들이 공격하려는 순간, 왕자의 눈이 가늘어진다. 목에 핏줄이 튀어나온다. 탄탄한 몸에서 근육들이 불거진다. 그의 마법이 따뜻한 바람처럼 흘러나와 우리의 주변 대기를 달군다.

그가 영체 둘을 베자 그들은 흙으로 변한다. 왕자는 공격을 피하는 동시에 번개처럼 다른 영체들을 공격한다. '젠장.' 나는 뺨 안쪽을 깨물어 씹는다. 그는 보통 위병들보다 빠르다. 보통 왕자보다 치명적이다.

"에미 아원 티 오 티 션." 나는 다시 주문을 외워 영체 셋을 더 불러온다. 한꺼번에 공격하면 왕자의 속도가 느려질 거라 기대하지만 몇 초가 정신없이 흘러간 뒤 그는 홀로 서 있다. 이마엔 땀이 흘러내리고 그의 발밑에선 마른 흙이 부서진다.

다시 영체 열둘을 불러오지만 그는 여전히 꼿꼿이 서 있다.

"이제 만족해?" 그는 숨을 헐떡거린다. 그러나 그 어느 때보다도 살아 있는 듯 보인다. 굴곡진 근육에서 땀이 반짝거린다. 이제는 피골이 상접한 모습이 아니다. 그는 붉게 상기된 얼굴로 땅이 갈라진 틈에 칼을 꽂는다. "내가 전력을 다해 싸우면 열둘을 쓰러뜨릴 수 있는데 투사 쉰 명은 어떻겠어?"

나는 손바닥을 절벽에 갖다 댄다. 그가 이길 수 없는 영체를 만들 것이다. 땅이 울리지만 이제 아셰가 너무 소진되어 새로운 사령을 만들 수 없다. 피의 마법을 사용하지 않고는 불가능하다. 아무리 애를 써도 영체는 나타나지 않는다.

내 얼굴이 그렇게 절박해 보였을까? 어쩌면 마법으로 알아차렸는지도 모른다. 어쨌든 왕자는 콧잔등을 꼬집으며 가까스로 낮은 신음을 참는다.

"제일리……."

"아니." 나는 그의 말을 자른다. 그러곤 내 봇짐으로 시선을 옮긴다. 가죽 속에 있는 일장석이 조용히 나를 유혹한다.

그것을 사용하면 장정 쉰 명을 제압하고도 남을 영체를 불러올 수 있다. 그러나 왕자는 내가 그것을 갖고 있다는 사실을 모른다. 게다가 저 복면 사내들이 그 두루마리를 쫓고 있다면 틀림없이 이 일장석도 빼앗으려 들 것이다. 가슴이 답답하지만 내 생각이 옳다는 것을 나는 알고 있다. 그것을 사용하면 두루마리와 뼈 단검을 되찾을 수도 있다. 하지만 일장석이 엉뚱한 마자이의 손에 들어가 그들의 힘이 막강해지면 결국 그마저도 무산될 것이다.

'하지만 피의 마법을 쓴다면…….'

나는 손을 내려다본다. 엄지손가락에 잇자국이 아직 아물지 않았다. 피의 마법을 쓰면 충분하고도 남을 테지만 이베지의 경기장에서 겪은 일을 생각하면 두 번 다시 쓰고 싶지 않다.

왕자는 기대에 찬 눈으로 나를 보고 있다. 나의 대답이 확실해진다. 둘 다 쓸 수 없다.

"시간이 좀 더 필요해."

"시간이 없어." 왕자는 손으로 머리카락을 쓸어내린다. 새하얀 부분이 전보다 더 넓어진 듯하다. "어림도 없잖아. 못 할 것 같으면 위병들을 불러야 해."

그가 숨을 깊이 들이마시자 그의 마법의 열기가 사그라지기 시작한다. 피부의 혈색도 사라진다. 그가 다시 마법을 밀어 내면서 좀 전의 활기가 죽어 가고 있다.

마치 그의 생명력이 빠져나가는 것 같다.

"내 문제가 아닐 수도 있어." 나의 목소리가 갈라지자 나는 눈을 감는다. 나를 이렇게 약해 보이게 만드는 그가 싫다. 자신을 약하게 만드는 그가 싫다. "네가 마법을 쓰면 위병은 필요 없어."

"안 돼."

"안 되는 거야, 안 하는 거야?"

"내 마법은 공격력이 없어."

"확실해?" 나는 엄마가 들려준 이야기와 레칸이 보여 준 마음술사들의 그림을 떠올리며 다시 묻는다. "상대의 머리를 마비시켜 본 적 없어? 정신 공격 안 해 봤어?"

그의 얼굴에 무언가가 스쳐 가지만 나로선 헤아릴 수가 없다. 그는 칼자루를 움켜쥐고 고개를 돌린다. 그가 마법을 더 깊숙이 밀어 넣으면서 대기가 더욱 서늘해진다.

"제발, 과감해져 봐. 네 마법으로 아마리를 구할 수 있다면 최대한 해 봐야 하는 것 아니야?" 나는 그에게로 한 발짝 다가서며 좀 더 부드럽게 달래 본다. "그 어쭙잖은 비밀은 지켜 줄게. 네 마법으로 공격하면……."

"안 돼!"

왕자의 단호한 말투에 나는 펄쩍 물러난다.

"안 된다고." 그는 침을 꿀꺽 삼키며 말을 잇는다. "못 해. 다시는 안 해. 네가 위병들을 못 믿는 건 알지만 난 그들의 왕자야. 약속해. 내가 해치지 못하게 할게……."

나는 몸을 돌려 언덕의 비탈 끝으로 다시 걸어간다. 왕자가 내 이름을 소리쳐 부르자 이를 악물며 격투봉으로 그를 내리치고픈 충동을 억누른다. 나는 오빠를 구하지 못할 것이다. 단검과 두루마리를 찾아오지 못할 것이다. 고개를 저으며 폭발하는 감정의 소용돌이를 억누른다.

"제일리……."

나는 다시 돌아선다. "얘기해 봐, 고귀하신 왕자님. 마법을 쓴다는 죄책감이 더 괴로워, 아니면 그걸 억누르는 고통이 더 괴로워?"

왕자는 몸을 젖힌다. "넌 이해하지 못해."

"아니, 완벽히 이해하지." 나는 그에게 얼굴을 바싹 디민다. 그의 뺨에 듬성듬성 까칠한 수염이 나 있다. "그 마법을 숨길 수만 있다면 동생이 죽고 오리샤 전체가 불타도 상관없는 거잖아."

"내 마법을 숨기는 게 오리샤를 안전하게 지키는 길이야!" 그의 마법이 다시 밀려 나오며 대기가 뜨거워진다. "마법은 이 나라 모든 문제의 근원이니까. 오리샤의 모든 고통의 근원이니까!"

"오리샤의 모든 고통의 근원은 네 **아버지**야!" 화가 치밀어 목소리가 떨려 온다. "폭군인 데다 겁쟁이지. 그 사실은 언제까지고 변치 않을 거야!"

왕자가 바싹 다가온다. "우리 아버지는 네 왕이야. 백성들을 보호하려고 노력하는 왕. 아버지는 오리샤를 안전한 곳으로 만들기 위해 마법을 없앤 거야."

"그 괴물이 마법을 없앤 건 수천 명의 사람들을 학살하기 위해서였어. 무고한 사람들이 스스로를 방어할 수 없게 하려고 마법을 없앤 거라고!"

왕자가 멈칫한다. 대기가 계속 뜨거워지면서 그의 얼굴에 죄책감이 스며든다.

그는 다시 천천히 말한다. "아버지는 옳다고 생각한 일을 하신 거야. 아버지의 잘못은 마법을 없애 버린 게 아니야. 그 후의 억압이 문제였지."

나는 왕자의 무지함에 열불이 나서 두 손으로 머리카락을 쑤석거린다. 어떻게 그런 아버지를 **옹호할** 수 있단 말인가? 어떻게 진실을 보지 못한단 말인가?

"우리가 마법을 잃은 것도 억압과 다르지 않아. 마법의 힘이 없으면 우린 마귀야. 그 힘이 없으면 왕은 우리를 쓰레기 취급한다고!"

"그렇다고 마법을 되찾는 게 능사는 아니야. 그래 봐야 싸움만 불거질 뿐이야. 내 아버지는 못 믿어도 나를, 내 군대를 믿어 주면……."

"위병을 **믿으라고**?" 내가 꽥 소리친다. 틀림없이 이 숲에 숨어 있는 투사들이 떨리는 나의 목소리를 들었을 것이다. "우리 엄마 목에 사슬을 감은 사람들을? 우리 아버지를 죽도록 팬 사람들을? 틈만 나면 내 몸을 더듬고 가진 것을 전부 빼앗아 결국 나를 부역장으로 끌고 가려 하는 사람들을 믿으라고?"

왕자의 눈이 휘둥그레진다. 그러나 그는 다시 입을 연다. "내가 아는 위병들은 좋은 사람들이야. 그들은 라고스를 안전하게 지키고……."

"아, 신들이여." 나는 슬금슬금 물러선다. 더는 들을 수가 없다. 우리가 힘을 합칠 수 있다고 생각한 내가 바보다.

그가 소리친다. "어어. 내 얘기 좀 들어 봐."

"얘긴 됐어, 고귀하신 왕자님. 어차피 왕자님은 절대 이해하지 못할 테니까."

"그건 너도 마찬가지야!" 그는 힘겨운 발걸음으로 나를 쫓아 달려오며 말을 잇는다. "꼭 마법을 써야만 상황을 바로잡을 수 있는 건 아니야."

"따라오지 마……"

"내가 왜 이런 얘기를 하는지 이해한다면……."

"가……."

"두려워할 필요 없을……."

"난 **늘** 두려워!"

나조차도 화들짝 놀란다. 그러나 내 거친 목소리 탓인지 나의 뜻밖의 고백 탓인지 모르겠다.

두렵다.

나는 늘 두렵다.

오래전에 가둬 버린 진실이다. 그토록 극복하려 애써 온 사실. 그러지 않으면 아무것도 할 수 없으니까.

숨 쉴 수도 없으니까.

말할 수도 없으니까.

순간 나는 바닥에 풀썩 주저앉아 손으로 입을 막고 흐느낀다. 아무리 강해져도, 아무리 강력한 마법을 휘둘러도 소용없다. 이 세상에서 나는 언제까지고 증오의 대상일 것이다.

나는 언제까지고 두려울 것이다.

"제일리……."

"아니." 나는 흐느끼며 속삭인다. "다가오지 마. 넌 안다고 생각하겠지만 사실은 몰라. 영원히 모를 거야."

"그럼 네가 도와줘." 왕자는 적당한 거리를 두고 내 옆에 무릎을 꿇는다. "부탁이야. 나도 이해하고 싶어."

"넌 이해할 수 없어. 이 세상은 널 위해, 널 사랑하도록 만들어졌으니까. 길거리에서 누군가에게 욕을 들은 적도, 누군가가 문을 부수고 들어온 적도 없잖아. 어머니의 목을 감아 끌고 가서 온 세상이 보는 앞에 매단 적도 없을 테고."

진실을 내뱉고 나자 도무지 참을 수가 없다. 가슴이 먹먹해지면서 나는 흐느껴 울기 시작한다. 그 끔찍한 광경을 떠올리자 손이 떨린다.

'두려움.'

이 진실이 그 어떤 칼보다도 날카롭게 나를 베고 있다.

무엇을 하든 나는 언제까지고 두려울 것이다.

45

깨달음

이난

제일리의 고통이 비가 되어 쏟아져 내린다.

내 피부로 스며든다.

그 느낌에 마음이 무거워진다. 그 괴로움에 가슴이 찢어진다.

평생 한 번도 느껴 보지 못한 공포가 나를 뒤덮는다. 그것이 내 영혼을 짓누른다.

삶의 의지를 무너뜨린다.

'설마, 이 아이가 이렇게 살았을 리가 없어……'

아버지가 그런 세상을 만들었을 리 없다. 그러나 그 고통이 나를 놓아주지 않자 분명하게 깨닫는다. 이 애는 늘 두려워하고 있다는 것을.

"위병들이 오면 모든 게 부서져 버릴 거야. 희망이 없어. 그들의 포학한 짓에선 아무도 살아남을 수 없어. 우리의 구원은 마법뿐이야."

그 말을 내뱉는 순간 제일리는 울음을 그친다. 마치 깊은 진실을 깨달은 듯이. 고통에서 벗어날 방법이 새삼 떠오른 듯이.

"그 사람들, 그 위병들. 그들은 살인마에 강간범, 절도범들이야. 제복만 입었을 뿐 범죄자들과 다를 바 없어."

제일리는 일어나서 손으로 눈물을 닦는다.

"너 자신을 속이는 건 내가 상관할 바가 아니야, 고귀하신 왕자님. 하지만 내 앞에서 아무것도 모르는 척하진 마. 나는 네 아버지가 죗값을 치르게 할 거니까. 그리고 그렇게 아무것도 모르는 척 내 고통을 짓밟아 버리면 너도 가만두지 않을 거야."

그 말과 함께 제일리는 사라진다. 그 애의 조용한 발소리가 희미해지고 정적이 찾아온다.

순간 나는 내가 얼마나 잘못 알고 있었는지 깨닫는다.

그 애의 머릿속에 들어간다 해도 마찬가지다.

나는 결코 그 애의 고통을 이해하지 못할 것이다.

46

주의 눈물

아마리

궁전에는 아버지가 매일 늘락거리던 방이 하나 있었다. 매일 낮 별 두시 반이면 아버지는 늘 그 방으로 사라졌다.

왕좌에서 일어나 한쪽에는 에벨레 총사령관을, 또 한쪽에는 카에아 지휘관을 대동하고 중앙홀을 지나곤 했다.

대습격 전에 나는 호기심에 이끌려 아장아장 따라가 보곤 했다. 매일 세 사람이 차가운 대리석 계단 아래로 사라지는 모습을 지켜보다가 어느 날 끝까지 쫓아가 보기로 했다.

나는 설화석고 난간을 붙잡고 짧은 다리로 한 계단 한 계단 바삐 내려갔다. 모인모인 파이*와 레몬 케이크가 가득한 방을 상상하면서. 반짝거리는 장난감들이 기다리고 있을지도 모른다고 생각했다. 그러나 끝까지 내려갔는데도 레몬과 설탕의 달콤한 냄새는 풍기지 않았

---

* 서아프리카에서 즐겨 먹는, 콩으로 만든 푸딩.

다. 즐거운 소리도 웃음소리도 들리지 않았다. 그 차가운 지하실엔 비명만 가득했다.

어린 소년의 비명.

쩍 하는 소리가 허공에 울려 퍼졌다. 카에아의 주먹이 하인의 얼굴을 때리는 소리였다. 날카로운 반지들을 낀 카에아의 손에 하인의 살이 갈라졌다.

아마도 나는 그 피 흘리는 소년을 보고 비명을 질렀을 것이다. 기억나진 않지만 어쨌든 모두가 나를 돌아보았다. 나는 그 하인의 이름조차 몰랐다. 그저 내 침대를 정돈해 주는 아이로만 알고 있었다.

아버지는 나를 번쩍 들어 옆구리에 끼고는 눈길도 주지 않고 밖으로 나갔다. "감옥은 공주가 드나드는 곳이 아니다." 그날 아버지는 이렇게 말했다.

카에아의 주먹이 또 한 번 내리쳐지며 요란한 소리가 울려 퍼졌다.

해가 저물고 긴 낮이 밤으로 바뀌자 문득 그날이 떠오른다. 지금 아버지가 나를 본다면 뭐라 할까? 어쩌면 손수 내 목을 매달지도 모른다.

어깨가 결리고 밧줄에 손목이 까져 쓰라리지만 계속 몸을 당기며 안간힘을 써 본다. 온종일 뾰족뾰족한 나무껍질에 긁은 덕에 이제 밧줄이 해지기 시작했다. 완전히 끊어지려면 좀 더 긁어야 한다.

"하늘이여." 나는 한숨을 쉰다. 인중에 땀이 고인다. 열 번째로 천막 안을 둘러보며 날카로운 물건을 찾아본다. 그러나 이 안에 있는 거라곤 제인과 흙뿐이다.

폴라케가 물을 가져다줄 때 바깥을 흘끗 봤다. 천막 자락 뒤에서 노려보는 쿠아메가 보였다. 뼈 단검은 여전히 그의 손에 들려 있었다.

나는 몸서리치며 눈을 감고 억지로 심호흡을 한다. 제인의 목에 단검이 닿았던 기억이 눈앞에 아른거린다. 제인은 희미한 숨소리만 아니면 죽었다고 생각할 수도 있을 정도다. 폴라케가 그의 상처를 닦고 붕대를 감아 주었지만 그는 여전히 정신을 차리지 못한다.

그들이 다시 오기 전에 내가 그를 여기서 데리고 나가야 한다. 그와 단검, 두루마리를 구할 방법을 찾아야 한다. 꼬박 하룻밤이 지나갔다. 백년제일까지 이제 겨우 닷새 남았다.

천막 자락이 휙 열리자 나는 동작을 멈춘다. 드디어 주가 다시 왔다. 오늘은 밑단에 초록색과 노란색 구슬이 수놓인 검정 카프탄을 입었다. 어젯밤에 왔던 그 호전적인 아이의 모습은 온데간데없고 딱 제 나이의 어린 소녀 같은 모습이다.

내가 묻는다. "넌 대체 누구니? 원하는 게 뭐야?"

주는 나를 보는 둥 마는 둥 하고는 다시 눈을 돌린다. 그리고 제인의 옆에 무릎 꿇고 앉는다.

가슴이 콩닥거린다. "부탁이야. 그 사람은 죄가 없어. 해치지 말아 줘."

주는 눈을 감더니 제인의 머리에 감긴 붕대 위로 작은 두 손을 올린다. 주의 손바닥에서 부드러운 주황색 빛이 퍼져 나가자 나는 헉 하고 숨을 들이마신다. 희미했던 빛이 점점 커지고 밝아지며 그 온기가 천막을 가득 메운다. 이윽고 주의 손에서 나오는 빛이 제인의 머리를 에워싼다.

'마법이야……'

빈타의 손에서 빛이 나올 때처럼 나는 다시 경외감에 사로잡힌다. 빈타의 마법처럼 주의 마법도 아름답다. 아버지에게서 배운 것처럼 무섭거나 두렵게 느껴지지 않는다. 그런데 얘는 어떻게 이런 마법을 할 수 있지? 어떻게 이렇게 금방 강력한 마법을 하게 됐을까? 대습

397

격 때 이 애는 아기였을 것이다. 지금 중얼거리는 저 주문을 대체 어디서 배웠을까?

"뭐 하는 거야?"

주는 이를 악물고 얼굴을 찌푸릴 뿐 대답하지 않는다. 관자놀이에 구슬땀이 흐른다. 손이 미세하게 떨리고 있다. 빛이 제인의 피부를 채우며 눈에 띄는 상처들이 점점 줄어들어 사라져 간다. 검푸른 멍들이 완전히 사라지고 어느새 그는 내 옆에서 싸우던 그 멋진 사내의 모습으로 돌아온다.

"하늘이여, 감사합니다."

제인이 신음하기 시작하자 온몸의 긴장이 풀린다. 우리가 납치된 이후 그가 처음으로 낸 소리다. 여전히 의식은 없지만 밧줄에 묶인 몸이 조금씩 움직인다.

"치료술사니?" 내가 묻는다.

주는 내 쪽을 흘끗 본다. 그러나 이 애에겐 내가 전혀 보이지 않는 것 같다. 그저 고칠 게 없는지 찾고 있는 듯 내 피부의 긁힌 상처들을 살펴볼 뿐이다. 치료의 본능이 이 애의 마법뿐만 아니라 이 애의 가슴까지 메우고 있는 것 같다.

나는 다시 시도해 본다. "그러지 마. 우린 너희의 적이 아니야."

"그런데 우리의 두루마리를 갖고 있어?"

'우리의?' 그 말이 유독 귀에 꽂힌다. 주와 쿠아메, 폴라케가 모두 마자이인 것은 우연의 일치가 아니다. 틀림없이 저 밖에 마자이들이 더 있을 것이다.

"우리 일행이 있었어. 쿠아메가 잡아 오지 못한 그 여자애가 마자이였어. 강력한 사령술사야. 우린 찬돔블레에 갔었거든. 센타로가 그 두루마리의 비밀을 알려 줬고……."

"거짓말." 주는 팔짱을 끼며 말을 잇는다. "코시단은 센타로를 만날 수 없어. 정체가 뭐야? 나머지 군대는 어디 있어?"

나는 어깨를 축 늘어뜨린다. "거짓말이 아니야. 쿠아메한테도 진실을 얘기했어. 둘 다 나를 믿지 않으면 대체 어떡하라는 거야."

주는 한숨을 쉬더니 카프탄 속에서 두루마리를 꺼낸다. 그것을 펼치면서 주의 굳은 표정이 풀어진다. 그 위로 한 줄기 슬픔이 배어든다. "마지막으로 이걸 본 날 난 낚싯배 아래 숨어 있었어. 거기서 근위병들이 내 언니를 베는 모습을 봐야 했어."

'하늘이여……'

주의 말투에도 동부 억양이 배어 있다. 카에아가 그 두루마리를 가져온 날 와리에 있었던 세 틀림없다. 카에아는 마자이로 변한 이들을 다 죽였다 생각했지만 주와 쿠아메, 폴라케는 가까스로 살아남았다.

내가 속삭인다. "어쩜, 얼마나 괴롭고 힘들었을까."

주는 한동안 입을 열지 않는다. 지친 기색이 이 애를 내리누르면서 실제 나이보다 훨씬 더 성숙해 보이게 한다.

"대습격 때 난 아기였어. 부모님 얼굴도 기억이 안 나. 그저 두려운 느낌만 남아 있지." 주는 허리를 굽혀 발밑의 들풀을 뿌리째 뽑아내며 말을 잇는다. "그런 끔찍한 기억을 안고 살아가는 건 어떤 기분일까 늘 궁금했었어. 그런데 이제 군이 상상할 필요가 없게 됐지."

빈타의 얼굴이 머릿속을 비집고 들어온다. 환한 미소와 눈부신 빛. 잠시 그 모든 기억이 환하게 빛난다.

그러나 이윽고 그 애의 피가 더해지며 모든 것이 붉게 변한다.

"넌 귀족이잖아." 주는 일어나서 나를 향해 걸어온다. 주의 눈이 다시 맹렬하게 번뜩인다. "냄새도 다른 것 같네. 너희 왕국이 우리를 무너뜨리게 두진 않을 거야."

나는 고개를 저으며 대꾸한다. "난 너희 편이야. 나를 풀어 주면 증명해 보일게. 그 두루마리는 그것을 만진 사람들에게 마법을 되돌려 주기만 하는 게 아니야. 거기엔 이 나라 전체에 마법을 되찾아 줄 수 있는 의식이 적혀 있어."

주는 뒷걸음질 친다. "쿠아메가 왜 그렇게 경계하는지 이제야 알겠네. 쿠아메는 네가 우리를 세뇌하러 온 사람이라고 생각하거든. 그런 영리한 거짓말을 하는 걸 보니 아무래도 쿠아메 생각이 옳은 것 같아."

"주, 제발······."

"쿠아메." 주의 목소리가 갈라진다. 쿠아메가 들어오자 주는 자기 목 주위의 카프탄 자락을 움켜쥔다.

쿠아메는 손으로 뼈 단검의 칼날을 훑는다. 위협적인 얼굴이다.

"시작할까?"

주는 턱을 가늘게 떨며 고개를 끄덕인다. 그러곤 눈을 꼭 감는다.

"미안해. 하지만 우리도 스스로를 지켜야 하거든." 주가 속삭인다.

"나가 있어. 넌 보지 않아도 돼." 쿠아메가 주에게 말한다.

주는 눈물을 닦고 마지막으로 나를 한 번 보고는 뒷걸음질 쳐 천막을 나간다. 그 애가 사라지자 쿠아메가 내 앞으로 걸어온다.

"이제 진실을 말할 준비가 된 거라면 좋겠다."

47

결심

이난

"제일리?"

나는 그 애의 이름을 소리쳐 부른다. 하지만 그 애는 대답하지 않을 것이다. 그렇게 가 버렸으니 다시는 볼 수 없을지도 모른다.

해가 기울면서 저 멀리 지평선의 언덕들 뒤로 넘어가기 시작한다. 주변의 그림자들이 뒤틀리며 길게 늘어진다. 나는 나무에 풀썩 몸을 기댄다.

"제일리, 제발." 숨을 헐떡거리며 다시 불러 본다. 깊은 곳에서 통증이 올라오자 나는 나무껍질을 움켜쥔다. 제일리와 다툰 후 나의 마법이 맹렬하게 끓어오르고 있다. 숨만 쉬어도 날카로운 통증이 가슴을 휩쓴다. "제일리, 미안해."

숲속에 메아리치는 나의 사과가 한없이 공허하게 느껴진다. 왜 미안한지도 나는 알지 못한다. 이해하지 못해서? 아니면 우리 아버지의 아들이라서? 아버지가 저지른 일은 그 어떤 사과로도 만회할 수 없을 것이다.

"새로운 오리사." 내가 중얼거린다. 소리 내어 말하고 나자 디디욱 터무니없게 느껴진다. 내가 문제의 근원과 떼려야 뗄 수 없는 관계로 묶여 있는데 어떻게 문제를 해결할 수 있단 말인가?

'하늘이여.'

제일리는 그저 내 머릿속을 어지럽히기만 하는 게 아니다. 그 애의 존재는 지금까지 내가 배워 온 사고 체계, 내가 원한다고 생각한 모든 것을 헝클어뜨리고 있다.

밤이 다가오고 있지만 우린 아직 계획을 세우지 못했다. 그 애의 영체가 없으면 우리는 저 복면 사내들에게 모든 것을 빼앗기고 만다. 우리의 가족도, 두루마리도…….

찌릿한 통증이 배를 찌른다. 나는 허리를 굽히며 나무 밑동을 잡고 몸을 지탱한다. 마법이 야생 사자녀처럼 발톱을 세운 채 내 몸을 뚫고 나오려 한다.

"엄마!"

나는 눈을 감는다. 머릿속에 제일리의 비명이 울려 퍼진다. 어린아이가 저리도 서럽게 울부짖다니. 저렇게 끔찍한 광경을 목격하다니.

'마법을 영원히 없애기 위해선 마자이를 모조리 죽여야 했다. 마법의 맛을 본 마자이들은 끊임없이 마법을 되찾기 위해 싸울 테니까.'

아버지의 얼굴이 머릿속을 비집고 들어온다. 확신에 찬 목소리. 표정 없는 눈.

나는 아버지를 믿었다.

한편으론 무서워하면서도 그 흔들림 없는 강인함을 동경했다.

"더 크게 불러 보시지?"

나는 퍼뜩 눈을 뜬다. 제일리가 나타나자 어째서인지 내 마법이 잠잠해진다.

"그렇게 울부짖는데 저 투사들이 잡아가지 않은 게 신기하네."

제일리가 다가오면서 내 마법이 한층 더 잠잠해진다. 제일리의 영혼이 시원한 바닷바람처럼 나를 감싸자 다리의 힘이 풀린다.

"어쩔 수가 없어. 고통스럽단 말이야." 나는 이를 악문 채 나지막이 말한다.

"받아들이면 고통스럽지 않아. 자꾸 밀어 내려고 하니까 마법이 공격하는 거야."

얼굴은 여전히 굳어 있지만 놀랍게도 연민이 담긴 목소리다. 제일리는 그림자에서 벗어나 나무에 몸을 기댄다. 나와 싸운 뒤로 한참 울었는지 은빛 눈이 뻘겋게 부었다.

문득, 제일리가 겪은 고통을 아무리 재현해도 내게는 충분한 벌이 되지 않는 듯 느껴진다. 그래 봐야 나는 잠깐 괴로울 뿐이다. 이 가엾은 소녀는 평생 괴로워했다.

"그럼 이제 나랑 같이 싸우는 거야?"

내가 묻자 제일리는 팔짱을 낀다.

"선택의 여지가 없잖아. 오빠와 아마리가 아직 붙잡혀 있어. 나 혼자서는 두 사람을 구할 수 없고."

"그럼 영체는?"

제일리는 자기 봇짐에서 반짝거리는 둥근 물체를 꺼낸다. 순간 예전에 카에아와 아버지가 나눈 대화가 머릿속에 펼쳐진다. 수정 같은 표면 안에서 주황빛과 빨간빛이 고동치는 것을 보니 이 물건은 일장석이 틀림없다.

"저들이 그 두루마리를 쫓고 있다면 이것도 가져가려 할 거야."

"이걸 계속 갖고 있었어?"

"이것까지 잃어버릴까 봐 관두려 했는데, 이걸 사용하면 영체를 충분히 만들 수 있을 것 같아."

나는 고개를 끄덕인다. 이제야 탄탄한 계획이 나온 듯하다. 충분할 것이다. 하지만 이제는 단순히 그런 문제가 아니다.

'그 사람들, 그 위병들. 그들은 살인마에 강간범, 절도범들이야. 제복만 입었을 뿐 범죄자들과 다를 바 없어.'

제일리의 말이 머릿속에 메아리친다. 그러나 그 말은 이제 내 칼을 밀어 내는 격투봉이 아니다.

여기까지 온 이상 우리는 돌아갈 수 없다. 둘 중 하나가 양보해야 한다.

나는 가슴에 묻어 두고 싶은 말을 억지로 뱉어 낸다. "뭐가 더 괴롭냐고 물었지. 마법을 쓴다는 죄책감인지 아니면 그걸 억누르는 고통인지. 사실 나도 모르겠어." 나는 빛바랜 세네트 말을 움켜쥔다. 손바닥이 따끔거린다. "전부 다 싫어."

눈시울이 뜨거워지며 금방이라도 눈물이 쏟아지려 한다. 나는 목을 가다듬으며 애써 눈물을 밀어 넣는다. 지금 아버지가 나를 본다면 당장 주먹이 날아올 것이다.

나는 목소리를 낮춘다. "내 마법이 싫어. 독처럼 퍼져 가는 이 마법이 진저리 나. 하지만 무엇보다도 나 자신을 경멸한다는 사실이 싫어." 고개를 들고 제일리와 눈을 맞추기가 너무도 힘들다. 이 애를 보자 그 모든 부끄러움이 되살아난다.

제일리의 눈에 다시 눈물이 고인다. 내가 무엇을 자극했는지 모르겠다. 이 애의 바닷소금 영혼이 사라지는 듯하다. 처음으로 나는 그 것이 머물기를 바란다.

"네 마법은 독이 되지 않아." 제일리의 목소리가 떨린다. "네가 독이 야. 스스로 마법을 내리누르고 있잖아. 밀어 내려 애쓰잖아. 그 한심 한 장난감이나 만지작거리면서." 제일리는 쿵쾅거리며 걸어오더니 내 손에서 세네트 말을 빼앗아 내 얼굴에 들이댄다. "이건 마자사이트야. 멍청하긴. 손가락이 아직 붙어 있는 게 신기하네."

나는 그 빛바랜 세네트 말을 바라본다. 금색과 갈색으로 녹이 슬 어 원래의 색이 사라졌다. 그저 검은색으로 칠한 말인 줄 알았는데 마자사이트였단 말인가?

나는 제일리의 손에서 그것을 다시 빼앗아 가만히 쥐어 본다. 살이 따끔거린다. 지금까지는 그저 꼭 움켜쥔 탓이라고 생각했다.

'어련하실까……'

어처구니없는 사실에 웃음이 나오려 한다. 나는 그것을 갖게 된 날 을 떠올려 본다. 아버지가 그것을 내게 '선물한' 날.

대습격 전에 우리는 매주 세네트를 했다. 그 한 시간만큼은 아버지가 그저 왕으로만 느껴지지 않는 순간이었다. 한 수 한 수가 모두 훌륭한 교훈이었다. 내가 세상을 이끌게 될 때 유용하게 쓸 수 있는 지혜였다. 그러나 대습격 이후엔 세네트를 즐길 수 없었다. 아버지는 내게 시간 을 내주지 않았다. 내가 생각 없이 알현실로 세네트를 들고 들어간 날 아버지는 그 말들을 내 얼굴에 집어 던졌다.

"놔둬." 내가 허리를 굽히고 그것들을 주우려 하자 아버지는 날카롭 게 소리쳤다. "치우는 건 하인들의 몫이야. 왕의 일이 아니다."

이 세네트 말은 그 와중에 내가 유일하게 건진 것이었다.

그 빛바랜 금속 조각을 보고 있자니 수치심이 물결친다.

아버지가 내게 준 유일한 선물이 증오를 품은 물건이라니.

"이건 아버지의 말이었어." 내가 조용히 말한다. 마법을 경멸한 다른 나라 사람들에게서 가져온 비밀 무기. 나 같은 사람들을 파괴하기 위해 만든 무기다.

"어린애가 담요를 끌고 다니는 거랑 똑같은 짓이야." 제일리는 무겁게 한숨을 쉬며 말을 잇는다. "단지 혈육이라는 이유로 영원히 자신을 증오할 사람을 위해 싸우다니."

달빛 속에서 머리카락과 함께 반짝이는 제일리의 은빛 눈은 누구보다도 매섭게 나를 꿰뚫어 보는 듯하다. 나는 그 눈을 바라본다.

아무 말도 못 하고 그저 바라본다.

이윽고 나는 그 세네트 말을 흙바닥에 떨어뜨린 뒤 걷어찬다. 이제 선을 그어야 한다. 그동안 나는 온순한 양이었다. 하지만 나의 왕국은 내가 왕처럼 행동하길 원한다.

'자신보다 의무가 먼저다.'

이 신조가 아버지의 모든 거짓말과 함께 내 눈앞에서 허물어져 내린다. 마법은 위험하다. 하지만 그것을 말살했다고 해서 이 왕국이 더 살기 좋은 곳으로 변하지는 않았다.

"네가 나를 못 믿는 거 알아. 하지만 기회를 주면 보여 줄게. 저들의 본거지로 들어갈 방법을 찾아볼게. 네 오빠를 찾아 줄게."

제일리는 입술을 깨문다. "그 두루마리를 찾으면?"

나는 머뭇거린다. 아버지의 얼굴이 머릿속을 스쳐 간다.

'마법을 막지 않으면 오리샤 전체가 불타 버릴 거다.'

하지만 지금까지 내가 목격한 불은 모두 아버지가 낸 것이었다. 아버지와 나. 나는 평생을 아버지에게 바쳤다. 더는 아버지의 거짓말에 속을 수 없다.

나는 결심한다. "그건 네 거야. 너와 아마리가 하려고 하는 일…… 막지 않을게."

내가 손을 내밀자 제일리는 그 손을 바라본다. 내 마음이 충분히 전달되지 않았나 보다. 그러나 잠시 후 제일리가 내 손에 자기 손을 얹는다. 우리의 손이 닿자 묘한 열기가 밀려든다.

격투봉을 연습하며 거칠어진 탓인지 제일리의 손은 의외로 굳은 살이 가득하다. 우리는 손을 놓고 차마 서로의 눈을 보지 못한 채 밤하늘을 올려다본다.

"그럼 하는 거야?"

제일리가 묻자 나는 고개를 끄덕인다.

"내가 어떤 왕이 될지 보여 줄게."

48

왕자와 한편이 되어 싸우다

제일리

'오야, 제발 성공하게 해 주세요.'

나는 조용히 기도를 올린다. 심장이 쿵쾅거린다. 우리는 어둠을 헤치고 나아가 복면 사내들의 본거지 근처에 웅크리고 앉는다. 아까는 내 계획이 완벽해 보였는데 막상 시도하려니 여러 가지 실패의 우려가 끊임없이 밀려든다. 오빠와 아마리가 저 안에 없는 건 아닐까? 마자이와 맞닥뜨리기라도 하면? 그리고 왕자는 약속을 지킬까?

왕자를 보자 더 큰 걱정이 밀려든다. 내 계획의 제1단계는 이 고귀하신 왕자님에게 일장석을 넘겨주는 것이다. 내가 정신이 나갔거나 아니면 이 싸움에서 이미 패했거나, 둘 중 하나다.

왕자는 입을 굳게 다물고 앞을 보며 입구 주위에 서 있는 사내들의 수를 세어 본다. 그는 평소 입고 있던 갑옷을 벗고 우리가 잡은 포로의 검은 옷을 입었다.

그를 어떻게 생각해야 할지, 내가 그에 대해 느끼는 이 모든 감정을 어떻게 해석해야 할지 아직 모르겠다. 잘못된 가르침으로 엉뚱한 증오를 키워 온 그를 보면서 나의 과거가 떠올랐다. 대습격 이후 그 암울했던 나날로 돌아가는 듯했다. 그때 나는 마법을 경멸했다. 엄마를 원망했다.

우리를 이렇게 만든 신들을 저주했다.

그 괴로웠던 기억을 떨쳐 내려 하자 목이 메어 온다. 그 허위의 망령이 여전히 내 안에서 나의 피를 증오하라고, 내 새하얀 머리카락을 쥐어뜯으라고 강요하는 듯하다.

그것은 나를 산 채로 집어삼키려 했다. 사란 왕의 거짓말이 만들어 낸 자기혐오. 하지만 그는 이미 엄마를 빼앗아 가지 않았던가. 진실마저 빼앗길 수는 없었다.

그래서 대습격 이후 몇 달 동안 나는 엄마의 가르침에 매달렸다. 그것이 피처럼 내 몸속을 흐를 때까지 가슴 깊이 새기려 안간힘을 썼다. 세상이 뭐라 해도 나의 마법은 아름답다고. 마법의 힘은 사라졌어도 신들은 내게 재능이라는 축복을 내려 주었다고 스스로를 다독였다.

그러나 왕자의 눈물을 보는 순간 그 괴로운 기억이 되살아났다. 이 세상이 우리의 목에 욱여넣은 치명적인 거짓말. 사란은 참으로 영리했다.

왕자는 이미 예전의 나보다 훨씬 더 많이 자신을 증오하고 있다.

그가 속삭인다. "좋아, 시작한다."

나의 가죽 봇짐을 그에게 넘겨주는 일이 여간 힘들지 않다.

그가 주의를 준다. "무리하게 밀어붙이지 마. 그리고 방어를 위해 영체들을 남겨 놓는 거 잊지 말고."

"알았어, 알았다고." 나는 눈을 굴리며 덧붙인다. "빨리 해치워 버리자."

감정에 휘말리고 싶지 않지만 왕자가 어둠을 벗어나 살금살금 입구로 나가가사 속이 울렁거린다. 내 손에 놓았던 그의 거친 손이 기억 속에 되살아난다. 그 손은 묘하게 편안한 느낌을 안겨 주었다.

입구를 지키던 복면 사내 둘이 무기를 겨눈다. 그림자 속에 숨어 있던 다른 복면들도 움직이기 시작한다. 위에서 일제히 툭 하는 소리가 들려온다. 활로 활시위를 당기는 소리다.

왕자도 틀림없이 느꼈을 테지만 그의 걸음은 자신감에 차 있다. 나와 입구 사이 몇백 미터 거리를 멈추지 않고 걸어간다.

그러곤 당당히 말한다. "거래하러 왔다. 너희들이 원하는 것을 갖고 있다."

그는 내 봇짐을 바닥에 툭 던지고는 일장석을 꺼낸다. 그 엄청난 기운에 대해 미리 주의를 주었어야 했다. 멀리서도 그가 헉 하고 숨을 들이마시는 소리가 들리는 듯하다.

그의 손바닥에서 연푸른빛이 고동치더니 그의 손부터 머리까지 전율이 인다. 문득 그의 눈앞에 오리가 보이지 않을까 궁금해진다.

복면들을 유인하기엔 더없이 좋은 미끼다. 복면 몇 명이 그림자 속에서 미끄러지듯 나와 그를 에워싸기 시작한다. 무기를 들고 공격을 준비한다.

"무릎 꿇어." 복면을 쓴 여인이 이 거래 상대를 조심스레 출입구 앞으로 유인한 뒤 거칠게 말한다. 그녀가 도끼를 겨누며 고갯짓하자 숨어 있던 투사들이 더 나타난다.

'세상에.' 벌써 우리가 예상한 수를 훌쩍 넘었다. '마흔…… 쉰…… 예순?' 저 나무들 속에서 또 얼마나 많은 이들이 그를 겨누고 있을까?

"포로들부터 내보내."

"너부터 묶고."

목제 대문이 휙 열린다. 왕자는 여자를 살피다 한 걸음 물러선다.

"미안." 왕자가 돌아서며 말을 잇는다. "그런 거래는 못 할 것 같네."

나는 덤불에서 뛰어 나가 전속력으로 달려간다. 왕자는 마치 아그본 공을 던지듯 온 힘을 실어 일장석을 던진다. 일장석이 엄청난 속도로 허공을 가른다. 나는 그것을 잡기 위해 허공으로 뛰어오른다. 그런 뒤 그것을 가슴에 끌어안고 공중제비를 하며 땅에 내려선다.

"아!" 나는 숨을 헐떡거린다. 일장석의 기운이 밀려든다. 그 중독성 강한 기운이 지금 내겐 절실히 필요하다. 그 기운이 강렬하게 밀려들 면서 피부가 뜨겁게 달아오르고 핏속의 아셰가 끓어오른다.

나의 눈 속에서 검은 피부에 붉은 비단을 걸친 또 다른 오야의 모 습이 스쳐 간다. 바람이 치맛자락을 휘젓고 머리카락을 헝클어뜨려 얼굴 주위에서 구슬들이 춤을 춘다.

그녀가 손을 내밀자 그 손바닥에서 하얀빛이 퍼져 나간다. 내 몸이 느껴지지 않지만 내가 뒤로 손을 뻗는 느낌이 든다. 아주 짧은 순간, 우리의 손가락이 스친다…….

세상이 요란하게 되살아난다.

"저 애를 잡아!"

누군가가 소리치고 있지만 내 귀에는 들어오지 않는다. 핏속에서 마법이 포효하며 저 멀리 있는 영혼들까지 불러 모은다. 영혼들은 나 를 향해 소리치며 해일처럼 솟아오른다. 그들의 요란한 소리가 산 자 들의 소리를 압도한다.

달에 이끌리는 파도처럼 영혼들이 내 안으로 밀려들어 온다.

"에미 아원 티 오 티 선."

나는 흙 속에 손을 밀어 넣는다. 내 손이 닿자 땅이 물결치며 깊이 길라진다.

　발밑의 땅이 신음하며 죽은 자들의 군대가 흙에서 올라온다.

　잔가지들과 돌멩이들, 흙으로 이뤄진 형체들이 허리케인처럼 소용돌이치며 땅에서 솟아 나온다. 그들의 몸이 단단해지면서 내 마법의 은빛 광채가 더해진다. 나는 그 폭풍을 풀어놓는다.

　"공격해!"

49

❖⬥◀◇▶⬥❖

혼란을 틈타 탈출하다

아마리

쩍 하는 소리가 허공을 가른다.

쿠아메의 주먹이 제인의 턱에 닿자 나는 정신이 아찔해진다.

제인의 머리가 온통 붉은색과 검은색의 멍으로 뒤덮인 채 옆으로 푹 떨어진다.

"그만!" 내가 소리친다. 뺨으로 눈물이 흘러내린다. 제인의 눈에 다시 피가 흘러들며 주의 치료는 금세 무용지물이 되어 버린다.

쿠아메는 뒤로 돌아 내 턱을 잡는다. "너희가 여기 있는 거 또 누가 알아? 나머지 군대는 어디 있어?" 절박하고 괴로운 목소리다. 내가 아니라 자신을 고문하고 있는 것 같다.

"그런 건 없어요. 우리랑 같이 있던 그 마자이를 찾아 보라고요. 내가 한 말을 다 확인해 줄 테니!"

쿠아메는 눈을 감고 깊이 숨을 내쉰다. 꼼짝도 하지 않는 그의 모습에 몸서리가 난다.

"와리에 온 사람들, 그 사람들도 너랑 똑같은 모습이었어." 그는 허리춤에서 뼈 단검을 꺼내며 말을 잇는다. **"말투도 똑같았지."**

"쿠아메, 제발……."

그가 단검을 제인의 다리에 찔러 넣는다. 누구의 비명이 더 큰지 모르겠다. 나인지 제인인지.

"화가 나면 날 찔러요!" 나는 몸으로 나무를 들이받으며 결박을 풀어 보려 하지만 소용없다. 그가 제인 대신 나를 찔렀으면 좋겠다. 때려도 좋다. 주먹을 날려도 좋다.

성을 부수는 커다란 망치로 가슴을 치듯, 빈타가 머릿속을 비집고 들어온다. 그 애도 고통받았다. 내 집에서 시달렸다.

쿠아메가 다시 제인의 허벅지를 찌르자 나는 또 한 번 울부짖는다. 눈물이 앞을 가린다. 그는 떨리는 손으로 단검을 뽑는다. 칼날을 제인의 가슴으로 옮겨 가면서 그의 손이 더욱 심하게 떨려 온다.

"마지막 기회야."

내가 황급히 소리친다. "우린 적이 **아니에요!** 와리의 위병들은 우리가 사랑하는 사람들도 죽였어요!"

"거짓말." 쿠아메의 목소리가 갈라진다. 그는 칼을 단단히 쥐고 뒤로 당긴다. "그 위병들이 너희 사람들이잖아. 그들이 바로 너희가 사랑하는 사람들……."

천막이 확 열린다. 폴라케가 달려 들어오다 하마터면 쿠아메와 부딪칠 뻔한다.

"공격당하고 있어."

쿠아메의 얼굴이 굳는다. "쟤네 군대야?"

"모르겠어. 마자이가 한 명 있는 것 같아!"

쿠아메는 뼈 단검을 폴라케의 손에 쥐여 주고 달려 나간다.

"쿠아메……."

"여기 있어!" 그가 뒤에다 대고 소리친다.

폴라케는 돌아서서 우리를 살펴본다. 나의 눈물, 제인의 다리에 흐르는 피. 그녀는 입을 막고는 단검을 흙바닥에 던진 뒤 천막에서 달려 나간다.

"제인?" 내가 불러 본다. 그는 이를 악물고 나무뿌리에 몸을 기댄다. 바지에 피가 번져 나간다. 천천히 눈을 깜빡이지만 눈은 퉁퉁 부어 감기다시피 했다.

"넌 괜찮아?"

눈이 따끔거리며 가슴이 미어진다. 그는 두들겨 맞았다. 칼에 찔렸다, 그런데 내게 괜찮으냐고 묻는다.

"여기서 얼른 나가야 해."

나는 다시 힘을 내서 손목에 묶인 밧줄을 당긴다. 끈이 너덜거리다 툭 끊어지는 소리가 들린다. 밧줄에 살이 쓸리지만 그보다 더 괴로운 건 마음이다.

궁전에서 살던 시절이 떠오른 탓이다. 그때 내 몸은 금줄에 묶여 있었다. 지금처럼 그때도 그 금줄을 끊어 냈어야 했다.

조금만 맞서 싸웠어도 빈타는 아직 살아 있을 것이다.

나는 이를 악물고 흙바닥에 발뒤꿈치를 단단히 고정한다. 기합과 함께 발로 나무를 밀며 온 힘을 다해 몸을 당겨 낸다.

"아마리." 제인의 목소리가 더욱 약해지고 있다. 피를 너무 많이 흘렸다. 나무껍질이 발바닥을 파고들지만 더 세게 밀며 몸을 당긴다.

'쳐라, 아마리.'

머릿속에 아버지의 목소리가 울려 퍼진다. 그러나 지금 내게 필요한 건 아버지의 힘이 아니다.

'용감해지세요, 공주님.' 빈타가 대신 힘을 실어 준다.

사자녀가 되어야 해.

"윽!" 통증에 절로 비명이 나온다. 포효에 가까운 소리다. 밖에서 폴라케의 목소리가 들려온다. 천막 자락이 열리는 순간…… 내 몸을 묶은 밧줄이 끊어진다. 나는 앞으로 나동그라져 흙바닥에 엎어진다. 폴라케가 뼈 단검을 향해 뛰어든다. 나도 황급히 일어나 그녀에게로 달려든다.

"아앗!" 내가 머리로 그녀를 들이받자 그녀는 신음하며 나가떨어진다. 그녀가 뼈 단검을 집어 드는 순간 내가 그녀의 목을 때린다. 그녀가 캑캑거리는 사이 나는 팔꿈치로 그녀의 복부를 찌른다.

그녀의 손에서 뼈 단검이 떨어져 나간다. 나는 그 상아색 칼날을 손으로 감싸 쥔다. 그것이 손에 닿는 순간 한기가 올라온다. 묘하게 폭력적인 힘이 올라온다.

'쳐라, 아마리.' 아버지의 얼굴이 다시 나타난다. 단호한 얼굴. 무자비한 얼굴. '이게 바로 내가 그토록 경고한 이유다. 우리가 맞서 싸우지 않으면 이 마귀들이 우리를 끝장낼 거야.'

그러나 폴라케를 보면서 쿠아메의 눈에서 엿본 그 고통을 목격한다. 주의 작은 어깨를 내리누르던 두려움. 아버지가 지나간 자리마다 진하게 남은 비탄. 아버지가 이미 앗아 가 버린 목숨들.

아버지처럼 되어선 안 된다.

이 마자이는 나의 적이 아니다.

나는 단검을 놓고 주먹으로 힘껏 그녀의 턱을 때린다. 그녀의 머리가 휘청 꺾인다. 눈동자가 넘어가면서 정신을 잃는다.

나는 그녀에게서 물러나 단검을 집어 들고 제인의 손목에 묶인 밧줄을 자른다. 밧줄이 바닥으로 떨어지기도 전에 그것으로 그의 허벅지를 묶기 시작한다.

"도망가." 제인은 나를 밀어 내려 하지만 그의 팔에는 힘이 들어가지 않는다. "이럴 시간이 없어."

"쉿."

그의 피부가 미끈거린다. 밧줄을 팽팽하게 묶자 출혈이 잦아든다. 그러나 그는 눈을 뜨고 있기도 힘들 지경이다. 이 정도로 충분하지 않을지도 모른다.

나는 밖을 내다본다. 복면을 벗은 형체들이 사방으로 뛰어다니며 아수라장을 방불케 한다. 이들의 본거지가 어디까지인지는 보이지 않지만 일단 이 사람들을 따라가면 될 것이다.

"좋았어." 나는 나뭇가지 하나를 꺾은 뒤 다시 천막으로 들어와 제인의 오른손에 이 임시 지팡이를 쥐여 준다. 다른 한 팔은 내 어깨에 두르고 그의 무게를 지탱할 수 있도록 두 무릎에 단단히 힘을 준다.

"아마리, 이러지 마." 제인이 얼굴을 찌푸린 채 얕고 밭은 숨을 몰아쉰다.

내가 날카롭게 말한다. "조용히 해. 절대 두고 가지 않을 거니까."

제인은 나를 지렛대로 삼고 지팡이로 중심을 잡으며 성한 한쪽 다리로 힘겹게 걸음을 뗀다. 천막 입구에 이르러 우리는 잠시 숨을 고른다.

내가 말한다. "우린 여기서 죽지 않을 거야."

내가 그렇게 두지 않을 것이다.

50

화염술사

이난

내 앞에 미로가 펼쳐지는 듯하다.

복면을 쓴 인간들과 흙으로 된 영체들이 미로를 이루고 있다.

나는 칼날을 피하고 나무뿌리들을 뛰어넘으며 혼돈의 장을 전속력으로 가로질러 입구로 향한다.

복면을 쓴 형체들이 끊임없이 달려 나온다. 그들은 어리둥절한 모습으로 상황을 파악하려 애쓴다. 마치 산이 솟아오르듯 제일리의 영체들이 땅을 뚫고 올라오고 있다. 떼 지어 몰려드는 병균들 같다. 누구도 피할 수 없는 역병과도 같다.

'성공이야.' 부리나케 달려가면서 나도 모르게 미소가 나온다. 이건 완전히 새로운 차원의 전투다. 나의 모든 상상을 뛰어넘는 혼란스러운 세네트 한 판을 본 것 같다.

사방에서 제일리의 영체들에게 제압당한 투사들이 비명을 지르며 쓰러진다. 이 흙의 병사들은 괴한들을 둘러싸 고치처럼 만든 뒤 바닥으로 내리누른다.

마법의 광경이 처음으로 짜릿하게 느껴진다. 저주가 아니라 진짜 선물 같다. 투사 한 명이 내게로 달려들지만 나는 칼을 뽑을 필요도 없다. 영체가 달려들어 깔끔하게 제압한다.

내가 쓰러진 전사를 풀쩍 뛰어넘자 흙으로 된 영체가 시선을 든다. 눈은 없지만 그 시선이 느껴진다. 대문에 가까워지고 있는데 갑자기 온몸에 한기가 밀려든다.

"으윽!"

멀리서 들려오는 비명이지만 내 머릿속에서 울려 퍼지는 것 같다.

바다 냄새가 희미해진다.

돌아보니 제일리의 팔에 화살이 꽂혔다.

"제일리!"

다른 화살이 날아와 제일리의 옆구리를 뚫는다. 그 충격으로 제일리가 나가떨어진다. 새로운 영체들이 올라와 화살들을 정면으로 막는다.

"가!" 멀리서 겁에 질린 나를 보고 제일리가 소리친다. 한 손엔 일장석을 쥐고 다른 손으론 옆구리 상처를 부여잡고 있다.

발이 떨어지지 않지만 제일리의 지시를 무시할 수 없다. 대문이 겨우 몇 발짝 앞이다. 우리의 가족과 두루마리가 저 안에 있다.

나는 억지로 걸음을 옮겨 대문을 지난 뒤 그들의 본거지로 향한다. 그러나 더 나아가려는 찰나 또 다른 광경이 내 발목을 잡는다.

체격 좋은 신성자가 대문 밖으로 달려 나간다. 두 손과 얼굴에 피가 묻어 있다. 그 모습을 보자 어쩐지 제인이 떠오른다.

그러나 그보다 더 거슬리는 건 연기와 재의 냄새다. 그가 나를 지나쳐 달려갈 때 연기와 재의 냄새가 진동했다. 무슨 영문일까 싶었는데 돌아보니 이제 알 것 같다. 그 신성자의 손에서 불꽃이 일기 시작한다.

'화염술사야……'

그 광경에 나는 그 자리에 멈춰 선다. 아버지가 평생 귀에 못이 박이도록 얘기한 우려가 현실이 되고 있다. 화염술사. 아버지의 첫 번째 가족을 불태운 마자이족. 아버지의 전투욕에 불을 붙인 그 괴물들이 바로 화염술사였다.

그 마자이의 손에서 무시무시한 불길이 타오르며 시뻘건 구름이 굽이쳐 나온다. 불꽃은 계속해서 밤하늘을 환하게 비추며 포효하듯 요란하게 타닥거린다. 그 소리가 내 귓속으로 밀려들더니 점점 왜곡되어 비명으로 바뀐다. 아버지의 가족이 내지르던 무력한 애원의 소리가 틀림없다.

그 화염술사가 나타나면서 나무들 사이에서 또 한 번 화살들이 발사되어 제일리를 밀어 낸다. 한꺼번에 막아 내기엔 역부족이다.

제일리의 손에서 일장석이 빠져나간다.

'안 돼!'

세상이 흔들리기 시작한다. 다가올 공포를 생각하자 시간이 멈추는 듯하다. 화염술사가 그 돌을 향해 뛰어든다. 처음부터 계획한 게 틀림없다.

제일리도 그 돌로 손을 뻗는다. 화염술사의 손에서 나오는 불꽃에 괴로워하는 그 애의 얼굴이 보인다. 그러나 그 애의 손은 닿지 않는다.

화염술사의 손이 그 돌을 스치는 순간 그의 몸에서 폭발적인 불꽃이 인다.

그의 가슴에서부터 불길이 타오른다. 그의 목에서, 손에서, 발에서도 불길이 솟아오른다.

'아아, 하늘이여.'

이런 광경은 어디서도 본 적이 없다.

어마어마한 불길이다. 대기가 끓어오르기 시작한다. 화염술사의 발밑이 빨갛게 타닥거린다. 그의 존재만으로도 주변의 흙이 대장간의 쇠처럼 녹아 버린다.

머리에 앞서 내 발이 먼저 나아간다. 나는 거대한 나무들과 마비된 듯 서 있는 복면 투사들 사이를 부리나케 달려간다. 계획 따윈 없다. 전술도 없다. 무작정 달리는 거다.

내가 달려가는 사이, 화염술사는 불길을 뿜어내는 자신의 두 손을 얼굴 앞으로 들어 올린다. 불길 사이로 보이는 그의 얼굴은 혼란에 빠져 있다. 어쩔 줄 몰라 하는 얼굴이다.

그러나 그가 수녁을 움겨쥐사 그의 주위에 어둠이 써저 나낀다. 새로운 힘이다. 새로 알게 된 진실. 그는 이제 그 새로운 힘을 가졌다.

그리고 그 힘을 쓰고 싶어 안달이 나 있다.

"제일리!" 내가 소리친다.

그가 제일리에게 다가가고 있다. 한 무리의 영체가 맹렬히 달려들지만 그는 조금도 흔들리지 않고 그들을 뚫고 나아간다. 영체들이 부서져 내려 불타는 돌무더기로 변한다.

제일리는 일어나 싸우려 하지만 부상이 너무 심하다. 제일리가 쓰러지자 화염술사가 손바닥을 들어 올린다.

"안 돼!"

나는 그의 손과 제일리 사이로 몸을 던진다. 화염술사의 불꽃을 마주하자 공포가 밀려들고 긴장이 최고조에 달한다.

그의 손에서 혜성 같은 불길이 피어오른다. 그 열기에 대기가 굽이친다.

내 가슴에서도 미법이 솟구쳐 올라온다. 손끝으로 퍼져 나간다. 카에아의 정신을 속박했던 나의 힘이 떠오른다. 내가 싸우려고 두 손을 올리는 찰나…….

"그만!"

화염술사가 동작을 멈춘다.

그가 그 목소리의 주인공에게로 고개를 돌리자 혼란이 밀려든다. 어린 소녀가 눈살을 찌푸리고 걱정스러운 얼굴로 저편에서 걸어오고 있다.

달빛이 소녀의 얼굴을 비추고 틀어 올린 머리카락에 반사되어 하얗게 뿜겨져 나온다. 소녀는 우리에게 다가와 나의 새하얀 머리카락을 응시한다.

"우리 편이잖아."

화염술사의 손에서 혜성처럼 뿜겨져 나오던 불이 사그라진다.

51

새로운 공동체

제일리

'그가 날 보호하려 했어.

숱한 의문과 혼란 가운데 내게는 이 사실이 가장 놀랍다. 왕자가 일 장석을 집어 내 손에 쥐여 주는 순간 문득 깨달은 사실이다. 그가 두 팔로 나를 안아 올리자 더더욱 놀라움이 밀려든다.

왕자는 나를 안고 하얀 머리카락을 정수리로 틀어 올린 어린 소녀를 따라 대문을 지난다. 우리가 들어서자 투사들이 복면을 벗고 하얀 곱슬머리를 드러낸다. 안에 있는 이들도 대부분 신성자다.

'대체 정체가 뭘까?'

통증으로 정신이 혼미하지만 나는 어떻게든 상황을 파악하려 애쓴다. 화염술사, 수많은 신성자, 그들의 대장으로 보이는 어린아이. 가뜩이나 이해하기 어려운데 그들의 본거지를 보는 순간 혼란이 더해진다.

거대한 나무들이 들어찬 가운데 여러 개의 골짜기가 만나는 지점이 보인다. 우묵하게 패어 널찍한 평지를 이룬 이곳에 밝은색의 천막과 크고 작은 수레들이 늘어서 있다. 멀리서 플랜틴 튀김과 졸로프 라이스의 달콤한 냄새가 날아와 비릿한 나의 피 냄새를 밀어 낸다. 어 릴 때 이후 이렇게 많은 신성자는 처음 보는 데다 그들 사이에서 요 루바어로 웅성거리는 소리까지 들려온다.

우리는 키 큰 연보라색 화병 주위에 꽃을 놓고 있는 신성자들을 지 나간다. '사당이야.' 하늘 어머니에게 바치는 헌화다.

"이 사람들은 다 뭐야? 왜 여기 모여 있는 거야?" 모두가 주라고 부 르는 소녀에게 왕자가 묻는다.

"잠깐만. 부탁이야. 너희 친구들을 만나면 다 얘기해 줄게. 시간을 좀 줘."

주는 옆에 있는 신성자에게 속삭인다. 이 신성자 소녀는 초록색 무 늬의 치마를 입고 같은 무늬의 천을 새하얀 머리에 둘렀다.

"막사 안에 없었어." 그 신성자가 주에게 속삭인다.

"그럼 찾아." 주가 긴장한 목소리로 말을 잇는다. "대문을 지나가지 않았으니 멀리 가진 않았을 거야. 친구들을 데려왔다고 해. 그들의 얘 기가 사실인 것도 밝혀졌다고 하고."

좀 더 엿들으려고 목을 빼자 찌릿한 통증이 밀려든다. 내가 움찔거 리자 왕자가 나를 더 꼭 끌어안는다. 파도처럼 강력하고 확실한 그의 심장 박동 소리가 내 귓전을 울린다. 어느새 나는 그 소리에 바싹 몸 을 기울이고 있다. 아까 느낀 혼란이 다시 고개를 든다.

"그 화염술사가 널 죽일 수도 있었어." 내가 속삭인다. 그 마자이 옆 에 누워 있기만 했는데도 살이 그슬렸다. 빨갛게 물집 잡힌 팔이 아 직도 쓰라리다.

따끔거리는 통증이 올라오자 그 숨 막히던 열기가 되살아난다. 다시는 숨 쉴 수 없을 줄 알았다. 난생처음 마법이 내게 등을 돌린 순간이었다.

하마터면 그대로 죽을 뻔했다.

"무슨 생각으로 그랬어?" 내가 묻는다.

"네가 위험했지. 난 위험하지 않았어." 그가 대꾸한다.

그는 손을 뻗어 내 턱에 난 상처를 어루만진다. 그의 손이 닿자 이상하게 온몸이 저릿해진다. 대답하려 하지만 목 안에서 말이 뒤엉킨다. 뭐라고 답해야 할지 모르겠다.

왕자는 일장석에 닿은 여파로 여전히 빛에 에워싸여 있다. 아직 마법을 드러내고 있는 그의 구릿빛 얼굴이 건강해 보인다. 날카롭고 가혹해 보이던 골격이 등불의 불빛을 받아 우아하고 단호하게 보인다.

"다 왔어." 주는 간이침대들이 놓인 천막 안으로 우리를 데리고 들어간다.

"여기 눕혀." 주가 침대 하나를 가리키자 왕자는 나를 조심스레 내려놓는다. 거친 천에 머리가 닿자 구역질이 올라온다.

"이런 상처를 치료하려면 독주와 붕대가 있어야 하는데."

왕자의 말에 주는 고개를 젓는다.

"내가 알아서 할게."

주는 손바닥으로 내 옆구리의 깊은 상처를 누른다. 나는 움찔한다. 주가 주문을 외자 갑자기 뱃속에 쓰라린 통증이 밀려든다.

"바발루아예, 두로 티 미 바이 바이. 푼 미 니 아그바라, 키 늘레 푼 아원 토쿠 니 아그바라."

나는 힘겹게 머리를 들어 본다. 주의 두 손 아래서 환한 주황색 빛이 번쩍거린다. 처음 손이 닿았을 때 느꼈던 고통이 얼얼한 온기로 변한다. 타들어 가던 속이 시원해지면서 통증이 무뎌진다.

주의 두 손에서 나오는 부드러운 빛이 내 피부로 스며들더니 찢어진 근육과 끊어진 인대로 퍼져 나간다.

주의 마법에 나의 상처들이 치유되자 나는 긴 숨을 내뱉는다.

"괜찮아?"

나는 시선을 든다. 어느새 나는 왕자의 손을 꼭 잡고 있었다. 얼굴이 화끈거린다. 나는 그의 손을 놓고 화살이 꽂혔던 부위를 손가락으로 만져 본다. 여전히 축축한 피가 묻어 있지만 상처는 완전히 나았다.

갖가지 의문이 되살아난다. 통증이 사라지고 정신이 또렷해지자 머릿속이 더욱 복작거린다. 지난 10여 년 동안 보지 못한 여러 가지 마법을 한 시간 사이에 다 본 것 같다.

"이제 얘기해 줘." 나는 주를 살펴본다. 붉은빛이 도는 갈색 피부가 묘하게 친숙하다. 두 달에 한 번 바다 송어를 들고 일로린으로 와서 우리의 타이거피시 요리와 교환해 가던 어부들과 비슷한 모습이다.

"어떻게 된 거야? 여긴 뭐 하는 곳이야? 뼈 단검이랑 두루마리는 어디 있어? 우리 가족은? 네가 그랬잖아. 우리 오빠랑……."

때마침 천막 자락이 휙 열린다. 아마리가 정신이 혼미한 제인 오빠를 부축하고 휘적휘적 들어온다. 나는 벌떡 일어나 거든다. 오빠는 얼마나 맞았는지 제대로 서 있지도 못한다.

"무슨 짓을 한 거야?" 내가 소리친다.

아마리가 뼈 단검을 꺼내 주의 목에 겨눈다. "어서 치료해!"

주는 손바닥을 들어 보이며 뒤로 물러선다.

그러곤 심호흡을 하며 말한다. "여기 눕혀. 이제 다 대답해 줄게."

주 혹은 줄라이커라 불리는 이 아이가 다리와 머리를 치료하는 동안 우리는 묵묵히 입을 다문 채 그 모든 과정을 하나하나 지켜본다. 주의 뒤에는 쿠아메와 폴라케가 차려 자세로 뻣뻣하게 서 있다.

쿠아메가 자세를 바꾸자 나는 내 봇짐으로 손을 뻗어 따뜻한 일장석을 찾는다. 그를 보기만 해도 그의 얼굴을 에워쌌던 무시무시한 불길이 떠오른다.

나는 다행히 주의 명령에 따라 우리 품으로 돌아온 나일라에게 몸을 기댄다. 그러곤 내 봇짐과 일장석이 보이지 않도록 녀석의 발 뒤로 밀어 넣는다. 그러나 주가 힘들게 주문을 외며 몸을 떨기 시작하자 일장식을 꺼내 빌려주고 싶어진다.

이 애를 보고 있으려니 붕대와 뜨거운 물 주전자를 들고 엄마를 따라다니던 다섯 살 때로 돌아간 기분이다. 이바단에 위독한 환자들이 생기면 엄마는 치료술사와 함께 그들을 돌보았다. 두 사람이 나란히 앉아 치료술사가 손으로 치료의 마법을 쓰는 동안 엄마는 환자가 마지막 숨을 거두지 않도록 도왔다. '훌륭한 사령술사는 죽음을 지배하기만 하는 게 아니란다, 젤. 우리는 사람들이 살도록 돕기도 하지.'

나는 주의 작은 손을 보며 엄마의 손을 떠올려 본다. 주는 어리지만 마법을 능숙하게 사용하고 있다. 이 애가 그 두루마리를 처음 만진 신성자라는 사실을 알고 나자 모든 게 이해된다.

"난 그게 뭔지도 몰랐어." 마법에 힘을 쏟느라 거칠어진 목소리로 주가 말한다. 폴라케가 나무 잔에 담긴 물을 건네준다. 주는 고마움의 표시로 고개를 까딱인 뒤 물을 홀짝인다. "사란의 병사들이 와리로 내려와 공격했을 때 우린 무방비 상태였어. 그들이 그 두루마리를 가져간 뒤에야 간신히 빠져나왔지."

왕자와 아마리가 서로를 보며 눈으로 무언의 대화를 나눈다. 온종일 왕자의 얼굴에 배어들던 죄책감이 아마리의 얼굴에도 번지고 있다.

"와리에서 그런 일을 겪고 나니까 안전하게 살 수 있는 곳이 절실히 필요했어. 위병들이 쫓아올 수 없는 곳. 처음엔 천막 몇 채로 시작했는데 오리샤의 신성자들에게 암호가 적힌 전갈을 보냈더니 점점 커지기 시작한 거야."

왕자가 몸을 내밀며 묻는다. "한 달도 안 돼서 이런 정착촌을 지었다고?"

그러자 주는 어깨를 으쓱하며 대꾸한다. "우리가 지었다고 생각하지 않아. 신들이 신성자들을 계속 이쪽으로 보내 주시는 것 같아. 나도 모르는 사이에 이런 정착촌이 생겼지 뭐야."

주의 얼굴에 희미한 미소가 떠오르는가 싶더니 아마리와 오빠를 돌아보는 순간 사그라진다. 주는 침을 꿀꺽 삼킨 뒤 시선을 내리고 두 손으로 자기 팔을 왔다 갔다 어루만진다.

"우리가 한 일……" 주는 잠시 멈췄다가 다시 입을 연다. "내가 **허락한** 일…… 정말 미안해. 나도 그러고 싶지 않았어. 하지만 귀족이 그 두루마리를 갖고 있는 걸 발견한 이상 우린 또 위험을 감수할 수 없었어." 주가 두 눈을 꼭 감자 가느다란 눈물이 비어져 나온다. "와리에서 겪은 일을 여기서 또 겪을 수는 없었어."

주의 눈물을 보자 나도 눈이 따끔거린다. 쿠아메는 괴로운 듯 얼굴을 찌푸린다. 오빠를 저렇게 만든 그를 미워하고 싶지만 그럴 수가 없다. 나도 나을 게 없으니까. 아니, 나는 그보다 더했으니까. 왕자가 말리지 않았더라면 나는 원하는 답을 얻기 위해 그 복면 쓴 신성자를 찔러 죽였을 것이다. 지금 그는 간이침대에서 주의 치료를 기다리고 있지만 자칫하면 흙바닥에 고꾸라질 뻔했다.

"미안해." 쿠아메가 괴로운 목소리로 나지막이 말한다. "하지만 이곳 사람들에게 무슨 수를 써서든 안전하게 지켜 주겠다고 약속했거든."

그의 얼굴을 에워싸던 불길을 다시 떠올려도 이번엔 그리 무섭게 느껴지지 않는다. 그의 마법에 피가 얼어붙는 듯했지만 그는 동족을 위해 싸웠다. **우리의** 동족. 신들도 그를 탓하지 않을 것이다. 그런데 내가 어떻게 탓하겠는가?

주는 뺨에 흐르는 눈물을 손으로 닦는다. 그 순간 주는 세상이 부여한 나이보다 훨씬 더 어려 보인다. 나도 모르게 팔을 뻗어 주를 품에 끌어안는다.

"정말 미안해." 주가 내 어깨에 대고 울음을 터트린다.

나는 주의 등을 쓰다듬어 준다. "괜찮아. 이곳 사람들을 보호하려고 그런 거잖아. 네 할 일을 한 거야."

내가 아마리 그리고 오빠와 눈을 맞추자 그들도 고개를 끄덕이며 맞장구친다. 우리는 이 애를 원망할 수 없다. 우리도 똑같이 했을 것이다.

"이거 받아." 줄라이커가 검은 다시키의 주머니에서 두루마리를 꺼내 내 손에 쥐여 준다. "필요한 게 있으면 우리가 도와줄게. 내가 두루마리를 처음 만졌다는 이유로 모두 내 말을 따르고 있지만 아마리한테 들었어. 제일리는 신들에게 선택받은 사람이라고. 제일리의 지시라면 뭐든 따를게."

주의 말에 속이 복작거린다. 나는 이 사람들을 이끌 수 없다. 내 몸 하나도 제대로 챙기지 못한다.

"고마워. 하지만 네가 잘하고 있잖아. 이 사람들을 안전하게 지켜 줘. 우린 자리아로 가서 배를 빌려야 해. 백년제일이 거우 닷새 남았거든."

그러자 폴라케가 말한다. "자리아에 우리 가족이 있어. 믿을 만한 장사꾼들도 있고. 내가 같이 가서 그들의 배를 빌려줄게."

"나도 갈래." 줄라이커가 내 손을 잡는다. 그 작은 손에서 희망이 느껴지는 듯하다. "여길 지킬 사람은 충분하잖아. 그리고 거기까지 가려면 치료술사가 한 명은 필요할 거야."

"나도 같이 가면……" 쿠아메는 말끝을 흐린다. 그는 목을 가다듬더니 오빠와 아마리를 바라보며 다시 입을 연다. "나도 같이 싸우고 싶어. 불은 언제든 훌륭한 방어 수단이잖아."

오빠는 부상당한 허벅지를 손으로 어루만지며 싸늘하게 쿠아메를 노려본다. 주의 치료가 출혈은 멎게 해 주었지만 통증을 완전히 없애 주지는 못한 모양이다.

"내 동생을 보호해 줘. 그러지 않으면 방심하는 순간 네 다리에 칼이 꽂힐 줄 알아."

"아무렴." 쿠아메가 손을 내민다. 오빠도 손을 뻗어 그와 악수한다. 맞잡은 그들의 손으로 사과가 전달되며 편안한 침묵이 천막 안을 메운다.

"우리 축하하는 게 어때?" 주의 얼굴에 미소가 번진다. 환하고 순수하게 웃는 모습이 영락없는 어린아이다. 이 애의 흥분이 금세 전염되어 오빠마저도 빙긋 웃는다. "뭔가 재미있는 일, 이곳 사람들을 모두 화합하게 하는 일을 하고 싶었거든. 시기는 조금 안 맞지만 내일 아조요를 열자."

"아조요?" 나는 귀를 의심하며 몸을 내민다. 하늘 어머니와 신들의 탄생을 축복하는 이 축제는 어릴 때 내게 1년 중 가장 즐거운 행사였다. 아빠는 늘 엄마와 나에게 뒷자락이 길게 내려오고 구슬이 박힌 비단 카프탄을 한 벌씩 사 주었다. 대습격 전 마지막 아조요 때 엄마는 1년 내내 모은 돈으로 내 땋은 머리를 장식할 도금 고리들을 샀다.

"멋질 거야." 점점 흥분되는지 주의 말이 빨라진다. "천막들을 치우고 가장행렬을 하자. 신들의 이야기를 전할 장소도 마련하고. 무대를 설치해서 마자이들이 차례차례 전부 두루마리를 만지게 해도 좋겠어. 마법의 힘이 돌아오는 걸 다 같이 볼 수 있게!"

나는 잠시 멈칫한다. 다시 쿠아메의 불꽃이 기억 속에서 활활 타오르기 시작한다. 하루 전만 해도 이 신성자들을 모두 마자이로 바꿔 놓기를 꿈꿨을 테지만 지금 나는 처음으로 망설이고 있다. 마법을 쓰는 사람이 늘면 일장석이 부적절한 마자이의 손에 들어갈 가능성이 높아진다. '하지만 내가 잘 지킨다면…… 이 신성자들이 모두 주의 지시를 잘 따른다면……'

"어떻게 생각해?" 주가 묻는다.

나는 주와 쿠아메를 번갈아 본다. 쿠아메가 미소 짓는다. 나는 결정을 내린다.

"정말 굉장하겠네. 모두에게 평생 잊지 못할 아조요가 될 거야."

"의식은 어떡하고?" 아마리가 묻는다.

"아조요를 끝내고 바로 떠나면 시간은 충분해. 지금도 자리아까지 갈 수 있는 시간이 닷새나 되잖아. 폴라케가 배를 빌려주면 시간이 반으로 단축될 거야."

주의 얼굴이 어찌나 환해지는지 마치 등불을 켠 듯 주위가 빛난다. 주가 내 손을 꼭 잡자 놀랍게도 온기가 내 몸을 채운다. 이건 단순한 동맹이 아니다. 우리 공동체의 시작이다.

"그럼 하는 거야!" 주가 다른 한 손으로 아마리의 손을 잡고 펄쩍 펄쩍 뛰다시피 한다. "이거라도 해 줄 수 있어서 다행이다. 이것 말고 는 네 사람을 환영할 방법이 없을 것 같아."

"셋이야." 오빠가 지적한다. 그의 무뚝뚝한 말투에 한껏 부풀어 오르던 마음이 사그라진다. 그는 고갯짓으로 왕자를 가리키며 말을 잇는다. "저쪽은 우리 일행이 아니거든."

왕자와 오빠의 눈이 마주치자 나는 가슴이 오그라든다. 이런 순간이 올 줄 알았다. 좀 더 늦게 오길 바랐을 뿐.

주는 긴장된 분위기를 느끼고 뻣뻣하게 고개를 끄덕인다. "서로 얘기 나눠. 우린 내일 축제를 열려면 준비할 게 많거든."

주가 일어서고 쿠아메와 폴라케도 뒤따라 나가자 우리에겐 침묵만이 남는다. 나는 별수 없이 손에 들린 두루마리를 바라본다. 이제 어떻게 하지? 우리가 과연…… 아니, 우리를 '우리'라고 말할 수나 있을까?

왕자가 먼저 입을 연다. "받아들이기 어렵다는 거 알아. 하지만 두 사람이 납치됐을 때 상황이 달라졌어. 궁금한 게 많을 테지만 어쨌든 네 동생은 나를 믿게 됐어……."

오빠가 나를 휙 돌아본다. 그의 매서운 눈초리가 마치 격투봉처럼 나를 때린다. 그의 얼굴이 이렇게 말하고 있다. '아니라고 말해.'

"오빠, 이 사람이 아니었으면 나도 잡혀 왔어……."

'그땐 제 손으로 나를 죽이고 싶어 했으니까. 그 투사들이 공격할 때 그도 직접 내 심장에 칼을 꽂고 싶어 했거든.'

나는 심호흡을 하며 손으로 격투봉을 어루만진다. 이제 와서 일을 그르쳐선 안 된다. 오빠를 설득해야 한다.

"나도 처음엔 못 믿었어. 하지만 왕자는 나와 한편이 되어 싸웠어.

내가 위험에 처했을 땐 몸을 사리지 않고 뛰어들었고." 나의 목소리가 점점 작아지는 듯하다. 나는 누구와도 눈을 맞출 수 없어 그저 내 손을 바라본다. "내가 누구에게도 설명할 수 없었던 것들을 이 사람은 직접 보고 느꼈거든."

"그걸 어떻게 믿으라는 거야?" 오빠가 팔짱을 낀다.

"그게……" 나는 왕자를 돌아보며 말을 잇는다. "이 사람도 마자이야."

"뭐?" 아마리가 입을 떡 벌리며 왕자를 돌아본다. 아까도 아마리가 그의 새하얀 머리카락으로 눈을 돌리는 모습을 보았는데 이제야 그 의미를 깨닫는 모양이다.

"어떻게 그럴 수가 있어?"

"나도 모르겠어. 라고스에서 일어난 일이야." 왕자가 대꾸한다.

"그런데도 우리 마을을 싹 쓸어 버렸어?"

오빠가 소리치자 왕자의 턱이 팽팽해진다.

"그때는 몰랐어……."

"그래도 레칸을 찌를 땐 알았겠지."

"그가 우리를 공격했잖아. 우리 총사령관은 목숨의 위협을 느끼고……."

"그럼 어젯밤에 내 동생을 죽이려 했을 때는? 그때도 마자이 아니었나?" 오빠는 일어서려다 얼굴을 찌푸리며 손으로 허벅지를 잡는다.

"내가 부축해 줄게." 내가 잡아 주려 하지만 오빠는 내 손을 뿌리친다.

"너 정말 이렇게 멍청한 애였니?" 오빠의 눈에 다른 고통의 빛이 스친다. "저 사람을 믿어선 안 돼, 젤. 마자이든 아니든 우리 편이 아니야."

"오빠……."

"널 **죽이려** 했잖아!"

그러자 왕자가 목소리를 높인다. "부탁이야. 날 못 믿는 건 이해해. 하지만 나도 더는 싸우고 싶지 않아. 우리 모두 같은 것을 원하고 있어."

"그게 뭔데?" 오빠가 비꼬듯 묻는다.

"더 나은 오리샤. 네 동생 같은 마자이가 늘 노심초사하며 살지 않아도 되는, 그런 왕국. 난 오리샤를 더 나은 곳으로 만들고 싶어." 왕자는 호박색 눈으로 내 눈을 보며 덧붙인다. "너와 함께 바꾸고 싶어."

나는 행여 얼굴에 감정이 드러날까 얼른 고개를 돌린다. 그러곤 오빠를 돌아본다. 왕자의 말이 오빠의 마음을 움직였길 바라며. 그러나 오빠는 주먹을 꽉 움켜쥔 채 부들부들 떨고 있다.

"오빠……."

"됐어." 그는 다리의 통증을 참고 절뚝거리며 일어나 천막 입구로 향한다. "넌 원래 사고뭉치잖아. 그게 어디 가겠니?"

52

의문

아마리

"오빠, 잠깐!"

나는 두 줄로 길게 늘어선 천막들 사이의 오솔길로 신성자들을 헤치고 나아간다. 신성자들의 호기심 어린 시선에 발걸음이 무거워지지만 머릿속에선 갖가지 의문이 떠나지 않는다. 제인이 천막을 나가자 제일리가 어떻게든 그를 설득해 보려 뒤따라 나갔다. 그런 뒤 오빠도 나를 천막에 혼자 두고 제일리를 따라 달려 나갔다.

오빠는 내 목소리를 듣고 걸음을 멈추지만 돌아보지 않는다. 그의 눈은 인파 속으로 사라지는 제일리를 쫓고 있다. 마침내 그가 나를 돌아보자 무얼 먼저 물어봐야 할지 모르겠다.

마치 궁전에서 살던 시절로 돌아간 것 같다. 이렇게 가까이 있어도 그는 늘 딴 세상에 있는 듯 느껴졌다.

"너도 줄라이커한테 치료받아야겠다." 그가 내 손목을 잡더니 밧줄에 쓸린 시커먼 멍 자국과 말라붙은 핏자국을 살핀다. 제인을 부축하고 올 때는 통증을 잊고 있었는데 이제는 끊임없이 욱신거리며 차가운 바람이 닿을 때마다 화끈거린다.

나는 그에게서 손을 빼내고 팔짱을 끼며 상처들을 숨긴다. "그 애도 좀 쉬게 해 줘야 할 것 같아. 제인을 치료하느라 진이 빠졌을 텐데 자일린도 돌봐야 하잖아. 너무 괴롭히고 싶지 않아."

"꼭 너를 보는 것 같더라." 오빠의 입가에 미소가 스쳐 간다. "너도 예전에 뭔가 새로운 일이 떠오르면 그렇게 좋아서 어쩔 줄 몰라 하는 표정이 되었거든."

그가 어떤 표정을 말하는지 나도 안다. 그에게도 그런 얼굴이 있었다. 콧잔등이 찡그려지고 눈이 감길 만큼 활짝 웃는 얼굴. 밤마다 그는 그런 얼굴로 나를 침대에서 불러내 몰래 왕실 축사로 데려가거나 주방의 커다란 설탕 통에 얼굴을 파묻게 했다. 삶이 그리 복잡하지 않던 시절이었다. 아버지와 오리샤가 우리 사이에 끼어들기 전.

"너한테 줄 게 있어." 오빠는 호주머니에 손을 넣는다. 아버지가 보낸 죽음의 위협이 아닐까? 그러나 반짝거리는 나의 옛 머리 장식을 보고 나는 숨이 멎는다.

"이걸 어떻게?" 그가 내 손에 그것을 쥐여 주자 목이 멘다.

찌그러지고 녹슬고 피가 묻었지만 손에 쥐는 순간 가슴이 따뜻해진다. 마치 빈타의 아주 작은 일부를 되찾은 것 같다.

"소코토에서부터 갖고 다녔어. 네가 되찾고 싶어 할 것 같아서."

나는 그 머리 장식을 가슴에 끌어안고 오빠를 바라본다. 고마움이 밀려든다. 그러나 그 고마움은 우리의 현실을 더욱 아프게 일깨울 뿐이다.

"그런데 오빠가 정말 마자이야?" 나는 오빠의 새하얀 머리카락을 살피며 간신히 묻는다. 머리 장식을 찾아 준 것은 고마운 일이지만 어쨌든 아직도 이해할 수가 없다. 그는 어떤 힘을 가졌을까? 왜 내가 아니고 오빠일까? 정말 재능 받을 사람을 신들이 정하는 거라면 그들은 어째서 오빠를 택했을까?

오빠는 손으로 새하얀 머리카락을 쓸어내리며 고개를 끄덕인다. "어떻게 그리고 왜 이렇게 됐는지는 나도 몰라. 라고스에서 그 두루마리를 만졌을 때 일어난 일이야."

"아버지도 알아?"

"그럼 내가 아직 살아 있겠니?" 오빠는 애써 밝은 목소리를 내려 하지만 괴로운 기색이 역력하다. 빈타를 벤 그 칼날의 기억이 머릿속을 비집고 들어온다. 아버지가 그 칼을 오빠의 가슴에 꽂는 광경도 그리 어렵지 않게 상상할 수 있다.

"그런데 어떻게 그럴 수가 있어?"

마침내 다른 모든 의문이 사라지고 단 하나의 중요한 질문이 나온다. 제일리 앞에서 오빠를 옹호했던 일들이 머릿속에 가득하다. 나는 오빠의 본심을 안다고 생각했지만 지금은 내가 그를 정말 아는 건지 모르겠다.

내가 다그친다. "아버지 밑에 있을 땐 그렇다 쳐도 지금은 아버지도 없잖아. 지금까지 줄곧 자기 동족과 맞서 싸워 온 오빠를 어떻게 믿겠어?"

오빠의 어깨가 축 늘어진다. 그는 뒤통수를 긁으며 대꾸한다.

"못 믿겠지. 하지만 믿게 해 줄게. 약속해."

예전 같으면 그 말로 충분했을 테지만 빈타의 죽음을 본 기억이 여전히 생생하다. 어쩌면 그 애의 죽음은 이미 예정된 것이었다. 진작에 그 애를 궁전에서 탈출하게 했어야 했다. 그렇게 무심하지 않았더라면 내 친구는 아직 살아 있을 것이다.

나는 그 애가 준 머리 장식을 움켜쥔다. "이 사람들. 나한테는 아주 소중한 사람들이야. 난 오빠를 사랑하지만 예전에 나한테 그랬듯 이 사람들을 해치는 건 용납할 수 없어."

오빠는 고개를 끄덕인다. "알아. 하지만 왕위를 걸고 맹세하는데 난 이들을 해치러 온 게 아니야. 제일리를 통해 내가 마자이에 대해 얼마나 잘못 알고 있었는지 알게 됐어. 내가 그동안 실수했다는 것도 이제 알아."

제일리의 이름을 말할 때 그의 목소리가 부드러워진다. 마치 소중한 기억을 회상하기라도 하듯. 고개를 돌리고 사람들 속에서 제일리를 찾는 그를 보자 내 안에서 또 다른 의문들이 끓어오른다. 그러나 지금은 밀어 넣기로 한다. 대체 그 애가 어떻게 했기에 오빠의 마음이 바뀌었는지 짐작할 수도 없지만 어쨌든 지금 중요한 것은 그가 확실히 변했다는 사실이다.

"오빠 자신을 위해서도 더는 실수하지 않기를 바랄게."

오빠가 내게로 눈을 돌리고 헤아릴 수 없는 얼굴로 나를 아래위로 훑어본다.

"협박이야?"

"다짐이야. 조금이라도 배반의 기미를 보이면 내 칼을 마주하게 될 줄 알아." 이미 우리는 칼을 맞댄 적이 있다. 하지만 분명 지난번과는 다를 것이다.

오빠가 선언하듯 말한다. "너에게, 너희 모두에게 보여 줄게. 넌 옳은 편에 서 있어. 나 역시 옳은 편에 서고 싶을 뿐이야."

"좋아." 나는 그의 약속을 믿기로 하고 몸을 기울여 그를 껴안는다.

그러나 그의 두 손이 나의 등을 감싸자 다시 마음이 복작거린다. 그의 손은 나의 흉터 바로 위에 닿아 있다.

53

왕자의 미소

제일리

다음 날 아침 주가 황급히 나의 천막 안으로 뛰어들어 온다. 그러곤 내 팔을 흔들며 말한다.

"보여 줄 게 얼마나 많은지 몰라. 제일리, 어서 일어나. 해가 중천에 떴어!"

끈질긴 재촉에 나는 체념하고 일어나 앉아 머리를 긁는다.

"빨리 준비해." 주는 붉은 민소매 다시키를 내 품에 밀어 넣으며 다시 말한다. "모두 밖에서 기다린단 말이야."

그 애가 나가자 나는 오빠에게 미소를 지어 보인다. 그러나 오빠는 내게 등을 돌리고 있다. 깨어 있는 게 분명한데 아무런 소리도 내지 않는다. 어젯밤 우리 사이를 뜨겁게 데웠던 그 불편한 침묵이 계속된다. 답답한 한숨과 공허한 말이 우리의 천막을 가득 메우고 있다. 아무리 사과해도 오빠는 대답하지 않을 것이다.

내가 조용히 묻는다. "같이 나갈래? 좀 걷는 게 다리에도 좋을 텐데."

침묵. 꼭 벽에다 대고 말하는 것 같다.

"오빠……."

그가 뒤척이더니 목을 쭉 편다. "난 그냥 여기 있을게. **모두**와 함께 걷고 싶지 않거든."

나는 주의 말을 곱씹어 본다. 그 **모두**가 쿠아메와 폴라케를 말하는 거라고 생각했는데 어쨌든 왕자도 밖에 있을 게 분명하다. 오빠가 아직도 이렇게 속을 끓이고 있다면 그를 봐서 좋을 게 없다.

"알았어." 나는 다시키를 입고, 주가 빌려준 파란색과 붉은색 무늬 천으로 머리를 묶는다. "금방 올게. 먹을 게 있으면 가져오고."

"고마워."

나는 그 대답을 머릿속에 새기며 희망을 걸어 본다. 퉁명스럽게나마 고맙다고 할 수 있다면 결국 괜찮아질 것이다.

"젤." 그가 어깨 너머로 나와 눈을 맞춘다. "조심해. 그 자식하고 단둘이 있지 말고."

나는 고개를 끄덕이며 천막을 나간다. 오빠의 경고에 발걸음이 무거워지지만 밖으로 나가는 순간 마음이 금세 가벼워진다.

널찍한 골짜기 안에 햇살이 잔뜩 고여 있다. 무성한 초록 지대엔 생명력이 넘쳐난다. 임시 움막과 천막, 수레 들이 만들어 내는 미로 사이로 어린 신성자들이 부산하게 움직인다. 저마다 새하얀 머리카락을 빛내며 화려한 무늬의 다시키와 생기 넘치는 카프탄을 입고 있다. 마치 하늘 어머니의 약속이 눈앞에 펼쳐지는 듯하다. 오랜 기다림 끝에 이제야 그 약속이 살아난 것 같다.

"와." 빙글빙글 돌며 주변 광경을 빨아들이는 나를 주가 손짓해 부른다. 이렇게 많은 신성자가 한 자리에 모인 광경은 본 적이 없다. 게다가 이렇게…… 즐거워하는 모습이라니. 언덕 굽이굽이에 사람들의 웃음과 미소가 가득하다. 땋거나 꼬거나 풀어 헤친 새하얀 머리카락이 골짜기를 가득 메우고 있다. 그들의 어깨에서, 그들의 걸음걸이에서, 그들의 눈에서 낯선 자유가 살아 숨 쉰다.

"조심해!"

어린아이들 한 무리가 나를 지나 달려가자 나는 두 손을 휙 올리며 미소 짓는다. 나이가 가장 많은 사람들은 스물다섯 아래의 이십대인 듯 보인다. 이 수많은 신성자들 가운데 그들의 존재가 가장 놀랍다. 내 평생 감옥이나 부역장이 아닌 곳에서 이렇게 많은 성인 신성자들을 본 적이 없다.

"느니어 나왔네!" 주가 펄쩍을 끼며 휠꺽 웃는다. 그리고 니를 갋고 노란색으로 칠한 수레를 지나간다. 왕자와 아마리가 기다리고 있다. 아마리는 나를 보고 빙긋 웃다가 오빠가 보이지 않자 웃음을 거둔다.

"오빠는 쉬고 싶대." 내가 묻지도 않은 질문에 답한다. '그리고 네 오빠를 보고 싶지 않대.'

왕자는 짙은 청록색 카프탄과 몸에 꼭 맞는 알록달록한 바지를 입고 멋진 모습으로 나를 바라본다. 깔쭉깔쭉한 금속이 달린 딱딱한 제복을 입고 있을 때와는 사뭇 다른 모습이다. 더 부드럽고 따뜻해 보인다. 게다가 투구나 검은 염료로 가리지 않은 새하얀 머리카락이 환하게 반짝거린다. 잠시 그렇게 서로를 보고 있는데 주가 우리 사이로 끼어들어 우리 둘을 끌어당긴다.

"많이 준비하긴 했는데 오늘 밤을 위해 아직 할 일이 태산이야." 주는 새록새록 할 말이 떠오르는 듯 초당 백만 미터의 속도로 말하고 있다.

"여기서 옛날이야기를 하려고." 주는 두 천막 사이 풀이 뒤덮인 둔덕에 설치한 임시 무대를 가리킨다. "지메타에서 온 신성자가 얘기를 들려줄 거거든. 꼭 봐야 해. 아주 매력적인 여자애야. 우리 생각엔 파도술사가 될 것 같아. 아, 그리고 여기! 여기서 신성자들이 두루마리를 만지게 할 거야. 빨리 보고 싶다. 굉장할 것 같아!"

줄라이커는 여왕처럼 기품 있게 인파 속을 헤치고 나아간다. 이 애가 내 손을 잡고 있는 탓에 지나는 신성자들마다 걸음을 멈추고 우리를 가리키며 속닥거린다. 평소엔 사람들의 시선이 싫었지만 오늘은 나도 모르게 그 시선을 즐기고 있다. 내가 사라지길 바라는 위병이나 코시단의 시선과는 너무도 다르다. 이 신성자들의 눈엔 경의가 담겨 있다. 새로운 차원의 존경이 담겨 있다.

"여기가 압권일 거야." 주는 색칠한 등불과 다채로운 천으로 장식한 커다란 공터를 가리키며 말을 잇는다. "여기서 개막 가장행렬을 할 거거든. 제일리, 꼭 참여해야 해!"

"난 빠지는 게 좋을걸." 나는 열심히 고개를 가로젓지만 주가 내 손목을 잡고 껑충껑충 뛰자 웃음이 터져 나온다. 이 애의 흥분은 전염성이 강하다. 왕자조차도 미소를 짓고 만다.

주의 눈이 휘둥그레진다. "정말 멋질 거야! 여긴 아직 사령술사가 없거든. 오야 복장이 끝내주게 어울릴걸. 긴 빨강 치마에 금색 윗도리야. 이난! 제일리가 정말 아름다울 것 같지 않아?"

왕자는 눈을 크게 뜨더니 마치 우리 중 한 사람이 이 대답의 의무에서 풀어 주길 기다리기라도 하듯 주와 나 사이를 바라보며 우물거린다.

내가 손사래를 친다. "주, 아니야. 다른 사람을 찾아보는 게 좋을 것 같아."

"그게 더 나을 수도 있지." 왕자가 마침내 목소리를 찾는다. 그는 잠시 내게로 시선을 옮겼다가 눈길을 돌리며 덧붙인다. "하지만 그래, 제일리가 하면 정말 아름다울 것 같아."

내 얼굴이 달아오른다. 아마리가 우리를 살피자 더욱 화끈거리기 시작한다. 왕자의 대답에 몸이 근질거리지만 나는 고개를 돌리고 딴청을 피운다. 그가 나를 안고 이 안으로 들어오던 모습이 다시 머릿속을 비집고 들어온다.

"주, 저건 뭐야?" 나는 신성자들이 길게 줄 서 있는 검은 수레를 가리키며 묻는다.

"폴라케가 각 마자이족의 바지스를 그려 주고 있거든. 꼭 해 봐!" 주의 눈이 밝아진다.

"바지스?" 아마리가 콧간등을 찌푸리며 이디둥질해한나.

주는 자기 목에 그려진 상징을 가리킨다. 그러곤 왕자와 아마리의 손을 잡아끌며 앞서 달려간다. "정말 예쁘다니까. 지금 가서 보자!"

주는 그들을 이끌고 빠르게 사람들을 헤치며 나아간다. 나도 걸음을 재촉하려다 그만두기로 한다. 왠지 이곳은 천천히 걷고 싶다. 새로운 신성자가 지나갈 때마다 머리를 굴리며 어떤 마자이가 될까 상상해 본다. 왼쪽에 있는 저들은 미래의 바람술사일지도 모른다. 오른쪽의 저들은 예언술사가 되지 않을까? 마자이족이 열 개나 되니 여기어딘가에 미래의 사령술사가 있을지도 모른다.

그때 붉은색과 검은색으로 차려입은 낯선 사내가 나와 부딪친다. 내가 넘어지려 하자 그는 내 허리를 잡는다.

"미안해라. 내 발이 마음을 따라가는 못된 습성이 있어서 말이지." 그가 미소 지으며 말한다.

"괜찮……." 나는 차마 말을 끝내지 못한다. 이렇게 생긴 사람은 본 적이 없다. 오리샤의 혈통이 아닌 듯하다. 구릿빛이 섞인 사막색 피부. 동글동글한 오리샤인들의 눈과는 달리 날카롭고 그윽한 잿빛 눈을 가졌다.

그가 다시 미소 짓는다. "난 로웬이야. 반가워. 부디 나의 둔감한 몸을 용서해 줬으면 좋겠다."

독특한 억양이다. 상인이 틀림없다. 다른 나라에서 온 무역상이다.

'드디어.'

나는 이 젊은 사내를 아래위로 훑어본다. 가끔 오빠가 아그본 시합 차 오리샤 곳곳을 돌아다닐 때 외국인을 만난 이야기를 들려주었지만 내 눈으로 직접 보는 건 처음이다. 지난 수년 동안 사람들이 북적거리는 시장에 장사하러 오는 특이한 무역상과 오리샤의 혼잡한 도시들을 지나는 여행객에 대해 떠도는 이러저러한 이야기를 들었다. 일로린에도 오면 좋겠다고 생각했지만 그들은 좀처럼 우리가 사는 극동부 연안까지는 오지 않았다.

갖가지 의문이 머릿속을 휘젓지만 문득 그가 여전히 내 허리에 손을 얹고 있다는 사실을 깨닫는다. 나는 뺨이 화끈거리는 것을 느끼며 그의 손에서 빠져나온다. 이렇게 빤히 볼 게 아니었는데, 로웬의 입가에 번지는 웃음기를 보니 즐기고 있는 게 틀림없다.

"그럼 다시 보자." 그는 한쪽 눈을 찡긋해 보이고는 나와 눈을 맞춘 채 거들먹거리며 걸어간다. 그러나 그가 또 한 걸음을 옮기려는 찰나, 왕자가 다시 나타나더니 그의 팔을 붙잡는다.

로웬은 왕자의 손을 보고 눈에서 미소를 거둔다. "왜 이러시나, 친구. 이러다 손을 잃을 수도 있는데."

"소매치기도 손을 잃을 수 있지." 왕자가 턱에 힘을 주며 다시 말한다. "내놔."

잿빛 눈의 사내가 나를 흘낏 보더니 겸연쩍게 어깨를 으쓱하며 펑퍼짐한 바지 주머니에서 접이식 격투봉을 꺼낸다. 나는 눈을 휘둥그렇게 뜨고 얼른 내 허리춤을 뒤져 보지만 아무것도 없다.

"대체 어떻게 한 거야?" 나는 격투봉을 휙 빼앗는다. 마마 아그바에게서 도둑의 손을 감지하는 법을 배웠다. 그의 손이 들어오는 것을 알아차렸어야 했다.

"처음 부딪쳤을 때."

"그런데 왜 바로 가지 않았지? 그렇게 매끈하게 빼냈으면 얼른 가 버릴 수도 있었잖아." 내가 묻는다.

"이럴 수 없었어." 코엔은 지나치게 흰 치를 드러내며 어린애처럼 씩 웃는다. "뒤에서는 그 아름다운 격투봉만 보였지. 이렇게 아름다운 아가씨가 들고 있는 줄은 몰랐거든."

나는 그를 노려보지만 그는 계속 히죽거린다. "아까 말했듯이, 아가씨……" 그는 살짝 허리를 숙이며 덧붙인다. "다시 보자."

그 말과 함께 그는 저만치 떨어진 쿠아메에게로 어슬렁어슬렁 걸어간다. 두 사람은 서로의 주먹을 잡으며 친밀한 인사를 나눈 뒤 내게는 들리지 않는 이야기를 주고받는다.

쿠아메가 잠시 나를 보더니 그 사내와 함께 천막 안으로 사라진다. 쿠아메는 저런 사내랑 대체 무얼 하려는 걸까?

"고마워." 나는 격투봉에 새겨진 무늬를 손으로 훑으며 왕자에게 말한다. 내게는 유일하게 남은 일로린의 흔적이다. 과거의 삶과 닿아 있는 유일한 물건. 문득 마마 아그바가 떠오른다. 마마 아그바와 아빠를 다시 볼 수 있다면 얼마나 좋을까.

"매력적인 미소만으로 그렇게 쉽게 홀릴 수 있는 줄 알았으면 진작 써먹는 건데."

"미소 때문이 아니었어." 나는 턱을 들며 말을 잇는다. "다른 나라 사람을 처음 봤단 말이야."

"아, 정말 그것 때문이었다고?" 왕자는 빙긋 웃는다. 그 희미한 미소에 마음이 녹는 듯하다. 지금까지 그의 입술엔 분노에서 고통까지 다양한 감정이 스쳐 갔지만 진심 어린 미소는 처음이다. 뺨에 보조개가 패고 호박색 눈가에 주름이 진다.

"왜 그렇게 봐?" 그가 묻는다.

"아무것도 아냐." 나는 내 격투봉으로 눈을 돌린다. 카프탄에 저런 미소까지, 내 앞에 있는 사람이 정말 그 고귀하신 왕자님이 맞는지 모르겠다.

"아얏!"

왕자가 미소를 거두고 움찔거린다. 이를 악물며 옆구리를 움켜쥐고 있다.

나는 그의 등에 손을 얹으며 묻는다. "왜 그래? 주를 불러올까?"

그는 고개를 저으며 답답한 숨을 내쉰다. "그 애가 치료할 수 있는 게 아니야."

나는 고개를 갸우뚱하다 그 말뜻을 깨닫는다. 짙은 청록색 카프탄을 입은 모습이 이전과 너무도 달라 보여서 그의 주변 공기가 서늘해진 것도 몰랐다.

"마법을 억누르고 있구나." 내 마음이 무거워진다. "그럴 필요 없어. 여기엔 네가 누구인지 아는 사람이 아무도 없어."

"그런 게 아니야." 왕자는 몸을 추스르며 똑바로 선다. "여긴 사람이 너무 많잖아. 조절해야 해. 무작정 풀어놓으면 누가 다칠 수도 있어."

내게 칼을 들고 덤벼들던 그 혼란스러운 왕자님의 모습이 설핏 보인다. 그가 겁을 먹고 있는 건 알았지만 이렇게까지 자신을 겁내는 줄은 몰랐다.

나는 손을 내리며 말한다. "내가 도와줄게. 조금은 도울 수 있어. 조절하는 법을 배우면 이렇게 괴롭지 않을 거야."

왕자는 느슨하게 떨어지는 카프탄 깃을 당겨 올린다.

"그래 줄 수 있어?"

"그럼." 나는 그의 팔을 잡고 앞장서서 한적한 곳으로 향한다. "가자. 내가 좋은 곳을 알고 있어."

✳

우리 옆에선 곰베강이 살랑거리며 아름다운 소리로 대기를 메운다. 주변 환경이 바뀌면 왕자가 마음을 가라앉힐 거라 생각했는데 막상 이곳에 앉으니 정작 마음을 가라앉혀야 할 사람은 나인 것 같다. 주가 마자이를 이끌어 달라고 당부했을 때 느꼈던 초조함이 다시 밀려든다. 이번엔 더 강렬하게. 왕자를 어떻게 도와야 할지 모르겠다. 아직 나의 사령술도 제대로 파악하지 못했다.

"얘기해 봐." 나는 심호흡을 하며 내가 너무도 갈망하는, 자신감 넘치는 태도를 연기한다. "마법이 느껴질 때 어떤 기분이야? 언제 가장 강하게 그 기운이 느껴져?"

왕자는 허공에 대고 손가락을 이리저리 움직이며 꿀꺽 침을 삼킨다.

"모르겠어. 마법에 대해선 이해할 수 있는 게 하나도 없어."

니는 호주머니에서 동화 하나를 꺼내 그의 손바닥에 놓아 준다. "자, 이제 그만 좀 꼼지락거려. 나까지 근질근질해지잖아."

"이게 뭐야?"

"해롭지 않게 만지작거릴 수 있는 것. 그걸로 마음을 가라앉혀 봐."

왕자는 다시 미소 짓는다. 이번엔 얼굴 전체에 미소가 번지며 눈매가 부드러워진다. 그는 오리샤 동전 한가운데 새겨진 치타너를 엄지손가락으로 어루만진다. "동화는 처음 만져 보는 것 같아."

"이런." 나는 짜증을 삼킨다. "그런 얘긴 혼자 간직해. 못 들어 주겠으니까."

"미안해." 왕자는 그 동전을 손바닥에 놓고 무게를 가늠해 본다. "그리고 고마워."

"고마우면 하라는 대로 잘 따라와. 마지막으로 마법을 풀어놓은 게 언제야?"

왕자는 동전을 손가락 사이로 통과시키며 생각에 잠긴다. "그 사원."

"찬돔블레?"

그가 고개를 끄덕인다. "거기에 있으니까 마법의 기운이 더 세지는 것 같았어. 네가 어디로 갔는지 알아내려고 오리 신의 초상 아래 앉았는데…… 모르겠어. 어쨌든 내가 무언가를 통제할 수 있다고 느낀 건 그때가 처음이었어."

'그 꿈속을 말하는 거야.' 나는 우리가 마지막으로 그 꿈에서 만났던 때를 돌아보며 내가 무슨 말을 했을까 생각해 본다. 무언가를 누설했나?

내가 묻는다. "어떻게 작용하는 거야? 네가 내 머릿속의 책을 읽는 것처럼 느껴질 때가 있거든."

그러자 왕자가 지적한다. "책이라기보다는 퍼즐에 가까워. 늘 그렇게 분명한 건 아닌데 너의 생각과 감정이 강렬해지면 나한테도 그게 느껴지거든."

"누구한테든 그래?"

그는 고개를 젓는다. "그렇게 강렬하진 않아. 말하자면, 다른 사람들의 감정은 비처럼 스쳐 가는데 네 감정은 꼭 해일처럼 몰려와."

나는 그의 말에 멈칫한다. 그러곤 그가 어떤 것들을 느낄지 상상해 본다. 나의 두려움. 나의 고통. 끌려가던 엄마에 대한 기억.

"끔찍하겠다." 내가 속삭인다.

"늘 그렇진 않아." 그는 나를 빤히 바라본다. 마치 내 마음을 꿰뚫어 보듯. 나의 보는 것을 꿰뚫어 보듯. "가끔은 늘랍기도 해. 이밀 땐 아름답기도 하고."

가슴이 벅차오른다. 내 얼굴로 꼬불꼬불한 머리카락 한 가닥이 내려오자 왕자는 손을 뻗어 귀 뒤로 넘겨 준다. 그의 손길이 닿자 가슴이 떨린다.

머릿속이 쿵쿵 울려 대지만 애써 무시하고 목을 가다듬으며 고개를 돌린다. 대체 왜 이러는 걸까? 이유야 어찌 됐든 이런 감정은 허용할 수 없다.

나는 다시 당면 문제에 집중한다. "네 마법은 아주 강력해. 안 믿기겠지만 어쨌든 저절로 찾아오잖아. 대부분의 마자이들이 강력한 주문을 통해서만 불러올 수 있는 걸 너는 본능적으로 불러오고 있어."

"그럼 어떻게 조절할 수 있어? 무얼 해야 할까?"

왕자가 묻자 내가 지시한다.

"눈을 감아 봐. 나를 따라 해. 마음술사의 주문은 잘 모르지만 신들에게 도움을 청하는 방법은 알거든."

왕자는 눈을 감고 동화를 꼭 움켜쥔다.

"간단해…… **오리, 바 미 소로.**"

"바 메 소로?"

"**바 미 소로.**" 나는 미소 지으며 그의 발음을 고쳐 준다. 그의 어눌한 요루바어가 사랑스럽게 들린다. "따라 해. 오리 신을 생각하면서. 마음을 열고 오리에게 도움을 청해. 그게 마자이의 기본이야. 신들이 내 편이 되면 절대 혼자가 되지 않아."

왕자는 시선을 내리며 묻는다. "정말 신들이 언제나 있는 거야?"

"언제나." 나는 신들에게 등을 돌렸던 그 수년의 세월을 생각하며 말을 잇는다. "아주 암울하게 느껴지는 시기에도 신들은 늘 있어. 우리가 그 존재를 알든 모르든 늘 계획을 갖고 있지."

왕자는 손으로 동화를 움켜쥐고 진지한 얼굴을 한다.

"좋아. 해 볼게." 그가 고개를 끄덕인다.

"**오리, 바 미 소로.**"

"**오리, 바 미 소로.**" 그는 손으로 동화를 만지작거리며 주문을 중얼거린다. 처음엔 아무 일도 일어나지 않지만 그가 계속 주문을 외자 대기가 뜨거워지기 시작한다. 그의 두 손에 연푸른 광채가 나타난다. 그 빛이 스멀스멀 나에게로 옮겨 온다.

나는 눈을 감는다. 세상이 빙글빙글 돌아가며 아득해진다. 요전 날 그랬듯 뜨거운 기운이 밀려든다. 세상이 회전을 멈췄을 때 나는 다시 그 꿈속에 들어와 있다.

갈대가 내 발을 간질이지만 이번엔 두렵지 않다.

54

꿈속

이난

꿈속 대기가 음악처럼 윙윙거린다. 부드럽게.

낭랑하게.

대기의 노래를 들으며 나는 호수를 가로지르는 제일리의 살결을 눈으로 쫓는다.

제일리는 반짝거리는 물 위를 마치 검은 백조처럼 유영하고 있다. 편안한 얼굴, 내가 한 번도 보지 못한 표정이다. 잠시나마 어깨를 짓누르던 세상의 무게를 내려놓은 듯하다.

제일리는 물속으로 뛰어드는가 싶더니 이내 수면 위로 올라와 햇살을 향해 검은 얼굴을 들어 올린다. 감은 눈의 속눈썹은 끝이 없는 듯 보인다. 고불고불한 머리카락이 검은 피부와 대비되어 은색으로 빛난다. 제일리가 나를 돌아보자 숨이 멎는다. 숨 쉬는 법이 기억나지 않는다.

생각하는 법도.

예전엔 저 애의 얼굴이 괴물 같다고 생각했다.

"네가 그렇게 보고 있으면 얼마나 오싹한지 알아?"

내 얼굴에 미소가 배어든다. "그런 식으로 니를 끌어들이겠다?"

제일리도 미소 짓는다. 아름다운 미소다. 설핏 그 안에서 태양이 보이는 듯하다. 제일리가 고개를 돌리자 금세 그 얼굴이 다시 보고 싶어진다. 뼛속을 파고드는 그 온기도 그리워진다. 나는 충동적으로 윗도리를 벗고 뛰어든다.

내가 잔잔하던 물을 가르며 거친 물살을 일으키자 제일리가 푸푸거리며 물을 뱉는다. 물살이 예기치 못한 힘으로 나를 끌어 내린다. 나는 발을 차서 물을 밀어 내고 다시 수면 위로 올라온다.

내가 포효하는 폭포에서 멀리 헤엄쳐 가자 제일리는 우리 뒤의 숲을 살핀다. 숲은 끝없이 이어져 있다. 지난번엔 호숫가에 하얀 경계가 보였는데 이제 그 지점을 넘어 숲이 펼쳐져 있다.

"물에 처음 들어와 보나 봐?" 제일리가 소리친다.

"어떻게 알았어?"

그러자 제일리가 대꾸한다. "얼굴 보면 알지. 너는 놀라면 바보처럼 보이거든."

내 입술에 미소가 번진다. 저 애 옆에 있으니 미소가 더욱 잦아진다. "날 놀리는 게 그렇게 재미있어?"

"격투봉으로 때리는 것 못지않게 흡족해."

이번엔 제일리가 빙긋 웃는다. 그 모습에 나는 더 활짝 미소 짓는다. 제일리가 껑충 뛰어 물 위에 눕더니 갈대와 수련들 사이를 떠간다.

"내가 이런 마법을 가졌다면 평생 여기서 살 것 같아."

나는 고개를 끄덕이지만 저 애가 없다면 내 꿈속은 어떤 모습일까 생각해 본다. 내가 만드는 거라곤 축 늘어진 갈대들뿐이다. 제일리가 있어야 이 세상이 온전히 흘러간다.

내가 말한다. "넌 물에 있는 게 아주 편안해 보인다. 파도술사가 아닌 게 놀랍네."

"다음 생에는 파도술사가 될 수도 있지." 제일리는 손으로 호수를 훑으며 손가락 사이로 빠져나가는 물을 지켜본다. "왜인지 모르겠어. 이바단의 호수도 좋았는데 바다에 비하니까 아무것도 아니었어."

그 말이 도화선이 된 듯 제일리의 기억이 나를 에워싼다. 눈을 크게 뜨고 있는 어린 제일리. 끝없는 파도를 보고 감탄하고 있다.

"이바단에 살았어?" 나는 좀 더 다가가며 그 기억을 빨아들인다. 그 북쪽 마을에는 한 번도 가본 적이 없지만 제일리의 기억이 너무 생생해서 지금 그곳에 있는 것만 같다. 산꼭대기에서 내려다보이는 놀라운 풍경에 감탄하며 폐 안으로 신선한 공기를 십어넣는 나. 이바단에서의 기억은 유독 따뜻하다. 제일리는 어머니의 사랑에 에워싸여 있다.

"대습격 전엔 그곳에 살았어." 제일리는 나와 함께 그 시절을 떠올리지만 점점 말끝을 흐린다.

"하지만 그 후엔⋯⋯" 제일리는 고개를 저으며 말을 잇는다. "그곳에 추억이 너무 많았어. 그래서 머무를 수가 없었어."

가슴에 휑한 죄책감이 자리하고 그 안에 살이 타는 매캐한 냄새가 고인다. 궁전에서 지켜본 불길이 기억 속을 파고든다. 어린 내 눈앞에서 불타던 무고한 생명들. 나는 내 마법만큼이나 그 기억을 힘겹게 내리눌러 왔다. 너무도 잊고 싶은 기억이었다. 그러나 지금 제일리를 보면서 그 모든 게 되살아난다. 그들의 고통. 그들의 눈물. 그들의 죽음.

"우린 일로린에 정착할 생각은 아니었어. 하지만 그러다 내가 바다를 보게 됐지." 나에게 하는 말이 아니라 혼잣말 같다. 제일리는 빙

굿 웃으며 덧붙인다. "아빠가 그곳에서 떠나지 않아도 된다고 하셨어."

이 꿈속에선 제일리의 슬픔이 무자비하게 나를 때려 대는 듯하다. 일로린은 저 애에게 행복이었다. 그런 곳을 내가 깡그리 태워 버렸다.

"미안해." 내 입술을 비집고 나온 말이다. 그 말이 귓전을 울리자 나 자신이 더욱 싫어진다. 턱없이 부족한 말이다. 저 애의 고통에 비하면 한없이 미약한 말이다. "되돌릴 수 없다는 거 알아. 내가 한 짓은 무엇으로도 만회할 수 없겠지…… 하지만 일로린을 다시 세울 수는 있어. 이 일이 끝나고 나면 가장 먼저 일로린을 복구할게."

제일리는 냉소적인 웃음을 터트린다. 차가운 웃음. 조금도 즐겁지 않은 웃음이다.

"태평한 얘기 계속 해 봐. 아무래도 우리 오빠 말이 맞는 것 같네."

"무슨 뜻이야? 제인이 뭐라고 하는데?" 내가 묻는다.

"이 일이 끝날 때쯤엔 우리 중 하나는 죽어 있을 거라고. 오빠는 그게 나일까 봐 걱정하고 있어."

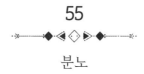

55

분노

제일리

내가 왜 여기 있는지 모르겠다.

왜 왕자를 뛰어들게 했는지 모르겠다.

왜 그가 헤엄쳐 올 때마다 저릿한 느낌이 드는지 모르겠다.

'일시적인 거야.' 나는 스스로를 다독인다. '현실도 아니잖아.' 이 일이 끝나고 나면 왕자는 카프탄을 입고 있지 않을 것이다. 나를 이 꿈속으로 불러들이지도 않을 것이다.

내가 아는 그 표독한 전사, 칼을 들고 달려들던 그 왕자님을 떠올려 보려 애쓴다. 그러나 아무리 노력해도 복면 사내들의 그물에서 나를 풀어 주던 칼날만 보인다. 쿠아메의 불길을 막아서던 모습만 보인다.

'좋은 사람이야.' 오래전에 아마리가 했던 말이 머릿속에서 들려온다. 나는 그 애가 그저 진실을 인정하지 않는 거라고 생각했다. 하지만 정말 그 애는 내가 보지 못한 부분을 봤던 걸까?

"제일리, 난 두 번 다시 널 해치지 않을 거야." 그는 고개를 저으며 얼굴을 찌푸린다. "그러기엔 너무 많은 걸 봤거든."

나의 눈을 보는 그의 눈에서 진심이 엿보인다. 왜 여태 못 알아봤을까? 저토록 확연한 죄책감과 연민을…… '아아.'

그는 전부 다 본 게 틀림없다.

"아버지가 어쩔 수 없이 한 일이라고 생각했어. 난 어릴 때부터 아버지가 오리샤를 안전하게 지키기 위해 그런 일을 했다고 배웠거든. 하지만 네 기억을 보고 나니까……" 그는 말끝을 흐리다 다시 이어 간다. "어떻게 어린아이에게 그런 엄청난 일을 겪게 했는지."

나는 다시 호수의 잔잔한 물결을 돌아본다. 뭐라고 해야 할지, 어떻게 생각해야 할지 모르겠다. 그는 나의 가장 괴로운 기억, 아무에게도 말할 수 없다고 생각한 기억을 목격했다.

"아버지가 잘못한 거야." 폭포에 삼켜질 듯 조용한 목소리로 왕자는 말을 잇는다. "좀 더 일찍 알았어야 했는데. 하지만 이제라도 알았으니 잘못을 바로잡아야지."

'그를 믿으면 안 돼.' 나는 스스로에게 타이른다. '여긴 환상의 공간, 꿈속의 공간이야.' 하지만 그가 무언가를 약속할 때마다 가슴이 부풀어 오르며 그중 하나라도 진실이길 내심 바라게 된다. 왕자가 나를 올려다보자 아마리의 눈에서 늘 반짝거리던 그 낙관의 빛이 보인다. 어째서인지 그는 결정을 내렸다.

그는 진정으로 오리샤를 바꾸고 싶어 한다.

'하늘 어머니가 사란의 자식을 통해 네게 그 두루마리를 전해 주었다면 그분의 뜻은 아주 분명한 셈이지.' 왕자의 강인한 턱, 그 턱을 덮은 까끌까끌한 수염에 이끌려 그를 바라보고 있자니 머릿속에 레칸의 말이 울려 퍼진다. 사란의 자식이 나를 돕는 것이 예정된 일이라면 신들은 그가 세상을 통치하고 군대를 개혁하게 되기를 원하는 게 아닐까? 우리가 곧 그 일을 하게 되는 게 아닐까? 그래서 신들이 그에게 마법을 준 걸까?

왕자가 더 가까이 오자 심장이 더욱 쿵쾅거린다. 가야 한다. 하지만 난 한 발짝도 움직일 수가 없다.

그가 속삭인다. "난 이제 아무도 죽지 않았으면 좋겠어. 나나 우리 아버지 때문에 사람들이 또 피를 보는 건 더 이상 견딜 수가 없어."

'달콤한 거짓말이야.' 그뿐이다. 하지만 정말 달콤한 거짓말이라면 왜 나는 움직일 수 없는 걸까?

'아아, 어쩜 옷을 입고 있는데도……' 나는 그의 넓은 가슴과 근육 하나하나를 눈으로 훑고 있다. 그러나 물속으로 시선이 내려가는 찰나 얼른 다시 고개를 든다. 하늘 어머니여, 내세 내가 무얼 하는 걸까?

나는 억지로 폭포를 뚫고 헤엄쳐 가서 절벽 가장자리에 등을 기댄다. 정신 나간 짓이다. 왜 그가 나를 여기로 데려오게 두었을까?

쏟아져 내리는 물이 그를 저편에 머물게 해 주길 바라지만 어느새 그는 거센 폭포를 뚫고 내 옆으로 헤엄쳐 온다.

'어서 가.' 나는 내 다리에게 발길질을 하라고 명령하지만 부드러운 미소를 머금은 그의 입술에 사로잡히고 만다.

"내가 갔으면 좋겠어?"

'응.' 이렇게 대답해야 한다. 하지만 그가 가까이 올수록 내심 곁에 있어 주었으면 하는 바람이 간절해진다. 그는 더 가까이 오려다 잠시 멈추고 내게 대답을 강요한다.

'나는 그가 가길 원할까?'

가슴이 쿵쾅거리지만 나는 그 대답을 알고 있다.

"아니."

그의 미소가 희미해지고 눈이 풀어진다. 그의 얼굴에선 한 번도 본 적 없는 표정이다. 다른 사람들이 나를 그렇게 볼 때면 눈을 뽑아 버리고 싶어진다. 그러나 어째서인지 저 눈길은 자꾸 갈구하게 된다.

"혹시……." 그는 자신의 욕망을 쏟아 내지 못하고 말끝을 흐리며 뺨을 붉힌다. 그러나 굳이 말할 필요가 없다. 나 역시 내심으로는 같은 것을 원하고 있으니까.

내가 고개를 끄덕이자 그는 떨리는 손을 들어 내 뺨을 어루만진다. 겨우 손이 닿았을 뿐인데 나는 완전히 매료되어 눈을 감는다. 가슴이 뜨거워지고 등줄기가 저릿해진다. 그의 손이 나의 뺨을 훑고 머리카락 속으로 들어온다. 그의 손가락이 나의 두피를 간질인다.

'신들이여……'

위병에게 걸리기라도 하면 나는 그 자리에서 사형 당할 것이다. 왕자도 감옥행을 면치 못할 것이다.

그러나 우리 세계의 규칙이 어떠하든 그의 손이 나를 끌어당기며 다 잊어버리자 한다. 나는 눈을 감고 몸을 기울여 이 고귀한 왕자님을 금지된 거리까지 받아들인다.

그의 입술이 나의 입술을 스치는 찰나…….

"제일리!"

덜컥 나의 몸이 현실로 돌아온다.

내가 퍼뜩 눈을 뜨는 순간 오빠가 그와 나를 떼어 놓는다. 그의 카프탄 깃을 잡고 그를 들어 땅바닥으로 내동댕이친다.

"오빠, 그만!" 내가 황급히 일어나 두 사람 사이에 끼어든다.

"내 동생한테서 떨어져!"

"난 이만 가야겠다." 왕자는 잠시 나를 보다가 뒷걸음질 쳐 나무들 속으로 들어간다. 그는 두 손으로 동화를 움켜쥐며 덧붙인다. "안에 들어가 있을게."

"대체 왜 그래?" 그가 한참 멀어지자 내가 소리쳐 묻는다.

"나한테 묻는 거야?" 오빠의 목소리가 쩌렁쩌렁 울려 퍼진다. "아, 신들이여. 젤. 대체 여기서 뭐 하는 거야? 무슨 일이 생긴 줄 알았잖아!"

"왕자를 도와주고 있었어. 마법을 어떻게 조절하는지 모르더라고. 그래서 괴로워하기에……."

"빌어먹을, 그는 석이야. 그가 괴로워할수록 우리한테는 좋은 기라고!"

"오빠, 믿기 어렵다는 거 알아. 하지만 그는 오리샤를 바로잡고 싶어 해. 모든 마자이가 안전하게 살 수 있는 곳으로 만들려 해."

오빠는 고개를 젓는다. "세뇌 당했니? 그게 저 자식의 마법이야? 네가 별의별 말썽을 다 부렸어도 **이렇게** 순진하진 않았잖아."

나는 시선을 돌린다. "오빤 몰라. 알 필요도 없었지. 오빤 누구한테나 사랑받는 완벽한 코시단이니까. 난 매일 두려움에 떨며 살아야 하거든."

오빠는 내가 한 대 치기라도 한 듯 움찔 물러선다. "매일 아침 눈 뜰 때마다 오늘이 네 마지막이 될까 전전긍긍하는데 내가 그런 기분을 모를 거라고 생각해?"

"그럼 이난에게도 기회를 줘! 아마리는 공주잖아. 마법이 돌아와도 왕위를 계승하지 못할 거야. 왕세자를 설득하면 오리샤의 차기 왕을 우리 편으로 만들 수 있어!"

오빠는 머리카락을 쥐어뜯는다. "지금 네가 하는 말이 얼마나 개똥 같은지 모르겠어? 저 자식은 널 눈곱만큼도 생각하지 않아, 젤. 오로지 네 몸만 탐하는 거라고!"

얼굴이 달아오른다. 상처에 수치심이 뒤섞인다. 이 사람은 내가 사랑하는 오빠가 아니다.

"빌어먹을, 저 자식은 우리 어머니를 살해한 인간의 아들이야. 대체 어디까지 내려가려고 이래?"

"오빠도 아마리 꽁무니를 따라다니면서! 그건 좀 나아?" 나는 빽 소리친다.

"아마리는 살인자가 아니야! 아마리는 우리 마을을 불태우지 않았다고!" 오빠도 소리를 지른다.

내 주변의 대기가 웅웅거리기 시작한다. 오빠의 비난이 계속되자 가슴이 쿵쾅거린다. 그의 말이 지금껏 당한 그 어떤 공격보다도 깊고 날카롭게 나를 베고 있다.

"아버지가 뭐라고 하실까?"

"여기서 아빠 얘기가 왜……."

"어머니는?"

"그만해!" 내가 소리친다. 웅웅거리던 대기가 이제 격렬하게 진동한다. 아무리 내리누르려 해도 시커먼 분노가 끓어오른다.

"아아, 신들이여, 어머니가 어떻게 돌아가셨는데 결국 네가 그 아들에게 넘어간 걸 아시면……."

내게서 뜨겁고 격렬한 마법의 기운이 밀려 나온다. 주문에 이끌리지 않은 마법은 제멋대로 날뛴다. 내 팔에서 창과 같은 그림자가 소용돌이쳐 나가더니 죽은 자의 분노로 공격을 퍼붓는다.

이 모든 일이 눈 깜짝할 새에 일어난다. 오빠가 비명을 지른다. 나는 비틀비틀 물러선다.

공격이 지나가자 오빠는 어깨를 움켜쥔다.

그 손 밑에서 피가 흘러나온다.

나는 떨리는 내 손을, 그 주위를 연기처럼 휘감는 사령들을 바라본다. 잠시 후 그들은 사라진다.

그러나 그로 인한 피해는 사라지지 않는다.

"오빠……." 나는 고개를 가로젓는다. 눈에 눈물이 차오른다. "그럴 생각은 아니었어. 정말이야. 그러려고 한 게 아니야!"

오빠는 마치 내가 모르는 사람인 듯 나를 바라본다. 마치 내가 우리의 모든 것을 배반하기라도 한 듯.

"오빠……."

그는 나를 휙 지나쳐 간다. 굳은 얼굴로. 용서하지 않을 얼굴로.

나는 울음을 삼키며 바닥으로 무너져 내린다.

56

아마리에게 고민을 털어놓다

제일리

나는 해가 질 때까지 이 정착촌 외곽의 숲을 떠나지 않는다. 이 나무들 속에 있으면 아무도 마주할 필요가 없으니까. 나 자신을 마주할 필요가 없으니까.

어둠이 깔리자 나는 오빠와 마주치지 않기를 기도하며 주에게 실망스러운 소식을 전하고 내 천막으로 돌아간다. 그러나 나를 본 아마리가 비단 카프탄을 들고 득달같이 달려온다.

"어디 갔었어?" 아마리는 내 손을 잡고 나를 자기 천막으로 끌고 가더니 옷을 홀딱 벗기고 머리 위로 카프탄 드레스를 끼워 넣는다. "곧 있으면 행사가 시작되는데 아직 머리 손질도 못 했잖아!"

"아마리, 잠깐……."

"토 달지 마." 아마리는 내 손을 쳐 내며 나를 잠자코 앉아 있게 한다. "이 사람들은 너만 보고 있어, 제일리. 실망시키면 안 되지."

'오빠가 말하지 않았구나…….'

그러지 않고서야 이럴 수 없다. 아마리는 마치 제가 언니라도 되는 듯 내 입술에 연지를 바르고 눈두덩에 숯을 바른 뒤 자기한테도 똑같이 해 달라고 한다. 진실을 안다면 이 애도 나를 두려워할 것이다.

　"엄청 꼬불꼬불해졌네." 아마리가 내 곱슬머리를 넘겨 핀을 꽂으며 말한다.

　"마법 때문인 것 같아. 엄마 머리도 이랬거든."

　"잘 어울려. 아직 다 끝나지도 않았는데 이렇게 눈부시잖아."

　뺨이 화끈거린다. 나는 아마리가 억지로 입힌 비단 카프탄을 내려다본다. 쨍한 노란색과 감청색 바탕에 보라색 소용돌이무늬가 더해졌다. 나의 어두운 피부와 대비되어 환하게 빛난다. 나는 구슬로 장식된 목둘레를 만져 보며 아마리가 이 옷을 주인에게 다시 돌려준다면 좋겠다고 생각한다. 드레스를 입어 본 게 언제인지 기억나지 않는다. 맨다리를 드러내려니 벌거벗은 기분이 든다.

　"마음에 안 들어?"

　아마리의 물음에 나는 한숨을 쉰다.

　"그런 거 아니야. 무얼 입든 상관없어. 그냥 오늘 밤이 무사히 지나갔으면 좋겠어."

　"무슨 일 있었어?" 아마리가 조심스레 캐묻는다. "오늘 아침만 해도 엄청 들떠 있었잖아. 그런데 주한테 들으니까 이제 두루마리도 내놓지 않는다고 했다며?"

　나는 입을 꾹 다물고 카프탄 자락을 그러쥔다. 미소가 사라지는 주의 얼굴을 보고 또 다른 수치심에 시달렸다. 이곳 사람들은 내가 그들을 이끌어 주길 바라지만 사실 나는 내 마법조차 제대로 간수하지 못한다.

　'내 마법만이 아니지…….'

쿠아메의 무시무시한 불길이 아직도 기억 속에 뜨겁게 남아 있다. 그 열기를 상상하기만 해도 살이 따끔거린다. 이제 두려워힐 게 없다고 생각했는데 지금은 두려움만이 남았다. 주가 그를 말리지 않았더라면 어떻게 됐을까? 주가 때맞춰 나타나지 않았다면? 쿠아메가 그 불길을 접지 않았다면 나는 지금 여기에 있지도 않을 것이다.

마침내 내가 다시 입을 연다. "지금은 이럴 때가 아니야. 백년제일이 겨우 나흘 남았고……."

"그러니까 더더욱 신성자들에게 힘을 되찾아 줘야 하지 않을까?" 아마리는 내 머리카락을 더 꽉 당기며 말을 잇는다. "제일리, 얘기해 봐. 알고 싶어."

나는 두 무릎을 가슴에 끌어안으며 눈을 감는다. 아마리의 말에 절로 미소가 나오려 한다. 얼마 전만 해도 이 애는 마법이 펼쳐지는 광경에 움찔거렸다. 이제 내가 겁을 내고 이 애가 마법을 옹호하고 있다.

오빠의 얼굴, 그 차디찬 얼굴의 기억을 어떻게든 밀어내 보려 애쓴다. 그의 눈엔 익숙한 공포가 담겨 있었다. 쿠아메가 일장석을 만지고 무서운 불길을 일으켰을 때 내 눈에도 그런 공포가 어렸을 것이다.

내가 아무 말도 하지 않자 아마리가 다그친다. "이난 오빠 때문이야? 오빠가 무슨 짓을 할지 두려워서 그래?"

"이난이 문제가 아니야." 적어도 **이 부분**에선 말이다.

아마리는 손을 멈추고 내 머리카락을 놓더니 내 옆에 무릎을 꿇는다. 빌려 온 황금빛 드레스를 입은 채 허리를 꼿꼿이 세우고 어깨를 편 모습이 진짜 공주처럼 위엄 있어 보인다.

"제인하고 내가 없는 동안 무슨 일이 있었어?"

심장이 한 박자씩 건너뛰기 시작하지만 나는 애써 무표정을 유지한다. "말했잖아. 두 사람을 찾기 위해 힘을 합치기로 했다고."

"제일리, 그러지 말고 솔직하게 얘기해 줘. 난 우리 오빠를 사랑해. 정말이야. 하지만 오빠에게서 이런 모습은 본 적이 없어."

"어떤 모습?"

"아버지의 뜻을 거역하는 모습. 오빠가 마자이를 **위해** 싸운다고? 무슨 일이 있었던 게 틀림없어. 그리고 너와 관계된 일일 테고."

아마리가 다 알고 있는 듯한 눈으로 나를 보자 귀까지 달아오른다. 그 꿈속 풍경을, 우리의 입술이 닿을 뻔했던 순간을 생각해 본다.

나는 어깨를 으쓱하며 대꾸한다. "다 알게 됐거든. 네 아버지가 무슨 짓을 했는지, 위병들이 지금 어떤 짓을 하는지 다 봤어. 그래서 바로잡고 싶어 하는 거야."

아마리는 팔짱을 끼고 한쪽 눈썹을 치켜세운다. "내가 장님이거나 바보라고 생각하는 모양인데, 나한테도 다 보이거든."

"난 무슨 말인지 모르겠는데……."

"제일리, 우리 오빠가 너를 **뚫어져라** 보더라고. 게다가 그런 미소는…… 세상에, 난 본 적도 없어. 너한테처럼 그렇게 미소 짓는 모습은 본 적이 없다고."

내가 바닥을 바라보자 아마리는 내 턱을 들어 자기와 눈을 맞추게 한다.

"난 네가 행복하길 원해, 젤. 네가 생각하는 것보다 훨씬 더 많이. 난 우리 오빠를 잘 알아."

"대체 무슨 뜻이야?"

아마리는 잠시 말을 멈추고 내 곱슬머리 한 움큼을 넘겨 핀을 꽂는다. "오빠는 우리를 배신할 거야. 그렇지 않으면 다른 뭔가가 일어나고 있는 거야."

나는 아마리의 손을 뿌리치고 다시 비닥으로 시선을 내린다. 온몸에서 죄책감이 뿜어져 나오는 듯하다.

"꼭 우리 오빠처럼 말하네."

"제인도 걱정하고 있어. 충분히 그럴 만하지. 내가 설득할 수는 있지만 그 전에 정말 그럴 필요가 있는지 알아야 하잖아."

'설득하지 마.'

누가 봐도 알 수 있는 사실이다. 그러나 이난이 전에 어떻게 했든 그가 나를 여기로 안고 들어온 기억이 너무도 강렬하게 남아 있다. 나는 눈을 감고 깊이 숨을 내쉰다.

누군가의 품에서 그토록 안전하다고 느껴 본 지가 얼마 만인지 모르겠다.

"네가 이난이 좋은 사람이라고 했을 때 난 네가 바보라고 생각했어. 지금도 한편으론 나 자신이 바보처럼 느껴지지만 그 좋은 사람의 면모를 직접 봤거든. 그는 줄라이커의 투사들에게 잡혀가는 나를 구해 줬어. 너와 우리 오빠를 구해 내려고 갖은 노력을 했고. 게다가 그 두루마리를 갖고 도망갈 수 있었는데도 그러지 않았어. 이난은 나를 구하려 했어."

나는 잠시 말을 멈추고 아마리가 듣고 싶어 하는 말을 찾아본다. 소리 내어 말하려니 두려울 지경이다.

"이난은 좋은 사람이야. 드디어 그 좋은 마음을 쓰고 있는 것 같아."

아마리는 손을 꼼지락거린다. 그러곤 가슴으로 가져간다.

"아마리……."

아마리가 두 팔로 나를 감싸더니 꼭 끌어안는다. 나는 놀라 뻣뻣하게 굳는다. 한동안 어쩔 줄 몰라 하다가 나도 천천히 아마리를 껴안는다.

"얼마나 터무니없이 들릴지 아는데……" 아마리는 몸을 떼고 금방이라도 쏟아질 듯한 눈물을 닦으며 말을 잇는다. "오빠는 늘 옳고 그름 사이에서 갈등했어. 난 오빠가 옳은 일을 할 수도 있다고 믿고 싶어."

나는 고개를 끄덕인다. 내가 이난에게서 갈망하는 것들이 떠오른다. 온종일 수도 없이 그를 생각하는 내가 진저리가 난다. 그의 입술, 그의 미소. 아무리 밀어 내려 해도 갈망이 사라지지 않는다. 그의 손길을 또 느끼고 싶어 미칠 것만 같다…….

아마리의 눈에서 또다시 쏟아지려는 눈물을 내 카프탄 소매로 닦아 준다.

그러곤 명령한다. "뚝. 화장 다 망가지겠어."

아마리는 코웃음을 친다. "네가 해 준 거 아니야?"

"눈 화장에 관해선 날 믿지 말라고 말한 것 같은데!"

"그런 손으로 격투봉은 어떻게 휘두르는 거야?"

우리는 한바탕 웃음을 터트린다. 그 낯선 소리에 나는 화들짝 놀란다. 그러나 오빠가 천막 안으로 불쑥 들어오자 우리의 웃음이 사그라진다. 나와 눈이 마주치자 그는 걸음을 멈춘다.

처음에는 모르는 사람처럼 보더니 곧 마음이 누그러지는 듯하다.

"왜 그래?" 아마리가 묻는다.

오빠의 턱이 떨린다. 그는 땅으로 시선을 내린다. "그냥…… 젤이 어머니처럼 보여서."

그의 말에 한편으론 가슴이 아프고 한편으론 마음이 따뜻해진다. 오빠는 엄마에 대해 이런 얘기를 한 적이 없다. 가끔은 엄마를 잊은 게 아닐까 싶기도 했다. 그러나 우리의 눈이 마주치는 순간 오빠도 나와 다르지 않다는 것을 깨닫는다. 그 역시 엄마를 공기처럼, 숨을 들이쉴 때마다 늘 곁에 있는 존재처럼 생각하고 있었다.

"오빠……."

"가장행렬 시작해." 그는 아마리를 돌아본다. "빨리 마무리하고 나와."

그렇게 말하곤 오빠는 사라진다. 다시 내 가슴이 저민다.

아마리가 내 손을 잡으며 말한다. "내가 얘기해 볼게."

나는 씁쓸한 기분을 애써 누른다. "아니야. 그래 봐야 너한테까지 화를 낼 거야." '그리고 네가 뭐라고 하든 어차피 나를 원망할 거야.'

나는 일어나서 드레스 소매를 걷어 올린 뒤 주름을 펴는 시늉을 한다. 평생 사고뭉치로 살아온 터라 후회할 일이 너무도 많지만…… 이번 일은 어떻게 해서든 만회해야 한다.

나는 무거운 마음으로 아무렇지 않은 척 걸음을 옮긴다. 그러나 밖으로 나가려는데 아마리가 다시 내 손을 잡는다.

"왜 두루마리를 내놓지 않으려 하는지 아직 설명하지 않았잖아." 아마리는 나를 살피며 자리에서 일어선다. "이 골짜기에 마자이가 되려고 기다리는 신성자들이 가득해. 왜 그들에게 두루마리를 내주지 않으려는 거야?"

아마리의 말이 마마 아그바의 회초리처럼, 레칸의 가슴에 꽂힌 칼처럼 나를 아프게 찌른다. 그들은 내게 이런 기회를 주기 위해 모든 것을 포기했는데 나는 그 기회를 내던질 수밖에 없다.

오늘 밤에 두루마리를 내놓으려 생각했을 때만 해도 나는 새로운 마법이 퍼트릴 기쁨과 아름다움에 마음이 한껏 부풀었다. 잠시나마 대습격 전으로 돌아간 기분이 들 거라 생각했다. 다시 마자이가 이 땅을 지배하는 듯 느껴질 거라고.

그러나 이제는 웃고 있는 신성자 하나하나가 또 어떤 고통을 야기할까 하는 걱정이 앞선다. 땅술사들이 우리 발밑의 땅을 갈라 버릴지도 모른다. 사령술사들이 힘을 조절하지 못해 죽음의 물결을 몰고 올수도 있다. 무작정 마법을 되돌리는 것은 위험하다. 규칙이 있어야 한다. 지도자가 있어야 한다. 계획이 있어야 한다.

게다가 지금 나는 내 마법조차 조절할 수 없는데 어떻게 의식을 치를 수 있단 말인가?

"아마리, 이건 그렇게 단순한 문제가 아니야. 누구 하나가 마법을 조절하지 못하면 어떡해? 누군가가 일장석을 만지고 몹쓸 마법을 부린다면? 질병술사가 깨어나면 모두 역병으로 죽을 수도 있어!"

아마리는 내 어깨를 잡는다. "그게 부는 날이야? 세일리, 왜 그런 생각을 하게 된 거야?"

나는 고개를 가로젓는다. "넌 몰라…… 넌 쿠아메의 힘을 못 봐서 그래. 주가 말리지 않았으면…… 부역장 감독관들이나 네 아버지 같은 사람이 그런 힘을 갖게 된다면……." 무서운 화염의 기억을 떠올리자 다시 목이 타들어 간다. "그런 사람이 불길을 일으킬 수 있다면 얼마나 많은 사람이 타 죽을지 생각해 봐!"

온종일 나를 괴롭힌 수치심과 두려움, 그 모든 것이 한꺼번에 쏟아져 나온다. "그리고 오빠도……." 나는 차마 말을 잇지 못한다. 나조차도 마법을 간수하지 못하는데 하물며 처음 마법을 써 보는 마자이들은 어떻겠는가?

"우리가 살아남기 위해선 마법이 필요하다고 오랫동안 생각했는데이젠…… 이젠 어느 쪽이 옳은지 모르겠어. 우리에겐 계획도 없고 규칙을 세우거나 규제할 방법도 없잖아. 이런 상태로 마법을 되돌리면 죄 없는 사람들이 다칠 수도 있어."

아마리는 한동안 침묵하며 내 말을 허공에 달아 놓는다. 그러곤 한결 부드러워진 눈으로 내 손을 끌어당긴다.

"아마리……."

"일단 가자."

아마리가 나를 끌고 천막을 나가는 순간, 나는 잠시 얼이 빠진다. 우리가 안에 있는 동안 이 정착촌 전체가 살아 움직이고 있었다. 등불의 빨간 불빛이 부드럽게 비추는 골짜기에 젊은 기운이 넘쳐흐른다. 향긋한 고기파이와 달콤한 플랜틴이 우리의 코앞을 지나다니고 신나는 음악과 둥둥거리는 북소리가 살갗을 파고든다. 모두가 흥겨운 음악에 맞춰 춤을 추면서 가장행렬의 흥분이 대기를 가득 메우고 있다.

축제의 열기 속에서 나는 이난을 발견한다. 감청색 아그바다와 바지를 한 벌로 차려 입은 모습이 너무도 멋져 보인다. 그도 나를 보고 입을 다물지 못한다. 그의 눈길에 가슴이 팔랑거린다. 나는 어떠한 감정도 느끼지 않으려고 눈을 돌린다. 그가 다가오고 있다. 그러나 그가 따라잡기 전에 아마리가 나를 사람들 속으로 끌어당긴다.

아마리가 이난을 돌아보며 소리친다. "빨리 와. 다 끝나겠어!"

우리는 양옆에서 우리를 밀며 몸을 흔드는 사람들을 뚫고 나아간다. 울고 싶은 마음이 아직 가라앉지 않았지만 목을 길게 빼고 사람들을 살펴본다. 그들의 즐거움을, 그들의 삶을 함께 느끼고 싶어서다.

이 오리샤의 아이들은 마치 내일이 없는 것처럼 춤춘다. 그들의 동작 하나하나가 신들에 대한 찬양이다. 입으로는 해방의 기쁨을 찬미하고 있다. 자유를 숭상하는 요루바어 노래를 가슴으로 부르고 있다. 모국어가 들리자 나의 귀도 함께 춤춘다. 한때는 그저 내 머릿속에만 평생 담아 둘 줄 알았던 언어. 그 아름다운 언어가 대기를 밝히는 듯하다.

온 세상이 다시 숨 쉴 수 있게 된 것만 같다.

주가 나를 보고 미소 짓는다. "정말 아름답다! 남자들이 춤추자고 줄을 서겠어. 뭐, 이미 임자가 있는 것 같긴 하지만."

나는 고개를 갸우뚱하며 주가 가리키는 쪽을 본다. 이난이 마치 사냥에 나선 사자녀처럼 눈으로 나를 쫓고 있다. 나는 그의 시선을 붙잡고 싶다. 그가 저런 눈으로 나를 볼 때마다 내 피부 속을 간지럽히는 이 느낌을 붙잡고 싶다. 그러나 억지로 고개를 돌린다.

또 오빠를 아프게 할 수는 없다.

"마마! 오리사 마마! 오리사 마마, 아와 운 두페 페 에그보 이그베 와."

한가운데로 갈수록 노랫소리가 높아진다. 이바난의 산속으로 돌아간 것 같다. 엄마는 저 노래로 나를 재워 주곤 했다. 벨벳과 비단처럼 풍성하고 부드러운 목소리로. 나는 그 친숙함을 한껏 들이마신다. 자그만 체구에 힘찬 목소리를 가진 소녀가 선창한다.

"마마, 마마, 마마."

사람들의 절묘한 노랫소리가 밤공기를 메우는 가운데 짧게 깎은 새하얀 머리카락에 연한 갈색 피부를 가진 어린 신성자가 원 안으로 들어온다. 풍성한 푸른색 가운을 입은 이 소녀는 레칸의 그림에서 본 예모야, 하늘 어머니의 눈물을 훔친 그 여신이 부활한 듯한 모습이다. 머리에 물 항아리를 이고 노래에 맞춰 빙글빙글 돌며 춤춘다. 합창이 절정에 달하자 소녀는 허공에 물을 던지고 두 팔을 벌려 비처럼 쏟아지는 물을 맞는다.

이 신성자가 빙글빙글 돌며 원 밖으로 나가고 폴라케가 엉덩이를 흔들며 들어오자 환호성이 높아진다. 노란 카프탄에 달린 구슬들에 빛이 반사되어 그녀의 몸을 따라 움직이며 반짝거린다. 그녀는 미소를 띠며 이 사람 저 사람에게 지분거리지만 누구보다도 쿠아메를 유혹하려 한다. 얼마 후 사람들이 지루해 하자 이번엔 그녀의 손이 힘을 발휘한다. 두 손에서 황금빛 불똥이 뿜어져 나오자 사람들은 다시 환호하며 그녀와 함께 춤춘다.

"마마, 마마, 마마."

하늘 어머니의 자식들로 분장한 신성자들이 하나씩 원 안으로 들어온다. 그들은 마법을 부릴 수 없지만 그 시늉만으로도 사람들을 즐겁게 해 준다. 마지막으로 내 또래처럼 보이는 소녀가 앞으로 나온다. 찰랑거리는 붉은색의 비단옷과 구슬 박힌 머리 장식이 피부와 대비되어 환하게 빛난다. '오야다…….' 나의 자매 신.

내가 본 오야처럼 빛나진 않지만 이 신성자는 그 나름대로 마법적인 분위기를 선보인다. 폴라케처럼 이 소녀도 하얗고 꼬불꼬불하며 긴 머리카락을 가졌다. 소녀가 춤출 때마다 붉은색 비단 드레스와 함께 그 머리카락이 소용돌이친다. 한 손에는 오야의 상징인 이루케레, 즉 사자녀의 털이 달린 짧은 채찍을 들고 있다. 소녀가 원 안에서 그것을 돌리자 신성자들의 찬양이 높아진다.

아마리가 나와 손깍지를 끼며 말한다. "너도 이들의 일부야, 제일리. 누구에게도 마법을 빼앗겨선 안 돼."

57

제인의 춤

아마리

가장행렬이 끝난 뒤에도 음악과 춤은 밤늦도록 이어진다. 나는 축제를 지켜보며 모인모인 파이를 한 입 더 베어 물고는 입안에서 녹는 삶은 콩의 맛을 음미한다. 한 신성자가 슈쿠슈쿠* 접시를 들고 지나간다. 달콤한 코코넛이 혀에 닿자 눈물이 날 것 같다.

"드디어 찾았군."

제인의 숨결이 내 귀를 간질이자 기분 좋은 살랑거림이 목을 타고 내려간다. 저녁 내내 신성자 소녀들이 떼 지어 그를 쫓아다니며 그의 눈길을 끌려 애썼는데 어쩐 일인지 지금은 혼자다.

"응?" 나는 입안에 남은 슈쿠슈쿠를 삼키며 되묻는다.

"계속 찾았거든. 어찌나 찾기가 힘들던지."

나는 축제 내내 줄곧 먹기만 했다는 사실을 어떻게든 숨기고 싶

---

* 서아프리카에서 즐겨 먹는 코코넛볼.

어 입에 묻은 부스러기를 닦는다. 꼭 맞았던 드레스의 옆구리 솔기가 팽팽해졌다.

"가는 데마다 시끌벅적한 여자애들을 줄줄이 달고 다니니 나를 찾기가 힘들지."

"죄송합니다, 공주님." 제인은 웃으면서 말을 잇는다. "하지만 여기서 가장 예쁜 여자한테 접근하는 데에는 시간이 걸리는 법이야."

그의 미소가 부드러워진다. 나를 강물에 빠뜨리고 내가 그를 다시 빠뜨리려 했던 그날 밤의 웃음처럼. 그에게선 좀처럼 보기 힘든 모습이다. 그 뒤로 많은 일을 겪으면서 또 그런 면을 볼 수 있을까 싶었다.

"왜 그래?"

"그냥 생각 좀 하느라." 나는 어깨를 으쓱하며 춤추는 신성자들을 돌아본다. "걱정했거든. 아무리 참을성이 많아도 그 천막에서 그렇게 고문당한 건 보통 일이 아니니까."

제인은 빙긋 웃는다. "에헴. 여자랑 천막에 갇혔는데 그런 식으로 밤을 보낸 건 좀 아쉬웠지."

얼굴이 화끈거린다. 틀림없이 내 금빛 드레스와 선명하게 대조될 만큼 빨개졌을 것이다. "아마 그날이 나한테는 처음으로 남자랑 밤을 보낸 날이었을걸."

제인은 코웃음 치며 대꾸한다. "그동안 꿈꿔 온 첫날밤과 비슷했나?"

"글쎄……" 나는 손가락으로 입술을 누르며 말을 잇는다. "내가 꿈꾸던 것보다 결박이 좀 과하긴 했지."

그에게서 그 어느 때보다도 요란한 웃음이 터져 나오자 나는 화들짝 놀란다. 그 웃음소리에 가슴이 벅차오른다. 빈타가 떠난 뒤로는 누군가를 이렇게 웃게 한 적이 없었다. 아직 못 한 말들이 마음을 어지럽히고 있는데 다시 입을 열기도 전에 어디선가 킬킬거리는 웃음소리가 들린다.

고개를 돌려 보니 두세 개 천막 너머 사람들의 언저리에서 제일리가 춤추고 있다. 야자주를 병째로 홀짝거리며 웃으면서 어린 신성자를 빙글빙글 돌리고 있다. 그 애가 즐거워하는 모습에 나는 미소 짓지만 제인의 얼굴은 어두워진다. 아까 천막에서 본 그 슬픈 얼굴이 떠오른다. 그러나 그는 곧 이난 오빠를 발견하고 슬픈 표정을 거둔다. 오빠는 제일리가 새하얀 꽃밭에 홀로 핀 붉은 장미라도 되는 듯 바라보고 있다.

"저거 보여?" 나는 신성자들이 둥글게 모여 서서 환호하는 곳으로 제인을 끌어당긴다. 그의 손이 내 손을 감싸 쥐자 속이 팔랑거린다.

제인은 마치 양떼를 가르는 목동처럼 넓은 어깨로 사람들을 헤치고 나아간다. 어느새 우리는 원 한가운데서 활기차게 춤추는 왜소한 소녀 앞에 이른다. 소녀가 격렬하게 몸을 흔들고 엉덩이를 돌릴 때마다 구슬 달린 드레스가 달빛을 받아 반짝거린다. 온몸의 곡선이 음악에 맞춰 요동치면서 과격한 동작이 나올 때마다 사람들이 전율한다.

제인이 나를 앞으로 쿡 밀자 나는 그의 팔을 잡는다. "뭐 하는 거야?"

그는 웃음을 터트린다. "들어가. 이제 네 춤 좀 봐야겠다."

"오고고로를 너무 많이 마셨네."

내가 웃으면서 대꾸하자 제인이 다시 묻는다.

"내가 들어가면? 내가 들어가면 같이 출 거야?"

"아니."

"약속한 거다?"

"제인, 안 한다니까……."

그가 원 안으로 뛰어들자 춤추던 소녀가 화들짝 놀라고 사람들이 모두 한 발짝 물러선다. 한동안 그는 움직이지 않고 자못 진지한 얼굴로 모두를 살펴본다. 그러나 노래와 함께 뿔피리 소리가 울려 퍼지자 그는 춤으로 폭주하기 시작한다. 바지 속에 불개미라도 들어간 듯 몸을 흔들고 튕겨 댄다.

나는 숨도 못 쉬고 웃다가 옆에 있는 신성자를 붙잡고 몸을 일으킨다. 제인의 동작 하나하나가 환호를 끌어내면서 둥글게 모여선 구경꾼들이 두 배로 늘어난다.

그가 어깨를 흔들며 땅으로 내려가자 춤추던 소녀가 다시 들어와 무대를 휘젓는다. 엉덩이를 돌릴 때마다 매혹이 뚝뚝 떨어지는 소녀의 몸짓에 내 피부가 저릿해진다. 소녀는 그를 유혹하는 눈으로 보고 있다. 내 얼굴이 절로 찌푸려진다. 어찌 보면 당연한 일이다. 저렇게 다정한 미소에, 저렇게 강인하고 든든한 체격을 가졌으니…….

굳은살 박인 손이 내 손목을 잡는다. 커다란 손. '제인의 손이야.'

"제인, 안 돼!"

나는 기겁하지만 그의 장난기를 당해 낼 재간이 없다. 어느새 나는 원 한가운데 서 있다. 셀 수 없는 시선에 몸이 얼어 움직일 수가 없다. 도망가려고 돌아서지만 제인이 나를 단단히 잡고 사람들 쪽으로 돌려세운다.

"제인!" 꽥 소리치지만 두려움이 풀어지면서 참을 수 없는 웃음이 터진다. 그와 함께 몸을 움직이자 짜릿한 흥분이 밀려들며 어느새 어눌했던 내 몸이 박자를 맞춰 간다. 갑자기 사람들이 사라지고 오로지 제인만 보이기 시작한다. 그의 미소, 그의 자상한 갈색 눈만 보인다.

그의 듬직한 품에 안겨 이렇게 빙글빙글 돌고 웃으며 영원히 살 수도 있을 것만 같다.

58

❖◀◇▶❖

모든 게 이해되기 시작한다

이난

세일리는 그 어느 때보다도 아름답다.

연보라색 드레스를 입고 어린 신성자 살림과 손을 맞잡은 채 사람들 속에서 여신처럼 빙글빙글 도는 모습이 빛을 발한다. 다양한 축제 음식의 냄새 위로 제일리의 영혼이 풍기는 바닷소금 냄새가 피어오른다. 그것이 강렬하게 나를 압도한다.

파도처럼 나를 끌어당긴다.

저 애를 보고 있으면 어느새 마자이에 대한 생각을 잊어버린다. 왕국도. 아버지도 생각나지 않는다. 지금 이 순간, 내 머릿속엔 온통 제일리뿐이다. 저 애의 미소는 별빛 없는 밤의 보름달처럼 세상을 비춘다.

더는 돌 수 없게 되자 제일리는 살림을 안아 준다. 이마에 입을 맞춰 주자 소년은 좋아서 깩깩거린다. 그러나 소년이 저만치 달려가고 나자 청년 세 명이 앞으로 나와 빈자리를 메운다.

"잠깐만……."

"안녕, 난 데카야……."

"오늘 정말 아름답다……."

제일리를 유혹하려 애쓰는 그들을 보며 나는 미소 짓는다. 셋 다 서로 목소리를 높이려 안달이다. 그들이 떠들어 대는 사이, 나는 제일리의 옆구리를 손으로 감싸 안는다.

"같이 춤춰도 될까요?"

제일리는 씩씩거리며 휙 고개를 돌린다. 그러곤 나라는 것을 깨닫는다. 제일리가 미소 짓자 그 기쁨이 나를 사로잡는다. 갈망이 뒤를 잇는다. 두려움과 함께. 제일리의 머릿속에 제인이 스쳐 간다. 나는 제일리를 가까이 끌어당긴다. "네 오빠가 볼 수 없는 곳으로 가자."

제일리 몸에서 내 몸으로 열기가 흘러온다. 내 손에 힘이 들어간다.

"승낙으로 받아들일게."

나는 제일리의 손을 잡고 춤을 신청한 세 남자의 매서운 눈초리를 외면하며 사람들을 뚫고 나아간다. 우리는 정착촌 가장자리의 숲으로 향한다. 축제도 춤도 벗어난 곳. 시원한 산들바람이 우리를 반긴다. 장작불과 나무껍질, 축축한 나뭇잎의 냄새가 진하게 실려 온다.

"정말 우리 오빠가 안 보여?"

"확실해."

"그럼…… 아이코!"

제일리가 비틀거리다 넘어진다. 소녀 같은 웃음이 터져 나온다. 나는 웃음을 참으며 제일리를 일으킨다. 달콤한 야자주 냄새가 코를 찌른다.

"이런, 젤, 취한 거야?"

"그랬으면 좋겠네. 이 술 누가 만들었는지 못쓰겠어." 제일리는 내 손을 잡고 나무에 몸을 기대며 말을 잇는다. "아까 살림하고 돌던 기운이 남아서 그런 거야."

"물 갖다 줄게."

내가 가려 하자 제일리가 내 팔을 잡는다.

"가지 마." 제일리가 내 손에 제 손을 밀어 넣는다. 우리의 손이 맞닿자 저릿한 기운이 밀려든다.

"진심이야?"

제일리가 고개를 끄덕이며 다시 킬킬거린다. 그 노랫가락 같은 웃음이 나를 유혹한다.

"나한테 춤 신청했잖아." 제일리의 은빛 눈에 장난기가 스친다. "난 춤추고 싶어."

조금 전 제일리를 에워쌌던 사내들처럼 나는 앞으로 다가선다. 이 애의 숨결에서 나오는 희미한 야자주 냄새가 코에 닿는다. 내가 손목을 감싸 쥐자 제일리는 눈을 감고 숨을 들이마신다. 손가락으로 나무껍질을 후비며.

그런 반응이 내 온몸의 세포 하나하나를 욕망으로 채우는 듯하다. 이렇게 강렬한 기운은 난생처음 느껴 본다. 나는 입술을 맞대지 않으려고, 손으로 굴곡진 몸을 만지며 나무로 밀어붙이지 않으려고 안간힘을 쓴다.

제일리가 다시 가물가물 눈을 뜨자 나는 허리를 굽혀 입술로 제일리의 귀를 스친다. "춤을 추려면 움직여야지, 우리 젤."

제일리의 몸이 꼿꼿해진다.

"그렇게 부르지 마."

"넌 나를 **고귀하신 왕자님**이라고 부르면서 나는 **우리 젤**이라고 부르면 안 돼?"

제일리는 두 손을 양옆으로 툭 내린다. 그러곤 고개를 돌린다.

"엄마가 나를 그렇게 불렀어."

'아아, 하늘이여.'

나는 제일리를 놓는다. 나무에 머리를 박고 싶은 심정이다. "젤, 미안해. 난……."

"알아."

제일리는 땅을 바라본다. 어느새 장난기가 사라지고 슬픔이 밀려든다. 그러나 뒤이어 그 마음속에서 두려움의 물결이 일렁인다.

"괜찮아?"

갑자기 제일리는 내 가슴에 머리를 묻는다. 이 애의 두려움이 내 안으로 파고든다. 내 목을 그러잡는다. 이 애를 집어삼킨다. 요전 날 숲속에서처럼 거칠고 강력하게. 하지만 이번엔 이 왕국 때문만이 아니다. 자기 손으로 만들어 낸 사령들 때문에 괴로워하는 듯하다.

나는 두 팔로 제일리를 감싸 안는다. 그 두려움을 없애 줄 수만 있다면 무엇인들 못 할까. 우리는 한동안 그렇게 서로의 품에 파묻혀 움직이지 않는다.

"너한테선 바다 냄새가 나."

제일리가 눈을 깜빡이며 나를 올려다본다.

"네 영혼 말이야. 늘 바다 냄새가 났어." 내가 설명한다.

제일리는 헤아릴 수 없는 얼굴로 나를 바라본다. 나는 굳이 해석하려 들지 않는다. 그저 이 애의 눈에 젖어 든다. 그 은빛 눈에 담기는 것만으로도 충분하다.

삐져나온 곱슬머리 한 가닥을 귀 뒤로 넘겨 준다. 제일리는 다시 내 가슴에 얼굴을 묻는다.

"난 오늘 조절하지 못했어. 오빠를 다치게 했어. **우리 오빠**를 다치게 했다고." 제일리의 목소리가 갈라진다.

나는 좀 더 마음을 열고 편안한 지점을 넘어선다. 제일리의 기억이 해안을 적시는 파도처럼 밀려온다.

그 모든 게 느껴진다. 제인의 독설과 성난 그림자들. 제일리의 마법 뒤에 남은 죄책감과 혐오감 그리고 수치심.

나는 제일리를 더 꼭 끌어안는다. 제일리도 나를 끌어안으며 뜨거운 기운이 밀려든다. "나도 그런 적이 있어."

"누군가가 다쳤어?"

"죽었어. 내가 아끼던 사람이." 나는 조용히 대꾸한다.

제일리는 내게서 몸을 떼고 눈물이 그렁그렁한 눈으로 올려다본다. "그래서 마법을 그렇게 두려워하는 거야?"

나는 고개를 끄덕인다. 카에아의 죽음에 대한 죄책감이 칼처럼 내 속을 휘젓고 있다. "또 누가 다칠까 봐 겁이 났거든."

제일리는 다시 내 가슴으로 파고들며 무거운 한숨을 내쉰다. "어떻게 해야 할지 모르겠어."

"무얼?"

"마법 말이야."

나의 눈이 휘둥그레진다. 많은 것을 상상했지만 이 애의 입에서 이런 의심이 나오리라고는 한 번도 생각하지 못했다.

제일리는 흥겨운 축제의 장을 손짓으로 가리킨다. "난 저렇게 살고 싶어. 저런 삶을 위해서 지금까지 싸웠는데 오늘 일을 생각하면……." 제일리는 말끝을 흐린다. 제인의 피 흐르는 어깨가 제일리의 머릿속을 메우고 있다. "이곳 사람들, 좋은 사람들이지. 순수한 마음을 가졌어. 하지만 막상 내가 마법을 되돌려 놓았는데 나쁜 마음을 품은 마자이가 이들을 휘어잡으려 들면 어떡해?"

마치 내 것인 양 익숙한 두려움이다. 그러나 어쩐지 나의 두려움은 예전처럼 그리 강렬하지 않다. 쿠아메가 불길을 일으키던 기억을 떠올려 보지만 그보다 먼저 떠오르는 것은 줄라이커의 지시에 따라 순식간에 불이 사그라지던 광경이다.

제일리는 다시 입을 열지만 아무 말도 하지 못한다. 나는 그 도톰한 입술을 바라본다. 내가 너무 오래 보고 있었는지 제일리도 입술을 깨문다.

"너무 불공평해." 제일리가 한숨을 쉰다.

내가 내려다본다. 우리 둘 다 깨어 있다는 사실이 믿기지 않는다. 내가 이 애를 이렇게 안을 수 있기를, 이 애도 나를 안아 주기를 얼마나 바랐던가?

"나는 네가 무슨 생각을 하는지 전혀 모르는데 너는 내 머릿속을 마구 돌아다니고 있잖아."

"정말 알고 싶어?"

"당연히 알고 싶지! 얼마나 창피한지 알아? 통제할 수도 없는……."

나는 제일리를 나무로 밀어붙인다. 내 입술이 제일리의 목에 닿는다. 두 손으로 등을 쓸어 올리자 제일리는 헉 하고 숨을 들이마신다. 입술에서 작은 신음이 새어 나온다.

"이거야." 내가 속삭인다. 그러곤 한 마디씩 내뱉을 때마다 입술로 제일리의 살결을 스친다. "이게 내가 생각하는 거라고. 내 머릿속에선 이런 생각이 일어나고 있어."

"이난." 제일리가 숨을 내쉬며 거친 목소리로 말한다. 재일리의 손이 내 등을 파고들며 나를 더욱 꼭 끌어당긴다. 나는 온몸으로 원한다. 이것을 원한다. 언제까지고.

그 욕망과 함께 모든 게 분명해진다. 모든 게 이해되기 시작한다.

우리는 마법을 두려워할 필요가 없다.

우리는 그저 서로를 필요로 할 뿐이다.

59

모두를 안전하게 지킬 수 있는 길

제일리

'이러지 말자.

안 돼. 이래선 안 돼.'

아무리 다짐해도 나의 욕망은 고삐 풀린 탈짐승처럼 날뛴다.

오빠가 알면 우린 끝이다. 그러나 이런 생각을 하면서도 나는 여전히 이난의 등에 손톱을 박아 넣고 있다. 그를 바싹 끌어당기며 부둥켜안고 있다. 그의 몸의 단단한 굴곡이 느껴질 때까지. 더 느끼고 싶다. **그를** 느끼고 싶다.

"나랑 같이 라고스로 돌아가자."

나는 내 귀를 의심하며 억지로 눈을 뜬다. "뭐?"

"네가 원하는 게 자유라면 나랑 같이 라고스로 돌아가자."

이바단의 차가운 호수에 뛰어든 듯 정신이 번쩍 들며 나는 환상에서 빠져나온다. 이난이 멋진 카프탄을 입은 사내인 세상, 왕자가 아니라 마자이인 세상에서 빠져나온다.

"나를 막지 않겠다고 약속했잖……."

"약속은 지킬 거야." 이난이 내 말을 자른다. "하지만 제일리, 그거랑은 다른 문제야."

내 마음에 장벽이 쳐지기 시작한다. 그도 느끼고 있다. 그는 내 등을 감쌌던 손을 내 얼굴로 가져오며 내게서 몸을 뗀다.

"네가 마법을 되돌리면 귀족들은 너를 막으려고 필사적으로 싸울 거야. 대습격이 끊임없이 일어나겠지. 오리샤인들 한 세대가 전멸할 때까지 전쟁이 끝나지 않을 거야."

나는 고개를 돌리지만 내심 그의 말이 옳다는 것을 알고 있다. 그래서 두려움이 사라지지 않는 거다. 그래서 마음 놓고 진심으로 즐길 수 없는 거다. 주는 천국을 만들었다. 하지만 마법이 돌아오면 그 꿈은 끝나 버릴 것이나. 마법은 우리에게 평화를 가서나주시 않는다.

그저 싸움의 무기가 되어 줄 뿐이다.

내가 묻는다. "내가 라고스로 돌아가면 뭐가 해결되는데? 지금도 너희 아버지는 내 목을 베어 오라고 성화잖아!"

이난은 고개를 가로젓는다. "아버지는 두려운 거야. 잘못된 믿음 탓이긴 하지만 충분히 두려워할 만하지. 지금껏 이 왕국은 마자이가 어떤 파괴를 몰고 올 수 있는지만 목격했거든. 이런 건 한 번도 보지 못했어." 그는 정착촌을 가리킨다. 희망찬 얼굴에서 환하게 빛나는 미소가 어둠을 밝히는 듯하다. "줄라이커는 한 달 만에 이런 곳을 만들었어. 라고스는 오리샤의 어느 곳보다도 신성자들이 많이 사는 곳이잖아. 왕의 지원을 받으면 얼마나 더 좋을 곳이 탄생할지 상상해 봐."

"이난……." 반박하려 하는데 그가 내 머리카락을 귀 뒤로 넘기고 엄지손가락으로 내 목을 쓸어내린다.

"아버지가 이런 광경을 볼 수 있다면…… **너**를 볼 수 있다면……."

그의 손길에 짜릿한 진율이 일며 나의 의심이 날아가 버린다. 나는 더 느끼고 싶어 그에게로 파고든다.

이난은 나를 꼭 안아 준다. "네가 나에게 보여 준 걸 아버지도 보게 될 거야. 지금 이 마자이들은 아버지가 싸운 그 마자이들이 아니라는 걸. 라고스에 이런 마을을 만들면 두려워할 필요가 없다는 걸 아버지도 이해하게 될 거야."

"이 정착촌은 아무도 그 존재를 모르기 때문에 살아남은 거야. 네 아버지는 마자이들이 모여 사는 걸 절대 허락하지 않을걸. 부역장에 사슬로 묶어 놓는다면 모를까."

"어쩔 수 없을걸." 이난의 손에 힘이 들어간다. 처음으로 반항의 불꽃이 너울거린다. "마법이 돌아오면 아버지는 그 힘을 빼앗을 수 없어. 처음엔 반대할 수도 있지만 결국 무엇이 최선인지 이해하게 될 거야. 우리는 최초로 하나의 왕국으로 통합될 수 있어. 아마리와 내가 그 변혁을 이끌 거야. 네가 곁에 있어 준다면 할 수 있어."

내 안에서 희망의 불씨가 싹튼다. 밟아 꺼야 한다. 이난이 구상하는 미래가 머릿속에 분명하게 그려지기 시작한다. 땅술사들이 세우는 건물들, 우리 모두에게 다양한 요령을 가르치는 마마 아그바. 아빠는 두 번 다시 세금 걱정을 하지 않을 것이다. 오빠는 평생 아그본을 하며 살 수 있을…….

그러나 곧 죄책감이 밀려든다. 오빠의 손 밑으로 피가 스며 나오던 광경이 떠오르자 들떴던 마음이 순식간에 가라앉는다.

"그렇게는 안 될 거야." 내가 속삭인다. "그래도 마법은 위험해. 죄 없는 사람들이 다칠 수도 있어."

이난이 몸을 떼며 대꾸한다. "엊그제였다면 나 역시 그렇게 말했을 거야. 하지만 오늘 아침에 네가 아니라는 걸 보여 줬잖아. 그 한 번의 수업으로 나는 언젠가 정말 마법을 통제할 수 있다는 사실을 깨달았어. 마자이를 위한 마을을 따로 만들고 그곳에서 마자이들에게 마법을 통제하는 법을 가르친 뒤에 훈련받은 마자이만 다시 오리샤에 들어올 수 있게 하면 되잖아."

이난은 눈을 빛내며 줄줄이 쏟아 내기 시작한다. "제일리, 오리샤가 어떻게 될지 상상해 봐. 주 같은 치료술사들이 질병을 없애 줄 거야. 땅술사와 쇠술사 들이 힘을 합치면 부역장은 필요 없어질 테고. 아아, 네 영체들이 이끄는 군대는 또 얼마나 잘 싸울지 생각해 봐."

그는 내 이마에 자기 이마를 맞댄다. 이렇게 가까이 오면 제대로 생각할 수가 없나.

"새로운 오리샤가 될 거야." 그는 흥분을 가라앉힌다. "우리의 오리샤. 싸움도 없고. 전쟁도 없고. 평화만이 존재하는."

'평화……'

그런 것을 느껴 본 지가 너무 오래되었다. 그의 꿈속에서만 누릴 수 있는 평화. 이난의 품에서 느낄 수 있는 안락함.

나는 잠시 마자이의 투쟁을 끝내는 상상에 젖어 본다. 칼과 혁명이 아닌 평화로. 이난을 통해.

"정말 그렇게 생각해?"

"이렇게 확신이 든 적이 없어. 젤, 나한텐 꼭 필요한 일이야. 너에게 한 약속은 다 지키고 싶어. 하지만 이건 나 혼자서 할 수 없어. 너도 마법만으로는 할 수 없고. 우리 둘이 힘을 합치면……" 그의 입술에 달콤한 미소가 번지며 나를 유혹한다. "천하무적이 될 거야. 지금껏 오리샤에 없었던 막강한 팀이 되는 거지."

나는 멀리서 춤추는 신성자들을 넘겨다본다. 나와 함께 춤췄던 어린 소년이 사람들 속에 섞여 있다. 살림이라는 그 소년은 빙글빙글 돌며 풀숲으로 들어서고 있다.

이난은 내 뺨에서 손을 내리고 나와 손깍지를 낀다. 그가 나를 품으로 끌어당기자 그의 온기가 부드러운 담요처럼 나를 감싼다. "우린 힘을 합쳐야 하는 운명이야." 그는 목소리를 낮춰 다시 속삭인다. "아무래도…… 우린 함께 해야 할 운명인 것 같아."

그의 말에 머리가 빙글빙글 돌아간다. 어쩌면 술기운 탓인지도 모른다. 하지만 머릿속이 흐릿한 가운데서도 그의 말이 옳다는 것을 나는 알고 있다. 그것이 모두를 안전하게 지킬 수 있는 길임을. 이 끝없는 싸움을 끝낼 수 있는 길임을.

"알았어."

이난의 눈이 나를 살핀다. 아득히 들려오는 북소리처럼 그의 주위에서 희망이 윙윙거린다.

"정말?"

나는 고개를 끄덕인다. "우리 오빠랑 아마리를 설득해야 하겠지만 네가 정말 진심이라면……."

"젤, 내 평생 이렇게 진심이었던 적은 없어."

"라고스엔 우리 가족이 함께 가야 해."

"꼭 그렇게 해 줄게."

"그리고 일로린도 다시 세워 줘야 해."

"그거야 당연히 땅술사와 파도술사가 가장 먼저 할 일이지!"

내가 또 토를 달세라 이난은 내게 팔을 두르고 돌기 시작한다. 그의 커다란 미소에 나도 별수 없이 미소를 짓는다. 그가 나를 내려놓자 나는 웃음을 터트린다. 그러나 빙글빙글 돌아가던 세상이 멈추기까지는 조금 시간이 걸린다.

"이렇게 숲속에서 돌면서 오리샤의 운명을 결정해선 안 되지."

그는 중얼중얼 맞장구치며 두 손으로 내 양옆을 훑고 얼굴로 가져온다. "이것도 해선 안 되지."

"이난……."

정말 안 된다고, 오빠가 근처에서 칼을 갈고 있다고 말할 새도 없이 이난은 내 입술에 자기 입술을 갖다 댄다. 모든 것이 아득해진다. 그의 입맞춤이 감미로우면서도 강력하게 내 안으로 밀고 들어온다. 그리고 그의 입술은…… 부드럽다.

싱싱힐 수 없을 민큼 부드럽디.

그 입술이 온몸의 세포를 깨우며 등줄기로 온기를 내려 보낸다. 마침내 그가 몸을 떼자 마치 방금 결투를 치른 듯 심장이 쿵쾅거린다. 천천히 눈을 뜨는 이난의 얼굴에 달콤한 미소가 번진다.

"미안……." 그는 엄지손가락으로 내 아랫입술을 어루만진다. "계속해도 돼?"

'응.'

머리로는 내가 어떻게 해야 하는지 알고 있다. 그러나 한 번 맛을 보고 나자 내 안의 모든 속박이 풀어진다.

나는 이난의 머리를 잡고 그의 입술을 내 입술에 다시 갖다 댄다. 그의 눈이 휘둥그레진다. 속박은 내일로 미뤄도 된다.

오늘 밤 나는 그를 원한다.

60

뿔피리 소리

아마리

나는 제인의 손에 이끌려 빙글빙글 돌며 깔깔거린다. 이렇게 웃어 본 게 몇 년 만인지 모르겠다. 나를 다시 안아 올리려고 허리를 굽히던 그가 그대로 멈춘다. 귀에까지 걸렸던 커다란 미소가 땀과 함께 떨어져 내린다. 그의 눈을 따라가 보니 오빠가 제일리를 안고 그 애의 얼굴을 감싸 쥔 채 입을 맞추고 있다.

'하늘이여!'

입에서 숨이 빠져나간다. 두 사람 사이에서 타닥거리는 무언가를 느꼈지만 이렇게 빨리 불타오를 줄은 몰랐다. 그러나 오빠가 제일리에게 입 맞추는 광경을 보면서 속이 복작거린다. 그 애를 안은 부드러운 손길, 머뭇머뭇 그 애를 **끌어당기는** 손······.

나는 뺨이 화끈거려 고개를 돌린다. 계속 지켜보기엔 너무 은밀한 포옹이다. 그러나 제인은 나처럼 불편해하지 않는다. 오히려 뚫어져라 보고 있다. 온몸의 근육이 팽팽해진다. 눈이 굳어지며 그 안에 있던 모든 즐거움이 사라진다.

"제인……"

그는 몹시 분개하며 맹렬한 기세로 나를 지나쳐 간다.

"제인!"

그의 눈에는 내가 보이지 않는 것 같다. 오빠의 목을 그러쥘 때까지 멈추지 않을 기세다.

그때 제일리가 오빠의 얼굴을 잡더니 그의 입술을 자기 입술로 끌어당긴다. 그 광경에 제인은 우뚝 멈춰 선다. 한 대 얻어맞은 사람처럼 비틀비틀 물러난다. 마치 두 손으로 부러뜨린 나뭇가지처럼 갑자기 무너져 내린다.

그는 다시 나를 지나 신성자들 속으로 들어가더니 축제의 장을 가로질러 친막들 쪽으로 향한다. 나는 긴긴히 쫓기기 친막 안으로 달려 들어가는 그를 따라잡는다. 그는 나일라와 제일리의 봇짐을 돌아가서 도끼 자루를 움켜쥔다…….

"제인, 안 돼!"

내가 외치는 소리를 철저히 무시한 채 그는 도끼를 자기 봇짐에 밀어 넣는다. 망토와 식량도…… 다른 물건들까지?

"뭐 하는 거야?"

제인은 대꾸도 하지 않고 망토를 마구잡이로 쑤셔 넣는다. 마치 그것이 자기 여동생에게 입을 맞춘 사내라도 되는 듯. 나는 손을 뻗어 그를 잡으려 하지만 그는 어깨로 나를 뿌리친다.

"제인……"

"왜?" 그가 소리치는 통에 나는 움찔한다. 그는 동작을 멈추고 깊은 한숨을 내쉰다. "미안, 난…… 난 못 하겠어. 그만할래."

"그만하다니, 무슨 뜻이야?"

제인은 가죽끈을 등에 감아 팽팽히 당긴다. "그만 갈래. 원한다면 너도 같이 가."

"잠깐, 뭐라고?"

제인은 대꾸하지 않는다. 내게 말할 틈도 주지 않고 나를 버려둔 채 쌩하고 천막을 나가 쌀쌀한 밤 속으로 들어간다.

"제인!"

나는 황급히 따라가지만 그는 기다려 주지 않는다. 축제의 기운을 모조리 떨쳐 내며 쿵쾅쿵쾅 천막촌을 가로지른다. 희미하게 곰베강의 포효가 들린다. 그는 풀숲을 지나고 있다. 내가 따라잡기도 전에 벌써 다음 골짜기에 이른다.

"제인, 제발!"

그는 잠깐 멈춰 선다. 그러나 그의 다리는 금방이라도 다시 움직이려는 듯 긴장을 늦추지 않는다.

내가 애원한다. "좀 천천히 가면 안 될까? 잠깐…… 숨 좀 돌려! 우리 오빠를 얼마나 싫어하는지 알아. 하지만……."

"이난 따윈 상관 안 해. 다들 자기가 하고 싶은 대로 한다는데 내가 어쩌겠어."

그의 차가운 말에 가슴이 얼어붙으며 여태 그가 채워 넣었던 모든 온기가 산산이 부서진다. 다리가 후들거리지만 나는 억지로 걸음을 재촉한다.

"화났구나. 이해해. 하지만……."

"화났다고?" 제인은 눈을 가늘게 좁히며 말을 잇는다. "아마리, 난 평생 싸우는 데 지쳤어. 이 사람 저 사람 뒤치다꺼리하는 것도 지긋지긋해. 늘 제일리를 안전하게 지키려고 별짓 다 하는데 그 앤 번번이 사고만 치잖아!" 그는 고개를 숙이고 어깨를 늘어뜨린다. 처음으로 그가 작아 보인다. 이런 모습을 보는 건 편치 않다. "조금 지나면 철이 들 줄 알았는데 내가 늘 옆에 있으면 그러려고 하겠어? 내가 졸졸 따라다니며 뒤치다꺼리를 해 주는데 달라질 생각이나 하겠냐고?"

나는 좀 더 다가가 그의 손을 잡고 그의 거친 두 손에 깍지를 낀다. "두 사람이 저렇게 된 거 어처구니없겠지…… 하지만 내가 보장할게. 우리 오빠는 순수한 의도로 저러는 거야. 제일리는 누구보다도 오빠를 증오했어. 그랬던 애가 마음이 바뀌었다면 그럴 만한 이유가 있을 거야."

"이유야 늘 하나지." 제인은 내게서 손을 빼낸다. "제일리는 그냥 바보 같은 짓을 하는 거야. 조만간 그게 그 애의 얼굴을 후려치며 폭발하겠지. 원한다면 넌 같이 그 폭발을 기다려. 난 그만할래." 그의 목소리가 갈라진다. "어차피 내가 원한 일도 아니었어."

제인이 다시 걸음을 옮기자 내 안의 무언가가 갈라지는 듯하다. 이 사람은 내가 알던 사람이 아니다. 그러니까 내가……

'사랑하게 된 남자?'

머릿속엔 '사랑'이라는 단어가 떠오르지만 그렇게 말할 수는 없다. 내가 느끼는 감정, 내가 느껴도 되는 감정을 표현하기엔 너무 세다. 너무 강렬하다. 하지만 그래도…….

내가 그의 뒤에 대고 소리친다. "넌 절대 그 애를 포기하지 않았잖아. 절대. 단 한 번도 그런 적이 없지. 어떤 대가를 치르든 늘 곁에 있어 주었잖아."

'빈타처럼.' 내 친구의 장난기 가득한 웃음이 머릿속을 비집고 들어오며 차가운 밤을 환하게 밝힌다. 제인은 빈타처럼 지독하게, 조건 없이 사랑을 퍼 준다. 그러지 말아야 할 때에도.

내가 다시 묻는다. "그런데 왜 여기까지 와서 이러는 거야?"

"그는 우리 집을 파괴했어!" 제인이 휙 돌아선다. 소리치는 그의 목에 핏줄이 불거진다. "사람들이 물에 빠져 죽었어. 아이들이 죽었어. 그게 아무것도 아니야? 저 괴물은 몇 주 동안 우리를 죽이려고 따라 왔는데 이제 그를 용서하겠다고? 저렇게 껴안으면서?" 제인은 괴로운 목소리로 말하다 잠시 멈추고 천천히 주먹을 쥐었다 폈다 한다. "다른 거라면 막아 줄 수 있어. 하지만 저렇게 멍청하고 무모하게 굴다간…… 결국 죽음에 이르고 말 거야. 그런 꼴을 볼 수는 없어."

그 말과 함께 그는 다시 돌아서더니 봇짐을 똑바로 고쳐 메고 어둠 속으로 걸어간다.

"기다려." 내가 소리친다. 그러나 이번엔 걸음을 늦추지 않는다. 그가 한 걸음 내딛을 때마다 가슴이 쿵쾅거린다. 그는 진심이다.

정말 가려는 거다.

"제인, 제발……."

그 순간 뿔피리 소리가 밤을 가른다.

뿔피리 소리가 계속 이어지며 축제의 북소리를 잠재우자 우리는 얼어붙는다.

나는 고개를 돌려 본다. 평생 내 시야를 떠나지 않던 왕의 인장이 눈에 들어오자 가슴이 덜컥 내려앉는다. 그 인장이 달린 제복이 줄 줄이 나타난다. 어둠 속에서 그 백표범들의 눈이 빛나는 듯하다.

아버지의 부하들이 왔다.

61

무자비한 공격

제일리

이난의 손이 허벅지로 내려오자 나는 숨을 훅 들이마신다. 그의 손길에 온몸이 터질 것만 같다. 입맞춤에 집중하기도 어렵다. 내 입술은 제 할 일을 잊고 있는데 이난의 입술은 조금도 주저하지 않는다. 내 입에서 목으로 옮겨 가는 그의 짜릿한 입맞춤이 너무도 강렬해서 숨이 멎을 것만 같다.

"이난……."

얼굴이 달아오른다. 하지만 숨기려 해 봐야 소용없다. 그의 입맞춤이 나를 어떻게 만드는지, 그의 손길이 나를 얼마나 뜨겁게 데우는지 그는 다 알 테니까. 지금 내가 느끼는 감정이 해일처럼 그에게 밀려들고 있다면 내가 이것을 얼마나 간절히 원하는지도 알 것이다. 그의 손이 계속 그렇게 탐색하고 서성이기를 내 몸이 얼마나 원하는지 알 것이다…….

이난은 내게 이마를 대고 두 손을 내 허리로 옮겨 온다. "정말이야, 젤. 네가 나에게 느끼는 감정은 내가 너에게 느끼는 감정에 비하면 아무것도 아니야."

이난이 나를 끌어당기자 가슴이 팔랑거려 눈을 감는다. 그가 다시 입을 맞추려 몸을 숙이는 찰나……

뿔피리 소리가 울려 퍼진다. 굉음이 허공을 가른다.

"무슨 소리지?" 내가 묻는다.

또 한 번 굉음이 울리자 우리는 화들짝 놀라며 서로에게서 떨어진다. 이난의 손이 나를 꽉 움켜쥔다. 식은땀이 흐르고 있다. "가자."

"무슨 일이야?"

"젤, 어서……."

나는 그에게서 벗어나 축제 현장 쪽으로 달려간다. 음악이 그치고 모두들 소리의 원인을 파악하려 애쓰고 있다. 사람들 속에서 초조하게 이것저것 묻는 수군거림이 퍼져 나간다. 그러나 잠시 후 그 뿔피리 소리가 어디서 난 것인지 드러난다.

근위병 부대가 대문을 부수고 이 골짜기가 내려다보이는 언덕 위로 달려온다. 그들의 붉은 횃불이 검은 밤하늘을 밝히며 활활 타오른다.

어떤 위병들은 활을 들고 있고 다른 위병들은 날카로운 칼을 뽑아든다. 가장 무시무시한 이들은 야생 퓨마너에 올라탄 무리다. 이 위협적인 야수들이 금방이라도 달려들 듯 거품을 내보이며 재갈을 씹고 있다.

이난이 나를 따라잡는다. 눈앞에 펼쳐진 광경에 우뚝 멈춰 선다. 뺨에서 핏기가 사라진다. 그러곤 나와 손깍지를 낀다.

다른 병사들과 달리 갑옷에 금줄이 박힌 부대 지휘관이 앞으로 나온다. 그러곤 우리 모두에게 들리도록 고깔을 입에 대고 소리친다.

"경고는 한 번뿐이다!" 그의 우렁찬 목소리가 정적을 가른다. "시키는 대로 하지 않으면 무력을 사용하겠다. 두루마리와 그 여자아이를 내놓기만 하면 아무도 해치지 않는다."

신성자들이 수군대면서 혼돈과 공포가 병균처럼 퍼져 나간다. 몇몇은 도망치려 한다. 한 아이가 울음을 터트린다.

"젤, 가자." 이난이 같은 말을 되풀이하며 다시 내 팔을 잡는다. 그러나 다리에 감각이 없다. 말이 나오지 않는다.

지휘관이 다시 소리친다. "두 번 경고하지 않는다. 그 둘을 내놓지 않으면 무력으로 빼앗겠다!"

잠시 아무 일도 일어나지 않는다.

뒤이어 사람들 사이에서 작은 물결이 일렁인다.

조금씩 움직이던 사람들이 곧 양옆으로 갈라진다. 그들은 한 사람이 지나갈 수 있도록 길을 터 준다. 작은 몸이 걸어 나온다. 새하얀 머리카락이 춤을 춘다.

"주⋯⋯." 내가 속삭인다. 달려가서 그 애를 다시 사람들 속으로 끌어당기고 싶다.

주는 나이에 어울리지 않게 반항기 가득한 모습으로 당당히 서 있다. 에메랄드빛 카프탄이 바람에 날려 갈색 피부 위에서 일렁인다.

겨우 열세 살 소녀 앞에서 부대 전체가 무기를 준비한다. 활잡이들이 활시위를 당긴다. 칼잡이들은 퓨마너의 고삐를 잡는다.

"여자아이라니 누구를 말씀하시는지 모르겠네요." 주가 소리치자 바람이 그 애의 목소리를 실어 나른다. "하지만 두루마리는 확실히 여기 없어요. 우린 평화롭게 축제를 하고 있었어요. 우리의 전통 행사를 위해 모인 거랍니다."

아찔한 정적에 귀가 먹먹해진다. 손이 미친 듯이 떨려온다.

"부디……." 주가 앞으로 걸어 나온다.

"움직이지 마!" 지휘관이 칼을 뽑으며 소리친다.

주가 대꾸한다. "필요하다면 수색을 하셔도 좋아요. 조사에 응할게요. 하지만 무기는 내려 주세요." 주는 항복의 의미로 두 손을 올리며 덧붙인다. "누군가 다치는 건 원치 않……."

순식간이다. 눈 깜짝할 사이.

주는 분명 서 있었다.

어느덧 화살 하나가 그 애의 배에 박힌다.

"주!" 내가 소리친다.

내 목소리 같지 않다.

내 목소리가 들리지 않는다. 아무것도 느낄 수 없다.

주가 아래를 보며 작은 손으로 화살대를 잡자 내 가슴속의 공기가 사그라진다.

해맑은 미소로 사람들을 행복하게 하던 어린 소녀가 오리샤의 증오에 찔려 무기를 잡아 빼고 있다.

그 애는 온몸을 떨며 간신히 한 걸음 앞으로 나아간다. 우리의 품으로 물러서지 않는다.

우리를 보호하려고 나아간다.

'안 돼…….'

하염없이 흐르는 눈물이 시야를 가린다. 치료술사. 어린아이.

그 아이의 마지막은 증오로 얼룩졌다.

비단 카프탄에 피가 번진다. 에메랄드빛 드레스가 붉은 피로 뒤덮인다. 그 애의 다리가 툭 꺾이더니 바닥으로 풀썩 쓰러진다.

"주!" 돌이킬 수 없다는 것을 알면서도 나는 달려 나간다.

순간 온 세상이 폭발한다.

위병들이 공격을 개시하면서 화살들이 날아다니고 칼들이 번쩍거린다.

"젤, 어서 가자!"

이난이 내 팔을 잡고 끌어당긴다. 그러나 그가 나를 데려가려는 순간, 머릿속에 퍼뜩 어떤 생각이 떠오른다. 아, 신들이여.

'오빠.'

이난이 말릴 새도 없이 나는 비틀거리며 골짜기로 돌아간다. 겁에 질린 비명 소리가 밤을 가득 메운다. 신성자들이 사방으로 뛰어다닌다.

위쪽에서 공격하는 활잡이들을 피하려 전력을 다해 달리지만 소용없다. 신성자들이 하나씩 화살을 맞고 쓰러진다. 화살의 맹공격이 영원히 계속될 것만 같다.

그러나 오리샤 인장이 달린 제복들이 사람들 사이로 퍼져 나가자 활잡이들의 위협은 금세 무색해진다. 이 군인들은 과격한 퓨마녀들을 풀어 신성자의 살에 송곳니를 박아 넣게 한다. 그 위에 올라탄 무장 군인들은 날카로운 칼을 들어 올린다. 자비도, 인정도 없다. 닥치는 대로 베어 버린다.

"오빠!" 나의 외침이 수많은 비명에 묻힌다. 그는 엄마처럼 죽어선 안 된다. 아빠와 나만 두고 가선 안 된다.

그러나 앞으로 달려갈수록 더 많은 사람들이 쓰러지고 더 많은 이들의 피가 땅으로 스며든다. 인파 속에서 살림이 비명을 지른다. 다른 이들의 울부짖음 위로 그 날카로운 비명이 솟아오른다.

"살림!" 나는 큰 소리로 외치며 나와 함께 빙글빙글 돌고 춤췄던 그 사랑스러운 소년에게로 달려간다. 그러나 한 위병이 사나운 퓨마녀를 타고 나보다 먼저 소년에게로 향한다. 살림은 손을 들며 항복한다.

살림에겐 마법이 없다. 무기도 없다. 싸울 수단이 전혀 없다.

위병은 개의치 않는다.

그가 칼을 내리친다.

"안 돼!" 내가 소리친다. 속이 쓰려 온다. 살림의 작은 몸이 칼에 베인다.

살림은 땅에 닿기도 전에 숨을 거둔다.

생이 빠져나간 그 애의 눈을 보자 피가 서늘해진다. 가슴이, 뼈가 서늘해진다.

우리는 이길 수 없다. 살 수 없다. 우리에겐 가망이 없다…….

어떤 느낌이 내 안 깊숙한 곳을 강타한다. 쿵쾅대는 심장만큼이나 강렬하게.

내 핏속의 마법이 동요한다. 폐의 공기가 빠져나가는 듯하다.

쿠아메가 나를 스치고 전투의 한가운데로 달려간다. 두 손엔 단검을 움켜쥐고 있다.

이윽고 그는 자기 손바닥을 긋는다.

'피의 마법이야.'

공포가 뼛속을 파고든다.

세상이 점점 느려지며 멈추는 듯하다. 지금 순간과 곧 쿠아메에게 찾아올 마지막 순간, 그 사이 몇 초의 시간이 한없이 늘어진다. 그의 피가 하얀빛을 발하며 땅으로 떨어진다.

한순간 마치 천상의 신처럼 상아색 빛이 그를 에워싸고 그의 검은 피부를 비춘다.

그 빛이 그의 정수리에 닿으면서 그의 운명이 봉인된다.

그의 몸에서 불이 폭발한다.

잉걸불들이 연기를 피우며 온몸에서 비처럼 쏟아져 내린다. 불길이 그의 형체를 에워싸며 활활 타오른다. 팔다리에서 불이 뿜어져 나온다. 그의 입과 두 팔, 두 다리에서 불이 솟구치는 듯하다. 하늘로 수 미터까지 치솟아 오른 강렬한 불길이 이 밤의 공포를 밝힌다. 쿠아메의 공격이 시작되자 그 충격으로 위병들의 공격이 멈춘다.

쿠아메는 두 주먹을 앞으로 휙 내민다. 불기둥들이 연기를 피우며 파도처럼 정착촌을 가로지른다. 불길이 모든 것을 태우며 나아간다. 위병들을 쓸어버리고 정착촌을 파괴한다.

살 타는 냄새에 피비린내가 뒤섞여 대기를 메운다.

순식간에 덮친 죽음에 위병들은 비명조차 질러 보지 못한다.

"아악!" 쿠아메는 밤을 시뻘겋게 물들이며 괴로운 울부짖음으로 다른 모든 소리를 집어삼킨다. 피의 마법이 거칠게, 무자비하게 그를 파괴하고 있다.

그 어떤 마자이도 혼자 힘으로 이렇게 엄청난 불길을 일으킬 수 없을 것이다. 그는 신의 힘으로 불을 일으키고 있지만 그 불은 그마저도 태워 버린다.

핏줄이 터져 그의 검은 얼굴이 붉게 변한다. 살이 화상으로 부글거리며 힘줄이 불거진 근육과 단단한 뼈가 드러난다. 그는 그런 고통을 견딜 수 없다. 이겨 낼 수 없다.

피의 마법이 그를 산 채로 집어삼키지만 그는 마지막 숨결마저 쏟아부어 끝까지 싸운다.

"쿠아메!" 골짜기 언저리에서 폴라케가 소리친다. 포효하는 불길 속으로 뛰어들려는 그녀를 힘 좋은 신성자가 말리고 있다.

쿠아메의 목에서 뿜어져 나오는 불길의 소용돌이가 위병들을 저 멀리 밀어 낸다. 그가 마지막 몇 초의 삶을 불태워 그들의 공격을 막아 내는 사이, 신성자들이 대처하기 시작한다. 나의 동족들은 정착촌 전체를 휩쓰는 불의 장막을 뚫고 사방으로 도망친다.

그들은 살았다. 위병들의 무자비한 공격을 이겨 냈다.

쿠아메 덕분이다. 쿠아메의 마법 덕분에 그들은 목숨을 건졌다.

그 불길을 보고 있자니 세상이 멈추는 듯하다. 비명과 외침이 점점 아득해진다. 축제는 암흑으로 변한다. 이난의 약속이 눈앞에 아른거린다. 우리의 오리샤. 이 세상은 그가 그 약속을 지키도록 허락하지 않을 것이다. **평화**를 허락하지 않을 것이다.

우리는 끝내 평화를 누릴 수 없을 것이다.

'마법이 없으면 그들은 절대 우리를 존중하지 않을 거야.' 아빠의 말이 머릿속을 스친다. '우리가 반격할 수 있다는 걸 알려야 해. 그들이 우리 집을 태우면 우리도 그들의 집을 태워야 한다.'

마지막 울부짖음과 함께 쿠아메는 사멸하는 별처럼 폭발한다. 불길이 사방으로 날아가면서 그의 남은 잔해가 땅 위로 내려앉는다.

마지막 깜부기불이 떨어져 내리자 내 가슴이 미어진다. 아빠의 말을 잠시나마 부인했다는 사실이 믿기지 않는다. 그들은 절대 우리의 번영을 허락하지 않을 것이다.

우리는 언제까지고 두려움에 떨 것이다.

우리의 유일한 희망은 싸우는 것이다. 싸워 이기는 것.

그리고 이기기 위해선 마법이 필요하다.

내겐 그 두루마리가 필요하다.

"제일리!"

나는 퍼뜩 고개를 든다. 얼마나 이렇게 서 있었는지 모르겠다. 쿠아메의 희생에 나의 모든 고통과 죄책감이 더해져 세상을 잡아끌며 모든 것이 느릿느릿 돌아가는 듯하다.

멀리서 오빠와 아마리가 나일라를 타고 다가오고 있다. 오빠는 혼돈의 가장자리에 서 있는 나를 향해 나일라를 몬다. 아마리가 내 봇짐을 가슴에 끌어안고 있다.

그러나 오빠의 입에서 나온 내 이름이 위병들의 주의를 끈다. "저 애다." 그들이 저희끼리 소리친다. "저 애야! 저기!"

내가 걸음을 옮길 새도 없이 수많은 손이 내 팔을 움켜쥔다.

내 가슴을.

내 목을 움켜쥔다.

62

폐허 속에서

아마리

골짜기에 태양이 떠오르자 목으로 흐느낌이 올라온다. 가장행렬이 열렸던 공터에 햇볕이 내리쬐고 있다. 그슬린 공터. 기쁨이 넘쳐흘렀던 이곳이 이제 까맣게 변했다.

제인과 내가 춤추던 그 그슬린 땅을 바라보며 나를 빙글빙글 돌리던 제인의 모습, 그의 웃음소리를 떠올려 본다.

이제는 핏자국만 남았다. 텅 빈 송장들. 그리고 잿더미만 남았다.

눈을 감고 손으로 입을 막으며 이 괴로운 광경을 보지 않으려 하지만 그래 봐야 소용없다. 이 정적 속에서도 여전히 내 머릿속엔 신성자들의 울부짖음이 메아리친다. 그들을 내리치던 위병들의 외침, 살을 가르던 요란한 칼 소리도. 나는 차마 보지 못하는데 제인은 이 폐허를 훑어보며 쓰러진 사람들 속에서 제일리를 찾고 있다.

"없어."

제인이 속삭임에 가까운 소리로 말한다. 목소리를 높이면 그 안의 모든 것이 깨져 버릴 것처럼. 그의 분노, 그의 고통, 그리고 또 한 명의 가족을 잃은 비통함이 다 쏟아져 나올 것처럼.

문득 오빠가 머릿속을 비집고 들어온다. 그의 약속. 거짓일지도 모를 그의 지껄임. 차마 죽은 사람들을 뒤지지 못하지만 나는 뼈저리게 느끼고 있다.

오빠의 송장은 여기 없다는 것을.

그의 짓이라고는 절대 믿고 싶지 않지만 도무지 모르겠다. 그가 배신한 게 아니라면 위병들이 어떻게 우리를 찾아냈을까? 그는 지금 어디 있을까?

뒤에서 나일라가 낑낑거린다. 나는 제일리가 수없이 그랬던 것처럼 녀석의 코를 쓰다듬어 준다. 녀석이 내 손에 코를 비비자 목이 메어 온다.

나는 조심스럽게 입을 연다. "그들이 데려갔을 거야. 아버지가 그렇게 명령했을 거야. 죽이기엔 너무 중요한 사람이잖아."

이 말이 제인에게 희망을 주길 바라지만 그의 얼굴은 여전히 공허하다. 그는 땅바닥에 널브러진 시체들을 바라보며 연거푸 짧은 숨을 내쉰다.

"약속했는데." 그의 목소리가 갈라진다. "엄마를 떠나보낼 때 약속했어. 내가 늘 곁에 있겠다고. 제일리를 지켜 주겠다고 맹세했는데."

"지금까지 그랬어, 제인. 항상 그랬잖아."

그러나 그는 자기만의 세상에 들어가 있는 듯하다. 그 세상엔 나의 말이 가닿지 않는다.

"그리고 아버지······." 그의 몸에 경련이 인다. 그는 떨림을 멈추려고 주먹을 움켜쥔다.

"아버지한테도 그랬어. 내가······ 지켜 주겠다고······."

나는 제인의 어깨에 손을 얹었지만 그는 내 손에서 빠져나간다. 지금까지 참아 온 눈물이 한꺼번에 온몸으로 쏟아져 나오는 것 같다. 그는 두 주먹으로 아프도록 머리를 세게 누르며 흙바닥으로 무너져 내린다. 그의 비탄이 날것 그대로 흘러나오는 듯하다.

"포기해선 안 돼." 나는 제인의 옆에 앉아 눈물을 닦아 준다. 그 많은 일을 겪고도 늘 강한 모습을 잃지 않았던 사람이다. 그러나 이런 상실은 견디기 어려울 것이다. "두루마리와 일장석, 단검은 아직 우리한테 있잖아. 아버지는 그 성물들을 되찾기 전까진 제일리를 살려 두라고 할 거야. 우리가 그 애를 구해서 사원으로 데려가자. 아직 기회가 있어."

그러자 제인이 속삭인다. "제일리는 아무 말도 하지 않을 거야. 우리가 위험해질 테니까. 그럼 그들이 그 애를 고문하겠지." 그는 두 손으로 흙을 움켜쥐며 덧붙인다. "죽은 거나 다름없어."

"제일리는 내가 본 그 어떤 사람보다도 강한 아이야. 살아남을 거야. 맞서 싸울 거야."

그러나 내가 아무리 설득하려 해도 제인은 고개를 젓는다. "결국 죽을 거야." 그는 눈을 꼭 감고 덧붙인다. "나를 두고 가 버릴 거야."

나일라가 낑낑거리며 제인에게 코를 비비고 그의 눈물을 핥아 주려 한다. 그 광경에 내 억장이 무너진다. 그나마 온전히 남아 있던 내 마음의 마지막 조각들이 산산이 부서진다. 두 손으로 마법의 빛을 뿜어내던 빈타의 가슴을 아버지의 칼이 찔렀을 때에도 그랬다. 아버지는 얼마나 많은 가족을 이렇게 무너뜨렸을까? 얼마나 많은 가족을 죽이고 짓밟았을까? 이런 일을 얼마나 더 손 놓고 지켜봐야 할까?

나는 언덕 위에 서서 곰베의 마을 쪽을 돌아본다. 멀리 올라심보산맥 앞에서 연기 기둥이 피어오르는 저곳일 것이다. 아버지의 전략실에서 본 지도와 그 위에 'X' 자로 표시된 군사 기지들이 떠오른다. 그 지도가 머릿속에 펼쳐지면서 새로운 계획이 떠오른다. 제인이 또 가족을 잃게 두진 않을 것이다.

아버지가 승리하게 두진 않을 것이다.

"빨리 움직이자." 내가 말한다.

"아마리……."

"어서."

제인이 바닥에서 고개를 든다. 나는 팔을 뻗어 그의 손을 잡고 눈물 자국 위에 들러붙은 흙을 털어 준다.

"곰베 외곽에 위병들의 요새가 있어. 거기로 데려갔을 거야. 들어갈 수만 있으면 제일리를 데리고 나올 수 있어."

그러면 아버지의 압제를 끝낼 수 있다.

제인은 이미 빛을 잃은 눈으로 나를 보며 서서히 타오르는 희망의 불씨를 밀어 낸다. "거길 어떻게 들어가?"

나는 밤하늘을 배경으로 펼쳐진 곰베의 윤곽을 다시 돌아본다. "나한테 계획이 있어."

"될까?"

나는 고개를 끄덕인다. 이번만큼은 싸움이 두렵지 않다. 나는 한때 사자녀였다.

제인과 제일리를 위해 다시 사자녀가 될 것이다.

63

엄마를 죽인 남자

제일리

마자사이트 수갑에 살이 쓸리며 손목과 발목이 타들어 간다. 마법을 쓸 수 없게 하려고 나를 이 검은 사슬에 매달아 감방에 가둔 것이다. 통풍구에서 또 한 번 뜨거운 바람이 나오자 땀이 흘러내린다. 일부러 열기를 내보내는 게 분명하다.

열을 가하면 다가올 고통이 더 심해질 테니까.

'살아라…….' 레칸의 말이 머릿속에 메아리치며 죽음을 마주한 나를 조롱한다.

아니라고 말하지 않았던가. 레칸에게, 모두에게 말했다. 소중한 기회를 나에게 낭비하지 말라고 애원했다. 지금 내 꼴이 어떤가. 왕이 우리의 학살을 준비하는 동안 나는 까르르 웃고 빙글빙글 돌며 입맞춤을 즐겼다.

밖에서 쇠를 박은 군화 발소리가 들린다. 그 소리가 감방 문에 가까워지자 나는 움찔거린다. 창살이 쳐진 감방이라면 좀 나았을 텐데. 적어도 마음의 준비를 할 수 있었을 것이다. 하지만 그들은 나를 사방이 꽉 막힌 감방에 가뒀다. 두 개의 횃불이 칠흑 같은 어둠을 비추고 있다.

내게 무슨 짓을 하려는지 위병들도 보지 못하게 하려는 것이다.

바싹 마른 입을 적셔 보려 침을 꿀꺽 삼킨다. 그러곤 스스로에게 타이른다. '이런 건 수없이 겪어 봤잖아.' 마마 아그바의 끝없는 회초리질은 결국 벌이 아니라 훈련의 일부였을까? 그녀에게 수없이 맞은 탓에 매질에는 이골이 났다. 몸에 힘을 빼면 통증을 줄일 수 있다. 마마 아그바는 내 삶이 이렇게 끝날 줄 알았던 걸까?

'젠장.' 내가 지나온 길에 남긴 수많은 송장을 생각하자 눈이 따끔거린다. 어린 비시. 레칸. 줄라이커.

그들의 희생을 이렇게 헛되이 만들다니.

'다 내 잘못이야.' 그렇게 머물기 말았어야 했다. 우리가 군대를 그리로 유인했을 것이다. 우리가 없었더라면 그들은 아직 살아 있을지도 모른다. 줄라이커도 살 수 있었을…….

가만.

순간 오빠의 매서운 눈초리가 머릿속을 스친다. 가슴이 죄어 온다. 설마 이난의 짓일까?

'아니야.'

두려움이 내 깊은 속에서 올라와 목을 태운다. 아닐 것이다. 지금까지의 일을 생각하면 그럴 리가 없다. 나를 배신하려 했다면 기회는 수없이 많았다. 그렇게 무고한 목숨들을 앗아 가지 않고도 두루마리를 빼돌릴 수 있었다.

오빠의 얼굴 위로 아마리의 얼굴이 겹쳐진다. 연민의 눈물을 흘리던 그 애의 호박색 눈. '오빠는 우리를 배신할 거야. 그렇지 않으면 다

른 뭔가가 일어나고 있는 거야.'

이난의 미소, 입 맞추기 전에 그가 보여 준 부드러운 시선이 두 사람의 증오를 뚫고 나온다. 그러나 그 미소가 시커멓게 변하며 일그러지고 활활 타오르더니 결국 그의 손처럼 내 목을 움켜쥔다…….

"아니야!" 나는 눈을 감고 나를 안아 올리던 그를 떠올린다. '그는 나를 구했어.' 두 번이나. 그리고 또 나를 구하려 했다. 그의 짓이 아니다. 그럴 리가 없다.

철컹하는 소리가 들린다.

내 감방의 첫 번째 자물쇠가 열린다. 나는 고통에 대비하며 그나마 아직 남아 있는 긍정적인 측면들을 떠올려 본다.

적어도 오빠는 살아 있다. 오빠와 아마리는 살아남았다. 나일라의 속도라면 틀림없이 도망쳤을 것이다. 그것만 생각하자. 적어도 그들은 무사하니까. 그리고 아빠…….

다시 보게 해 달라고 그토록 기도했던 그 비뚜름한 미소를 떠올리자 금방이라도 눈물이 쏟아질 듯 눈이 따끔거린다. 내 소식을 알게 되면 아빠는 두 번 다시 미소 짓지 않을 것이다.

나는 눈을 감는다. 떨어져 내리는 눈물이 작은 칼날처럼 나를 찌른다. 차라리 아빠가 죽었기를 바란다.

아빠가 그런 고통을 겪지 않기를 바란다.

마지막 자물쇠가 풀리고 끼익 문이 열린다. 나는 마음을 다잡는다.

그러나 문가에 이난의 모습이 나타나자 모든 방비가 무너진다.

양옆에 부관을 대동하고 들어오는 그의 모습에 나는 거칠게 사슬을 잡아당긴다. 그는 며칠 동안 수수한 카프탄과 빌려 온 다시키를 입고 있었다. 위병의 제복을 입은 모습이 얼마나 차가워 보이는지 잊고 있었다.

'아니야……'

나는 그를 살피며 내게 새로운 세상을 약속했던 그 사내의 흔적을 찾아본다. 하마터면 내가 모든 것을 내줄 뻔한 사내.

그러나 그의 눈은 냉담하다. 오빠의 말이 옳았다.

"거짓말쟁이!" 나의 외침이 감방 안에 메아리친다.

이 말로는 충분하지 않다. 내가 원하는 만큼 생채기를 낼 수 없다. 하지만 지금은 머리가 돌아가지 않는다. 나는 금속 사슬이 살갗을 파고들도록 꽉 움켜쥔다. 이런 고통이라도 없으면 눈물을 참을 수 없다.

"나가 있어." 이난은 내가 아무것도 아닌 듯, 몇 시간 전에 안고 있던 여자가 아닌 듯 쌀쌀하게 나를 보며 부관들에게 지시한다.

"이 아이는 위험합니다, 왕세자님. 저희는……."

"명령이다. 긴고기 이니라."

부관들은 저희끼리 눈길을 주고받더니 마지못해 감방을 나선다. 귀한 왕세자가 직접 내리는 명령이라면 절대 거역할 수 없을 것이다.

'영리하군.' 나는 고개를 가로젓는다. 이난이 왜 저들을 나가라고 하는지는 쉽게 짐작할 수 있다. 그토록 환하게 빛나던 그의 새하얀 머리카락이 다시 검은 염료에 가려져 있다. 자신의 비밀을 들키지 않으려는 것이다.

'처음부터 다 계획한 걸까?'

나는 모든 감정을 억누르고 무표정을 유지한다. 그에게 고통을 보여 주지 않을 것이다. 그가 내게 얼마나 큰 상처를 주었는지 알게 하지 않을 것이다.

문이 닫히고 우리는 단둘이 남는다. 그는 나를 보고 있다. 군인들이 멀어지는 소리가 들린다. 그 소리가 완전히 사라지고 나자 그제야 그는 굳은 얼굴을 풀고 내가 알던 사내로 돌아온다.

내게로 걸어오는 이난의 호박색 눈에는 걱정이 가득하다. 그 눈이 내 드레스의 커다란 핏자국으로 향한다. 뜨거운 공기가 폐 안으로 밀려든다. 언제부터 숨을 참고 있었는지 모르겠다. 언제부터 그를 이렇게 원했는지 모르겠다.

"내 피가 아니야." 나는 고개를 저으며 속삭인다. '아직은 아니지.' "어떻게 된 거야? 그들이 어떻게 우리를 찾았어?"

이난은 시선을 내린다. "축제 때문이었어. 신성자들이 곰베에 가서 이것저것 공수해 온 모양이야. 위병 두셋이 수상쩍게 여기고 뒤를 밟은 거지."

'신들이여.' 또다시 밀려드는 눈물을 억지로 삼킨다. 겨우 축제 때문에 학살을 당하다니. 그런 축제는 하지 말았어야 했다.

"젤, 시간이 별로 없어." 이난이 거칠고 괴로운 목소리로 급하게 말을 잇는다. "더 빨리 오려고 했는데 그럴 수가 없었어. 어쨌든 군용 포장마차가 막 부두에 닿았대. 누군가 오고 있어. 그들이 오면⋯⋯." 이난은 환청이라도 들리는 듯 문을 돌아보며 덧붙인다. "젤, 그 두루마리를 어떻게 파괴하는지 알려 줘."

"뭐?" 잘못 들었을 것이다. 여기까지 와서 두루마리를 파괴해야 한다고 생각할 리가 없다.

"그 두루마리를 파괴하는 법을 알려 줘야 내가 널 보호할 수 있어. 마법을 되찾을 가능성이 조금이라도 있다면 아버지는 널 죽이려고 할 거야."

'아아, 신들이여.'

우리가 이미 졌다는 사실을 그는 인정하지 않는다. 그 두루마리는 그것을 읽을 줄 아는 사람이 없으면 아무 의미가 없다. 하지만 그에게 그런 사실을 알려 줄 수는 없다.

그들이 알게 되면 우리를 모조리 학살할 것이다. 남자든 여자든, 애든 어른이든 모두 제거할 것이다. 우리가 완전히 사라질 때까지, 그들의 증오로 우리의 존재를 이 세상에서 지워 버릴 때까지 멈추지 않을 것이다.

"그들은 지독해, 젤." 이난은 침을 꿀꺽 삼키며 나를 다시 현실로 끌어낸다. "네가 자발적으로 내놓지 않으면 살 수 없어."

"그럼 살지 않을래."

이난의 얼굴이 일그러진다. "네가 말하지 않으면 그들은 피를 내서라도 말하게 할 거야!"

목이 답답해진다. 그 정도는 짐작했다. 나는 말하지 않을 것이다.

"그럼 피를 흘릴래."

"젤, 제발." 그는 앞으로 걸어와 멍든 내 얼굴에 두 손을 얹는다. "알아. 우린 계획을 세웠지. 하지만 이제 상황이 달라졌다는 걸 너도……."

"당연히 달라졌지!" 내가 소리친다. "네 아버지의 부하들이 주를 죽였어! 살림도! 그 아이들을 다 죽였어." 나는 고개를 저으며 말을 잇는다. "싸울 힘도 없는 아이들을 위병들이 다 죽여 버렸어!"

이난의 얼굴이 일그러지며 고통이 비어져 나온다. 그의 병사들. 그의 사람들. 이번에도 실패한 우리들.

"제일리, 알아." 그의 목소리가 갈라진다. "나도 알아. 나도 눈을 감을 때마다 그 애의 시체가 떠올라."

나는 고개를 돌리며 다시 차오르는 눈물을 밀어 넣는다. 주의 환한 미소가 머릿속을 메운다. 그토록 즐거워했는데. 그토록 빛이 났는데. 지금쯤 우린 자리아로 가고 있어야 한다. 주와 쿠아메는 살아 있어야 한다.

이난이 속삭인다. "그렇게 공격해선 안 되는 거였어. 줄라이커에게 기회를 줬어야 했어. 하지만 위병들은 네가 그 두루마리를 사용해 마자이 군대를 조직했다고 생각했어. 게다가 쿠아메가 그런 마법을 보여 줬으니……."

이난은 말끝을 흐린다. 그의 모든 슬픔이 사그라지고 두려움이 그 자리를 메우는 듯하다.

"쿠아메는 불과 몇 초만에 세 개 소대를 쓸어 버렸어. 그들을 산 채로 불태웠어. 정착촌을 깡그리 태워 버렸지. 그 자신까지 그렇게 타 버리지 않았다면 틀림없이 우리도 죽었을 거야."

나는 기겁하며 몸을 젖힌다. 대체 무슨 얘기를 하는 거지? "쿠아메는 우리를 보호하려고 자신을 희생한 거야!"

그러자 이난이 황급히 대꾸한다. "하지만 위병들에게 어떻게 보였을지 생각해 봐. 쿠아메의 의도는 순수했지만 너무 지나쳤어. 우린 수년 동안 그런 마법에 대해 주의를 들었어. 쿠아메가 휘두른 마법은 아버지가 얘기한 그 어떤 마법보다도 무시무시했다고!"

나는 눈을 깜빡이며 이난의 얼굴을 살핀다. 마자이들을 구하겠다던 그 미래의 왕은 어디 갔을까? 나를 지키려고 불기둥 앞에 몸을 던지던 그 왕자는? 나는 이 사내를 모른다. 겁에 질려, 자기가 증오한다고 말했던 모든 것을 변명하는 사내. 아니, 어쩌면 내가 그를 너무 잘 아는 것인지도 모른다.

어쩌면 이게 그의 본모습일지도 모른다. 구제 불능의 왕자님.

"오해하진 마. 물론 지나친 공격이었어. 그 부분은 반드시 짚고 넘어갈 거야. 하지만 우린 당장 뭔가를 해야 해. 군인들은 쿠아메 같은 마자이가 또 공격할 거라고 겁먹고 있어."

나는 떨리는 손을 감추려 사슬을 꽉 움켜쥔다. "잘됐네. 계속 두려워하라고 해."

우릴 집어삼킨 그 공포를 그들도 맛봐야 한다.

이난은 이를 악문다. "제일리, 제발. 이러지 말자. 우린 아직 이 나라를 융합할 수 있어. 나를 **도와주면** 꼭 네가 라고스로 돌아갈 수 있게 해 볼게. 더 안전한 방법, 마법이 아닌 다른 방법으로 오리샤를 구할 수 있을⋯⋯."

"지금 무슨 말을 하는 거야?" 나의 외침이 감방 벽에 메아리친다. "무얼 구하겠다는 거야! 그런 공격을 해 놓고 뭐가 남았다고 구하겠다는 거냐고!"

이난은 나를 바라본다. 그의 눈에 눈물이 반짝인다. "나라고 이러고 싶은 줄 알아? 너랑 새로운 왕국을 계획했는데 **이렇게** 하고 싶은 줄 아느냐고!" 그의 눈에서 나의 슬픔이 보인다. 우리의 꿈은 죽었다. 우리가 꿈꾼 미래의 오리샤는 결코 오지 않을 것이다. "이렇게 될 줄 몰랐어. 이렇게 되지 않기를 **바랐어**. 하지만 너도 봤듯이 우리에겐 선택의 여지가 없어. 사람들이 그런 무시무시한 힘을 갖게 할 수는 없잖아."

"선택의 여지는 언제나 있어." 내가 속삭인다. "그리고 네 위병들은 이미 선택을 했지. 그들이 이전까지 마법을 그저 막연히 두려워했다면 이젠 무시무시한 공포를 느껴야 할 거야."

"제일리, 너까지 희생되어선 안 돼. 그 두루마리는 너를 살려 둘 유일한 구실이야. 그걸 파괴하는 법을 말해 주지 않으면⋯⋯."

다시 딸깍하는 소리가 들린다. 이난이 뒤로 물러서는 찰나, 문이 열린다.

"들어오지 말라고 일렀을⋯⋯."

그가 말끝을 흐린다. 얼굴에서 핏기가 빠져나간다.

"아버지?" 이난은 놀라 입을 벌린다.

왕관을 쓰지 않았지만 왕이 분명하다.

그는 폭풍처럼 들어선다. 그가 들어오자 주위가 어두워진다. 문이 닫히는 순간 수많은 감정이 밀려든다. 엄마를 죽인 이 남자의 냉담한 눈을 마주하자 숨 쉬는 법도 기억나지 않는다.

'신들이여, 도와주세요.'

내가 악몽을 꾸는 걸까? 난생처음 느껴 보는 엄청난 분노로 몸이 뜨거워지면서도 한편으론 두려움으로 맥박이 요동친다. 대습격 이후 한동안 나는 이런 순간을 그려 보았다. 그를 직접 마주하게 되면 어떨까 상상해 보았다. 그를 죽이는 오만 가지 방법에 대해 책 한 권을 엮을 수 있을 만큼 생각해 보았다.

사란 왕은 이난의 어깨에 손을 얹는다. 그의 아들은 주먹을 기다린 듯 움찔 놀란다. 이런 상황에서도 이난의 눈에 드리워진 공포가 내 마음을 아프게 한다. 그가 혼란에 빠진 모습은 전에도 보았지만 이런 면은 처음 본다.

"네가 이 아이를 끝까지 추적했다고 위병들이 그러더구나."

이난은 등을 꼿꼿이 펴고 턱에 힘을 준다.

"그렇습니다. 지금 심문 중입니다. 잠시 자리를 피해 주시면 필요한 대답을 받아 내겠습니다."

그는 자칫 나조차도 속을 만큼 딱딱한 목소리로 말한다. 자기 아버지를 내게서 떼어 놓으려는 것이다. 내가 곧 죽게 된다고 생각하는 게 틀림없다.

그런 생각을 하자 몸서리가 난다. 그러나 이내 섬뜩하리만치 마음이 차분해진다. 사란의 존재가 두려운 것은 부인할 수 없지만 복수의 열망을 억누를 정도는 아니다.

이 사내, 이 비열한 사내는 하나의 왕국이다. 증오와 압제의 나라가 나를 정면으로 노려보고 있다. 그날 이바단의 문들을 부순 것은 위병들이었지만 그들은 이 사내의 도구에 불과했다.

그 심장이 지금 여기에 있다.

"카에아 총사령관은 어떻게 된 거야?" 사란이 목소리를 낮춘다. "이 아이가 카에아를 죽였나?"

이난의 눈이 휘둥그레지며 나에게로 향한다. 그러나 사란이 그의 시선을 좇자 이난은 실수했다는 사실을 깨닫는다. 이제 그가 부는 날을 해도 저 오리샤의 왕이 나에게 다가오는 것을 막을 수 없다.

감방은 푹푹 찌지만 사란 왕의 존재에 피가 서늘해진다. 그가 마자사이트 칼을 들고 다가오자 살이 더욱 타들어 가는 듯하다. 진한 갈색 피부의 얽은 자국, 수염을 수놓은 반백의 털이 보일 만큼 그는 바싹 얼굴을 들이댄다.

나는 모욕적인 말을 기다리지만 그보다 더 끔찍한 것은 나를 보는 그의 시선이다. 냉담한 눈. 무덤덤한 눈. 나를 진창에서 끌어낸 짐승 취급하고 있다.

"내 아들은 총사령관이 어떻게 죽었는지 네가 안다고 생각하는 것 같은데."

이난의 눈이 튀어나온다. 그의 얼굴이 모든 것을 말해 주는 듯하다.

축제에서 그가 했던 말이 떠오른다. '죽었어. 내가 아끼던 사람이.'

아끼던 사람…….

그건 바로 카에아였다.

"내가 묻고 있잖아." 사란의 목소리가 끼어든다. "나의 총사령관은 어떻게 됐지?"

'당신의 마자이 아들이 죽었어.'

사란의 뒤에서 이난이 움찔 몸을 젖힌다. 내 생각을 읽고 기겁했을 것이다. 나는 그 비밀을 만천하에 외쳐야 한다. 이 바닥에 쏟아 놓아야 한다. 하지만 겁에 질린 이난의 얼굴을 보자 왠지 그럴 수가 없다.

나는 그저 고개를 돌린다. 엄마의 죽음을 명령한 이 괴물을 더는 보기가 힘들다. 이난이 정말 내 편이라면 내가 죽은 뒤 이 귀한 왕자님이 신성자들의 유일한 희망이 될지도…….

사란은 내 턱을 잡아 자신의 얼굴을 보게 한다. 내 몸이 움찔거린다. 차분했던 사란의 눈에 격렬한 분노가 인다.

"대답하는 게 좋을 거다, 꼬마야."

그럴 것이다. 대답하는 게 좋을 거다.

지금 여기서 사란이 모든 것을 알게 된다면, 그리하여 그가 제 손으로 이난을 죽이려 한다면 더할 나위 없이 좋을 것이다. 그럼 이난은 반격할 수밖에 없을 테니까. 제 아버지를 죽이고 왕위를 찬탈하고 오리샤를 사란의 증오에서 구해 낼 것이다.

사란이 묻는다. "또 무슨 음모를 생각하시나? 뭔가 엄청난 마법을 생각하고 있나 보지?" 그는 내 턱에 손톱을 박아 넣어 기어이 피를 낸다. "움직이기만 해 봐. 내가 그 더러운 손을 잘라 버릴 테니."

"아, 아버지." 이난이 기어들어 가는 소리로 말하며 힘겹게 나선다.

사란은 흘끗 돌아본다. 눈에는 여전히 분노가 이글거린다. 그러나 이난의 무언가가 그에게 닿는다. 그는 거칠게 내 얼굴을 놓는다. 가운에 손을 닦으며 입을 일그러뜨린다.

그가 조용히 말한다. "아무래도 내가 잘못한 것 같구나. 잘 들어라, 이난. 네 나이 때 나는 마귀의 아이들을 살려 두어도 된다고 생각했다. 그들까지 피를 쏟아선 안 된다고 생각했지."

사란은 내 사슬을 잡고 내 눈을 자신과 맞추게 한다.

"대습격을 겪었으면 어떻게든 마법을 멀리했어야지. 겁을 먹고 고분고분 말을 들었어야지. 이제 보니 너희들은 도무지 배우질 않는군. 너희 마귀들은 모두 너희 피를 더럽히는 그 병을 갈망하고 있어."

"우리를 죽이지 않고도, 우리를 그렇게 두들겨 패지 않고도 마법을 빼앗을 수 있었잖아!"

내가 사나운 사자녀석처럼 거칠게 사슬을 낭기자 그는 화들싹 놀란다. 나의 시커먼 분노, 그가 앗아 간 모든 것에 대한 분노를 끌어모아 마법을 풀어놓고 싶어 미칠 것 같다.

마자사이트에 저항하며 그 검은 사슬의 힘을 무시하고 마법을 불러오려 하자 또다시 살이 지글거린다. 무력한 저항으로 내 피부에서 연기가 피어오른다.

사란의 눈이 가늘어지지만 침묵할 수 없다. 피가 끓고 근육이 터질 듯 부들부들 떨려 온다.

두려움을 핑계로 진실을 내버리진 않을 것이다.

"당신은 우리를 짓밟고 우리의 피와 뼈 위에 왕국을 건설하려 했지. 당신이 실수한 건 우리를 살려 둔 게 아니야. 우리가 저항하지 않을 거라고 생각한 거지!"

이난이 입을 굳게 다물고 우리를 번갈아 보며 앞으로 걸어 나온다.

사란은 분노가 이글거리는 눈으로 낮고 긴 웃음을 쏟아 낸다.

"너희 마자이들이 참 얄궂은 게 뭔지 알아? 너희는 늘 이야기를 중간부터 시작해. 우리 아버지가 너희의 권리를 옹호한 일, **너희 마귀들이** 우리 가족을 산 채로 태워 버린 일은 다 잘라 버리고 말이야."

"겨우 몇 사람의 반란으로 마자이 전체를 노예로 삼아선 안 되지."

사란은 이를 드러낸다. "왕이 되면 원하는 건 뭐든 할 수 있단다."

나는 사란의 얼굴에 대고 내뱉는다. "당신의 무지는 결국 당신을 몰락으로 이끌 거야. 마법이 없어도 우린 포기하지 않아. 마법이 있든 없든 우린 우리 것을 되찾을 거야!"

사란은 입술을 일그러뜨리며 소리친다. "죽음을 코앞에 둔 마귀가 아주 맹랑하군."

'마귀.'

엄마는 마귀 취급을 당했다.

그의 명령으로 학살된 모든 형제자매가 마귀 취급을 당했다.

내가 속삭인다. "차라리 지금 죽이는 게 현명할걸. 어차피 당신은 그 유물들을 하나도 손에 넣지 못할 테니까."

사란은 들고양이처럼 천천히 교활하게 미소 짓는다.

"꼬마야." 그는 웃음을 터트린다. "나라면 그렇게 확신하지 않을 텐데."

64

공허한 신조

이난

감방 벽들이 죄어 온다. 나는 이 지옥에 살았나. 아머시의 매서운 눈초리에 꺾이지 않고 똑바로 서 있으려니 여간 힘들지 않다. 나는 숨도 간신히 쉬고 있는데 제일리는 당당히 맞선다. 늘 그랬듯 맹렬히 저항하고 있다.

목숨을 개의치 않고.

죽음도 불사한 채.

제일리에게 외치고 싶다. '그만. 그만 얘기해!'

제일리가 한 마디씩 내뱉을 때마다 아버지는 점점 더 저 애를 부숴 버리고 싶어 한다.

아버지가 문을 두드린다. 짧게 두 번 두드리자 금속 문이 왁 열린다. 이 요새의 의사가 부관 세 명을 대동하고 들어온다. 모두 바닥을 보고 있다.

"무슨 일이야?" 나의 목소리가 거칠어진다. 다시 마법을 억누르느라 말하기도 힘들 지경이다. 통풍구에서 또 한 번 뜨거운 공기가 나오자 땀이 비 오듯 쏟아진다.

의사가 나를 흘끗 본다. "왕세자님……."

"이제부터 왕세자가 아닌 내 명령을 따른다." 아버지가 그의 말을 자른다.

의사는 주머니에서 날카로운 칼을 꺼내 들고 앞으로 나온다. 그가 제일리의 목을 긋자 나는 울음을 삼킨다.

"뭐 하는 거야?" 내가 소리친다. 의사의 칼이 들어와도 제일리는 이를 악물고 있다.

"멈춰!" 나는 기겁하며 외친다. '아직 안 돼. 여기선 안 돼.'

나는 앞으로 나아가려다 아버지의 손이 세차게 어깨를 밀어 내는 바람에 휘청거린다. 의사가 칼로 제일리의 목에 얕게 'X' 자를 새겨 넣지만 나는 경악하며 지켜볼 뿐이다. 의사는 떨리는 손으로 굵은 바늘을 혈관에 밀어 넣는다.

제일리는 머리를 젖히려 하지만 부관 한 명이 단단히 잡고 있다. 의사는 검은 액체가 담긴 작은 유리병을 꺼내더니 주사 바늘로 그 액체를 제일리에게 넣으려 한다.

내가 아버지를 돌아본다. "아버지, 이게 현명한 일일까요? 저 아이는 많은 것을 알고 있어요. 게다가 유물이 더 있잖아요. 저 애가 찾을 수 있어요. 그 두루마리를 읽을 수 있는 유일한 사람인데……."

"그만!" 아버지의 손이 내 어깨를 아프도록 죄어 온다. 내가 화를 돋우고 있다는 뜻이다. 계속 지껄이면 아버지는 제일리를 더 아프게 할 것이다.

의사가 그만둘 구실을 찾으려는 듯 나를 돌아본다. 그러나 아버지가 주먹으로 벽을 치자 의사는 바늘 안에 액체를 붓고 제일리의 혈관으로 밀어 넣는다.

제일리의 몸이 덜컥하며 경련을 일으킨다. 제일리의 피부 속으로 액체가 퍼져 나간다. 숨이 짧아지고 가빠진다. 눈동자가 커지고 흐릿해진다.

내 가슴이 죄어 오며 머릿속에서 피가 고동친다.

게다가 이건 예고에 불과하다⋯⋯.

"걱정 마라. 저 아이는 어떤 식으로든 아는 대로 얘기하게 될 테니."
아버지가 말한다. 나의 슬픔을 실망으로 오해한 모양이다.

제일리의 근육이 경련을 일으키며 사슬이 덜덜거린다. 내 허벅지도 떨려 오자 나는 벽에 몸을 기댄다. 차분한 목소리를 내려고 안간힘을 쓴다. 침착해져야 제일리를 구할 수 있다.

"무얼 넣은 거예요!"

아버지는 미소 지으며 대꾸한다. "이 마귀를 깨어 있게 하는 약이지. 우리가 필요한 것을 얻어 내기 전에 정신을 놓으면 안 되잖니."

부관 한 명이 허리춤에서 단검을 꺼낸다. 또 한 명이 제일리의 드레스를 찢어 매끈한 등을 드러낸다. 그러곤 뜨거운 횃불에 칼날을 갖다 댄다. 쇠가 달궈진다. 빨갛게 달아오른다.

아버지가 앞으로 걸어 나온다. 제일리의 경련이 더욱 심해진다. 제일리가 격렬하게 몸을 떨자 다른 부관 두 명이 그 애를 붙잡는다.

"네 저항은 높이 사겠다, 꼬마야. 여기까지 버틴 것만도 대단하지. 하지만 네 주제를 일깨워 주지 않으면 왕으로서 제 할 일을 했다고 할 수 없을 것 같구나."

칼이 맹렬하게 제일리의 살을 지지자 그 고통이 내 안으로 스며들어 온다.

"아악!" 제일리의 목에서 오싹한 비명이 나온다. 내 몸이 갈기갈기 찢기는 듯하다.

"그만!" 내가 소리치며 앞으로 달려 나가 그 부관에게 덤벼든다.

나는 제일리를 잡고 있던 병사 한 명을 넘어뜨린다.

나머지 병사의 배를 걷어찬다.

제일리의 등을 지지는 부관에게 주먹을 날리는 순간, 아버지가 소리친다.

"왕자를 붙잡아!"

두 위병이 즉시 내 팔을 붙잡는다. 세상이 하얗게 번쩍인다. 살이 타는 냄새가 코를 찌른다.

"네가 이런 꼴을 못 볼 줄 알았다." 어째서인지 아버지의 실망이 제일리의 비명을 압도한다. 아버지는 날카롭게 말한다. "왕자를 내보내. 당장!"

아버지의 명령이 온몸을 자극한다. 나는 앞으로 나아가려 하지만 뒤로 떠밀린다. 그러는 내내 제일리의 비명이 더욱 커진다.

제일리는 점점 멀어지고 있다.

그 애의 흐느낌과 비명이 철벽을 맞고 튕겨 나온다. 그슬린 부위가 식으면서 'ㅁ' 자가 나타난다.

다시 제일리의 숨이 얕아지자 부관은 'ㅏ'를 새기기 시작한다.

"안 돼!"

그들은 나를 복도로 내던진다. 문이 쾅 닫힌다.

손마디가 갈라지도록, 피가 나도록 문을 두드려 보지만 아무도 나오지 않는다.

'생각을 해!' 나는 머리로 문을 들이받는다. 제일리의 비명이 커지자 피가 솟구치는 듯하다. 들어갈 수가 없다.

저 애를 데리고 나와야 한다.

나는 복도를 내달리지만 아무리 멀어져도 고통은 사그라지지 않는다. 휘적휘적 나아가는 내 옆으로 걱정하는 얼굴들이 보인다.

그들의 입술이 움직인다.

사람들이 수군거린다.

제일리의 비명 때문에 그들의 말을 알아들을 수 없다. 제일리의 비명이 문을 뚫고 나온다. 내 머릿속에선 훨씬 요란하게 울려 퍼진다.

나는 가까운 전략실로 들어가 문을 닫고 걸쇠까지 채운다.

그들이 이제 'ㄱ'을 새기기 시작했음을 감지한다. 그 두 개의 획이 내 등에 새겨지는 것 같다.

"아아!"

나는 떨리는 손으로 개수대의 테두리를 움켜쥔다. 내 안의 모든 것이 쏟아져 나온다. 뜨거운 구토가 올라와 목이 따끔거린다.

주변 세상이 격렬하게 요동치며 빙글빙글 돌아간다. 기절하지 않으려 안간힘을 쓴다. 어떻게든 힘을 내야 한다.

제일리를 구해내야 한다……

나는 숨을 몰아쉰다.

시원한 바람이 마치 벽돌처럼 얼굴을 때린다. 축축한 풀 냄새가 폐 안으로 밀려들어 온다. 늘어진 갈대들이 발을 간질인다.

꿈속이다.

그 사실을 깨닫고 풀썩 무릎을 꿇는다.

하지만 지체할 시간이 없다. 그 애를 구해야 한다. 그 애를 이리로 데려와야 한다.

나는 눈을 감고 제일리의 얼굴을 그려 본다. 늘 머릿속을 맴도는 은 빛 눈을 떠올려 본다. 그 애의 등에 또 어떤 글자가 새겨졌을까? 그 애의 가슴을, 그 애의 영혼을 또 얼마나 후벼 팠을까?

몇 초 만에 제일리가 나타난다. 숨을 들이마시며. 반쯤 벗은 채로. 제일리의 손이 흙을 움켜쥔다.

눈은 텅 비어 있다.

제일리는 떨리는 제 손을 바라본다. 여기가 어디인지 모른다는 듯이. 자기가 누구인지 모른다는 듯이.

"제일리?"

뭔가가 없다. 그게 무엇인지 깨닫는 데에는 조금 시간이 걸린다. 제 일리의 영혼이 파도처럼 굽이치지 않는다.

이 애 영혼의 바닷소금 냄새가 사라졌다.

"젤?"

우리 주변의 세상이 작아지는 듯하다. 흐릿한 흰색 경계가 안으로 조여든다. 제일리는 가만히 서 있다. 내 말을 들었는지 못 들었는지 미동도 하지 않는다.

나는 손을 뻗는다. 내 손가락이 살을 스치자 제일리는 비명을 지르며 물러선다.

"젤……."

제일리의 눈에 사나운 빛이 스친다. 몸이 격렬하게 떨리고 있다.

내가 다가가자 제일리는 허둥지둥 물러난다. 깨진 모습. 부서진 모습이다.

나는 걸음을 멈추고 두 손을 들어 올린다. 제일리의 모습에 가슴이 저민다. 내가 아는 전사, 아버지의 면전에서 독설을 퍼붓던 전사는 찾아 볼 수 없다. 내가 아는 젤은 보이지 않는다.

아버지가 남겨 놓은 껍데기뿐이다.

내가 속삭인다. "넌 안전해. 여기선 아무도 널 해칠 수 없어."

제일리의 눈에 눈물이 고인다. 제일리가 소리친다. "느낄 수가 없어. 아무것도 느껴지지 않아."

"뭐가?"

내가 다가가자 제일리는 고개를 가로저으며 갈대숲 속으로 물러선다.

"사라졌어. 다 사라졌어." 제일리는 같은 말을 되풀이한다.

그러곤 빠져나올 수 없는 고통에 몸부림치며 갈대숲 속에 웅크리고 앉는다.

'자신보다 의무가 먼저다.'

나는 손가락으로 흙을 후벼 판다.

머릿속에서 아버지의 목소리가 쩌렁쩌렁 울려 퍼진다. '다른 무엇보다도 의무가 먼저다.'

눈앞에 쿠아메의 불꽃이 되살아난다. 모든 것을 휩쓸어 버린 불길.

나의 의무는 그걸 막는 것이다.

나의 의무는 오리샤가 살이 있게 하는 것이다.

그러나 그 신조가 공허하게 느껴진다. 제일리의 등을 후벼 파는 칼처럼 내 안에 구멍을 뚫는 듯하다.

사랑하는 여자를 단지 의무를 위해 무너뜨릴 수는 없다.

65

◆◀◇▶◆

신성자를 찾아서

아마리

'될 거야.'

아아, 하늘이여, 꼭 그래야 한다.

곰베의 녹슨 건물들 사이, 그림자와 어둠에 휩싸인 골목들을 제인과 함께 누비며 나는 이 가물거리는 희망을 부여잡는다.

제철 공업 도시답게 곰베의 공장들은 밤늦도록 돌아가고 있다. 대습격 전에 쇠술사들이 세운 금속 구조물들이 기이한 모양으로 이리저리 휘어진 채 솟아 있다.

계층에 따라 구역이 나뉘는 라고스와 달리, 곰베의 네 구역은 주거지역과 철 수출 지역으로 구분된다. 먼지 낀 창문들 안에서 신성자들이 열심히 일하며 오리샤의 내일을 위해 제품을 만들고 있다.

"잠깐." 무장한 순찰대 위병들이 철컹철컹 소리를 내며 지나가자 제인이 나를 멈춰 세운다. "이제 됐어." 그들이 지나가자 그가 속삭인다. 그러나 그의 목소리는 평소처럼 단호하지 않다. '될 거야.' 나는 머릿속으로 다시 한번 되뇐다. 제인에게 확신을 줄 수 있다면 얼마나 좋을까. '이 일이 끝나면 제일리는 괜찮을 거야.'라고.

시내로 들어서자 어수선한 공장들이 가득한 거리들이 사라지고 높다란 철골 돔들이 나타난다. 종이 울리자 일을 끝낸 노동자들이 금속에 덴 화상과 먼지를 뒤집어쓴 채 우리 주위로 몰려나온다. 우리는 인파를 따라 음악과 북소리가 들리는 밤 속으로 나아간다.

창살을 갖춘 작고 녹슨 돔들이 나타나고 술 냄새가 매캐한 냄새를 밀어 낸다.

"정말 여기 있을까?" 제인과 함께 유독 허름하고 조용한 구조물로 다가가며 내가 묻는다.

"그나마 여기 있을 가능성이 높아. 작년에 오리샤 체전 때문에 곰베에 왔을 때 케니언의 팀이 나를 매일 밤 여기로 데려 왔었거든."

"좋아. 그럼 틀림없네." 나는 제인을 위해 억지로 미소를 끌어모은다.

"너무 기대하진 마. 여기 있다고 해도 그 친구가 도와줄지는 모르겠어."

"신성자잖아. 선택의 여지가 없을 거야."

"신성자들에겐 대개 선택의 여지가 없지." 제인은 손마디로 쇠문을 두드리며 말을 잇는다. "선택의 여지가 있을 땐 대개 자신을 지키는 쪽을 택하고."

내가 대꾸할 겨를도 없이 문이 빠끔 열린다. 걸걸한 목소리가 불통하게 외친다. "암호?"

"로이시."

"그건 옛날 건데."

"아……" 제인은 멈칫하더니 암호가 저절로 나타나길 바라는 듯 허공을 바라본다. "그것밖에 모르는데요."

그러자 사내는 어깨를 으쓱한다. "암호는 한 달에 네 번 바뀌어요."

나는 제인을 옆으로 밀고 까치발로 서서 문틈으로 손을 넣으려 애쓴다. "우린 곰베 사람이 아니에요. 부탁이에요. 우리를 도와주세요."

남자는 눈을 가늘게 좁히고 문틈으로 침을 뱉는다. 나는 기겁하며 움찔한다. 그가 거칠게 말한다. "암호를 모르면 절대 못 들어와. 특히 귀족은 더욱."

"부탁이에요⋯⋯."

제인이 나를 옆으로 밀어 낸다. "혹시 안에 케니언이 있으면 제가 왔다고 전해 주시겠어요? 일로린에서 온 제인 아데볼라라고 합니다."

문이 쾅 닫힌다. 나는 망연히 쇠문을 노려본다. 여기 들어가지 못하면 제일리를 살릴 수 없다.

"다른 방법 없어?"

내가 묻자 제인은 신음한다.

"없어. 안 될 줄 알았어. 시간 낭비야. 우리가 여기 이러고 있는 동안 젤은 죽⋯⋯." 그는 멈칫하며 눈을 감고 남은 말을 삼킨다.

나는 그의 움켜쥔 주먹을 펴고 그의 얼굴로 손을 뻗어 두 뺨을 어루만진다.

"제인, 날 믿어. 실망시키지 않을게. 케니언이 없다면 다른 사람을 찾자⋯⋯."

"이게 누구야." 문이 활짝 열리더니 덩치 큰 신성자가 나타난다. 시커먼 팔이 화려한 문신으로 뒤덮여 있다. "카니에게 금화 한 닢 줘야겠네."

길고 새하얀 곱슬머리를 단단히 말아 머리 위에 고정시킨 사내가 두 팔로 제인을 덥석 안자 제인의 커다란 체구가 그의 품에 묻힌다.

"이야, 여긴 어쩐 일이야? 아직 너희 팀을 잡으려면 2주는 있어야 하지 않나?"

제인은 억지로 웃음을 짓는다. "너희 팀이 잡히겠지. 무릎 접질렸다며?"

케니언은 바지를 걷고 허벅지에 댄 금속 부목을 드러낸다. "예선전 전까지는 낫는다고 의사가 그랬어. 어쨌든 걱정 안 해. 너희 팀은 자면서도 때려잡을 수 있거든." 그런 뒤 그는 내게로 천천히 눈을 돌린다. 탐닉하듯이. "이 예쁜 아가씨가 제인의 패배를 보러 온 건 아니었으면 좋겠네."

제인이 케니언을 밀치자 케니언은 웃으며 제인의 목에 팔을 두른다. 어째서 저토록 절박한 제인의 심정을 케니언은 알아차리지 못할까?

그는 이 술집의 문지기를 돌아본다. "이 친구는 괜찮아요, D. 정말이에요. 제가 보장해요."

아까 그 걸걸한 목소리의 주인공이 문밖을 흘끗 내다본다. 기껏해야 이십대인 듯 보이지만 얼굴엔 흉터가 가득하다. "저 여자도?" 그가 고갯짓으로 나를 가리키자 제인이 내 손을 잡는다. "얘도 괜찮아요. 아무한테도 누설하지 않을 거예요." 제인이 나의 보증인이 되어 준다.

'D'라는 사내는 잠시 머뭇거리다 한 걸음 물러서며 케니언이 우리를 데리고 들어가게 한다. 그러나 내가 시야에서 사라질 때까지 내게서 눈을 떼지 않는다.

어둑한 술집 안으로 들어가자 쿵쿵거리는 북소리가 살갗을 파고든다. 돔 안을 가득 메운 사람들은 모두 젊은이들이다. 케니언이나 제인보다 나이가 많은 사람은 없는 듯 보인다.

촛불의 가물거리는 불빛 아래 사람들은 그림자 속을 들락거린다. 벽을 수놓은 녹과 벗겨진 칠이 어둑한 불빛 아래에 드러난다.

안쪽 구석에서 두 남자가 박자에 맞춰 나직하게 아시코북*을 연주하고 있고 또 누군가는 발라폰**의 나무 건반을 두드린다. 이들은 모두 편안하고 익숙하게 음악을 연주하며 생기 넘치는 소리로 철벽 안을 채운다.

"여긴 뭐 하는 데야?" 내가 제인의 귀에 대고 속삭여 묻는다.

나는 술집에 한 번도 가본 적이 없지만 이곳이 왜 암호를 요구하는지 금세 알 것 같다. 이곳 손님들은 대부분 머리카락이 새하얗다. 신성자들이 마치 바다처럼 넘실거린다. 몇 안 되는 코시단들은 신성자들과 친한 사이인 듯 보인다. 수많은 연인들이 엉덩이를 맞붙이고 손을 잡고 앉아 입맞춤을 나누고 있다.

제인이 대꾸한다. "이런 곳을 토무라고 해. 몇 년 전에 신성자들이 시작한 곳이야. 웬만한 도시에는 다 있어. 신성자들이 마음 편하게 모일 수 있는 유일한 놀이터지."

문득 아까 그 문지기가 왜 그렇게 경계했는지 알 것 같다. 위병들이 들이닥치면 이런 모임은 순식간에 끝나 버릴 것이다.

케니언이 앞장서서 안쪽 탁자로 향하자 제인이 다시 속삭인다. "이 친구들하고 몇 년째 시합을 했거든. 의리는 있지만 호락호락하지 않을 거야. 내가 얘기할게. 천천히 설득해야 해."

나 역시 속삭이는 소리로 대꾸한다. "시간이 없어. 당장 우리와 함께 싸우게 하지 않으면……"

---

* 서아프리카의 전통 북.

** 나무 건반을 두드려 연주하는 서아프리카의 타악기.

"설득하지 못하면 아예 싸워 주지도 않을 거야." 제인은 부드럽게 나를 찌르며 말을 잇는다. "시간이 없는 건 일지만 천천히 살살 얘기해야……"

"제인!"

신성자 넷이 앉아 있는 탁자에서 흥분 섞인 합창이 울려 퍼진다. 케니언의 아그본 팀인 모양이다. 모두들 서로 경쟁하듯 커다란 몸집을 자랑한다. 제인이 이마니와 카니라고 부르는 쌍둥이 자매조차도 제인과 키가 엇비슷하다.

제인이 나타나자 미소와 웃음이 피어난다. 모두들 자리에서 일어나 제인과 손을 맞부딪치고 그의 등을 토닥이며 다가올 아그본 시합에 대해 농담을 건넨다. 천천히 설득해야 한다는 제인의 당부가 머릿속에서 윙윙거리지만 그의 친구들은 아그본 시합에만 정신이 팔려 제인의 세상이 무너지고 있다는 사실도 눈치채지 못한다.

"우린 여러분의 도움이 필요해요." 내가 와자지껄한 분위기를 깨고 간신히 내뱉는다. 케니언의 팀은 멈칫하고 나를 바라본다. 마치 이제야 내 존재를 알아차린 듯이.

케니언이 밝은 오렌지색 음료를 홀짝이며 제인을 돌아본다. "말해 봐. 뭐가 필요한데?"

그들이 잠자코 앉아 기다리자 제인은 우리의 위태로운 상황에 대해 설명하기 시작한다. 신성자 정착촌이 파괴된 이야기를 들으며 그들은 숨을 죽인다. 제인은 두루마리에서부터 곧 치러야 할 의식과 제일리의 감금에 이르기까지 하나도 빼놓지 않고 털어놓는다.

내가 덧붙인다. "백년제일이 이틀 뒤예요. 의식을 치르려면 당장 손을 써야 해요."

"빌어먹을." 이페라는 사내가 탄식한다. 면도한 머리에 촛불의 불빛이 반사된다. "미안하지만 거기로 끌려갔다면 빼낼 도리가 없어."

"그래도 뭔가 방법이 있을 거야!" 제인은 턱수염을 짧게 깎은 덩치 큰 신성자 페미를 가리키며 말을 잇는다. "네 아버지가 도와주실 수 없을까? 위병들한테 뇌물을 먹이신다고 하지 않았어?"

페미의 얼굴이 어두워진다. 말없이 휙 몸을 젖히더니 서둘러 일어서려다 탁자를 뒤엎을 뻔한다.

"몇 달 전에 그들이 페미 아버지를 데려갔어." 카니가 목소리를 낮춘다. "세금 착오가 있다고 했는데……."

"사흘 뒤에 시체로 발견됐어." 이마니가 말을 이어받는다.

'하늘이여.' 나는 사람들을 비집고 나아가는 페미의 뒷모습을 바라본다. 내 아버지의 또 다른 희생양. 낭상 손을 써야 하는 이유가 하나 더 늘었다.

제인의 얼굴이 굳는다. 그는 손을 뻗어 컵을 꽉 움켜쥔다.

내가 다시 목소리를 낸다. "아직 끝나지 않았어요. 뇌물이 아니더라도 제일리를 빼낼 수 있을 거예요."

케니언이 콧방귀를 뀌며 또 한 차례 술을 꿀꺽꿀꺽 들이켠다. "우리가 덩치는 커도 멍청하진 않거든."

내가 되묻는다. "이게 어떻게 멍청한 거예요? 덩치는 필요 없어요. 마법만 있으면 돼요."

마법이라는 말에 탁자에 둘러앉은 사람들이 모두 얼어붙는다. 마치 내가 몹쓸 욕설을 내뱉기라도 한 듯이. 모두가 서로를 돌아보며 눈길을 주고받지만 케니언만은 매섭게 나를 노려본다.

"우린 마법이 없어."

"아직은 그렇죠." 나는 봇짐에서 두루마리를 꺼내며 말을 잇는다. "하지만 우리가 되찾아 줄게요. 그 요새는 애초에 마자이를 막으려고 지은 게 아니거든요."

나는 한 명이라도 다가와서 들여다보길 기다리지만 모두들 이 두루마리가 곧 폭파할 도화선이라도 되는 양 바라보고만 있다. 케니언이 탁자에서 물러선다.

"넌 그만 나가 줘야겠다."

이마니와 카니가 자리에서 벌떡 일어나더니 내 팔을 한 쪽씩 붙잡는다.

"어어!" 제인이 소리친다. 이페와 케니언이 막아서자 그는 안간힘을 쓴다.

"이거 놔!"

술집 안의 사람들이 모두 이 흥미로운 광경을 놓치지 않으려 동작을 멈춘다. 나는 발버둥 치며 악을 쓰지만 두 여자는 마치 사생결단을 내려는 듯 고집스럽게 문으로 달려간다. 이마니는 밭은 숨을 몰아쉬고 카니는 나를 더 꽉 붙잡는다. 순간 나는 문득 깨닫는다.

'이들은 화가 난 게 아니야……'

두려운 것이다.

나는 몇 달 전 오빠에게서 배운 동작을 활용해 그들의 손에서 빠져나온다. 내 칼자루를 잡고 칼날을 빼 든다.

"난 여러분을 해치러 온 게 아니에요." 나는 낮은 목소리로 계속 말을 잇는다. "나는 그저 여러분의 마법을 되찾아 주고 싶을 뿐이에요."

"대체 정체가 뭐야?" 이마니가 묻는다.

제인도 결국 케니언과 이페의 손에서 벗어난다. 그는 신성자들과 두

쌍둥이를 밀치고 내 옆으로 나온다.

"내 일행이야." 그가 이마니를 막으며 말한다. "그냥 그렇게만 알면 돼."

"괜찮아." 나는 제인의 보호에서 벗어난다. 술집 안의 모든 눈이 나를 무섭게 노려보고 있지만 이번만큼은 움츠러들지 않는다. 그저 눈썹 한 번 치켜세워 방 한가득 모인 올로이에들을 지휘하던 어머니를 떠올려 본다. 지금은 그런 힘을 끌어모아야 한다.

"저는 아마리 공주입니다. 사란 왕의 딸이고……" 한 번도 입 밖에 내지 않은 말이지만 지금은 다른 대안이 없다. 승계 서열 따위를 신경 쓸 때가 아니다. "오리샤의 차기 여왕이죠."

제인이 놀라 미간을 찌푸리지만 그런 충격은 금세 떨쳐 낸다. 갑자기 술집 안이 술렁거리더니 좀처럼 가라앉지 않는다. 제인이 간신히 사람들을 진정시킨다.

"11년 전 제 아버지가 여러분의 마법을 빼앗았습니다. 우리가 당장 손을 쓰지 않으면 마법을 되찾을 수 있는 유일한 기회를 영영 잃게 됩니다."

나는 토주 안을 둘러보며 누군가가 반박하거나 나를 다시 쫓아내길 기다린다. 그러나 신성자 두어 명이 자리를 뜰 뿐 대부분은 귀를 쫑긋 세우고 있다.

나는 두루마리를 풀어 고대 문자가 보이도록 들어 올린다. 한 신성자가 다가와 그것을 만져 본다. 그러곤 두 손에서 폭발적인 기운이 퍼져 나가자 놀라 소리친다. 우연히 이뤄진 이 시연으로 모든 것이 입증된 셈이다.

"여러분을 신들과 다시 연결해 주는 신성한 의식을 치러야 해요. 이틀 뒤인 백년제 하지에 저와 제 친구들이 그 의식을 치르지 못하면 여러분은 영영 마법을 되찾을 수 없어요."

'그리고 아버지는 전국 방방곡곡을 돌며 또 여러분을 학살하려 들겠죠. 여러분의 가슴에 칼을 꽂을 거예요. 제 친구를 죽였듯이 여러분을 죽일 거예요.'

나는 실내를 둘러보며 신성자 한 사람 한 사람과 눈을 맞춘다. "단지 마법만이 아니에요. 여러분의 생존 자체가 위험할지도 몰라요."

수군거림이 계속되다 누군가가 소리친다. "무얼 어떻게 해야 합니까?"

나는 칼을 다시 집어넣고 앞으로 나가 턱을 들어 올린다. "곰베 외곽의 위병 요새에 한 소녀가 붙잡혀 있어요. 그 애가 열쇠랍니다. 그 아이를 빼내려면 여러분의 마법이 필요해요. 그 애를 구하면 여러분을 구할 수 있어요."

한동안 정적이 흐른다. 아무도 움직이지 않는다. 그러나 케니언은 아리송한 표정으로 팔짱을 끼며 몸을 젖힌다.

"돕고 싶어도 그 두루마리로는 강력한 마법을 얻을 수 없을 텐데."

"걱정 마세요." 나는 제일리의 가죽 봇짐 안으로 손을 넣어 일장석을 꺼낸다. "도와주신다고 하면 그건 제가 책임질게요."

66

아버지의 계획

이난

제일리의 비명이 세속 내 머릿속을 맴돈다.

요란하게.

날카롭게.

그 애의 부서진 의식은 꿈속에 있지만 나는 여전히 그 애의 몸과 물리적으로 연결되어 있는 듯하다. 괴로워하는 비명의 메아리가 내 살을 그슬린다. 때로는 너무 고통스러워 숨 쉬기도 괴롭다. 그 고통을 애써 감추며 아버지의 방문을 두드린다.

마법이야 어찌 되든 나는 그 애를 구해야 한다. 벌써 제일리를 한 번 배신했다.

그 애가 여기서 개죽음을 당하면 나 자신을 절대 용서하지 못할 것이다.

"들어와."

나는 문을 열고 마법을 내리누르며 아버지가 점령한 지휘관 숙소로 들어선다. 아버지는 벨벳 잠옷을 입고 서서 빛바랜 지도를 훑어보고 있다. 증오의 흔적은 찾아볼 수 없다. 괴로워하는 기색도 없다.

한 소녀의 등에 '마귀'라고 새겨 넣는 일이 아버지에겐 그저 일상일 뿐이다.

"부르셨다고요."

한동안 아버지는 아무 말도 하지 않는다. 그는 지도를 들어 올려 불빛에 비춰 본다. 신성자 정착촌이 있던 골짜기에 붉은 색으로 'X' 자가 그려져 있다.

또다시 기억이 나를 덮친다. 줄라이커의 죽음. 제일리의 비명. 그 모든 게 아버지에겐 하찮은 일이다. 그들은 마자이니까. 그들은 아무것도 아니니까.

아버지는 자신보다 의무가 먼저라고 설교하지만 아버지의 오리샤에는 그들이 포함되지 않는다. 오래전부터 그랬다.

아버지는 그저 마법을 없애고 싶어 하는 것이 아니다.

그들 모두를 없애고 싶어 한다.

마침내 아버지가 입을 연다. "날 망신 주려고 작정했구나. 심문 중에 그런 행동을 하다니."

"그건 심문이라고 할 수 없죠."

아버지는 지도를 내려놓는다. "뭐라고?"

'아닙니다.'

아버지는 내가 이렇게 말하길 기대할 것이다.

하지만 내 마음 한구석에서 제일리가 흐느끼며 떨고 있다.

'고문'을 다른 이름으로 포장하진 않으리라.

"저는 쓸 만한 정보를 전혀 알아내지 못했어요, 아버지. 아버지는 알아내셨나요?" 나의 목소리가 점점 커지고 있다. "기껏해야 여자아이의 비명이 얼마나 커질 수 있는지 깨달았을 뿐입니다."

놀랍게도 아버지는 미소 짓는다. 그러나 아버지의 미소는 분노보다 더 위험하다.

아버지는 고개를 끄덕인다. "이곳저곳을 돌아다니면서 좀 단단해졌구나. 좋아. 하지만 쓸데없이 감싸려 들지 마라. 그런……"

'마귀를.'

굳이 듣지 않아도 알 수 있다. 아버지가 그들을 어떻게 여기는지.

나를 어떻게 여기는지.

나는 몸을 움직여 슬쩍 거울에 내 모습을 비춰 본다. 새하얀 머리카락을 다시 검은 염료로 덮었지만 얼마나 갈지 모른다.

"우리 선에도 이런 시련을 겪은 나라들이 있었다. 왕국을 안전하게 지키기 위해 노력한 나라들. 브리타니스 사람들, 포르토가니스 사람들…… 모두 마법을 철저히 제압하지 않아서 멸망했지. 그 마귀를 풀어 주고 오리샤도 그들과 똑같은 운명을 맞게 하라는 거냐?"

"그런 뜻이 아니라……"

아버지는 다시 말을 잇는다. "그런 마귀는 야생 탈짐승과 똑같아. 순순히 대답할 리가 없지. 의지를 꺾어 놓아야 해. 새로운 차원의 지휘력을 보여 줘야 한단 말이다." 아버지는 다시 양피지 지도를 돌아본다. 그리고 일로린에 'X' 자를 그려 넣는다. "네가 참고 그 자리에 계속 있었다면 너도 알았을 게다. 결국 그 마귀는 내게 필요한 걸 모두 털어놓았어."

구슬 같은 땀방울이 등줄기를 타고 흘러내린다. 나는 주먹을 움켜쥔다. "전부 다요?"

아버지는 고개를 끄덕인다. "그 두루마리는 오직 마법으로만 파괴할 수 있다더구나. 에벨레 총사령관이 실패했을 때 짐작하긴 했지만 그 애가 확인해 주었다. 그 애가 우리 손에 있으니 우린 필요한 것을 모두 가졌어. 그 두루마리를 찾아오면 그 애를 시켜 파괴하게 할 거다."

목에서 맥박이 뛴다. 나는 눈을 감고 마음을 가라앉힌다. "그럼 그 애는 살려 두시는 겁니까?"

"당분간은." 아버지는 신성자 골짜기에 표시된 'X' 자를 손가락으로 훑는다. 붉은 잉크가 걸쭉하게 흘러내린다. 마치 피처럼.

아버지는 한숨을 쉬며 다시 말한다. "그게 최선이야. 그 애는 카에아를 죽였어. 단칼에 죽여 주는 건 오히려 선물이 될 테지."

몸이 뻣뻣해진다.

나는 힘겹게 눈을 깜빡인다. 너무도 힘겹다.

"뭐, 뭐라고요?" 나는 말을 더듬는다. "그 애가 그러던가요?"

더 묻고 싶지만 목이 타들어 가서 말이 나오지 않는다. 증오에 찬 카에아의 얼굴이 다시 눈앞을 스친다. '마귀.'

"그 사원에 갔었다고 자백하더구나. 카에아의 시신이 발견된 곳이지." 아버지는 그 답이 너무도 자명하다는 듯이 말한다.

그러곤 피 묻은 작은 청록색 수정을 들어 올린다. 그가 그것을 불빛에 갖다 대자 나는 속이 뒤틀린다.

"그게 뭡니까?" 내가 묻는다. 하지만 이미 알고 있다.

아버지의 입술이 일그러진다. "잔류물. 그 마귀가 카에아의 머리카락에 남겨 놓은 거야."

아버지는 내 마법의 잔류물을 으스러뜨린다. 그것이 가루로 부서지며 쇠와 포도주 냄새가 코를 찌른다.

카에아의 영혼의 냄새.

"네 동생을 찾거든 처단해라." 아버지는 내가 아니라 자신에게 다짐하는 듯하다. "너희 둘을 안전하게 지키기 위해서라면 나는 누구든 죽일 수 있지만 그 애가 카에아의 죽음에 일조한 일은 용서할 수가 없구나."

나는 칼자루를 쥐고 힘겹게 고개를 끄덕인다. 벌써부터 칼로 내 등에 '반역자'라는 글씨가 새겨지는 듯하다.

"뭐라 드릴 말씀이 없습니다. 저도 잘 압니다……."

'카에아가 아버지의 태양이었다는 걸.'

"압니다…… 카에아가 아버지에게 얼마나 중요한 사람이었는지."

아버지는 감상에 젖어 반지를 돌린다. "카에아는 가지 않으려 했다. 이런 일이 있을까 봐 찔끔했지."

"자신의 죽음을 두려워했다기보다는 아버지를 실망시킬까 봐 걱정했을 겁니다."

우리 모두 그렇다. 언제나 그랬다.

누구보다도 내가.

"저 애를 어떻게 하실 거예요?" 내가 묻는다.

"누구 말이냐?"

"제일리요."

아버지는 눈을 깜빡이며 나를 본다.

그 애에게도 이름이 있다는 사실을 잊은 모양이다.

"지금 의사가 돌보고 있다. 그 애 오빠가 두루마리를 갖고 있는 것 같아. 내일 그 애를 미끼로 찾아올 생각이다. 그런 뒤 그 애가 영원히 파괴하게 해야지."

"그 다음엔요? 두루마리가 파괴되고 나면요?" 내가 다그쳐 묻는다.

"그러고 나면 그 애는 죽어야지." 아버지는 다시 지도를 보며 계획을 세운다. "그 애의 시체를 갖고 오리샤 전역을 행진할 생각이다. 우리를 거역하면 어떻게 되는지 모두에게 보여 줘야지. 반란의 기미가 조금이라도 보이면 박멸해야 해. 바로 그 자리에서."

"다른 방법은 없을까요?" 내가 목소리를 높인다. 나는 지도에 그려진 도시들을 흘끗 보며 말을 잇는다. "그 애를 사절로 삼아 그들의 불평을 듣는다면요? 그 사람들…… 그 애가 사랑하는 사람들, 그들을 이용해서 그 애를 복종하게 하는 겁니다. 우리가 조종하는 마자이를 만드는 거예요." 한 마디 한 마디가 배신처럼 느껴지지만 아버지는 잠자코 듣고 있다. 나는 계속 주절거린다. 선택의 여지가 없다. 무슨 일이 있어도 그 애를 구해야 한다. "이번에 곳곳을 돌아다니면서 많은 것을 봤어요, 아버지. 신성자들도 이해하게 되었고요. 그들의 상황을 개선해 주면 반란을 근절할 수 있어요."

"네 할아버지도 그렇게 생각하셨지."

나는 숨을 들이마신다.

아버지는 절대 자신의 가족 얘기를 하지 않는다.

궁전 곳곳에서 사람들이 수군대던 얘기를 제외하고 나는 아버지의 가족에 대해 거의 아는 바가 없다.

"네 할아버지는 그들에 대한 탄압을 끝내고 더 나은 왕국을 건설할 수 있다고 생각하셨어. 나도 그렇게 생각했지. 하지만 그들이 네 할아버지를 죽였다. 내가 사랑하는 사람들도 모조리 죽였지." 아버지는 내 목에 차가운 손을 얹으며 말을 잇는다. "내가 다른 방법이 없다고 하면 없는 거야. 그 화염술사가 자기네 본거지를 어떻게 만들었는지 너도 봤잖니."

나는 고개를 끄덕인다. 차라리 보지 않았더라면 좋았을 것이다. 인간들이 소리도 질러 보지 못하고 재로 변하는 광경을 목격했으니 아버지의 말을 반박할 수가 없다.

아버지의 손이 죄어 온다. 점점 목이 아파 오기 시작한다. "지금 내 말을 새겨들어야 한다. 너무 늦기 전에."

아버지는 앞으로 걸어 나와 나를 껴안는다. 그 낯선 행동에 나는 움찔 놀란다. 아버지가 마지막으로 나를 이렇게 안아 준 것은 내가 어릴 때였다. 내가 아마리의 등을 벴을 때.

'자기 여동생을 벨 수 있다면 훌륭한 왕이 될 수 있어.'

그때 나는 잠시 자부심에 젖었다.

동생이 피 흘리고 있을 때 나는 즐기워했다.

아버지가 몸을 떼며 말한다. "나는 너를 믿지 않았다. 네가 해낼 줄 몰랐어. 하지만 넌 오리샤를 안전하게 지켰다. 이제 훌륭한 왕이 될 수 있을 것 같구나."

나는 아무 말도 못 하고 고개를 끄덕인다. 아버지는 다시 지도를 본다. 이제 나와의 용무가 끝났다는 뜻이다. 나 역시 더는 할 말이 없어 방을 나온다.

'느껴.' 내가 스스로를 타이른다. **뭐라도** 느껴야 한다. 내가 그토록 원하는 것을 아버지가 내주었다. 긴 기다림 끝에 드디어 아버지는 내가 훌륭한 왕이 될 수 있다고 인정해 주었다.

그러나 문이 닫히자 다리가 꺾인다. 나는 바닥으로 미끄러져 내려간다. 제일리가 사슬에 묶여 있는 지금, 그런 건 조금도 중요하지 않다.

67

제일리를 구출하다

이난

나는 아버지가 잠들 때까지 기다린다.

위병들이 자리를 떠난다.

나는 어둠 속에 앉아 지켜보고 있다. 제일리의 감방 철문이 끼익 열리더니 의사가 나온다.

긴장한 탓에 낯빛이 창백하고 옷에는 제일리의 피가 묻어 있다. 그의 모습을 보자 마음이 더 조급해진다.

'그 애를 찾아야 해. 그 애를 구해야 해.'

나는 부리나케 달려가 열쇠를 밀어 넣는다. 문이 삐걱삐걱 열리자 마음의 준비를 한다.

소용없다.

축 늘어진 제일리의 몸에선 생명력을 찾아볼 수 없다. 찢어진 드레스는 피로 흠뻑 젖었다. 가슴이 다시 휑해진다.

게다가 아버지는 마자이가 짐승이라고 생각한다.

맞는 열쇠를 고르는 사이 수치심과 분노가 요동친다. 마법은 중요하지 않다. 이번만큼은 제일리를 먼저 생각해야 한다.

나는 제일리의 손목과 발목을 묶은 사슬을 열쇠로 열어 제일리를 풀어 준다. 그러곤 품에 안고 입을 막는다. 제일리가 깨어나 비명을 지르지만 내 손이 그 소리를 막고 있다.

제일리의 고통이 내 안으로 스며든다. 의사가 꿰맨 부분이 벌써 벌어지기 시작했다. 피가 배어 나온다.

"느껴지지 않아." 제일리가 나에게 기대 낑낑거린다. 나는 팔 위치를 바꿔 제일리의 등에 감긴 붕대를 꼭 누른다.

"나아질 거야." 내가 달래 본다. '대체 무슨 말일까?'

제일리의 마음은 끊임없이 고문을 재현하고 있다.

마나도 영혼도 없다. 비디 내음도. 피로움 말고는 아무것도 보이지 않는다. 이 애는 자기 고통의 감옥에 갇혀 있다.

"이러지 마." 내가 제일리를 데리고 텅 빈 계단을 오르자 제일리의 손톱이 내 어깨를 파고든다. "난 벌써 피를 너무 많이 흘렸어. 날 그냥 내버려 둬."

내 손가락 사이로 제일리의 뜨거운 피가 흘러내린다. 나는 제일리의 등을 더 꼭 누른다.

"치료술사를 찾자."

모퉁이 너머에서 쩔겅거리는 위병들의 군화 소리가 들린다. 나는 빈방으로 들어가 그들이 지나가길 기다린다. 제일리는 몸을 움츠리며 비명을 삼킨다. 나는 제일리를 가슴으로 더 꼭 끌어안는다.

그들이 다 지나가고 나자 나는 다시 계단을 오른다. 한 계단 한 계단 오를 때마다 심장이 쿵쾅거린다.

내가 달리기 시작하자 제일리가 속삭인다. "그들이 널 죽일 거야. 그가 죽일 거야."

그 말에 나는 마음을 굳게 먹는다.

지금은 그런 생각을 할 때가 아니다. 지금 중요한 문제는 하나뿐이다. 제일리를 여기서 데리고 나가는 것……

비명이 울려 퍼진다.

뒤이어 열기가 밀려든다.

위쪽에서 폭발음이 들리더니 요새 벽이 부서지면서 우리는 바닥으로 내동댕이쳐진다.

68

요새를 공격하다

아마리

곰베의 지평선 너머로 요새가 까만 밤에 그림자를 드리우며 솟아오른다. 마치 쇠로 지은 궁전 같다. 구석구석 군인들이 진을 치고 있어 어느 한 곳도 들키지 않고는 지나갈 수 없다. 우리는 남쪽 벽을 순찰하는 위병들이 지나가길 기다린다. 가슴이 마구 뛰고 있다. 우리에게 허락된 시간은 30초. 그것으로 충분하길 신들에게 기도한다.

"할 수 있겠어?" 나는 무성하게 자란 켄킬리바 덤불에서 나오며 페미에게 속삭여 묻는다. 일장석을 만진 뒤로 그의 두 손은 잠시도 가만있지 못하고 자기 손가락과 턱수염, 매부리코를 끊임없이 쓸어내리고 있다.

그가 고개를 끄덕인다. "준비됐어. 설명하긴 어렵지만 느낌이 그래."

나는 다시 순찰대를 본다. "좋아. 저들이 한 번 더 지나가면 그때 가는 거야."

위병들이 모퉁이를 돌아가자 페미와 나는 정돈된 풀밭을 쏜살같이 가로지른다. 제인과 케니언, 이마니가 위쪽 위병들의 눈을 피해 그늘 속에 몸을 바싹 붙인 채 재빨리 우리를 따라온다. 토주에서 많은 신성자들이 돕겠다고 나섰지만 기꺼이 두루마리를 만지고 마법을 깨운 사람은 케니언과 그의 팀원들뿐이었다. 이들만으로 요새를 제압할 수 있기를 바랐지만 그 다섯 명마저 모두 전투력을 가진 것은 아니었다.

알고 보니 카니는 치료술사였고, 새로 깨어난 이페의 마법은 조련술이었다. 상대를 빠르게 공격할 수 없다면 들어가지 않는 편이 안전할 것이다. 다행히 케니언은 화염술사, 페미는 쇠술사, 이마니는 질병술사였다. 내가 바라던 마자이 군단은 아니지만 일장석의 힘을 빌린다면 나쁘지 않은 조합이었다.

"15초." 남쪽 벽에 이르러 내가 헉헉거리며 속삭인다. 쇠술사로 깨어난 페미는 차가운 쇠붙이에 두 손을 대고 철판과 홈들을 우아하게 어루만진다. 무언가를 더듬어 찾고 있다. 1초가 아까운 상황이라 마음이 조급해진다.

"10초."

페미는 눈을 감고 철벽을 더 세게 눌러 본다. 재깍재깍 시간이 흐르며 가슴이 죄어 온다.

"5초!"

갑자기 대기가 갑갑해진다. 페미의 손에서 초록색 빛이 번쩍인다. 철벽이 물처럼 흐물거리며 갈라지기 시작한다.

우리는 모두 재빨리 그 틈을 통과한 뒤 최대한 살금살금 요새 안으로 들어간다. 페미가 들어오는 순간 밖에서 둔탁한 발소리들이 들린다. 순찰대가 다시 지나기 직전에 그는 간신히 벽을 닫는다.

'하늘이여, 감사합니다.'

나는 천천히 한숨을 내쉬며 전투에 앞서 잠시 이 작은 승리를 음미한다. 드디어 들어왔다.

그러나 어려운 일은 이제부터다.

벽에 걸린 반짝이는 칼들이 우리를 에워싼 채 우리의 초조한 얼굴을 비추고 있다. '무기고가 틀림없어······.' 이 요새가 라고스에 있는 요새와 똑같은 구조를 갖췄다면 이곳은 위층의 지휘관 숙소 근처일 것이다. 그렇다면 감옥은 이 아래층에 있을 테고······.

문손잡이가 돌아간다. 내가 손을 올려 모두에게 숨으라는 신호를 보내는 찰나, 무기고 문이 끼익 열린다. 위병 한 명이 다가오는 소리가 들린다. 그는 반짝이는 칼날에 자기 모습을 비춰 보며 안쪽으로 들어온다.

나는 그 위병을 보며 기다린다. 그의 걸음을 세면서. 그는 가까이 있다. 한 걸음만 더 나아오면 우리가 세입할 수······.

"지금이야!" 내가 속삭인다.

제인과 케니언이 달려들어 위병을 쓰러뜨린다. 그들이 그의 입에 재갈을 물리는 동안 나는 소리가 나가지 않도록 달려가서 문을 닫는다. 돌아와 보니 위병의 비명은 이제 들리지 않는다. 나는 웅크리고 앉아 칼날을 펼치고 그 차가운 금속을 그의 목에 갖다 댄다.

"소리 지르면 목을 따 버리겠어."

독한 말이 튀어나오자 나 스스로도 놀란다. 아버지의 입에서 나올 법한 말이다. 그러나 효과가 있다.

내가 재갈을 빼내자 위병은 침을 꿀꺽 삼킨다.

내가 날카롭게 묻는다. "그 마자이 포로. 어디 있어?"

"누, 누구요?"

제인이 도끼를 빼서 위병의 머리 위로 올리며 시치미를 떼 보라는 듯이 위협한다.

"지하에 감방이 있어요. 계단을 끝까지 내려가서 오른쪽 맨 끝 방이요!"

페미가 위병의 이마를 걷어차 기절시킨다. 그가 쿵 하고 묵직한 소리를 내며 바닥으로 쓰러지자 우리는 문을 향해 달려간다.

"이제 어떡해?" 제인이 내게 묻는다.

"일단 기다려."

"얼마나?"

나는 케니언의 목에 걸린 모래시계를 보며 시간을 가늠한다. 모래알들이 4분의 1쯤 떨어져 내렸다. '2차 공격은 어떻게 됐지?'

"벌써 공격했어야 하는……."

천둥 같은 폭발음이 들리더니 우리 발밑의 쇠가 덜덜 떨린다. 요새가 흔들리자 우리는 비 오듯 떨어지는 칼들을 피해 벽에 바싹 붙어선다. 밖에서 또 몇 차례 폭발음이 울리더니 위병들이 소리치며 달려가는 소리가 들린다. 나는 빠끔 문을 열고 부리나케 지나쳐 가는 위병들을 지켜본다. 싸움을 향해 질주하는 그들이 부디 허탕을 치길 나는 기도한다.

마법의 힘을 깨우고 싶지 않은 신성자들은 멀찍이서 함께 싸우기로 했다. 우리는 그 술집의 알코올을 이용해 화염병을 쉰 개쯤 만들었고 또 다른 신성자들은 그 폭발물을 발사하는 데 쓸 새총을 만들었다. 그 정도 거리라면 이 신성자들은 화염병을 던진 뒤 위병들이 오기 전에 탈짐승들을 타고 도망갈 수 있을 것이다. 그리고 위병들이 정신없는 틈을 타서 우리도 탈출할 수 있을 것이다.

우리는 천둥 같은 발소리들이 잠잠해질 때까지 기다렸다가 무기고에서 나와 요새 한가운데 있는 계단참으로 향한다. 끝없는 계단을 달려 쇠로 만든 이 높은 요새의 몇 개 층을 내려간다. 조금만 내려가면 제일리를 구출할 수 있다. 그 신성한 섬으로 갈 수 있다. 남은 이틀 동안 그곳으로 가서 의식을 치르면 된다.

그러나 한 층 더 내려갔을 때 위병 한 무리가 우리 앞을 막아선다. 그들이 칼을 들어 올리자 나는 어쩔 수 없이 소리친다.

"공격!"

케니언이 먼저 공격에 나선다. 그의 열기가 대기를 달구자 온몸에 저릿한 두려움이 퍼져 나간다. 강렬한 빨간색 광채가 그의 주먹을 휘감는다. 그가 주먹을 날리자 불줄기가 폭발하듯 분출하며 위병 세 명을 벽으로 내동댕이친다.

뒤이어 페미기 달려오더니 쇠슬코 위병들의 칼날을 녹여 버린다. 그들이 미끄러지며 멈춰 서자 이마니가 앞으로 나간다. 우리의 질병술사. 어쩌면 가장 무시무시한 마자이일 것이다.

이마니의 손에서 짙은 초록색 기운이 퍼져 나가 위병들을 불길한 구름 속에 가둔다. 그 구름이 닿는 순간 질병이 퍼져 그들의 피부가 누렇게 변하고 몸이 바스러진다.

또 한 무리의 위병들이 다가오지만 무시무시한 힘으로 풀려난 마자이들의 능력은 사그라질 줄 모른다. 일장석의 기운이 끊임없이 퍼져 나가며 그들의 마법이 절로 뿜어져 나온다.

"가자." 내가 말한다.

제인은 모두가 정신없는 틈을 타서 벽에 바싹 몸을 붙이고 전투의 현장을 빠져나간다. 나는 반대편에서 그와 같은 방향으로 나아가다가 그에게 합류한 뒤 제일리를 구하기 위해 또 한 층을 달려 내려간다. 이 정도 힘이라면 누구도 우리를 막을 수 없다. 어떤 위병도 우리를 방해할 수 없다. 우리는 군대도 물리칠 수 있다. 심지어…….

'아버지도?'

그 순간 나는 저 위층에서 근위병들의 보호를 받으며 달려가고 있는 아버지를 발견한다. 난리통을 살피던 아버지의 짙은 갈색 눈이 나의 눈과 마주치더니 먹잇감을 발견한 사냥꾼처럼 뚫어져라 바라본다. 충격을 받고 휘청거리지만 잠시뿐이다. 내가 이 공격에 관여했다는 사실을 깨닫고 아버지의 분노가 뿜어져 나온다.

"아마리!"

그 매서운 눈초리에 피가 얼어붙는다. 하지만 이제 나는 칼을 갖고 있다. 이제는 칼을 내리치는 것이 두렵지 않다.

'용감해지세요, 공주님.'

빈타의 목소리가 울려 퍼진다. 그 애의 선홍색 피가 기억 속을 파고든다. **이제** 그 애를 위해 복수할 수 있다. 아버지를 벨 수 있다. 마자이들이 저 위병들을 맡아 준다면 칼로 아버지의 목을 베는 거다. 아버지가 저지른 그 모든 학살, 아버지가 죽인 그 모든 가엾은 영혼을 위해 응징을…….

"아마리?"

제인을 돌아보는 사이 아버지는 복도 끝에 있는 철문 뒤로 사라진다. '페미라면 저 문을 순식간에 녹일 수 있어…….'

"뭐 하는 거야?"

나는 제인을 보고 눈을 깜빡거리며 입을 다문다. 지금은 설명할 시간이 없다. 언젠가는 아버지와 맞서 싸우리라.

오늘은 제일리를 위해 싸워야 한다.

69

$\twoheaddleftarrow\!\!\blacktriangleleft\!\!\diamond\!\!\blacktriangleright\!\!\twoheadrightarrow$

그들은 의무를 이행했다

이난

다시 굉음이 울리자 나는 제일리를 가슴에 꼭 끌어안는다. 요새가
흔들린다. 검은 연기가 대기를 가득 메운다. 철벽마다 비명이 메아리
친다. 울부짖는 소리가 그슬린 문을 뚫고 들어온다.

나는 어느 방으로 달려 들어가 창살이 쳐진 창문을 내다본다. 불길
이 요새 벽을 에워싸고 있지만 적은 보이지 않는다. 위병들이 불길에
휩싸인 채 비명을 질러 댈 뿐이다. 퓨마녀들이 겁에 질려 날뛰고 있다.

아수라장이다. 문득 쿠아메의 무시무시한 불길이 되살아난다. 마
자이의 공격이다. 내 병사들이 쓰러지고 있다. 그들이 이기고 있다.

"안 돼!"

위층에서 괴로운 비명이 울려 퍼지자 나는 창문에서 물러나 철문
밖을 내다본다. 불과 쇠와 질병이 전투를 이끌고 있다. 병사들이 끝없
이 비명을 질러 댄다.

달려가던 병사들이 화염술사의 불길에 사로잡혀 재로 변한다. 활

을 쏘던 병사들은 쇠술사에게 당하고 있다. 턱수염을 기른 쇠술사는 날아오는 화살의 방향을 돌려 그 뾰족한 쇠붙이가 그것을 쏜 자들의 갑옷을 뚫게 한다.

그러나 그들보다 무서운 것은 주근깨투성이의 여자 마자이다. 질병술사. 죽음의 전령. 그녀의 손에서 짙은 초록색 질병의 구름들이 뿜어져 나온다. 단번에 병사들의 몸이 마비된다.

'학살이야……'

싸움이 아니라 학살이다.

마자이는 겨우 세 명이지만 그들의 엄청난 힘에 장정들이 나가떨어진다.

신성자 정착촌이 파괴될 때와는 비교도 되지 않는다. 적어도 그때는 위병들이 먼저 공격했다. 그런데 이제 보니 그 위병들이 왜 그렇게 겁을 먹었는지 알 것 같다.

'아버지가 옳았어……'

이제는 부인할 수 없다. 나의 바람과는 상관없이 마법이 돌아오면 나의 왕국은 결국 불타 없어질 것이다.

"이난……." 제일리가 끙끙거린다. 제일리의 따뜻한 피가 내 손을 타고 흘러내린다. 오리샤의 미래를 열 열쇠. 그 열쇠가 내 품에서 피를 흘리고 있다.

의무에 발걸음이 무거워지지만 지금은 의무를 신경 쓸 때가 아니다. 무슨 일이 있어도 제일리는 살아야 한다. 마법을 막을 방법은 제일리가 안전해진 뒤에 찾아도 된다.

전투가 한창인 가운데 나는 텅 빈 복도를 달려간다. 계단참 하나를 더 올라간다. 또 한 번 굉음이 울린다.

요새가 흔들리는 바람에 나는 계단에서 나가떨어진다. 넘어지면서 제일리를 꼭 끌어안지만 이번엔 그 비명을 막지 못한다.

다시 꽝음이 울리자 나는 제일리와 함께 벽에 바싹 붙는다. 이런 속도라면 제일리는 탈출하기도 전에 출혈로 죽을 것이다.

'생각을 해.'

나는 눈을 감고 제일리의 머리를 내 목에 기대어 놓는다. 요새의 구조가 머릿속에 떠오른다. 나가는 길을 생각해 본다. 사방이 위병과 마자이, 화염병에 에워싸여 있다. 어디로도 빠져나갈 수 없다. 하지만 나가지 않아도 된다…… 그들이 제일리를 구하러 오고 있다. 제일리는 나가지 않아도 된다.

그들이 들어와야 한다.

'감방!' 나는 일어선다. 그들은 그리로 갈 것이다. 내가 계단을 달려 내려가자 제일리가 비명을 지른다. 이 밤의 고통에 제일리의 울부짖음이 더해진다.

"거의 다 왔어." 마지막 복도에 이르러 내가 속삭인다. "좀만 참아. 다 왔어. 다시 그 감방으로 갈 거야. 그러면 제인이……."

'아마리?'

나는 내 여동생을 얼른 알아보지 못한다. 내가 알던 아마리는 칼에 가려져 보이지 않는다.

지금 이 여인은 누구든 죽일 수 있을 듯 보인다.

아마리가 우리 쪽으로 달려오고 제인이 그 뒤를 바짝 쫓는다. 위병 하나가 칼을 뽑으며 달려들자 아마리는 재빨리 그의 허벅지를 벤다. 뒤이어 제인이 그의 머리를 내리쳐 완전히 쓰러뜨린다.

"아마리!" 내가 소리친다.

아마리는 미끄러지듯 멈춰 선다. 내 품에 안긴 제일리를 발견하고 입이 떡 벌어진다. 그 애와 제인이 우리에게로 달려온다. 그제야 그들은 흥건한 피를 본다.

아마리의 두 손이 입으로 올라간다. 그러나 아마리의 경악은 제인의 것에 비하면 아무것도 아니다. 제인의 입에서 괴로운 소리가 새어나온다. 훌쩍임과 신음이 섞인 소리. 그의 몸이 움츠러든다. 그토록 커다란 사람이 기묘하리만치 작게 보인다.

제일리가 내 목에 기댔던 머리를 들어 올린다. "오빠?"

제인은 도끼를 툭 떨어뜨리고 제일리에게로 달려온다. 나는 제일리를 넘겨준다. 제일리의 등에 감은 거즈가 빨갛게 젖어 있다.

"젤?" 제인이 속삭인다. 붕대가 느슨해지면서 상처가 온전히 드러난다. 내가 미리 주의를 주었어야 했다.

그러나 제일리의 등에 새겨진 피범벅의 '마귀'라는 글씨는 무엇으로도 대비할 수 없었다.

그 광경에 가슴이 무너진다. 제인의 기분이 어떨지 상상할 수도 없다. 그가 제일리를 안아 든다. 너무 꼭. 그러나 뭐라 할 시간이 없다.

내가 재촉한다. "어서 가. 아버지가 여기 있어. 위병들이 더 몰려올 거야. 더 있다간 빠져나갈 수 없게 돼."

"같이 갈 거야?"

아마리의 기대 섞인 목소리에 나는 움찔한다. 제일리를 떠나보낼 생각을 하니 가슴이 죄어 온다. 그러나 이건 나의 싸움이 아니다. 나는 그들의 편에 설 수 없다.

제일리가 나를 돌아본다. 눈물로 얼룩진 제일리의 눈에 두려움이 밀려든다. 나는 제일리의 이마에 손을 얹는다. 몸이 불덩이 같다.

"내가 꼭 찾아갈게." 내가 속삭인다.

"하지만 네 아버지가……."

또 한 번 꽹음이 울린다. 복도에 연기가 가득 찬다.

"가!" 요새가 흔들리자 내가 다시 소리친다. "나갈 수 있을 때 빨리 가!"

제인이 제일리를 안고 매캐한 아수라장 속으로 달려간다. 아마리가 뒤쫓아 가려다 잠시 머뭇거린다. "오빠를 두고 갈 순 없어."

나는 다시 재촉한다. "어서 가. 아버지는 내가 무슨 짓을 했는지 몰라. 여기 남아서 너희들을 도와줄게."

아마리는 고개를 끄덕이며 제인을 따라간다. 나의 거짓말을 믿는다는 표시로 칼을 들어 올리며. 나는 털썩 벽에 기대어 계단 위로 사라지는 그들을 보며 따라가고픈 욕구를 억누른다. 이번엔 그들이 이겼다. 그들은 의무를 이행했다.

오리샤를 구하기 위한 나의 싸움은 이제 시작이다.

70

치료

제일리

요새를 어떻게 나왔는지 모르겠다. 그저 엄청난 혼란과 고통이 떠오를 뿐이다.

그러는 사이 내 등의 상처가 점점 벌어지고 있다. 조금씩 벌어질 때마다 쓰라린 고통이 찾아온다. 눈앞이 캄캄하지만 요새의 열기가 시원한 밤공기로 바뀐 것을 보니 탈출에 성공한 모양이다. 나일라가 우리를 안전한 곳으로 실어 나르는 동안 차가운 밤바람이 내 피부에 새겨진 상처를 식혀 준다.

'이렇게 많은 사람들이…….'

이렇게 많은 마자이들이 나를 구하러 왔다. 그들이 진실을 알면 어떻게 될까? 내가 돌이킬 수 없이 망가졌다는 사실을 알면. 내가 쓸모없어졌다는 사실을 알면.

눈앞이 캄캄한 가운데 어떻게든 마법의 기운을 느껴 보려 애쓴다. 그러나 나의 피는 뜨거워지지 않는다. 가슴에 어떠한 기운도 밀려들

지 않는다. 위병의 칼이 살을 벨 때 느꼈던 쓰라림만 되살아날 뿐이
다. 사란 왕의 검은 눈만 보일 뿐이다.

걱정을 미뤄 두고 나는 다시 정신을 놓는다. 시간이 얼마나 지났는
지 우리가 어디로 왔는지 모르겠다. 정신을 차려 보니 굳은살 가득한
손이 내 몸을 감싸 안고 나일라의 안장에서 들어 올린다.

'오빠…….'

나를 보았을 때 그의 얼굴에 번지던 그 절망을 평생 잊지 못할 것
이다. 지금까지 딱 한 번, 대습격 이후 사슬에 묶인 엄마의 시신을 발
견했을 때 보았던 그 얼굴이다. 그토록 많은 것을 희생한 그에게 결국
또 그런 얼굴을 짓게 하다니.

오빠가 속삭인다. "조금만 참아, 젤. 다 왔어." 그는 나를 엎드린 자
세로 내려놓고 끔찍한 내 등을 드러낸다. 사람들이 일제히 허 하고 숨
을 들이마신다. 한 소년은 울음을 터트린다.

"일단 해 봐." 한 여자가 달래듯 말한다.

"나, 난 조금 벤 상처나 멍만 치료해 봤어. 이건……."

여자의 손이 닿자 나는 발작을 일으킨다. 통증이 등을 훑고 지나가
면서 온몸이 얼어붙는다.

"못 하겠어……."

"젠장, 카니. 어떻게 좀 해 봐. 이러다 과다 출혈로 죽겠어!" 오빠
가 소리친다.

"괜찮아." 아마리가 달랜다. "자. 일장석을 만져 봐."

여자의 손이 다시 닿자 나는 또 한 번 움찔한다. 그러나 이번엔 따
뜻한 기운이 느껴진다. 그녀의 손이 일로린의 파도치는 물처럼 나를
데운다. 온몸에 온기가 퍼지면서 고통과 통증이 가라앉는다.

그 기운이 살갗을 뚫고 들어오자 나는 처음으로 안도의 한숨을 내쉰다. 그러면서 내 몸은 까무룩 잠에 빠져든다.

✳

발에 부드러운 흙이 닿자 내가 어디에 있는지 금세 깨닫는다. 갈대가 나의 맨다리를 간질이고 근처에서 물이 포효하며 떨어져 내린다. 다른 때 같았으면 그 폭포가 나를 손짓해 불렀을 것이다.

오늘 그 소리는 조금 이상하게 들린다. 날카롭다. 꼭 나의 비명 같다.

"제일리?"

이난이 시야에 들어온다. 걱정스러운 듯 눈을 크게 뜨고 있다. 한 걸음 다가오는가 싶더니 멈춰 선다. 더 가까이 오면 내가 부서지기라도 할 것처럼.

그러고 싶다.

부서지고 싶다.

흙으로 부서져 울고 싶다.

그러나 무엇보다도 그의 아버지가 나를 돌이킬 수 없이 짓밟았음을 알리고 싶지 않다.

이난은 눈물이 그렁그렁한 눈을 내리깐다. 나 역시 땅을 바라본다. 내 발가락이 부드러운 흙 속으로 파고든다.

"미안해." 그가 사과한다. 그의 사과는 끝나지 않을 것 같다. "쉽게 두어야 한다는 건 알지만 확인하고 싶었어. 네가⋯⋯."

"괜찮은지?" 내가 대신 말을 이어받는다. 그러나 그가 차마 말을 끝내지 못한 이유를 나는 알고 있다.

그런 일을 겪고 내가 다시 괜찮아질 수 있을지 나조차도 알 수 없으니까.

"치료술사를 찾았어?" 그가 묻는다.

나는 어깨를 으쓱한다. "응. 치료받았어." 이 꿈속에선 내 등에 세상의 증오가 새겨져 있지 않다. 내 핏속에 여전히 마법이 흐르는 척하면 그만이다. 힘들이지 않고 말할 수도 있다. 느낄 수도. **숨 쉴 수도** 있다.

"난······."

그 순간 그의 얼굴이 내 등에 닿은 칼날처럼 나를 벤다.

이난을 만난 뒤로 나는 그의 호박색 눈에서 많은 감정을 보았다. 증오, 두려움, 후회. 그 밖에도 모든 것을 보았다. **모든 것을.**

그러나 이건 처음이다.

통찰.

'안 돼.' 분노가 나를 사로잡는다. 사란에게 이것마저 빼앗길 수는 없다. 마치 내가 오리샤에 하나뿐인 여자인 듯 나를 바라보던 그 눈을 다시 보고 싶다. 우리가 세상을 바꿀 수 있다고 말하던 눈. 그러나 그의 눈은 내가 돌이킬 수 없게 망가졌음을 알아챈 듯하다.

내가 다시는 온전해지지 않으리라는 것을 알아챈 듯하다.

"젤······."

내가 그의 얼굴을 끌어당기자 그는 말을 멈춘다. 그가 안아 주면 고통을 밀어낼 수 있다. 그가 입을 맞추면 축제의 그 소녀로 돌아갈 수 있다.

등에 '마귀'라는 글귀가 새겨지지 않은 그 소녀.

나는 몸을 뗀다. 우리가 처음 입맞춤한 뒤에 그랬듯 이난은 눈을 감고 있다. 그러나 이번에는 몸을 움찔거린다.

우리의 입맞춤이 고통을 안기는 것처럼.

우리의 입술이 닿지만 예전과는 다르다. 그는 손으로 내 머리카락을 쓸어 주지도, 엄지손가락으로 내 입술을 훑어 주지도 않는다. 그의 손은 허공에 멈춰 있다. 움직이기가 두려운 듯이, 만지기가 두려운 듯이.

"만져도 돼." 나는 갈라지는 목소리를 애써 가다듬으며 속삭인다.

그의 이마에 주름이 진다. "젤, 넌 이걸 원치 않아."

내가 다시 그의 입술을 내 입술로 끌어당기자 그는 숨을 들이마신다. 내 입맞춤으로 팽팽했던 근육이 풀어진다. 입맞춤을 끝낸 뒤 나는 그의 코에 이마를 갖다 댄다. "내가 뭘 원하는지 넌 몰라."

그는 가물가물 눈을 뜬다. 이번엔 내가 그토록 갈망하던 그 얼굴이 설핏 보인다. 나를 자기 천막으로 데려가고 싶어 하던 그 사내, 우리가 괜찮을 거라고 믿게 하던 그 눈빛.

그의 손가락이 내 입술을 훑는다. 나는 눈을 감고 그의 인내를 시험한다. 그의 손마디가 내 턱을 훑는 찰나…….

사란의 손이 내 턱을 세차게 끌어당긴다. 온몸이 움찔한다. 호흡이 목에 걸린다. 차분했던 그의 눈이 분노로 이글거린다. 그의 손톱이 내 살을 파고들며 피를 내지만 나는 울지 않으려고, 두려움을 삼키려고 안간힘을 쓴다.

"대답하는 게 좋을 거다, 꼬마야……."

"젤?"

나의 손톱이 이난의 목을 파고든다. 그래야 떨림을 멈출 수 있다. 그래야 울음을 참을 수 있다.

"젤, 왜 그래?"

저 풀밭을 기어가는 거미처럼 스멀스멀 그의 목소리에 다시 걱정이 배어든다. 내가 갈망하는 그 얼굴이 무너지고 있다.

꼭.

나처럼.

"젤……."

나는 격렬한 입맞춤으로 그의 머뭇거림을, 그의 경멸을, 그의 수치심을 밀어 내려 한다. 눈물이 흘러내린다. 예전 같은 느낌을 갈망하며 그의 품으로 파고든다. 그가 나를 끌어당긴다. 부드럽게 안으려 노력하지만 절박한 마음을 주체하지 못한다. 여기서 나를 놓으면 끝이라는 것을 알고 있는 듯이. 이 꿈의 끝에서 어떤 운명이 기다리고 있는지 우리는 너무도 잘 알고 있다.

그의 두 손이 내 허리를 잡더니 허벅지 사이를 움켜쥔다. 나는 숨을 들이마신다. 거듭되는 입맞춤이 매번 나를 새로운 곳으로 데려간다. 거듭되는 손길이 매번 내 고통을 조금씩 밀어내 준다.

그의 두 손이 등을 타고 올라오자 나는 그의 무언의 명령에 따라 두 다리로 그의 허리를 감싼다. 그는 나를 갈대밭 위에 조심스럽게 눕힌다.

"젤……." 이난이 속삭인다.

우리는 빠르게, 너무 빠르게 가고 있지만 속도를 늦출 수 없다. 이 꿈에서 깨면 모든 게 끝날 테니까. 쓰디 쓴, 가혹하고 무자비한 현실이 찾아올 테니까.

앞으로는 이난의 얼굴을 보며 사란을 떠올리지 않을 수 없을 것이다. 그렇기에 우리는 입을 맞추고 서로를 끌어안는다. 모든 게 사라질 때까지. 모든 것이, 모든 흉터가, 모든 고통이 희미해질 때까지. 지금 이 순간 나는 오롯이 그의 품 안에 존재한다. 나는 그의 평화로운 품 안에 살고 있다.

이난이 몸을 뗀다. 호박색 눈에서 고통과 사랑이 한꺼번에 소용돌이친다. 그리고 다른 것도. 좀 더 힘겨운 무엇. 아마도 작별이리라.

그제야 나는 깨닫는다. 내가 그를 원한다는 사실을.

그 많은 일을 겪고도 그를 갈구한다는 사실을.

"계속해." 내가 속삭이자 이난의 호흡이 거칠어진다. 눈으로는 내 몸을 빨아들이다시피 하면서도 그는 여전히 참고 있다.

"정말이야?"

나는 그의 입술을 내 입술로 끌어당기며 천천히 입맞춤으로 그를 침묵케 한다.

그러곤 고개를 끄덕이며 말한다. "원해. 나는 널 원해."

그가 나를 끌어당기자 나는 눈을 감고 그의 손길로 나의 고통을 잠재운다. 잠깐일지언정.

71

이렇게 끝날 순 없다

제일리

머리보다 몸이 먼저 깨어난다. 쓰라린 통증은 나아졌지만 등이 여전히 욱신거린다. 일어나려 하자 찌릿한 통증이 밀려온다. 나는 고통에 몸을 움찔한다. '뭐지? 여긴 어딜까?'

내 간이침대를 에워싼 천막을 바라본다. 머릿속이 온통 흐릿한 가운데 이난의 품이 또렷이 기억난다. 가슴이 팔랑거리며 다시 그의 품으로 돌아가는 듯하다. 한편으로는 그가 너무도 가깝게 느껴진다. 그의 부드러운 입술. 그의 강인한 손. 그러나 또 한편으로는 전생의 일인 듯 아득하게 느껴진다. 그가 했던 말들, 우리가 흘린 눈물. 내 등을 간질이던 갈대, 다시는 보지 못할 그 갈대들…….

사란의 검은 눈이 지켜보는 가운데 그의 부관이 내 등에 글씨를 새긴다.

"네 주제를 일깨워 주지 않으면 왕으로서 제 할 일을 했다고 할 수 없을 것 같구나."

나는 거친 이불을 그러잡는다. 고통이 온몸으로 퍼져 나간다. 누군
가가 천막 안으로 들어오는 소리에 애써 신음을 참는다.

"일어났네!"

밝은 갈색 피부에 새하얀 머리카락을 땋아 내린 주근깨투성이의 덩
치 큰 마자이가 내 옆으로 걸어온다. 처음엔 그녀의 손길에 움찔 놀라
지만 옷 속으로 열기가 전해지자 안도의 한숨을 내쉰다.

그녀가 자신을 소개한다. "카니라고 해. 깨어난 걸 보니 정말 반갑다."

나는 다시 그녀를 흘끗 본다. 비슷하게 생긴 여자 둘이 아그본 시합
에서 뛰던 모습이 어렴풋이 떠오른다. "혹시 언니나 여동생 있어요?"

그녀는 고개를 끄덕인다. "쌍둥이야. 내가 더 귀엽지만."

그녀의 농담에 미소를 지어 보려 하지만 도무지 즐거워지지 않는다.

"상처는 어때요?"

내 목소리가 낯설게 들린다. 나의 목소리가 아닌 것 같다. 기어들어
가는 소리. 텅 빈 소리. 마치 말라 버린 우물 같다.

"아, 그게…… 시간이 지나면 틀림없이……."

나는 눈을 감고 마음의 준비를 한다.

"상처를 꿰매긴 했는데…… 흉터는 남을 것 같아."

'네 주제를 일깨워 주지 않으면 왕으로서 제 할 일을 했다고 할 수
없을 것 같구나.'

다시 사란 왕의 눈이 보인다. 차가운 눈. 냉담한 눈.

카니가 황급히 덧붙인다. "하지만 나는 정말 초짜거든. 나보다 유능한 치료술사를 찾으면 틀림없이 없애 줄 수 있을 거야."

나는 고개를 끄덕이지만 상관하지 않는다. '마귀'라는 글씨가 지워진다 해도 그 고통은 영원히 남을 테니까. 나는 색이 변하고 허물이 벗겨진 손목을 매만진다. 마자사이트 수갑에 피부가 쓸려 거칠거칠하다. 이 흉터도 없어지지 않을 것이다.

천막 자락이 다시 열리자 나는 고개를 돌린다. 아직 누군가를 만날 준비가 되지 않았다. 그때 소리가 들린다.

"젤?"

섬약한 목소리. 우리 오빠의 것이 아닌 듯하다. 겁먹은 목소리, 부끄러워하는 목소리다.

고개를 돌려 보니 그는 천막 구석에 움츠리고 서 있다. 나는 침대에서 내려온다. 오빠를 위해서라면 두려움을 삼킬 수 있다. 눈물을 참을 수 있다.

"젤." 그가 소리친다.

두 팔로 오빠의 가슴을 감싸 안자 등이 따끔거린다. 그가 나를 꼭 끌어당기는 바람에 통증이 더 심해지지만 몸을 떼지 않는다. 그는 내가 괜찮은 모습을 봐야 하니까.

"내가 가 버렸어." 그의 목소리가 작아진다. "축제 도중에 너무 화가 나서 그냥 떠나 버렸어. 생각 없이…… 이렇게 될 줄 몰랐어……."

나는 오빠에게서 몸을 떼고 애써 미소 짓는다. "보기에 흉측해서 그렇지 그렇게 심한 상처는 아니었어."

"하지만 네 등에……."

"괜찮아. 카니가 치료해 줬잖아. 흉터도 안 남을 거야."

오빠는 흘끗 카니를 본다. 다행히 그녀는 가까스로 미소를 지어 준다. 오빠는 나를 살피며 내 거짓말을 믿으려 애쓴다.

그러곤 속삭인다. "아버지한테 약속했는데. 어머니한테도 약속했는데……."

"오빠 그 약속 지켰어. 하루도 빼놓지 않고. 자책하지 마. 난 오빠 원망하지 않아."

그는 굳은 표정으로 다시 나를 껴안는다. 내 품에서 팽팽했던 근육이 풀어지자 나는 숨을 내쉰다.

"깼구나."

아마리를 알아보기까지 조금 시간이 걸린다. 평소에 땋고 다니던 검은 머리카락을 풀어 내렸다. 아마리는 머리카락을 흔들며 일장석을 손에 들고 천막 안으로 들어온다. 일장석의 찬란한 빛이 이 애를 에워싸고 있지만 내 안에선 아무것도 느껴지지 않는다.

나는 또 한 번 무너져 내린다. '어떻게 된 거지?'

지난번 그 일장석을 손에 쥐었을 때는 오야의 분노가 내 몸의 세포 하나하나를 달구는 듯했다. 여신이 된 기분이었다. 지금은 살아 있다는 느낌조차 들지 않는다.

사란을 생각하고 싶지 않지만 어느새 내 머리는 나를 다시 그 지하 감방으로 데려간다.

그 몹쓸 인간이 내 등에서 마법을 도려낸 것 같다.

"기분이 어때?"

아마리의 목소리가 나를 다시 현실로 끌어낸다. 호박색 눈이 나를 꿰뚫고 있다. 나는 시간을 끌기 위해 다시 간이침대에 앉는다.

"괜찮아."

"제일리⋯⋯." 아마리는 나와 눈을 맞추려 하지만 나는 시선을 돌린다. 아마리는 이난이나 오빠와는 다르다. 캐려고 마음먹으면 허술한 거짓말에 넘어가지 않을 것이다.

카니가 나가면서 천막 자락이 열린다. 태양이 산을 넘어가고 있다. 지평선을 주황색으로 물들이며 뾰족뾰족한 봉우리 아래로 떨어진다.

내가 묻는다. "오늘이 며칠이야? 내가 얼마나 잔 거야?"

아마리와 오빠가 눈길을 주고받는다. 가슴이 발치까지 덜컥 내려앉는다. '그래서 마법이 느껴지지 않았나 봐⋯⋯.'

"백년제일이 지났어?"

오빠는 땅을 보고 있고 아마리는 아랫입술을 깨문다. 아마리가 속삭이는 목소리로 대꾸한다. "내일이야."

가슴이 막 뛰기 시작한다. 나는 두 손에 머리를 파묻는다. 그 섬까지 어떻게 가지? 의식은 어떻게 치르고? 죽은 자들의 한기가 느껴지지 않지만 그래도 속으로 주문을 외워 본다.

'에미 아워 티 오 티 선, 모 케 페 인 니 오니⋯⋯.'

위병이 마지막 획을 그으며 글자 '마'를 마무리한다.

내 입술에서 분노의 말이 뿜어져 나온다. 나는 소리친다. 비명을 지른다.

그러나 고통은 끝나지 않는다.

갑자기 손바닥이 화끈거려 나는 아래를 내려다본다. 내가 손톱으로 내 살에 붉은 초승달 자국을 냈다. 나는 두 손을 펴고 아무도 보지 않았기를 기도하며 침대에 묻은 피를 닦는다.

다시 주문을 외워 보지만 좀처럼 흙바닥에서 영혼이 올라오지 않는다. 나의 마법은 사라졌다.

게다가 어떻게 되찾아야 할지도 모른다.

그 사실을 깨닫자 다시 가슴에 서늘한 구멍이 뚫린다. 대습격 이후 처음이다. 아빠가 이바단 거리에서 무너지는 모습을 보고 이제 예전으로 돌아갈 수 없겠구나 생각하며 가슴에 서늘한 구멍이 뚫리는 듯했었다. 나는 이베지의 모래 둔덕들 사이에서 처음 마법에 성공한 날을 떠올려 본다. 일장석을 들고 오야의 손이 스쳐 갈 때 느꼈던 그 영묘한 기운을 떠올려 본다. 등에 칼이 닿을 때보다 더 날카로운 고통이 온몸을 관통한다.

마치 또 한 번 엄마를 잃은 것 같다.

아마리가 내 침대 귀퉁이에 걸터앉더니 일장석을 내려놓는다. 저 금빛 파장이 한 번 더 내게 말을 걸어 준다면 얼마나 좋을까.

"이제 어떡해?" 올라심보산맥이 이렇게 가까이 있다면 나일라를 타고 가도 자리아까지는 최소한 사흘이 걸릴 것이다. 설사 내 마법이 살아 있다 해도 신성한 섬은 고사하고 내일까지 자리아에도 닿지 못할 것이다.

오빠는 내가 뺨을 때리기라도 한 듯이 나를 본다. "도망가야지. 아버지를 찾아서 오리샤를 떠나자."

아마리도 고개를 끄덕인다. "제인 말이 맞아. 나도 물러서고 싶진 않지만 우리 아버지는 네가 아직 살아 있다는 걸 알고 있어. 그 섬까지 갈 수 없다면 안전한 곳으로 가서 전열을 가다듬어야 해. 다른 방법을 찾아서 싸워야……."

"그게 대체 무슨 소리야?"

퍼뜩 고개를 돌리자 오빠만 한 체구의 사내가 천막 자락을 비집고 들어온다. 조금 시간이 걸리지만 곧 아그본 경기장에서 오빠와 맞서 싸우던 선수의 새하얀 곱슬머리가 떠오른다.

"케니언?" 내가 묻는다.

그의 시선이 설핏 나에게로 향한다. 그러나 매서운 눈에선 옛정을 찾아볼 수 없다. "드디어 깨어나기로 했다니 기쁘군."

"그쪽도 아직 재수 없는 걸 보니 기쁘네."

그는 잠시 나를 노려보다가 다시 아마리에게로 눈을 돌린다. "얘가 마법을 되찾아 줄 거라고 **했잖아**. 그래 놓고 이제 달아나겠다고?"

그러자 오빠가 소리친다. "시간이 없어. 자리아까지 가는 데만도 사흘이 걸려……."

"지메타를 가로지르면 반나절이면 돼!"

"하늘이시여, 또 그 얘기야   ."

그러자 케니언이 소리친다. "사람들이 죽었어. 저 애 때문에. 그런데 위험하다는 이유로 내빼겠다고?"

아마리는 바위도 녹일 듯 뜨거운 눈초리로 노려본다. "우리가 얼마나 많은 위험을 감수했는지 모르면 그 입 좀 다무시지!"

"이 조그만……."

"맞는 말이야." 내가 목소리를 높인다. 새삼 간절함이 끓어오른다. 이럴 수는 없다. 여기까지 와서 다시 마법을 잃을 수는 없다. "아직 하룻밤이 남았어. 지메타로 가서 배를 구할 수 있다면……." 내 마법을 되찾을 수 있다면…… 신들과 소통할 길을 찾을 수 있다면…….

"젤, 안 돼." 오빠는 허리를 굽혀 나와 눈을 맞춘다. 아빠에게 그러듯. 그건 아빠가 너무도 섬약하기 때문이다. 돌이킬 수 없이 망가졌기 때문이다. 이제 나도 그렇게 되었다. "지메타는 너무 위험해. 도움을 찾기보다는 죽을 확률이 더 높을걸. 넌 쉬어야 해."

"빨리 움직여야 해."

그 말에 오빠는 천막을 무너뜨릴 기세로 케니언에게 얼굴을 들이댄다.

"그만둬." 아마리가 두 사람 사이에 끼어든다. "싸울 시간이 없어. 돌파할 수 없다면 빨리 도망가야 해."

그들이 다투는 사이 나는 손 닿는 곳에 놓여 있는 일장석을 바라본다. 저걸 만지면…… 그냥 스치기만 해도…….

'오야, 제발.' 나는 조용히 기도를 올린다. '이렇게 끝나지 않게 해주세요.'

나는 심호흡을 하며 하늘 어머니의 영혼을, 오야의 뜨거운 기운을 맞이할 각오를 한다. 그러곤 손가락으로 그 매끈한 돌을 훑는 순간……

가슴에서 희망이 사그라진다.

아무 일도 일어나지 않는다.

불똥 하나 튀지 않는다.

일장석은 싸늘하다.

차라리 나의 마법을 깨우지 않았더라면, 그 두루마리의 존재를 몰랐더라면 이렇게 비참하지 않았을 것이다. 내 몸에서 마법이 완전히 빠져나간 것 같다. 그 지하 감옥에 두고 온 것 같다.

'하늘 어머니의 영혼과 연결된 마자이만이 그 신성한 의식을 치를 수 있다.' 레칸의 말이 다시 머릿속에 메아리친다. 그가 없는 지금, 의식을 치르기 전까지는 다른 어떤 마자이도 하늘 어머니와 연결될 수 없다.

내가 아니면 아무도 의식을 치를 수 없다.

"제일리?"

눈을 들어 보니 모두가 나를 보며 대답을 기다리고 있다.

'끝났어.' 지금 말해야 한다.

하지만 입을 열자 그 말이 나오지 않는다. 이럴 수는 없다. 우린 너무 많은 것을 잃었다. 모두가 너무 많은 것을 희생했다.

"가자." 기운 없는 목소리다. 아아, 신들이여. 좀 더 힘차게 말할 수 있다면 얼마나 좋을까. 이번엔 성공해야 한다. 이렇게 끝나게 해선 안 된다.

하늘 어머니는 나를 선택했다. 나를 이용했다. 내가 사랑하는 모든 것을 빼앗아 갔다. 나를 이렇게 버려선 안 된다.

흉터만을 남긴 채 나를 이렇게 내동댕이쳐선 안 된다.

"젤……."

"그들은 내 등에 **마귀**라는 글씨를 새겨 넣었어." 내가 속삭인다. "가야 해. 어떤 내가를 치르든 상관없어. 그든에게 승리를 안겨 주진 않을 거야."

72

은빛 눈의 여우너

제일리

몇 시간에 걸쳐 올라심보산맥을 둘러싼 숲을 지나자 지평선 위로 지메타가 나타난다. 소문으로 들은 그곳 주민들만큼이나 날카롭고 뾰족뾰족한 모래 절벽과 암벽들이 로코자해 위로 솟아올라 있다. 파도가 절벽에 부딪치며 내겐 너무도 익숙한 노래를 만들어 낸다. 요란한 파도 소리는 마치 천둥 같지만 다시 물가에 와 있다는 사실에 마음이 편안해진다.

"예전에 네가 여기 살고 싶어 했던 거 기억나?"

오빠가 속삭여 묻자 나는 고개를 끄덕인다. 입가에 희미한 미소가 떠오른다. 우리 계획이 실패할지도 모른다는 불안감을 잠시 밀어 두기만 해도 기분이 한결 나아진다.

대습격 이후 나는 지메타로 이사하자고 우겼다. 이 무법천지의 변경이 우리가 안전하게 살 수 있는 유일한 곳이라 생각했다. 돈만 주면 무엇이든 하는 청부업자들과 범죄자들이 득실댄다는 이야기를 들었지만 어린 마음엔 위병들이 없는 도시라면 그런 위험은 아무것도 아닌 듯했다. 적어도 이곳에서 우리를 죽이려 하는 사람들은 오리샤의 인장을 달고 있진 않을 테니까.

높은 벼랑들 안에 들어앉은 작은 집들을 지나면서 이곳에 살았더라면 우리의 삶이 얼마나 달라졌을까 생각해 본다. 암석들 사이로 마치 그 안에서 자란 듯 목제 문과 창틀 따위가 튀어나와 있다. 달빛에 잠긴 이 범죄 도시는 언뜻 평화롭게 보이기도 한다. 모퉁이마다 숨어 있는 청부업자들만 아니면 아름다운 곳이라 생각할 수도 있을 것이다.

복면 쓴 사내 한 무리를 지나면서 나는 굳은 표정을 유지한 채 저들은 어떤 특기를 가졌을까 생각해 본다. 이곳 지메타에서는 길거리를 지나다니는 사람들이 저마다 절도에서부터 청부 살인에 이르기까지 다양한 재주를 갖고 있다고 들었다. 소문에 따르면 부여장에서 벗어날 수 있는 유일한 방법은 이곳에서 청부업자을 고용해 탈출하는 것뿐이다. 군대에 저항하고도 살아남을 만큼 힘세고 교활한 자들은 이곳 청부업자들밖에 없다고 들었다.

또 다른 복면 무리가 지나가자 나일라가 으르렁거린다. 코시단과 신성자, 남자와 여자, 오리샤인과 외국인이 섞여 있는 무리다. 그들은 눈으로 나일라의 갈기를 훑어본다. 마치 값어치를 가늠해 보는 듯. 한 사내가 과감히 앞으로 나오자 내가 쏘아본다.

'어디 해보시지.' 나는 눈으로 그를 위협한다. 오늘 같은 날 나를 건드리려 하는 그가 가여울 뿐이다.

"여기야?"

우리 일행이 절벽 아래 커다란 동굴 앞에서 걸음을 멈추자 내가 케니언에게 묻는다. 동굴 입구부터 어둠에 싸여 있어 안이 보이지 않는다.

그는 고개를 끄덕인다. "사람들이 은빛 눈의 여우너라고 불러. 맨손으로 곰베의 장군을 때려잡았대."

"그 사람이 배를 갖고 있다고?"

"가장 빠른 배를 갖고 있어. 풍력 배라고 지난번에 들었어."

"알았어. 가 보자." 나는 나일라의 고삐를 잡는다.

"잠깐." 케니언은 손을 내밀며 우리 앞을 막는다. "남의 집에 이렇게 우르르 들어갈 수는 없지. 한 사람만 가야 해."

우리는 잠시 망설인다. '젠장.' 이런 상황은 대비하지 못했다.

오빠가 도끼로 손을 뻗으며 말한다. "내가 갈게."

그러자 케니언이 묻는다. "왜? 이 계획의 중심은 제일리야. 한 사람이 가야 한다면 제일리가 가야지."

"미쳤어? 난 절대 제일리를 혼자 들여보내진 않을 거야."

케니언은 코웃음을 친다. "제일리도 무방비 상태는 아니잖아. 마법을 쓰면 우리 중 누구보다도 강할걸."

"맞는 말이야." 아마리가 오빠의 팔에 손을 얹으며 말을 잇는다. "제일리의 마법을 보면 오히려 더 도와주려 할지도 몰라."

나도 맞장구친다. 두렵지 않다고 말한다. 저들을 설득하는 일은 어렵지 않을 거라고. 나의 마법은 그 어느 때보다도 더 강하다고.

그러나 현실을 생각하자 속이 울렁거리며 죄책감이 일렁인다. 이 모든 게 나에게 달려 있지 않다는 사실을 한 사람이라도 안다면 마음이 한결 편할 텐데.

우리가 마법을 되찾을 수 있는지 여부는 전적으로 신들에게 달려 있다.

오빠가 다시 고개를 젓는다. "안 돼. 너무 위험해."

"할 수 있어." 나는 오빠에게 나일라의 고삐를 건넨다. 해내야 한다. 어떻게 되든 그건 하늘 어머니의 계획일 것이다.

"젤……"

"케니언 말이 맞아. 그나마 내가 가야 설득할 확률이 가장 높아."

오빠는 앞으로 나온다. "혼자 들여보내지 않을 거야."

"오빠, 우리에겐 저 투사들이 필요해. 저들의 배가 필요해. 게다가 우린 그들에게 대가로 제안할 것도 없잖아. 정말 그 사원에 가고 싶다면 저들의 규칙을 어기면서 대화를 시작하는 건 좋지 않아." 나는 성물 세 개와 내 봇짐을 아마리에게 건네고 격투봉만 챙긴다. 손으로 그 돋을무늬를 훑으며 애써 심호흡을 해 본다.

"걱정 마." 나는 오야에게 나의 생각과 무언의 기도를 함께 올려 보내며 덧붙인다. "도움이 필요하면 크게 소리칠게."

나는 동굴 입구로 들어간다. 대기가 차고 축축하다. 가까운 벽에 바싹 붙어 손으로 미끄러운 융기들을 훑으며 암벽을 길잡이 삼아 나아간다. 느릿느릿 조심스레 걸음을 떼지만 몸을 움직이자 마음이 한결 편해진다. 그 빌어먹을 두루마리를 붙들고 내가 할 수 있을지 없을지도 모를 의식에 대해 곱씹느니 움직이는 편이 낫다.

좀 더 들어가자 천장에 고드름 같은 커다란 푸른색 수정들이 동굴 바닥에 닿을 듯 길게 매달려 있다. 반짝이는 이 수정들이 희미한 불빛을 내 주며 그 주위에 모여 있는 두꼬리 박쥐녀들을 비춘다. 박쥐녀들이 동굴 안으로 깊숙이 들어가는 나를 지켜보는 것 같다. 한동안 그들의 찍찍대는 합창 소리만이 정적을 메우더니 어느덧 불가에 모여 앉은 남녀들의 수다 소리가 들려온다.

나는 잠시 걸음을 멈춘다. 동굴 안은 의외로 널찍하다. 이 청부업자들은 우묵하게 팬 땅에 엷게 뒤덮인 이끼를 방석 삼아 앉아 있다. 천장 틈으로 새어 들어오는 빛이 벼랑 아래로 이어진, 손으로 깎아 만든 듯한 계단을 비춘다.

내가 두세 걸음 더 나아가자 사람들이 물을 끼얹은 듯 조용해진다.

'신들이여, 도와주세요.'

나는 사람들 속으로 들어간다. 복면을 쓰고 검은 옷을 입은 청부업자 수십 명이 바닥에 튀어나온 암석에 앉아 지나가는 나를 음흉하게 바라본다. 무기로 손을 뻗는 사람도 있고 싸우려고 자세를 잡는 사람도 있다. 절반은 나를 죽일 듯이 노려보고 또 절반은 잡아먹을 듯이 노려본다.

나는 그들의 적대적인 태도를 무시하고 호박색과 갈색 눈의 물결 속에서 잿빛 눈을 찾는다. 동굴 앞쪽에서 그들의 대장인 듯한 사내가 모습을 드러낸다. 유일하게 복면을 쓰지 않았다. 다른 투사들처럼 검은 옷을 입었지만 목에는 짙은 붉은색 천을 둘렀다.

"당신은?" 나는 당황한다. 충격을 감추지 못한다. 사암색 피부, 인상적인 잿빛 눈. '그 소매치기……' 신성자 정착촌에서 본 그 도둑이다. 불과 얼마 전의 일인데 마치 전생의 일처럼 느껴진다.

로웬은 손으로 만 담배를 길게 빨아들이며 날카로운 눈으로 나를 훑어본다. 그러곤 왕좌를 연상케 하는 둥근 암석에 기대앉는다. 그의 입술에 여우녀 같은 미소가 번진다.

"내가 다시 만날 거라 했잖아." 그는 한 차례 더 담배를 빨고 천천히 숨을 내쉰다. "하지만 안타깝게도 적절한 상황은 아닌 것 같네. 네가 내 부하들에게 합류하러 온 거라면 모를까."

"부하들?" 로웬은 기껏해야 우리 오빠보다 두세 살 많아 보인다. 투사처럼 건장한 체격이지만 그가 부리는 사내들은 그보다 두 배쯤 크다.

"부하들이 있다는 게 재미있나?" 그의 얇은 입술에 일그러진 미소가 떠오른다. 그는 돌로 된 왕좌에서 앞으로 상체를 숙이며 말을 잇는다. "나한테는 뭐가 재미있는지 알아? 귀여운 마자이. 귀여운 마자이가 무기도 없이 내 동굴에 비틀비틀 걸어 들어오다니."

"무기가 없다고 누가 그래요?"

"칼을 휘두를 것 같진 않은데. 물론, 칼 쓰는 법을 배우려고 온 거라면 기꺼이 가르쳐 주지."

그의 조롱에 사람들이 웃음을 터트린다. 뺨이 화끈거린다. 그에게 나는 노리개다. 손쉬운 소매치기 표적일 뿐이다.

나는 동굴 안을 훑어보며 그의 청부업자들을 살핀다. 협상에 성공하려면 그가 나를 존중하게 만들어야 한다.

나는 굳은 얼굴로 말한다. "고마우셔라. 하지만 사실은 내가 한 수 가르쳐 주러 왔는데."

로웬의 깊은 웃음이 동굴 벽에 메아리친다. "계속해 봐."

"오리샤를 바꾸는 일에 당신과 당신 부하들이 필요해요."

사내들은 또 한 번 야유하지만 이 소매치기는 웃지 않는다. 그는 자리에서 좀 더 상체를 내민다.

내가 설명을 이어 간다. "지메타 북쪽에 신성한 섬이 있어요. 배로 꼬박 하룻밤이 걸리죠. 내일 해 뜨기 전까지 우리를 그곳에 데려다주었으면 해요."

그는 자신의 왕좌에 깊숙이 등을 기댄다. "로코자해에 있는 섬은 카두나 하나뿐인데."

"이 섬은 백 년에 한 번씩만 나타나요."

또 야유가 터지지만 로웬이 날카로운 손짓으로 잠재운다.

"그 섬에 뭐가 있지, 신비로운 마자이 아가씨?"

"마법을 영원히 되돌릴 수 있는 길이 있어요. 이 오리샤의 모든 마자이가 마법을 되찾을 수 있어요."

청부업자들은 폭발적으로 웃음과 야유를 쏟아 내며 내게 꺼지라고 소리친다. 그 가운데서 다부진 체격의 남자가 걸어 나온다. 검은 전투복 속에 근육이 불룩하게 솟아 있다. "그 따위 거짓말로 우리의 시간을 빼앗을 생각 마." 그가 소리친다. "로웬, 당장 이 아이를 내쫓지 않으면 내가……."

그가 내 등에 손을 얹자 나의 흉터들이 경련을 일으킨다. 그 고통에 나는 또 그 감방으로 되돌아간다.

몸을 당기자 녹슨 수갑에 손목이 쓸린다. 철벽에 나의 비명이 메아리친다.

그러는 내내 사란 왕은 침착하게 서서 그들이 나를 갈가리 찢어 놓는 광경을 지켜보고 있고…….

"아악!"

나는 사내를 어깨 너머로 내던진다. 사내는 요란한 소리를 내며 돌바닥에 나동그라진다. 그가 움찔 물러나자 나는 그의 배에 격투봉을 대고 펼친다. 또 한 번 요란한 소리가 들린다. 그의 비명이 높아지지만 내 머릿속에선 더 큰 비명이 울려 대고 있다.

내가 허리를 굽혀 격투봉 끝을 이 청부업자의 목에 갖다 대자 동굴 전체가 숨을 참는다.

나는 이를 드러내며 말한다. "또 건드리기만 해. 어떻게 되는지 보자고."

내가 격투봉을 거두며 도망갈 틈을 내주자 그는 주춤하며 물러난다. 이제 아무도 웃지 않는다.

그들은 내 격투봉의 위력을 알았다.

로웬의 잿빛 눈은 아까보다 더 즐거워하고 있다. 그는 담배를 끄고 앞으로 걸어 나오더니 내 얼굴 앞에 손가락 하나만큼의 거리를 두고 멈춰 선다. 담배 냄새가 젖과 꿀처럼 달콤하게 나를 에워싼다.

"네가 처음이 아니야, 아가씨. 쿠아메도 마법을 되찾으려 했었지. 듣기론 잘 안 됐다고 하던데."

쿠아메의 이름이 나오자 신성자 정착촌에서 그가 로웬과 얘기하던 일이 떠오르며 아릿한 통증이 가슴을 훑는다. 그는 늘 준비하고 있었다. 내심 언젠가 우리가 맞서 싸워야 한다는 사실을 알고 있었던 것이다.

"이번엔 달라요. 모든 마자이의 재능을 한꺼번에 되찾을 방법을 갖고 있어요."

"얼마나 줄 건데?"

"돈은 없어요. 하지만 신들의 은총을 얻게 될 거예요."

내가 대꾸하자 그는 코웃음 친다.

"무슨 근거로? 그냥 좋은 일이니까?"

'이 정도론 안 돼.' 나는 머릿속을 뒤져 좀 더 나은 거짓말을 찾아본다. "신들이 나를 그쪽에게 보냈잖아요. 두 번이나. 우리가 다시 만난 건 우연이 아니에요. 신들이 그쪽의 도움을 원해서 선택한 거라고요."

그는 일그러진 미소를 거두고 처음으로 진지한 얼굴을 한다. 장난기나 심술이 사라지고 나자 그의 눈에 담긴 표정을 헤아릴 수가 없다.

"나한텐 그걸로 될지 몰라도 내 부하들에겐 신의 개입보다 좀 더 확신한 이유가 필요할 것 같은데."

"우리가 성공하면 미래의 오리샤 여왕이 여기 있는 사람들을 고용해 줄 거라고 하세요." 확실하지도 않은 이야기가 튀어나온다. 아마리가 왕권을 쥐려 한다는 얘기를 오빠에게서 들었지만 그동안 너무 많은 일을 겪느라 그 얘기에 대해 딱히 생각해 보진 않았다.

하지만 지금은 다른 방법이 없다. 내가 내세울 수 있는 유일한 권력에 매달리는 수밖에. 로웬과 그의 부하들이 도와주지 않으면 우리는 그 섬의 근처에도 가지 못할 것이다.

그는 잠시 생각한다. "여왕의 청부업자이라. 멋지지 않아?"

나는 고개를 끄덕인다. "멋지죠. 금덩이하고 다를 게 없다니까요."

그의 입가에 능글맞은 웃음이 걸린다. 그는 나를 한 번 더 훑어본다. 마침내 그가 손을 내밀자 나는 미소를 감추며 그의 손을 단단히 잡고 악수한다.

내가 묻는다. "언제 떠나요? 동틀 녘까진 그 섬에 닿아야 해요."

로웬은 미소 짓는다. "지금. 하지만 우리 배가 좀 작거든. 넌 내 옆에 앉아야 할 거야."

73

영리하고 효율적인 방법

제일리

바람이 정적을 메운 가운데 우리는 로웬의 배를 타고 로코자해를 건넌다. 이베지의 경기장에서 본 거대한 배들과 달리 로웬의 배는 좁고 뾰족하며 길이도 나일라보다 몇 미터밖에 길지 않다. 돛 대신 금속 터빈이 바람을 이용한다. 터빈들이 윙윙 돌아가면서 파도가 일렁이는 바다로 우리를 밀어 준다.

커다란 파도가 또 한 번 배를 때리자 나는 오빠와 아마리에게 바싹 붙는다. 일로린의 와리해와 달리 로코자해는 환하게 빛을 발한다. 물속에서 플랑크톤이 푸른색 빛을 내며 마치 별이 가득한 밤하늘처럼 바다를 반짝거리게 만든다. 이렇게 비좁은 배에 끼어 타고 있지 않았더라면 이 풍경을 보며 몹시 감탄했을 것이다. 케니언의 팀과 로웬의 부하 열두 명이 함께 탄 터라 우리는 미심적은 사내들 사이에 바싹 붙어 앉아 있다.

'신경 쓰지 마.' 나는 스스로를 타이르며 바다로 고개를 돌린다. 소금기 가득한 물보라가 피부에 닿으면서 마음이 편안해진다. 눈을 감자 일로린으로 돌아가 다시 고기잡이에 나선 기분이 들기도 한다. 아빠와 함께. 이 모든 일이 시작되기 전. 졸업 결투가 최대의 근심거리였던 시절로 돌아간 기분이다.

나는 내 손을 바라보며 그 후에 벌어진 일들을 생각해 본다. 백년제일이 가까워지면 무언가가 느껴질 줄 알았는데 여전히 내 피에는 마법의 기운이 돌지 않는다.

'오야, 부탁드려요.' 나는 주먹을 꼭 쥐고 기도한다. '하늘 어머니. 모든 신들. 당신들을 믿습니다.'

제 믿음을 저버리지 말아 주세요.

"괜찮아?" 아마리가 속삭여 묻는다. 목소리는 다정하지만 이 애의 호박색 눈은 모든 것을 알고 있는 듯하다.

"그냥 좀 추워서."

아마리는 고개를 갸우뚱할 뿐 캐묻지 않는다. 내 손에 깍지를 끼고 다시 바다를 바라볼 뿐이다. 다정한 손길이다. 자상한 손길. 마치 이미 진실을 알고 있는 것처럼.

"누가 있는데, 대장."

퍼뜩 고개를 돌려 보니 수평선에 돛대가 세 개 달린 커다란 전함들의 형체가 보인다. 셀 수 없이 많다. 물살을 가르는 이 맹수 같은 목함들은 철판을 두르고 있다. 갑판에 대포가 늘어서 있다는 뜻이다. 안개에 가려져 흐릿하지만 달빛에 오리샤의 인장이 드러난다. 가슴이 죄어 온다. 나는 또다시 밀려드는 기억을 떨쳐 내려 눈을 감는다.

칼날이 등을 가르면서 열기가 고통을 더한다. 아무리 비명을 질러도 어둠은 찾아오지 않는다. 내 피의 맛이 느껴지고…….

"젤?"

어둠 속에 아마리의 얼굴이 떠 있다. 나는 이 애의 손마디가 꺾일 만큼 손을 꼭 잡고 있었다. 사과하려고 입을 열지만 아무 말도 나오지 않는다. 흐느낌이 목으로 올라 오려 한다.

아마리는 다른 손으로 나를 감싸며 로웬을 돌아본다. "저들을 피해 갈 수 있어요?"

로웬은 주머니에서 접이식 망원경을 꺼내 눈에 갖다 댄다. "저건 쉽지만 그 뒤의 함대는 어렵겠는데."

그가 내게 망원경을 건네자 아마리가 나를 구해 주려는 듯 그것을 가로챈다. 망원경을 들여다보면서 아마리의 몸이 뻣뻣해진다.

아마리가 탄식한다. "하늘이여. 아버지의 전함들이야."

사란의 차가운 눈이 머릿속을 스친다. 나는 고개를 돌리고 로웬의 배에 설치된 목제 가로장을 붙잡으며 바다를 바라본다.

'네 주제를 일깨워 주지 않으면 왕으로서 제 할 일을 했다고 할 수 없을 것 같구나.'

"몇 척이야?" 내가 가까스로 묻는다. 하지만 정작 묻고 싶은 말은 그게 아니다.

그의 부관들이 몇 명이나 타고 있을까?

얼마나 많은 사람들이 내게 상처를 내려 기다리고 있을까?

"최소 열두 척." 아마리가 대꾸한다.

"항로를 바꿔 보자." 오빠가 제안한다.

로웬의 회색 눈에 다시 장난기가 나타난다. "바보 같은 소리. 가까운 배를 나포해야지."

그러자 아마리가 반대한다. "안 돼요. 그럼 우리 존재가 들통나요."

"저들이 우리 앞을 가로막고 있어. 그리고 보아하니 같은 섬으로 가고 있는 것 같은데. 저쪽 전함을 타고 가는 것보다 더 좋은 방법이 있을까?"

나는 파도치는 바다에서 까딱거리는 거대한 목함들을 바라본다. 이난은 어디 있을까? 저 중 하나에 사란이 타고 있다면 이난도 그와 함께 있을까?

그런 얘기를 차마 입 밖에 낼 수는 없다. 나는 한 번 더 조용히 기도를 올린다. 저 위에 나를 걱정해 주는 신이 하나라도 있다면 다시는 이난을 마주하지 않게 해 줄 것이다.

"해 보죠." 모두가 나를 돌아보지만 나는 바다에 시선을 고정한 채 말을 잇는다. "저 배들이 전부 그 섬으로 가는 거라면 우린 좀 더 영리하고 효율적인 방법을 택해야죠."

그러자 로웬이 내 쪽으로 머리를 기울인다. "그렇지. 케토, 가장 가까운 배로 방향을 돌려."

배가 속도를 내자 내 심장이 금방이라도 가슴을 뚫고 나올 듯 쿵쾅거린다. 어떻게 다시 사란을 마주한단 말인가? 마법을 쓰지 못하면 내가 무슨 쓸모가 있단 말인가?

나는 떨리는 손으로 격투봉을 잡고 휘둘러 펼친다.

"뭐 하는 거야?"

고개를 들어 보니 로웬이 옆에 와 있다.

"저 전함을 나포한다면서요?"

"아가씨가 잘 모르는 모양이네. 넌 우리를 고용했잖아. 그냥 앉아 있어. 우리가 할 테니."

아마리와 나는 눈길을 주고받다가 다시 그 거대한 전함을 돌아본다.

"정말 우리가 돕지 않아도 할 수 있어요?" 아마리가 묻는다.

"배를 빼앗는 거야 쉽지. 얼마나 빨리 빼앗느냐가 관건일 뿐."

그는 두 사내에게 수신호를 보낸다. 그러자 그 사내들은 고리와 밧줄이 달린 석궁을 꺼낸다. 로웬이 화살을 쏘라는 신호로 주먹을 올리다 말고 나를 돌아본다. "어느 선까지야?"

"네?"

"어느 선까지 허용하느냐고. 개인적으로 나는 깔끔하게 목을 따는 쪽을 신호하지만 여긴 비디니까 이사가 더 효율적일 수도 있거든."

사람 목숨을 저렇게 쉽게 얘기하다니 소름이 돋는다. 두려울 게 없는 자의 평정. 사란의 눈에서 엿본 그 평정이다. 지금은 죽은 자들의 영혼을 느낄 수 없지만 로웬의 주위에 얼마나 많은 영혼이 몰려 있을지 상상하고 싶지도 않다.

"죽이는 건 안 돼요." 나조차도 예상하지 못한 말이지만 입 밖에 내는 순간 옳다고 느껴진다. 이미 수많은 사람들이 피를 흘렸다. 내일 우리가 이기든 지든 저 병사들까지 죽일 필요는 없다.

"재미없기는." 로웬은 툴툴거리며 부하들을 돌아본다. "들었지? 전멸시키되 숨통은 끊지 마."

청부업자 몇몇이 투덜거리자 가슴이 오그라진다. 대개는 죽이는 쪽을 택하는 걸까? 물어볼 겨를도 없이 로웬은 손가락을 두 번 날카롭게 튕긴다.

석궁의 화살이 날아가 목함 선체에 걸린다.

로웬의 부하 중 가장 덩치 큰 사내가 밧줄 끝을 자신의 거대한 몸통에 묶고 버틴다.

로웬이 케토라고 부르는 청부업자는 타륜을 놓고 일어나더니 팽팽해진 밧줄로 향한다.

"실례할게요." 케토가 지나가며 오리샤어로 중얼거린다. 복면으로 얼굴의 대부분을 가렸지만 로웬과 똑같은 피부색에 똑같이 뾰족한 눈을 가졌다. 그러나 로웬은 거만하고 조롱을 일삼는 반면 케토는 늘 다정하고 진지한 모습이다.

케토는 배를 가로질러 가더니 밧줄을 당기며 잘 묶였는지 시험해 본다. 확실하게 묶인 것을 확인한 뒤 껑충 뛰어올라 두 다리로 밧줄을 감싼다. 그가 박쥐귀 여우너처럼 날렵하게 춤추듯 줄을 타고 건너자 절로 입이 벌어진다. 몇 초도 안 되어 케토는 반대편 배의 난간을 넘어 컴컴한 어둠 속으로 사라진다.

어렴풋이 끙 하는 소리가 들리고 다시 비슷한 소리가 이어진다. 잠시 후 케토가 나타나 전진 신호를 보낸다. 부하들이 전부 그쪽 배로 옮겨 가고 나자 로웬이 나를 손짓해 부른다.

"신비로운 마자이 아가씨, 말씀해 주시죠. 저 배를 해치우면 신들이 내게 무얼 주실까요? 내가 원하는 것을 얘기해야 하나요, 아니면 벌써 알고 계실까요?"

"그런 식으로 보상을 주진 않죠……."

"아니면 신들에게 좀 더 잘 보여야 하나?" 로웬은 콧잔등 위로 복면을 당겨 올리며 말을 잇는다. "저 배를 5분 안에 해치우면 내가 무얼 받을 수 있을까?"

"그냥 입 닥치고 가지 않으면 아무것도 못 받을걸요." 복면의 구멍으로 그의 눈에 주름이 지는 모습이 보인다. 틀림없이 그 안에서 여우너의 미소를 짓고 있을 것이다. 그는 한쪽 눈을 찡긋하며 밧줄을 타고 오른다. 우리는 밧줄을 잡고 있는 청부업자와 배에 남아 기다린다.

"말도 안 돼." 내가 혀를 찬다. 저렇게 큰 배를 5분 만에? 갑판만 해도 부대 하나를 온전히 실어 나를 듯 보인다. 얼마나 걸리든 성공하기나 하면 다행이다.

우리는 어둠 속에 앉아 저 위에서 어렴풋이 들려오는 비명과 신음에 움찔거린다. 그러나 한바탕 접전이 지나가고 나자 소리가 잦아들더니 정적이 흐른다.

오빠가 중얼거린다. "기껏 열두 명이잖아. 정말 저들이 전함 한 척을……."

시커먼 사람의 형체가 밧줄을 미끄러져 내려오자 우리는 대화를 멈춘다. 로웬이 쿵 소리를 내며 배에 착지하더니 복면을 벗고 일그러진 미소를 드러낸다.

"성공이에요?" 내가 묻는다.

"아니." 그는 한숨을 쉬고는 채색 수정이 담긴 자신의 모래시계를 내게 보여 준다. "6분 걸렸어. 반올림하면 7분. 하지만 죽여도 된다고 했으면 5분도 안 걸렸을 거야!"

"말도 안 돼." 오빠가 팔짱을 낀다.

"직접 확인해 보시지, 친구. 사다리!"

전함 옆쪽에서 사다리가 날아오자 나는 등의 통증을 참으며 가로장을 오르기 시작한다.

'농담일 거야.' 또 장난일 거다. 거짓말일 거다.

그러나 갑판에 닿는 순간 믿을 수 없는 광경이 펼쳐진다. 근위병 수십 명이 의식을 잃고 쓰러진 채 머리부터 발끝까지 밧줄로 묶여 있다. 하나같이 제복이 벗겨진 채로 마치 쓰레기처럼 갑판에 널브러졌다.

그 포로들 가운데 이난과 사란이 없다는 사실을 확인하고 나는 어느새 참고 있던 숨을 내쉰다. 그 두 사람도 로웬과 그의 부하들에게 그렇게 쉽게 굴복할까?

"갑판 아래 더 있어." 로웬이 내 귀에 대고 속삭이자 나는 별수 없이 미소를 짓는다. 그러다 금세 다시 눈을 굴리지만 그 작은 인정의 표시에 로웬의 얼굴이 환해진다.

그는 어깨를 으쓱하며 먼지 터는 시늉을 한다. "신들이 택한 사람이라면 이 정도는 되어야지."

그는 잠시 그렇게 미소를 짓다가 다시 앞으로 나가 대장 노릇을 시작한다.

"저들을 구금실에 가둬. 혹시 모르니까 탈출에 쓸 만한 도구는 다 치우고. 러헤머, 이 배를 조종해. 케토, 넌 우리 배로 따라와. 이 속도면 동틀 녘엔 그 섬의 좌표에 닿을 수 있을거야."

74

오리샤가 중요하다

이난

이틀이 지났다.

그 애 없이.

그 애가 없는 바다의 대기는 묵직하다.

숨 쉴 때마다 그 애의 이름이 속삭여진다.

전함의 난간 너머를 바라보고 있으려니 사방에서 제일리의 모습이 보인다. 마치 벗어날 수 없는 거울에 갇힌 기분이다. 달에서 그 애의 미소가 빛나고 바닷바람에 그 애의 영혼이 나부낀다. 그 애가 없는 지금, 세상은 그 자체로 살아 있는 추억이 되었다.

내가 두 번 다시 누리지 못할 것들이 총망라된 기록이 되었다.

나는 눈을 감고 꿈속 갈대밭에 제일리와 함께 누워 있던 일을 떠올린다. 서로의 품에 그렇게 꼭 들어맞을 수 있다니.

그 순간…… 그 완벽한 한순간, 그 애는 아름다웠다. **마법**은 아름다웠다. 저주가 아니라 선물이었다.

제일리가 있으면 언제나 그렇다.

나는 제일리가 준 동화를 손으로 꼭 감싸 쥔다. 마치 그것이 그 애의 마지막 남은 마음 한 조각이라도 되는 양. 한편으론 그것을 바닷속으로 던져 버려야 할 것 같지만 그 애의 마지막 일부를 그렇게 보낼 수는 없다.

그 꿈속에 영원히 살 수 있다면 그렇게 했을 것이다. 모든 것을 포기한 채. 뒤돌아보지 않고.

하지만 나는 깨어났다.

눈을 떴을 때 결코 예전으로 돌아갈 수 없음을 직감했다.

"정찰 중이냐?"

나는 화들짝 놀란다. 옆에 아버지가 나타난다. 그의 눈은 밤처럼 검다. 한없이 차갑다.

나는 가슴 깊이 묻은 갈망을 숨기려 고개를 돌린다. 아버지는 마음술사는 아니지만 조금이라도 흔들리는 모습이 보이면 바로 응징할 것이다.

"주무시는 줄 알았어요." 내가 간신히 말한다.

"그럴 리가." 아버지는 고개를 저으며 말을 잇는다. "난 전투 전에는 자지 않는다. 너도 그래야 해."

그야 물론이다. 단 1초도 경계를 늦춰선 안 된다. 한 순간 한 순간이 모두 전략적 반격의 기회다. 내가 옳은 일을 하고 있다는 확신이 든다면 그 모든 것이 좀 더 자연스럽게 떠오를 텐데.

나는 동화를 더 꼭 움켜쥐며 그 날카로운 모서리들이 살갗을 파고드는 느낌을 음미한다. 이미 제일리를 한 번 실망케 했다. 과연 그 애를 다시 배신할 수 있을지 모르겠다.

나는 하늘을 올려다보며 구름 사이로 오리가 보인다면 얼마나 좋을까 생각해 본다. '아주 암울하게 느껴지는 시기에도 신들은 늘 있어.' 머릿속에서 제일리의 목소리가 들려온다. '늘 계획을 갖고 있지.'

'이게 그 계획인가요?' 이렇게 외치고 싶다. 내겐 계시가 절실히 필요하다. 우리의 약속, 우리의 오리샤. 멀리나마 우리의 꿈에 닿을 수 있는 세상이 있을 것이다. 내가 큰 실수를 저지르는 걸까? 되돌릴 기회가 아직 있을까?

"흔들리고 있구나." 아버지가 말한다.

질문이 아니라 단정이다. 내 몸에 흐르는 땀에서 나약함의 냄새를 맡았을 것이다.

"죄송합니다." 나는 기어들어 가는 소리로 말하며 아버지의 주먹을 기다린다. 그러나 아버지는 내 등을 토닥이며 바다를 돌아본다.

"나도 그랬다. 왕이 되기 전에는. 그저 왕자이던 시절에는 순진하게 생각했지."

나는 꼼짝도 하지 않는다. 조금이라도 움직이면 아버지의 과거를, 그의 옛 모습을 엿볼 수 있는 이 드문 기회를 날려 버릴 것 같아서다.

"열 개 마자이족의 수장들을 오리샤의 귀족으로 통합하는 안을 놓고 왕실에서는 총선거를 검토하고 있었어. 네 할아버지는 코시단과 마자이를 통합해 유례없는 오리샤를 건설하려는 꿈에 젖어 계셨지."

나는 눈을 크게 뜨고 아버지를 올려다본다. 그런 기념비적인 일을 단행했다니. 우리 왕국의 토대를 영원히 바꿀 수 있는 조처였다.

"지지를 받았어요?"

"하늘이여, 아니." 아버지는 너털웃음을 지으며 말을 잇는다. "네 할아버지를 제외하곤 죄다 반대했다. 하지만 왕에겐 그들의 허락이 필요치 않았지. 최종 결정은 네 할아버지의 몫이었어."

"아버지는 왜 흔들리셨어요?"

아버지의 입술이 굳게 다물어진다. 그러다 마침내 다시 열린다. "내 첫 번째 아내 알리카 때문이었어. 마음이 너무 여렸거든. 알리카는 내가 변화를 이끌 수 있는 사람이 되길 원했지."

'알리카……'

나는 그 이름의 주인을 상상해 본다. 아버지의 말을 곱씹어 보면 아주 선량한 얼굴을 가진 착한 여인이었을 것이다.

"알리카를 위해 나는 아버지를 지지했다. 의무보다 사랑을 택한 거지. 마자이가 위험한 줄 알면서도 적절한 신뢰를 보여 주면 협력할 수 있다고 스스로를 설득했어. 나는 마자이가 통합을 원한다고 생각했는데 사실 그들의 머릿속엔 우릴 정복할 생각만 가득 차 있었지."

아버지의 이야기는 여기서 끝나지만 침묵 속에서 그 결말이 들려오는 듯하다. 마자이를 도우려다 비명에 가 버린 왕. 아버지가 두 번 다시 품을 수 없게 된 아내.

뒤이어 곰베의 요새에서 목격한 끔찍한 광경이 되살아난다. 위병들의 해골 위로 녹아내린 쇠. 끔찍한 질병에 유린당한 누런 시체들. 그곳은 폐허가 되었다. 끔찍했다. 그 모든 것이 마법이 가져온 결과였다.

제일리가 탈출한 뒤 시체들이 겹겹이 쌓여 융단을 이루었다. 바닥이 보이지 않을 지경이었다.

아버지가 다시 입을 연다. "지금 네가 흔들리는 건 그게 왕의 운명이기 때문이다. 의무가 시키는 일과 가슴이 시키는 일. 하나를 선택하면 다른 하나는 포기해야 하지."

아버지는 칼집에서 검은 마자사이트 칼을 꺼내더니 그 끝에 새겨진, 내가 지금껏 보지 못한 명문을 가리킨다.

'자신보다 의무를.

왕보다 왕국을.'

"알리카가 죽었을 때 내 실수를 영원히 잊지 않으려고 이 글귀를 새겨 넣은 칼을 주문했다. 나는 가슴을 선택한 탓에 내 평생의 하나뿐인 진짜 사랑을 영영 잃게 되었지."

아버지가 내게 그 칼을 내밀자 속이 뒤틀린다. 믿을 수가 없다. 내 평생 아버지는 한 번도 이 칼과 떨어지지 않았다.

"왕국을 위해 가슴을 저버리는 건 고귀한 일이다, 아들아. 아주 중요한 일이지. 그래야만 왕이 될 수 있어."

나는 칼날을 바라본다. 명문이 달빛에 반짝거린다. 내 임무를 단순하게 만들어 주는 글귀, 내 고통의 지피를 마련해 주는 글귀다. 규이, 훌륭한 왕. 내가 얼마나 꿈꾸던 일인가.

자신보다 의무를.

'제일리보다 오리샤를.'

나는 손으로 그 마자사이트 칼자루를 감싸 쥔다. 피부에 물집이 잡히는 걸 무시하며.

"아버지, 그 두루마리를 되찾을 방법을 제가 압니다."

75

진실을 털어놓아야 한다

제일리

갑판 아래 함장실로 들어갈 때만 해도 금세 잠이 올 줄 알았다. 내 눈이 잠을 부르짖는 데다 내 몸은 더더욱 절실하게 잠을 갈망하고 있다. 면 이불과 부드러운 퓨마너 털 속에 몸을 파묻자 이보다 더 푹신한 침대에 누워 본 적이 있나 싶다. 그대로 눈을 감고 어둠 속으로 끌려 들어가길 기다리지만 잠재의식에 사로잡히는 순간 다시 사슬에 묶여 있던 그곳으로 내던져진다.

"네 주제를 일깨워 주지 않으면 왕으로서 제 할 일을 했다고 할 수 없을 것 같구나."
"네 주제를 일깨워 주지 않으면⋯⋯."

"아앗!"
이불이 땀에 흠뻑 젖어 침대가 마치 바다처럼 느껴진다. 깨어났는데도 철벽이 주위를 죄어 오는 것 같다.

나는 벌떡 일어나 문밖으로 달려 나간다. 갑판으로 나가자 반가운 돌풍이 시원한 공기를 실어 온다. 둥그런 달이 바다에 닿을 듯 낮게 걸려 있다. 그 흐릿한 빛을 받으며 바닷바람을 들이마신다.

'숨 쉬어.' 내가 스스로를 다독인다. 아아, 눈을 감으면 그 꿈속 풍경이 나타날까 걱정하던 때가 그리울 지경이다. 악몽은 이미 지나갔지만 칼날이 내 등을 파고들던 느낌이 다시 살아나는 듯하다.

"경치가 마음에 들어?"

퍼뜩 돌아서자 로웬이 키에 기대서 있다. 어둠 속에서도 이가 환하게 빛난다. "오늘 밤엔 달이 뜨지 않겠다고 하지 뭐야. 그런데 네가 올 테니 꼭 나와 달라고 내가 설득했지."

"모든 걸 그렇게 장난으로 돌려야 직성이 풀리나 봐요?" 의도치 않게 퉁명스러운 말이 나오지만 그래 봐야 로웬의 미소가 더 환해질 뿐이다.

그는 어깨를 으쓱하며 말한다. "모든 건 아니고. 하지만 그렇게 사는 게 훨씬 재미있잖아."

그가 자세를 바꾸자 전투복에 튄 핏자국과 붕대를 감은 손마디에 달빛이 닿는다.

"이런 건 일상이지." 그는 피 묻은 손가락들을 꼼지락거리며 말을 잇는다. "어쨌든 그 병사들에게 그 마법의 섬에 대한 그쪽 전략을 털어놓게 해야 했잖아."

그의 피 묻은 손을 보자 구역질이 올라오지만 애써 참는다. '못 들은 척해.' 나는 다시 바다를 돌아보며 그 평온함에 매달린다.

그가 병사들을 어떻게 헤집었을지 상상하고 싶지 않다. 피는 물릴 만큼 보았다. 나는 그저 여기 머물 것이다. 파도가 철썩거리는 곳. 안전하고 아늑한 곳. 바다를 보고 있으면 헤엄치는 상상에 젖을 수 있다. 아빠를, 자유를 상상할 수 있다…….

"그 흉터 말이야." 로웬의 목소리가 내 상상을 방해한다. "최근에 생긴 거야?"

나는 죽여 달라고 달려드는 오리샤 꿀벌을 보듯 매섭게 그를 노려본다. "그쪽이 상관할 일이 아닐 텐데."

"혹시 조언이 필요하면 이게 도움이 될까 해서." 로웬이 소매를 당겨 올리는 순간, 내 입에 고여 있던 독기가 한순간에 날아가 버린다. 그의 손목에서부터 휘어진 눈금들이 팔을 타고 셔츠 소매 안으로 이어져 있다.

차마 묻지 못하는 내게 그가 답한다. "스물세 개야. 물론, 이 눈금 하나하나를 모두 기억하고 있지. 하나씩 새길 때마다 내 앞에서 내 선원들을 하나씩 죽였거든."

그는 휘어진 눈금 하나를 손가락으로 훑는다. 무언가 떠오르는 듯 얼굴이 굳어진다. 그를 보고 있자니 내 흉터가 따끔거린다. "근위병들이 그런 거예요?"

"아니. 이 친절하고 자애로우신 분들은 내 고국 사람들이었어. 바다 건너 땅."

나는 수평선을 바라보며 다른 뱃길을 상상해 본다. 의식도, 마법도, 사란도 없는 곳. 대습격이 일어나지 않은 곳.

"그곳 이름이 뭐예요?"

"수토리." 로웬의 시선이 아득해진다. "너도 보면 좋아할 거야."

"그런 흉터와 그쪽 같은 악당이 가득한 왕국이라면 절대 가고 싶지 않을 것 같은데요."

로웬은 다시 미소 짓는다. 선한 미소다. 의외로 따뜻한 미소. 그러나 지금까지 지켜본 바, 그는 농담할 때나 누군가의 목을 딸 때에도 그런 미소를 지을 수 있다.

"이제 너도 털어놔 봐." 그는 내 눈을 똑바로 보며 다가온다. "내 미천한 경험상 악몽과 흉터는 금세 치유되지 않아. 네 상처들은 최근에 생긴 것 같아서 모른 체하기가 어려운데."

"무슨 얘길 하려는 거예요?"

로웬은 내 어깨에 손을 얹는다. 흉터와 너무 가까운 곳이라 나도 모르게 움찔한다.

"혹시 지금 이 일을 할 수 있는 상태가 아니라면 내가 알아야지. 가만……" 그는 끼어들려는 나를 막고 다시 말을 잇는다. "너를 탓하는 게 아니야. 난 니 흉터글 입고 몇 주 동안 말도 못 했어. 싸움은 말할 것도 없고."

그는 내 머릿속에 들어와 있는 것 같다. 내 마법이 말라 버렸다는 사실을 아는 것 같다. 나는 속으로 외친다. '난 할 수 없어요. 군대가 기다리고 있다면 우린 어차피 죽을 거예요.'

그러나 입 밖에 내지 않고 다시 꾹꾹 밀어 넣는다. 신들을 믿어야 한다. 신들이 나를 여기까지 데려왔다면 이제 와서 등을 돌리진 않을 거라고 믿어야 한다.

"어때?" 로웬이 다그친다.

"내게 이 흉터를 낸 사람들이 저 배들에 타고 있어요."

"고작 네 복수를 하자고 내 부하들을 위험에 빠트릴 수는 없어."

"사란의 껍질을 산 채로 벗긴다 해도 복수가 안 될 거예요." 나는 어깨를 으쓱해 그의 손을 떨쳐 내며 말을 잇는다. "그러니까 사란 때문이 아니에요. 나 때문이 아니에요. 내일 내가 그를 막지 않으면 그는 나를 짓밟은 것처럼 우리 모두를 짓밟을 기예요."

두려움을 짓누르고 더 소리 높여 포효하던 그 옛날의 불꽃. 고문 이후 처음으로 그 불꽃이 희미하게 가물거리는 듯하다. 그러나 이젠 너무도 약하다. 가물가물 살아나려던 불씨는 금세 바람에 꺼진다.

"좋아. 하지만 내일 싸우려면 마음을 굳게 먹어야 해. 내 부하들은 최고지만 그래도 우린 일개 함대를 상대해야 하니까. 네가 꼼짝 않고 얼어 있어선 안 돼."

"왜 이렇게 신경 쓰는 거예요?"

로웬은 손을 가슴으로 획 가져가며 상처받은 시늉을 한다. "난 프로거든, 아가씨. 고객을 실망시키고 싶지 않아. 신들이 나를 선택했다면 더더욱."

나는 고개를 젓는다. "**그쪽** 신들이 아니에요. 그쪽을 선택한 게 아니라고요."

"확실해?" 로웬은 위험한 미소를 띠며 난간에 기대선다. "지메타의 청부업자 무리는 쉰 개가 넘어, 아가씨. 아가씨가 격투봉을 들고 휘적휘적 들어갈 수 있는 동굴이 무려 쉰 개였다고. 신들이 내 동굴 천장을 뚫고 내려오지 않았다고 해서 나를 선택하지 않았다고 말할 수는 없을걸."

나는 로웬의 눈에서 장난기를 찾아보지만 이번엔 보이지 않는다. "그것만으로 일개 군대와 맞서려는 거예요? 신들이 개입했다는 믿음?"

"믿음이 아니야, 아가씨. 보험이지. 난 신들의 뜻을 헤아릴 수가 없어. 나 같은 일을 하는 사람들은 헤아릴 수 없는 건 헤집지 않으려 하지." 그는 하늘을 보며 소리친다. "그래도 난 금으로 받는 게 더 좋답니다!"

나는 웃음을 터트린다. 웃음이 낯설게 느껴진다. 다시는 웃지 않을 줄 알았다.

"나라면 그 금을 기다리진 않을 것 같네요."

"그건 모르는 일이지." 로웬은 손을 뻗어 내 턱을 감싸 쥐며 말을 잇는다. "이렇게 신비로운 마자이 아가씨를 내 동굴로 보내 주셨잖아. 또 보물이 따라오지 말라는 법은 없지."

그는 저만치 가다가 잠시 걸음을 멈추고 소리친다. "누구하고든 얘기를 해 봐. 농담은 별로 도움이 되지 않지만 대화를 하면 한결 나아질 거야." 여우너 같은 미소가 돌아오고 강철색 눈에 장난기가 어린다. "참고로 내 방이 네 바로 옆방이다. 다들 내가 얘기를 잘 들어 준다고 하더라고."

그는 한쪽 눈을 찡긋해 보이곤 다시 걸음을 옮긴다. 나는 눈을 굴린다. 성말이시 5분 이성은 진지하게 굴 수 없는 모양이다.

나는 다시 바다로 고개를 돌린다. 그러나 달을 바라보면서 그의 말이 옳다는 사실을 깨닫는다. 나는 혼자 있고 싶지 않다. 게다가 오늘은 내 생애 마지막 밤이 될지도 모른다. 여기까지는 신들에 대한 맹목적인 믿음으로 왔지만 내일 그 섬에 닿으려면 다른 무언가가 필요할 것 같다.

나는 망설임을 떨쳐 내고 좁다란 통로를 걸어 오빠의 방을 지나고 내 방을 지난다. 누군가와 함께 있어야 한다.

'누군가에게 진실을 털어놓아야 해.'

적당한 방을 찾아 조용히 문을 두드린다. 문이 열리자 가슴이 쿵쾅거린다.

"나야." 내가 속삭인다.

"어서 와." 아마리가 미소 짓는다.

공주와 전사

아마리

내가 마지막 남은 머리카락을 마저 빗어 주자 제일리가 움찔거린다. 내 손이 닿을 때마다 들썩거리며 몸을 비트는 모양새가 누가 보면 내가 칼로 이 애의 머리를 찌르는 줄 알 것 같다.

"미안." 나는 열 번째로 사과한다.

"누군가는 해야 할 일이지."

"며칠에 한 번 빗어 주기만 했어도……."

"아마리, 혹시라도 내가 머리 빗는 모습을 보게 되면 치료술사를 불러 줘."

내 웃음소리가 철벽을 맞고 튕겨져 나온다. 나는 제일리의 머리카락을 세 가닥으로 나눈다. 빗질하기는 어렵지만 이 마지막 머리카락을 땋으면서 문득 질투가 인다. 한때 비단처럼 매끈했던 제일리의 새하얀 머리카락은 이제 거칠고 무성해져 아름다운 얼굴을 사자녀의 갈기처럼 감싸고 있다. 제일리는 로웬과 그의 부하들이 자기를 어떤 눈으로 훔쳐보는지 모르는 것 같다.

"마법이 사라지기 전에도 내 머리카락이 이랬어." 제일리는 나한테 말한다기보다는 혼잣말처럼 중얼거린다. "엄마는 내 머리를 한 번 빗어 주려면 영체를 불러내서 나를 앉혀 놓아야 했다니까."

나는 이런 시시한 일로 제일리를 쫓아다니는 영체를 그려 보며 다시 웃음을 터트린다. "그 영체들은 우리 어머니도 좋아했겠다. 궁전 보모들은 늘 발가벗고 달아나는 날 잡지 못해 고생했거든."

"왜 그렇게 벗고 다녔대?"

제일리가 미소 짓자 나는 킬킬거리며 대꾸한다.

"모르겠어. 어릴 땐 옷을 벗고 있는 게 기분이 훨씬 좋았어."

머리카락을 목까지 땋아 내려갈 무렵 제일리가 이를 악문다. 편안했던 분위기가 금세 사그라진다. 어째서인지 늘 결국엔 이렇게 되고 만다. 제일리의 주위에 벽이 둘러지는 듯하다. 하지 않은 말들이 벽돌을 이루고 괴로운 기억들이 시멘트가 된다. 나는 땋던 머리카락을 놓고 제일리 머리에 턱을 갖다 댄다.

"나한테는 뭐든 얘기해도 돼."

제일리는 고개를 떨어뜨린다. 두 손으로 허벅지를 감싸 안고 무릎을 가슴으로 끌어당긴다. 나는 제일리의 어깨를 꼭 잡아 준 뒤 머리를 마저 땋는다.

"전엔 네가 약해 빠졌다고 생각했어." 그 애가 속삭인다.

나는 손을 멈춘다. 예상치 못한 얘기다. 전에 제일리가 나를 어떻게 생각했든 '약해 빠졌다'는 그나마 가장 좋게 표현한 말일 것이다.

"우리 아버지 때문에?"

제일리는 고개를 끄덕이지만 왠지 머뭇거리는 듯하다. "넌 네 아버지만 생각하면 움츠러들었거든. 칼도 잘 쓰는 애가 왜 그렇게 두려움에 떠는지 이해하지 못했어.”

나는 손으로 제일리의 가르마들을 훑으며 땋은 머리 가닥들을 쓸어내린다. “지금은?”

제일리는 눈을 감는다. 근육이 팽팽해진다. 그러나 내가 두 손으로 감싸 안자 이 애의 단단한 벽이 갈라지기 시작한다.

점점 더 거센 압박이 제일리의 모든 감정을, 모든 고통을 밀어 낸다. 결국 더는 참지 못하고 그동안 억눌렀던 흐느낌이 터져 나온다.

“네 아버지를 머릿속에서 밀어낼 수가 없어.” 제일리가 나를 꼭 끌어안자 내 어깨 위로 뜨거운 눈물이 떨어져 내린다. “눈을 감기만 하면 그가 내 목에 사슬을 감던 일이 떠올라.”

나는 제일리를 더 세게 끌어안는다. 제일리는 내 품에서 눈물 흘리며 그동안 애써 숨겨 온 모든 것을 풀어놓는다. 제일리의 울음에 나도 목이 메어 온다. 이 모든 고통을 안겨 준 사람은 다름 아닌 내 가족이다. 제일리를 끌어안으며 빈타는 어땠을까, 그 애에게도 이런 위로가 필요하지 않았을까 생각해 본다. 빈타는 내가 힘들 때마다 곁에 있어 주었는데 나는 그러지 못했다.

내가 속삭인다. “미안해. 우리 아버지가 한 일. 지금도 계속하고 있는 일, 다 미안해. 이난 오빠가 막지 못한 것도 미안해. 오빠나 나나 이제 와서야 아버지의 잘못을 바로잡으려 해서 미안해.”

제일리는 내게 몸을 기댄 채 나의 말을 온몸으로 받아들인다. ‘미안해, 빈타.’ 속으로 나는 빈타의 영혼에게도 되뇐다. ‘더 도와주지 못해서 미안해.’

나는 나직이 다시 말한다. “우리가 도망친 날 밤, 그 숲에서 아무리 애를 써도 잠이 오지 않는 거야. 깜빡 잠이 들려다가도 눈만 감으면 나를 베려 하는 아버지의 검은 칼이 보였어." 나는 몸을 떼고 제일리의 눈물을 닦아 주며 그 은빛 눈을 똑바로 바라본다. "아버지가 나를 찾으면 아무것도 못 할 줄 알았어. 그런데 그 요새에서 아버지를 보았을 때 어땠는지 알아?"

제일리는 고개를 젓는다. 그날의 기억이 되살아나며 맥박이 빨라진다. 아버지의 분노가 어렴풋이 떠오르는 듯하지만 가장 뚜렷하게 기억나는 것은 내가 움켜쥔 묵직한 칼의 무게다.

"제일리, 글쎄 내가 칼을 움켜쥐었지 뭐야. **아버지**를 쫓아갈 뻔했다니까!"

제일리가 미소 짓자 부드럽게 풀어지는 그 표정에서 설핏 빈타가 보인다. "닌 역시 시지너리니까." 제일리가 장난스럽게 말한다.

"그 사자녀도 겁먹은 공주님처럼 굴지 말고 정신 좀 차리라는 얘기를 듣던 때가 있었지."

"거짓말." 제일리는 울다 말고 웃음을 터트리며 덧붙인다. "난 그보다 훨씬 더 못되게 굴었던 것 같은데."

"진실을 폭로해야 네 마음이 편해질 것 같다면, 그래, 전에는 나를 **모래밭으로 밀치기도** 했지."

그러자 제일리가 묻는다. "그럼 이제 내 차례야? 이제 네가 나를 미는 거야?"

나는 고개를 젓는다. "나한텐 그런 게 필요했어. **너** 같은 사람이 필요했다고. 빈타가 죽은 뒤로 나를 그저 멍청한 공주님으로 대하지 않은 사람은 네가 처음이었거든. 넌 모르겠지만 넌 내게 사자녀라는 별명이 붙여지기 전부터 내가 사자녀가 될 수 있다고 믿어 줬어." 나는 제일리의 눈물을 마저 닦아 주고 그 뺨에 손을 얹는다. 빈타 곁에 있어 주지 못했지만 제일리 덕분에 가슴에 뚫린 구멍이 메워지는 듯하다. 빈타가 있었다면 용감해지라고 말했을 것이다. 제일리와 있으니 벌써 용감해진 기분이다.

내가 다시 말한다. "내 말 잘 들어. 아버지가 무슨 짓을 했든, 무엇이 보이든, 넌 거기서 벗어날 수 있어. 넌 나를 도망치게 해 줬잖아. 그러니까 너 자신을 풀어 줄 방법도 찾아낼 거야."

제일리는 미소를 짓지만 잠시뿐이다. 곧 눈을 감고 주먹을 움켜쥔다. 주문을 연습할 때처럼.

"왜 그래?" 내가 묻는다.

"그게……" 제일리는 자기 손을 내려다보며 다시 말한다. "난 이제 마법을 쓸 수 없어."

가슴이 덜컥 내려앉는다. 나는 제일리의 팔을 꽉 잡는다. "그게 무슨 말이야?"

"사라졌어." 제일리는 수심 가득한 얼굴로 땋은 머리카락을 움켜쥔다. "이제 난 사령술사가 아니야. 난 아무것도 아니야."

무언가가 제일리의 어깨를 짓누르며 금방이라도 이 애를 부숴 버리려 한다. 위로해 주고 싶지만 이 새로운 현실에 내 팔도 납덩이처럼 무거워진다.

"언제부터 그랬어?"

제일리는 눈을 감고 어깨를 으쓱한다.

"그들이 내 살을 그을 때 내 등에서 마법을 도려내는 것 같았어. 그 뒤로는 아무것도 느껴지지 않아."

"의식은 어떡해?"

"모르겠어." 제일리는 부들부들 깊은 숨을 내뱉으며 다시 말한다. "난 못 해. 이제 할 수 있는 사람이 아무도 없어."

그 말에 발밑이 갈라지는 듯하다. 나락으로 떨어지는 것만 같다. 레칸은 하늘 어머니의 영혼과 연결된 마자이만이 의식을 치를 수 있다고 했다. 센타로가 없다면 다른 누군가의 마법을 깨울 수도 없다. 아무도 제일리를 대신할 수 없다.

"일장석을 만지면 해결될지도……."

"해 봤어."

"그런데?"

"소용없어. 온기도 느껴지지 않아."

나는 미간을 찌푸리고 아랫입술을 깨물며 다른 방법을 생각해 본다. 일장석이 효과가 없다면 두루마리도 마찬가지일 것이다.

내가 묻는다. "이베지에서도 그러지 않았어? 경기장에서 시합을 보고 나서. 마법이 막힌 것 같다고 했잖아."

"막힌 거지 사라진 건 아니었어. 흐르지 않았을 뿐 존재하긴 했다고. 지금은 아무것도 느껴지지 않아."

좌절감이 점점 커지며 다리가 얼얼해진다. '돌아가야 해.' 로웬의 부하를 깨워 배를 돌려야 한다.

하지만 그 와중에도 빈타의 얼굴이 환하게 빛나며 나의 두려움을, 아버지의 분노를 내리누른다. 나는 어느새 한 달 전의 그 운명적인 날, 카에아의 방에서 두루마리를 들고 서 있던 그날로 돌아간다. 그때 우리에겐 승산이 없었다. 현실은 우리에게 실패할 거라고 경고했다. 그러나 우리는 거듭 싸웠다. 참고 견뎠다. 우리는 일어났다.

"넌 할 수 있어." 내가 속삭인다. 소리 내어 말하고 나자 더욱 그렇게 느껴진다. "신들이 너를 선택했잖아. 신들은 실수하지 않아."

"아마리······."

"우리가 처음 만난 날부터 난 네가 불가능한 일을 해내는 걸 여러 번 봤어. 넌 사랑하는 사람들을 위해 세상과 맞서 싸웠어. 마자이를 위해서도 그렇게 할 수 있다는 거 난 알아."

제일리는 고개를 돌리려 하지만 나는 이 애의 얼굴을 잡고 억지로 나와 눈을 맞추게 한다. 지금 내 눈에 보이는 사람, 이 애의 내면을 가득 채운 그 투사를 자신도 볼 수 있다면 좋을 텐데.

"그렇게 자신 있어?" 제일리가 묻는다.

"내 평생 이렇게 확신이 섰던 적이 없어. 게다가 지금 네 모습을 봐. 네가 마법을 못 하면 아무도 못 해."

나는 거울을 들고 제일리에게 여섯 갈래로 굵게 땋아 내린, 허리까지 내려온 머리카락을 보여 준다. 지난 한 달 동안 머리카락이 워낙 꼬불꼬불해져서 길이가 얼마나 길었는지도 잊고 있었다.

"강해 보이네······." 제일리는 땋은 머리 갈래들을 손으로 쓸어내린다.

나는 미소 지으며 거울을 내려놓는다. "마법을 되찾을 때에는 전사처럼 보여야지."

제일리는 내 손을 꼭 잡는다. 그 손길에서 여전히 슬픈 기운이 느껴진다.

"고마워, 아마리. 전부 다."

나는 제일리와 이마를 맞대고 애정을 전하며 편안한 침묵을 음미한다. 문득 떠오른다. '공주와 전사.' 사람들이 내일의 일을 회자한다면 그 이야기엔 이런 제목이 붙을 것이다.

"여기 같이 있을래?" 나는 몸을 떼고 제일리의 얼굴을 보며 다시 말한다. "나 혼자 있고 싶지 않아."

제일리는 미소 짓는다. "그래. 왠지 이 침대에선 잠들 수 있을 것 같은데."

내가 옆으로 비켜 자리를 내주자 제일리는 퓨마녀 이불 속으로 파고든다. 횃불을 끄려고 몸을 기울이는데 제일리가 내 손목을 잡는다.

"정말 성공할 거라고 생각해?"

나는 잠시 주춤하다 얼른 미소를 내비친다.

"어떻게 되든 해 봐야 한다고 생각해."

77

신성한 섬에 도착하다

제일리

일출이 가까워지면서 하늘이 분홍빛과 주황빛으로 밝아 온다. 그 색색의 하늘을 폭신한 구름들이 평온하게 가로지른다. 오늘 같은 날 저렇게 평화로운 풍경이라니. 얼굴을 가릴 투구를 집어 들면서 이 해군 갑옷이 너무도 고맙게 느껴진다. 투구를 쓰고 땋은 머리를 밀어 넣고 있는데 로웬이 짓궂은 미소를 지으며 다가온다.

그는 짐짓 뾰로통한 얼굴로 말한다. "어젯밤에 얘기할 기회가 없어서 어찌나 아쉽던지. 머리 때문이었다면 나도 머리를 끝내주게 땋아 줄 수 있는데."

나는 눈을 가늘게 좁힌다. 제복이 잘 어울리는 그가 너무도 얄밉다. 갑옷 입은 모습이 어찌나 당당한지 모르는 사람이 보면 그의 옷이라고 생각할 것이다.

"죽을지도 모르는 날에 풀이 죽지 않아서 보기 좋네요."

로웬은 더 활짝 미소 짓는다. "너도 멋지다." 그는 투구를 잠그며 다시 중얼거린다. "준비가 된 것 같네."

그가 날카로운 휘파람으로 우리 선원들을 부르자 모두가 집합한다. 아마리와 오빠가 앞으로 나가고 케니언과 그의 팀원 네 명이 그 뒤를 따른다. 오빠는 내게 격려의 고갯짓을 한다. 나도 간신히 고개를 끄덕여 보인다.

로웬이 바닷바람 위로 소리 높여 말한다. "내가 어젯밤에 사란의 병사들을 심문했어. 섬 주변과 사원 내부에 병사들을 배치할 거래. 배를 댈 때는 그들을 피할 방법이 없지만 주의를 끌지만 않으면 의심을 사지 않을 거야. 그들은 제일리가 마자이 군대를 이끌고 요란하게 들어올 거라고 예상한다니까 우린 그들의 갑옷을 입고 있기만 하면 기습할 수 있어."

그러자 아마리가 묻는다. "하지만 사원에 들어갈 때는요? 조금이라도 수상한 낌새가 보이면 아버지는 발포 명령을 내릴 거예요. 그쪽 병력의 주의를 돌리지 않으면 우리가 성물을 가진 것을 보는 순간 바로 공격할걸요."

"사원 근처에 가면 우리가 원거리 돌격으로 주의를 돌려놓을게. 그 사이에 제일리가 의식을 치르면 돼."

로웬은 내 쪽을 보고 손짓하며 내게 자리를 내준다. 나는 주춤 물러서지만 아마리가 나를 앞으로 밀어 낸다. 나는 휘적휘적 사람들의 한가운데로 들어간다. 꿀꺽 침을 삼키고 등 뒤에서 두 손을 깍지 낀다. 강인해 보여야 한다.

"계획한 대로만 하면 돼요. 주의를 끌지만 않으면 사원까지 가는 데에는 문제없을 거예요."

'그러고 나면 내가 의식을 치를 수 없다는 사실이, 신들이 또 한 번

나를 버렸다는 사실이 들통나겠죠. 그럼 사란의 부하들이 우릴 공격할 테고요.'

그럼 우리는 모두 죽을 것이다.

나는 다시 침을 꿀꺽 삼키며 도망치라고 유혹하는 의심을 모두 떨쳐 낸다. '성공할 거야. 하늘 어머니에게 뭔가 계획이 있을 거야.' 하지만 재촉하는 시선들과 초조한 수군거림으로 봐선 이 정도로 충분하지 않은 모양이다. 그들은 기운찬 연설을 듣고 싶어 한다. 내게도 그런 게 필요하다.

"신들이여……." 오빠가 중얼거린다.

우리는 그 섬의 좌표 주위에 닻을 내리고 있는 소규모 함대를 일제히 돌아본다. 수평선 위로 태양이 고개를 내밀면서 그 섬이 눈앞에 나타나고 있다. 처음에는 바다의 신기루인 듯 투명하게 보인다. 그러나 태양이 떠오르자 안개와 생기 없는 나무들이 커다란 섬을 뒤덮고 있다.

가슴에 온기가 퍼진다. 마마 아그바가 처음 마법을 보여 줬을 때처럼 강렬하게. 그때 나는 희망에 부풀어 올랐다. 오랜 세월 끝에 비로소 혼자라는 느낌을 떨쳐 낼 수 있었다.

마법이 여기에 있다. 마법이 살아 있다. 그 어느 때보다도 가까이 있다. 지금은 느낄 수 없지만 다시 느끼게 될 거라 믿어야 한다.

나는 잠시 상상에 젖는다. 마법이 그 어느 때보다도 힘차게 핏속을 흐르고 있다고 상상해 본다. 오늘은 마법이 부풀어 오를 것이다. 내 분노만큼이나 뜨겁게 타오를 것이다.

"두렵다는 거 알아요." 모두가 나를 돌아본다. "저도 두렵답니다. 하지만 우리는 두려움보다 싸워야 한다는 생각이 더 강했기에 여기까지 온 거예요. 우리 모두 위병들에게, 우리를 보호해 주겠다던 이 왕국에게 유린당했어요. 오늘 우리는 우리 모두를 위해 반격할 거예요. 오늘 우리는 그들에게 대가를 치르게 할 겁니다!"

맞장구치는 소리가 허공에 울려 퍼진다. 청부업자들도 함께 소리친다. 그들의 외침이 나를 격려하며 내 안에 갇혀 있던 말을 모조리 풀어낸다. "저들의 군대는 천 명이라 해도 누구 하나 신들의 도움을 받지 못해요. 우리에겐 마법이 있으니 기운을 잃지 마세요. 확신을 잃지 마세요."

"만약 계획대로 되지 않으면?" 환호성이 가라앉자 로웬이 묻는다.

"공격해야죠. 있는 힘을 다해 싸워야 해요." 내가 대꾸한다.

78

얼음보다 차가운 배신

제일리

끝없는 병사들의 물결이 섬 일대를 정찰하고 있다. 그 광경에 목이 바싹 타들어 간다. 오리샤의 병사란 병사는 죄다 동원된 것 같다.

그들 뒤로 까맣게 그슬린 나무숲이 굽이치는 연기와 안개에 휩싸인 채 올라온다. 숲을 에워싼 기운이 대기를 왜곡하고 있다. 저 나무들 속에 영적인 힘이 숨어 있다는 신호다.

우리의 위장 부대가 노 젓는 배에서 모두 내리자 로웬이 우리를 사원 쪽으로 이끌고 가며 말한다. "서둘러. 계속 움직여야 해."

동쪽 해안에 발을 딛는 순간 나는 영적인 기운의 발동을 느낀다. 내 뼈에서 윙윙거리던 마법은 사라졌지만 땅에서 그리고 불탄 나무들에서 마법의 기운이 흘러나온다. 로웬의 눈이 휘둥그레지는 것을 보니 그 역시 느끼고 있는 모양이다.

우리는 신들 사이를 걷고 있다.

그렇게 생각하자 온몸에 이상한 전율이 흐른다. 마법의 기운이라기보다는 그보다 좀 더 커다란 무언가가 밀려든다. 섬을 가로지르는 동안 서늘한 주변 대기에서 오야의 숨결이 느껴지는 듯하다. 정말 신들이 여기 내 옆에 있다면 그들을 믿은 것은 옳은 판단이었으리라. 기대를 걸어도 좋을 것이다.

그러나 그러려면 저 위병들을 지나가야 한다.

끝없이 늘어선 정찰병들을 지나면서 심장이 쿵쾅거린다. 한 걸음 내딛을 때마다 그들이 투구 속을 꿰뚫어 볼 것만 같다. 그러나 우리 옷에 붙은 오리샤 인장이 그들의 시선을 막아 준다. 로웬은 지휘관의 갑옷을 입고 편안하고 자신 있는 걸음으로 우리를 이끈다. 사암색 피부와 당당한 걸음걸이를 보고 진짜 위병 지휘관들도 길을 비켜 준다.

'거의 다 왔어.' 나는 속으로 되뇐다. 오랫동안 우리를 바라보는 한 병사의 시선에 몸이 뻣뻣해진다. 숨을 죽이고 숲을 향해 내딛는 한 걸음 한 걸음이 영원처럼 느껴진다. 오빠는 뼈 단검을 지녔고 아마리는 일장석과 두루마리를 넣은 가죽 봇짐을 움켜쥐고 있다. 나는 격투봉에서 손을 떼지 않는다. 그러나 마지막 정찰대를 지날 때에도 그들은 우리에게 눈길을 주지 않는다. 오로지 바다를 주시하며 끝내 오지 않을 마자이 군대를 기다리고 있다.

"아, 신들이여." 위병들의 사정권을 벗어나자 내가 속삭인다. 아슬아슬했던 평정이 깨지고 초조함이 밀려든다. 나는 폐 안으로 공기를 밀어 넣는다.

"성공했어." 아마리가 내 팔을 잡는다. 투구 속으로 보이는 피부가 창백하다. 우리의 1차전이 끝났다.

이제 2차전이다.

숲으로 들어가자 차가운 안개가 굽이치며 나무들을 핥는다. 2, 3킬로미터쯤 들어가니 짙은 안개가 해를 가려 앞을 분간하기도 어렵다.

"이상해." 아마리가 나무에 부딪히지 않으려고 두 팔을 뻗으며 내 귀에 대고 속삭인다. "원래 이런 곳일까?"

"모르겠어." 왠지 이 안개는 신들의 선물인 것 같다.

'신들이 우릴 돕고 있는 거야……'

신들은 우리가 이기길 원한다.

나는 내 연설을 떠올리며 그 모든 말이 사실이길 기도한다. 신들은 이제 우리를 버리지 않을 거라고, 여기서 나를 버리지 않을 거라고 믿고 싶다. 그러나 사원이 가까워져도 내 핏줄에는 온기가 흐르지 않는다. 곧 우리를 숨겨 줄 안개도 사라질 것이다.

나는 세상에 훤히 노출될 것이다.

"넌 어떻게 알았어?" 안개 속으로 어렴풋이 사원이 보이자 나는 시장에서의 그 운명적인 날을 떠올리며 속삭여 묻는다. "라고스에서 왜 나한테 왔어?"

아마리는 나를 돌아본다. 하얀 안개 속에서 호박색 눈이 환하게 빛난다. 아마리가 나직하게 대꾸한다. "빈타 때문이었어. 그 애의 눈이 은색이었거든. 너처럼."

아마리의 말에 퍼뜩 정신이 든다. 더 커다란 손이 있다. 우리는 이 순간으로 이끌린 것이다. 아주 미묘하고 모호한 방식으로 떠밀려 왔다. 오늘 하루가 어떻게 끝나든 우리는 신들의 의도에 따라 움직이고 있다. 하지만 내 피에 마법이 흐르지 않는다면 신들의 의도는 대체 무어란 말인가?

아마리의 말에 대꾸하려고 입을 여는데 갑자기 영적 기운이 강해진다. 마치 중력처럼 우리를 내리누르며 우리의 걸음에 무게를 더한다.

"느껴져?" 오빠가 속삭인다.

"못 느낄 수가 없지."

"무슨 일이야?" 로웬이 뒤에다 대고 소리친다.

"아무래도……."

'그 사원이야…….'

우리 앞에 펼쳐진 저 장엄한 피라미드는 어떤 말로도 묘사할 수가 없다. 모든 부분이 반투명의 금으로 이뤄진 채 하늘을 향해 우뚝 솟아 있다. 찬돔블레처럼 복잡한 센바리아로 신들의 뜻을 새겨 놓았다. 그 상징들은 빛이 없어도 환하게 빛난다. 그러나 이곳에 우리가 왔으니 이제 진짜 전투가 시작될 것이다.

로웬이 명령한다. "러헤머, 네 팀을 데리고 남쪽 해안 끝으로 가. 해변에서 소동을 일으킨 뒤에 안개 속으로 사라져. 도망갈 때는 아샤가 앞장서고."

러헤머는 고개를 끄덕이며 투구를 당겨 올린다. 이제 우리에겐 그녀의 밝은 갈색 눈만 보인다. 그녀는 로웬과 주먹을 맞부딪친 뒤 남자 둘, 여자 둘을 이끌고 안개 속으로 사라진다.

"우린 어떡해요?"

내 물음에 로웬이 답한다.

"일단 기다리자. 저들이 주의를 끌면 이 사원에 있던 군대가 그리로 가겠지."

그 몇 분이 몇 시간처럼 느껴진다. 마치 죽음처럼 영원히 늘어진다. 매 순간 마음속엔 죄책감이 밀려든다. 저들이 잡히면 어떡하지? 저들이 죽으면? 이 일로 더는 죽는 사람이 없어야 한다.

더는 내 손에 피를 묻힐 수 없다.

멀리서 검은 기둥이 솟아오른다. 위병들의 시선을 끌기 위한 러헤머의 양동 작전이다. 검은 기둥은 안개를 뚫고 하늘 높이 올라간다. 몇 초도 안 되어 날카로운 뿔피리 소리가 허공을 가른다.

사원에서 위병들이 줄지어 나오더니 남쪽 해안으로 향한다. 그 끝없는 행렬을 보면서 문득 이 사원의 크기를 가늠할 수 없다는 사실을 깨닫는다.

한 차례 병사들이 지나가고 나자 로웬이 짙은 공기를 뚫고 앞장서서 들어간다. 우리는 쉬지 않고 황금 계단을 올라 1층에 이른 뒤 사원 안으로 들어간다.

정교한 모양의 화려한 보석들이 벽면 구석구석을 장식하고 있다. 예모야의 숨 막히는 초상이 황옥과 블루사파이어로 금빛 벽을 수놓는다. 그 손끝 하나하나에서 반짝이는 다이아몬드가 빛을 흘려보낸다. 머리 위에선 오군의 환한 에메랄드가 흙을 지배하는 그의 힘을 기리고 있다. 수정 천장들 사이로 각각의 층이 얼핏 보인다. 열 개 층이 모두 신들에게 헌정되었다.

"여러분……" 아마리가 지하로 이어지는 중앙 계단참으로 다가가고 있다. 아마리의 손에서 일장석이 환하게 빛난다.

'여기야…….' 나는 축축한 주먹을 움켜쥔다.

여기가 바로 우리가 가야 하는 곳이다.

"준비됐어?" 아마리가 묻는다.

'아니.' 내 얼굴에 고스란히 씌어 있을 것이다. 그러나 아마리가 재촉하자 나는 앞장서서 발을 내딛고 계속해서 차가운 계단을 내려간다.

좁다란 통로를 내려가고 있으려니 찬돔블레로 되돌아간 것 같다. 그 사원에서처럼 횃불의 불빛이 돌벽에 반사되어 환하게 빛나며 점점 좁아지는 길을 비춘다. 그땐 아직 우리에게 희망이 있었다.

내가 마법을 갖고 있었다.

나는 손으로 벽을 더듬으며 신들에게 조용히 기도를 올린다. '제발…… 저를 도울 수 있다면 지금 도와주세요.' 나는 계속해서 계단을 내려가며 응답을 기다린다. 공기가 서늘해지지만 등줄기엔 땀이 흐른다. 다시 기도를 올린다. '하늘 어머니, 제발. 이 상황을 타개할 수 있다면 지금 도와주세요.'

나는 하늘 어머니의 은빛 눈이 보이길, 내 뼈에 그 짜릿한 손길이 느껴지길 기다린다. 그러나 다시 기도를 올리려는 순간, 장엄한 의식장의 모습에 말문이 턱 막힌다.

돔형의 성전 안에 황금 동상 열한 개가 하늘 높이 솟아 있다. 마치 올라심보산맥의 신들처럼 우리의 머리 위로 아찔한 높이를 자랑한다. 귀금속으로 만들어진 이 남신들과 여신들은 매우 정교하게 조각되어 있다. 하늘 어머니의 주름, 머리카락 한 올 한 올, 직선과 곡선 하나도 빼놓지 않았다.

신들은 모두 밑에서 반짝거리는 돌 십각별을 바라보고 있다. 이 별의 끝점마다 사면에 센바리아가 새겨진 뾰족한 돌기둥이 서 있다.

그 한가운데 있는 황금 기둥의 꼭대기에는 둥근 원이 조각되어 있다. 둥글고 매끈한 모양…… 일장석과 똑같다.

"세상에." 우리와 함께 퀴퀴한 대기 속으로 들어가며 케니언이 중얼거린다.

'정말 놀랍네.'

마치 천상에 온 것만 같다.

한 걸음 내딛을 때마다 신들이 보고 있다는 사실에 힘이 솟는다. 그들의 영묘한 시선이 보호해 주는 느낌이다.

"넌 할 수 있어." 아마리가 내게 두루마리와 일장석을 건넨다. 그러곤 오빠에게서 뼈 단검을 받아 나의 제복 허리춤에 밀어 넣는다.

나는 고개를 끄덕이며 성물 두 개를 받아든다. '넌 할 수 있어.' 내가 되뇐다. '해 보는 거야.'

나는 이 여정의 대단원을 준비하며 앞으로 나아간다. 그때 멀리서 무언가가 움직인다.

"복병이야!" 내가 소리친다.

숨어 있던 사내들이 나타나자 나는 격투봉을 펼친다. 마치 그림자처럼 동상들 뒤에서, 기둥들 뒤에서 기어 나오고 있다. 우리는 모두 정신없이 칼을 꺼내 들고 이리저리 눈을 굴리며 경계를 늦추지 않는다. 그러나 눈이 적응되고 나자 사란이 보인다. 흡족한 미소를 띠고 있다. 뒤이어 이난이 보인다. 괴로운 얼굴, 손에는 마자사이트 칼을 쥐고 있다.

그 모습에 억장이 무너진다. 얼음보다 차가운 배신. 그는 약속했었다. 나를 막지 않겠다고 맹세했었다.

그러나 충격이 가시기도 전에 그보다 더한 무언가를 보게 된다. 현실이라고는 도저히 믿을 수 없는 광경.

그들이 한 사내를 데리고 나오자 내 심장이 멎는다.

"아빠?"

79

신들은 나를 버렸다

제일리

'아빠는 안전한 곳에 있잖아.'

눈앞의 현실을 받아들일 수 없다. 나는 위병들 속에서 주름진 마마 아그바의 얼굴을 찾으며 그녀가 공격하길 기다린다. 아빠가 여기 위병들과 함께 있다면 마마 아그바는 어디 있을까? 그들이 마마 아그바를 어떻게 한 걸까? 이렇게 많은 희생을 치렀는데 마마 아그바가 죽었을 리가 없지 않은가. 아빠도 여기 있어선 안 된다.

하지만 아빠는 이난에게 붙들린 채 떨고 있다…… 옷은 찢기고 입에는 재갈이 물린 데다 얼굴은 피범벅이다. 그들은 나 때문에 아빠를 두들겨 팼다. 그리고 이제 아빠를 데려가려 한다.

엄마를 데려간 것처럼.

이난의 호박색 눈을 보자 그가 배신했다는 사실을 피할 길이 없다. 하지만 그것은 내가 아는 눈빛이 아니다. 그는 모르는 사람이다. 어떤 군인. 그 고귀하신 왕자님의 껍데기일 뿐이다.

"상황을 보면 알 수 있겠지만 너희들은 워낙 멍청하니 확실하게 얘기해 주지. 그 유물들을 내놓으면 네 아비를 놓아 주겠다."

사란의 목소리만 들어도 다시 손목에 쇠사슬이 채워지는 것 같다……

'네 주제를 일깨워 주지 않으면 왕으로서 제 할 일을 했다고 할 수 없을 것 같구나.'

그는 풍성한 자주색 가운을 입고 서서 적개심 가득한 목소리로 말한다. 그러나 그조차도 위에서 내려다보는 신들의 동상에 비하면 한없이 작아 보인다.

뒤에서 케니언이 속삭인다. "우리가 제압할 수 있어. 우린 마법이 있잖아. 저들은 위병들뿐이야."

"너무 위험해." 오빠의 목소리가 갈라진다.

아빠는 보일 듯 말 듯 고개를 젓는다. 자신을 구하지 말라는 뜻이다.

'안 돼.'

내가 앞으로 나아가자 케니언이 내 팔을 잡고 나를 돌려 세운다. "이대로 항복해선 안 돼!"

"놔줘……."

"너만 생각하지 말고 다른 사람을 생각해. 의식을 치르지 않으면 신성자들이 모조리 죽을……."

"우린 이미 죽었어!" 내가 빽 소리친다. 내 목소리가 돔 안에 메아리치며 그토록 부정하고 싶은 현실을 다시 일깨운다. '신들이여, 제발!' 마지막으로 한 번 더 애원하지만 아무 일도 일어나지 않는다.

그들은 또 한 번 나를 버렸다.

"내 마법이 사라졌어. 돌아올 줄 알았는데 아니었어……." 내 목소리가 점점 작아진다. 나는 바닥을 응시하며 치욕을 삼킨다. 분노를. 고통을 삼킨다. 신들은 어째서 제멋대로 내 삶에 들어와 나를 이렇게 무너뜨린단 말인가.

그럼에도 나는 한 번 더 시도해 본다. 아직 남아 있을지 모를 아셰를 뒤져 본다. 하지만 그들은 나를 버렸다.

더는 아무것도 빼앗기지 않을 것이다.

"미안." 공허한 말이지만 내가 내줄 수 있는 건 그뿐이다. "어차피 의식을 치를 수 없다면 아빠까지 잃을 수는 없어."

케니언이 나를 놓는다. 나를 위해 모인 사람들의 표정은 증오라는 말로도 표현할 수 없다. 내게 봉삼해 주는 긴 아미리의 눈빛이다. 료 웬조차도 어처구니없어 하는 얼굴이다.

나는 일장석과 두루마리를 가슴에 끌어안으며 앞으로 나아간다. 살에 닿는 뼈 단검이 걸음을 옮길 때마다 나를 베는 듯하다. 반쯤 걸어갔을 때 케니언이 소리친다. "우리가 널 구했잖아!"

그의 외침이 벽을 맞고 튕겨 나온다. "사람들이 죽었어! **널** 위해 사람들이 죽었다고!"

그의 말이 내 영혼을 들쑤신다. 내가 남긴 그 모든 잔해를 파헤친다. 비시. 레칸. 줄라이커. 어쩌면 마마 아그바까지.

모두 죽었다.

무모하게 나를 믿은 탓이었다.

무모하게 우리가 이길 수 있다고 생각한 탓이었다.

내가 이난에게 다가가자 아빠는 더 격렬하게 몸을 떤다. 마음이 흔

들려선 안 된다. '나도 그들이 이기는 건 원치 않아요, 아빠.'

하지만 아빠를 죽게 둘 수는 없어요.

이난이 아빠를 앞세우며 조심스럽게 다가오자 나는 일장석과 두루마리를 움켜쥔다. 그의 호박색 눈에 미안한 빛이 스친다. 다시는 그 눈을 믿지 않을 것이다.

'대체 왜?' 소리치고 싶지만 목 안에서 사그라진다. 한 걸음 내딛을 때마다 그와 나눈 입맞춤의 메아리가 내 입술을 누르고 목을 훑으며 내려간다. 아빠의 어깨를 잡고 있는 그의 두 손을 바라본다. 그 손을 으스러뜨렸어야 했다. 위병이 나를 만지게 하느니 차라리 죽어 버리겠다고 맹세해 놓고 그들의 대장에게 몸을 내맡겼단 말인가?

'우린 힘을 합쳐야 하는 운명이야. 우린 함께 해야 할 운명인 것 같아.'

그의 예쁜 거짓말이 귓전을 맴돈다. 한 마디 한 마디 떠올릴 때마다 눈물이 고인다.

'천하무적이 될 거야. 지금껏 오리샤에 없었던 막강한 팀이 되는 거지.'

그가 아니었다면 일로린은 굳건히 서 있을 것이다. 레칸은 살아 있을 것이다. 지금 나는 여기서 내 동족의 운명을 봉인하지 않고 그들을 구하고 있을 것이다.

뜨거운 눈물이 흐르며 억장이 무너져 내린다. 사란의 쓰라린 칼에 베일 때보다 더 고통스럽다. 결국 내가 그를 여기로 데려온 셈이다.

내가 그에게 승리를 안겨 주었다.

아빠는 마지막으로 한 번 더 고개를 젓는다. 내겐 도망칠 수 있는 마지막 기회. 하지만 이제 끝났다. 시작하기도 전에 끝나 버렸다.

나는 두루마리와 일장석을 바닥에 던지고 이난의 손에서 아빠를 끌어당긴다. 뼈 단검을 꺼내려다 이난이 그것을 보지 못했다는 사실을 깨닫는다. 진짜 뼈 단검은 허리춤에 숨겨 두고 대신 오빠의 녹슨 칼을 던진다. 이 하나만큼은 내주지 않아도 된다. 다른 것을 모두 빼앗겼으니 이 성물 하나는 간직하리라.

"제일리……."

이난이 또 기만적인 말을 지껄이기 전에 나는 아빠의 재갈을 풀고 걸음을 옮긴다. 나의 발소리가 의식장 안에 메아리친다. 원망하는 눈초리들을 외면하고 동상들에 시선을 고정하려 애쓴다.

"왜 그랬니?" 아빠가 속삭인다. 작지만 거친 목소리다. "성공할 수 있었는데 왜?"

나는 흐느낌을 삼킨다. "그럴 수 없었어요. 전혀. 턱없는 일이었어요."

'넌 노력했어. 최선을 다했어. 아니, 그보다 더했지.' 니는 나지콤히 위로한다. 성공하지 못할 운명이었다. 신들이 잘못 택했다.

'그래도 이제 끝났어. 그래도 넌 살았어. 그 배를 타고 여길 떠나서 새로운…….'

"안 돼!"

이난의 외침이 돔 벽을 울리며 귀가 먹먹해진다. 나는 그 자리에 얼어붙는다. '쉭' 하는 소리가 허공을 가르더니 아빠가 나를 바닥으로 내동댕이친다.

나는 아빠를 방어하려 하지만 너무 늦었다.

아빠의 가슴에 화살촉이 꽂힌다.

바닥으로 피가 흘러나온다.

80

아빠의 피

제일리

그들이 엄마를 찾아왔을 때 나는 숨 쉴 수 없었다. 다시는 숨 쉴 수 없을 것 같았다. 우리의 목숨이 끈으로 연결되어 있다고, 엄마가 죽으면 나도 죽는다고 생각했다.

그들이 아빠를 처참히 두들겨 팼을 때 나는 겁쟁이처럼 숨어 오빠에게 기대 있었다. 그러나 그들이 엄마 목에 사슬을 감았을 때에는 내 안의 무언가가 툭 끊어지는 듯했다. 위병들도 무서웠지만 그들이 엄마를 끌고 갈 때 느낀 공포는 무엇에도 견줄 수 없었다.

나는 이바단의 혼돈을 뚫고 엄마를 쫓아갔다. 내 작은 무릎에 피와 흙이 튀었다. 끝까지 엄마를 쫓아가 보고야 말았다.

전부 다.

엄마는 우리의 산속 마을 한가운데 서 있는 나무에 마치 죽음의 장식물처럼 매달려 있었다. 엄마와 다른 모든 마자이들, 이 왕국에 위협이 되는 존재들은 모조리 그렇게 짓밟혔다.

그날 나는 두 번 다시 그런 일을 당하지 않겠노라고 맹세했다. 남은 가족을 더는 빼앗기지 않겠노라고. 그러나 지금 나는 마비된 듯 누워 있고 아빠 입에선 피가 흐르고 있다. 나는 약속했었다.

그런데 너무 늦었다.

"아빠?"

대답이 없다.

눈도 깜빡이지 않는다.

아빠의 진한 갈색 눈은 텅 비었다. 꺼져 버렸다. 공허하다.

"아빠." 내가 다시 속삭인다. **"아빠!"**

내 손에 아빠의 피가 번지면서 온 세상이 검게 변하고 내 몸이 뜨거워진다. 어둠 속에서 모든 것이 보인다. 그가 보인다.

그는 남동생과 함께 야구본 공을 치며 퀼리브리의 흙길을 떠다닌다. 소년 시절의 아빠는 내가 한 번도 보지 못한 미소를 짓고 있다. 세상의 고통을 전혀 모르는 미소. 뻥 걷어찬 공이 튕겨 나가며 젊은 엄마의 얼굴이 나타난다. 엄마는 눈부시게 빛난다. 그 모습에 아빠는 숨이 멎는다.

엄마의 얼굴이 희미해지고 마법 같은 두 사람의 첫 입맞춤이, 경이로운 두 사람의 첫 아들이 나타난다. 그 역시 흐릿해지더니 그가 갓 태어난 딸을 흔들어 잠재우기 시작한다. 두 손으로 나의 새하얀 머리카락을 쓰다듬으며.

아빠의 피를 통해 나는 대습격 이후 아빠가 처음 정신을 차린 순간에 느낀, 그 한없는 비탄을 느낀다.

그의 피를 통해 나는 모든 것을 느낀다.

피를 통해 나는 아빠를 느낀다.

마치 땅이 갈라지듯 아빠의 영혼이 나를 가른다. 모든 소리가 더 요란해지고 모든 색이 더 선명하게 빛난다. 아빠의 영혼은 내가 지금껏 느낀 그 어떤 마법의 기운보다도, 마법 그 자체보다도 더 깊이 내 안을 파고든다. 지금 내 핏속을 흐르는 것은 마법이 아니다.

아빠의 피다.

우리 아빠다.

궁극의 희생.

내겐 가장 강력한 피의 마법.

"저 애를 죽여!"

두 위병이 칼을 겨누며 나에게로 돌격한다. 맹렬하게 달려온다.

그들에겐 마지막 실수가 될 것이다.

그들이 가까워지자 아빠의 영혼이 소용돌이치는 두 개의 날카로운 그림자가 되어 내 몸에서 나온다. 그들은 죽음의 힘을 휘두른다. 피의 힘을 휘두른다. 병사들의 흉갑을 뚫더니 그들을 고기처럼 꿴다. 흉갑 구멍에서 검은 물질이 쏟아져 나오며 허공으로 피가 튀어 오른다.

두 병사의 마지막 숨이 목에 걸린다. 눈이 튀어나온다. 몸이 재로 변하며 씨근거린다.

'계속해.'

계속 죽여야 한다. 계속 피를 내야 한다.

검디검은 나의 분노가 마침내 오래도록 열망해 온 힘을 되찾는다. 엄마를 위해 복수할 기회다. 이제는 아빠를 위해서도 복수할 기회다. 나는 이 사령들을 이용해 저들을 끝장낼 것이다.

하나도 빠짐없이 모조리.

'아니야.' 머릿속에서 아빠의 목소리가 울려 퍼진다. 강인하고 흔들림

없는 목소리. '복수는 무의미해. 아직 모든 걸 바로잡을 시간이 있잖니.'

"어떻게?"

로웬의 부하들과 케니언의 팀이 뛰어들어 함께 싸우고 있다. 나는 그 혼돈의 현장을 바라본다. '복수는 무의미하다.' 나는 혼자 되뇐다. '복수는 무의미하다……'

그 말이 머릿속에 자리 잡는 순간 무언가가 내 눈에 들어온다. 난장판에서 달려 나오는 한 사람. 이난이다. 그는 로웬의 부하들이 휘두르는 칼을 피하며 저만치 굴러가는 일장석으로 달려든다.

'마법이 없으면 그들은 절대 우리를 존중하지 않을 거야.' 아빠의 영혼이 소리친다. '우리가 반격할 수 있다는 걸 알려야 해. 그들이 우리의 집을 태우면……'

나도 그들의 집을 태워야 한다.

81

두루마리를 파괴하다

이난

꿈속에서 내 품에 안겼던 소녀는 어디에도 보이지 않는다.

그 애 대신 괴수가 날뛰고 있다.

치명적인 송곳니를 드러낸 채.

제일리의 손에서 나온 두 개의 검은 그림자가 피에 굶주린 듯 앞으로 돌진한다. 복수를 갈망하며. 그들은 가까이 있는 위병 둘을 찌른다. 그러고 나자 제일리의 은빛 눈이 무언가를 깨닫는다.

제일리의 시선이 나에게로 향한다. 내 손에서 일장석이 번쩍이고 있다. 첫 번째 사령이 공격하기 직전에 나는 가까스로 칼을 뽑는다.

기병의 칼처럼 뾰족한 그림자가 내 칼을 맞고 허공으로 튕겨 나간다. 다음 공격이 빠르게 이어진다. 미처 막을 수 없을 만큼…….

"왕자님!"

위병 한 명이 달려든다. 그는 내 목숨과 자기 목숨을 맞바꾼다. 사령이 그의 몸을 뚫는다. 그는 씨근거리다가 이내 재로 변한다.

'하늘이여!'

나는 다시 혼란에 빠진다. 제일리의 사령들이 또 공격하려고 뒤로 몸을 젖힌다. 내가 달려가자 제일리가 나를 쫓아온다. 제일리의 바닷 소금 영혼이 바다 폭풍처럼 노하고 있다.

일장석의 기운으로도 나는 저 애를 막을 수 없다. 아무도 막을 수 없다. 나는 끝이다.

저 애 아버지가 쓰러지는 순간 나는 이미 죽었다.

'하늘이여.' 나는 눈물을 밀어 넣는다. 제일리의 비통함이 여전히 내 깊은 곳에서 고동치고 있다. 땅을 뒤흔들 만큼 강렬한 슬픔이다. 저 애 의 아버지는 살아 있어야 했다. 저 애는 구출되었어야 했다. 나는 저 애 와의 약속을 지키려 했다. 오리샤를 더 나은 곳으로 만들려 했는데…….

'성신 사러, 이빈.' 나는 길게 심호흡을 하며 염을 센다. 포기해서 안 된다. 마법은 여전히 위험하다. 그것을 끝낼 수 있는 사람은 나뿐이다.

나는 돔을 가로질러 오리 신의 동상으로 달려간다. 오만 가지 생각 이 머릿속을 헤집는다. 제일리는 의식을 치르고 나면 우리를 모조리 쓸어버릴 것이다. 그러고 나면 오리샤 전체가 불타 버릴 것이다. 그렇 게 둘 수는 없다. 무슨 일이 있어도 나의 계획은 변치 않는다. 일장석 을 빼앗고 두루마리를 빼앗는다.

마법을 없애 버린다.

나는 있는 힘껏 일장석을 바닥으로 내던진다. '아아, 제발 깨지길.' 그 러나 일장석은 멀쩡히 굴러간다. 그렇다면 두루마리를 파괴해야 한다.

나는 주머니에서 그것을 꺼내 혼돈 속으로 내달린다. 제일리가 부 리나케 일장석을 쫓아간다. 어차피 곧 죽을 거라고 생각하자 머릿속 의 톱니들이 돌아가기 시작한다. 아버지의 말이 귓전을 때린다. '그 두

루마리는 오직 마법으로만 파괴할 수 있다더구나.'

마법…….

내 마법은 안 될까?

제일리가 혼돈 속으로 사라지고 나자 나는 온 정신을 두루마리에 집중한다. 청록색 광채가 낡은 양피지를 휘감는다. 세이지와 스피어민트 향이 코를 찌르며 이상한 기억이 머릿속을 사로잡는다.

이 사원 안의 광란이 희미해진다. 어느 센타로의 의식이 들어온다. 흰색 잉크로 몸에 정교한 문신을 새긴, 다양한 세대의 여인들. 모두 내가 알아듣지 못하는 언어를 읊조리고 있다.

그 기억은 금세 사라진다. 무용한 시도였다. 내 마법으론 안 되는 일이다.

두루마리는 멀쩡히 남아 있다.

"살려 주세요!"

외쳐 대는 소리에 나는 몸을 돌린다. 제일리의 사령들이 병사들을 꿰고 있다. 그들의 몸이 검은 물질에 휩싸인 채 검은 화살촉에서 떨어져 나간다.

그러곤 땅에 닿기도 전에 재가 되어 부서진다. 순간 나는 깨닫는다. 답은 코앞에 숨어 있었다.

내가 화염술사라면 불길을 일으켜 이 양피지를 태워 버릴 것이다. 그러나 나의 마음술은 쓸모가 없다. 이 두루마리는 내가 좌지우지할 만한 정신을 갖고 있지도 않고 내 마법으로 마비시킬 수 있는 몸뚱이를 갖고 있지도 않다. 내 마법으로는 이 두루마리를 제거할 수 없다.

그러나 제일리의 마법은 할 수 있다.

제일리의 마법이 저토록 괴력을 발휘하는 광경은 본 적이 없다. 제일리의 마법은 사악하게 소용돌이치고 아우성치며 무엇이든 닥치는 대로 파괴하고 있다. 마치 토네이도처럼 이 신성한 사원을 휩쓴다. 검은 화살촉들이 창처럼 맹렬하게 갑옷을 뚫고 살점을 찢는다. 운 나쁘게 걸린 사람은 누구든 재로 변한다.

제대로 이용하면 이 두루마리도 가루로 변할 것이다.

나는 심호흡을 한다. 내 마지막 호흡이 될지도 모른다. 제일리의 치명적인 화살촉들이 위병 넷의 창자를 뚫고 구멍을 낸다. 그들의 몸은 바닥에 닿기도 전에 부서져 먼지로 변한다.

제일리가 계속해서 병사들을 찢어발기는 사이 내가 달려 나간다.

"다 네 잘못이야!" 내가 소리친다.

제일리가 미끄러지듯 멈춰 선다. 지금보다 더 나 자신을 증오할 날이 올까. 그러나 저 애에게서 고통을 끌어내야 한다. 저 애와 나의 문제가 아니다.

절대 그런 게 아니다.

"네 아버지는 죽지 않을 수도 있었어!" 내가 소리친다. 이제 나는 선을 넘었다. 제일리의 분노를 끄집어내야 한다. 치명타가 필요하다.

"아빠를 들먹이지 마!" 제일리의 눈이 슬픔과 증오, 분노로 번뜩인다. 제일리의 고통에 부끄러움이 밀려든다. 나는 계속 밀어붙인다.

"넌 여기 오지 말았어야 했어. 내가 네 아버지를 라고스로 데려갔을 텐데!"

사령들이 토네이도의 거센 바람처럼 제일리의 주위를 휘감는다.

조금만 더 하면 된다.

내 목숨이 끝나 가고 있다.

"날 믿었다면, 나에게 **협조했다면** 네 아버지는 살았을 거야. 네 아버지." 나는 침을 꿀꺽 삼키며 말을 잇는다. "그리고 마마 아그바……."

쏜살같이 달려드는 사령들에 숨이 멎는다. 나는 온 힘을 다해 두루마리를 가슴에 끌어안는다. 그 순간, 제일리는 자신이 실수했음을, 내가 놓은 덫에 걸렸음을 깨닫는다.

제일리는 비명을 지르며 손을 뒤로 젖힌다. 그러나 이미 늦었다.

사령들이 포물선을 그리며 양피지를 찢는다.

"안 돼!" 떨리는 제일리의 비명이 성전 안에 울려 퍼진다. 파괴된 양피지의 재가 허공을 가르며 떨어진다. 사령들이 힘을 잃고 희미해지더니 완전히 사라진다. 제일리의 손에서 입자들이 새어 나온다.

'해냈어……'

실감이 나지 않는다. 끝났다. 내가 이겼다.

마침내 오리샤는 안전해졌다.

마법은 영원히 사라질 것이다.

"아들아!"

전투의 언저리에서 아버지가 내게로 달려온다. 한 번도 본 적 없는 미소가 얼굴에 걸려 있다. 나도 미소를 지으려 하는데 한 위병이 아버지의 뒤로 다가온다. 칼을 올리더니 아버지의 등을 겨눈다. '반란인가?'

아니다.

청부업자이다.

"아버지!" 내가 소리친다. 그러나 그 소리는 제때 닿지 않을 것이다.

나는 생각도 하지 않고 내게 아직 남아 있는 일장석의 힘을 끌어모은다. 두 손에서 푸른 기운이 흘러나간다.

찬돔블레에서처럼 내 마법이 청부업자의 머리를 관통하며 그를 그자리에 마비시킨다. 그가 얼어 있는 사이 위병이 달려와 그의 심장을 찌른다. 아버지는 공격의 위험에서 벗어난다.

그러나 내 마법을 본 아버지는 돌처럼 굳는다.

"그런 게 아니에요……." 내가 입을 연다.

아버지는 내가 미심쩍은 괴수라도 되는 양 움찔 물러선다. 입술을 일그러뜨리며 혐오감을 드러낸다. 뱃속이 오그라든다.

나는 두서없이 지껄여 대기 시작한다. "별것 아니에요. 감염됐는데 곧 사라질 거예요. 제가 해냈어요. 제가 마법을 죽였어요."

아버지는 발로 청부업자를 걷어찬다. 그의 머리카락에 남은 청록색 수정을 집는다. 그러곤 자기 손을 내려다보며 얼굴을 일그러뜨린다. 무언가를 깨닫고 있다. 그 수정은 아버지가 요새에서 들고 있던 것과 똑같다.

그들이 카에아의 시체에서 수거해 온 그 수정.

아버지의 눈이 번뜩인다. 그의 손이 칼자루를 움켜쥔다.

"잠깐만……."

그의 칼날이 나를 찌른다.

아버지의 눈이 분노로 이글거린다. 나는 그 칼을 움켜잡지만 힘이 달려 빼낼 수가 없다.

"아버지, 죄송해요……."

아버지는 괴로운 비명을 지르며 칼을 빼낸다. 나는 피가 솟구치는 상처를 누르며 풀썩 무릎 꿇는다.

손가락 사이로 뜨거운 피가 흘러내린다.

아버지는 다시 칼을 올린다. 이번엔 최후의 일격이 되리라. 그의 눈에선 애정을 찾아볼 수 없다. 조금 전에 번뜩이던 자부심도 찾아볼 수 없다.

카에아의 눈에서 마지막으로 목격한 두려움과 증오가 지금 아버지의 눈에 담겨 있다. 마치 내가 모르는 사람인 깃처럼. '안 돼.' 나는 그의 아들이 되기 위해 모든 것을 포기했다.

"아버지, 제발." 내가 씨근거린다. 숨을 헐떡이며 나는 용서를 구걸한다. 시야가 검어지면서 잠시 제일리의 모든 괴로움이 밀려들어 온다. 무너진 마자이들의 운명. 아버지의 죽음. 제일리의 비탄이 나의 비탄과 뒤섞이며 나는 내가 상실한 모든 것을 뼈아프게 깨닫는다.

이렇게 끝내기엔 너무 많은 것을 희생했다. 아버지의 이름으로 내가 야기한 그 모든 고통.

나는 떨리는 손을 아버지에게 내민다. 나의 피로 뒤덮인 손. 그것이 아무런 가치도 없단 말인가.

이렇게 끝날 수는 없다.

내 손이 닿기도 전에 아버지는 쇠를 박은 군화의 굽으로 그 손을 으스러뜨린다. 짙은 눈이 가늘어진다.

"넌 내 아들이 아니다."

82

신들의 저주

아마리

열두 명의 사내가 달려들지만 나의 맹렬한 칼을 이기지 못한다. 내 옆에선 제인이 눈물을 주룩주룩 흘리며 도끼로 위병들을 쳐 내고 있다. 나를 싸우게 하는 것은 그의 고통이다. 그의 고통, 빈타의 고통, 아버지가 일평생 앗아 간 그 모든 가엾은 영혼들의 고통. 그 모든 피와 죽음…… 모두의 숨결에 묻은 끝없는 얼룩.

나는 내 칼로 위병들을 가른다. 선제공격으로 상대를 무력화한다.

내 칼에 힘줄이 끊긴 위병이 바닥을 뒹군다.

또 다른 위병은 허벅지가 베여 쓰러진다.

'싸워, 아마리.' 나는 스스로를 밀어붙인다. 그들의 갑옷에 달린 오리샤 인장과 내 칼에 쓰러지는 얼굴들을 보지 않으려 애쓰며. 이 병사들은 오리샤와 그 왕권을 지키겠다고 맹세했지만 그 신성한 맹세를 저버렸다. 그들은 내 목을 베러 왔다.

그중 하나가 내게 칼을 휘두른다. 내가 피하자 그의 칼이 대신 동료 병사를 찌른다. 다음 공격을 준비하는데…….

"안 돼!"

나의 칼이 또 다른 병사를 찌르는 순간, 사원 저편에서 들려오는 제일리의 외침에 나는 몸을 돌린다. 제일리는 부들부들 떨며 무릎을 꿇는다. 제일리의 손가락 사이로 재가 떨어져 내린다. 나는 제일리를 도우러 달려가다가 아버지가 칼을 올리고 자기 병사의 배를 찌르는 광경에 멈춰 선다. 병사가 무릎을 꿇고 쓰러지면서 그의 투구가 벗겨진다. 병사가 아니다.

'오빠야.'

오빠의 입에서 피가 흘러나오자 온몸이 서늘해진다.

마치 그 칼이 내 배에 박혀 있는 것 같다. 나의 피가 흐르는 것 같다. 나를 목말 태워 궁전 복도를 거닐던 오빠. 어머니가 후식을 못 먹게 하면 몰래 주방에서 벌꿀 케이크를 훔쳐다 주던 오빠.

아버지가 맞서 싸우게 했던 오빠.

내 등을 벤 오빠.

'안 돼.' 나는 눈을 깜빡이며 눈앞의 광경이 절로 바뀌길 기다린다. '오빠가 아니야…….'

아버지가 원하는 삶을 살기 위해 모든 것을 포기한 그 사내가 아닐 거다.

그러나 내가 지켜보는 가운데 아버지는 다시 칼을 올리고 오빠의 목을 베려 한다. 그가 오빠를 앗아 가려 한다.

빈타를 앗아 간 것처럼.

"아버지, 제발." 오빠가 죽어 가는 목소리로 손을 뻗으며 울부짖는다. 그러나 아버지는 오빠의 손을 밟아 으스러뜨린다. "넌 내 아들이 아니다.”

“아버지!”

쏜살같이 달려가며 외치는 내 목소리가 한없이 낯설다. 나를 발견한 순간 아버지의 분노가 폭발한다.

“신들이 너희 같은 자식들로 내게 저주를 내렸군. 내 피를 물려받은 배신자들로.”

“진짜 저주는 아버지의 피예요. 오늘 끝나게 해 드리죠.” 내가 받아친다.

83

이제 내가 결심할 차례다

아마리

아버지의 첫 번째 자식들은 사랑을 듬뿍 받았지만 여리고 나약했다. 오빠와 내가 태어나자 아버지는 우리를 다르게 키우겠다고 결심했다.

수년 동안 그는 자신이 보는 앞에서 오빠와 내가 서로를 해하도록 강요했다. 우리가 아무리 울부짖어도 포기하지 않았다. 그는 그런 결투로 가족을 잃어버린 자신의 실수를 만회하려 했다. 우리가 충분히 강인해지면 그 어떤 칼도 우리를 쓰러뜨릴 수 없다고, 어떤 마자이도 우리를 불태울 수 없다고 그는 생각했다. 우리는 그에게 인정받기 위해 싸웠다. 끝내 얻지 못할 그의 사랑을 얻기 위해 싸움에 몰두했다.

우리가 서로에게 칼을 든 건 우리 둘 다 아버지에게 칼을 들 용기가 없었던 탓이었다.

분노로 이글거리는 아버지를 향해 칼을 드는 지금 어머니와 제인이 눈앞에 아른거린다. 내 소중한 친구 빈타가 보인다. 저항하려 했던 모든 사람들, 아버지의 칼에 베인 그 모든 무고한 영혼들이 보인다.

나는 칼을 들고 앞으로 나아가며 속삭인다.

"괴물과 맞서 싸우라고 가르치셨죠. 진짜 괴물은 아버지였다는 사실을 진작 깨달았어야 했는데."

나는 기습적으로 달려들어 제압한다. 아버지와의 대결에서는 망설여선 안 된다. 우물쭈물하면 이 싸움이 어떻게 끝날지 나는 알고 있다.

아버지가 칼을 올려 막으려는 찰나 나의 칼이 아슬아슬하게 그의 목에 닿을 뻔한다. 나는 다시 달려든다. '쳐, 아마리. 싸워!'

날렵하게 칼을 휘둘러 그의 허벅지를 찌른다. 그는 괴로워하며 비틀비틀 물러선다. 내 칼이 그렇게 치명적일 거라곤 생각치 못한 탓이다. 나는 그가 아는 어린 소녀가 아니다. 나는 공주다. 여왕이다. 사자녀다.

나는 계속 밀어붙여 내 심장을 겨누는 아버지의 칼을 막는다. 이제 그도 내 공격을 경계하며 누사미안 길부림을 이어 간다

챙챙 창창, 주위의 광란 위로 우리의 칼날이 부딪치는 소리가 울려 퍼진다. 또 다른 위병들이 줄지어 계단을 내려온다. 의식장의 병사들을 모조리 베어 버린 로웬의 부하들은 새로 쏟아져 들어오는 위병들을 방어한다. 그러나 그들이 싸우는 가운데 저편에서 제인이 쏜살같이 나를 향해 달려온다.

"아마리……."

"저리 가!" 내가 아버지의 칼을 막으며 소리친다. 여기서는 제인이 나를 도울 수 없다. 이건 내가 평생 연습해 온 싸움이다. 왕과 나의 싸움. 둘 중 한 사람만 살 것이다.

아버지가 발을 헛디뎌 넘어진다. 내겐 기회다. 이 끝없는 춤을 끝낼 수 있는 기회. '어서 끝내!'

앞으로 달려들어 칼을 올리자 귓전에서 피가 고동친다. 나는 오리샤

의 가장 사악한 괴물을 없앨 수 있다. 그 고통의 원천을 제거할 수 있다.

그러나 칼을 올린 채 나는 머뭇거린다. 우리의 칼이 맞부딪친다.

'아아, 하늘이여.'

이렇게 끝낼 수는 없다. 이렇게 끝내면 나는 그보다 나을 게 없다.

그의 전술을 대물림하면 오리샤는 살아남지 못한다. 아버지를 제압해야 하지만 내가 그의 심장에 칼을 꽂는 건 지나치다…….

아버지가 칼을 뒤로 당긴다. 그 반동으로 내가 앞으로 딸려 간다.

몸을 돌리려는 순간, 아버지가 칼을 휘둘러 내 등을 벤다.

"아마리!"

제인의 외침이 아득해진다. 나는 휘청거리며 기둥에 부딪힌다. 살이 뜨겁게 타오른다. 어릴 때 오빠가 등을 갈랐을 때처럼 고통스럽다.

아버지는 한 치의 망설임도 없이 최후의 일격을 날리기 위해 목에 핏대를 세우며 달려든다.

자기 딸을, 자기 혈육을 죽이려 하면서도 전혀 움츠러들지 않는다. 그는 이미 결심했다. 이제 내가 결심할 차례다.

내가 재빨리 피하자 그의 칼이 기둥을 때리며 그 돌을 갈아 낸다. 그가 자세를 가다듬으려는 찰나, 나는 망설임 없이 칼을 찔러 넣는다.

아버지의 눈이 튀어나온다.

그의 심장에서 내 손으로 뜨거운 피가 새어 나온다. 그가 씩씩거린다. 입술에서 새빨간 피가 분출하며 돌기둥을 물들인다.

나는 손을 떨며 칼을 더 깊숙이 찔러 넣는다. 눈물이 앞을 가린다.

그가 마지막 숨을 거둘 때 내가 속삭인다. "걱정 마세요. 제가 훨씬 더 나은 군주가 될게요."

84

새로운 연결

제일리

"제발." 나는 파괴된 양피지 가루에 온 힘을 실어 보낸다. 이럴 수는 없다. 여기까지 왔는데.

아빠의 기운이 나의 팔로 뻗어 나가며 소용돌이치는 그림자가 되어 손끝을 뚫고 나온다. 그러나 잿더미로 변한 양피지는 올라오지 않는다. 끝났다……

우리가 졌다.

엄습하는 두려움에 숨을 쉬기도 힘들다.

우리에게 필요한 성물 하나가 내 손에 파괴되다니.

"안 돼, 말도 안 돼!" 나는 눈을 감고 주문을 떠올려 본다. 그 두루마리를 수십 번 읽었다. 젠장, 의식을 어떻게 시작하더라?

'이야 아원 오룬 아와 오모 케페 올로니…… 아니야.' 나는 고개를 저으며 기억나는 단어의 파편들을 뒤져 본다. '아와 오모 오레 케페 올로니였지. 그다음엔…….'

아아.

다음에 뭐더라?

쩍 하는 날카로운 소리가 천둥처럼 돔을 가른다. 그 소리와 함께 사원 전체가 흔들린다. 천장에서 돌과 먼지가 비 오듯 쏟아지자 모두가 얼어붙는다.

예모야 동상이 눈부신 광채를 쏟아 내며 빛나기 시작한다. 그녀의 맨발에서 시작한 빛이 가운의 곡선과 주름들을 타고 올라온다. 마침내 그 빛이 눈에 이르자 그녀의 금빛 눈구멍이 환한 푸른색으로 빛나며 돔 안을 부드럽게 물들인다.

다음으로 오군 동상이 반짝거리며 살아나더니 두 눈이 짙은 초록색으로 빛난다. 샹고는 붉은색으로 타오른다. 오추마레는 밝은 노란색으로 빛난다.

"줄줄이⋯⋯." 나는 하늘 어머니에게로 이어지는 그 빛의 경로를 쫓으며 중얼거린다. "아아, 신들이여⋯⋯."

'하지야.'

지금 일어나고 있다!

나는 재를 만지작거리며 무언가를 찾아 본다. 무엇이든. 이 두루마리에는 고대 의식이 그려져 있었다. 그것을 그린 센타로들의 영혼도 지금 이곳에 있지 않을까?

그러나 죽은 자들의 한기가 덮쳐 오길 기다리면서 나는 문득 깨닫는다. 이 돔에는 수많은 시체들이 널브러져 있다. 그들의 죽음이 나를 지나는 느낌은 들지 않았다. 아무것도 느껴지지 않았다.

내가 느낀 건 아빠뿐이었다.

내 피에 흐르는 마법.

"연결……." 나는 퍼뜩 깨닫는다. 나는 피로 인해 아빠와 연결되었다. 그 두루마리에 적힌 주문은 마법을 통해 우리를 하늘 어머니와 연결해 준다고 했다. 하지만 다른 방법으로 하늘 어머니에게 닿을 수도 있지 않을까?

나는 머리를 굴려 본다. 피를 통해 선조들과 연결하면 되지 않을까? 그들과 연결된 뒤 우리의 영혼을 통해 하늘 어머니의 재능과 새로운 연결을 맺으면 되지 않을까?

아마리가 쏜살같이 달려가더니 의식장에서 병사 하나를 몰아낸다. 등에 피를 흘리면서도 맹렬한 공격을 멈추지 않는다. 다가오는 위병들을 치명적으로 막아 내고 있다. 게다가 군대 전체가 쏟아져 들어오는데도 로웬과 그의 부하들은 물러서지 않는다.

그들은 굴하지 않고 싸운다.

그들이 포기하지 않았다면 나도 포기할 수 없다.

가슴이 쿵쾅거리는 것을 느끼며 나는 서둘러 일어선다. 그다음 동상이 빛나며 돔 안을 푸른빛으로 물들인다. 하늘 어머니 앞에 있는 신들 가운데 아직 빛을 받지 못한 신은 두셋에 불과하다. 백년제일이 끝나가고 있다.

떨어진 일장석을 집어 들자 그것이 내 손을 뜨겁게 달군다. 하늘 어머니는 보이지 않지만 대신 피가 보인다. 뼈가 보인다.

엄마가 보인다.

나는 엄마의 모습을 붙잡고 돔 한가운데 홀로 선 금빛 기둥에 일장석을 놓는다. 엄마의 피가 내 혈관에 흐른다면 다른 선조들의 피도 흐르지 않겠는가?

나는 바지 허리춤에서 뼈 단검을 꺼내 나의 두 손바닥을 긋는다.

피가 흐르자 두 손을 일장석 위에 얹고 궁극의 희생을 위해 결속의 피를 흘려 보낸다.

"도와주세요!" 나는 큰 소리로 외치며 이들의 힘을 끌어모은다. **"제발! 저를 도와주세요!"**

마치 화산이 분출하듯 마자이와 코시단의 구분 없이 내 선조들의 힘이 내 안에 퍼진다. 모두가 우리의 연결을, 우리 피의 심장을 붙잡는다. 그들의 영혼이 나의 영혼, 엄마의 영혼, 아빠의 영혼과 함께 소용돌이친다. 우리는 온 힘을 다해 우리의 혼을 일장석 안으로 밀어 넣는다.

"좀 더!" 내가 그들에게 외치며 우리의 피로 연결된 모든 영혼을 불러 모은다. 하늘 어머니의 재능을 처음 받은 자들에 이르기까지 우리의 혈통을 모조리 거슬러 올라간다. 새로운 선조가 나올 때마다 내 몸이 아우성친다. 누가 잡아당기는 것처럼 살이 찢기는 듯하다. 그래도 해야 한다.

내겐 그들이 필요하다.

그들의 목소리가 울려 퍼지기 시작한다. 살아 있는 죽은 자들의 합창. 파괴된 두루마리에 적혀 있던 글귀가 들리길 기다리지만 그들은 내가 들어 본 적 없는 주문을 읊조린다. 그 이상한 언어가 내 머리로, 가슴으로, 영혼으로 퍼져 나간다. 그러곤 내 입으로 밀려 나온다. 하지만 그 주문이 무얼 위한 것인지 나는 알지 못한다.

"아와 니 오모 레 니누 에제 아티 에군군!"

내 안에 영적 통로들이 폭발적으로 열리기 시작한다. 나의 손 밑에서 일장석이 윙윙거리자 나는 비명과 함께 주문을 쏟아 낸다. 빛이 하늘 어머니의 가슴을 타고 뿔피리를 잡은 손 위로 올라간다. 이제 끝나 가고 있다.

백년제일이 거의 끝났다.

"아 티 데! 이칸 니 와! 다 와 포 마마! 키 이타나 와 탄 펠루 에분 아 이니에 레 리이칸 시이!" 목이 꽉 막힌다. 말은 고사하고 숨 쉬기도 힘들다. 그러나 나는 계속 밀어붙이며 내게 남은 모든 것을 밀어 낸다.

"제 키 아그바라 이단 와 탄 카리." 내가 외치는 사이 빛이 하늘 어머니의 쇄골로 쏜살같이 올라간다.

내 머릿속에서 온 세상에 들릴 듯 커다란 노랫소리가 울려 퍼진다. 빛이 하늘 어머니의 콧등을 넘자 그들은 더 간절하게 마지막 주문을 밀어 낸다. 그들의 피로 나는 이 의식을 끝낼 수 있다.

그들의 피로 나는 거침없이 밀어붙인다.

"탄 이몰레 아예 리이칸 시이!"

나의 마지막 주문이 울려 퍼지는 가운데 빛이 하늘 어머니의 눈에 닿아 하얗게 폭발한다. 내 손에서 일장석이 부서진다. 그 노란빛이 실내를 가득 메운다. 어떻게 된 일인지 나로선 알 수 없다. 내가 무엇을 했는지도 알 수 없다. 그러나 그 빛이 내 몸의 세포 하나하나를 파고들며 온 세상이 빛난다.

눈앞에서 창조가 소용돌이친다. 인간의 탄생이. 신들의 연원이 소용돌이친다. 그들의 마법이 다채로운 색의 무지개를 이루며 파도처럼 이 공간 안으로 밀려들어 온다.

마법이 부서지며 모든 가슴을, 모든 영혼을, 모든 존재를 관통한다. 인류의 뼈대를 구불구불 가로지르며 우리 모두를 연결한다.

그 힘이 뜨겁게 내 살갗을 파고든다. 환희와 고통이, 쾌락과 괴로움이 한꺼번에 뒤섞인다.

그것이 사라지면서 진실이 보인다. 너무도 분명하지만 지금까지 보지 못한 진실.

우리 모두는 피와 뼈의 아이들이다.

정의와 복수의 도구다.

그 진실이 마치 어미가 아기를 잠재우듯 나를 품에 안고 흔든다. 그 것이 사랑으로 나를 끌어안는 순간 죽음이 나를 집어삼킨다.

85

알라피아

제일리

나는 늘 죽음이 서울마당 끝을 기린 상상했기. 그러나 일루러의 바다 같은 온기가 나를 감싼다.

'선물이야.' 알라피아의 평화와 어둠을 보며 나는 생각한다. 내 희생의 대가일 것이다.

끝없는 싸움을 끝낸 것보다 더 큰 보상이 있을까?

"마마, 오리사 마마, 오리사 마마, 아와 운 두페 페 에그보 이그베 와……."

풍부한 소리가 어둠을 가르며 나의 피부를 윙윙 울린다. 은색 빛의 장막이 소용돌이치며 어둠 속을 파고들어 그 아름다운 선율로 나를 감싼다. 노래가 이어지는 가운데 눈송이 같은 빛이 다른 목소리보다 더 크게 노래하며 어둠 속으로 떨어져 내려온다. 그 목소리가 빛의 장막들을 가르며 찬양과 칭송을 이끈다.

"마마, 마마, 마마."

이 빛의 목소리는 비단처럼 매끄럽고 벨벳처럼 부드럽다. 그것이 나를 휘감으며 그 온기로 나를 끌어당긴다. 내 몸이 느껴지지 않지만 나는 어둠을 뚫고 그리로 날아간다.

어디선가 들어 본 목소리다.

내가 아는 목소리. 내가 아는 사랑.

노래가 점점 커지며 빛이 환해진다. 눈송이 같던 빛이 눈앞에서 점점 커져 모양을 갖춰 간다.

두 발이 먼저 나타난다. 밤하늘처럼 검은 피부다. 알 수 없는 형체 위로 풍성하게 흘러내리는 빨간 비단 가운 속에서 검은 피부가 빛을 발한다. 손목과 발목, 목에 매달린 금 장신구들이 이마로 내려온 반짝이는 머리 장식을 돋보이게 한다.

합창이 울리는 가운데 나는 허리 숙여 인사한다. 내가 오야의 발밑에 엎드려 있다니 믿기지 않는다. 그러나 이 여신이 새하얀 머리에 두른 장식을 들어 올리는 순간, 그 짙은 갈색 눈에 심장이 멎는다.

마지막으로 봤을 때 그 눈은 텅 비어 있었다. 내가 사랑했던 여인을 그 안에서 찾을 수 없었다. 지금 그 눈은 춤추고 있다. 눈꺼풀에서 반짝이는 눈물이 떨어져 내린다.

"엄마?"

그럴 리가 없다.

엄마는 태양의 얼굴을 가졌지만 인간이었다. 나의 일부였다.

그러나 이 영혼이 내 얼굴을 어루만지자 온몸에 익숙한 사랑이 퍼져 나간다. 아름다운 갈색 눈에서 눈물을 흘리며 그녀가 속삭인다.

"안녕, 우리 젤."

뜨거운 눈물에 눈이 따끔거린다. 나는 엄마의 품에 풀썩 안긴다. 엄마의 온기가 온몸에 스며들며 나의 모든 틈을 메운다. 내가 흘린 모든 눈물, 내가 올린 모든 기도가 느껴진다. 우리의 아헤레에서 하늘을 올려다보며 엄마가 그 위에서 굽어보고 있기를 기도한 나날들이 눈앞을 스쳐 간다.

"엄마는 떠난 줄 알았는데." 나의 목소리가 갈라진다.

"넌 오야의 자매야, 아가. 우리의 영혼은 죽지 않는다는 거 알잖아." 엄마는 나를 떼어 내고 부드러운 옷자락으로 내 눈물을 닦아 준다. "엄마는 늘 너와 함께 있었어. 늘 네 옆에 있었어."

나는 엄마를 끌어안는다. 그 영혼이 언제 손가락 사이로 빠져나갈지 모른다. 사후 세계에서 엄마가 나를 기다리고 있을 줄 알았더라면 진작 죽음을 받아들였을 것이다. 아니 죽음을 향해 뛰어들었을 것이다. 나는 늘 엄마와 함께하고 싶었다. 엄마가 죽었을 때 엄마와 함께 평화도 사라졌다. 엄마 곁으로 오자 드디어 마음이 편안해진다.

이제야 나는 집에 돌아왔다.

엄마는 두 손으로 나의 땋은 머리카락을 쓸어내린 뒤 내 이마에 입을 맞춘다. "네가 한 모든 일을 우리가 얼마나 자랑스러워하는지 넌 모를 거야."

"우리?"

엄마는 미소 짓는다. "이제 아빠도 여기 있거든."

"아빤 괜찮아요?" 내가 묻는다.

"그럼, 아가. 아빠는 평화를 찾았어."

다시 고이는 눈물을 미처 떨쳐 내지 못한다. 아빠는 평화롭게 살 자격이 있다. 아빠는 결국 자신의 영혼이 이런 은총을 누리게 될 줄, 사랑하는 여인의 곁으로 가게 될 줄 알았을까?

"마마, 마마, 마마……."

노랫소리가 점점 커진다. 엄마가 나를 다시 끌어안자 나는 엄마의
냄새를 들이마신다. 오랜 시간이 지났음에도 엄마에게선 여전히 따
뜻한 양념과 소스의 냄새가 난다. 엄마가 끓이던 졸로프 라이스의 냄
새가 난다.

"그 사원에서 너는 영혼들이 한 번도 보지 못한 일을 해냈어."

나는 고개를 젓는다. "난 알지도 못하는 주문을 외웠어요. 내가 무
얼 했는지도 몰라요."

엄마는 두 손으로 내 얼굴을 감싸고 내 이마에 입을 맞춘다. "곧 알
게 될 거야, 나의 강인한 젤. 그리고 이제 엄마는 두 번 다시 네 곁을
떠나지 않아. 네가 어떻게 느끼든, 네가 어떤 상황에 처하든, 넌 혼자
라고 생각할 때에도……."

"오빠……" 불현듯 떠오른다. 처음엔 엄마, 그다음엔 아빠, 이젠 나
까지? 나는 숨을 들이마신다. "오빠를 두고 갈 수는 없어요. 오빠를
어떻게 데려오죠?"

"마마, 오리샤 마마, 오리샤 마마……."

노랫소리가 점점 커지며 귀가 먹먹해지자 엄마는 나를 더 꼭 끌어
안는다. 엄마의 매끈한 이마에 주름이 진다.

"오빠는 여기 사람이 아니야, 아가. 아직은."

"하지만 엄마……."

"너도 마찬가지고."

노랫소리는 이제 찬양인지 비명인지 알 수 없을 만큼 요란해진다.
엄마의 말뜻을 깨닫고 속이 뒤틀린다.

"엄마, 안 돼…… 제발!"

"젤······."

나는 다시 엄마에게 매달린다. 두려움에 목이 멘다. "난 여기 있을 래. 엄마랑 아빠랑 같이 있고 싶어요!"

다시 세상으로 돌아갈 수는 없다. 그런 고통은 견딜 수 없다.

"젤, 오리샤엔 아직 네가 필요해."

"상관없어. 나한텐 **엄마**가 필요하다고!"

엄마의 말이 점점 빨라지며 천상의 목소리들이 빚어내는 합창 소 리와 함께 엄마의 빛도 희미해지기 시작한다. 빛의 파장이 밀려들어 어둠을 집어삼키며 주위가 환해진다.

"엄마, 날 두고 가지 마······ 제발, 엄마! 또 그렇게 가지 마!"

엄마의 짙은 색 눈이 반짝거리며 눈물을 떨어낸다. 그 온기가 내 얼굴에 닿는다.

"아직 끝나지 않았어, 젤. 이제 겨우 시작이야."

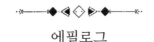

에필로그

나는 눈을 뜬다. 하지만 다시 감고 싶다. 엄마를 보고 싶다. 그 따뜻한 죽음의 어둠에 에워싸이고 싶다. 보랏빛으로 물들어 가는 저런 하늘 따위 보고 싶지 않다.

내 위에서 대기가 왔다 갔다 하며 내 몸이 좌우로 흔들린다. 어디서든 알 수 있는 흔들림. 바다의 조수다.

서서히 주변 상황이 눈에 들어오며 쓰라림과 통증이 온몸의 세포 하나하나를 파고든다. 뚜렷한 고통. 생에 따르는 고통이다.

내 입에서 신음이 새어 나오자 발소리가 몰려든다.

"살았어!"

갑자기 사람들의 얼굴이 시야를 에워싼다. 희망에 찬 아마리의 얼굴, 안도하는 오빠의 얼굴. 그들이 물러나고 로웬과 그의 일그러진 미소가 남는다.

나는 간신히 입을 뗀다. "케니언은? 케토는? 러헤머……"

"다들 살았어. 배에서 기다리고 있어." 로웬이 나를 안심시킨다.

그의 도움을 받아 몸을 일으킨 나는 우리가 그 신성한 섬에 닿으려고 옮겨 탔던 작은 배에 기대앉는다. 태양이 수평선을 넘어가며 우리를 밤의 어둠 속으로 밀어 넣고 있다.

퍼뜩 그 신성한 사원이 떠오른다. 두렵지만 확인해야 한다. 나는 마음을 다잡는다. 오빠의 짙은 갈색 눈을 똑바로 바라본다. 실패했다면 그의 입으로 듣는 편이 그나마 가장 덜 괴로울 것이다.

"우리가 성공했어? 마법이 돌아왔어?"

그는 꼼짝하지 않는다. 그의 침묵에 가슴이 내려앉는다. 그렇게 많은 것을 희생했는데. 이난도. 아빠도.

"실패한 거야?" 나는 간신히 묻는다. 그러나 아마리가 고개를 젓는다. 그러곤 피가 흐르는 손을 들어 올린다. 어둠 속에서 환한 푸른빛이 그 손을 휘감는다. 아마리의 검은 머리카락에 번개 모양의 새하얀 머리카락이 생겨났다.

그것이 무슨 의미인지 힐끗 깨닫지 못한다.

이윽고 내 피가 얼음처럼 차가워진다.

감사의 말

세계 최고의 사람들을 알고 그들과 함께 일하는 영광이 내게 주어
진 것은 신의 힘이 아니고서는 불가능한 일일 겁니다. 내게 이런 축복
을 내려 주신 신께 무한히 감사드립니다.

엄마 아빠, 우리가 세상의 모든 기회를 누릴 수 있도록 늘 많은 것
을 희생해 주셔서 감사드려요. 꿈을 좇기 시작한 저를 무한히 지원해
주신 은혜, 영원히 잊지 않을게요. 아빠, 결코 현실에 안주하지 말고
늘 최선을 다하라고 가르치셨죠. 사랑해요. 그리고 할머니가 늘 우리
를 지켜보고 계실 거예요. 엄마, 제 소설 속 인물들이 어려서 엄마를
잃은 건 아마도 엄마가 그랬기 때문일 거예요. 저 역시 그런 일을 겪
으면 어쩌나 늘 불안했거든요. 일일이 열거할 수 없을 만큼 많은 사랑
과 도움을 주셔서 고맙습니다. 그리고 요루바어 번역을 도와준 이모,
고모, 숙모, 삼촌들도 감사드려요!

토비 루, 오빠가 아니었더라면 어릴 때 심술쟁이였던 나는 지금처럼
나의 최고의 면을 끌어내지 못했을 거야. 오빠가 열심히 꿈을 좇는 모
습이 내게는 큰 자극이 되었어. 고마워. 첫 15년 동안은 나의 숙적이
었고 2017년 11월 25일에는 내게 엄청나게 못된 짓을 했지(미안할 거
라고 내가 그랬잖아!). 그럼에도 끔찍이 사랑하고 오빠가 자랑스러워. 오
빠는 아데예미 집안에서 가장 유명한 사람이 될 거야.

잭슨, 나의 연인이자 첫 독자. 내가 이 책을 시작하기 **전부터** 나와

나의 이야기를 믿어 주었지. 나의 가장 열렬한 팬이자 지지자가 되어 주고 내가 회의에 빠져 있을 때에도 늘 나를 격려해 줘서 고마워. 마크, 데브, 클레이, 치즈 그릴 샌드위치와 함께 나를 두 팔 벌려 가족으로 받아 주셔서 **고맙습니다.** 모두 사랑합니다. 그리고 클레이, 너를 나의 남동생이라 부를 수 있어서 얼마나 자랑스러운지 몰라.

DJ 미셸 '미시' 에스트렐라, 당신은 인간적으로나 예술가로서나 정말 굉장한 사람이에요. 이 책에 아름다운 상징들을 그려 주셔서 고맙습니다!

브렌다 드레이크, 수많은 작가들이 꿈을 이룰 수 있도록 헌신해 주셔서 고마워요. 애슐리 헌, 이 원고에 그토록 마음을 써 줘서 감사합니다. 덕분에 오래전부터 늘 하고 싶었던 이야기를 담아낼 수 있었어요. 사랑합니다. 이렇게 훌륭한 멘토를 둔 것이 내겐 얼마나 큰 행운인지 모릅니다!

힐러리 제이콥슨과 알렉산드라 마치니스트, 두 사람은 '꿈의 대행인'이라는 말로도 부족할 만큼 내가 꿈꾼 모든 것을 뛰어넘어 주었어요. 이렇게 열성적이고 훌륭한 사람들과 일하게 된 나는 축복받은 사람입니다. 불가능한 것을 가능하게 해 준 두 분께 감사드립니다.

최고의 영화 판권 대행인 조시 프리드먼, 그저 영화 제작에 참여할 수만 있어도 좋겠다고 생각하던 내가 할리우드 최고의 사람들과 **내** 영화에 대해 이야기할 수 있게 해 줘서 정말 고맙습니다. 해나 머렌, 앨리스 딜, 메어리 프리센에스칸텔, 록산 에두아르, 내 이야기를 해외에 전해 주셔서 감사합니다. 저에겐 얼마나 큰 의미인지 몰라요.

존 예이지드와 진 페이윌, 나와 이 시리즈를 철석같이 믿어 주셔서 감사합니다. 덕분에 맥밀란 출판사는 제게 멋진 보금자리가 되었어요. 두 분과 함께 이 책을 출간하게 된 것은 제게 크나큰 행운이랍니다.

친애하는 크리스티안 트리머! 당신은 나의 마마 아그바예요. 완벽한 옷차림과 마법적인 분위기를 보여 주며 내게 차와 금속 격투봉, 그리고 세이지에 대한 지혜를 내주셨죠. 나와 이 책을 한없이 응원해 주셔서 감사합니다!

친애하는 여왕 티파니 리아오! 당신은 나의 아마리예요. 경기장의 선장들을 제압하고 더럽히고 찌르며 내 목숨을 구해 주었죠. 내가 회의를 느낄 때 배에서 머리카락을 땋아 주며 나를 믿는다고 말해 주었고요. 티파니, 당신처럼 멋지고 눈부신 여인과 일하게 된 것은 굉장한 축복이에요. 리치 디스, 이 책의 모든 선과 획과 글씨가 얼마나 눈부신지 모른답니다. 내 마음에 쏙 드는 멋진 표지를 만들어 줘서 고마워요.

맥밀란의 홍보 및 마케팅 팀원 여러분, 여러분은 정말 대단한 분들이에요! 이 책을 그토록 열심히 세상에 소개해 주셔서 감사드려요. 끝내주는 홍보 담당 몰리 엘리스, 당신에게 열 번씩 이메일을 보내던 날들이 얼마나 행복했는지 모른답니다. 당신과 함께 일하게 된 것은 엄청난 행운이에요. 이 모든 것을 지휘한 캐스린 리틀, 당신과 소통한 매 순간이 내게는 너무도 즐거웠답니다. 출판계 최고의 홍보꾼 메리 밴 아킨, 이 책을 위해 아름다운 일을 해 준 진정한 여신 메리얼 도슨, 훌륭한 작가 겸 마케터 겸 친구 애슐리 우드포크, 사랑합니다. 당신의 책 《The Beauty That Remains》의 생일을 무한히 축하드려요! 앨리슨 베로스트, 당신의 지도와 지지가 없었더라면 이렇게 굉장한 마케팅은 불가능했을 거예요. 브리타니 펄먼, 테레사 페라이올로, 루시델 프라이오레, 케이티 할라타, 모건 두빈, 로버트 브라운, 제레미 로스에게도 심심한 감사를 전합니다.

이 책에 무한한 애정과 지원을 쏟아 준 맥밀란 영업팀, 감사드립니다. 특히 제니퍼 곤잘레스, 제시카 브리그먼, 제니퍼 에드워즈, 클레어 테일러, 마크 본 바젠, 제니퍼 골딩, 소프리나 힌턴, 제이미 아리자, AJ 머피. 마감일에 맞춰 이 책이 탄생하도록 힘써 준 톰 노와 제작부 여러분! 늘 수고를 아끼지 않은 멜린다 아켈과 발레리 시아, 여타 교열자들. 이 책의 내부를 외부만큼이나 아름답게 만들어 준 패트릭 콜린스. 맥밀란 오디오의 로라 윌슨, 브리사 로빈슨, 보라나 그레쿠. 그리고 그 멋진 건물에서 이 책을 위해 무엇이든 해 준 모든 사람들. 그 한 사람 한 사람에게 깊이 감사드립니다.

CBB 필름 영화 팀 여러분, 이 책이 여러분의 손을 거쳐 영화로 만들어지는 것이 저에겐 얼마나 의미 있는 일인지 표현할 길이 없네요. 이 이야기에 그토록 열의와 열정을 보여 주셔서 감사합니다. 세상에서 가장 멋진 미소를 가진 패트릭 메들리와 클레어 리스, 이 책을 사랑해 주고 이 책에 그토록 멋진 집을 찾아 주셔서 고맙습니다. 엘리자베스 개블러, 질리언 보러, 지아오 첸, 내가 좋아하는 영화를 수없이 제작해 온 스튜디오와 함께 일할 수 있게 도와주셔서 감사드려요. 여러분과 함께 보낸 매 순간이 행복했어요. 어떤 작품이 나올지 고대하고 있답니다. 이 영화 제작에 뛰어난 지혜를 더해 준 캐런 로젠펠트, 이 프로젝트에 무한한 애정과 열의를 쏟아 준 윅 고드프리, 내가 어릴 때부터 사랑한 수많은 영화들을 만들어 주고 그 목록에 이 작품을 넣어 준 마티 보웬과 존 피셔, 템플힐 프로덕션 여러분, 모두 고맙습니다.

배리 할데만, 조엘 쇼프, 닐 에릭슨, 이 믿을 수 없는 여정 내내 열심히 저를 이끌어 주셔서 감사드려요!

로미나 가버, 당신은 이 세상의 빛이요, 내 인생의 태양이에요. 훌륭한 친구 겸 지원자가 되어 주셔서 감사해요. 마리사 리, 당신은 이루 말할 수 없는 재능을 가졌고 나를 더 나은 사람, 더 나은 작가로 만들어 주었어요. 내 삶에 그토록 많은 사랑과 기쁨을 주어서 감사합니다! 크리스튼 시카렐리, 이 이야기와 나의 몸부림을 무사히 끝낼 수 있도록 도와줘서 고맙습니다. 당신 덕분에 나의 삶과 나의 책, 그리고 마음이 모두 한결 나아졌답니다. 크레이저 '키트' 그랜트, 사랑하는 나의 집필 파트너! 당신은 안팎으로 아름다운 사람이에요. 《A Court of Miracles》가 한시라도 빨리 세상에 나오기를 고대합니다. 힐러리의 앤젤스(Hillary's Angelz), 무한한 사랑과 지원과 웃음을 주셔서 감사합니다!

내가 만나 본 사람 가운데 가장 인정 넘치고 무한한 재능을 가진 시어 스탠데퍼, 나의 영원한 못된 짓 파트너이자 BTS를 비롯한 수많은 남자들 사진을 보내게 허락해 준, 그리하여 **진정한** 친구가 된 애덜린 테일러 그레이스, 늘 나와 이 책의 곁에 있어 줘서 고마워요.

이런 책을 쓰고 싶도록 이야기를 제공해 준 대니얼 호세 올더, 사바 타히르, 마이클 단테 디마티노, 브라이언 코니에츠코, 이 책이 이 세상에 자랑스럽게 내놓을 이야기가 되도록 도와준 도니엘레 클레이튼, 조레이다 코도바, DJO, 나의 긴 여정에서 사랑과 지원, 지도, 영감을 준 앤지 토머스, 레이 바두고, 닉 스톤, 레니 아디에, 마리 루, 제이슨 레이놀즈, 모두 감사드립니다. 여러분처럼 놀라운 작가들과 함께 이 세상에 이야기를 내놓을 수 있게 되어 얼마나 뿌듯한지 모른답니다.

모건 셜록과 앨리 스트래티스, 내가 어떻게 너희들처럼 훌륭한 친구를 갖게 되었는지 모르겠지만 너희들과 함께 자라고 여전히 함께할 수 있어서 얼마나 행복한지 몰라. 사랑해. 내겐 너무도 자랑스러운 친구들이야. 하지만 내 앞머리를 내리게 한 건 두고두고 용서하지 않을 거야. 섀넌 재니코, 넌 언제나 굉장한 친구였고 이제는 놀라운 여인이 되었지. 사랑해. 네가 가르치는 아이들은 세상에서 가장 운 좋은 아이들이야. 맨디 니암비, 나는 너처럼 똑똑하고 열정적이고 성실한 여자를 본 적이 없어. 나의 자매가 되어 줘서 고맙고 사랑해. 네가 얼마나 자랑스러운지 몰라. 계속 그렇게 세상을 이끌고 나가길 바랄게. 야스민 오디, 엘리제 바라노우스키, 줄리엣 베일린, 너희들은 늘 내게 애정과 응원을 아끼지 않았고 내가 꿈을 이루도록 응원해 주었지. 사랑해. 너희들이 내 삶에 있다는 건 크나큰 축복이야. 너희들이 해 온 모든 일, 앞으로 하게 될 모든 일이 자랑스러워. 그리고 엘리제, 우리가 친한 친구라는 걸 믿지 않는 사람에겐 이 글을 증거로 보여 줘.

타이틀 복싱의 친구들과 코디 몬타보, 내가 제정신을 유지하게 도와줘서 고마워요! 린마누엘 미란다, 나의 밤샘 동반자가 되어 주는 멋진 작품을 만들어 줘서 고마워요. 내게 영감을 주고 자극해 준 훌륭한 흑인들, 특히 미셸과 버락 오바마, 챈스 더 래퍼, 비올라 데이비스, 케리 워싱턴, 숀다 라임스, 루피타 니옹고, 아바 두버나이, 줄라이커 파텔, 케리스 로저스, 파트리제 쿨러스, 앨리시아 가르자, 오팔 토메티에게도 감사드립니다.

나의 참모습과 내가 하고 싶은 이야기를 일깨워 준 나의 선생님들에게도 감사드립니다. 특히 프리벨 선생님, 콜리아니 선생님, 맥클라우드 선생님, 우즈 선생님, 윌버 선생님, 조이 맥멀렌, 마리아 타르타르, 크리스티나 필립스 맷슨, 에이미 헴펠, 존 스터퍼, 고맙습니다.

마지막으로 내겐 너무도 소중한 나의 독자 여러분. 여러분이 없었더라면 그 어떤 일도 가능하지 않았을 거예요. 오리샤 여행에 동참해 줘서 고마워요. 한시라도 빨리 여러분과 이 모험을 계속하고 싶습니다.

오리샤의 후예1 - 피와 뼈의 아이들

처음 펴낸 날 | 2018년 12월 24일
개정판 펴낸 날 | 2022년 10월 31일

지은이 | 토미 아데예미
옮긴이 | 박아람
펴낸이 | 김태진
펴낸곳 | 다섯수레

편집 | 김경희, 김시완, 정헌경, 서해나, 유슬기
디자인 | 김다윤
마케팅 | 이운섭, 천유림
제작관리 | 김남희

등록번호 | 제 3-213호
등록일자 | 1988년 10월 13일
주소 | 경기도 파주시 광인사길193(문발동) (우 10881)
전화 | (02) 3142-6611(서울 사무소)
팩스 | (02) 3142-6615
인쇄·제본 | ㈜ 로얄프로세스, ㈜ 상지사 P&B

ⓒ 다섯수레, 2022
ISBN 978-89-7478-465-2 04840
ISBN 978-89-7478-460-7 (세트)